# Is it Wrong to Try to Pick Up Girls in a Dungeon?

FUJINO OMORI

ILLUSTRATIONEN VON SUZUHITO YASUDA

# Is it Wrong to Try to Pick Up Girls in a Dungeon?

8

FUJINO OMORI
ILLUSTRATIONEN VON SUZUHITO YASUDA

TOKYOPOP

**BELL CRANEL**

Der Protagonist dieser Geschichte kam auf Anraten seines Großvaters als junger Abenteurer nach Orario und träumt davon, im Dungeon seine Heldin kennenzulernen. Er gehört zur Hestia-Familia.

**HESTIA**

Die kindliche Göttin stie aus dem Himmelreic auf die Erde hinab un transzendiert somit al Sterblichen. Sie steht de Hestia-Familia vor und i schwer in Bell verliebt!

**AIZ WALLENSTEIN**

In der Kämpferin mit dem Pseudonym »Prinzessin der Klingen« vereinigen sich Kraft und Schönheit. Sie gilt als Orarios stärkste Abenteurerin und Bell vergöttert sie. Derzeit ist sie auf Level 6 und Mitglied der Loki-Familia.

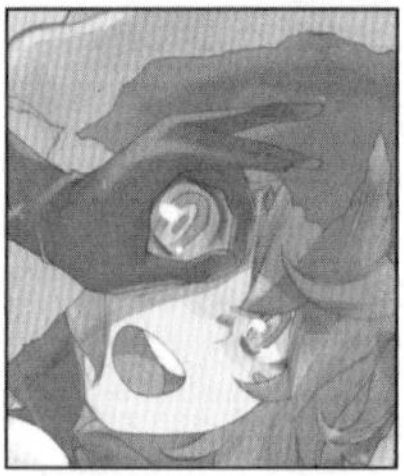

**LILIRUCA ARDE**

Die junge Pallum (da kleinste aller Völker) is die Supporterin in Bel Gruppe. Sie ist ziemlic stark und gehört de Soma-Familia an.

**WELF CROZZO**

Der junge Schmied ist ebenfalls Mitglied in Bells Gruppe und hat dessen Rüstung Pyonkichi Mk-II hergestellt. Er gehört zur Hephaistos-Familia.

**YAMATO MIKOTO**

Das Menschenmädchen au dem fernen Osten fühlt sic Bell gegenüber verpflichte nachdem er ihr Vergebun gewährt hat. Früher gehör sie der Takemikazuch Familia an, aber nun ist s ein Teil der Hestia-Familia.

**SANJONO HARUHIME**

Dem Fuchsmädchen (Renard) ist Bell im Vergnügungsbezirk begegnet. Es gehört zur Hestia-Familia.

**EINA TULLE**

Die Dungeon-Beraterin und Rezeptionistin de Gilde verwaltet und beau sichtigt den Dungeon. S hat mit Bell schon Au rüstung gekauft und küm mert sich sowohl offizie als auch privat um ihn.

# Charaktere und Story

Orario – die Megastadt mit dem gigantischen, als Dungeon bekannten unterirdischen Labyrinthkomplex. Der junge Bell Cranel kam hierher, um Abenteurer zu werden, lernte die Göttin Hestia kennen und wurde Mitglied ihrer Familia. Nachdem die Prinzessin der Klingen Aiz Wallenstein ihn gerettet hat, verliebte er sich Hals über Kopf in sie und schwor, stärker zu werden. An der Seite der Supporterin seiner Gruppe Lili, des Schmieds Welf und der aus dem Fernen Osten stammenden Mikoto wagte er sich in den Dungeon und bestritt dort heftige Kämpfe, ehe sich die Renard Haruhime ebenfalls ihrer Familia anschloss. Erneut sind friedliche Tage in Orario angebrochen. Doch das Königreich Rakia befindet sich auf dem Vormarsch in die Labyrinthstadt …

**TSUBAKI COLLBRANDE**

Die Halbzwergenschmiedin ist Mitglied der Hephaistos-Familia. Mit Level 5 besitzt sie eine beeindruckende Stärke und sorgt für Angst und Schrecken auf dem Schlachtfeld.

**BETE LOGA**

Der Werwolf hat Bell einmal im Hostess of Fertility ausgelacht, doch nach dessen Kampf gegen den Minotaurus als würdigen Abenteurer anerkannt. Er gehört zur Loki-Familia.

**FINN DEIMNE**

Der Anführer der Loki-Familia ist außerordentlich klug.

**OTTAR**

Der Tiermensch gehört der Freya-Familia an und ist ein sehr starker Abenteurer.

**SYR FLOVA**

Die junge Frau ist Kellnerin im Hostess of Fertility. Nach einer Zufallsbegegnung hat sie sich mit Bell angefreundet.

**MIACH**

Der Gott steht der Miach-Familia vor, die mit Heiltränken und anderen Genesungsgegenständen handelt.

**HERMES**

Der freundliche und gewitzte Schutzgott der Hermes-Familia nimmt in Streitereien stets eine neutrale Position ein. Er schlägt keine Einladung aus und lässt nichts anbrennen. Hat ihn jemand gebeten, Bell zu beobachten?

**TAKEMIKAZUCHI**

Er ist der Schutzgott der Takemikazuchi-Familia.

**CHIGUSA HITACHI**

Sie ist die Supporterin der Takemikazuchi-Familia.

**MARIUS VICTRIX RAKIA**

Der Kronprinz des Königreichs Rakia. Er ist der Vizeanführer der Ares-Familia und zugleich Ares' rechte Hand.

**HEPHAISTOS**

Die Schutzgöttin der Hephaistos-Familia, der auch Welf angehört hatte, verbindet seit ihrer gemeinsamen Zeit im Himmelreich eine enge Freundschaft mit Hestia.

**LOKI**

Die Göttin steht Orarios mächtigster Familia vor und spricht in einem seltsamen Pseudo-Kansai-Dialekt. Von ihren Anhängern mag sie besonders Aiz sehr gerne.

**RIVERIA LJOS ALF**

Die Hochelfe und Vizeanführerin der Loki-Familia ist in Orario sehr einflussreich.

**FREYA**

Die Schutzgottheit der Freya-Familia ist die schönste aller Göttinnen und gilt deshalb als die Göttin der Schönheit selbst.

**ALLEN FROMEL**

Der Katzenmann gehört zur Freya-Familia.

**RYU LION**

Die Elfe war früher eine hochrangige Abenteurerin und arbeitet zurzeit in der Schenke Hostess of Fertility.

**NAAZA ERSUISU**

Das einzige Mitglied der Miach-Familia ist auf jede Frau eifersüchtig, die sich ihrem Schutzgott nähert.

**ASFI AL ANDROMEDA**

Die junge Abenteurerin entwickelt und produziert allerlei Magiegegenstände. Sie ist Mitglied der Hermes-Familia.

**OKA KASHIMA**

Er führt die Takemikazuchi-Familia an.

**ARES**

Herrscher über das Königreich Rakia und Schutzgott der Ares-Familia. Seine Macht übersteigt sogar die eines jeden Königs.

# Is it Wrong to Try to Pick Up Girls in a Dungeon?

# 8

# Prolog:
# Angriff des Kriegsgottes

»Die Armee des Königreichs Rakia befindet sich auf dem Vormarsch.« Diese Nachricht verbreitete sich blitzschnell in den umliegenden Nachbarländern.

Soldaten in schweren Rüstungen und Tausende von gepanzerten Pferden marschierten unter dem teils bedeckten Himmel, während zwischen den Wolkenlücken immer wieder das matte Glänzen Zehntausender Speerspitzen zu erkennen war. Viele Händler und Reisende sahen zu, wie die lange, bewaffnete Kolonne die Landesgrenze überquerte.

Das Königreich Rakia. Ein monarchischer Staat, der im westlichen Teil des Kontinents lag. Man sagte sich, dass dort über sechshunderttausend Menschen lebten. In Zentrum der größten Siedlung prangte eine riesige Burg, die von einer ganzen Burgstadt umgeben wurde. Rakia war üppig und grün – es besaß reichlich fruchtbares Land, jedoch mangelte es ihm an Kultur. Alles geschah hier nach den Wünschen des Königs, die zugleich den Willen ihrer Gottheit verkörperten: Ares, des Kriegsgottes. Er stand an der Spitze Rakias und kontrollierte jeden Teil des Landes.

Letzten Endes stellte das Königreich nichts weiter als eine Familia dar, wenngleich in einer völlig anderen Größenordnung und Komplexität, als man sie sonst kannte, denn sie agierte als eigenständige Nation. Jeder von Rakias Soldaten hatte den Segen Ares' erhalten. Diejenigen, deren Auftrag lautete, die Industrie des Königreichs aufrechtzuerhalten, entsprachen den Nichtkämpfern in anderen Familias.

Bereits zu Beginn der Geschichte des Landes hatte Ares als einzige Gottheit den König und damit den Anführer der Familia auserwählt. Die einst kleine Familia, die anfangs nur aus ihm und einer Handvoll Mitgliedern bestanden hatte, hatte nach einer langen, mühevollen Zeit schließlich einen Staat gegründet, der inzwischen auf eine lange Geschichte zurückblicken konnte. Dank der Leidenschaft seines Gottes für den Krieg hatte das Königreich Rakia in den vergangenen Jahrhunderten zahlreiche Gefechte initiiert. Dass auch der momentane Konflikt auf den kriegslüsternen Gott Ares zurückging, war jedoch allein die Ansicht der anderen Nationen, die das Geschehen von der Seitenlinie aus beobachteten.

Der voranmarschierende Trupp zählte knapp dreißigtausend Soldaten. Das Ziel des Heeres, das ausgerüstet mit einer bestimmten Art magischen Schwertes einst als unbesiegbar gegolten hatte, lag weit im Westen, an den Grenzen des Kontinents. Es handelte sich um die Stadt, unter der sich der einzige Dungeon der Welt befand. Eine Stadt, die daher auch als »Zentrum der Welt« bekannt war: Orario.

Das Geräusch der Militärstiefel Zehntausender herannahender Krieger hallte durch die Umgebung, als sich die Armee der riesigen Stadtmauer und dem weißen Turm am Horizont näherte, der sich schier in den Himmel zu bohren schien. Auf den schweren Rüstungen, die ihre Körper umgaben, prangte ein extravagantes Emblem mit dem Gesicht eines bedeutenden Mannes, während ihre blutroten Flaggen im Wind flatterten. Es dauerte nicht lange, bis das Heer, das in Richtung Westen vordrang, das Gebiet in unmittelbarer Umgebung der Stadt erreichte. Der Trupp war unangekündigt auf deren Türschwelle erschienen, doch in Orario selbst ...

»Schaut, ist das nicht unglaublich günstig?! Ein ganzer, riesiger Schwarzfisch für nur 2000 Valis! Ihr habt richtig gehört, nur 2000 Valis!«

»Von der Wartung eurer Waffen bis hin zur Herstellung maßangefertigter Rüstungsteile, wir erledigen alles für euch!«

»Würde hier bitte jemand meiner Familia beitreteeeeen?!«

»Hmm, junge Abenteurerin! Hier, nimm doch diesen Heiltrank von mir an! Es wäre unerträglich, wenn dein hübsches Gesicht eine Narbe davontragen würde.«

»D... Danke ...!«

»Miach verführt wieder unwissentlich ein Mädchen?!«

»Er kann eben nicht anders ...«

... hatte sich rein gar nichts verändert. Der aus dem Osten herannahenden dunklen Wolken noch nicht gewahr badeten die Bewohner der Labyrinthstadt im strahlenden Sonnenschein des wolkenlosen, blauen Himmels – sie schienen nicht im Geringsten beunruhigt zu sein.

Erst in dem Moment, in dem Rakias Armee schlussendlich eintraf, während sie alle noch wie gewohnt ihrem geschäftigen Treiben nachgingen, teilten sie einen einzigen Gedanken: *Ah, es passiert schon wieder ...* Schreie, die von außerhalb der Mauern nach innen drangen, signalisierten ihnen, dass eine weitere Schlacht begonnen hatte.

Das Wiehern der Kriegspferde hallte durch die Luft, doch es wurde blitzschnell vom Dröhnen Tausender Hufe übertönt, die auf den Boden der Graslandschaft aufschlugen. Die große, offene Fläche dehnte sich 30 Kirlos ostwärts von Orario aus. Mit Tausenden wild flatternden Fahnen stürmten die Soldaten auf ihren Pferden voran. Man erzählte sich, Ritter seien die Rosen des Schlachtfeldes. Bewaffnet mit Lanzen und gehüllt in leuchtende Rüstungen suchten sie auf den Rücken ihrer ebenso stark gepanzerten Rosse den Weg nach vorn, indem sie alles in ihrer Umgebung niederstampften. Die Spitzen ihrer Waffen nach vorn gerichtet war ihre Formation imstande, sich ihren Pfad durch jedes Schlachtfeld zu bahnen. Eine ganze Reihe silberner Lanzen raste über die Graslandschaft, wobei sie das Sonnenlicht reflektierten und in hellem Glanz erstrahlten. Ein jeder Fußsoldat hätte bei diesem Anblick weiche Knie bekommen.

Doch in diesem Fall waren es die Reiter, die vor Angst erzitterten – ihre Augen waren weit aufgerissen und auf einen einzigen Zwerg fixiert, der sich ihnen in den Weg gestellt hatte. Jeder Muskel seiner stämmigen Gestalt hinterließ eine Wölbung in den vielen Schichten seiner dicken Rüstung. Ein Umhang hing von seinen Schultern herab, er trug einen Helm, der ihm bis knapp über die Augen reichte, und auf seiner Schulter ruhte eine unfassbar riesige Streitaxt, die nur auf ihren Einsatz zu warten schien.

Als das Echo der trampelnden Pferde an seine Ohren drang, holte er mit seiner Waffe aus. Kaum hatten die Reiter ihren Abstand zu ihm auf weniger als 10 Medol verringert, stürmte er geradewegs auf sie zu. Er streckte die Axt zu seiner Rechten aus und spannte jeden Muskel in seinem Körper an, um sie nach vorn zu schwingen. »Hnnnnnng!!«

Im nächsten Moment flog die vermeintlich unbesiegbare Kavallerie durch die Lüfte. »Gyaaaaaaaaaaaaaaaah?!«

Auf der weitläufigen Graslandschaft war ein unglaubliches Schauspiel zu beobachten. Tränen strömten den Rittern aus den Augen, als ihre Helme und Teile ihrer Rüstungen zu Boden geschleudert wurden. Der Ausdruck auf ihren Gesichtern machte deutlich, dass sie sich völlig im Klaren darüber waren, was in nur wenigen Augenblicken mit ihnen geschehen würde. Leidvolle Schreie erfüllten die Luft, als sie gemeinsam mit ihrer Ausrüstung und ihren wiehernden Pferden auf der harten Erde aufkamen.

Die nächste Welle an Reitern stoppte ihren Vormarsch angesichts des fatalen Anblicks, der sich vor ihnen entfaltete. Die Kavalleristen, die ihnen folgten, bemerkten dies allerdings nicht rechtzeitig, weshalb beide Gruppen mit Vollgas ineinanderkrachten. Von der ersten bis zur dritten Reihe stürzten die Ritter unvermittelt und ohne zu wissen, wie ihnen geschah, von ihren Streitrossen.

Der Zwerg, Gareth Landrock von der Loki Familia, seufzte in sich hinein, während er den feindlichen Soldaten dabei zusah, wie sie nacheinander zu Boden gingen. »Verdammt noch mal, Finn ... Hör auf, solche nervigen Angelegenheiten auf mich abzuwälzen ...«

Zwei zusätzliche Reiterreihen preschten aufs Schlachtfeld vor – sie schienen aus den Fehlern ihrer Mitstreiter nichts gelernt zu haben. Gareth machte sich nicht einmal mehr die Mühe, einen weiteren Seufzer auszustoßen, und brachte die Streitaxt erneut in Position. Wie schon zuvor schwang er sie auf spektakuläre Weise durch die Luft, wodurch die Neuankömmlinge dasselbe Schicksal erfuhren wie ihre Kameraden vor ihnen – wieder flogen wiehernde Pferde und weinende Krieger durch die Luft.

Gareth Landrock gehörte zu den hochklassigsten Abenteurern Orarios. Er war ein großer Zwergenkrieger auf Level 6, dessen Namen auf der ganzen Welt bekannt war. Bei seinen Gegnern handelte es sich größtenteils um Ritter aus dem Königreich Rakia auf Level 1. Auch ihre Truppenführer waren maximal auf Level 2, jedoch keineswegs höher. Egal, wie geschickt und taktisch sie auch vorgehen mochten, die überwältigende Differenz in ihren Fähigkeiten war aufgrund des Levelunterschieds unüberwindbar.

Auch die Ritter Rakias wussten nur allzu gut, wie waghalsig ihr Angriff war. Die Tage, an denen man einen Krieg mit zahlenmäßiger Überlegenheit gewinnen konnte – besonders wenn es eine Schlacht unter Menschen war –, kamen zu einem Ende. In der Ära der Götter galt die Devise: Qualität über Quantität. Schon die Anwesenheit eines einzigen außerordentlich starken Individuums, eines Kriegers, der den Segen einer Gottheit erhalten hatte, genügte, um den Verlauf einer jeden Schlacht zu beeinflussen. Man behauptete, dass bereits eine kleine Gruppe von Kriegern mit aufgeleveltem Status fähig war, sich Hunderten oder gar Tausenden von feindlichen Einheiten entgegenzustellen und siegreich aus dem Gefecht hervorzugehen.

Sobald der durch den Segen eines Gottes verliehene Status einer Person Level 6 erreichte, wurde diese einer der furchterregenden Bestien, die in uralten Zeiten die Welt durchstreift hatten, ebenbürtig, wenn nicht sogar stärker als sie. Anders ausgedrückt: Dieser Zwerg unterschied sich nur unwesentlich von einem urzeitlichen Drachen – zumindest in den Augen der Ritter Rakias. Noch dazu galt es als unabänderliche Wahrheit, dass eine Armee, die keinen Helden in ihren Reihen besaß, niemals auch nur eine Chance gegen einen Drachen hätte. Im Kampf, der hier entbrannt war, spiegelte sich genau das wider, was auch den Heeren in den bekannten Heldensagen oder Märchen geschehen war: Ohne großen Widerstand gelang es dem einzelnen Zwerg, die gewöhnlichen Soldaten kampfunfähig zu machen.

»Tione, läute den Gong! Dass sich die Reiter zurückziehen, ist eine Finte. Nähere dich ihnen von der anderen Seite, sodass sie von uns und unseren Verbündeten eingekreist sind.«

»Verstanden!«

»Außerdem sind auf dem Hügel dort drüben vermutlich Magier … Die werden versuchen, uns aus der Ferne zu attackieren.

Tiona, sag der Ganesha-Familia, sie soll sie umzingeln und unbemerkt aus dem Verkehr ziehen.«

»Mach iiich ... Es ist so öde, wenn man nur Nachrichten überbringen darf.«

Schmerzensschreie schallten zu allen Seiten des Kampfplatzes über die Landschaft – auch ein gutes Stück weg von dem Ort, an dem Gareth Landrock wütete. Der Pallum Finn Deimne, Anführer der Loki-Familia, beobachtete mit seinem Speer in der Hand aus großer Entfernung das Geschehen auf den verschiedenen Schauplätzen des Schlachtfeldes und gab von seiner Position aus zahlreiche Anweisungen.

Orario blieb keine andere Wahl, als sich der herannahenden Armee mit ihren dreißigtausend Soldaten entgegenzustellen. Die Gilde hatte eine Zwangsmission für verschiedene Familias in der Stadt ausgerufen und diesen die Aufgabe übertragen, den Vorstoß der rakianischen Streitkräfte noch vor den Stadtmauern zu stoppen. Ihr Feind hatte von Anfang an vorgehabt, sie mit einer überwältigenden Vielzahl an Kriegern in die Knie zu zwingen. Aus diesem Grunde hatte die provisorische Allianz der Streitkräfte Orarios sich dazu entschieden, Finn als ihren Oberbefehlshaber einzusetzen.

Als Anführer der Familia, die zu den führenden Dungeon-Erkundungs-Kräften zählte, verfügte der Pallum über die notwendige Einsicht und den Einfallsreichtum, um mit unerwarteten Anomalien des unterirdischen Labyrinths umzugehen. Zudem war er für seine herausragenden Führungsfähigkeiten bekannt und somit rundum die ideale Besetzung für diesen Posten. Selbst in diesem Moment analysierte er die Bewegungen der feindlichen Truppen aufs Genaueste und lenkte den Verlauf der Schlacht.

»Kommandant, einige Familias wollen nicht auf uns hören ... besonders die Freya-Familia«, ließ ein leicht niedergeschlagener Untergebener verlauten.

»Wir sind eben nur ein zusammengewürfelter Haufen kleinerer Gruppen. Es genügt, wenn du ihnen eine grobe Richtung vorgibst. Ich bezweifle stark, dass wir uns um sie sorgen müssen.«

»Finn, es gibt Meldungen darüber, dass die Feinde Verstärkung aus Richtung Osten bekommen. Wie lauten deine Befehle?«

»Hmm ... Ich sorge mich eher um den Wald im Norden. Riveria, ich bitte dich nur ungern darum, aber könntest du Aiz mitnehmen und dort nach dem Rechten sehen? Vermutlich steht da die Hauptarmee in Bereitschaft«, wandte sich der Krieger an eine Hochelfenmagierin. Indem er kurz an seinem rechten Daumen leckte, konnte er vorhersagen, was als Nächstes geschehen würde – auf diese Weise erhielt er Anhaltspunkte zur Strategie seiner Gegner.

Neben der Loki-Familia waren an den verschiedensten Kampfschauplätzen viele weitere Familias dabei, sich den Truppen Rakias entgegenzustellen. Orarios Abenteurer machten mit ihren Feinden kurzen Prozess. Es war, als stünde die mythische Hydra inmitten der Graslandschaft und würde jeden ihrer Köpfe unabhängig voneinander für die Allianz arbeiten lassen, um die herannahenden Streitkräfte aufzuhalten.

»Wie langweilig ...«

»Ja, dabei habe ich zu Hause unglaublich viel zu tun ...«

Ein gutes Stück hinter dem Punkt, von dem aus Finn seine Befehle erteilte, hatten sich die Schutzgottheiten der einberufenen Familias auf der Spitze eines kleinen Hügels versammelt und beobachteten das Gefecht. Für jeden von ihnen hatte man ein Zelt und eine Sitzgelegenheit vorbereitet. Während Freya auf einem prunkvollen Stuhl saß und Wein trank, hatte Loki im Zelt nebenan auf einem schlichteren Platz genommen und die Beine überkreuzt. Die beiden hielten den Blick auf das einseitige Geschehen auf dem Schlachtfeld gerichtet und beschwerten sich darüber, wie öde sie den Kampf fanden.

»Es war schon in dem Moment vorbei, in dem sie auf die Pferde gestiegen sind, nicht wahr?«

»Kinder mit höherem Status sind ohnehin schneller. Ich weiß nicht, ob sie versuchen, cool zu wirken, aber sie sehen aus, als wollten sie anderen zeigen, wie unterentwickelt ihr Status ist.«

Unter den in ihren Zelten sitzenden Gottheiten war kein bisschen Anspannung zu spüren. Sie teilten hinsichtlich der Schlacht dieselben Gedanken wie die Mitglieder ihrer Familias.

Zusätzlich zu den Göttern und den Göttinnen selbst waren lediglich einige ihrer Anhänger anwesend, die als private Leibgarde fungierten. Neben dem Zelt einer jeden Gottheit wehte die Fahne ihrer jeweiligen Familia im Wind. Die der Loki und der Freya-Familia, die auf dem Schlachtfeld und unter den Abenteurern am präsentesten waren, stachen ganz besonders hervor. Der Anblick des Narren der Loki-Familia und der Walküre der Freya-Familia ließ eine Welle der Furcht durch die Reihen der rakianischen Soldaten schwappen. Infolgedessen wirkten die sonst so koordinierten Bewegungen der Krieger, als wären diese kraftlos sowie eingeschüchtert und ihr Kampfeswille verpufft. Selbst ihren Attacken mangelte es an Enthusiasmus. Die bloße Präsenz dieser Symbole versetzte der Moral der angreifenden Armee einen ernsthaften Dämpfer.

»Wären wir allerdings nicht hier aufgekreuzt, hätte der Gegner Grund zur Annahme gehabt, dass etwas nicht stimmt … Hach, den Titel der größten Familias zu tragen, ist doch echt lästig, oder?« Loki verschränkte die Arme hinter dem Kopf und lehnte sich in ihrem Stuhl zurück.

»Es ist zu spät, sich darüber aufzuregen.« Freya musterte sie mit einem Seitenblick, ehe sie die Augen beim Lächeln zusammenkniff. »Oh, übrigens ... Ich habe gehört, dass noch keine der feindlichen Truppen im Kampf gefallen ist? Was hat das zu bedeuten?«

»Da haben wir keine große Wahl. Die Händler liegen uns in den Ohren, dass wir ihre Goldesel am Leben lassen sollen«, antwortete Loki etwas genervt auf die Frage der anderen Göttin. Ihr Blick schweifte über die Graslandschaft, von der aus weiterhin ein chaotisches Durcheinander von Schreien und Stöhnen an ihre Ohren drang. Es war allzu offensichtlich, dass die Abenteurer Orarios mit den stumpfen Seiten ihrer Waffen zuschlugen. »Erstens das und zweitens möchte ich nicht, dass meine Kinder sich die Hände bei diesem Kriegsspielchen schmutzig machen.«

»Da hast du wohl recht.«

Die rothaarige Göttin unterdrückte ein Gähnen, während die beiden die Farce vor ihren Augen mit herabwürdigenden Worten kommentierten. »Ares, du Dummkopf! Du solltest keinen Gegner angreifen, von dem du weißt, dass du ihn nicht besiegen kannst. Du verlierst weitaus mehr, als du glaubst«, murmelte sie, während sie zum feindlichen Lager in der Ferne sah.

»Hey, du da, werter Soldat! Wenn du jetzt zugreifst, gehört ein Heiltrank, der direkt hier in Orario gebraut wurde, für nur 1000 Valis dir!«

Im Frontlager der rakianischen Armee herrschte reges Treiben, ein Verwundeter nach dem anderen wurde eingeliefert.

In unzähligen aufgereihten Zelten schlenderten sowohl Halbmenschen als auch Gottheiten zwischen den stöhnenden und schreienden Verwundeten umher, die nebeneinander aufgebahrt lagen. Die Handels-Familias Orarios hatten sich ihre Gelegenheit auf ein großes Geschäft nicht entgehen lassen und sich den Kontrollen der feindlichen Soldaten irgendwie entzogen, um ihre Waren an den Mann zu bringen.

»Das tut weh, nicht wahr? Der Schmerz ist nicht auszuhalten, oder? Sicher möchtest du, dass diese Wunde ganz schnell verheilt, ja?«

»J… Ja, das möchte ich …«

»Großartig! Dann lass uns handeln!«

Ein paar von Orarios Gottheiten standen neben den schwer verwundeten Soldaten und versuchten, ihnen mit einem breiten Grinsen im Gesicht Heiltränke zu verkaufen. Ihr Unternehmergeist kannte keine Grenzen: Sie verkauften ihre Produkte nicht nur in ihrer Heimatstadt, sondern auch an die feindliche Armee. Keine Gelegenheit, Profit zu machen, blieb ungenutzt.

»Mit einer kaputten Waffe kann man nicht kämpfen! Also kauft euch besser eine neue!«

»Ich bin auch zu Tauschgeschäften bereit!«

»Bu ha ha ha ha ha ha?! Wie schmeckt dir das, Miach? Meine Produkte verkaufen sich wie blöd! Scheint so, als würde der Sieg dieses Mal an mich gehen. Was sagst du, Amid?«

»Nein, Gott Dian Cecht. Gott Miach und seine Familia sind nicht einmal hier.«

»Was sagst du da?! Der hat wohl Angst bekommen! Miaaaaaaaach?!«

Von Waffen über Rüstungsteile bis hin zu Magieschwertern – es war ein klassisches Beispiel für Angebot und Nachfrage. Da

Orario keinen nennenswerten Schaden erlitten hatte, ging es aus diesem Geschäft als großer Gewinner hervor. Die Abenteurer der Stadt hatten Rakias Versorgungswege und Kommunikationskanäle vollständig unterbrochen, weshalb den Soldaten keine andere Wahl blieb, als sich auf den Handel einzulassen. Da die befehlshabenden Offiziere der rakianischen Armee sich nicht gegen den Willen ihres Gottes Ares auflehnen konnten, bezahlten sie widerwillig und unter Tränen ein Vermögen.

»Ts, nirgendwo gibt es anständige Kerle ... Die einzigen, die was taugen, sind wohl die Offiziere.«

»Aisha! Ein paar Reihen weiter sind ein paar richtig knackige Ritter! Zeit für unser Festmahl!«

»W... Warte auf mich, Samira! Ich bin sofort bei dir!«

Wie bei einem Truppenaufmarsch üblich waren auch ein paar Prostituierte zugegen. Die »unabhängigen« Schönheiten gehörten zu keiner Familia mehr und waren ebenfalls hier, um Geschäfte zu machen. Zwar boten sie einigen Kriegern ihre Dienste an, doch sobald die furchteinflößenden Amazonen einen Ritter fanden, der ihren Ansprüchen gerecht wurde, verschlangen sie ihn auf der Stelle. Hier und da ertönten zwischen den fortwährenden Schmerzenslauten und den verzweifelten Ausrufen auch Lustschreie. Das ursprünglich für einen Angriff auf Orario gedachte Lager war inzwischen zu einem Spielplatz für die wirtschaftlichen Ambitionen der Bürger und der Gottheiten der Labyrinthstadt verkommen.

»E... Erstatte Meldung von der Front! Die Einheiten eins bis fünf wurden vernichtet und unsere Soldaten ziehen sich chaotisch in alle Himmelsrichtungen zurück. Der Feind scheint jede unserer Strategien vorhergesehen zu haben, all unsere Operationen sind gescheitert ...«

»V... Verdammt noch maaaal ...!«

In einem Zelt tief in den hinteren Reihen der Streitkräfte Rakias saß ein Gott und ballte wütend die Hände zu Fäusten. Sein strahlend goldenes Haar erinnerte an die prächtige Mähne eines Löwen, sein Körper war in eine leuchtend rote Rüstung gehüllt und sein markantes, maskulines Aussehen machte dem eines Gottes der Schönheit Konkurrenz – er war die Verkörperung der Männlichkeit. Es handelte sich um keinen Geringeren als denjenigen, der für den Ausbruch dieses Krieges verantwortlich war. Er war der wahre Anführer des Königreiches Rakia und Gott der Familia, auf deren Basis dieses gegründet worden war: Ares. Während er dem Bericht seines Boten lauschte, knirschte er mit den Zähnen und verzog das Gesicht zu einer Grimasse.

»Auch unser Lager an der Front ist in die gierigen Fänge Orarios geraten! Einige Prostituierte haben unsere Soldaten verführt, wodurch sie jedwede Disziplin verloren haben ... Die Moral unserer Truppen ist völlig am Boden!!«

»Orarioooo?! Wie feige, auf solch hinterlistige Taktiken zurückzugreifen!!«

Ares' Gesicht nahm die Farbe seiner Rüstung an. Wäre Loki hier gewesen, hätte sie ihm sicherlich so etwas wie »Glaubst du wirklich, so etwas würden wir tun, du Idiot?« an den Kopf geworfen. Allein der Gedanken daran erfüllte ihn mit noch mehr Wut. Er selbst bezeichnete dies als seinen Kampfinstinkt, doch die Leute um ihn herum sahen darin nur Impulsivität. Andere Götter wiederum beschrieben ihn als Muskelhirn.

Der junge Mann an Ares' Seite warf ihm einen kurzen Blick zu und stieß einen tiefen Seufzer aus, ehe er die Schultern sacken ließ und resigniert den Kopf schüttelte. Ares war sowohl der Gott des Krieges als auch der des Militärs, hatte jedoch keineswegs die Kontrolle darüber, ob er diese Schlacht auch gewinnen würde. Eine Stimmung der Niederlage erfüllte bereits das Zelt der befehlshabenden Offiziere – sie alle waren in Schweigen verfallen. Nur die wutentbrannten Schreie ihres Schutzgottes hallten in der Umgebung wider.

»Habt Ihr auch dieses Mal wieder einen Plan geschmiedet?« Während der angreifende Gott seiner Frustration Luft verschaffte, stand auf der Stadtmauer Orarios, weit entfernt vom Schlachtfeld, eine schöne junge Frau, deren weißer Umhang in einer sanften Brise tanzte – es war Asfi, die Anführerin der Hermes-Familia, die ihrem Gott eine Frage gestellt hatte.

Dieser lehnte an einer brusthohen Mauer und betrachtete eine in der Ferne aufsteigende Rauchsäule – vermutlich das Ergebnis von Magie. Regungslos antwortete er ihr: »Selbst wenn ich eine Möglichkeit finden würde, Bell Ares vorzustellen ...« Der Wind strich ihm durchs orange Haar, während sein charmantes Lächeln leicht gequälte Züge annahm und er seinen Hut festhielt, damit er ihm nicht vom Kopf geblasen wurde. »Sicherlich würden sich dadurch einige interessante Dinge ergeben, aber ... ich fürchte mich ein wenig davor, wie Freya darauf reagieren würde. Zu Recht ...«

»Hattet Ihr seither Kontakt zu ihr oder ihrer Familia?«

»Nein. Aber genau das ist ja das Beängstigende. Mit ihrem Schweigen warnt sie mich davor, dass es kein nächstes Mal geben wird.«

Die Aufregung nach den Vorfällen im Vergnügungsviertel legte sich langsam. Doch das bedeutete noch lange nicht, dass der Gott, wenn es um die Freya-Familia ging, alles tun konnte, was er wollte, nur um ein wenig Unterhaltung geboten zu bekommen.

»Die Auslöschung einer Familia ist wirklich keine Kleinigkeit«, sagte Asfi und blickte ihn ernst an.

»Das weiß ich«, antwortete Hermes und zuckte mit den Schultern. »Ich habe ein paar Worte mit der Gilde gewechselt und sichergestellt, dass sie die Hestia-Familia auf keinen Fall mit dieser Mission betraut. Sie wurde in letzter Zeit von einem Vorfall in den anderen verwickelt und hatte kaum Zeit, sich auch einmal zu entspannen.« Hermes lehnte sich mit dem Rücken an die Mauer und blickte in den klaren, blauen Himmel.

»D... Die Prinzessin der Klingen?!«

»Ja, das ist sie!!«

»Lauft weeeeeeeeeeeeeeeeeeg!«

Es geschah im nördlichen Teil der weitläufigen Ebene, auf der sich die Schlacht abspielte. Ein Hinterhaltstrupp, der im Wald auf der Lauer lag, verlor schlagartig die Kampfmoral, als plötzlich eine Schwertkämpferin vor ihm auftauchte. Obwohl der Offizier lauthals versuchte, seine Leute zu motivieren, warfen diese ihre Waffen weg und flohen so schnell ihre Beine sie trugen in den Wald.

»Nun, das war zu erwarten.«

»Verdammt noch mal, Aiz ... Genau deshalb hatte ich dich darum gebeten, dich weiter hinten in der Formation einzufinden. Jetzt müssen wir denen auch noch folgen. Wie lästig!«

Aiz hielt ihr Schwert bereits kampfbereit in den Händen. Als sie jedoch Riverias und Betes Worte zu hören bekam, schwieg sie und ließ die Schultern hängen. Mit ihren goldenen Augen und ihrem blonden Haar stach die junge Abenteurerin einfach zu sehr heraus und war für die Feinde selbst in einer großen Schlacht leicht identifizierbar. Die Soldaten Rakias fürchteten das Mädchen, das einst ganz allein einen Ebenenherrscher des Dungeons erlegt hatte. Zwar blickte sie den im Wald verschwindenden Kämpfern ausdruckslos hinterher, doch tatsächlich fühlte sie sich deswegen ein wenig niedergeschlagen.

»Aiz, steh da nicht so herum. Ihnen nach! Wir dürfen nicht zulassen, dass die umliegenden Dörfer in irgendeiner Form Schaden nehmen.«

»Ja ...«

»Lasst uns die Sache einfach hinter uns bringen und schnell nach Orario zurückkehren. Das hier ist so eine Zeitverschwendung.«

Angeführt von Riveria und Bete rannten die Mitglieder der Loki-Familia in den Wald hinein, um die Verfolgung der Soldaten aufzunehmen. Es dauerte nicht lange, ehe sich Aiz der Jagd auf die panischen Männern anschloss. Im Südwesten streckte sich, wie an jedem anderen Tag, ein riesiger weißer Turm hoch in den Himmel.

Der Angriff der rakianischen Streitkräfte würde später als »Die sechste Invasion Orarios« bekannt. Obwohl der Krieg länger als üblich andauerte, setzten die Bürger der Labyrinthstadt ihren Alltag ganz normal fort. Wie immer woben dic Gotthciten und ihre Anhänger ihre eigenen, verborgenen, kleinen Geschichten.

# Kapitel 1:
# Ein Liebeslied an einen Gott der Kampfkünste

»Hier steckst du also, Mikoto.«

Sie träumte. Unter einem kahlen Baum saß ihr jüngeres Ich, die Knie an die Brust gezogen und fest umschlungen, während eine kühle Brise sanft über seine Haut strich. Plötzlich erkannte sie, dass dies kein bloßer Traum war, sondern eine Erinnerung an ihre Vergangenheit.

»Was ist denn los? Hast du Hunger?«

Die junge Mikoto drückte das Gesicht fest gegen die Knie und starrte regungslos auf den Boden, obwohl Takemikazuchi sie angesprochen hatte. Er sah genauso aus wie heute: Zu beiden Seiten seines Gesichts fielen Haarschlaufen herab. Sie befanden sich in ihrer Heimatstadt im Fernen Osten, hinter dem Schrein, in dem sie gelebt hatten. Nur die Stimmen der beiden hallten in der Umgebung wider.

»Meister Takemikazuchi ...« Die Stimme des kleinen Mädchens drang zwischen seinen Knien hervor. Sie weigerte sich noch immer aufzublicken.

Der Gott beugte sich zu ihr und wartete geduldig, bis sie erneut das Wort ergriff.

»Warum habe ich keine Mama und keinen Papa ...?«

*Weil ich eine Waise bin.* Die heutige Mikoto hätte sich diese Frage mühelos beantworten können.

Kriege, Epidemien und Monster. Es war keineswegs ungewöhnlich, dass Kinder aus dem Fernen Osten ihre Eltern verloren und allein zurückblieben. Tatsächlich konnte sich Mikoto sogar zu den Glücklicheren zählen, da sie von einem Schrein aufgenommen worden war, in dem Götter wie Takemikazuchi lebten.

Diese hatten sie zu einem belebten Dorffest mitgenommen, zu einem großen Hafen, an dem Schiffe anlegten und von dem aus man auch in die große Stadt gelangte … Dort verbrachte sie viel Zeit mit ihren Freunden wie Oka und Chigusa sowie mit den Deusdea des Schreins. Doch ihre Aufmerksamkeit galt nur einer Sache: Eltern, die fröhlich mit ihren Kindern spielten. Dieser Anblick hinterließ ein Gefühl der Einsamkeit in ihr, das sie nun nicht mehr zu ertragen vermochte.

»Deine Eltern, die dir das Leben geschenkt haben, haben dich uns anvertraut und sind in den Himmel zurückgekehrt …«

»Werde ich sie denn jemals wiedersehen …?«

»Nun … Zu deinen Lebzeiten werden sie wohl nicht in diese Welt zurückkehren.«

Es konnte Jahrzehnte, wenn nicht sogar Jahrhunderte dauern, bis die Seelen ihrer Eltern wiedergeboren würden. Mikoto war zu jung, um in der Lage zu sein, die volle Bedeutung von Takemikazuchis Worten zu begreifen. Das Einzige, das sie verstand, war, dass sie ihre Eltern niemals wiedersehen würde – sie zog die Beine noch fester an ihren Körper heran.

»Fühlst du dich einsam?«

Die Kleine konnte weder nicken noch den Kopf schütteln. Sie festigte nur den Griff um ihre Knie und grub die Finger tief in ihre Haut, als versuchte sie verzweifelt, etwas in sich zu halten, das überzufließen drohte. Als der Körper des Mädchens anfing zu zittern, kniete der Gott neben ihm nieder. Plötzlich hob er sie hoch, als wäre ihr Körper so leicht wie eine Feder. Überrascht blickte Mikoto zu dem Gott auf, der sie anstrahlte.

»Mikoto, werde meine Tochter!«

Mit weit aufgerissenen, tränenunterlaufenen Augen blickte die Waise in Takemikazuchis lächelndes Gesicht. »Was …?«

»Eines Tages wirst du meine Falna erhalten. Sobald dies geschehen ist, teile ich mein göttliches Blut mit dir und du wirst wahrhaft zu meiner Tochter und wir werden eine Familie ... eine Familia!«

»Familie ... Familia.« Seine Worte hatten nicht nur einen schönen Klang, sie erfüllten die schmerzerfüllte Seele der Kleinen auch mit Wärme. Sie erkannte in den Augen des Gottes ein Mitgefühl, mit dem sonst nur Eltern ihr Kind bedachten.

»Krankheiten befinden sich im Geiste, während der Geist sich im Körper befindet. Das ist zumindest meine Theorie. Und genau deshalb werde ich dir so viele Kampftechniken beibringen, dass weder dein Körper noch dein Geist überhaupt Zeit für Einsamkeitsgefühle haben werden. Sorge dich nicht, Mikoto, und halte dich bereit«, sagte Takemikazuchi dem Mädchen, dem es die Sprache verschlagen hatte. Dann warf er ihr ein gleichermaßen kindliches wie unschuldiges Lächeln zu. »Mikoto, was wolltest du mit deiner Mutter und deinem Vater denn alles machen?« Mit demselben mitfühlenden Blick wie zuvor ermutigte er sie, aus dem Herzen zu sprechen.

»I... Ich wollte, dass mein Papa mich huckepack nimmt.«

»Das werde ich sofort machen. Sonst noch etwas?«

»I... Ich wollte neben ihnen schlafen, damit ich mich nachts nicht so allein fühle.«

»Okay, dann machen wir das von heute an! Noch etwas?«

»Ich wollte unbedingt Konpeito mit ihnen essen ... Diese Süßigkeit, die wir letztens in der Stadt gesehen haben!«

»O... Okay, überlass das mir!« Die Forderung nach dieser edlen, bunten Leckerei zauberte Takemikazuchi ein Lächeln ins Gesicht. Obwohl der Schrein unglaublich arm war, würde der Gott Mikoto, Oka, Chigusa und die anderen Kinder ein paar Tage später mit in die Stadt nehmen, um sein Versprechen einzulösen.

Kind und Gottheit, beide nur in Lumpen gekleidet, tauschten Blicke der Zuneigung und der Hingabe aus.

»Aber, na ja ... es wäre vollkommen in Ordnung, wenn du lieber in Tsukuyomis Familia wärst als in mein...«

»Ich will zu Eurer Familia gehören, Meister Takemikazuchi!!«, unterbrach die junge Mikoto die Gottheit lauthals. Ihre Wänglein nahmen einen Hauch Rosa an, während sie Takemikazuchi aus ihren dunkelvioletten Augen anstarrte.

»Verstehe ...« Dieser blinzelte ein paarmal, ehe er der Kleinen schließlich ein Lächeln schenkte. Er setzte sie wieder auf dem Boden ab und wuschelte ihr durchs Haar.

Als er mit seiner großen Hand über ihren Kopf fuhr und sie dabei kitzelte, kniff sie die Augen zusammen. Eine letzte Träne rann ihre Wange hinab, bevor sie auf seinen Rücken kletterte und die beiden sich auf den Weg zu Oka, Chigusa und den anderen machten, die sich bereits auf die Suche nach ihnen begeben hatten. Sowohl auf dem Gesicht des Gottes als auch auf dem des Mädchens lag ein Lächeln, als ihre Freunde zu ihnen stießen.

Von jenem Tag an war Takemikazuchi Mikotos Vater und sie von Liebe umgeben. Im Laufe der Zeit veränderte sich ihre Zuneigung ihm gegenüber ein wenig.

Mikoto öffnete langsam die Augen. Das sanfte Sonnenlicht, das durchs Fenster in ihr Zimmer fiel, und das von draußen hereindringende Zwitschern der Vögel signalisierten ihr, dass die Nacht vorüber war. Sie starrte an die Decke und schwelgte in Erinnerungen. Es dauerte nicht lange, bis sie bemerkte, dass ihr Mund zu einem Grinsen verzogen war. Gerade, als noch mehr

Vergangenes in ihren Kopf strömen wollte, erhob sie sich von ihrem Futon.

*Zzz, zzz, zzz.* Sanfte Atemgeräusche drangen an ihre Ohren – die zweite Person in ihrem Zimmer schlief noch.

Sie blickte zur Seite, wo eine Renard – Haruhime – auf dem Rücken auf ihrem Futon lag und noch vor sich hinträumte. Erneut legte sich ein Lächeln auf Mikotos Lippen. Die strapaziösen Vorfälle rund um den Kampf gegen die Ishtar-Familia waren zwar herausfordernd gewesen, doch durch sie war sie wieder mit ihrer Kindheitsfreundin aus dem Fernen Osten vereint worden. Darauf bedacht, Haruhime nicht aufzuwecken, wischte Mikoto ihr ein paar goldene Strähnen aus dem Gesicht und streichelte sanft ihre Fuchsohren.

Sie befanden sich in einem Zimmer im Zuhause der Hestia-Familia, dem Feuerstellen-Anwesen. Die beiden erst kürzlich zur Familia konvertierten Mädchen hatten ein Zimmer im dritten Stock des Anwesens erhalten. Anstatt mit Betten war es mit Futons ausgestattet und auch sonst vollgepackt mit Möbeln im fernöstlichen Stil, die ganz und gar nicht zur kontinentalen Architektur des Raumes passten. In einer Ecke stand ein offener Kleiderschrank, der mit vielen leuchtend-bunten Kimonos und fernöstlicher Kampfkleidung gefüllt war.

Mikoto schob ihren Traum und den ihr so vertrauten Schrein aus ihren Erinnerungen, den sie früher einmal ihr Zuhause genannt hatte, beiseite und wandte sich dem neuen Ort zu, an dem sie nun lebte. Nachdem sie eine Weile das schlafende Gesicht ihrer Kindheitsfreundin betrachtet hatte, richtete sie den Blick nach draußen, wo der Himmel allmählich immer heller wurde.

»Also gut …!« Erfrischt durch den Anblick der sanften Morgensonne, streckte sie sich herzhaft.

»Meisterin Haruhime, dürfte ich dich bitten, den Tisch zu decken?«

»J... Ja!«

Ein köstlicher Duft zog durch den Speiseraum des Anwesens. Mikoto hatte das lange schwarze Haar zurückgebunden und gab mit einer Schürze um die Hüften in der anliegenden Küche ihr Bestes. Neben ein paar Fischen, die über offener Flamme brutzelten, rührte sie mit einem Holzlöffel in einem Topf herum. Das Klappern und das Scheppern beim Zubereiten des Frühstücks vermischten sich mit den tapsenden Geräuschen von Haruhimes Füßen, während sie geschäftig Speisen und Geschirr aus der Küche ins Esszimmer brachte.

»Meisterin Haruhime, du kannst ruhig einen Gang zurückschalten ...«

»Oh nein, nicht doch! Ich wurde als Mitglied dieser Familia akzeptiert. Also bitte erlaube mir, mich richtig einzubringen, Fräulein Mikoto.«

Anstelle ihres üblichen Kimonos trug Haruhime ein Dienstmädchenkleid. Als Lili auf der Suche nach einer Haushaltshilfe gewesen war, hatte die Renard nicht lange gezögert und sich freiwillig für den Posten gemeldet. »Bitte gebt mir eine Aufgabe!«, hatte sie sich ohnehin sofort nach ihrer Ankunft für derlei Tätigkeiten angeboten. Da sie edler Herkunft war und ganze fünf Jahre in einem Bordell gelebt hatte, verfügte sie nur über wenig Erfahrung im Putzen oder darin, anderen zu dienen. Ihr Eifer und ihr Wille, Neues zu erlernen, waren jedoch bemerkenswert und nun ging sie in einem schwarzen Kleid mit einer weißen Schürze ihrer neuen Arbeit nach, wobei ihr buschiger goldener

Schwanz ununterbrochen vor und zurück wedelte. Mikoto war froh darüber, dass ihre Freundin helfen wollte.

Just in diesem Moment trafen die Allianz Orarios und die Streitkräfte des Königreichs Rakia aufeinander. Die Hestia-Familia war nicht an die Front beordert worden, da sie nicht genügend Mitglieder besaß, um sich für diese Mission zu qualifizieren. Deshalb konnte sie auch heute wieder einen friedlichen Tag genießen.

»Wow, das riecht ja mal toll ...«

»Heute ist also Mikoto dran, ja? Kein Wunder, dass es so duftet.«

»Ah, Meister Bell, Meisterin Hestia. Guten Morgen!« Mikoto war gerade dabei, die Suppe in kleine Schüsseln zu schöpfen, als der Menschenjunge und die Göttin in der Küche vorbeischauten.

In der Hestia-Familia wechselten sich alle täglich mit dem Küchendienst ab. Normalerweise bereiteten immer Gruppen von zwei oder drei Leuten das Essen vor, wobei natürlich auch die Göttin keine Ausnahme bildete. An den Tagen, an denen Welf zuständig war, gab es immer verschiedene Arten von gegrilltem Fleisch oder anderen gerösteten, »männlichen« Zutaten. Lili hingegen reduzierte die Speisen immer auf ein Minimum, um so viel Geld wie möglich zu sparen. Jeder brachte seine eigenen Spezialitäten und seine Persönlichkeit in seiner Kochkunst zum Ausdruck, doch nur an den Tagen, an denen Mikoto das Essen zubereitete, war sich die ganze Familia einig, dass es hervorragend schmeckte.

Schon seit ihrer Kindheit feilte sie an ihren Fähigkeiten. Damals hatte sie an der Seite von Chigusa und den anderen Mädchen im Schrein alle möglichen Zutaten in etwas Essbares verwandelt. Die Kombination ihrer Kochkünste mit ihrer ernsthaften Persönlichkeit vermochte sogar die von frittierten Kartoffeln besessene Hestia ins Schwärmen zu bringen.

»Ähm, Mikoto, diese braune Suppe hier ... Was ist das?«

»Das nennt man Miso-Suppe.«

Bell linste über den Rand des Topfes, als Mikoto ihm freudestrahlend eine Erklärung lieferte. Für diese Suppe kombinierte man Fischbrühe mit einem Gewürz namens Miso. Normalerweise bereitete Mikoto die Mahlzeiten mit Brot und anderen Lebensmitteln zu, die sich innerhalb Orarios einfach auftreiben ließen, um dem Geschmack ihrer Kameraden zu entsprechen. Doch vor ein paar Tagen hatte sie auf einem Markt zufällig Miso entdeckt und Lust bekommen, nach längerer Zeit wieder einmal etwas damit zu kochen. Sie erklärte den anderen, dass es sich dabei um eine Spezialität aus ihrem Heimatland handelte, mit der sie groß geworden war.

Als sie Hestia und Bell einen Löffel der mysteriösen braunen Suppe zu kosten gab, schienen diese angenehm überrascht zu sein.

»Sie schmeckt irgendwie so ... entspannend?«

»Ja, wirklich lecker. Das liegt wohl daran, dass es die traditionelle Küche ihres Heimatlandes ist.«

Angesichts der positiven Reaktionen auf den Geschmack ihrer Heimat legte sich ein fröhliches Lächeln auf Mikotos Lippen. Auch die beiden anderen lächelten und fuhren mit ihrem Lob fort.

»Mikoto, du bist wirklich eine tolle Köchin.«

»Ja, wer dich einmal zur Frau nehmen darf, kann sich wirklich glücklich schätzen.«

Hestias Worte ließen der jungen Abenteurerin sofort alle Farbe aus dem Gesicht weichen. »F... Frau?!« Sie wedelte mit beiden

Händen, als wollte sie ihre Verlegenheit verbergen, und wurde knallrot. »W... Was redest du denn da, Meisterin Hestia? Ich bin noch viel zu unerfahren, als dass mich jemand zur Frau nehmen könnte ... Ah ha ha ha ha ha!«

»Mikoto, das Messer! Pass auf!«

»Das ist gefährlich!«

Mit einem verlegenen Lachen schwang Mikoto das Messer in ihrer rechten Hand hektisch hin und her. Hestia und Bell gerieten in Panik und versuchten verzweifelt, das ungewöhnlich aufgeregte Mädchen zu beruhigen.

Die morgendliche Aufregung und das Frühstück gingen langsam zu Ende. Während die anderen damit beschäftigt waren, den Haushalt zu erledigen, brach Hestia zu ihrem Teilzeitjob auf. Mikoto stellte noch die letzten Teller an ihren Platz zurück, ehe sie sich zu ihren Mitstreitern gesellte, die sich bereits im Wohnzimmer versammelt hatten.

»H... Hier, bitte ...« Haruhimes Hände zitterten enorm, als sie vorsichtig eine Tasse Tee vor Bell abstellte. Nachdem er ihr verlegen zugelächelt hatte, nahm sie ebenfalls am Tisch Platz, woraufhin die morgendliche Besprechung beginnen konnte.

»Heute möchte ich mich mit euch darüber beraten, ob wir Meisterin Haruhime mit in den Dungeon nehmen sollen oder nicht ...« Lili übernahm die Rolle der Moderatorin und eröffnete das Gespräch.

Aller Blicke wanderten daraufhin zu der Renard neben Mikoto. Haruhimes goldener, buschiger Schwanz rollte sich vor Aufregung zusammen. Sie trug noch immer ihr Dienstmädchenkostüm.

»Um ehrlich zu sein, würde ich es unter allen Umständen begrüßen, wenn sie sich uns anschließen würde. Die unglaubliche

Stärke, die ihre Magie uns verleiht, spricht für sich«, fuhr die Pallum fort.

»Aber, Meisterin Lili, wir dürfen nicht zulassen, dass andere von Meisterin Haruhimes Magie erfahren …«

»Das ist mir klar. Doch zweifellos wäre ihre Anwesenheit eine enorme Bereicherung für unsere Gruppe. Jeder von uns wäre dadurch erheblich sicherer. Solange wir alles Notwendige unternehmen, damit ihre Magie nicht ans Licht kommt, spreche ich mich auf jeden Fall dafür aus, dass sie uns in den Dungeon begleitet.«

Haruhimes Magie »Uchide no Kozuchi« stellte eine äußerst seltene Fähigkeit dar, die zwar nicht auf sie selbst anwendbar war, doch einem anderen Abenteurer für kurze Zeit einen Levelaufstieg ermöglichte. Dieser Umstand hatte die Renard in den Händen der Ishtar-Familia beinahe das Leben gekostet, da sie zentraler Bestandteil ihres Plans gewesen war. Sollten Informationen über ihren Zauber bekannt werden, würden sicherlich viele versuchen, sie zu rekrutieren, um sie für ihre dunklen Machenschaften auszunutzen.

Andererseits war auch Lilis Ansicht, dass es schade wäre, ein Juwel wie Haruhime in seiner Schatzkammer verstauben zu lassen, äußerst stichhaltig. Wenn man nur vorsichtig genug zu Werke ginge, wären die Vorteile für ihre Gruppe zu enorm, als dass man sie ignorieren könnte. Die Meinung des Pallum-Mädchens spielte bei der Entscheidungsfindung eine große Rolle, da es sozusagen das »Hirn« der Familia geworden war.

Die Männer im Raum lauschten sowohl Lilis als auch Mikotos Argumenten. Während Bell sich nicht sicher war, auf wessen Seite er sich stellen sollte, beschloss Welf, zu einer direkteren Vorgehensweise zu greifen, und fragte Haruhime selbst: »Wie war das, als du noch bei Ishtar warst? Hat man dich da nicht in den Dungeon mitgenommen?«

»Doch, schon. Ich war an normalen Erkundungen, aber auch an längeren Expeditionen beteiligt … Allerdings hat man mich nur in einen Container gesperrt oder ich stand tatenlos herum, während die anderen mich beschützten …«

»…«

»Ich habe noch nie gegen ein Monster gekämpft …«

Mit Ausnahme ihrer magischen Kraft lagen all ihre Statuswerte sogar weit unter denen von Lili, der Supporterin der Gruppe. Da sie bislang immer abgeschirmt worden war, konnte man nicht erwarten, dass sie sich allein gegen Feinde zu behaupten vermochte. Jedem der Anwesenden war klar, dass sie unter normalen Umständen nur ein Klotz am Bein wäre. Haruhime konnte nichts Gegenteiliges hervorbringen und starrte nur stumm auf den Tisch. Welf und Lili warfen ihr mitleidige Blicke zu.

»Und was machen wir jetzt? Sollen wir sie zu Hause lassen?«, fragte der junge Schmied und merkte an, dass auch ein richtiges Dienstmädchen im Anwesen seiner Familia bleiben würde.

Reflexartig blickte Mikoto daraufhin zu Bell. Sie wollte die Meinung ihres Anführers hören, der zuvor alles aufs Spiel gesetzt hatte, um ihre Freundin zu retten.

»Ich habe Aisha etwas versprochen … Ich weiß nicht, welche Entscheidung die richtige ist, aber ob wir Haruhime nun in den Dungeon mitnehmen oder nicht … ich werde sie beschützen.«

Nachdem er seinen Satz etwas unbeholfen zu Ende gebracht hatte, errötete der junge Abenteurer. Doch er hatte seine Position verdeutlicht.

Als Bell verstummte und daraufhin auch Haruhime leicht rot wurde, wirkte Lili überhaupt nicht begeistert. Mikotos Ausdruck hingegen war strahlender als zuvor. Dem weißhaarigen Jüngling gelang es nicht, Augenkontakt zu jemandem aufzubauen, weshalb er den Blick einfach nervös vom Boden zur Decke schweifen ließ. Welf lachte auf und gab ihm einen brüderlichen Klaps auf den Rücken. Doch nur einen kurzen Augenblick später sahen alle wieder zu Haruhime. Es lag an ihr, die endgültige Entscheidung zu treffen.

Einige Momente lang lag eine drückende Stille über dem Raum.

»Ich werde euch begleiten ... Ich, Haruhime, möchte euch gern eine Stütze sein!«, offenbarte das Fuchsmädchen schließlich seinen Willen. Ihre auf Bell und Mikoto gerichteten grünen Augen strahlten pure Entschlossenheit aus. »Sch... Schließlich bin ich auch ... Teil dieser Familia!« Ihre Stimme brach ab, sie senkte den Kopf und starrte mutlos auf den Tisch.

Bell, Welf und Lili tauschten Blicke und ein Lächeln aus, ehe sie wieder zu ihrem neuesten Familia-Mitglied blickten, das nervös zitternd bei ihnen saß. Rastlos bewegte sich Haruhimes Fuchsschwanz hin und her, ihre Wangen färbten sich dunkelrot. Nun strahlte selbst Mikoto bis über beide Ohren und erhob keinen Einwand mehr.

Damit bestand ihre Kampfgruppe jetzt aus fünf Mitgliedern. Haruhime Sanjono hatte sich als Supporterin und Magierin dem Dungeon-Expeditionstrupp der Hestia-Familia angeschlossen.

Monstergebrüll durchdrang die Dunkelheit in den Tiefen des Dungeons. Mehrere Fledermausmonster flatterten auf Kopfhöhe durch den unterirdischen Gang mit seinen aschfarbenen

Steinwänden, während furchteinflößende, wurmähnliche Kreaturen sich ihren Weg durch die Felswände bohrten und das kräftige Geheul der Liger Fangs durch die Luft hallte.

Inmitten all dessen bahnten sich ein paar Abenteurer ihren Weg durch die Korridore voller Ungeheuer.

»Wie steht es um eure Waffen und eure Ausrüstung?!«

»Nichts zu bemängeln!!«

»Alles super!«

Bells und Mikotos Klingen sausten durch die Luft. Sie hielten sich stets bereit, den nächsten auf sie zustürmenden Bestien entgegenzutreten. Der erfahrene Schmied hatte Bells Rüstung vollständig repariert und aufgebessert – es war nun bereits die fünfte Version der Hasenrüstung. Durch die Mischung von Gold und Weißmetall behielt sie auch im dämmrigen Licht des Dungeons ihren Glanz bei. Eine leichte Rüstung sollte ihren Träger schützen, ohne dass er dabei Schnelligkeit und Beweglichkeit einbüßte, und genau das tat die des jungen Abenteurers, während er auf das nächstbeste Monster eine Reihe von Messerangriffen losließ.

Mikoto gab dem Ungetüm mit einem Stoß ihrer Zweitwaffe, eines Langspeers, geschwind den Rest. Die Spitze durchstieß das dicke Fell des Liger Fangs wie dünnes Papier, woraufhin das Heulen der sterbenden Bestie durch die Höhle hallte.

Sie befanden sich auf der 15. Ebene des Dungeons. Gleich nach ihrem Treffen am Morgen hatten sich alle Mitglieder der Hestia-Familia gemeinsam auf den Weg ins unterirdische Labyrinth begeben. Durch die gezielte Nutzung von Welfs neu geschmiedeten Waffen und Rüstungen und Bells Status als höherklassiger Abenteurer hatten die Kameraden sich schnell und effizient einen Weg durch die oberen Ebenen gebahnt und im Handumdrehen die bis dahin noch nicht vollständig erkundete Ebene 15 erreicht. Haruhime, die von alldem offensichtlich überwältigt war, blieb stets in der Nähe des Pallum-Mädchens, das mit seinem Handbogen den Kämpfern an der Front unterstützend zur Seite stand. Die anderen drei Mitglieder hielten derweil unermüdlich die nicht enden wollende Welle an Monstern in Schach.

»Von vorne kommt ein Minotaurus!«

»Er wird gleich brüllen! Haltet euch die Ohren zu, Mini-Lili!!«

Mithilfe ihres Skills Yatano Black Crow gelang es Mikoto, die Ankunft mehrerer neuer Monster auf dem Schlachtfeld frühzeitig zu erkennen. Nachdem Welf einen Dungeon-Wurm mit seinem Großschwert in zwei Teile zerlegt hatte, rief er den beiden hinter der Frontlinie eine Warnung zu, ehe er mit Bell und Mikoto voranstürmte, um die Monster vor ihnen zurückzudrängen. Plötzlich tauchten weiter hinten in der Höhle die massiven Silhouetten etwa 2 Medol großer Minotauren auf.

Genau wie der Schmied vorhergesagt hatte, bäumten sich die Neuankömmlinge auf und stießen jeweils einen furchterregenden Schrei aus. »Uwoooooooooooooooooooooooooooooooh!!« Ihr Heulen war derart bedrohlich, dass es bei schwächeren Kreaturen gleichzeitig den Fluchtinstinkt weckte und sie vor Schreck erstarren ließ.

Lili reagierte schnell und bedeckte sowohl ihre eigenen als auch Haruhimes Ohren, denn für die beiden Supporterinnen auf Level 1 wäre es schwierig geworden, der Wirkung des Gebrülls standzuhalten. Welf hingegen zuckte nur leicht zusammen und ließ es mit einem Grinsen über sich ergehen. Er nutzte seine starke spirituelle Kraft, um dem Schallangriff standzuhalten, bevor er sich Bell und Mikoto zum Gegenangriff anschloss.

»Ich werde das Magieschwert benutzen!«, rief Lili, nachdem sie sich von den – dank des rechtzeitigen Hinweises ihres Mitstreiters geringen – Nachwirkungen des Brüllens erholt hatte, als sie sah, wie der Anführer ihrer Gruppe sich den Minotauren entgegenstellte. Ihr war klar, dass sich der Schlacht jeden Moment weitere Monster anschließen würden, weshalb sie ihre Kameraden vorwarnte.

Diese blickten über die Schulter nach hinten und beobachten Lili dabei, wie sie ein scharlachrotes Kurzschwert aus ihrem übergroßen Rucksack zog. Sofort sprangen Bell, Welf und Mikoto aus dem Weg. Ein schneller Hieb mit dem glühenden Dolch genügte, um einen riesigen Feuerball über das Schlachtfeld zu schleudern.

Sämtliche Monster in der Flugbahn der zerstörerischen Feuerkugel wurden vernichtet. Selbst die Minotauren, deren Haut von Natur aus feuerresistent war, bildeten keine Ausnahme: Jedes einzelne der Ungeheuer wurde restlos aus dem versengten, engen Felsgang entfernt, nur Asche blieb von ihnen übrig.

»Mini-Lili, du solltest nicht so leichtfertig zum Magieschwert greifen! Das ist ausschließlich für Notfälle gedacht ... Wenn wir uns zu sehr darauf verlassen, wird uns das auf lange Sicht nicht wirklich helfen!«

»Für mich sah das aber nach einem Notfall aus! Der Dungeon ist unvorhersehbar, nur auf Veränderungen zu reagieren, kann unter Umständen zu spät sein!!«

»J... Jetzt beruhigt euch bitte, ja? Welf, Lili!«

»J... Ja, bitte ... Wenn ihr so laut seid, lockt ihr noch weitere Monster an ... Oh!«

»Meisterin Haruhime hat recht. Beruhigt euch!«

Kaum war der Kampf vorüber, entbrannte in dem verkohlten Korridor eine kleine Diskussion. Mit ihrer Welfs Meinung nach zu voreiligen Verwendung eines Crozzo-Magieschwerts hatte Lili den Zorn des jungen Schmieds auf sich gezogen. Dieser hatte es eigenhändig gefertigt und in der Obhut der Pallum gelassen, damit diese sich und die Renard im hinteren Teil der Formation im Notfall selbst schützen konnte, aber auch, um ein Ass im Ärmel zu haben, sollte eine aussichtslose Lage eintreten. Zwar war dieses Magieschwert schwächer als das, das er während seines Kampfes gegen den Goliath auf Ebene 18 eingesetzt hatte, oder das speziell für das War Game geschmiedete, doch es konnte in puncto Zerstörungskraft dennoch mit vielen hochrangigen Magiern mithalten.

»Verlasst euch nicht auf das Magieschwert ... Das wird euch nur schwächer machen. Wir hätten diese Schlacht eben auch so bewältigen können!«, fauchte Welf seine Kameradin an.

Diese hingegen beharrte auf ihrem Standpunkt, dass eine zu optimistische Sichtweise im Dungeon tödlich sein konnte. »Sicherheit steht immer an erster Stelle!« Sie ließ sich nicht von ihrer Meinung abbringen. Der Dungeon war bekannt für seine Unberechenbarkeit, weshalb die Pallum der vollen Überzeugung war, dass es besser wäre, keine Risiken einzugehen.

Tatsächlich hatte keiner der zwei unrecht. Beider Argumente waren nicht von der Hand zu weisen. Sowohl Welf als auch Lili dachten nur daran, was das Beste für die Gruppe wäre. Während Bell und Mikoto nur ein gequältes Lächeln zustande brachten, versuchte Haruhime zögerlich, zwischen den beiden zu vermitteln. Nachdem sie ihren Streit schließlich beigelegt hatten, richteten sie ihre Aufmerksamkeit wieder auf ihre eigentliche Aufgabe.

»Das ist also ein Beute-Item und das hier ein Magiestein ...«

»Ganz genau. Beute-Items wandern in meinen Rucksack, also würde ich dich bitten, die Magiesteine zu sammeln, Meisterin Haruhime ... Und lass bitte keine fallen!«

»V... Verstanden!« Haruhime lauschte Lilis Anweisungen und wühlte sich gehorsam durch die Aschehaufen, die das Magieschwert von den Gegnern übrig gelassen hatte. Die Renard trug fernöstliche Kampfkleidung, die dem Priesterinnengewand stark ähnelte, in das sie auf Aishas Drängen hin bereits bei der Ishtar-Familia gehüllt gewesen war. Zudem war sie mit einem zylindrischen Rucksack ausgestattet und hatte sich wie auch ihre Mitstreiter einen Umhang aus Salamanderwolle um die Schultern gelegt.

Lili hatte verkündet, dass sie die Nichtkämpferin zu einer waschechten Supporterin ausbilden wolle, um weitere Unterstützung für ihre Kampftruppe zu erhalten. Ohne dies zu hinterfragen, verbeugte sich Haruhime wieder und wieder vor ihr und akzeptierte ihre neue Rolle. Es hatte sich sozusagen eine Meisterin-Schülerin-Beziehung zwischen ihnen etabliert. Mikoto und die anderen grinsten angesichts dieser neuen Entwicklung zufrieden und setzten ihren Weg durch den Dungeon fort – jeglicher Feind, der sich ihnen in den Weg stellte, wurde umgehend beseitigt.

»Wir haben uns gut durch Ebene 15 hindurchgearbeitet, noch dazu in rasantem Tempo!«, bemerkte Mikoto, woraufhin Lili und Bell nickten.

»Bei Meister Bells Level und der allgemeinen Stärke unserer Gruppe ist das kein Wunder.«

»Eina ... ähm, meine Beraterin hat uns die Erlaubnis erteilt, bis in Ebene 18 hinunterzugehen, sofern nichts Unvorhergesehenes passiert.«

»Die Schwäche unserer Gruppe liegt darin, dass unsere Nachhut, also Meisterin Haruhime und ich, nicht genügend Kampfkraft besitzt. Um es auf den Punkt zu bringen: Wir haben kein Kräftegleichgewicht. Um das zu beheben, hätte ich gern noch einen starken Heiler dabei.«

»Ein Magier würde auch nicht schaden«, fügte Welf hinzu. Es wirkte fast so, als wollte er Lili damit ermahnen, das Magieschwert ja nicht noch einmal zu verwenden.

»Das ist mir bewusst«, antwortete sie mit zuckenden Mundwinkeln.

»Was ist denn mit dieser Ryu aus der Schenke? Soweit ich weiß, kann sie auch Heilmagie anwenden, oder? Außerdem waren ihre Zauber während des Kampfes auf Ebene 18 höchst beeindruckend ... Hach, wenn sie sich doch nur unserer Gruppe anschließen würde. Was meint ihr?«

»Ich bezweifle, dass sie dazu bereit wäre ... A... Außerdem ist Mia ziemlich furchteinflößend.« Bell lächelte, doch lehnte den Vorschlag des Pallum-Mädchens umgehend ab. Die ehemalige Abenteurerin Ryu, die jetzt als Kellnerin im Hostess of Fertility arbeitete, zu bitten, sich ihnen anzuschließen, würde die Besitzerin Mia sicherlich verärgern. Der Gedanke an ihr wutverzerrtes Gesicht jagte dem rotäugigen Jungen einen Schauer über den Rücken, weshalb er seiner Kameradin sofort den Wind aus den Segeln nahm.

Ihre aktuelle Formation bestand aus Bell und Welf an der Frontlinie, Haruhime und Lili im hinteren Bereich sowie Mikoto, die von der Mitte aus als Unterstützerin für beide Seiten fungierte. Als die fünf sich durch dunkle, steinerne Korridore tiefer in den Dungeon vorarbeiteten, blieben sie ständig in Alarmbereitschaft. Ein direkter Treffer eines Monsters hätte nicht nur für

Lili schlimme Folgen gehabt, sondern wäre auch für die unerfahrene Haruhime auf Level 1 mit Sicherheit verheerend gewesen. Dank Mikotos Yatano Black Crow war der Rest der Gruppe jedoch in der Lage, sich nähernde Monster rechtzeitig zu erkennen und die beiden angemessen zu verteidigen.

»Ich würde vorschlagen, wir erkunden die Gänge hier noch ein wenig und kehren dann in Ebene 14 zurück. Wie besprochen wäre das ein guter Zeitpunkt, um uns eine abgelegene Ecke zu suchen und Meisterin Haruhimes Magie an jedem Einzelnen von uns zu testen.«

»Einverstanden. Es wäre nicht gut, wenn Verwirrung entstünde, weil wir den Zauber in einer echten Schlacht das erste Mal erleben würden ... Ist das in Ordnung für dich, Meisterin Haruhime?«

»Ja, das ist mir recht.«

»Hey, Bell, du hast ihn doch schon einmal erlebt, nicht wahr? Wie war das so?«

»Nun, ähm ... Ich habe einen grellen Blitz gesehen, dann habe ich mich stärker gefühlt und konnte mich auch schneller bewegen ...«

Die Gruppe zog weiter und weiter durch den Dungeon. Bei jedem neuen Monsterangriff nahmen die Mitglieder wieder ihre Positionen in der Formation ein, wobei Mikoto ihren Kameraden jederzeit helfend zur Seite stand.

Als Mikoto und die anderen wieder an der Oberfläche waren, ging bereits die Sonne unter. Nachdem sie im Tauschbüro des Turms Babel vorbeigesehen hatten, um ihre Beute zu Geld zu machen, gingen sie hinunter in den Zentralpark, in dem es bereits von anderen Abenteurern wimmelte, die ebenfalls gerade aus dem Dungeon zurückgekehrt waren. Sie unterhielten sich aufgeregt und machten sich auf den Weg zu den Kneipen oder zum Gildenhauptquartier, während die Hestia-Familia beschloss, direkt nach Hause zu gehen.

»Oh, da seid ihr ja wieder!«

»Meister Takemikazuchi!«

Kaum hatten sie das eiserne Eingangstor durchschritten und das Anwesen betreten, wurden die Kameraden von einem Gott mit zwei markanten Haarschlaufen begrüßt. Es war Takemikazuchi, der ihnen freundlich zulächelte. Mikoto war so erfreut, ihn zu sehen, dass sie ihm mit einem breiten Grinsen entgegenlief, das seinem in nichts nachstand.

»Entschuldigt, Gott Takemikazuchi, dass wir Euch darum gebeten haben, auf unser Haus aufzupassen …«

»Aber nicht doch, Bell. Heute haben meine Kinder ohnehin einen Ruhetag eingelegt und sind nicht in den Dungeon gegangen. Ich war also in bester Gesellschaft.«

Bell hatte Hestia gebeten, die Takemikazuchi-Familia während ihrer Dungeon-Erkundung in ihr Anwesen einzuladen. Im Gegensatz zu dem versteckten Raum unter der alten Kirche, den Bell und Hestia früher bewohnt hatten, oder dem heruntergekommenen Haus, in dem die Takemikazuchi-Familia lebte, verfügten die kleine Göttin und ihre Anhänger nun über ein respektables Anwesen und den Status einer mittelklassigen Familia. Ließen sie ihr Haus völlig leer stehen, bestand ein hohes Risiko, dass Einbrecher sich Zugang verschaffen würden, um Wertgegenstände oder Informationen zu stehlen.

Ihre Situation hatte sich im Vergleich zu der Zeit, in der sie noch völlig unbekannt gewesen waren, merklich verändert. Aus diesem Grund war es besser, eine befreundete Familia darum zu bitten, die Rolle des Aufpassers zu übernehmen, während sie außer Haus waren. Auch die Miach-Familia hatten sie schon einmal darum gebeten und sie würden es in absehbarer Zeit wieder tun. Sämtliche Mitglieder der Hestia-Familia waren den Haushütern unheimlich dankbar, vor allem, da diese kein Geld dafür verlangten.

»Wie gesagt, mach dir deshalb keine Gedanken. Wir helfen eben einander. Dafür konnte jeder von uns ein anständiges Bad nehmen«, sagte der Gott. »Natürlich haben wir danach alles ordentlich sauber gemacht.«

Ein Lacher schwappte durch die Runde.

»Vielen Dank!«, riefen die Abenteurer schließlich ein letztes Mal, ehe sie kurz in ihre Zimmer gingen, um ihre Rüstungen abzulegen, da die beiden Familias geplant hatten, gemeinsam zu Abend zu essen.

»Ähm, Meister Takemikazuchi ... das ist für dich!« Nachdem sie ihrer Zimmergenossin Haruhime mitgeteilt hatte, dass sie gleich nachkommen werde, suchte Mikoto allein das Gespräch mit ihrem früheren Schutzgott. Sie hielt ihm eine kleine Tasche mit schwerem Inhalt entgegen. Jeder aus der Kampftruppe hatte bereits seinen Anteil des Geldes erhalten, das sie heute im Dungeon erkämpft hatten, und in dem Beutel befand sich Mikotos Verdienst. »Bitte schick das als Unterstützung an den Schrein!« Der Grund, aus dem Takemikazuchi und seine Familia überhaupt nach Orario gekommen waren, bestand darin, Geld für ihren Schrein in der Heimat zu sammeln.

Doch auf den Wunsch seiner früheren Anhängerin hin schüttelte die Gottheit nur den Kopf. »Das ist doch sicher das Geld, das du zusammen mit Bell Cranel und den anderen im Dungeon verdient hast. Verwende es nicht für uns, sondern deine Mitstreiter!« Die Erkundung des unterirdischen Labyrinths erforderte zahlreiche Vorbereitungen, zu denen auch die Reparatur der Waffen und der sonstigen Ausrüstung sowie die Besorgung von Verbrauchsgegenständen wie Tränken oder Ähnlichem zählten. Takemikazuchi riet Mikoto daher dazu, ihr Geld dafür zu verwenden.

»A… Aber ich bin die Einzige, die nichts zur Unterstützung unseres Schreins beiträgt …« Die junge Abenteurerin bestand noch immer darauf, dass der Gott das Geld annahm, doch …

»Mikoto, du bist jetzt ein Mitglied der Hestia-Familia!«

»…!«

Seine Worte setzten ihrem kleinen Disput ein sofortiges Ende. Takemikazuchi ließ Mikoto mit seiner Aussage keinerlei Spielraum, ihm zu widersprechen. Ihre derzeitigen Mitstreiter einem Risiko auszusetzen, nur um ihren früheren Gefährten einen Gefallen zu tun, entbehrte jeglicher Logik. Immerhin hatte sie sich der Hestia-Familia ja gerade angeschlossen, um ihre Schuld gegenüber Bell zu begleichen.

*Aber trotzdem, ich …* Erinnerungen an ihren Traum vom Morgen strömten in ihren Kopf. Erinnerungen an den Moment, in dem Takemikazuchi sie gefragt hatte, ob sie seine Tochter werden wolle. Später waren sie eine familiäre Bindung durch göttliches Blut eingegangen – eine Familia geworden.

Mikoto bereute zu keinem Augenblick, Mitglied der Hestia-Familia geworden zu sein. Sie war stolz darauf, sich eine von Bells Mitstreiterinnen nennen zu können, und glücklich darüber, an seiner Seite kämpfen zu dürfen. Es war nur ihrer neuen Familia zu verdanken, dass Haruhime noch am Leben war. Tief in ihrem Inneren jedoch wollte sie nicht vergessen, dass sie einmal Teil der Takemikazuchi-Familia gewesen war. Während ihr all diese Dinge durch den Kopf schossen, blickte sie zu Boden.

»Mikoto, erinnerst du dich noch an den Tag, an dem ich dich gefragt habe, ob du meine Tochter werden willst?«

Überrascht hob die junge Frau den Kopf, als ihr Gegenüber plötzlich das Thema ansprach, das ihre Gedanken schon seit dem Morgen beherrschte.

Takemikazuchi stand vor ihr und kniff die Augen zusammen, als er ihr ein mitfühlendes, gleichermaßen sanftes wie väterliches Lächeln schenkte. »Das erste Ichor, das ein Kind erhält, verschwindet auch nach dessen Konvertierung niemals vollständig. Genau wie Hestia dich durch den Segen spüren kann, den sie dir verliehen hat, bin auch ich imstande, jeden deiner Atemzüge wahrzunehmen.«

»…«

»Du wirst für immer meine Tochter und ein Teil meiner Familie sein. Das werde ich niemals vergessen. Also bitte mach nicht so ein Gesicht.« Er las in ihren Gefühlen wie in einem offenen Buch. Der Gott trat einen Schritt nach vorn und streichelte Mikoto sanft übers Haar.

Im Nullkommanichts lief sie knallrot an. Takemikazuchis Hand fühlte sich kleiner an als in ihrer Erinnerung, vermutlich weil sie selbst seitdem deutlich gewachsen war. Allerdings lag nach all den Jahren noch immer dieselbe ihr bekannte Wärme darin.

Der Gott bemerkte nicht, wie sehr seine ehemalige Anhängerin errötete, als er ihr mit den Fingern durch die seidig glatten Strähnen fuhr, und kicherte nur leise. »Ich freue mich, dass du dich immer noch so sehr um das Wohlergehen unseres Schreins sorgst. Aber du solltest wissen, dass Chigusa und Oka nach dem Scharmützel mit der Ishtar-Familia Level 2 erreicht haben. Wir kommen also gut zurecht, du brauchst dir keine Sorgen zu machen.« Takemikazuchi erinnerte sie daran, dass es mehr als genug sei, wenn die beiden Familias, sofern es ihre Zeitpläne erlaubten, im Dungeon zusammenarbeiteten. »Du musst Vertrauen in uns haben.«

Das Mädchen hob den Kopf und blickte ihm in die Augen, ehe es entschlossen nickte.

»Gut«, sagte der Gott. Er nahm die Hand vom Kopf seines früheren Schützlings und wandte ihm den Rücken zu. Beiläufig erklärte er ihr, er werde die anderen zum Abendessen rufen, und lief den Flur hinab – Mikoto sah ihm hinterher, bis er nicht mehr in Sichtweite war.

*Seit ich seine Familia verlassen habe* ... Ihre Wangen waren noch immer hellrosa gefärbt, als ihr die Erkenntnis kam, dass ihre Gefühle für Takemikazuchi in der Zeit seit ihrem Austritt aus seiner Familia noch stärker geworden waren. Im Versuch, das laute Pochen ihres Herzens etwas zu dämpfen, presste sie die Handfläche auf den Brustbereich ihrer Kampfkleidung, doch ohne Erfolg.

»Ähm, Mikoto ...«

»Waaah?!« Als plötzlich eine Stimme hinter ihr ertönte, zuckte die Abenteurerin zusammen und wirbelte herum – Chigusa stand hinter ihr. »Chigusa?! Wie lange bist du schon da?!«

»Ähm, tut mir leid ... Schon eine ganze Weile.«

Obwohl der Pony ihrer früheren Kameradin deren Augen normalerweise verdeckte, waren sie in diesem Moment vor Scham so weit aufgerissen, dass Mikoto sie genauso deutlich sehen konnte wie ihre geröteten Wangen. Sie wusste sofort, dass ihre Freundin alles mitangesehen hatte: wie Takemikazuchi ihre Spende abgelehnt hatte, wie sie rot angelaufen war, als er ihr über den Kopf gestreichelt hatte, aber auch, wie sie ihm hinterhergeblickt hatte, als er davongegangen war – Chigusa hatte alles beobachtet. Obwohl sie bereits von den Gefühlen der jungen Frau für den Gott wusste, wünschte sich diese gerade nichts sehnlicher, als sich ein Loch zu graben und sich darin zu verstecken.

»Es tut mir wirklich leid. Ich wollte dich nicht stören ...«

»Ich flehe dich an, Chigusa, bitte verlier kein Wort mehr darüber!« Für gewöhnlich war Mikoto ein ernster und stets offener Mensch, doch ihre verborgenen Mädchengefühle gewannen in diesem Moment die Oberhand über sie, weshalb sie ihre Freundin panisch anschrie. Sie umklammerte Chigusas Kopf mit den Händen, um ihre vor Scham rot gewordenen Ohren nicht sehen zu müssen. Die beiden standen sich schon seit ihrer Kindheit sehr nahe und es gab fast nichts, was sie nicht voneinander wussten. Peinliche Situationen blieben allerdings auch vor der besten Freundin peinlich.

Chigusa schien es leidzutun und sie gab Mikoto noch ein paar Minuten, um die Fassung wiederzuerlangen, ehe sie ihr offenbarte, wieso sie eigentlich zu ihr gekommen war: »Ich weiß, dass es schon ein wenig spät ist, aber Oka, die anderen und ich planen unsere übliche ›Feier‹ für Meister Takemikazuchi ...« Die sonst so schüchterne Supporterin konnte mit ihrer Freundin über alles reden und klärte sie mit klarer, ungebrochener Stimme über ihre Pläne auf: »Wir würden auch gern Haruhime einladen und ein Geschenk für ihn vorbereiten ... Wie sieht es bei dir aus, Mikoto? Kommst du?«

Der Themenwechsel ließ die junge Abenteurerin endlich ihre Scham vergessen. In ihren Augen brannte nun sogar ein Hauch Entschlossenheit.

Zwei Tage waren seit dem gemeinsamen Abendessen mit der Takemikazuchi-Familia vergangen. Mikoto, die sich wie ihre Kameraden nach einer anstrengenden Dungeon-Erkundung einen Tag freigenommen hatte, schlenderte in Begleitung Bells und Welfs durch die Straßen Orarios, über ihnen der klare, blaue Morgenhimmel.

»Also, was machen wir hier ...?«, murmelte Welf vor sich hin, während die drei eine belebte Straße mit unzähligen Geschäften entlangliefen, die von der nördlichen Hauptstraße abzweigte.

»Tut mir leid, ihr beiden ... aber ihr müsst mir heute bei ein paar Einkäufen unter die Arme greifen!!« Mikoto legte die Handflächen aneinander und verbeugte sich mehrfach vor ihren Begleitern, woraufhin ein gequältes Lächeln auf Bells Gesicht trat.

»Nun, ähm, du willst also ein paar Sachen kaufen, meinst du? Und was genau?«

»Um ehrlich zu sein ... Oka und die anderen haben eine Feier für Meister Takemikazuchi geplant ...« Mikoto berichtete den beiden von der kleinen Festlichkeit, die Chigusa vor Kurzem erwähnt hatte.

Bevor sie nach Orario gekommen waren, hatten die Kinder des Schreins am Jahrestag der Ankunft ihrer Deusdea auf der Erde eine Feier ausgerichtet – praktisch eine Geburtstagsparty für Gottheiten. Aufgrund des Trubels um das War Game und die Ereignisse mit der Ishtar-Familia, in die auch Haruhime verwickelt gewesen war, hatten sie die Veranstaltung Takemikazuchi zu Ehren dieses Jahr vergessen. Die junge Abenteurerin plante, dasselbe zu tun wie ihre Kindheitsfreunde: Sie wollte ihrem ehemaligen Schutzgott ein Geschenk machen, um seinen besonderen Tag zu feiern.

»Ich habe mir bisher immer sehr viele Gedanken gemacht und große Mühe bei der Auswahl der Geschenke gegeben, aber hatte nie genug Geld, um ihm etwas wirklich Tolles zu kaufen. Jetzt ist mein zweites Jahr in Orario und ich habe ein üppiges Einkommen, deshalb möchte ich ihm diesmal ein richtiges Geschenk überreichen.«

»Das verstehe ich ... aber was machen wir hier?«

»Ah, stimmt! Ich brauche die Meinung anderer Männer, um etwas zu finden, das Meister Takemikazuchi wirklich erfreuen wird ...!«, beantwortete Mikoto Welfs Frage, wobei sie sich leicht zu ihm beugte. Die Feier sollte bereits morgen stattfinden. »Bitte helft mir ...!«

»Das ist ... einfacher gesagt als getan.«

»Ich, ähm, nun ja ... Ich würde dir sehr gern helfen!«

Mikoto verbeugte sich tief vor den beiden, woraufhin diese ernste Mienen machten und sich an den Hinterköpfen kratzten – keiner von ihnen fühlte sich der Aufgabe gewachsen. Ihnen ging derselbe Gedanke durch den Kopf: Sie waren nicht davon überzeugt, dass ihre Ratschläge sich wirklich als brauchbar erweisen würden. Ging es um den Dungeon oder das Schmieden, so waren Bell und Welf wandelnde Lexika, aber das war es auch schon, denn die beiden hatten kaum Interesse an anderen Dingen. Daher waren sie nicht wirklich zuversichtlich zu wissen, was andere Männer mochten oder sich als Geschenk wünschten.

»Aber kennst du Gott Takemikazuchi denn nicht schon viel länger als wir? Wäre es da nicht am besten, wenn du dich da auf deine eigene Intuition verlässt?«

»Sch... Schon, aber ...!« Welfs Bemerkung war nicht von der Hand zu weisen, weshalb Mikoto sofort jegliche Zuversicht verlor und verstummte.

»Ah ha ha ... jetzt, da wir schon hier sind, können wir uns auch gemeinsam umsehen«, schlug Bell mit einem gequälten Lächeln vor, als er das entmutigte Gesicht des Mädchens erblickte.

Also machten sie sich daran, zu dritt die Geschäfte im Gebiet der nördlichen Hauptstraße zu erkunden. Diese verlief direkt entlang des ersten Distrikts von Orario. Die zahlreichen Bekleidungsgeschäfte für Halbmenschen stachen am meisten ins Auge, doch es gab auch einige kleinere Läden oder Stände, die handgemachte Kleinigkeiten und andere interessante Gegenstände verkauften.

Ernst wie eh und je betrachtete Mikoto der Reihe nach aufmerksam die ausgestellten Waren, ehe sie zum nächsten Geschäft weiterzogen. Genau wie Bell hatte sie bis vor Kurzem noch in bescheidener Armut gelebt, weshalb sie sich noch nicht an die große Auswahl gewöhnt hatte, die sich ihr nun bot. Wie eine Person, die zum ersten Mal in der großen Stadt war, ließ sie sich vom Überangebot an Läden und Waren ablenken und irrte unentschlossen umher. Bell und Welf folgten ihr und tauschten besorgte Blicke aus. Ehe die drei sich's versehen hatten, stand die Sonne bereits im Zenit, weshalb sie nach ihrer Erkundung sämtlicher Läden beschlossen, im Schatten eines großen Gebäudes eine kleine Pause einzulegen.

»Hast du irgendetwas Vielversprechendes entdecken können, Mikoto?«

»I... Ich weiß nicht ...«

»Hey!« Mikotos ehrliche Antwort auf Bells Frage brachte ihr einen verbalen Rüffel von Welf ein. »Was hast du ihm denn früher so geschenkt?«

»Als wir noch im Fernen Osten waren, habe ich immer schöne Muscheln, Eicheln und Samen gesammelt, um daraus Ketten und andere Dinge herzustellen ...«

Diese Information war nicht wirklich hilfreich, um die junge Frau aus ihrer Bredouille zu befreien. Chigusa hatte ihr mitgeteilt, dass sie in diesem Jahr alle ein eigenes Geschenk für Takemikazuchi vorbereiten würden, aber sie hätte nie gedacht, dass das so schwierig wäre.

Als sie so dasaß und angestrengt grübelte, weiteten sich Bells Augen plötzlich und begannen, vor Begeisterung zu funkeln. Er wandte sich seiner Kameradin zu und teilte ihr seine Gedanken mit: »Was ist mit Essen? Wäre das auch eine Möglichkeit?«

»Was?«

»Du bist doch eine tolle Köchin. Warum bereitest du also nicht etwas Köstliches für die Party vor …?« Sicher hatte er sich an die Miso-Suppe erinnert, die sie neulich zum Frühstück zubereitet hatte.

Mikoto ließ sich den Vorschlag durch den Kopf gehen. »Wenn ich so darüber nachdenke, hatten wir damals im Schrein nicht wirklich viel zu essen während der Feiern …« Etwas Aufwendiges hatten sie dafür tatsächlich niemals zubereitet.

Als Welf bemerkte, dass seine Gefährtin durchaus in Erwägung zog, Bells Einfall in die Tat umzusetzen, brachte auch er sich ein: »Warum versuchen wir dann nicht etwas in der Richtung? Immerhin ist es doch eine Party. Wie wäre es da zum Beispiel mit einem Kuchen?«

»Einem Kuchen …« Unwillkürlich wiederholte die junge Abenteurerin seine Worte. Zwar hatte dies nichts mit den Traditionen des Fernen Ostens zu tun, doch ihr kam bereits eine grobe Idee – ein weicher, fluffiger Teig, der im Ofen gebacken und anschließend mit Sahne und Früchten verziert wurde … Sie hatte das Gefühl, unzählige Arten davon bereits bei dem Bankett gesehen zu haben, das Gott Apollo ausgerichtet hatte. Je mehr sie darüber nachdachte, desto mehr Sinn ergab es und sie traf eine Entscheidung. »Alles klar ... Ich versuche, einen Kuchen zu machen!«

Welf und Bell waren sofort einverstanden.

»Du willst ihn sicher selbst machen, aber kannst du das?«, hakte der Schmied nach.

»Ich habe es noch nie probiert, also kann ich es nicht mit hundertprozentiger Gewissheit sagen ... Aber wenn ich ein Rezept habe und vorher von einem fertigen kosten kann, dann klappt das sicher ...«

»Im Hostess of Fertility werden Kuchen verkauft ... Meint ihr, sie geben uns ein Rezept, wenn wir danach fragen?«, meinte Bell.

Am Abend stellte das Hostess of Fertility einen beliebten Ort für Abenteurer dar, die sich die Kehlen befeuchten wollten, doch am Tag diente es als Café für die gewöhnliche Stadtbevölkerung. Auch der weißhaarige Jüngling hatte dort schon einmal Kuchen gegessen und gab sein Bestes, seinen beiden Freunden dessen Geschmack und Konsistenz zu erklären.

Mikoto hörte ihm aufmerksam zu und entschied schließlich, dem Hostess of Fertility, in dem auch Syr, Ryu und viele andere Kellnerinnen arbeiteten, einen Besuch abzustatten.

Es war bereits Nachmittag. Angeführt von Mikoto folgte die Gruppe der westlichen Hauptstraße in Richtung Hostess of Fertility. Ryu empfing sie an der Tür, woraufhin sie der Elfe ihr Anliegen schilderten. Bell war gerade dabei zu verhandeln, als sich auch die Katzenmenschen Anya und Chloe sowie die anderen Bediensteten grinsend um sie versammelten – vermutlich hatten sie eine Liebesgeschichte gewittert. Nachdem sie Mikoto ein wenig geneckt hatten und diese wieder einmal knallrot angelaufen war, entschieden sie sich dazu, ihr zu helfen.

»Solange ihr hier auch zu Mittag esst, drücke ich gern ein Auge zu«, ergänzte Mia, als sie ebenfalls hinzustieß, und gab ihnen somit offiziell ihre Erlaubnis.

Die Katzenmädchen, die in der Schenke als Köchinnen arbeiteten, schrieben das Rezept nieder und reichten es Mikoto. Nachdem die drei Abenteurer noch den Beschwerden von Anya und den anderen Kellnerinnen Gehör geschenkt hatten, dass Syr erneut der Arbeit ferngeblieben war, verließen sie das Hostess of Fertility wieder.

»Nun, wir haben, was wir wollten ... meinst du, den Rest bekommst du hin?«

»Ja, vielen Dank, Meister Welf, Meister Bell!«

»Ich bin froh, dass wir dir helfen konnten.«

Auf dem Weg nach Hause bedankte sich Mikoto mehrfach bei den beiden jungen Männern. Nun hatte sie das Rezept und konnte es kaum erwarten anzufangen. Auf den Armen balancierte sie einen großen Karton, der einen ganzen Kuchen enthielt. Mia hatte darauf bestanden, dass die drei ihn kauften. Zwar hatte Mikoto bereits im Café ein paar Stücke davon probiert, aber erst jetzt, da sie sowohl das Endprodukt als auch das Rezept in den Händen hielt, war sie voller Selbstvertrauen. Ihre Mundwinkel verzogen sich nach oben, denn sie war ihrem Ziel einen großen Schritt näher gekommen.

»Oh ...«

»Was ist denn, Bell?«

»Ist das da nicht ... Gott Takemikazuchi?« Bell blieb plötzlich stehen und zeigte nach vorn.

Als Mikoto seinem Finger folgte, erblickte sie in nicht allzu großer Distanz tatsächlich ihren früheren Schutzgott. Er hatte gerade eine Göttin mit honigfarbenem Haar angehalten, die ihm über den Weg gelaufen war.

»Hey, Demeter, du siehst blass aus, ist alles in Ordnung?«

»Ach herrje, mir scheint es wohl nicht so gut zu gehen. Das ist mir gar nicht aufgefallen.«

»Warum nimmst du das denn so gelassen hin? Komm, zeig mir dein Gesicht!« Er legte den Arm um ihre Schultern und presste ohne Vorwarnung seine Wange an ihre. »Fieber ... scheinst du nicht zu haben.«

»A... Ach h... herrje ... D... Das geht doch nicht, Takemikazuchi! So etwas macht man nur mit Leuten, die einem wichtig sind und nicht mit irgendjemandem, den man auf der Straße trifft.«

»Du Dummkopf, ich mache das doch gerade, weil du es bist.«

»...«

»Ich kann mich noch gut daran erinnern, wer uns frisches Obst und Gemüse gebracht hat, als meine Kinder am Verhungern waren. Wir stehen für immer in deiner Schuld.«

»Meeensch, genau deswegen sollte es Miach und dir verboten sein, mit Frauen zu sprechen.« Eine kurze Unterhaltung mit Takemikazuchi reichte bereits aus, um Demeter rot werden zu lassen. Die Göttin schien entgegen ihren Worten keineswegs verärgert, als sie sich von ihm entfernte und davonging.

»...«

»M... Mikoto?«

»H... Hey.«

Besorgt blickten Bell und Welf zu ihrer Kameradin und versuchten, ihre Aufmerksamkeit zu erregen, doch sie gab vor, die beiden nicht zu hören.

»G... Gott Takemikazuchi! Vielen Dank, dass Ihr uns neulich vor diesen perversen Göttern gerettet habt!«

»Bitte akzeptiert das hier als unseren Dank!«

»Hey, Moment mal, ist das nicht ein wenig zu viel des Guten für solch einen kleinen Gefallen?«

Nur einen Augenblick später waren zwei Menschenmädchen dem Gott zur Seite geeilt – offenbar normale Bürgerinnen, die keiner Familia angehörten. Ihre Wangen waren rot angelaufen, als sie ihm kleine Beutelchen mit Keksen entgegenhielten. Takemikazuchi versuchte, seine gute Tat ein wenig herunterzuspielen, indem er behauptete, dass dies wohl jeder getan hätte. Lächelnd trat er an die zwei heran und nahm ihr Geschenk an, ehe er Mikoto den finalen Schlag versetzte: Er streichelte den Mädchen sanft übers Haar, woraufhin diese noch röter wurden.

*Matsch!* Langsam übte Mikoto mit den Händen Druck auf die Schachtel mit dem Kuchen aus – den Auslöser bildete das Schauspiel vor ihren Augen.

»Hiiiek?!«

»H… Hey!«

Als die Finger der jungen Frau den Karton weiter verformten, lief Bell und Welf ein Schauer über den Rücken – doch Mikoto bemerkte die beiden gar nicht.

Jetzt wurde der Körperkontakt zwischen Takemikazuchi und den Frauen, denen er auf der Straße begegnete, noch intensiver. Manchmal ergriffen die Damen die Initiative, manchmal ging sie von dem Gott aus. Unabhängig vom Alter, der Herkunft und davon, ob es sich um Gottheiten handelte oder nicht, beinhaltete jede dieser Interaktionen ein gewisses Maß an Berührung. Die Frauen erröteten in den unterschiedlichsten Farbtönen und reagierten stets total verlegen. Das Schlimmste war jedoch, dass Takemikazuchi sich offenkundig weder bewusst war, was er mit seinem Verhalten anrichtete, noch ihre Reaktionen überhaupt zu bemerken schien.

Mikoto beobachtete ihn aus den Schatten heraus. Kaum war eine Frau davongegangen, traten auch schon zwei neue an ihn heran – es war, als wollte er sich unterbewusst damit brüsten, wie gut er beim anderen Geschlecht ankam.

»Mikoto? Mikoto!«

»Hey, jetzt sag doch was!«

Wie erstarrt stand die junge Abenteurerin dort, die Augen von ihrem Pony verdeckt und den Blick zu Boden gerichtet. Entsetzt mussten Bell und Welf mitansehen, wie sich ein düsterer Hauch um die Schultern ihrer Mitstreiterin legte. Ungewöhnliche schrille Töne entwichen ihrem Mund und hallten durch die Straße.

Mikoto jedoch sagte noch immer kein Wort – nur die dunkle Aura um ihren Körper schien sich zu verdichten.

»Meister Takemikazuchi!«

»Na, wenn das mal nicht Haruhime ist.«

Und dann ...

»Ich habe es endlich hinbekommen! Hier, für Euch!«

»Oh, Andango ... Mal sehen, hmm?« Gerade als Takemikazuchi die Hand ausstreckte, um sich einen der süßen Knödel aus der Schachtel in Haruhimes Händen zu nehmen, bemerkte er etwas anderes. Seine Hand wanderte zu ihrem Kinn. »Haruhime, hast du etwa schon welche genascht?«

»W... Waaas?!«

»Du hast da noch etwas Paste an deinen Lippen kleben ... Halt still.« Er wischte dem Mädchen mit dem Finger über die Lippen, um die Paste zu entfernen, und leckte ihn ab. »Mhm, sehr süß.«

»M... Meister Takemikazuchi ... S... So etwas solltet Ihr nicht tun!«

»Wirklich köstlich, Haruhime. Die anderen werden sich sicherlich auch darüber freuen. Ich glaube, du wirst wirklich einmal eine hervorragende Ehefrau abgeben.«

»Was …? M… Meint Ihr wirklich?!«

»Ja, du hast ein gutes Herz und bist fleißig. Wäre ich kein Gott, würde ich dich wohl selbst zur Frau nehmen wollen. Ha ha ha!«

*Klirr!* Mikoto konnte deutlich hören, wie etwas in ihr zu Bruch ging. *Tapp Tapp Tapp!* Sie blickte weiterhin zu Boden, doch ihre Füße trugen sie nach vorn. Die Rufe ihrer Kameraden hinter ihr drangen nicht mehr an ihre Ohren. Sie war auf dem Weg zu Haruhime, die sich an der Seite der sorglos lachenden Gottheit beschämt die Hände gegen die geröteten Wangen presste.

»Mikoto?«

»Fräulein Mikoto?«

Erst als die junge Frau vor den beiden stehen blieb, bemerkten sie ihre Anwesenheit.

*Ritsch!* Noch immer von einer düsteren Aura umgeben riss Mikoto den Deckel des Kartons geräuschvoll herunter.

»Hmm, was ist das denn …?« Takemikazuchi neigte den Kopf zur Seite, um einen Blick in die Schachtel zu erhaschen.

Mit zitternden Lippen gelang es Mikoto endlich, sich an ihn zu wenden. »Meister Takemikazuchi …« Ihr Kopf schoss hoch, ehe sie den Karton so weit wie nur möglich nach oben schleuderte. »Du bist ein verdammter Schürzenjäger!«

»Buwaaah?!«

Der Kuchen landete direkt im Gesicht des Gottes und zerstreute sich in sämtliche Richtungen.

»Meister Takemikazuchi?!«

Während Haruhimes Schrei durch die Straße hallte, machte Mikoto einen großen Satz zurück. Was folgte, war das platschende

Geräusch der Kuchenstücke, die nach und nach auf dem Boden aufkamen.

»Gut gemacht, Mikoto!!«

»Nicht schlecht!«

»Betrachte mich als deinen Fan, Ewiger Schatten!«

Eine Welle des Applauses und der Begeisterung brach über sie herein. Sie stammte von anderen Gottheiten, die sich in den Schatten versteckt hatten, doch nichts davon erreichte ihre Ohren. Die junge Frau wandte dem erstarrten Takemikazuchi nur den Rücken zu und rannte davon.

»Was hast du da bloß getan?!«

»Und vor allem warum?!«

Nach ihrer Verfolgungsjagd durch die Straßen Orarios hatten Welf und Bell Mikoto endlich eingeholt und stellten sie zur Rede. Das Davonlaufen hatte ihr die nötige Zeit verschafft, das lodernde Feuer in ihrem Herzen etwas unter Kontrolle zu bringen. In ihren Augen spiegelte sich jedoch großes Bedauern, weshalb sie nun auf der Stelle stand und mit sich haderte.

»E... Es tut mir leid ... Mein Körper hat sich wie von allein bewegt und dann war es schon geschehen ...«

»Du hast einem Gott einen Kuchen ins Gesicht gedonnert!«

»Das ist Blasphemie! Ein wirklich schweres Vergehen!«

Unter den vorwurfsvollen Stimmen ihrer Kameraden sank die junge Abenteurerin in sich zusammen. Sie wusste, dass die beiden recht hatten und sie ihr Verhalten ernsthaft reflektieren sollte, doch ihr Herz strahlte noch immer eine enorme Hitze aus, die ihre Arme und Beine zittern ließ. »Was ich getan habe, ist unverzeihlich, mir mangelt es an Disziplin ... Aber mein Körper möchte einfach nicht auf mich hören ...!«

»...«

»Ich konnte nicht anders, als Meister Takemikazuchi irgendetwas ins Gesicht zu klatschen ...! Es war meine Schuld, dass ich diesem Drang nicht widerstehen konnte. Ich bin vollkommen nutzlos!«

»...«

»Ah, wie gern würde ich mich selbst dafür bestrafen!« Sie fiel auf alle viere und schlug wiederholt mit der geballten Faust auf das Kopfsteinpflaster.

Bell und Welf sahen stumm zu, ihnen fehlten die Worte.

»Was ist da los?«, erkundigten sich einige Halbmenschen, die sich über das bizarre Benehmen des Mädchens mitten auf der Straße wunderten.

Schon in ihrem Schrein im Fernen Osten hatte Mikoto Takemikazuchi hin und wieder dabei beobachtet, wie er sich gegenüber Frauen verhielt. Allerdings lag der Schrein ziemlich abgelegen und somit auch nicht in der Nähe vieler Menschen, weshalb sich die Interaktionen des Gottes mit dem anderen Geschlecht in Grenzen gehalten hatten und es niemals dazu gekommen war, dass seine Anhängerin die Kontrolle über sich verloren hatte.

In Orario hingegen liefen die Dinge anders: Hier gab es wesentlich mehr Möglichkeiten für ihn, sein soziales Netzwerk zu erweitern. Besonders der Gedanke daran, dass Takemikazuchi durch die Stadt lief und allerorts mit Frauen schäkerte, während sie sich im Dungeon abmühte ... zerriss Mikoto das Herz. Sie war wütend auf sich selbst und wusste genau, dass sowohl ihr Zorn als auch ihre Eifersucht durch das taktlose Verhalten und die Worte des Gottes ausgelöst worden waren. Diese Klarheit fachte ihre Scham und ihre Reue nur noch mehr an, da sie immer geglaubt hatte, wesentlich offenherziger zu sein. Sie verachtete und schämte sich zutiefst für ihre Gefühle – so sehr, dass ihr die Tränen in die Augen stiegen.

»Ähm, also ... M... Mikoto?«

»Was hast du nun vor?«

Während Bell behutsam versuchte, die Aufmerksamkeit der am Boden zerstörten Mikoto auf sich zu ziehen, fragte Welf sie ganz unverblümt nach ihren weiteren Plänen.

Das Mädchen sah mit tränenunterlaufenen Augen auf und erhob sich wankend. »Ich werde wie geplant einen Kuchen machen ... und mich entschuldigen.«

Ihre Stimme klang schwach und niedergeschlagen, fast so, als würde sie jeden Moment nachgeben. Nichtsdestotrotz war die junge Abenteurerin in der Lage, die Frage des Schmieds zu beantworten. Ihr blieb keine andere Wahl, als sich bei Takemikazuchi zu entschuldigen. Allerdings wusste sie nicht, wie sie reagieren würde, wenn sie ihm wieder begegnete, und fürchtete sich beinahe davor, was sie ihm in dem Moment sagen würde.

Geplagt von einem in ihr tobenden Wirbelsturm an komplexen Emotionen trat sie mutlos den Heimweg an. *Trott, Trott.* Unter Bells und Welfs besorgten Blicken schleppte sie sich zurück zu ihrem Zuhause.

Die Sonne versank hinter den Bergen am Horizont. Während mehr und mehr Abenteurer von ihren langen Dungeon-Erkundungen zurückkehrten, legte sich langsam die Dämmerung über ein Haus in einem weniger frequentierten Bereich am westlichen Rand der Stadt. Die umliegenden Gebäude blockierten die letzten Sonnenstrahlen, sodass diese nicht länger bis zu dem Haus vordringen konnten, das ein gutes Stück von der Hauptstraße entfernt lag. Auch wenn darin Heilgegenstände verkauft wurden, kamen nur sehr wenige Abenteurer hier vorbei. Das Emblem einer Familia – es zeigte die Umrisse eines menschlichen Körpers – hing vor dem Gebäude und diente als eine Art Werbetafel, auf der zusätzlich der Name des Ladens »Blaue Apotheke« in der Allgemeinsprache Koine geschrieben stand. Es handelte sich um das Zuhause der Miach-Familia.

Eine Gruppe Abenteurer bahnte sich auf der Suche nach dem Markenzeichenprodukt der Familia, dem Doppeltrank, ihren Weg durch das Labyrinth aus Regalen im Inneren des Geschäfts. Nachdem sie ihn gefunden hatten, begaben sie sich zu dem jungen Hundemädchen hinter der langen Theke.

»Danke ...«, sagte dieses, als die Gruppe den Laden schließlich wieder verließ.

Einen kurzen Moment später traten zwei jungen Damen durch die hölzerne Doppeltür des Geschäfts. Sie trugen Waffen und Kampfkleidung und wandten sich direkt an die Chienthrope, die den Namen Naaza trug.

»Wir sind wieder zu Hause!«

»W... Wir sind wieder da ...«

Das eine Mädchen hatte kurzes, das andere langes Haar. Ersteres verkündete seine Rückkehr lauthals, während Letzteres sich nur zögerlich zu Wort meldete. Der Blick der einen war scharf und konzentriert, der der anderen träge und desinteressiert. Zusammen bildeten die beiden einen wirklich interessanten Kontrast.

Naaza, die mit ihren halb geschlossenen Augen selbst immer ein wenig müde wirkte, lächelte und begrüßte die zwei: »Willkommen zurück, Daphne und Cassandra …«

Die beiden Mädchen mit den Namen Daphne und Cassandra waren Abenteurerinnen der dritten Klasse und ehemalige Mitglieder der Apollo-Familia. Sie durchquerten den Laden und näherten sich dem Tresen, auf dem sie einen kleinen Beutel mit Münzen abstellten.

»Hier. Das sind unsere heutigen Einkünfte aus dem Dungeon. Wir haben den Anteil, den wir für die Vorbereitungen benötigen, bereits herausgenommen.«

»Entschuldigt, dass ich euch solche Mühe mache. Vielen Dank!« Naaza nahm das Geld von Daphne entgegen.

»N… Nein, wir gehören doch immerhin zur selben Familia …«, erwiderte Cassandra, deren langes Haar beim Sprechen mitschwang.

Das Hundemädchen, das bis vor Kurzem noch das einzige Mitglied der Miach-Familia gewesen war, wedelte fröhlich mit dem Schwanz. »Dass Bell durch das War Game bekannt geworden ist, war eine großartige Werbung für uns … Dank ihm strömen täglich mehr und mehr Kunden in unseren Laden, deshalb bin ich froh, dass ihr uns aushelft!« Als Zeichen ihrer Wertschätzung zog Naaza lächelnd zwei Behälter mit Saft unter der Theke hervor und reichte sie den beiden. »Aber seid ihr sicher, dass unsere Familia die richtige Wahl für euch ist …? Schließlich sind wir ziemlich verschuldet.«

»Verglichen mit diesen 200 Millionen Valis, die eine gewisse andere Familia an Schulden hat, wirken eure total harmlos.«

*Quietsch, Quietsch.* Naazas rechter, künstlicher Arm, ein Airgetlám, gab schrille Geräusche von sich, während sie sich bewegte.

Daphne nahm derweil einen Schluck von ihrem Saft und zuckte mit den Schultern – ein distanzierter Blick lag in ihren Augen. Sowohl sie als auch Cassandra waren zum Rekrutierungstreffen der Hestia-Familia gegangen und hatten darauf gehofft, in diese eintreten zu können. Als allerdings bekannt geworden war, dass die Familia Schulden von 200 Millionen Valis zu begleichen hatte, hatte sie ihre Meinung wieder geändert. Nach einigen Irrungen und Wirrungen waren die beiden Abenteurerinnen schließlich auf der Türschwelle der Miach-Familia gelandet und zu dieser konvertiert, sodass sie nun Miach als ihren Gott und Naaza als ihre Freundin und Mitstreiterin bezeichnen konnten. Vor allem Cassandra war sehr darauf versessen gewesen, sich der Hestia-Familia anzuschließen, weshalb sie nun immer noch ein wenig enttäuscht über den Verlauf der Dinge war.

Daphne hingegen vertrat die Ansicht: »Außerdem ist Miach ein großartiger Gott. Mit einem wie ihm an der Spitze war es kein Fehler, seiner Familia beizutreten.«

»Ich bin zwar froh, das zu hören, aber … du solltest dich nicht in ihn verlieben, hörst du?«, meinte Naaza.

»Werd ich schon nicht.«

»He he he …«

»Übrigens …«, sagte Daphne, nachdem die beiden kurz miteinander gescherzt hatten. Ihr Blick fiel hinter die Chienthrope. »Was geht dort hinten vor?«

Im Gästezimmer jenseits des Thekenbereichs saßen sich zwei Götter an einem Tisch gegenüber, die Tür stand offen. Einer der beiden hatte die Gestalt eines jungen, gut aussehenden Mannes mit dunkelblauem Haar, das er im Nacken zusammengebunden hatte: Es war Miach, der Schutzgott der Familia, zu der Naaza, Daphne und Cassandra gehörten. Trotz seiner abgetragenen grauen Robe, die deutlich zeigte, wie es um ihre Finanzen stand, hätte man sein Gesicht leicht mit dem eines Aristokraten verwechseln können. Bei dem anderen Gott, dessen schwarzes Haar seitlich jeweils zu einer Schlaufe gebunden war, handelte es sich um den würdevollen Takemikazuchi.

»Das sinnloseste Treffen, das es je gegeben hat ...«, erwiderte Naaza leicht genervt auf Daphnes Nachfrage und ging in Richtung Küche – den Laden überließ sie ihren Kameradinnen.

Die beiden Götter führten derweil ihre Unterhaltung fort und ignorierten die Geräusche, die Miachs Anhängerin beim Durchqueren des Gebäudes machte, das zugleich als Zuhause und Geschäft fungierte.

»Und genau das ist heute passiert ...«, beendete Takemikazuchi seinen Bericht von den Ereignissen, die sich am Nachmittag zugetragen hatten. Nachdem er einen Kuchen ins Gesicht bekommen hatte, hatte sich der verwirrte Gott an Hestias und seinen gemeinsamen Freund gewandt, der ebenfalls zur Riege der amen Götter gehörte. Er konnte sich beim besten Willen nicht vorstellen, warum Mikoto so wütend auf ihn war.

Ohne ihn zu unterbrechen, hatte Miach ihm bis zum Ende zugehört. Nun schloss er die Augen, nahm einen tiefen Atemzug und seufzte, ehe er die Lider wieder öffnete und Takemikazuchi unverwandt ansah. »Ich habe nicht den leisesten Schimmer ...«

»Dachte ich's mir doch ...«

*Fump!!* Mit einem Knall stießen Daphne und Cassandra, die die Unterhaltung belauscht hatten, gleichzeitig die Köpfe gegen einen Holzbalken.

Einen Moment lang blickten sich die beiden Gottheiten verwirrt um.

Während die langhaarige Abenteurerin sich die schmerzende Stirn massierte, murmelte die kurzhaarige neben ihr frustriert: »Wie beschränkt kann man eigentlich sein …?« Auch wenn Takemikazuchi und Miach Götter waren, verursachte es den Mädchen Bauchschmerzen, dass sie so begriffsstutzig waren. »Kein Wunder, dass die Mitglieder der Hestia-Familia teilweise so genervt von ihm sind …«

»Naaza?«

Unterdessen trat das Hundemädchen mit einem Tablett ins Gästezimmer. Sie hatte in der Küche Tee für die beiden Gottheiten vorbereitet, den sie nun in zwei Tassen gefüllt vor ihnen abstellte, wobei sie Michas Blick ignorierte. »Mikoto … tut mir leid.«

»Hmm …?«

»Wenn Ihr es wirklich nicht versteht … Ich werde Euch nicht zur Vorsicht mahnen, aber …«

Während Naaza sprach, blickte sie Takemikazuchi durchdringend an, weshalb der Gott mit offensichtlichem Unbehagen auf seinem Stuhl hin und her rutschte. Als die junge Hundedame den Blick dann auch kurz zu Miach schweifen ließ, bekam dieser das Gefühl, dass ihre Worte auch ihm galten.

»Was ist los?«, wollte er wissen.

Sie antwortete jedoch nicht, sondern stieß nur einen tiefen Seufzer aus. Schließlich wandte sie sich wieder von ihm ab und suchte erneut Augenkontakt zu Takemikazuchi. »Bitte denkt noch einmal gründlich darüber nach und akzeptiert die Wahrheit, zu der Ihr gelangt …«

Der schwarzhaarige Gott hielt einen Moment nachdenklich inne und verschränkte die Arme vor der Brust. Dampf stieg aus der Tasse auf, die vor ihm auf dem Tisch stand, während sich sein ernster Gesichtsausdruck im Tee darin spiegelte.

Der Tag von Takemikazuchis Feier war angebrochen. Bereits früh am Morgen hatte Mikoto in der Küche des Anwesens damit angefangen, den Kuchen zu backen. Auch gestern, nachdem sie heimgekommen war, hatte sie bereits einige Versuche unternommen, doch keiner hatte das gewünschte Ergebnis geliefert. Sie hatte sogar Welf und Bell gebeten, ihre Kreationen zu probieren, woraufhin die beiden den Rest des Abends überwiegend in der Nähe der Toilette verbracht hatten.

Niedergeschlagenheit machte sich in der jungen Abenteurerin breit, die sie jedoch schnell wieder vertrieb, indem sie sich mit beiden Händen auf die Wangen klatschte und sich selbst motivierte. Gewaltsam verdrängte sie die Ereignisse des Vortags aus ihrem Kopf, um sich voll und ganz auf die vor ihr liegende Aufgabe zu konzentrieren.

»Ähm, Fräulein Mikoto … Wegen meinem Treffen mit Gott Takemikazuchi gestern. Ich, ähm …«

»Schon in Ordnung, Meisterin Haruhime. Mach dir deshalb keine Gedanken.«

»Darum geht es mir ehrlich gesagt gar nicht … Mikoto, das war …«

»Wie gesagt, mach dir deshalb keinen Kopf!« Mikoto schaute kein einziges Mal zu Haruhime, als diese sie in der Küche aufsuchte. Sie war vollkommen konzentriert auf den Teig in ihren Händen.

Die Renard war sich nicht sicher, wie sie auf den wütenden Ton ihrer Freundin reagieren sollte, und ließ daher nur resigniert den Kopf hängen, ehe sie die Küche einen Moment später wieder verließ.

Hestia und Lili hatten die kurze Konversation beobachtet und waren sichtlich verwirrt, doch Bell informierte sie schnell über die Umstände. Ihre Verwirrung verwandelte sich daraufhin rasch in Frustration gegenüber Takemikazuchi, doch sie blieben ruhig und entschieden, sich nicht einzumischen.

Mikoto schüttelte alle störenden Gedanken ab und setzte ihre Arbeit fort – sie rief sich das Kuchenrezept des Hostess of Fertility ins Gedächtnis und versuchte, sich exakt an die einzelnen Schritte zu halten. Zuerst wurde der Teig auf offener Flamme in einem Topf gebacken, den man normalerweise für Reis verwendete, und danach mit Zuckerdekor und Früchten garniert ... Nachdem sie alle Anweisungen eins zu eins befolgt hatte, war schließlich ein beeindruckendes Backwerk entstanden. Der Kuchen war mit vielen verschiedenen Beerenarten gespickt und es wäre wohl niemand auf die Idee gekommen, dass jemand aus dem Fernen Osten ihn hergestellt hatte.

»Er ist fertig, aber ...« Als die junge Frau ihr Meisterwerk betrachtete, wurde sie plötzlich wieder von all ihren unnötigen Grübeleien heimgesucht. Nun, da alles erledigt war, was sie sich vorgenommen hatte, stand sie einfach in der Küche und konnte lediglich darauf warten, dass es dunkler wurde und die Feierlichkeit näher rückte.

Als es endlich an der Zeit war aufzubrechen, legte sie den Kuchen vorsichtig auf einen Teller und verstaute diesen für den Transport in einer Schachtel. Mit dieser auf den Armen verließ sie das Anwesen und bahnte sich ihren Weg durch die verzweigten Straßen Orarios hin zum Zuhause der Takemikazuchi-Familia. Sie schleppte sich mit ihren unangenehmen Gedanken im Gepäck durch die von Magiesteinen beleuchteten Gassen und erreichte endlich ihr Ziel: ein altes, baufälliges Haus in einem

Winkel im nordwestlichen Teil der Stadt, das sie früher einmal ihr Zuhause genannt hatte. Hier lebte Takemikazuchi mit den verbliebenen fünf Mitgliedern seiner Familia. Licht drang aus den Wohnzimmerfenstern nach draußen, möglicherweise hatte die Feier bereits begonnen.

»Entschuldigt die Störung ...«, sagte Mikoto, als sie die Tür öffnete und mit unsicherem Gesichtsausdruck eintrat. Sie blieb ihren fernöstlichen Traditionen treu und zog die Schuhe aus. Es machte sie ein wenig nervös, dass keiner sich die Mühe machte, sie zu begrüßen. Nichtsdestotrotz durchschritt sie den Eingangsbereich und lief einen schmalen Korridor hinab, bis sie schließlich an der Tür zum Wohnzimmer ankam. Sie hielt inne, atmete tief ein und schob die Tür auf. Und dann, einen Augenblick später ...

*Poff!*

»Was ...?«

... erklang ein dumpfes Geräusch über ihr und ehe sie sich's versah, fielen lange, bunte Bänder, Konfetti und echte Blütenblätter wie Schnee auf ihren Kopf und ihre Schultern. Das Mädchen stand regungslos da und beobachtete fassungslos das farbenfrohe Schauspiel.

»Da bist du ja!«

»Willkommen, Mikoto!«

Ihre Freunde hießen sie mit netten Worten und einem warmen Applaus willkommen. Oka, Chigusa, die anderen drei Mitglieder der Takemikazuchi-Familia und auch Haruhime kicherten angesichts des schockierten Blicks der jungen Abenteurerin. Es war ihnen gelungen, einen Kusudama aus dem Fernen Osten nachzubauen: eine Origami-Kugel, die man mit allem füllte, was das Herz begehrte, und mithilfe einer Schnur öffnen konnte – man hängte sie für gewöhnlich an die Decke. Zudem schmückten Magiesteinlampen in den unterschiedlichsten Farben und künstliche Blumen die Wände und auf dem Tisch war ein kleiner Berg an Köstlichkeiten angerichtet worden, wobei die frittierten Kartoffeln ganz besonders hervorstachen.

Nachdem die anderen sie begrüßt hatten, als wäre sie der Star des Abends, stand Mikoto, die Kuchenschachtel noch immer in den Händen, völlig verdutzt in der Tür. »W... Was hat das zu bedeuten ...? Heute war doch Meister Takemikazuchis Tag, oder nicht ...?«

»Das ist natürlich wahr ... aber der Hauptgrund, aus dem wir uns heute hier versammelt haben, ist, dass wir dich anständig verabschieden wollen«, weihte Oka sie ein, nachdem sie der Reihe nach jedem ihrer Kindheitsfreunde fragend in die Augen geblickt hatte. Auch wenn es nur für ein Jahr sei, hätten sie schon seit Längerem eine Abschiedsparty für Mikoto geplant, die vorübergehend zur Hestia-Familia gewechselt war. Um die Überraschung nicht zu verderben, hätten sie diesen Tag als das jährliche Fest ihres Gottes Takemikazuchi getarnt und sogar Haruhime mit einbezogen, erklärte der Abenteurer.

Kaum war die Wahrheit auf dem Tisch, klappte Mikoto die Kinnlade herunter. Noch einmal sah sie jedem einzelnen ihrer Freunde ins Gesicht.

»Haruhime hat uns mit den Essensvorbereitungen geholfen ... Sie meinte, dass sie gleichzeitig gern unser Wiedersehen feiern würde.«

»Genauso wie den neuen Lebensabschnitt, der für Fräulein Mikoto beginnen wird«, ergänzte die Renard.

Oka hielt ein Kichern zurück, als die neben ihm stehende Haruhime ihrer Freundin ein strahlendes Lächeln schenkte. Ein

Blick auf die Knödel auf dem Tisch genügte Mikoto, um die Puzzleteile zusammenzufügen und zu begreifen, weshalb das Fuchsmenschenmädchen sich am Vortag mit Takemikazuchi getroffen hatte.

»Es war Meister Takemikazuchis Vorschlag, diese Abschiedsparty auszurichten.«

Chigusas Worte lösten ein Gefühl der Nervosität in Mikoto aus. Ihre Freunde traten zur Seite, um ihrem Gott Platz zu machen. Überwältigt von ihren Emotionen gelang es seiner ehemaligen Anhängerin weder, sich zu regen, noch, etwas zu sagen.

Die Gottheit trat direkt vor sie und legte sanft eine Hand auf ihren Kopf. »Ah ... Es tut mir leid wegen gestern, Mikoto.« Als er den überraschten Blick des Mädchens sah, legte sich ein sanftes Lächeln auf seine Lippen. Sein Gesicht entspannte sich ein wenig und er lockerte die Schultern. »Um ehrlich zu sein, bin ich noch immer nicht sicher, weshalb ich das verdient hatte ... aber letzten Endes habe ich etwas getan, das dich verärgert haben muss, oder?«

»...!«

»Auch damals in unserer Heimat ist mir das oft passiert.«

»D... Das stimmt nicht!« Als Takemikazuchi sich bei ihr entschuldigte, erlangte Mikoto ihre Fassung zurück und schüttelte energisch den Kopf. »Das... Das war allein meine Schuld! Es war meine Schuld, dass ich sauer auf dich war, und auch, dass ich Wut verspürt habe ... Ich war eifersüchtig!!« Überwältigt von immensen Scham- und Schuldgefühlen errötete sie – ihr Verhalten hatte dem Gott Unannehmlichkeiten bereitet. Tränen quollen ihr aus den Augen, während sie erklärte, dass sie nicht das Recht habe, zornig, aufgebracht oder gar eifersüchtig zu sein. Doch ihr fehlte der Mut, ihm ausdrücklich zu sagen, was in ihrem Herzen vor sich ging. Sie hatte das Gefühl, auch dazu kein Recht zu haben.

»Nein, es ist nicht deine Schuld. Ich bin sowohl dein Gott als auch dein Vater.«

Mikotos Blick war starr auf den Boden gerichtet, doch als Takemikazuchis Worte ihre Ohren erreichten, riss sie die Augen auf.

»Wenn es etwas gibt, das dir auf der Seele brennt, dann sag es mir. Ich werde alles akzeptieren! Dafür sind Familien doch da, oder?« Lächelnd fügte er hinzu, dass er nur so in der Lage wäre, bestimmte Dinge zu bemerken.

Langsam hob Mikoto das Gesicht, das Rot ihrer Wangen wurde immer dunkler, ihre Lippen öffneten und schlossen sich wieder und wieder, doch es wollte kein Wort darüber kommen. Obwohl sie von ihrer Familia getrennt war, sorgten sich alle noch so sehr um sie, dass sie sogar eine Abschiedsparty für sie organisiert hatten. Sie waren noch immer ihre Familie und allein dieses Wissen erwärmte ihr das Herz.

Doch würde ihr früherer Schutzgott wirklich akzeptieren, was sie zu sagen hatte? Wenn dem so war, dann wäre es ihr größter Wunsch, sich ihm zu offenbaren. Doch er sollte es nicht nur hinnehmen, die junge Abenteurerin wollte auch eine Antwort. Sie wollte hören, was er zu einer Beziehung zu sagen hatte, die weitaus mehr wäre als die Bindung zwischen Vater und Tochter oder einer Familie. Sie wollte die wahren Gedanken des Gottes hören, dem sie über die Jahre so viel Ärger verursacht hatte. Ihre Lippen zitterten, ihre Ohren färbten sich knallrot – ihr Herz pochte hörbar laut. Chigusa, Oka und die anderen Mitglieder der Familia ahnten schon, was dies zu bedeuten hatte, und hielten den Atem an.

Mikoto warf all ihren Stolz beiseite und brachte so viel Mut auf, wie sie nur konnte. »Meister Takemikazuchi, ich …!!«

»Mikoto, ich habe etwas für dich. Warte bitte kurz, ja?« Eine gewisse Selbstzufriedenheit lag in der Stimme des Gottes, als er sich von ihr abwandte und in eine Ecke des Zimmers verschwand. Die lodernde Entschlossenheit seines ehemaligen Schützlings war ihm völlig entgangen.

Das dunkelrot angelaufene Mädchen stand wie versteinert im Eingangsbereich des Zimmers. Oka und die anderen sahen ungläubig zu ihrem Gott, enttäuscht darüber, wie schlecht sein Timing war. Tränen strömten ihrer Freundin die Wangen hinab, während Takemikazuchi, der die schockierten Blicke seines Umfelds nicht bemerkte, ihr mit einem strahlenden Lächeln sein Geschenk überreichte. »Ein Abschiedsgeschenk.«

»Was …?«

In der ausgestreckten rechten Hand hielt er ein Kurzschwert, in der linken ein weiteres in einer anderen Farbe.

»Mann und Frau, ein zusammengehörendes Paar Schwerter …« Mikotos Stimme zitterte.

»Genau«, antwortete Takemikazuchi und nickte zufrieden. »Ich habe das Geld von meinem Teilzeitjob dafür verwendet, ganz ohne die Hilfe der anderen … Nun ja, allerdings mithilfe eines kleinen Kredits.«

Dieses Geständnis ließ die junge Frau erstaunt dreinblicken. Auch Oka und Chigusa schienen nichts davon gewusst zu haben, denn sie wirkten ebenso schockiert.

»Ich habe gehört, dass Hestia Schulden gemacht hat, um Bell Cranel ein Messer zu kaufen. Ich möchte zwar nicht mit ihr wetteifern, aber wollte etwas Ähnliches tun … Zwar bin ich natürlich nicht der Meinung, dass Schulden eine Tugend sind, aber ich …«

Der letzte Teil von Takemikazuchis Satz ging in einem unverständlichen Gemurmel unter, woraufhin er leicht errötete.

Mikotos Aufmerksamkeit war zwischenzeitlich auf die beiden Klingen in den Händen des Gottes gerichtet, der soeben zugegeben hatte, der kindlichen Göttin nachgeeifert zu haben. Ein schwarzes und ein weißes Kurzschwert – sie waren geformt wie Katanas und selbst ihre Hüllen wunderschön gestaltet und von hoher Qualität. Es handelte sich um Sonderanfertigungen, wie das Siegel der Goibniu-Familia darauf verriet. Die dunkelvioletten Augen des Mädchens wurden glasig und begannen zu zittern.

»Ein kleines Geschenk für meine süße, hübsche Tochter ...«

Das Lächeln, das Mikoto an Takemikazuchi richtete, wich schnell noch mehr Tränen.

Der Gott zögerte einen Moment, zwang sich dann aber selbst zu einem Lächeln. Er trat einen Schritt auf die junge Abenteurerin zu und ging in die Hocke, um auf Augenhöhe mit ihr zu sein. »Das männliche heißt ›Tenka‹, das weibliche ›Chizan‹ ... Dieses hier bekommst du, das andere behalte ich.«

Mit der Schachtel auf den Armen konnte Mikoto das schwarze Kurzschwert Chizan nicht entgegennehmen, daher befestigte Takemikazuchi es an ihrem Gürtel. Nachdem er sich vergewissert hatte, dass es dort sicher verwahrt war, sah er erneut in die noch immer tränenunterlaufenen Augen seiner früheren Anhängerin.

»An dem Tag, an dem du wieder zu uns zurückkehrst, wird auch das zweite dir gehören«, sagte er. »Also komm ja wieder zu uns zurück.« Er zeigte ihr die Klinge des weißen Kurzschwerts Tenka und schenkte ihr ein weiteres Lächeln. »Ich werde so lange auf dich warten wie nötig, Mikoto.«

Die junge Abenteurerin schloss die Augen, noch mehr Tränen rannen ihr die Wangen hinab. Ein angenehm warmes

Gefühl breitete sich in ihrem Herzen aus und umhüllte schon bald ihren ganzen Körper. Ihre Lider waren noch immer geschlossen, als sie das Lächeln des Gottes erwiderte. Sie stellte sich den Moment vor, in dem die beiden Klingen wieder vereint wären. An diesem Tag würde sie Takemikazuchi auch ihre wahren Gefühle gestehen, die sie ihm an diesem Abend nicht beichten konnte. Schon bald wäre sie jemand, der sich als würdig erwiesen hatte, beide Klingen bei sich zu tragen. In diesem Moment würde sie ihm ganz sicher sagen, was ihr auf dem Herzen lag.

»Ja ...!! Bitte warte auf mich!« Ein fröhlicher Ausdruck machte sich auf ihrem tränenfeuchten Gesicht breit.

Während sie sich gegenseitig ansahen, tauschten die beiden ein herzliches Grinsen aus. Chigusa, Oka, Haruhime und der Rest der Gruppe rings um sie kamen nicht umhin, es ihnen gleichzutun.

»Ähm, das ... das ist ein Kuchen ... für dich, Meister Takemikazuchi, und natürlich auch für alle anderen ...«

»Oh, danke, Mikoto! Also dann, Leute, lasst uns reinhauen!«

»Ja!«, ertönten ihre Stimmen im Einklang.

Als der Raum endlich zum Leben erwachte, nahm Takemikazuchi die Schachtel von den Armen der noch immer schluchzenden Mikoto. Die Männer der Runde konnten es nicht mehr erwarten und standen sofort mit ausgestreckten Händen um den Tisch herum. Chigusa, Haruhime und die anderen Mädchen versammelten sich hingegen um Mikoto. Sie umarmten sie, lächelten sie an und tätschelten ihr den Rücken.

Der Ehrengast des Abends wischte sich mit dem Ärmel die Tränen ab und erwiderte ihr Lächeln. Das Licht der Magiesteinlampen in der Gasse drang durch die Wohnzimmerfenster herein. Es war wie damals beim Schrein: ein kleines Zuhause, erfüllt von herzerwärmendem Gelächter.

Die Sonne strahlte vom wolkenlosen Himmel herab. Unter ihren warmen Strahlen, die den Frühsommer ankündigten, zischte ein funkelndes Schwert durch die Luft. Im Garten des Anwesens der Hestia-Familia, das dank zahlreicher Sträucher und Bäume von üppigem Grün umgeben war, übte Mikoto ein paar Kampftechniken. Der Schweiß stand ihr auf der Stirn, als sie wie ein Ninja das Chizan umherschwang, das Takemikazuchi ihr geschenkt hatte.

»Meine Meinung von Meister Takemikazuchi hat sich ein wenig ... verbessert ...«

Vom Schatten eines Korridors aus sahen Bell und Welf ihr bei ihrem eifrigen Training zu. Neben ihnen stand Naaza, die vorbeigekommen war, um einige Waren abzuliefern, die die Hestia-Familia bestellt hatte. Nachdem sie erfahren hatte, was sich am Tag zuvor zugetragen hatte, war sie bester Laune – fröhlich wedelte sie mit dem Schwanz hin und her.

»Ein wenig gesorgt habe ich mich ja schon. Aber irgendwie fühlt es sich auch so an, als wäre uns irgendetwas entgangen«, bemerkte Welf, der sich mit einer Hand an einem Holzbalken abstützte.

»Aber Mikoto versteht sich wieder super mit Gott Takemikazuchi. Auf jeden Fall wirkt sie glücklich ...«, äußerte sich Bell an seiner Seite und grinste fröhlich.

Hin und wieder hielt Mikoto inne und betrachtete lächelnd die Klinge in ihrer Hand. Vergnügt beobachteten Bell und Welf ihre offenbar hervorragend gelaunte Kameradin.

Naaza hingegen kniff dabei argwöhnisch die Augen zusammen. Einerseits bewunderte sie Takemikazuchi dafür, dass er aus eigenen Kräften zwei Waffen für das Mädchen hatte anfertigen lassen, doch zugleich gab es ihrer Meinung nach auch Grund zur Sorge. »Wisst ihr ...« Langsam hoben sich ihre Mundwinkel. »Ständig tut er solche Dinge, als wäre es das Normalste der Welt. Ich glaube, genau das ist der Grund, aus dem die Leute ihn unsensibel nennen.« Sie bezog sich auf die Tatsache, dass der Gott zwei zusammengehörende Kurzschwerter für sich und ein ehemaliges Mitglied seiner Familia besorgt hatte. Dass er die weibliche Klinge dem Mädchen und die männliche sich selbst gegeben hatte, war fast ... »Wie ein Verlobungsring. Für andere Gottheiten wäre diese Aktion fast schon so etwas wie ein Heiratsantrag.«

»Nun ja ...«

»Ah ha ha ha ...«

Welf rieb sich verlegen den Nacken, während Bell ein gezwungenes Lachen hervorbrachte. Es wäre in der Tat nicht weiter verwunderlich, wenn die Empfängerin dieses Geschenks unweigerlich an einen Heiratsantrag denken würde. Zu diesem Schluss kamen alle drei.

»Leute! Warum trainiert ihr denn nicht eine Runde mit mir, wenn ihr schon Zeit habt ...?« Mikoto hörte auf, ihr Kurzschwert zu schwingen, wandte sich ihren Beobachtern zu und winkte sie zu sich. Während sie den weiblichen Teil des Kurzschwertpaares fest im Griff hielt, lag ein Lächeln auf ihren Lippen, das dem Strahlen der Sonne in nichts nachstand.

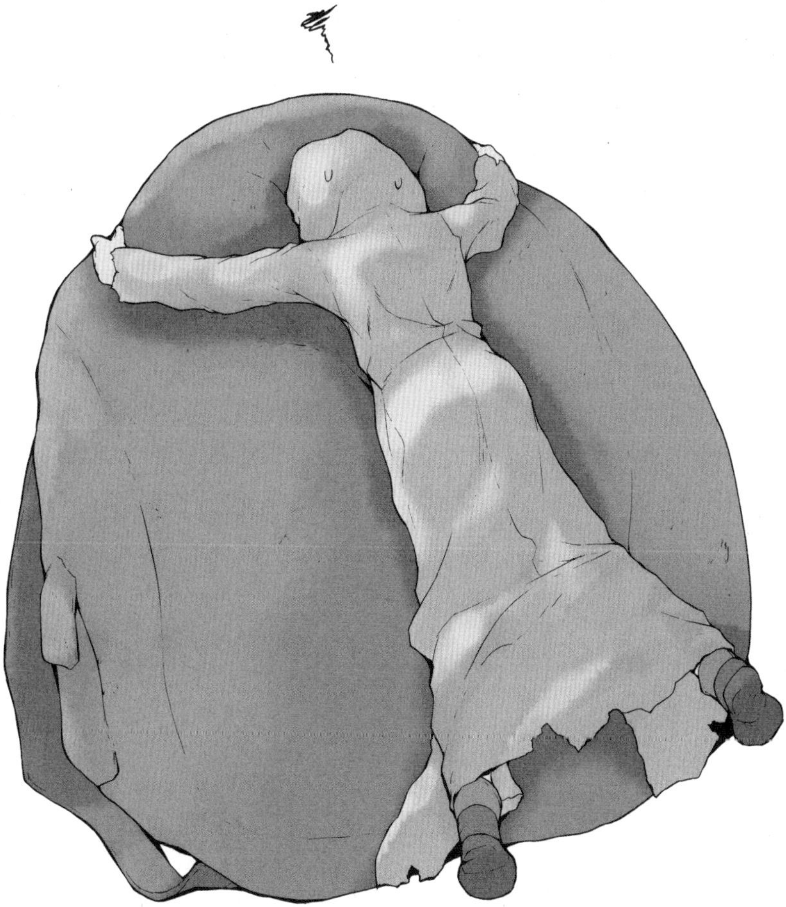

# Kapitel 2: Das Angebot eines Pallum♥

50 Kirlos östlich von Orario. Während hinter den Stadtmauern der Alltag ungehindert weiterlief, war die Allianz noch immer damit beschäftigt, sich um die rakianische Armee zu kümmern.

»Maaann, mir ist so langweilig! Fiiinn, setz dem Ganzen endlich ein Ende!«

Die Schlacht hatte vor fünf Tagen begonnen. Die Loki-Familia hatte ihr Lager auf einer großen Ebene inmitten der Steppe errichtet. Von dort aus hatte sie den perfekten Überblick: von der rauen Albbergkette bis hin zum Seolo-Wald. Während ihre Banner hoch über ihren Köpfen im Wind wehten, behielten sie die Truppenbewegungen des Feindes genauestens im Auge.

Im größten Zelt des Lagers hatte sich die Göttin der Familia gelangweilt auf einer Reihe von Stühlen ausgebreitet. In der Zwischenzeit beugte sich Finn, der sich neben ihr als Einziger im Kommandozelt aufhielt, mit einem nüchternen Lächeln über eine große Karte, die auf einem Tisch ausgebreitet lag.

»Nichts wäre mir lieber als das ...« Darauf betrachtete er die verschiedenen Schauplätze der Schlacht und die Platzierung der jeweiligen Truppen. »Die Bewegungen des Feindes sind zu passiv und halbherzig.«

»Was soll das heißen?«

»Sie verursachen nur einen Aufruhr, um unsere Aufmerksamkeit zu erlangen, ohne wirklich in die Offensive zu gehen ... Ihre Generäle, die mit unseren zweitklassigen Abenteurern vergleichbar sind, lassen sich nicht einmal blicken. Sie wagen den Vorstoß, nur um danach noch weiter zurückzufallen. Indem sie sich so weitflächig verteilen, müssen auch wir uns immer mehr aufgliedern. So kann das nicht weitergehen.«

Wenn es einen Vorteil gab, den Rakia gegenüber der Allianz der stärksten Abenteurer besaß, so war es die Truppenstärke.

Natürlich gab es innerhalb Orarios viele große Familias, doch keine konnte in Sachen Quantität mit einem ganzen Land mithalten. Zwar lebte man inzwischen in einer Zeit, in der Qualität über Quantität triumphierte, aber es war noch immer eine legitime Strategie, den Gegner mit einer Überzahl an Soldaten zu bezwingen. Selbst wenn Orarios Familias ihre Streitkräfte darauf ausrichteten, all die kleinen Kämpfergruppen auszuschalten, die ihre Handelswege abschnitten und ihre Wirtschaft beeinträchtigten, so mussten sie zwangsläufig die Verfolgung des Feindes aufnehmen, sobald dieser sich ein Stück zurückzog, was ihre eigenen Truppen jedoch gefährlich ausdünnte.

»Heißt das etwa, das Hauptheer versteckt sich irgendwo und die Kerle, gegen die wir jetzt kämpfen, sind nur eine Ablenkung?«

»Es ist zumindest nicht völlig auszuschließen, aber …«, antwortete Finn auf die Frage seiner Göttin, die seit Beginn dieses Krieges weder auch nur das geringste Interesse daran gezeigt noch sich die Mühe gemacht hatte, sich irgendwelche Informationen darüber zu merken.

In diesem Moment kam ein weiteres Mitglied der Loki-Familia ins Lager gestürmt und eilte ins Kommandozelt. »Kommandant, ich habe die Bestätigung!«

»Gute Arbeit, Raul. Wie sieht es in Melen aus?«

»Dort scheint alles normal zu sein. Vom Lolog-See bis hin zu den Klippen wurden keine Flotten oder sonstigen verdächtigen Schiffe entdeckt.«

Finn lauschte dem Bericht seines Untergebenen und richtete den Blick wieder auf die Karte. Seine Hand bewegte sich in Richtung Westen, entgegengesetzt zu ihrer eigenen Position auf der Karte, wo er alle Figuren vom See bis zur Küstenregion entfernte. »Es besteht also keine Gefahr einer Invasion über den Seeweg …«

Loki erhob sich von ihrem provisorischen Stuhlbett und begab sich an Rauls Seite, um ebenfalls einen Blick auf die Karte zu werfen. Dort hatte Finn den Ort der ersten Schlacht und den derzeitigen Standpunkt von Rakias unzähligen Truppen mit roten Figuren gekennzeichnet. Die auf seinen Befehl hin entsandten Soldaten wurden durch blaue Figuren symbolisiert.

»Offenbar will unser Feind den Krieg in die Länge ziehen … Er hat beschlossen, unsere Streitkräfte so lange wie möglich von der Stadt fernzuhalten.«

»Verstehe, so ist das also …« Loki grinste verschmitzt, nachdem der Pallum der Strategie des Angreifers Schritt für Schritt auf die Schliche gekommen war und schließlich seine wahren Absichten erkannt hatte.

Der Kommandant konnte sich ein Kichern nicht verkneifen, als er die verschiedenen Ausdrücke wahrnahm, die über das Gesicht der Göttin huschten. »Wir sollten uns zurückziehen. Das Ziel des Feindes scheint sich in der Stadt selbst zu befinden.«

»Juhuuu!«, jubelte Loki und klatschte in die Hände, als sie ihre Freiheit wiedererlangt hatte.

»Raul, wir brechen die Zelte ab. Informiere auch die anderen Einheiten darüber. Unsere Banner lassen wir allerdings hier, schließlich dürfen wir Rakia nicht wissen lassen, dass wir weg sind.«

»B… Bist du dir da sicher, Kommandant …? Wenn wir uns einfach so von der Front zurückziehen, dann …«

»Wir haben einen legitimen Grund, in die Stadt zurückzukehren. Ich bezweifle, dass die Gilde etwas einzuwenden haben wird.« Finn ignorierte die Bedenken seines geschockten Untergebenen und begann damit, seine Habseligkeiten zusammenzupacken. »Die Freya-Familia kann sich um den Rest kümmern.«

»Hi hi hi! Aufgrund der Ereignisse mit der Ishtar-Familia wurde dieser lüsternen Göttin eine ganz schöne Strafe aufgebrummt. Sie kann sich ruhig um die Drecksarbeit kümmern!« Ein Ausdruck, der zufriedener nicht hätte sein können, breitete sich auf Lokis Gesicht aus. Der Grund dafür war, dass eine gewisse Göttin der Schönheit keine andere Wahl hatte, als die Befehle der Gilde zu befolgen. Nun konnte sie all die unliebsamen Aufgaben auf die Familia dieser Göttin abwälzen. Eine kleine Gruppe von Boten verließ das Lager, um den jeweiligen Truppenvorstehern Finns Befehl zu übermitteln. Nicht einmal eine Stunde später befand sich die Loki-Familia bereits auf dem Rückzug.

»Sind noch irgendwelche mächtigen Familias in Orario?«

»Hmm ... Von den großen wohl nur ... Phaistis Kinder.«

»Du meinst die Hephaistos-Familia? Das ist perfekt! Wir sollten auch sie um Unterstützung bitten.« Nachdem er mit Loki noch ein paar Details geklärt hatte, verabschiedete sich Finn von ihr, um das Kommando über den Rückzug zu übernehmen, der schon in den letzten Zügen war.

Genau wie bei einer Dungeon-Expedition bauten die niederrangigen Mitglieder der Familia im Handumdrehen die Zelte ab, verstauten sie in großen Kisten und trugen diese mühelos davon. Der einzige Unterschied zum Aufbau des Lagers bestand darin, dass sie ihrer Arbeit diesmal unter dem klaren, blauen Himmel nachgingen. Ihr Ziel war der weiße Turm, der im Westen emporragte.

»Kommandant! Brauchst du etwas zu trinken? Oder vielleicht etwas zu essen? Ich habe gerade ein Wildschwein gefangen! Soll ich es für dich braten?«

»Oh, ähm, danke, Tione, aber ich muss ablehnen. Wenn wir ein Feuer machen, wird Rauch aufsteigen.«

»Verstanden!«

Die Amazone Tione Hiryute hatte braune Haut und langes schwarzes Haar – sie trug minimalistische Kampfbekleidung, die ihren üppigen Busen und ihre samtige Haut mehr oder weniger ausreichend bedeckte. Finn warf seiner Offizierin ein gezwungenes Lächeln zu, während diese ihm wieder einmal ihre Zuneigung entgegenbrachte.

Der Blick ihrer Zwillingsschwester Tiona sprach Bände: »Schon wieder?!« Sie konnte nicht fassen, dass Tione nicht einmal versuchte, ihre Absichten zu verbergen.

Da dies tagtäglich geschah, waren Aiz und die anderen Mitglieder der Loki-Familia bereits daran gewöhnt und gaben ihr Bestes, nicht darin verwickelt zu werden. Mit einem gequälten Lächeln wartete Finn geduldig darauf, dass der Sturm an ihm vorüberzog. Schließlich zog ein anderes Mitglied die Aufmerksamkeit der Amazone auf sich und sie ging davon.

»Finn, was willst du tun, wenn wir wieder zurück sind?«

»Sollen wir zu Hause auf neue Befehle warten?«

Nachdem Tione gegangen war, traten die Elfe Riveria und der Zwerg Gareth an ihren Anführer heran.

Dieser wandte sich zu ihnen um und antwortete: »Ich werde euch bereits vorab Anweisungen erteilen. Würdet ihr mir daher noch ein bisschen Zeit geben?«

»Hm?«

»Nanu, das ist wirklich ungewöhnlich. Hast du vorher noch etwas anderes zu tun?«

Die beiden blickten ihn fragend an, doch er lächelte nur.

»Es gibt da etwas, das mich jetzt schon eine ganze Weile beschäftigt ...« Der kleine Abenteurer kniff die strahlend blauen Augen zusammen, die an die Oberfläche eines Sees erinnerten, und blickte zu den riesigen Stadtmauern Orarios, die sich in der Ferne erhoben. »Ich habe da noch eine andere Mission, bei der ich keinerlei Fortschritte mache, obwohl ich ein Abenteurer bin. Und daran werde ich mich jetzt versuchen.«

»Ich bin es, alter Mann!« Lili öffnete die irgendwie fehl am Platz wirkende Tür eines kleinen Häuschens und trat ein.

Die Morgensonne am östlichen Horizont war kaum erkennbar. Ihren übergroßen Rucksack auf den Schultern, stattete die Pallum dem Laden Des Gnoms Allerlei einen Besuch ab. Nachdem sie das unordentliche Wohnzimmer hinter dem Ladenbereich durchquert hatte, bemerkte sie sofort den Besitzer des Geschäfts. Er schien gerade erst aufgewacht zu sein und trank wie ein schlecht gelauntes Kind heißes Wasser aus einer Tasse.

*Schlürf, schlürf, schlürf.* Die junge Supporterin konnte hören, wie das Wasser sich seinen Weg an seinem Bart vorbei über seine Lippen bahnte.

»Ah, Lili ... Guten Morgen!«

»Guten Morgen! Bitte wasch dir das Gesicht und setz dich aufrecht hin, wenn du heißes Wasser zu dir nimmst. Ich werde nicht lange hier sein.«

Da er seine rote Mütze nicht trug, war der kahle Kopf des Gnoms vollständig sichtbar. »Jaja ...«, murmelte er und erhob sich langsam von seinem Stuhl.

Lili stellte ihren Rucksack auf den Boden und bereitete alles für die Ladenöffnung vor, während der Besitzer sich wie befohlen das Gesicht wusch. Bis die Hestia-Familia im War Game ihr neues Zuhause errungen hatte, hatte das Pallum-Mädchen im Des

Gnoms Allerlei gelebt. Vor zwei Monaten hatte ihr Zwist mit der Soma-Familia ihren Höhepunkt erreicht, weshalb sie einen Ort gesucht hatte, an dem sie untertauchen konnte. Dieser Laden war ihr bestens bekannt gewesen, da sie in der Vergangenheit häufiger Gegenstände von anderen Abenteurern gestohlen und hier zu Geld gemacht hatte. An jenem Tag war sie jedoch hier aufgekreuzt, um den Eigentümer zu bitten, sie im Austausch gegen ein Dach über dem Kopf für ihn arbeiten zu lassen.

»Cinder Ella«, Lilis Magie, gewährte ihr die Fähigkeit, ihr äußeres Erscheinungsbild nach Belieben zu verändern – es war das erste Mal gewesen, dass sie ihm ihr wahres Gesicht gezeigt hatte. Trotzdem hatte er ihre Bitte nicht ablehnen können, da sie all ihr Vertrauen in ihn gelegt zu haben schien.

»Du hast Glück. Ich bin tatsächlich auf der Suche nach einer helfenden Hand«, hatte er gesagt und sie sofort eingestellt.

Seither hatte Lili frühmorgens, noch vor ihrem Aufbruch in den Dungeon, aber auch abends nach ihrer Rückkehr im Laden ausgeholfen, um ihre Dankbarkeit zu zeigen. Selbst nachdem sie umgezogen war, kam sie regelmäßig vorbei, um nach dem Rechten zu sehen und den Gnom in seinem Geschäft zu unterstützen.

»Ich fühle mich ein wenig schuldig … Obwohl deine Familia so groß geworden ist, kommst du immer noch täglich bei mir vorbei.«

»Mach dir darüber keinen Kopf … Sorge dich lieber um deine Gesundheit, Bom. Wenn du wie letztes Mal vor Erschöpfung zusammenbrichst, kann ich mich nicht mehr um alles kümmern.«

»Ich weiß nicht, was ich ohne dich getan hätte! Das tut mir wirklich leid!«

Der Name des Ladenbesitzers war Bom Cornwall. Zwar waren die Naturgeister nicht gerade für ihre Individualität bekannt, doch er besaß eine schillernde Persönlichkeit. Seine unglaubliche Geschicklichkeit und seine scharfen Augen sorgten dafür, dass er sich in Orario sofort wie Zuhause gefühlt hatte. Als Lili ihn danach gefragt hatte, warum er lieber in der Stadt als in der Natur lebte, hatte er einfach nur geantwortet: »Einen mieseren Naturgeist als mich gibt es nicht.« Seinen Lebensunterhalt bestritt er, indem er Dinge, die in seinen Laden gebracht wurden, begutachtete und für den niedrigstmöglichen Preis ankaufte, um sie dann mit Profit wieder zu verkaufen.

»Hier, das Frühstück habe ich zu Hause vorbereitet. Iss bitte alles auf! Außerdem war die Lampe im Lagerraum kaputt, deshalb habe ich den Magiestein ersetzt. Dein Vorrat an Juwelen im Tresor neigt sich auch langsam dem Ende zu. Du solltest ihn demnächst also mal wieder auffüllen.«

»O... Okay, danke ...!« Ein wenig eingeschüchtert von Lilis Energie setzte sich der Gnom seine altbewährte rote Mütze auf den kahlen Kopf. Seine großen, runden Augen waren auf das Mädchen gerichtet, das einen ganzen Kopf größer war als er selbst. »Gehst du heute wieder in den Dungeon?«

»Ja. Wenn alles gut läuft, werden wir heute Ebene 16 erreichen! Unsere Familia hat derzeit einen Lauf!« Die Supporterin lächelte zufrieden und dachte an ihre zuverlässigen und herzensguten Gefährten. »Ich werde mein Bestes geben, ihnen keine Last zu sein!«

Sie erledigte noch ein paar Dinge im Laden, bevor ihr Blick auf die Wanduhr fiel. Es war an der Zeit, an ihrem üblichen Treffpunkt am Fuße des Turms Babel mit Bell und ihren anderen Mitstreitern zusammenzustoßen. »Bom, bitte vergiss nicht, das Frühstück zu essen, das ich dir mitgebracht habe!«

»Werd ich nicht, keine Sorge! Ich wünsche dir einen schönen Tag!«

Lili legte die Hand auf den Türknauf und drehte sich lächelnd noch einmal zu ihm um. »Bis später!« Dann verließ sie das Geschäft.

»Jetzt kann sie also lächeln …«, murmelte der Ladenbetreiber vor sich hin, den Blick noch immer auf die Tür gerichtet.

Ohne die Fähigkeiten, die sie zu Urzeiten einmal besessen hatten, bildeten die Gnome das Schlusslicht unter den Naturgeistern. Nichtsdestotrotz gehörte Bom noch immer zu einem Volk, von dem man behauptete, es stehe den Göttern am nächsten. Auch wenn Lili glaubte, dass er noch immer nichts von ihrer geheimen Vergangenheit wusste, hatte er ihre Verwandlungen längst durchschaut.

Ein Hauch von Nostalgie trat in seine Augen. Die weißen Barthaare des Gnoms erzitterten leicht, als sich ein glückliches Grinsen auf seine Lippen legte.

Das Zuhause der Hestia-Familia, das Feuerstellen-Anwesen, badete im Mondlicht. Nachdem sie aus dem Dungeon zurückgekehrt waren, aßen alle Familia-Mitglieder gemeinsam mit ihrer Göttin zu Abend. Im Anschluss sollten sie Hestia nacheinander in ihrem Zimmer aufsuchen, um dort ein Status-Update zu erhalten. Sie hatten sich auf wöchentliche Statusüberprüfungen geeinigt und da sie nichts anderes vereinbart hatten, war es heute Abend wieder so weit.

Nun war Lili an der Reihe. Sie war gespannt herauszufinden, wie stark ihr Zuwachs an Erfahrungspunkten gesunken war, jetzt, da sich Haruhime als zweite Supporterin ihrer Familia angeschlossen hatte. Ein wenig nervös entblößte sie ihren Rücken.

»Okay, das war's!«

Während Hestia ihren aktualisierten Status auf ein Blatt Papier schrieb, zog die Pallum, die auf einem Stuhl saß, ihr Oberteil wieder über. Schließlich warf sie einen Blick auf den Status, den ihre Göttin in Koine übersetzt hatte.

Liliruca Arde

Level 1

Stärke: I 81

Ausdauer: H 123 → 124

Geschicklichkeit: G 232 → 236

Beweglichkeit: F 383 → 388

Zauberkraft: E 402 → 404

**Magie:**

Cinder Ella

Verwandlungsmagie.

- Die Gestalt wird durch das mentale Bild beim Aussprechen der Zauberformel bestimmt. Sollte dieses Bild ungenau sein, schlägt das Wirken der Magie fehl.
- Es empfiehlt sich das Nachahmen existierender Erscheinungsbilder.
- Zum Wirken der Magie dient die folgende Zauberformel: »Was dein ist, ist mein, und was mein ist, bleibt mein.«
- Zum Auflösen der Magie dient die folgende Zauberformel: »Die Uhr hat zwölf geschlagen!«

**Skills:**

Artel Assist

- Wird bei besonders hoher Traglast aktiviert.
- Verbessert die Statuswerte in Abhängigkeit vom getragenen Gewicht.

»Haaaach …« Ein langer Seufzer der Enttäuschung entwich Lilis Lippen – der Blick auf den Anstieg ihrer Basis-Werte war entmutigend.

*Na ja, mir war klar, dass ein halbes Jahr nicht ausreichen würde, um im Level aufzusteigen, aber …* In den sechs Monaten, in denen Lili Mitglied der Soma-Familia gewesen war, hatte sie aufgrund diverser Umstände nie ein Status-Update erhalten. Erst nachdem sie konvertiert war, um am War Game teilzunehmen, hatte sie endlich eines bekommen. Obwohl sie ihre Erwartungen niedrig angesetzt hatte, war sie dennoch enttäuscht, dass sie in diesem halben Jahr nicht allzu viele Excelia hatte sammeln können. Ihre Werte befanden sich noch immer im unteren Bereich eines niederrangigen Abenteurers – so war bislang jedes ihrer Status-Updates verlaufen.

Dennoch waren die Fortschritte, die sie in dieser Zeit gemacht hatte, nicht von der Hand zu weisen. Es war allgemein bekannt, dass selbst herausragende Abenteurer drei Jahre oder länger benötigten, um das erste Mal im Level aufzusteigen. Daher hatte es auch keinen Grund für sie gegeben anzunehmen, dass sich ihre Fähigkeiten in nur sechs Monaten drastisch weiterentwickelt hätten.

»Ich weiß, wie sehr dich das frustriert, Supporterin, aber …«

»Mir ist bewusst, dass ich in meiner Rolle nicht viel mehr erwarten kann. Es ist ja allgemein bekannt, dass sich der Status von Supportern nur langsam verbessert.« Tatsächlich war es ihre mangelnde Erfahrung als Abenteurerin gewesen, die Lili überhaupt dazu gebracht hatte, diese Rolle einzunehmen. Ihre Reaktion gegenüber Hestia, die sich extra in den Finger gestochen hatte, um ihr Ichor für ihre Anhängerin zu verwenden, war ungewöhnlich scharf. Ohne ein weiteres Wort wandte sie der besorgt dreinblickenden Göttin den Rücken zu und verließ den Raum.

Sie ging den Flur des ersten Stockwerks entlang und erreichte das Wohnzimmer. Dort hatten sich Welf und die anderen bereits fröhlich in einem Kreis versammelt: Sie unterhielten sich aufgeregt und verglichen ihren auf Papier festgehaltenen Status miteinander. Lilis Eintreffen signalisierte Bell, dass nun er an der Reihe war, sein Update zu erhalten – er war der Letzte.

Sobald er weg war, spielte Lili mit dem Gedanken, sich zu den anderen zu gesellen, doch ... als sie mit einem Blick über die Schulter das Spiegelbild ihres Rückens in einem der Fenster sah, hielt sie inne. Die Kleidung, die sie für gewöhnlich trug, hing in ihrem Zimmer – in diesem Moment hatte sie etwas Bequemeres an, das den unteren Teil ihres Rückens nicht bedeckte, sodass ein paar der schwarzen Hieroglyphen herauslugten, aus denen ihr Status bestand. Dieser Anblick ließ die Pallum nachdenklich die Stirn runzeln.

»Ich hab mich das neulich schon gefragt ...« Kaum war Bell zusammen mit Hestia von seinem Status-Update zurückgekehrt, setzte Lili sich zu den anderen und sprach an, was ihr auf dem Herzen lag. »Warum kann man unseren Status eigentlich sehen?«

»Ah, das habe ich mich auch schon gefragt.«

»I... Ich mich auch ... Warum verbirgt Göttin Hestia ihn nicht?«

»Ich dachte immer, dass das zu den Richtlinien dieser Familia gehört ... Stimmt das etwa nicht?«

»Was ...? Es gibt eine Möglichkeit, den Status zu verbergen?!«

Ausgehend von Lilis Frage äußerten sich auch Welf, Mikoto und Haruhime, die jeweils einer anderen Familia angehört hatten, zu diesem Thema. Hestia war erstaunt, ebenso wie Bell, der nur mit einem »Hä?« reagierte ...

Das Pallum-Mädchen erklärte den beiden daraufhin, dass es für Götter eine Methode gebe, den Status zu »verschließen«. Diese Technik werde von Gottheiten verwendet, um die Hieroglyphen auf den Rücken ihrer Kinder für das bloße Auge unsichtbar zu machen. Das »Schloss« stelle sicher, dass die wertvollen Statusinformationen unbefugten Augen verborgen blieben. Hephaistos, Takemikazuchi, Ishtar und sogar der Tunichtgut Soma beherrschten diese Technik.

Hestia, die erst vor Kurzem aus dem Himmelreich herabgestiegen war, zeigte sich schockiert über diese Enthüllung. »Deshalb habe ich also ... nie einen Status auf dem Rücken der Amazonen gesehen, die in der Stadt herumlaufen ... Dabei dachte ich immer, sie würden Körperfarbe verwenden.«

»J... Jetzt, wo du es sagst ... Eina meinte auch, ich solle immer ans ›Abschließen‹ denken, damit andere meinen Status nicht sehen können ... Sie hat damit wohl nicht die Türen zu unserem Zuhause gemeint ...«

»Ich werde, ähm ... Hephaistos oder jemand anderen danach fragen, sobald ich das nächste Mal einen von ihnen treffe ...«

Während Bell und Hestia noch versuchten, die Informationen zu verarbeiten, die sie gerade von den Füßen gerissen hatten, schüttelten die anderen im Raum nur die Köpfe.

Schließlich meldete sich Lili wieder zu Wort: »Wäre es in Ordnung, wenn ich mir euren Status ansehen würde?«

»Klar, mach ruhig.«

»Natürlich.«

»Hier, bitte!«

Nachdem sie ihre Kameraden höflich darum gebeten hatte, reichten Welf, Mikoto und Haruhime ihr die Zettel, auf denen ihr Status niedergeschrieben stand.

Welf Crozzo
Level 2
Stärke: I 67 → 70
Ausdauer: I 50 → 53
Geschicklichkeit: I 78 → 82
Beweglichkeit: I 36 → 38
Zauberkraft: I 57 → 61
Schmiedekunst: I

Yamato Mikoto
Level 2
Stärke: H 133 → 134
Ausdauer: H 129 → 130
Geschicklichkeit: H 178 → 181
Beweglichkeit: H 162 → 167
Zauberkraft: I 84
Immunität: I

Sanjono Haruhime
Level 1
Stärke: I 8 → 9
Ausdauer: I 32
Geschicklichkeit: I 15
Beweglichkeit: I 23 → 26
Magie: E 403 → 405

*Gut, es scheint wohl wirklich normal zu sein …* Nachdem sie erkannt hatte, dass das Wachstum der anderen in etwa mit ihrem vergleichbar war, reichte auch Lili ihren Status herum.

Kaum hatten alle einen Blick darauf geworfen, wanderten ihre Augen zu dem Jungen, der als Letzter an der Reihe gewesen war. Als er bemerkte, wie seine Kameraden ihn schweigend musterten, geriet Bell ein wenig in Verlegenheit. Mit der linken Hand kratzte er sich am Kopf, während er, ohne sich etwas dabei zu denken, das Papier mit seinem eigenen Status in die Runde reichte.

Bell Cranel
Level 3
Stärke: F 377 → 391
Ausdauer: F 389 → 396
Geschicklichkeit: F 377 → 392
Beweglichkeit: D 583 → 594
Magie: F 352 → 360
Glück: H
Immunität: I

Als die anderen sein Status-Update sahen, wurde ihr Schweigen noch tiefer. Seine Werte hatten sich insgesamt um über fünfzig Punkte verbessert und somit deutlich stärker als die aller anderen Familia-Mitglieder, obwohl er sich auf einem höheren Level befand. Irgendetwas stimmte nicht. Sie hatten unter denselben Bedingungen gegen dieselben Feinde gekämpft. Natürlich hatte er mehr Hiebe ausgeteilt und vermutlich auch mehr Gegner besiegt, doch all das konnte seinen enormen Fortschritt nicht ansatzweise erklären. Jedes Mal, wenn sie von Bells außergewöhnlichem Wachstum erfuhren, überkam seine Gefährten ein Gefühl der Neugier und auch heute einte sie dieses Gefühl.

»Was ist bloß los mit dir?«

»K… Keine Ahnung …«

Das Stück Papier noch in den Händen, konfrontierte Welf den Gruppenanführer damit. Doch die Reaktion des weißhaarigen Jungen verriet, dass dieser wirklich keinen Schimmer hatte. Verunsicherung überkam Bell, als er von allen wegen seiner enormen Fortschritte ausgefragt wurde, denn er hatte keine Antwort für sie parat.

»Für mich fühlt es sich so an, als wäre hier irgendeine besondere Kraft am Werk. Ich denke nicht, dass es Meister Bells natürliche Veranlagung ist …«, flüsterte Lili Mikoto, Haruhime und Hestia zu, um sicherzustellen, dass Welf und Bell sie nicht hören konnten.

Die junge Göttin schloss die Lider und pfiff wie ein Kind, das verzweifelt versuchte, ein Geheimnis zu bewahren – eine Schweißperle kullerte ihr die Wange hinab. Lili verdrehte die Augen, suchte dann aber kurz Blickkontakt zu den anderen Mitgliedern der Familia, Bell ausgenommen. Ihr Entschluss stand fest: Heute würden sie die Wahrheit herausfinden.

»Es wird langsam spät. Jeder, der heute nichts mehr zu tun hat, sollte schon mal ein Bad nehmen.« Welf war der Erste, der das Wort ergriff. Er ließ demonstrativ die Schultern und den Nacken kreisen und wandte sich seinem Kameraden zu. »Du kannst ruhig als Erster in die Wanne.«

»Ich, ähm, hab schon im Turm Babel geduscht …«

»Aber ich habe dir extra schon Wasser eingelassen. Es wäre doch wirklich eine Verschwendung, wenn du es nicht nutzen würdest, Meister Bell.«

Mikotos Worte bereiteten dem rotäugigen Abenteurer ein schlechtes Gewissen. Hestia wollte eingreifen, um ihn zu beschützen, doch ein scharfer Blick von Lili hinderte sie daran.

»A… Aber wäre es wirklich in Ordnung, wenn ich als Erster bade? Ihr habt doch schließlich alle euer Bestes gegeben … Wenn ich schon reingehen soll, dann solltest du dich mir anschließen, Welf …!«

»Ich habe noch etwas in der Schmiede zu erledigen.«

»Ich muss die Zutaten für das Frühstück morgen vorbereiten.«

»I… Ich, ähm … muss meinen Schwanz pflegen!«

Welf und Mikoto brachten ihre Ausreden so schnell über die Lippen, als hätten sie sich diese bereits tagelang bereitgelegt. Wie abgesprochen zogen sich die beiden zurück und begaben sich scheinbar zu ihrem jeweiligen Zielort. Das Fuchsmenschenmädchen hingegen hatte keine andere Wahl, als zu improvisieren. Kaum war ihr etwas eingefallen, ließ auch Haruhime den Raum hinter sich, wobei sie ihren Schwanz umklammert hielt und damit begann, lose Haare herauszuzupfen.

»Ich muss etwas mit Göttin Hestia besprechen«, erklärte Lili.

»Hiiiek …«, entglitt es der Göttin, die vom herabwürdigenden und durchbohrenden Blick der Supporterin eingeschüchtert wirkte.

Sie alle drängten Bell dazu, sein Bad vor ihnen zu nehmen.

»Nun, wenn das so ist …«, sagte er schließlich, drehte sich um und verließ das Wohnzimmer.

Kaum war er zur Tür hinausgegangen, kehrten plötzlich alle in den Raum zurück und umzingelten ihre Göttin.

»Also dann, Göttin Hestia … Wenn du irgendetwas über Meister Bells ›Fortschritte‹ weißt, dann sag es uns bitte. Wir wollen endlich die Wahrheit erfahren!«

Hestia war sprachlos, als Lili die Führungsrolle übernahm und begann, sie auszufragen. Die Göttin geriet ins Schwitzen – sie blickte sich um, in der Hoffnung, einen Ausweg zu entdecken, doch war umzingelt. Schweißgebadet gab sie schließlich auf. Sie atmete ein und stieß einen tiefen Seufzer aus. »Ich schätze, es macht keinen Sinn, Dinge vor der eigenen Familia zu verheimlichen ... Also gut, ich erzähle es euch.« Schnell fügte sie noch hinzu: »Aber ihr dürft es niemandem verraten, hört ihr?«, ehe sie – auch wenn es sie schmerzte – das Geheimnis hinter Bells außergewöhnlichem Wachstum preisgab. Und so erfuhren Lili und die anderen von der Fähigkeit des Jungen.

»Realis ... Phrase ...?«, wiederholte die Pallum leise deren Namen, den Hestia gerade erwähnt hatte.

Alle Anwesenden waren überwältigt von der Tatsache, dass eine so seltene Fähigkeit existierte, die sogar die Entwicklung eines Abenteurers beeinflussen konnte. Besonders die Eigenschaften des Skills ihres Anführers verschlugen ihnen die Sprache.

Beschleunigt das Wachstum.

Wirkung hält an, solange die Gefühle der Zuneigung bestehen.

Intensität der Gefühle verstärkt den Effekt.

Die Fähigkeit wurde direkt von den Gefühlen beeinflusst, die tief im Herzen des Jungen schlummerten. Diese Gefühle, seine Gefühle für Aiz, bildeten die treibende Kraft hinter seinem unglaublich rasanten Aufstieg, der noch immer anhielt.

»Das heißt also, dass seine Verliebtheit in die Prinzessin der Klingen ihn so schnell stärker werden lässt?«, vergewisserte sich Welf auf die Erklärung der Göttin hin noch einmal, ob er Realis Phrase richtig verstanden hatte.

»V... Verliebtheit ...?! N... Na ja, ich schätze schon ...«

»Diejenige, die ... Meister Bell in seinem Herzen trägt ...«

Unterdessen konnten Haruhime und Lili nicht verbergen, wie geschockt sie über diese Enthüllung waren. Bell Cranel war bis über beide Ohren in Aiz Wallenstein verliebt. Diese Tatsache hinterließ eine tiefe, unerträgliche Leere in ihnen.

*Ich hätte mich überhaupt nicht so bemühen müssen. Das war mir zwar irgendwie schon klar, aber …* Schon bei ihrer ersten Begegnung mit Bell hatte Lili gespürt, dass es einen Grund dafür geben musste, dass es ihn so unermüdlich in den Dungeon zog. Doch dass diesen Grund sein Wunsch darstellte, zur Prinzessin der Klingen aufzuschließen … Es war nicht verwunderlich, dass ein Junge in Bells Alter Zuneigung oder Bewunderung für jemanden vom anderen Geschlecht empfand, aber da das Pallum-Mädchen wusste, wie sich die beiden das erste Mal begegnet waren, nämlich dass Aiz ihn vor einem Minotaurus gerettet hatte, zitterten ihre kastanienbraunen Augen.

»W… Weiß Meister Bell davon? Oder hast du ihm nichts davon erzählt?«, erkundigte sich Mikoto.

»Dieser Junge kann kein Geheimnis für sich behalten. Würde jemand ihn drängen, Informationen über seinen seltenen Skill preiszugeben, wüsste schon bald jeder darüber Bescheid. Deshalb ist es das Beste, wenn er nichts davon erfährt … Und ehrlich gesagt gefällt mir nicht, dass sein rasches Wachstum mit seinen Gefühlen für diese Wallendingsbums zu tun hat!«

Die Unterhaltung der beiden drang nicht mehr zu Lili durch. Es war, als hätte sich ihr Geist von ihrem Körper gelöst. Ein ganzer Sturm von Emotionen fegte durch ihren Kopf, doch ihr Körper war wie gelähmt. Es war, als würde ihr kleines Herz jeden Moment ihre Brust sprengen. Sie rang nach Atem, konnte es nicht länger ertragen und sprach aus, was ihr auf dem Herzen lag. »W… Wirst du das so hinnehmen, Göttin Hestia?«, brachte sie stotternd ihre Frage hervor.

Sie wusste, dass ihre Schutzgöttin Gefühle für Bell hegte, die die Liebe einer Gottheit zu ihrem Kind weit überschritt. Würde Hestia etwa zulassen, dass er ernsthafte Gefühle für Aiz entwickelte? Diese Frage brannte Lili auf der Seele.

»Bell hat seine Entscheidung, stärker werden zu wollen, selbst getroffen. Er ist so entschlossen, dass ich ihn einfach nicht davon abbringen kann.« Die Göttin konnte ihrem Anhänger nicht im Weg stehen.

Ihre Worte ließen Lili unruhig werden.

»Doch eines ist sicher: Sie wird ihn niemals bekommen! Niemals! Eines Tages werde ich ihn dazu bringen, sich mir zuzuwenden ...!!«

Hestias entschlossene Verkündung ließ Welf und die anderen unwillkürlich einen Schritt zurücktreten. Lili lugte zu Haruhime, was dieser nicht verborgen blieb.

Die Renard, die wie üblich in ihren Kimono gekleidet war, vermied den Blickkontakt zur zweiten Supporterin ihrer Familia und sah verlegen erst zur Seite und dann auf den Boden. Schließlich legte sie sanft die Hände auf den Bereich ihrer Kleidung, unter dem sich ihre Brüste abzeichneten. »I... Ich war einst eine einfache Prostituierte ... Ich habe kein Recht, mich in Meister Bells Liebesleben einzumischen.«

»...«

Das Gesicht der Ex-Prostituierten errötete, als sie unbedachterweise in den Raum warf: »A... Aber als seine Konkubine ... oder zumindest für eine Nacht käme jemand wie ich vielleicht für ihn ...«

»Hey, halt, stopp!« Sofort schoss Hestia wütend in die Höhe.

»E... Es tut mir leid!«, quiekte Haruhime und hielt sich schützend die Arme über den Kopf.

»Dachtest du, ich würde dir das einfach so durchgehen lassen?!«, brüllte die Göttin – ihre Stimme schallte durch den Raum.

»Bitte beruhige dich doch, Göttin Hestia!«, versuchten Welf und Mikoto sie gleichzeitig zu besänftigen.

Während Hestias Standpauke noch nicht beendet war, stand Lili wie betäubt da. Es gab jemanden, in den Bell verliebt war. Auch wenn sie nie daran geglaubt hatte, jemals an seiner Seite sein zu können, saß der Schock über diese Neuigkeit tief. Sie war sprachlos, da die Gefühle des Jungen sogar so stark waren, dass sie seine Entwicklung als Abenteurer enorm beschleunigten. Die Pallum konnte nichts weiter tun, als schweigend dazustehen.

Kurz nach den Ereignissen des Abends kehrte Lili in ihr Zimmer zurück und vergaß dabei völlig, ein Bad zu nehmen. Sie legte sich geradewegs ins Bett, fand jedoch keinen Schlaf, sondern starrte einfach nur an die Decke und konnte nicht aufhören nachzudenken. Jedes Mal, wenn sie die Augen schloss, rumorte es in ihrer Brust. Selbst eine bequemere Schlafposition half nicht, allein das Rascheln des Bettlakens war in der Luft des leeren, geräumigen Zimmers zu hören – sonst herrschte völlige Stille.

Nachdem sie Stunden damit verbracht hatte, sich mit den Emotionen in ihrem Herzen auseinanderzusetzen, stand sie schließlich auf. Die Nacht kam langsam zu einem Ende. Ohne einen Hauch von Schlaf verließ Lili ihr Zimmer bereits in den frühen Morgenstunden.

»Lächerlich …« Sie warf ihre Robe über ihre übliche Kleidung, schloss die Tür hinter sich und belächelte sich mit müden Augen selbst. Während sie den langen Korridor entlanglief, regte sie sich wieder und wieder darüber auf, wegen solch einer unbedeutenden Sache so aufgebracht zu sein.

Alle Mitglieder der Familia hatten ihre Zimmer im dritten Stock. Zwar kam es vor, dass Welf die Nacht in seiner Schmiede verbrachte, doch meistens schliefen alle in ihren Zimmern. Das erste am oberen Ende der Treppe gehörte Hestia, danach folgte Mikotos und Haruhimes Doppelzimmer. Ein paar Türen weiter befand sich Welfs Zimmer und dann kam schließlich ... Bells.

Für einen kurzen Moment blieb Lili vor seiner Tür stehen, doch schon bald besann sie sich eines Besseren und entschied, in der Küche etwas zu trinken. Als die Pallum sich hundemüde durch den Korridor bewegte, fielen bereits die ersten Sonnenstrahlen durch die Fenster herein ...

*Swusch, swusch!* Der Klang von etwas Scharfem, das durch die Luft schnitt, drang aus Richtung des Innenhofs in den Flur.

Lili beschleunigte ihren Schritt und eilte zum Fenster. Da sie kaum über den Fenstersims sehen konnte, stellte sie sich auf die Zehenspitzen. Kaum war sie in der Lage, in den Innenhof zu blicken, entdeckte sie einen weißhaarigen Jungen. Obwohl es nicht nötig war, zog sie hastig den Kopf zurück, nur um ein paar Augenblicke später wieder einen Blick zu riskieren. Als sie sich vorsichtig nach vorn beugte, sah sie, wie Bell seine violette und seine scharlachrote Klinge umherschwang – er trainierte allein.

*Swusch!* Mit jedem Hieb zeichnete er einen von einem scharfen Geräusch begleiteten Lichtblitz in die Luft.

*Kämpft er ... gegen jemanden?*

Der Junge holte aus, drehte sich und sprang in einem irren Tempo über die weitläufige Rasenfläche des Gartens. Mit jeder Bewegung schleuderte er große Schweißtropfen von sich. Dank ihres scharfen Auges erkannte Lili sofort, dass er sich einen

Gegner vorstellte, den er mit aller Kraft bekämpfte. Sie begriff auch, dass dieser unsichtbare Gegner unheimlich stark war. Da die Supporterin bereits oft Abenteurer aus nächster Nähe beobachtet hatte, war es für sie ein Leichtes, dies zu erfassen. Der rotäugige Jüngling war bereits ein zweitklassiger Abenteurer und konnte seinem imaginären Gegner dennoch nicht das Wasser reichen. *Oh … Er hat verloren …*

Plötzlich erstarrte Bell in einer unnatürlichen Haltung. Es sah so aus, als würde er versuchen, mit einem seiner Messer einen Angriff zu parieren, denn sein Körper war nach hinten geneigt, als hielte ihm jemand ein Schwert an die Kehle. Er verharrte einige Sekunden in dieser Position, ehe er schließlich ein »Gah!« ausstieß und in die Knie ging. Beide Hände auf den Oberschenkeln, um sich abzustützen, hob und senkte er scheinbar nach Atem ringend die Schultern – der Schweiß tropfte ihm von der Stirn.

Sein weißes Haar klebte an seinen nassen Wangen, sein leichtes Gewand war schweißdurchtränkt. Lili war sich im Klaren darüber, dass er schon lange vor ihrem Auftauchen mit seinem Training begonnen haben musste. Schweigend beobachtete sie ihn. Gegen wen hatte er gerade gekämpft? Aiz? Stand er etwa täglich so früh auf und feilte an seinen Fähigkeiten, nur um zu ihr aufzuschließen? Wie eine Statue verharrte die Pallum in ihrer Position am Fenster – sie hielt den Atem an, während ihr all diese Fragen durch den Kopf schwirrten, auf die sie keine Antworten fand.

Kurz darauf richtete Bell sich wieder auf und setzte sein Training fort. Die Intensität seiner Hiebe zeugte davon, wie tief seine Zuneigung zu diesem Mädchen war. Je länger Lili ihm zusah, desto mehr versank sie in einem Strudel aus Kummer und

Schmerz, Verwirrung, Angst und Melancholie – all diese Gefühle wirbelten in ihrem Inneren umher wie ein unaufhörlicher Sturm.

Wie üblich trafen sie sich an jenem Morgen, um gemeinsam in den Dungeon zu gehen. Nachdem sie erst kürzlich die 15. Ebene durchquert hatten, wollten sie sich als Nächstes in die 16. wagen. Die Familia war in Bestform und machte sehr gute Fortschritte. Während der Großteil der Gruppe in bester Stimmung war, zeichnete sich auf dem Gesicht eines Mitglieds, nämlich desjenigen, das einen überdimensionierten Rucksack mit sich herumschleppte, ein düsterer Ausdruck ab.

»Lili, ist alles in Ordnung ...?« Noch bevor Lili es richtig wahrnahm, hatte Bell sich bereits in die Mitte der Formation zurückfallen lassen, da ihm aufgefallen war, dass sie den Kopf hängen ließ. Besorgt wandte er sich ihr zu. »Du siehst müde aus ... Bist du krank?«

»M... Mir geht es gut, Meister Bell! Ich habe nur letzte Nacht nicht sonderlich viel Schlaf bekommen, weißt du? Du brauchst dir also keine Sorgen zu machen!« Die Pallum versuchte, sich zusammenzureißen, und setzte ein künstliches Lächeln auf. Diese Fähigkeit hatte sie sich in ihrer Zeit als Diebin angeeignet und sie half ihr, anderen jederzeit zu versichern, dass alles in bester Ordnung sei. Jetzt setzte sie diese Fertigkeit gegen Bell ein.

Dieser schien zwar nicht überzeugt zu sein, musste seine Unterhaltung mit seiner Kameradin allerdings unterbrechen, da Monster aufgetaucht waren – sie bereiten sich auf den Kampf vor.

*Das war knapp! Was mache ich denn?!* Lili hielt sich in Gedanken erneut eine Standpauke. Sie befanden sich im Dungeon.

Selbst die kleinste Nachlässigkeit konnte ihre Gruppe und sie in tödliche Gefahr bringen. Während sie den Verlauf des Kampfes zwischen ihren Gefährten und den Monstern genauestens verfolgte, atmete das Pallum-Mädchen tief durch und versuchte, seine Konzentration wiederzuerlangen. *Richtig. Ich bin Meister Bells ... Supporterin!*

Die Erkenntnis, welcher Person der Junge sein Herz geschenkt hatte, hatte sie bis ins Mark erschüttert. Sie begann, ihren eigenen Wert für ihn in Frage zu stellen. Sie war eine Expertin, wenn es um den Support ging. Ein Objekt der Verachtung. Eine einfache Lastenträgerin für andere Abenteurer. Sie besaß keine Fähigkeiten, auf die sie stolz zu sein vermochte. Im Gegensatz zu Welf und Mikoto, die im Kampf ihr Leben riskierten, um Bell zu beschützen, konnte sie weder an seiner Seite stehen noch ihn verteidigen, ihm noch nicht einmal folgen. In ihrer Zeit als Diebin war sie von den Abenteurern, die sie bestohlen hatte, oft als nutzlos betitelt worden – die Erinnerungen daran suchten sie nun heim. Äußerlich erfüllte sie ihre Rolle mit eisernem Willen, doch innerlich plagte sie ein heftiger Sturm der Selbstzweifel.

Lili umklammerte fest das Crozzo-Magieschwert, bereit, jederzeit seine volle Macht zu entfesseln. Als sie zur Seite blickte, bemerkte sie, wie Haruhime den Kampf von Bell und den anderen besorgt mitverfolgte. Die Renard erfüllte dieselbe Rolle wie sie: die einer Supporterin. Der große Unterschied zu ihr bestand jedoch darin, dass das Fuchsmenschenmädchen zu einem mächtigen Zauber imstande war – dem Levelboost. Mit dieser Magie konnte Haruhime Abenteurern enorme Kräfte verleihen, was sie zu einer unverzichtbaren Unterstützerin und verglichen mit Lili deutlich wertvoller machte. Auch ihr Aussehen war überwältigend. Ihr goldener, buschiger Schwanz und ihr seidig glattes Haar waren wunderschön und mit ihrer Anmut übertraf sie Lilis kindliche Erscheinung bei Weitem. In Kombination mit der Reinheit, die sie ausstrahlte, war sie möglicherweise sogar der Prinzessin der Klingen ebenbürtig. Außerdem hatte sie ziemlich ... große Brüste.

*Wenn Haruhime ...* Wenn die Renard noch weiter wuchs, würde man Lili dann überhaupt noch brauchen? Würde sie ihren Platz in der Gruppe verlieren, ehe sie überhaupt mit Aiz konkurrieren konnte? *Wenn das so ist ... sollte ich dann vielleicht lieber aufhören, sie als Supporterin auszubilden? Oder ihr die Dinge vielleicht nur halbherzig beibringen?*

In diesem Moment bemerkte das Pallum-Mädchen, welch dunkle Gedanken es hegte – es fuhr erschrocken zusammen und schüttelte heftig den Kopf.

»Fräulein Lili?«

»Es ist ... nichts«, brachte Lili mühsam hervor, als Haruhime sie besorgt ansprach. *Was bin ich bloß für eine widerliche Person?!* Sie spürte einen tiefen Ekel vor sich selbst. *Was bin ich bloß für ein Stück Dreck ...?* Großer Selbsthass stieg in ihr auf.

Sie war nicht so schön wie Hestia, Eina, Syr, Haruhime oder andere Frauen in Bells Umfeld und obendrein war ihr Herz verdorben. Verzweifelt kämpfte sie ständig darum, vor den anderen gut dazustehen. Sie war naiv und kindisch und keineswegs geeignet für jemanden wie Bell. *Letztendlich ist dieser Schmerz doch nur ...* Richtig. Tief im Inneren litt Lili unter einem gewaltigen Minderwertigkeitskomplex.

Aiz Wallenstein war eine erstklassige Abenteurerin, das hatte die Pallum mit eigenen Augen gesehen. Das Mädchen mit dem goldenen Haar und den goldenen Augen war so schön und stark, dass es selbst eine Göttin neben sich erblassen lassen konnte.

Allein wenn sie mit Bell sprach, errötete er. Sie war bildhübsch, begabt und würdevoll. Nicht nur der weißhaarige Junge, sondern auch viele andere Abenteurer bewunderten sie. Selbst wenn die Welt auf den Kopf gestellt würde, könnte Lili ihr niemals das Wasser reichen.

Das war es, was dieser solches Leid verursachte. Sie war Aiz in jeglicher Hinsicht unterlegen. Ihre Rivalin war eine unerreichbare Blume auf dem höchsten Gipfel eines Gebirges. Bells Blick war immerzu dorthin gerichtet, weshalb er seine Kameradin gar nicht wahrnahm. Die Pallum konnte daher niemals seine Nummer eins sein. Diese unumstößliche Tatsache hatte ihr letzte Nacht den Schlaf geraubt und sie an den Rand der Verzweiflung gebracht. Gequält von ihrer Eifersucht und überwältigt von ihren Emotionen war sie einfach nur enttäuscht über sich selbst.

Nachdem der Kampf zu Ende war, machte sie sich gemeinsam mit Haruhime daran, die Magiesteine und die anderen Beute-Items der Monster einzusammeln. Als sie einen der Magiesteine vom dunklen Boden des Dungeons aufhob, reflektierte dessen Oberfläche ihr kleines Gesicht, woraufhin sich ihre Brust schmerzlich zusammenzog.

»Also verlief die Erkundung von Ebene 16 ohne Zwischenfälle?«

»Ja. Zwar haben wir noch keinen vollständigen Überblick über den Aufbau, aber wir können uns problemlos gegen die Monster dort behaupten.«

Es war noch nicht dunkel, als ich beim Hauptquartier der Gilde ankam. Der blaue Himmel war außerhalb der Fenster weiterhin zu sehen, während ich mit meiner Beraterin Eina sprach.

Unsere Gruppe war bereits zurück an der Oberfläche und hatte ihre Beute im Turm Babel eingetauscht, bevor sie sich für heute aufgelöst hatte. Sicher waren Welf und die anderen schon auf dem Nachhauseweg. Ich hingegen hatte beschlossen hierherzukommen, da ich Eina regelmäßig Bericht über unsere Fortschritte im Dungeon erstattete. Heute waren wir früher als sonst zurückgekehrt, weil wir unerwartet viele Beute-Items gefunden hatten. Da die Kapazitäten von Lilis und Haruhimes Rucksäcken erschöpft gewesen war, wäre es schwierig gewesen, noch mehr Gegenstände einzusammeln, weshalb wir die Erkundung abgebrochen hatten. Doch es gab noch einen weiteren Grund ... Ich sorgte mich um Lili.

»Es freut mich, dass ihr so große Fortschritte macht. Aber übertreib es nicht, ja?«

»Ich werde vorsichtig sein, Eina.«

Sie schien wirklich erfreut zu sein, uns trotz unseres raschen Vorankommens im Dungeon alle in Sicherheit zu wissen. Ihr kurzes braunes Haar und ihre spitzen Elfenohren wiegten leicht vor und zurück, während sie mir zulächelte. Wir beendeten unsere Unterhaltung am Empfangsschalter, ohne ins Beratungszimmer zu gehen. Ich verbeugte mich zum Abschied vor Eina und machte mich auf den Heimweg.

»Lili ... Ich frage mich, was los ist.« Sie hatte nicht nur im Dungeon, sondern den ganzen Tag über ungewöhnlich niedergeschlagen gewirkt, was mir einen Seufzer entlockte – ihre gespielte Fröhlichkeit erfüllte mich mit Sorge. In Gedanken bei meiner Gefährtin durchquerte ich die weiße Marmorhalle des Gildenhauptquartiers.

»Bell Cranel.«

»Was?«

Gerade als ich es verlassen wollte, rief jemand meinen Namen. Er klang wie ein Junge in meinem Alter, wenn nicht sogar etwas jünger. Ich drehte mich zu ihm um – meine Augen weiteten sich vor Überraschung, als ich sah, wer vor mir stand. Er hatte hellblondes Haar und war von kleiner Statur. Trotz seines kindlichen Aussehens, das durch seine weichen Gesichtszüge noch verstärkt wurde, strahlte er Autorität und Reife aus: Er besaß die Aura eines hochklassigen Abenteurers. Für einen Moment blickte ich ihm nur schweigend in die Augen.

»F… Finn Deimne …?!« Ich konnte meine Überraschung darüber, dass mich der Anführer der Loki-Familia ansprach, nicht verbergen.

»Entschuldige, dass ich dich aufhalte. Ich bin nicht hier, um Ärger zu machen, also bitte entspann dich.« Er schenkte mir ein sanftes, ruhiges Lächeln.

Zwischenzeitlich versuchte ich, die Fassung wiederzufinden. Ich war steif wie ein Brett und konnte nicht aufhören zu zittern. Doch irgendetwas am Lächeln meines Gegenübers sorgte dafür, dass sich meine Anspannung zumindest ein wenig löste, auch wenn ich noch immer eingeschüchtert von dem erstklassigen Abenteurer war, der neben wenigen anderen an der Spitze Orarios stand. Bebend gelang es mir endlich, ihm zu antworten: »Ähm, w… wie kann ich dir helfen …?«

»Warum bist du so nervös? Wir sind uns doch bereits beim Kampf mit dem Minotaurus und auf Ebene 18 begegnet, es ist also nicht das erste Mal. Ich wollte schon länger einmal ein anständiges Gespräch mit dir führen. Hätte ich dich allerdings direkt aufgesucht, hätte das zu Missverständnissen führen können. Deshalb hatte ich keine andere Wahl, als hier auf dich zu warten.« Die Hestia-Familia hatte durch das War Game einen gewaltigen Sprung nach oben gemacht. Finn erklärte mir, dass unser schneller Aufstieg viel Aufmerksamkeit auf uns gelenkt habe, weshalb nicht infrage gekommen sei, einfach bei uns zu Hause vorbeizuschauen, so gern er das auch getan hätte. Ein Besuch des Anführers der Loki-Familia bei der Hestia-Familia hätte von vielen falsch verstanden werden können, weshalb er lieber zurückhaltend vorgehe. »Tatsächlich bin ich auch heimlich hierhergekommen, ohne das Wissen der anderen Mitglieder meiner Familia«, fügte er hinzu.

Erst dann fiel mir auf, dass sich einige Mädchen um uns versammelt hatten, die Blicke allesamt auf den Pallum gerichtet.

»Er ist so klein!!«

»Wie niedlich!«

»Er ist total cool!«

Ihre Stimmen hallten durch die Empfangshalle des Gildenhauptquartiers.

Finn zwang sich zu einem Lächeln und blickte zu mir auf. »Ich möchte dich um einen Gefallen bitten. Wenn du also nicht allzu beschäftigt bist, würde ich mich gern mit dir unterhalten. Was sagst du?«

Natürlich konnte ich nicht ablehnen.

Nachdem Finn und ich das Hauptquartier der Gilde verlassen und ein paar verwinkelte Seitengassen durchquert hatten, gelangten wir schließlich zu einem Café namens Wish, das im südwestlichen Distrikt Orarios lag.

»Ein junges Elfenmagiermädchen hat mir von diesem Ort erzählt«, sagte der Pallum, kurz bevor wir den Eingang erreichten.

Tatsächlich war ich zum zweiten Mal hier. Gott Hermes hatte Mikoto und mich vor nicht allzu langer Zeit hergeführt. Ich folgte

Finn ins Innere des ruhigen Cafés, wo wir uns an einem Tisch gegenübersetzten.

»Da es sich hierbei um ein geheimes Treffen zwischen den Anführern zweier Familias handelt, bitte ich dich, Stillschweigen über unser Gespräch zu bewahren. Einverstanden?«

»K… Klar …!«

Mit Ausnahme der Cafébesitzerin, einer hinter der Theke stehenden Elfe, waren wir die Einzigen im Laden. Ganz allein mit einem solch unglaublichen Abenteurer zu sein, machte mich ziemlich nervös.

Finn nahm einen Schluck von dem Tee, den er bestellt hatte, und ignorierte meine Unruhe. Dann begann er zu sprechen: »Zunächst einmal möchte ich dir herzlich zu deinem Sieg im War Game gratulieren. Ich habe alles mitverfolgt und muss sagen, dass ich wirklich beeindruckt bin. Außerdem möchte ich dir auch zum Zuwachs eurer Familia gratulieren.«

»V… Vielen Dank!« Seine aufrichtigen Komplimente brachten mich unwillkürlich dazu, mich vor ihm zu verbeugen. Dass mich ein Held wie Finn, der Pallum-Anführer lobte … das war eine große Ehre. Mit einer der bekanntesten Persönlichkeiten Orarios sprechen zu können, fühlte sich fast schon surreal an. Als mein Gegenüber mich lächelnd mit seinen klaren blauen Augen ansah, hüpfte mir vor Aufregung beinahe das Herz aus der Brust, doch ich war auch unheimlich glücklich.

»Aber kommen wir auf etwas anderes zu sprechen. Ist dir in letzter Zeit irgendetwas Ungewöhnliches aufgefallen?«

»Was?«

»Innerhalb der Stadtmauern ist es friedlich, aber es kann dennoch nicht schaden, sein Umfeld immer gut im Auge zu haben … Es fühlt sich an, als würden unruhige Zeiten auf uns zukommen …«, sagte Finn, während er die Tasse erneut zum Mund führte.

Ich neigte fragend den Kopf zur Seite. War das eine Warnung? Meinte er mit »unruhigen Zeiten« vielleicht das Königreich Rakia und die Ares-Familia, mit der es seit Kurzem Schwierigkeiten gab? Am Rande hatte ich mitbekommen, dass das Militär des Königreichs unsere Stadt belagerte und mehrere Familias sich für einige Tage zu einer Allianz zusammengeschlossen hatten, um ihm im Kampf entgegenzutreten. Moment mal, nahm die Loki-Familia etwa nicht an der Mission der Gilde teil? Sollten sie nicht auch gegen Rakia kämpfen …? War es denn in Ordnung, dass ihr Anführer gerade hier bei mir war?

»Genug der Vorrede, kommen wir zum Punkt«, unterbrach Finn meine Gedanken. »Würdest du mich deiner Supporterin vorstellen? Dieser Pallum mit den kastanienbraunen Augen.«

»W… Was …?!« Es dauerte einige Augenblicke, bis ich mir der Bedeutung seiner Worte bewusst wurde. Doch kaum war dies geschehen, klappte mir buchstäblich die Kinnlade herunter. Meine Supporterin … Er wollte also, dass ich ihm ein Treffen mit ihr arrangierte. Seine unerwartete Bitte raubte mir die Sprache.

Doch der hochklassige Abenteurer war noch nicht fertig, sondern fuhr fort: »Nun, ich sage es ganz offen: Als Mitglied desselben Volkes würde ich gern um ihre Hand anhalten.«

Unfähig, meine Verwirrung länger zu zügeln, rief ich: »W… Waaaaaaaaaaaaaaaaaaaaaaaaaaaas?!«, und sprang von meinem Stuhl auf, der dadurch umzukippen drohte. Finn meinte es offenbar ernst. Meine schockierte Stimme hallte noch immer durchs leere Café. Eine größere Überraschung als diese würde ich heute sicher nicht mehr erleben. *E… Er möchte Lili einen Antrag machen?!* »W… W… Was redest du denn da …?!«

»Beruhige dich bitte erst einmal. Ich möchte, dass du verstehst, dass ich das nicht nur aus einer Laune heraus sage.«

Während ich völlig aufgelöst und verdattert war, blieb der Pallum gelassen auf seinem Stuhl sitzen und sprach mit bedächtiger Besonnenheit. Seine beruhigenden blauen Augen fixierten mich. Ich schluckte schwer, um meine Fassung wiederzufinden. Die bebrillte Elfe hinter der Theke polierte weiterhin ihre Krüge, als ich mich zurück auf meinen Platz fallen ließ. Ich versuchte, Finn Gehör zu schenken.

»Sicherlich fragst du dich, warum ich einem Mitglied meines Volkes, das zu einer anderen Familia gehört, einen Antrag machen möchte ... Doch zuerst muss ich dich etwas fragen: Kennst du die Göttin Phiana, Bell Cranel?«

Die Göttin Phiana ... Ich hatte schon einmal von ihr gehört. Es handelte sich um eine fiktive Göttin, an die viele Pallums glaubten. In der Antike hatte es eine Gruppe starker und stolzer Pallum-Ritter gegeben, die sie verehrt hatte. Vielleicht lag es an ihrer geringen Größe oder ihrer sanften Erscheinung, doch den Pallums wurde im Vergleich zu anderen Völkern wie den Menschen oder den Halbmenschen das geringste Potenzial zugeschrieben. Tatsächlich waren in den letzten tausend Jahren ihrer Geschichte nur sehr wenige von ihnen weltweit berühmt geworden. Die einzige Ausnahme stellte besagte Rittergruppe dar. Nachdem diese eine heldenhafte Tat nach der anderen vollbracht hatte, waren ihre Mitglieder als die »Speere des Schlachtfelds« bekannt und ihr Ruhm zum ganzen Stolz der Pallums geworden. Somit hatten sie auch für die Verbreitung ihres tiefen Glaubens an Phiana gesorgt. Sie waren so berüchtigt, dass sogar ich in vielen Heldengeschichten auszugsweise etwas über diese mutigen Männer und Frauen gelesen hatte.

Doch mit dem Ende der Antike und dem Beginn der göttlichen Ära war der Glaube an die von den Pallums so verehrte Göttin im Nullkommanichts geschwunden, da sie sich nicht unter den Gottheiten befunden hatte, die auf die Erde herabgestiegen waren. Nach dem Verlust ihres spirituellen Ankers war das Ansehen der Pallums stetig gesunken und hatte sich bis heute nicht mehr erholen können ... so hieß es zumindest in den Erzählungen.

Ich nickte Finn leicht zu, der direkt zur Sache kam: »Die Pallums benötigen ein neues Licht. Sie benötigen eine neue Hoffnung, etwas, das die Rolle erfüllen kann, die einst der Glaube an Phiana spielte.«

»D... Das bedeutet also ...«

»Genau das, was du denkst. Ich kam nach Orario und wurde Abenteurer, um zur Hoffnung meines Volkes zu werden und es wieder zusammenzuführen. Ich wollte Ruhm erlangen, damit die anderen Pallums jemanden haben, zu dem sie aufblicken können.«

Finns Ambitionen ... nein, seine unfassbare Mission, ließ mir den Atem stocken. Er kämpfte, um das Schicksal eines ganzen Volkes zu verändern. Er trug die Zukunft aller Pallums auf seinen kleinen Schultern. Mit dem Ziel, so berühmt zu werden, dass sein bloßer Name bereits ausreichte, um seinesgleichen auf der ganzen Welt zu motivieren, war er vor den Toren Orarios aufgetaucht. Und er hatte es geschafft: Er war zu einem der mächtigsten Abenteurer Orarios, einem Kämpfer auf Level 6, aufgestiegen – und das in der Stadt, die auch als Zentrum der Welt bekannt war. Angehörige anderer Völker wie ich, aber auch Götter und Göttinnen kannten seinen Namen. Es wäre sogar überraschend, täten sie es nicht, denn ich war mir ziemlich sicher, dass die Geschichten über seinen Mut und seine Heldentaten bereits auf der ganzen Welt die Runde gemacht und schon hier und dort einen Pallum stolz gemacht hatten.

»Aber … das ist noch nicht genug«, fuhr Finn fort. Sein Tonfall wurde schärfer, während ich noch immer sprachlos war. »Flüchtiger Ruhm reicht nicht aus, um eine Zukunft für mein Volk zu schaffen. Das Licht der Hoffnung muss langfristig bestehen bleiben.« Er erklärte mir entschlossen, dass sein Volk anderenfalls nicht auf Dauer erblühen könne. Unverblümt sprach er seine Gedanken klar und deutlich aus. »Letzten Endes muss dieses Licht einfach meine Generation überdauern. Und es wäre natürlich am besten, wenn das durch mein Blut geschehen würde.«

»…!!«

»Ein Halbblut wäre nicht genug. Der künftige Stolz unseres Volkes muss ein reinblütiger Pallum sein.« Jemand müsse die Verantwortung übernehmen, seinem Volk wieder zu alter Größe zu verhelfen – dafür sei es notwendig, das Blut des als Helden gepriesenen Finn an die nächste Generation weiterzugeben. Er bestand darauf, dass seine Nachfahren reinblütige Pallums sein mussten. In der Regel konnten sich alle Halbmenschenvölker ausschließlich mit ihresgleichen fortpflanzen. Naturgeister waren hingegen gar nicht in der Lage Nachkommen zu bekommen. Auch einzelne Kombinationen wie Elfen und Zwerge oder Tiermenschen und Zwerge brachten keine Kinder zur Welt. Eine Amazone zu heiraten, stand hierbei daher außer Frage. Auch wenn Finns Erbe von einer Menschenfrau geboren würde, hätte ein Halb-Pallum enorme Schwierigkeiten, als Retter aller Pallums anerkannt zu werden. Für den Anführer der Loki-Familia und seinen zukünftigen Erben war es also unabdingbar, dass er eine reinblütige Pallum heiratete.

»U… Und du willst …?!«

»Ganz genau. Ich möchte dieses Mädchen zur Frau nehmen und es meine Kinder gebären lassen!«

Als ich nun endlich wusste, worauf Finn aus war, lief mein Gesicht knallrot an. *Er will Lili bitten, seine Kinder zu Welt zu bringen.* Meine Wangen glühten. Die Bitte, die er an mich richtete, hatte meine Vorstellung bei Weitem übertroffen. Der Schock übermannte mich, in meinem Kopf drehte sich alles und sogar meine Ohren liefen rot an.

Mein Gegenüber aber verhielt sich völlig gegenteilig. In seiner Stimme lag nicht einmal ein Hauch von Zögerlichkeit und sein ruhiger, ernster Blick ließ mich verzweifelt nach den passenden Worten suchen.

»A… Aber, ähm, sie ist doch nicht in deiner Familia. Es ist gar nicht erlaubt, dass Mitglieder unterschiedlicher Familias heiraten, oder …?« Dies stellte eine der Schwierigkeiten dar, die die Zugehörigkeit zu einer Familia mit sich brachte. Ich war gespannt, wie Finn darauf antworten würde.

»Das wird kein Problem sein. Ich habe Lokis Erlaubnis. Die hatte ich von Anfang an. Ich habe ihr vor meinem Eintritt in ihre Familia zwei Bedingungen gestellt. Erstens: Sie unterstützt mich dabei, meinen Leuten zu helfen. Und zweitens: Sie kommt mir dabei nicht in die Quere.« Der Pallum berichtete mir, dass er das erste Mitglied der Loki-Familia gewesen sei, weshalb die Verhandlungen zu seinen Gunsten verlaufen waren. Im Grunde genommen sei es ein fairer Deal gewesen, denn Loki habe sich jemanden mit viel Potenzial für ihre Familia gesichert, während Finn sich die Ressourcen der Göttin für seine eigenen Zwecke habe zunutze machen können. Auch jetzt gälten die Bedingungen ihrer Abmachung noch. »Natürlich ist mir meine Familia sehr wichtig. Sie ist seit meinem

Beitritt so stark gewachsen und ich betrachte es als meine Pflicht, sie zu beschützen.«

Niemals hätte ich geglaubt, dass selbst die so furchteinflößende Loki-Familia auf solch bescheidene Anfänge zurückging. Ich dachte ein wenig darüber nach, doch Finn zuckte nur mit den Achseln und bat mich darum, es nicht falsch zu verstehen. Trotz seines offenbar noch jungen Alters lastete die Verantwortung eines Anführers auf seinen Schultern. Aber seinem Lächeln konnte ich entnehmen, dass er aufrichtige Zuneigung gegenüber seiner Familia empfand.

»Eines möchte ich jedoch klarstellen: Auch wenn ich Lokis Zustimmung habe, dürfen meine privaten Angelegenheiten meine Familia nicht belasten. Sollte eure Supporterin, Liliruca Arde, ablehnen oder sollte eure Göttin Hestia sich meinem Antrag entgegenstellen, so werde ich euch nicht weiter damit belästigen.« Der Abenteurer machte klar, dass er jegliche Konflikte zwischen unseren Familias vermeiden wolle. Ein sanftes Lächeln trat auf seine Lippen, ehe er noch hinzufügte: »Außerdem ... bin ich auch nicht mehr der Jüngste. Ich möchte niemanden zu einer Heirat mit mir zwingen.«

»Was ...? Ähm, i... ich will nicht unverschämt sein, aber ... wie alt bist du eigentlich?«

»Ich bin bereits über vierzig.«

»V... Vierzig?!«

»Oh, sag bloß, du weißt nichts von den Nebenwirkungen eines Status?« Er grinste, als er sah, wie überrascht ich ihm ins jugendliche Gesicht blickte. Amüsiert erklärte er mir, dass hochrangige Abenteurer die Fähigkeit erlangten, ihren Alterungsprozess zu verlangsamen. Im Grunde genommen sei es so, dass ein starkes Gefäß nicht vom Alter beeinträchtigt werde und eine wesentlich längere Haltbarkeit aufweise. Je höher das Level eines Abenteurers, desto deutlicher sei dieser Effekt erkennbar. Auch wenn es bislang abgesehen vom Erschaffer des Steins der Weisen niemandem gelungen sei, das Geheimnis des ewigen Lebens zu ergründen, hätten die fortwährenden Levelaufstiege der Abenteurer über die letzten tausend Jahre hinweg deutlich gemacht, dass durchaus die Möglichkeit bestehe, den Alterungsprozess zu beherrschen. Das behauptete zumindest Finn.

Wäre meine Göttin hier gewesen, so hätte sie nun sicherlich behauptet, ein Levelaufstieg bringe einen Sterblichen den Göttern näher. Je mehr Fähigkeiten wir erlangten, desto mehr Stufen vermochten wir zu erklimmen. Mit anderen Worten: Wir näherten uns mit der Verbesserung unseres Status den ewig jungen Deusdea an und wurden ihnen immer ähnlicher ... Das war für mich nicht allzu schwer zu verstehen, wobei es vermutlich unmöglich wäre, je die Position der Gottheiten zu erreichen.

Finn warnte mich davor, hochrangige Abenteurer allein nach ihrem Äußeren zu beurteilen, ehe er seine Bitte nun, da er mir sie in aller Ausführlichkeit vorgetragen hatte, noch einmal kurz auf den Punkt brachte: »Jetzt aber wieder zurück zum eigentlichen Thema ... Wenn du nichts dagegen einzuwenden hast, würde ich mich gern mit ihr treffen.« Da es ihm die Umstände unmöglich machten, persönlich mit Hestia oder Lili zu sprechen, sei er auf mich zugekommen.

In meinem Kopf herrschte noch immer das reinste Chaos, doch ich hatte mich mittlerweile zumindest so weit beruhigt, dass ich meine Gedanken sammeln konnte. Viele Fragen brannten mir auf der Seele, doch ich zitterte am ganzen Leib. Endlich gelang es mir, Mut zu fassen und ihm eine ausgesprochen wichtige Frage zu stellen. »Warum ... ausgerechnet Lili?«

Es war eine einfache und direkte Frage. Es gab so viele Pallums da draußen, warum also hatte er sich gerade für meine Kameradin entschieden? Ich brachte es nicht über mich, es zu sagen, doch selbst in seinem Alter konnte ein hochrangiger Abenteurer wie Finn jede Frau haben, die er wollte. Alles, was er dazu tun musste, war preiszugeben, dass er auf der Suche war – das hätte ihm mehr Aufmerksamkeit eingebracht, als er sich hätte vorstellen können. Dass es sich um Liebe auf den ersten Blick handelte, glaubte ich auch nicht. Seit wir das Café betreten hatten, war sein Tonfall unverändert geblieben – objektiv und ruhig, ganz anders, als wenn man von den hitzigen Gefühlen der Liebe und der Zuneigung heimgesucht wurde.

Nachdem ich meine Frage gestellt hatte, schloss Finn die tiefblauen Augen. Kurz darauf öffnete er sie wieder und sah mich unverwandt an. »Wie lange ist es jetzt her? Zwei Monate? Der Tag, an dem du den Minotaurus auf Ebene 9 besiegt hast.«

Mein Kampf auf Leben und Tod mit dem Minotaurus, der ein Großschwert bei sich getragen hatte. Es war der Tag vor meinem ersten Levelaufstieg gewesen – ich hatte alles gegeben, was ich damals zu bieten gehabt hatte. Zufällig waren Finn, Aiz und der Rest der Loki-Familia gerade auf einer Dungeon-Expedition gewesen und Zeugen meiner Schlacht geworden. In einem verzweifelten Versuch, Hilfe zu holen, hatte Lili sie zu mir geführt.

»Sie war so entschlossen, dein Leben zu retten, dass sie ihre eigenen Verletzungen ignoriert und ihren Stolz über Bord geworfen hat, um uns zu überzeugen, dir zu helfen. Das hat bei mir wirklich Eindruck hinterlassen.« Finn legte die linke Hand auf seine Brust, als würde er aus tiefstem Herzen sprechen. »Sie ist nicht wirklich stark, aber in Sachen Mut steht sie mächtigeren Abenteurern in nichts nach.« Seine Augen verengten sich, als er weitersprach: »Ich habe zwar gesagt, dass ich eine Partnerin möchte, aber es darf nicht irgendeine sein. Was mein Volk im Moment am meisten braucht, ist Mut ... Ich bin auf der Suche nach jemandem, der diese verloren gegangene Waffe der Pallums noch bei sich trägt und sich meinem Unterfangen anschließt.«

Man betrachtete Pallums als schwächstes aller Völker. Ihnen mangelte es an den körperlichen Fähigkeiten der Menschen und sie besaßen weder die magische Begabung der Elfen noch die physische Stärke der Zwerge. Zudem verfügten sie über keine so hervorragenden Kampffertigkeiten wie die Amazonen und auch ihre Sinne waren nicht so scharf wie die der Tiermenschen.

Das Einzige, was sie von den anderen Völkern abhob, waren ihre geringe Körpergröße und ihr Mut. Wie die Pallum-Ritter in der Antike hatten sie in vergangenen Zeiten den Mut gezeigt, sich Gegnern zu stellen, die viel größer gewesen waren als sie selbst. Unglücklicherweise war ihnen auch diese Stärke im Laufe der Zeit verloren gegangen. Genau dort wollte Finn ansetzen, um seinem Volk seinen angestammten Platz im Weltgefüge zurückzuerobern: Er wollte den Mut aus ihnen herausholen, der tief in ihnen schlummerte. Seine Partnerin musste deshalb jemand sein, der sich als würdig erwiesen hatte, an der Seite des Mannes zu stehen, dem die Götter den Namen »Braver« verliehen hatten. Jemand, der genug Mut besaß und diesen an zukünftige Generationen weitergeben konnte.

»Dann ist Lili also ...«

Das war also der Grund, aus dem es unbedingt Lili sein musste – er würdigte ihren Mut. Anstatt wegzulaufen, hatte sie sich entschieden, alles zu tun, um mich zu retten. Unter Tränen und blutüberströmt hatte sie Aiz und den Rest der Loki-Familia um Hilfe gebeten. Dieser Mut hatte meine Mitstreiterin für Finn qualifiziert.

»A... Aber ... das heißt, dass jede, die deinen Ansprüchen genügt, in Frage gekommen wäre ...?«

»Ja, absolut richtig.«

Mir verschlug es die Sprache. Er hatte nicht einmal versucht, es zu verneinen, sondern es, ohne zu zögern, bestätigt. Der Pallum hegte keine besonderen Gefühle für Lili als Person.

»Wenn eine andere Frau die entsprechenden Qualifikationen mitbringt und auch eine anständige Persönlichkeit hat, würde ich auch um ihre Hand anhalten. Ich hätte auch nichts dagegen, mehrere Partnerinnen zu haben ...«

Ich riss die Augen auf. Ein scharfer Blitz durchfuhr meine Brust und ehe ich mich's versah, musste ich laut schlucken. Er war nicht abgeneigt, mehrere Partnerinnen zu haben ... Das war ... der Traum eines jeden Mannes. Der Traum, von dem mir mein Großvater immer erzählt hatte. Die Spitze der Männlichkeit, die Romantik eines Mannes ...

»Ein Harem ...?« Genau das, wovon ich in meinen jüngeren, törichteren Tagen selbst einmal geträumt hatte ...! Erschüttert blickte ich zu dem Pallum-Helden, der mir gegenübersaß. Mit zitternden Lippen versuchte ich, mich zu äußern: »D... Das soll ein sehr steiniger Weg sein, habe ich gehört ...« Gebannt wartete ich auf seine nächsten Worte.

»Ich meine es todernst.«

Todernst ... Als ich in seine leuchtend klaren blauen Augen blickte, erkannte ich die Tiefe seines Entschlusses. Finn besaß den Mut, unbeirrt an seiner Mission festzuhalten. Ehrfurcht und Bewunderung überkamen mich angesichts dieser Willenskraft. Hätte sich vor mir kein Tisch befunden, so hätte ich mich, ohne zu zögern, zu Boden geworfen und vor ihm verneigt.

»Aber natürlich würde ich das nicht tun«, fügte er schließlich mit einem Grinsen hinzu. Er erklärte, dass er nicht in der Lage wäre, denjenigen zu helfen, die seine Hilfe benötigten, wenn er sich um mehrere Partnerinnen kümmern müsste, und blinzelte mir etwas verlegen zu. »Ich trage die Verantwortung eines Anführers. Ich darf meine Kameraden nicht enttäuschen.«

»Ah ... D... Das verstehe ich ...« Ich zwang mich zu einem Lächeln und nickte ihm zu. Ein wenig beschämt musste ich feststellen, dass ich die Person vor mir wohl zu sehr idealisiert hatte.

»Solche Gedanken habe ich an jenem Tag zurückgelassen, an dem ich mich dazu entschieden habe, auf diesem Pfad zu wandeln. Ich habe mein Leben dem Wiederaufbau meines Volkes verschrieben.« Er richtete sich auf und verfiel einen Moment in Schweigen, auf seinem Gesicht lag ein ruhiger Ausdruck. Seine Stimme war die eines Teenagers, doch er klang fest entschlossen. Jedes seiner Worte hallte in meinen Ohren wider. »Wie ich bereits sagte, wenn sie oder deine Göttin Hestia mein Angebot ablehnen, betrachte ich diese Sache als erledigt. Fällt die Antwort jedoch positiv aus, so werde ich keine halben Sachen machen: Ich werde eine aufrichtige und enge Beziehung zu ihr aufbauen.«

Schweigend hörte ich ihm zu.

Ein strahlendes Lächeln breitete sich auf Finns Gesicht aus. »Ich verspreche, dass ich sie niemals unglücklich machen würde. Würdest du ihr bitte all das weitergeben, was ich dir heute erzählt habe?« Nachdem er seinen Satz beendet hatte, trank er seine Tasse aus. Er stand auf, nahm ein Stück Papier aus seiner Westentasche und legte es auf den Tisch. »Unglücklicherweise habe ich nur morgen Zeit. Wenn sie eine Antwort für mich hat, dann sag ihr, dass sie morgen dorthin kommen soll. Hat sie keine, dann ist das auch in Ordnung. Ich werde so oder so den ganzen Tag dort sein.« Schließlich ließ er mich mit dem Zettel zurück, auf dem ein bestimmter Ort niedergeschrieben stand. Nachdem er die komplette Rechnung bezahlt und mir ein letztes Mal zugewinkt hatte, verließ er das Lokal.

Ich warf einen weiteren Blick auf das Stück Papier. Darauf waren Anweisungen in wunderschönem handgeschriebenem Koine und eine Karte zu sehen, die Lili zum Treffpunkt führen sollten. Ich lehnte mich zurück und blickte zur Decke des Cafés. Ehrlich gesagt spürte ich einen Druck auf dem Herzen. Ich wollte Finns Bitte am liebsten nicht nachkommen. Doch ich schuldete ihm, Aiz und all den anderen aus der Loki-Familia etwas – immerhin hatten sie so viel getan, um mir zu helfen. Wie würden sie reagieren, wenn ich ihm diesen Gefallen nicht täte? Zumindest fühlte ich mich dazu verpflichtet, die Nachricht, die er mir anvertraut hatte, an Lili zu übermitteln.

*Aber was, wenn ...?* Was, wenn sie seinem Antrag zustimmen würde, nachdem sie seinen Worten Gehör geschenkt hätte ...? Was würde ich dann tun? Es kam mir vor, als würde ich in einem Labyrinth ohne Ausgang umherirren. Ohne zu bemerken, wie viel Zeit verstrich, blieb ich in meinem Stuhl sitzen, starrte an die Decke und suchte nach einer Antwort.

Während sich alle zum Abendessen versammelten, fiel es Lili schwer, ihre Fassade aufrechtzuerhalten. Nach außen hin versuchte sie, normal zu wirken, indem sie sich wie gewohnt mit den anderen unterhielt. Sie verbarg ihre düsteren Gedanken tief in ihrem Inneren, um die Stimmung am Esstisch nicht zu trüben, und zwang sich zu lächeln.

Mikoto und Haruhime hatten das Abendessen zubereitet und erhielten von allen Seiten Komplimente dafür, bevor sie in ein Gespräch vertieft die Gesellschaft der anderen genossen. Welf aß schweigend von seinem Teller und versuchte ebenfalls nicht, das Pallum-Mädchen in eine Unterhaltung zu verwickeln. Hestia jedoch spürte, dass etwas nicht stimmte. Ihre tiefblauen Augen huschten ab und an in Lilis Richtung, doch sie sagte nichts und schloss sich beiläufig Mikotos und Haruhimes Plauderei an. Bell schien sich hingegen Sorgen zu machen und warf seiner Kameradin immer wieder verstohlene Blicke zu, doch diese gab vor, sie nicht zu bemerken.

Nachdem das Abendessen beendet war, ging Lili nicht wie gewohnt ins Wohnzimmer, sondern begab sich direkt auf den Weg zu ihrem Zimmer.

»Ähm, Lili ... Hast du einen Moment?« Gerade als sie den Flur entlanggegangen war und die Treppen hinaufsteigen wollte, rief Bell ihr nach.

Ihr Herzschlag beschleunigte sich. Seit der vergangenen Nacht kämpfte sie mit ihren aufgewühlten Emotionen, die dazu führten, dass sie den weißhaarigen Jungen noch intensiver wahrnahm. »W... Was gibt es denn, Meister Bell?«, antwortete sie mit leicht zittriger Stimme und wandte sich zum Anführer ihrer Gruppe um, der ziemlich verlegen wirkte.

»Ähm ... Ich muss dir etwas sagen ...«

Da sie sich über ihre eigenen Gefühle nicht im Klaren war, hätte sie vermutlich ablehnen sollen, doch da der Junge sie so flehend ansah, gab sie widerwillig nach und sie gingen gemeinsam in ein ungenutztes Zimmer im zweiten Stock. Bell schaltete die Magiesteinlampe ein und sie stellten sich in der Mitte des Raumes gegenüber, beide sichtlich nervös. Dann ...

»Ein Heiratsantrag ...?«

»J... Ja ...«

Lili riss die kastanienbraunen Augen so weit auf, wie sie nur konnte. Zögerlich hatte Bell sie darüber informiert, dass Finn Deimne ihn persönlich darum gebeten hatte, ihr die Nachricht von seinem Wunsch nach einem Treffen zu überbringen, bei dem er vorhatte, ihr einen Heiratsantrag zu machen. Verblüfft blickte die Pallum zu Bell auf, das Papier fest in den Händen. Zitternd nickte ihr Kamerad ihr zu.

Warum war der Braver an ihr interessiert? Das war die erste Frage, die Lili in den Kopf schoss, doch schnell wich sie einem anderen Gedanken, etwas Wichtigerem. Sie presste die Lippen zusammen und blickte zu Boden. *Dann bin ich für Meister Bell also wirklich nur ...*

Dass der rotäugige Junge ihr eine solche Botschaft überbracht hatte, ließ noch mehr negative Emotionen in ihr aufwallen. Die Tatsache, dass er ihr den Heiratsantrag eines anderen Mannes anstelle seines eigenen überbracht hatte, grub sich wie scharfe Klauen in ihr Herz. Seit vergangener Nacht hatte sie schon schwer mit der Sache mit Aiz zu kämpfen und nun auch noch das. Ihr Blick war starr zu Boden gerichtet, sie sah kein einziges Mal auf.

Bell war klar, dass das Mädchen, das den Kopf gesenkt hatte und in Schweigen verfallen war, sich nur aufgrund seiner Worte in diesem Zustand befand. »W... Wenn du das nicht willst, dann musst du ihm nicht darauf antworten! Finn meinte, dass er dich nicht zwingen würde, daher kann ich ihm auch gern ausrichten, dass du nicht interessiert bist ...«

Lili verstand die Lage, in der sich ihr Mitstreiter befand. Sie wusste, dass er nicht fähig war, eine Bitte abzulehnen – besonders dann nicht, wenn sie vom Anführer der Loki-Familia stammte. Nachdem diese so viel für ihn getan hatten, war er einfach nicht imstande, sich zu weigern. *Aber …*

Sie wollte es nicht hören, schon gar nicht aus Bells Mund. Dass er ihr den Heiratsantrag eines anderen überbrachte, verursachte ihr einen stechenden Schmerz in der Brust. In seinen Augen war sie nichts weiter als eine Gefährtin. Die Zuneigung, die er ihr gegenüber empfand, war dieselbe wie die, die er für jedes andere Mitglied seiner Familia hegte – sie war nicht romantischer Natur.

Lilis Augen begannen zu zittern. Schmerz, Frustration und Traurigkeit stiegen in ihr auf und es fiel ihr schwer, die Tränen zurückzuhalten. Die Gefühle versuchten, sich Platz zu verschaffen, und drohten ihre Brust zu sprengen. Keines von Bells Worten drang mehr an ihre Ohren. Den Blick noch immer gesenkt gelang es ihr, den Wirbelsturm an Emotionen zu überwinden und einige Worte über die zitternden Lippen zu bringen. »Was denkst du darüber, Meister Bell …?«

Was dachte er über den Antrag und die Entscheidung, die sie treffen sollte? Der Nachthimmel war durch den schmalen Spalt zwischen den Vorhängen kaum zu erkennen. Die Magiesteinlampe erhellte lediglich eine Seite von Bells Gesicht. Dennoch erkannte das Pallum-Mädchen Unsicherheit in seinen Augen.

»I… Ich, ähm …« Er öffnete den Mund und zappelte zögerlich hin und her, doch kein Wort kam ihm über die Lippen.

Zu hören, wie er verlegen vor sich hin stammelte, brachte Lili endgültig zum Überkochen. Donnernde Wut bahnte sich ihren Weg durch den Sturm an Emotionen, der in ihr tobte, direkt in ihren Kopf. Sie biss die Zähne zusammen, ballte die Fäuste und hob den Blick – ihre vor Zorn geweiteten kastanienbraunen

Augen waren nun direkt auf Bell gerichtet. Einen Moment später sprudelten all die aufgestauten Gefühle aus ihr heraus: »Ich hasse deine Unentschlossenheit, Meister Bell!« Ihr Schrei hallte durch den Raum, ihre Worte hagelten wie Pfeile auf den Jungen herab. »Ich habe meine Entscheidung getroffen! Ich werde mich mit dem Braver treffen!!«

»W... Was?!«

»Einen Heiratsantrag von ihm zu erhalten ... Jede Frau würde sich das wünschen, nicht nur eine Pallum! Finn hat alles: Macht, Geld, Ruhm! So etwas kann man sich nur erträumen!!«

»L... Lili, findest du nicht, dass du ein bisschen verzweifelt klingst ...?!«

»Bin ich nicht!!«

Ihr Gespräch schaukelte sich immer weiter hoch, fast so, als wären sie ein streitendes Ehepaar. Je mehr Worte gewechselt wurden, desto mehr Zorn lag darin. Lilis Gesicht war vor Wut rot angelaufen, während Bell eine defensive Haltung eingenommen hatte.

»Finn Deimne ist viel, viel, viiiiiiel beeindruckender als ein unentschlossener Schürzenjäger, der nicht einmal im Geringsten fähig ist, die Gefühle einer Frau und die offensichtlichen Signale zu verstehen, die sie aussendet!«

Lilis letzte Aussage hatte dieselbe Wirkung wie ein K.o.-Schlag. »Guff ...?!« Bell taumelte rückwärts und klappte zusammen, als hätte er einen Fausthieb in die Magengrube bekommen. Der Vergleich mit Finn, nicht nur als Abenteurer, sondern auch als Person, traf ihn hart – ein Gefühl der Minderwertigkeit überkam ihn.

Lili wandte ihm den Rücken zu, doch er bekam ohnehin keinen Ton mehr heraus. Sie riss die Tür auf und rannte aus dem Zimmer.

»Lili?!« Der weißhaarige Jüngling trat nach vorn und schrie so laut er konnte, doch seine Stimme erreichte sie nicht mehr.

Das Mädchen hatte das Haus bereits durch die Hintertür verlassen. Es eilte durchs Gittertor im Hinterhof und rannte in die von Laternen erleuchtete Stadt hinaus. Getrieben von ihren Emotionen hastete sie durch die Straßen Orarios.

»Riveria, wie geplant werde ich morgen den ganzen Tag außer Haus sein. Ich verlasse mich darauf, dass du während meiner Abwesenheit ein Auge auf die Dinge hier hast.«

Das Zuhause der Loki-Familia, das Dämmerungsanwesen. In einem der hohen Türme des imposanten Gebäudekomplexes lag das Arbeitszimmer des Anführers. Es war geschmackvoll eingerichtet: ein dicker Teppich, so farbenfroh wie ein Garten, eine Feuerstelle aus Marmor und eine große Standuhr. Jeder Gegenstand in diesem Raum war von höchster Qualität und dem Rang eines Familia-Anführers angemessen. Was in diesem geräumigen Zimmer allerdings am meisten hervorstach, war ohne Zweifel der Wandteppich – darauf war eine Göttin mit Rüstung und Speer abgebildet.

Finn saß auf einem Stuhl an seinem Schreibtisch aus schwarzem Ebenholz, der von Papierbergen übersät war. Während er mit seiner Stellvertreterin seine Pläne für den darauffolgenden Tag besprach, arbeitete er die Dokumentenstapel langsam ab.

»Das überrascht mich ...«, bemerkte die elegante Elfe, deren smaragdgrünes Haar mit einer kleinen Schleife zu einem langen Zopf zusammengebunden war.

»Was genau?«

»Seit unserem ersten Treffen hast du mir bereits mehrfach von deiner persönlichen Mission erzählt. Es überrascht mich daher nicht, dass du ihr nachgehst. Allerdings hast du in all der Zeit nie wirklich Interesse an der Liebe gezeigt. Deshalb wundert es mich, dass du jetzt plötzlich Nägel mit Köpfen machst.« Sie stand schweigend neben Finn und betrachtete sein Profil. Indem er jemandem aus seinem Volk einen Heiratsantrag machte, handelte er proaktiver denn je. Der Pallum schien sich über den Nutzen für seine Mission hinaus außerordentlich auf diesen Schritt zu freuen.

»Bislang war ich viel zu beschäftigt für solche Dinge. Aber inzwischen bin ich der Ansicht, dass ich mir hin und wieder eine kleine Auszeit gönnen kann. Außerdem … könnte es sogar sein, dass ich eines Tages mein Leben für diese Familia opfere. Wenn man gewisse Ereignisse der letzten Zeit in Betracht zieht, scheint mir dieser Tag immer näher zu rücken.

»…«

»Natürlich habe ich nicht vor zu sterben, ehe ich mein Ziel erreicht habe.« Finn hielt inne, hob den Blick und legte seinen Federkiel beiseite. »Vielleicht werde ich aber auch langsam alt«, gestand er mit einem sanften Lächeln und wandte sich Riveria zu. Seine gleichermaßen energischen wie nachdenklichen Worte ließen erkennen, dass er sich mit seinem Verhalten gewissermaßen auch für die Zukunft absichern wollte. »Vor allem aber … habe ich jemanden getroffen, der wirklich besonders ist. Seit ich gesehen habe, was dieses Mädchen an jenem Tag aus meinem Volk gemacht hat, rührt sich etwas in mir.« Der Abenteurer schloss die Augen, als würde er sich an den Moment erinnern, in dem er Lili das erste Mal begegnet war. Lächelnd lehnte er sich in seinem Stuhl zurück, sein Blick schweifte aus dem Fenster, hinauf zum Mond. »Ob sie wohl kommen wird?«

Die Dunkelheit der Nacht wich der im Osten aufgehenden Morgensonne. Viele Abenteurer waren bereits auf dem Weg in den Dungeon. Lili schleppte sich durch die Menge, die südliche Hauptstraße entlang. »Was mache ich hier eigentlich ...?«, murmelte sie, während sie den Kopf gesenkt hielt und auf das Kopfsteinpflaster unter ihren Füßen starrte.

Am Abend zuvor war sie auf direktem Wege zum Des Gnoms Allerlei gerannt. Natürlich war der Besitzer Bom überrascht gewesen, sie zu sehen. Doch als sie ihn gebeten hatte, die Nacht über bei ihm bleiben zu dürfen, hatte er sie nicht abgewiesen ... Als der weißhaarige Junge auf der Suche nach ihr völlig außer Atem dort aufgetaucht war und sich beim Ladeninhaber nach ihr erkundigt hatte, hatte dieser ihm erklärt, sie sei nicht da, und Bell wieder nach Hause geschickt.

Lili schämte sich. Sie hatte aus purer Verzweiflung heraus gehandelt. Hatte sie gewollt, dass ihr Kamerad sich um sie sorgte ... oder Eifersucht verspürte? *Wie schäbig ...*, fluchte sie über sich selbst. Sie hatte versucht, ihren eigenen Problemen aus dem Weg zu gehen, indem sie Bell ignorierte und weglief.

Auch wenn es vicllcicht nicht der Rede wert war, so konnte sie sich nicht vorstellen, ihm jemals wieder unter die Augen zu treten. Was konnte sie jetzt tun? Wie sollte sie sich bei ihm entschuldigen? Konnte sie überhaupt noch nach Hause gehen?

Mit all diesen Fragen im Kopf blieb sie vor einem bestimmten Laden stehen. Es war der Ort, den Finn Deimne als Treffpunkt genannt hatte – der Ort, an dem er auf sie wartete. Auf ihrem langen Weg von der Hauptstraße durch zahlreiche enge Gassen hindurch bis hierher hatte sie den Entschluss gefasst, dass es nun kein Zurück mehr gab. Von Verzweiflung getrieben und mit einem Gefühl der Gleichgültigkeit blickte sie auf das Lokal vor sich. Der Laden, den der Anführer der Loki-Familia ausgewählt hatte, war überraschend klein. Er lag im Südwesten der Stadt, ziemlich abgelegen in der Nähe der Stadtmauer – kaum jemand kam hier vorbei. Verborgen in einer schmalen Gasse befand sich das »Versteck der Pallums«, das zwischen einigen größeren Gebäude nahezu unsichtbar erschien. Es handelte sich offenbar um eine Art Taverne. »Ich wusste gar nicht, dass es so einen Laden in Orario gibt …«

Lili warf einen Blick auf ein Schild, auf dem in großen Koine-Buchstaben »Nur Pallum!« geschrieben stand, stemmte sich gegen die hölzerne Eingangstür und öffnete sie mit einem knarrenden Geräusch. Das Taverneninnere war speziell auf Pallums zugeschnitten – mit anderen Worten: Alles war klein. Nicht nur die Decken waren niedriger als in gewöhnlichen Häusern, auch die Tische und die Stühle waren in einer Größe gestaltet, die für Kinder anderer Völker genau passend gewesen wäre. Obwohl es noch nicht einmal Mittag war, waren bereits einige Gäste anwesend. Die Kunden, die Kellner, aber auch der Barkeeper hinter der Theke waren allesamt Pallum, die sich mit ihrer Größe nahtlos ins Wirtshaus einfügten – keiner wirkte fehl am Platz.

Hätte ein Vertreter eines anderen Volkes, beispielsweise ein Mensch, einen Blick hineingeworfen, so wäre ihm sicher die Kinnlade heruntergeklappt. Immerhin würde niemand erwarten, dass Gestalten, die Kindern ähnelten, an einer Theke saßen und sich ein paar Bier genehmigten. Selbst für Lili war es ein ungewohnter Anblick, Pallums auf Stühlen zu sehen, ohne dass ihre Füße dabei in der Luft baumelten. Dass das Pallum-exklusive Lokal trotz seiner abgelegenen Position recht belebt war, lag möglicherweise daran, dass es eine Art Zufluchtsort für Angehörige dieses Volkes darstellte, die in anderen Läden oft von den Vertretern der größeren Völker in den Schatten gestellt wurden.

Als Lili sich am Eingang umsah, trat ein Kellner auf sie zu. »Willkommen. Wenn du allein bist, darfst du gern an der Theke ... Moment mal.« Der junge Pallum, der sie zunächst so freundlich empfangen hatte, erstarrte plötzlich, als er ihr Gesicht sah.

Lilis Kapuze rutschte ein wenig zur Seite, als sie fragend den Kopf zur Seite neigte. Doch dann ...

»Ah!«

»L... Liliruca Arde?! Von der Hestia-Familia?!«

»Bist du etwa ... Luan?« Sie erkannte den Mann wieder, der mit geschockter Miene auf sie zeigte.

Mit seinen großen, runden Augen und seinem braunen Haar erinnerte er an einen jungen Pagen, wie Adlige ihn sich zur Zierde hielten. Luan Espel. Er war ein Abenteurer und einst Mitglied der Apollo-Familia gewesen, des Gegners der Hestia-Familia im War Game. Lili und ihre Freunde waren siegreich aus diesem Gefecht hervorgegangen, weshalb Apollo aus Orario verbannt und seine Familia aufgelöst worden war. Dadurch hatten deren ehemalige Mitglieder die Chance erhalten, sich einer neuen Familia ihrer Wahl anzuschließen ... Luan allerdings schien einen Job als Kellner in dieser Taverne angenommen zu haben.

Seine Verwunderung schlug schnell in Feindseligkeit um. Mit hasserfülltem Blick musterte er Lili. »E... Es ist die Schuld deiner Familia, dass ich hier nun Tische putzen darf, anstatt als Abenteurer in den Dungeon zu gehen! Was gedenkst du deswegen zu tun?!«

»Ihr wart es doch, die Meister Bell nachgejagt und uns dieses War Game aufgezwungen haben! Es gibt überhaupt keinen

Grund für mich, für irgendetwas die Verantwortung zu übernehmen ... Aber ja, es wurden auch ein paar hinterhältige Methoden angewandt, das gebe ich zu.«

Offenbar war Luan nach dem War Game von jeder Familia zurückgewiesen worden, der er sich hatte anschließen wollen. Pallums waren ohnehin oft Opfer von Diskriminierung und als niederrangiger Abenteurer, der noch keinen Levelaufstieg zu verzeichnen hatte, habe er es sogar noch schwerer, beklagte er sich. Obgleich er einmal Teil der Apollo-Familia gewesen war, die zur Mittelklasse gezählt hatte, werde der junge Mann anders als beispielsweise Daphne oder Cassandra nicht von anderen Familias umworben. Auch wenn er selbst bei ihnen vorstellig werde, so schwenke das Gespräch schnell auf seinen »Verrat« während des Belagerungskampfes um. Dieses Hindernis sei für ihn unüberwindbar, weshalb er jedes Mal weggeschickt werde.

Sein Ruf als »Verräter« eile ihm voraus, obwohl es eigentlich Lili gewesen war, die sich mit ihrer Magie Cinder Ella in ihn verwandelt hatte. Der echte Luan hatte es in Wahrheit nicht einmal auf das Schlachtfeld geschafft, sondern die ganze Zeit über eingesperrt in einem Lagerhaus irgendwo in der Stadt verbracht. Anscheinend hatte die ganze Aufmerksamkeit der Zuschauer auf den Kampf außerhalb der Burg gelegen, sodass niemand Zeuge davon geworden war, wie das Pallum-Mädchen Cinder Ella wieder aufgehoben hatte. Daher war die Schuld für die dramatische Wendung des War Games offensichtlich auf Luan gefallen und er wurde seinen Ruf nun nicht mehr los.

Verrat und hinterhältige Aktionen, um den Feind zu schwächen, stellten in War Games keine Seltenheit dar – auch Welf, Mikoto und Ryu waren währenddessen von mysteriösen Angreifern behindert worden. Dennoch hatte Lili das Gefühl, Luan vielleicht Unrecht getan zu haben, auch wenn es nur eine Strategie gewesen war, um zu gewinnen.

»Aber ich habe gehört, dass Gott Miach dir einen Platz in seiner Familia angeboten hat. Nur hast du ihn anscheinend abgelehnt ... Warum denn?«

»Argh ... I... Ich war ein Mitglied der Apollo-Familia, weißt du? Warum also sollte ich mich einer solch schwachen Familia anschließen, die in ihren eigenen Schulden zu ertrinken droht?«

Lili verdrehte angesichts der Ausrede des kleinen Abenteurers unwillkürlich die Augen. Sie konnte seine Vorbehalte wegen einer hohen Schuldenlast durchaus nachvollziehen ... Allerdings war es wohl eher sein unnötiger Stolz, der ihn von einem Beitritt abhielt. Immerhin hatten sich Daphne und Cassandra dieser »schwachen Familia, die in ihren eigenen Schulden zu ertrinken droht«, freiwillig angeschlossen.

»Und wie wäre es, wenn du unserer Familia beitrittst? Ich könnte Göttin Hestia für dich darum bitten«, schlug die Supporterin ihm vor, auch um ihre Schuldgefühle zu lindern.

»Ganz sicher nicht! Ihr habt ja sogar noch mehr Schulden als die Miach-Familia!«, lehnte er ihre Einladung rundheraus ab.

Nachdem er die finanzielle Situation ihrer Familia zur Sprache gebracht hatte, sah Lili keinen Sinn mehr darin zu versuchen, ihm zu helfen, und gab auf. »Jemand wartet auf mich, daher muss ich mich jetzt entschuldigen«, brachte sie ihre fruchtlose Diskussion zu einem Ende.

»Mach doch, was du willst!« Wutentbrannt wandte Luan ihr den Rücken zu.

Zwar war Lili verärgert über sein ruppiges Verhalten, doch sie trat dennoch weiter ins Ladeninnere. Suchend sah sie sich nach demjenigen um, der sie eingeladen hatte, und wurde schnell fündig. Er saß an einem Tisch in einer Ecke der Taverne neben einem Fenster. Das hereinscheinende Sonnenlicht fiel direkt auf ihn und ließ ihn erstrahlen, wodurch er die Aufmerksamkeit der anderen Gäste auf sich zog – ihre neugierigen Blicke und ihr leises Getuschel verrieten jedem Neuankömmling sofort, wo er zu finden war.

»Ah, du bist also tatsächlich gekommen.« Finn Deimne legte das kleine Buch, das er las, zur Seite und hob den Kopf, als Lili auf ihn zukam. Ob nun zur Verschleierung seiner Identität oder als modisches Accessoire – der Abenteurer trug eine Brille, die ihn intelligent und trotz seines kindlichen Äußeren reifer wirken ließ.

Die Pallum konnte gut nachvollziehen, warum er bei den vielen Abenteurerinnen der Stadt so beliebt war. Als er ihr ein Lächeln zuwarf, ging ein Raunen durch den Raum. Keiner der Anwesenden hätte geahnt, dass Lili diejenige war, auf die der berühmte erstklassige Abenteurer gewartet hatte, der von seinem Volk so verehrt wurde und das Pseudonym Braver trug. Erstaunte Blicke waren von allen Seiten auf das Mädchen gerichtet. Selbst Luan war die Kinnlade heruntergeklappt und er blickte völlig verdattert in ihre Richtung. Lili fühlte sich unbehaglich und war sich nicht sicher, wie sie reagieren sollte.

Finn hingegen schien sich an den neugierigen Blicken nicht zu stören und führte das Gespräch wie gewohnt unbeeindruckt fort: »Ich hätte wirklich nicht gedacht, dass du hier auftauchen würdest. Ich hatte mit einem Boten gerechnet, aber nie und nimmer mit dir persönlich.«

»Wenn du solche Zweifel hattest, warum hast du mich dann überhaupt eingeladen?«, antwortete die junge Abenteurerin ironisch. Ihre Unterhaltung mit Bell lastete noch immer schwer auf ihr.

*Oh nein!*, dachte sie, kaum hatten diese Worte ihren Mund verlassen. Sie hatte unglaublich unhöflich mit dem Abenteurer ersten Ranges gesprochen, der zweifellos weit über ihr stand. Ein Schauer lief ihr über den Rücken, während sie auf seine Antwort wartete, doch Finn kicherte nur leise vor sich hin, wobei sein im sanften Sonnenlicht glänzendes goldenes Haar leicht mitschwang.

»Willst du dich nicht setzen?« Seine ruhig und gelassene Ausstrahlung blieb unverändert.

Auf sein Angebot hin setzte sich Lili, ohne den lächelnden Finn auch nur eine Sekunde aus den Augen zu lassen, auf den Stuhl ihm gegenüber.

»Da es das erste Mal ist, dass wir so von Angesicht zu Angesicht reden können, schlage ich vor, wir stellen uns zunächst einmal vor? Ich bin Finn Deimne. Vielen Dank, dass du gekommen bist.«

»Liliruca Arde ...«

Obwohl sie einander bereits kannten, hielt der Pallum es für angebracht, sich noch einmal förmlich vorzustellen, und Lili tat es ihm gleich. Ihr Treffen, bei dem sie über eine potenzielle Heirat sprechen wollten, hatte somit offiziell begonnen. Finn legte seine Brille neben seine beinahe noch volle Tasse und bestellte auch für Lili ein Getränk, das Luan kurz darauf an ihren Tisch brachte. Als er die Tasse vor ihr abstellte, war der Ausdruck auf seinem Gesicht ein Potpourri unterschiedlichster Emotionen. Kaum war er davongegangen, gingen Finn und Lili zu ihrem Gespräch über.

»Nun, da du hier bist, nehme ich an, dass du eine positive Antwort auf meinen Antrag in Betracht ziehst?« Finn versuchte gar nicht erst, Small Talk zu betreiben oder irgendwelche langen Erklärungen abzugeben, sondern kam direkt zum Punkt. Seine

Stimme war sanft, ebenso wie das Lächeln, das während ihrer gesamten bisherigen Unterhaltung nicht von seinem Gesicht gewichen war.

Lili hingegen hielt den Blick gesenkt. *Es wäre vielleicht keine schlechte Idee, sein Angebot zu akzeptieren*, sagte eine Stimme in ihrem Kopf. Sie wusste bereits, dass ihre Gefühle für Bell niemals erwidert würden. Genau deshalb konnte sie den Gedanken nicht abschütteln, dass es womöglich eine legitime Entscheidung wäre, den Antrag des Mannes vor ihr anzunehmen.

Finn war genau wie sie ein Pallum, mit dem Unterschied, dass ihn alle unter dem Namen Braver kannten. Laut Bell hatte der Anführer der Loki-Familia gemeint, dass er sie niemals unglücklich machen würde, was vermutlich stimmen würde. Jetzt, da es vor ihm saß, konnte das Mädchen spüren, wie aufrichtig er war und welch starken Charakter er besaß. Berücksichtigte man zusätzlich seine gesellschaftliche Stellung und seinen Reichtum, stellte er sozusagen den perfekten Partner dar.

Solch eine Möglichkeit würde sich ihr womöglich nie wieder bieten. Es war eine einmalige Chance. Ohne Hestias Erlaubnis dürfte Lili ihre Familia zwar nicht verlassen, doch wenn sie sich dazu entschied, an Finns Seite zu bleiben, und ihre Göttin zustimmte, würde sie vermutlich für den Rest ihrer Tage ein einfaches, privilegiertes Leben erwarten. Vielleicht würde sie eines Tages auch über ihre Gefühle für Bell hinwegkommen.

»Darf ich dir eine Frage stellen …?« Bis zu diesem Augenblick hatte Lili im Kopf bereits unzählige Fragen gestellt, die sie sich jedoch allesamt schnell selbst beantwortet hatte. Während sie im Flüsterton sprach, hob sie langsam den Kopf – ihre kastanienbraunen Augen suchten Finns blaue. »Warum hast du dich für mich entschieden?«

Die wichtigste aller Fragen. Lilis Vergangenheit war ziemlich düster gewesen und sie hatte sich als Diebin verdingt. Ihrer Ansicht nach war eine Person, die bereits auf diesem Pfad gewandelt war, keine geeignete Partnerin für jemanden wie Finn. Deshalb wollte sie seine wahren Beweggründe erfahren.

»Hat Bell Cranel dir denn nichts davon erzählt? Dein Mut hat tiefen Eindruck bei mir hinterlassen.«

»Mut? Es gibt zahllose Pallums, die ebenso mutig sind wie ich. Außerdem gibt es viele, die weitaus stärker sind.«

»Das mag sein. Aber Stärke und Mut sind zwei verschiedene Paar Schuhe. Du hast dich unglaublichen Gefahren gestellt und dennoch nicht deinen Willen verloren, sämtliche Hindernisse zu überwinden, wohl wissend, wie schwach du bist. Ich erinnere mich noch genau daran, was du auf Ebene 18 getan hast. Du hast dein eigenes Leben aufs Spiel gesetzt, um anderen zu helfen, genau wie die große Phiana. Das macht dich zu einer strahlenden Hoffnung und einer außergewöhnlichen Vertreterin unseres Volkes.«

Die Supporterin errötete, als Finn ihr, ohne ein Blatt vor den Mund zu nehmen, seine tiefsten Gedanken mitteilte. Obwohl sie sich für einen Moment sehr geschmeichelt fühlte, schüttelte sie schon kurz darauf vehement den Kopf. »Das ist zu viel des Lobes. Ich bin nicht solch eine Lichtgestalt. Da du ein Abenteurer bist, hast du sicherlich schon Gerüchte von einer Pallum mit ›klebrigen Fingern‹ gehört, oder? Einer, die anderen Gegenstände und Geld stiehlt.«

»Ja, das habe ich.«

»Diese Pallum war ich. Ich habe Abenteurer in Fallen gelockt und ihnen all ihre Wertsachen abgenommen. Dieses Schicksal hat jeden ereilt, den ich nicht leiden konnte. Ich bin einfach abscheulich ...«

»Die Tatsache, dass diese Gerüchte existieren, zeigt, dass deine Opfer überlebt und davon berichtet haben. Ich habe die Vorfälle untersucht, da dir auch einer meiner Untergebenen zum Opfer gefallen ist. Alle Betroffenen sind noch am Leben und wohlauf.« Selbst nachdem Lili ihre düsteren Taten gebeichtet hatte, blieb Finn unbeeindruckt und hob dabei sogar noch hervor, dass sie niemanden getötet hatte.

Sie senkte erneut den Kopf und suchte nach den richtigen Worten, um ihm zu widersprechen. All die Jahre hatte sie so viele Verbrechen begangen und es hatte durchaus auch Zeiten gegeben, in denen sie darüber nachgedacht hatte, jemandem das Leben zu nehmen. Doch diese Abenteurer waren hartnäckig gewesen – obwohl sie ihnen alles genommen hatte, hatten sie sich ans Leben geklammert wie Ungeziefer. Am Ende hatte sie sich dann doch zurückgehalten, da es den Aufwand einfach nicht wert gewesen wäre. Die beste Möglichkeit, Rache zu nehmen, war ohnehin gewesen, sie so viel wie möglich leiden zu lassen. Ihnen schnell den Tod zu bringen, wäre zu gnädig und auch Verschwendung gewesen, weshalb sie sich dagegen entschieden hatte. »Ich … war einfach naiv.«

»Ich lebe nun schon lange genug in Orario, um zu wissen, dass Diebstahl hier ein eher harmloses Delikt ist … Ich bin kein Gott. Weder habe ich das Recht, dich zu verurteilen, noch habe ich ein Interesse daran.« Seine Worte waren messerscharf und hatten Gewicht, der Ausdruck auf seinem Gesicht jedoch war sanft: Er lächelte immer noch. »Mich interessiert nur, wer du jetzt bist.«

»…«

»Die Pallum, die du heute bist, besitzt eine wichtige Eigenschaft, die unser Volk längst verloren hat.« Finns blaue Augen funkelten Lili an, Bewunderung lag darin.

»Lili ... ist nicht nach Hause gekommen«, flüsterte ich im Wohnzimmer stehend.

Seit dem Vorfall am gestrigen Abend hatte ich überall in der Stadt vergeblich nach ihr gesucht. Schließlich war mir keine andere Wahl geblieben, als nach Hause zurückzukehren. Mit dem letzten winzigen Funken Hoffnung in mir hatte ich mir immer und immer wieder eingeredet, dass sie bis zum Morgen sicher wieder zurück wäre ... Doch nun war die Sonne bereits aufgegangen und von Lili fehlte noch immer jede Spur.

»Ist sie wirklich ... zu Finn gegangen ...?« Immerhin hatte sie den Entschluss dazu gefasst und heute war der Tag, an dem das Treffen stattfinden sollte.

Während Welf und Mikoto in der Küche das Frühstück vorbereiteten ... entschied ich nach langem Zögern und Überlegen, meine Göttin um Rat zu bitten. Ich stieg die Treppen hinauf in den dritten Stock und klopfte an ihre Tür.

»Herein«, hallte Hestias Stimme aus dem Inneren des Raumes. »Ah, du bist es, Bell. Haruhime hat mir erzählt, dass unsere Supporterin verschwunden ist. Weißt du vielleicht etwas darüber?«

Ich konnte es ihr nicht sofort sagen. Sie war gerade dabei, sich für ihren Teilzeitjob fertig zu machen, als ich ihr Zimmer betrat und sie mich sofort mit dieser Frage konfrontierte. Ich vermied den Blickkontakt zu ihr und sah mich ein paar Sekunden um, ehe ich dazu überging, ihr von den Vorfällen des vorangegangen Abends zu erzählen – sicher gab ich dabei ein bemitleidenswertes Bild ab. Da ich für jeden Rat dankbar war, ließ ich bei meinen Erzählungen kein Detail aus.

Meine Göttin seufzte tief und schloss die Augen. »Bell, du ... Wenn du wirklich willst, dass sie glücklich ist, dann solltest du nicht bei allem so zögerlich sein.«

Ihre Worte ließen mich aufhorchen. Sie hatte recht. Lili hatte bei der Soma-Familia sehr viel durchgemacht und ein unglückliches Leben geführt. Ich empfand zwar kein Mitleid, doch wünschte mir aus tiefstem Herzen, dass sie glücklich war. Und nachdem Finn gesagt hatte, dass er dafür sorgen würde, war ich in Anbetracht seiner Persönlichkeit überzeugt, dass er sein Wort halten würde. Mit einem hochklassigen Abenteurer, der um ein Vielfaches stärker war als ich, wäre sie um einiges glücklicher. Immerhin hatte Lili es selbst gesagt: Finn war viel beeindruckender als ich. Es war also völlig egal, was ich tat oder wie ich mich dazu äußerte, da es ohnehin nichts ändern würde.

»Ich sage es gleich vorab, Bell: Wenn unsere Supporterin Liliruca mich bittet, die Familia verlassen zu dürfen, werde ich sie nicht daran hindern.«

Es war, als hätte Hestia direkt in meinen Kopf gesehen und meine Gedanken gelesen. Ein Teil von mir hatte geglaubt, dass sie Lili aufhalten würde, sollte es wirklich so weit kommen. Diese Zuversicht war nun allerdings mit einem Mal verschwunden.

»Damit hätte ich immerhin eine Konkurrentin weniger ...«

Zu viele Gedanken beschäftigten meinen Verstand in diesem Moment, als dass ich hätte verstehen können, was meine Göttin vor sich hingemurmelt hatte.

»Bell. Aus Sicht der Supporterin ist deine Unfähigkeit, eine Entscheidung zu treffen, nichts weiter als aufdringliche Fürsorge. Ich bin mir ziemlich sicher, dass auch sie sagen würde, dass sie selbst darüber entscheidet, wie sie leben und glücklich werden möchte.«

»Oh …«

»Wäre ich an ihrer Stelle und du wärst mit diesem Antrag zu mir gekommen … wäre ich wohl auch ziemlich schockiert gewesen.« Der Blick, den sie mir zuwarf, war sanft, doch ihre Worte klangen nach einem leichten Tadel, auch wenn ich einen Hauch von Belustigung aus ihrer Stimme heraushören konnte. »Bell, wenn du nichts unternimmst, wird unsere Supporterin verschwinden. Ist es das, was du willst?«

»Ich … Ich …«

»Du solltest wirklich egoistischer sein.« Ihre geheimnisvollen blauen Augen blieben auf mich gerichtet, während sie mich anlächelte.

Ich hielt einen Moment inne, ehe ich die Hände fest zu Fäusten ballte. »Entschuldigung, ich verzichte heute aufs Frühstück!« Ich wandte ihr den Rücken zu und rannte aus dem Zimmer. Als ich noch einen letzten Blick über die Schulter warf, sah ich ihr gütiges Lächeln. Dann stürmte ich die Treppen hinunter und stürzte aus dem Anwesen.

»Haaach … Wir Götter haben es wirklich nicht leicht.« Hestia stieß einen langen Seufzer aus, während sie Bell vom Fenster aus dabei beobachtete, wie er zum Vordertor hinausraste. Sie wusste nur allzu gut, dass sie hiermit ihrer Rivalin geholfen hatte. Doch trotz ihrer Worte wich das Lächeln nicht von ihren Lippen.

»Hey! Hey, Aiz! Das musst du dir anhören! Finn hat ein Date!«

Als Aiz sich zu der Person umdrehte, die sie angesprochen hatte, wurde sie plötzlich umarmt. Sie befand sich in einem schmalen, von Türen gesäumten Korridor im Anwesen der Loki-Familia. Das Amazonenmädchen Tiona war durch den Flur gerannt und hatte die Arme um Aiz' Schultern geschlungen.

»Ach wirklich?«

»Ja, echt! Ich habe gestern Abend gehört, wie er mit Riveria darüber gesprochen hat. Ich war wohl zur rechten Zeit am rechten Ort.«

Aiz hatte die goldenen Augen vor Überraschung weit aufgerissen – solch ein Ausdruck war wirklich selten bei ihr zu sehen. Tiona hingegen nickte nur aufgeregt und konnte ihre Begeisterung kaum im Zaum halten.

»Und noch etwas! Als er heute Morgen das Haus verlassen hat, trug er eine Brille ... Ich hab es mit eigenen Augen gesehen! Sicher wird er seine zukünftige Ehefrau treffen! Ohhh, ich frage mich, was für eine Dame er ausgewählt hat!« Da sie jeden Gedanken laut aussprach, der ihr gerade durch den Kopf ging, hallte ihre lautstarke Stimme beinahe pausenlos durch den Korridor.

»Hmm«, erwiderte Aiz leise, während ihre Kameradin sie noch immer fest umarmte. Sie hob das Kinn und dachte darüber nach – sie fand die Vorstellung merkwürdig, dass ihr Anführer tatsächlich ein Heiratsgespräch führen sollte. Gerade als sie ihre Zweifel äußern wollte ...

»Würdet ihr mir verraten, worum es hier geht?«

... erklang eine Stimme, so kalt wie Eis.

»Ah!« Aiz und Tiona erstarrten – sie brauchten nicht einmal einen Blick zu wagen, um zu wissen, wer die Kriegerin war, die hinter ihnen stand.

»Ich habe den prunkvollen Titel Braver nur erhalten, weil ich ihn Loki abgerungen habe.«

In einer Ecke im Versteck der Pallums setzten Finn und Lili ihr Gespräch umgeben vom Getuschel der anderen Gäste fort. Das Mädchen konnte seine Überraschung kaum verbergen, als der Anführer der Loki-Familia ihm erzählte, dass er seine Göttin selbst darum gebeten hatte, sich bei der Namensgebungszeremonie während des Denatus für das Pseudonym Braver starkzumachen. Dies sei seine Art gewesen, sich selbst jede Möglichkeit zur Flucht vor seiner Mission zu nehmen. Er sei bereits damals fest entschlossen gewesen, das Aushängeschild der Pallums zu werden.

»Ich werde alles dafür geben, unser Volk wiederzubeleben. Das gilt natürlich auch für alle Pallums, die erst noch in diese Welt geboren werden. Und um das zu erreichen ... brauche ich selbst einen Nachfolger.«

Lili war sprachlos und erkannte in Finns Erklärung, warum er eine passende Partnerin brauchte, seine tiefe Entschlossenheit. Da sie ihre Eltern bereits in jungen Jahren verloren hatte, war sie in ein Waisenhaus gekommen und hatte fortan ums Überleben kämpfen müssen. Sie hatte weder Zeit gehabt, an Phiana zu glauben, noch wusste sie viel über sie. Was sie allerdings wusste, war, dass diese Göttin für die Pallums sehr wichtig war. Damit war ihr über ihr eigenes Volk genauso viel bekannt wie über jedes andere. Durch Finns Erklärungen begann sie jedoch allmählich zu verstehen, welch wichtige Rolle Mut dabei spielte, ein Symbol der Hoffnung für die Pallums zu schaffen, das Phiana ersetzen sollte. Und sie begriff auch, welche Opfer er dafür zu bringen bereit war.

»Gibt es denn keine Frau, die einen besonderen Platz in deinem Herzen einnimmt, Finn ...?« Ehe sie sich's versehen hatte, hatte

Lili ihrem Gegenüber diese Frage gestellt. Alles, was sie bislang gehört hatte, klang danach, als würde Finn sich für das Wohl seines Volkes aufopfern. Sie hatte nicht anders gekonnt, als ihn zu fragen, ob er denn für niemanden Zuneigung empfand.

Er zeigte einen kurzen Anflug von Überraschung, antwortete ihr dann jedoch mit einem gequälten Lächeln: »Es gibt da ein ziemlich schwieriges Mädchen, das mich verehrt ...« Er hielt einen Moment inne und schmunzelte leicht. »Das hat schon zu einigem Ärger geführt und mir ziemlich oft Kopfzerbrechen bereitet ... aber es fühlt sich irgendwie so an, als würde etwas fehlen, wenn sie nicht da ist. Manchmal frage ich mich, ob irgendetwas nicht mit mir stimmt.« Obwohl das Lächeln auf seinen Lippen noch immer eine gewisse Bitterkeit in sich trug, erkannte Lili auch Sanftheit darin. »Aber ich habe kein Interesse daran, ein glückliches Leben zu führen. Nein, in dem Moment, in dem ich mich damit zufriedengebe, wird alles, was ich bislang getan habe, jedes Hindernis, das ich bislang überwunden habe, umsonst gewesen sein.«

Seine Miene veränderte sich, die übliche Entschlossenheit war wieder darin zu erkennen. Wie bei einem Ritter, der seinen Schwur erneuerte, funkelten seine blauen Augen im Sonnenlicht. Er tat all das für sein Volk. Seine Hingabe zu seiner Mission, der er sein gesamtes Leben widmete, berührte Lili zutiefst. Sie kam nicht umhin, von seiner starken Überzeugung und seiner unglaublichen Opferbereitschaft beeindruckt zu sein.

*Ah ...* Finns Art zu leben hatte ein Feuer in ihrem Herzen entzündet. Nein, vielmehr hatte sie sich dadurch an etwas erinnert. Und zwar an ihre eigenen Gefühle für eine gewisse Person. *Stimmt ...* Derjenige, der sie gerettet hatte, war weder der Held ihres Volkes Finn Deimne noch eine Gottheit. Es war Bell.

Während alle anderen sie wie Dreck behandelt oder ignoriert hatten, war er der Erste gewesen, der sie wirklich beachtet und wertgeschätzt hatte. *Genau, ich bin ...*

Selbst wenn Hestia ihm – so unwahrscheinlich das auch war – irgendwann einmal den Rücken zukehren sollte, so würde Lili ihn niemals im Stich lassen. Auch wenn die Welt ihn als Kriminellen bezeichnen und ihn in ein fernes Land verbannen würde, so bliebe sie an seiner Seite. Sie würde ihn immer unterstützen. Selbst wenn er in schier unglaublichem Tempo voranschritt, würde sie dennoch für den Rest ihres Lebens auf demselben Pfad wandeln wie er. An dem Tag, an dem er ihr verziehen, sie in den Arm genommen und mit ihr gelacht hatte ... hatte sie diesen Entschluss gefasst.

*Wer hätte das gedacht?* Lili lächelte. Am Ende waren Finn und sie doch gar nicht so verschieden. Es war, als würde sie in einen Spiegel schauen. Auch sie hatte etwas, dem sie ihr Leben verschrieben hatte. Auch wenn sie dadurch vielleicht niemals ihr Glück finden könnte und wie bisher mit ihren Gefühlen ringen müsste ... sie hatte ihre Entscheidung getroffen. Egal, was kommen würde, sie würde an Bells Seite bleiben. Nicht nur, um für ihre vergangenen Taten zu büßen, sondern weil sie es wollte. Lili würde ihn fortwährend unterstützen. So wie Finn seinem Volk diente, würde sie Bell dienen. »Es spielte ... von Anfang an keine Rolle ...«

Finn neigte fragend den Kopf zur Seite, als seine Gesprächspartnerin vor sich hin murmelte.

Es handelte sich um blinde Hingabe, wenn man es so ausdrücken wollte. Neutral betrachtet war es vielleicht Loyalität, doch letzten Endes nur bedingungslose Liebe. Lili war lediglich ein unscheinbares Mädchen, das unter anderem mit einer Göttin konkurrierte. Doch nur ein kleiner Teil von ihr empfand so. Ob Bell nun Aiz Wallenstein oder sonst wen im Herzen trug, hatte von Anfang an keine Rolle gespielt.

»Tut mir leid, Finn.« Die Supporterin richtete sich auf und suchte den direkten Blickkontakt zu ihrem Gegenüber. »Ich muss deinen Antrag ablehnen.« Sie lächelte sanft und verbeugte sich vor ihm.

»Darf ich dich nach dem Grund fragen?« Finn erwiderte ihr Lächeln.

»Genau wie du dein Leben deinem Volk verschrieben hast, habe auch ich … mein Leben Meister Bell verschrieben. Ich habe mich entschieden.« Lili erklärte ihm, dass sie beide einander im Grunde genommen ähnlich seien. Auch wenn das Gewicht ihrer Taten sich erheblich unterscheide, so besäßen sie dennoch dieselbe Entschlossenheit. Das Mädchen war dankbar, dass der hochrangige Abenteurer ihm geholfen hatte, sich daran zu erinnern, was es beinahe verloren hätte.

»Verstehe«, antwortete Finn und nickte. »Haaach … es hat also doch nicht sollen sein.« Ein schwaches Lächeln lag auf seinen Lippen, während er die Augen schloss und seufzte. »Ich hatte schon geahnt, dass ich mir nicht allzu große Hoffnungen machen sollte. Selbst mein Daumen hat mir gesagt, dass es nicht klappen wird … Das ist so was wie meine Intuition.«

»Wenn das so ist, warum hast du mir dann trotzdem dieses Angebot unterbreitet?«, fragte Lili verwundert.

Daraufhin lächelte der Pallum plötzlich wie ein Kind – passend zu seinem Erscheinungsbild. »Hab ich es dir nicht bereits gesagt? Dein Mut hat mich fasziniert.«

»Ah …«

»Dein Mut hat mir den Atem geraubt«, sagte er. »Da wollte ich zumindest einen Versuch bei dir wagen.« Er legte sich die rechte

Hand auf die Brust, ein ehrliches Lächeln im Gesicht. Das war wohl sein Maßstab als Braver. So, wie er versuchte, sein Volk zu inspirieren, suchte er auch nach einer Partnerin, die ihn inspirieren konnte. »Nun, jetzt stehe ich wohl wieder am Anfang.« Er lehnte sich auf seinem Stuhl zurück und blickte gedankenverloren zur Decke. Es war nicht der Anführer der Loki-Familia, der Lili gegenübersaß, sondern Finn als Person.

»Wenn ich eine besondere Frau kennenlerne, werde ich sie dir sofort vorstellen.«

»Bitte tu das! Ich glaube, dass ich für so etwas einfach nicht gemacht bin. Ich hatte schon immer Pech, was das anging«, antwortete er mit einem bitteren Grinsen.

Obwohl sein Heiratsgesuch gescheitert war, war er zumindest glücklich, jemanden gefunden zu haben, der seine starke Hingabe zu einem Zweck teilte. Die beiden tauschten ein mildes Lächeln aus – eine angenehme Stille legte sich über ihren Platz.

»M... Moment mal, mein Herr! Was machen Sie denn da?!«

»Hm?«

Doch dann geschah es ... Sämtliche Gäste blickten in einer Mischung aus Überraschung und Verwirrung zur Tür, die mit einem lauten Knall aufgestoßen worden war, so auch Lili und Finn. Dort stand ein weißhaariger Junge, der völlig außer Atem war.

»M... Meister Bell?!« Reflexartig sprang Lili auf.

Kaum hatte ihre Stimme seine Ohren erreicht, machte er große Augen. Er ignorierte die Versuche der Kellner, ihn aufzuhalten, und eilte schnurstracks auf ihren Tisch zu. Anscheinend hatte Bell sich die Karte auf dem Stück Papier genauestens eingeprägt – auch wenn er sich in Wirklichkeit unterwegs ziemlich oft verlaufen hatte. Letztendlich hatte er das »Versteck der Pallums« jedoch erreicht. Während Lili die Worte fehlten, wandte er sich direkt an den Anführer der Loki-Familia: »Finn! Bitte nimm Lili nicht mit!«

»Was …?« Mehr brachte die Pallum nicht über die Lippen. Auch ihr Gesicht zeigte, wie verdutzt sie war.

Finn allerdings erlangte schnell die Fassung zurück. Er schien die Situation sofort zu begreifen, blickte über den Tisch zu Lili und blinzelte ihr zu. Ein ungewohnt fieses Grinsen huschte ihm übers Gesicht. »Es tut mir ja wirklich leid, Bell Cranel … aber sie hat meinen Antrag schon angenommen!«

»W… Wie bitte?« Die Supporterin rang nach Worten, doch ehe sie wütend werden und ihn anschreien konnte, hielt Finn sie mit einem Seitenblick zurück.

Bell wurde unterdessen kreidebleich, ließ sich jedoch nicht entmutigen. »Ich will … Ich will, dass Lili bei mir bleibt! Ich möchte nicht, dass sie geht!«, rief er laut und entschlossen.

Damit hatte seine Kameradin nicht gerechnet, ihre Wangen färbten sich rot.

Finn war sichtlich amüsiert und schien das Spiel noch weitertreiben zu wollen. Noch immer mit einem hämischen Grinsen auf den Lippen fuhr er fort: »Obwohl wir beide uns einig waren, willst du uns dazwischenfunken?«

»Ja!«

»Nun, du scheinst ja ziemlich darauf zu beharren. Und, was ist sie für dich?«

»Sie ist Teil meiner Familia … meine Familie!«

»Das ist alles? Das genügt mir nicht.«

»Sie war meine allererste Gefährtin und ist eine unheimlich wertvolle Partnerin für mich!!«

Der Pallum brachte Bell dazu, seine Gefühle für Lili förmlich herauszubrüllen. Jedes Wort ihres Gefährten ließ deren Körper weiter aufheizen und ihr Herz wie wild pochen. In diesem Moment bemerkte sie, worauf Finn es abgesehen hatte: Er versuchte, ihr zu zeigen, wie viel sie dem Jungen bedeutete. Es war unfair und ziemlich hinterlistig. Konnte sie ihn nicht irgendwie daran hindern? Der menschliche Eindringling stand nun direkt bei ihnen und war in ein hitziges Wortgefecht mit dem Braver verwickelt, wodurch er die neugierigen Blicke aller umstehenden Pallums auf sich zog. Augenblick um Augenblick wurde Lili röter, ihr gelang es nur noch, aufgeregt zwischen den beiden Streithähnen hin und her zu sehen.

»Ich habe endlich meine zukünftige Ehefrau gefunden. So einfach werde ich mir die Hochzeit nicht aus dem Kopf schlagen ... Oder willst du sie dir etwa mit Gewalt zurückholen? Sie mir entreißen?« Unter einem lauten *Quietsch!* stand Finn von seinem Stuhl auf und blickte Bell herausfordernd an. Er war auf Level 6 – ein erstklassiger Abenteurer, sogar noch stärker als Phryne Jamil von der Ishtar-Familia.

Der weißhaarige Jüngling schluckte schwer, wich aber nicht zurück. Es war an der Zeit, egoistisch zu handeln. Er wollte bis zum Schluss auf seinen Willen beharren.

»Welch bewundernswerte Entschlossenheit, das könnte interessant werden ... Gut, dann lass uns um sie kämpfen!« Finn ließ sich hinreißen – er freute sich wie ein kleines Kind. Es war, als hätte er vergessen, wie alt er war. Wie ein kampfeslustiger Teenager deutete er auf den Jungen mit den roten Augen.

Luan stand nur mit heruntergeklappter Kinnlade da und beobachtete die beiden. Der Rest der Kellner und der Gäste versammelte sich in freudiger Erwartung des Spektakels um ihren Tisch.

Lili hingegen war knallrot angelaufen. *W... Was ist hier looooooos?!* Finn und Bell kämpften um sie? Einer von ihnen betrachtete das Ganze zwar nur als Spaß, doch der andere meinte es ganz offensichtlich todernst. Es fühlte sich an wie eine Szene aus einem Märchen, in der zwei Ritter um das Recht kämpften, um die Hand eines jungen Mädchens oder gar einer Prinzessin anzuhalten. Es war ihr dermaßen peinlich, dass ihr Gesicht vor Scham glühte. *Ich bin nicht die Richtige für diese Rolle! Ich komme höchstens als Dienerin im Schloss in Frage!*, schrie sie in sich hinein. Rot wie ein reifer Apfel beobachtete das Pallum-Mädchen ihren Kameraden, der all seinen Mut aufzubringen schien, und den Anführer der Loki-Familia, der amüsiert lächelte.

Unter den Anfeuerungsrufen der anderen Pallums verkündete Finn: »Wenn du es schaffst, mich auch nur ein einziges Mal zu treffen, hast du gewonnen. Gewinne allerdings ich, so nehme ich sie zur Frau.«

»Schnapp ihn dir!«, jubelten die Umstehenden ihm zu.

Bell nickte langsam und trat drei Schritte zurück.

*Das geht viel zu weit ...*, dachte Lili. Sie schüttelte ihre Scham ab und wollte soeben versuchen, die beiden zu stoppen, als ...

»Anführer ...?«

... ein kalter Hauch durchs Lokal zog.

Alle Anwesenden, inklusive Lili, Finn und Bell, drehten sich instinktiv zum Eingangsbereich des Ladens um, von dem eine furchterregende Mordlust ausging. Jenseits der Meute erblickten die drei eine Amazone, die von einer unheilvollen Aura umgeben war.

»T... Tione?! Seit wann bist du schon hier?«

»Anführer, was war das eben? Sie zur Frau nehmen?«

Finn taumelte zurück. Tione stand offenbar bereits lange genug in der Tür, um dem Gespräch gelauscht zu haben. Ihre Augen waren wie tot und vollkommen leer, kein Hauch Licht war mehr darin zu erkennen. Ihre prallen, spärlich bedeckten Brüste wippten bei jedem bedrohlichem Schritt, den sie auf ihren Kameraden zukam – der Boden unter ihren Füßen knarzte unheilvoll. Unter dem enormen Druck, der von der erstklassigen Abenteurerin ausging, fielen mehrere Pallums einfach um und konnten nur noch mit schäumenden Mündern an die Decke starren.

»Wie hast du mich hier gefunden?!«

»Ich bin deinem Geruch gefolgt.«

»Bist du vielleicht ein Tiermensch oder so …?« Auch wenn es nur ein Scherz gewesen war, so war Tione die letzte Person, von der Finn gewollt hätte, dass sie diese Worte hörte. Der Schweiß tropfte ihm von der Stirn. Gleichzeitig trat die Amazone, die ihrem Anführer gänzlich verfallen war, taumelnd auf ihn zu.

Als sie noch ungefähr 3 Medol von ihm entfernt war, explodierte sie schließlich. »Anführeeeeeeeeeeeeeeeeeeeeeeeeeeer …!!«

»Beruhige dich, Tione!« So schnell er konnte, flüchtete Finn vor der heranstürmenden Kriegerin. Im Versuch, sich so nah wie möglich am Boden zu halten und ihr wie ein kleiner verängstigter Hase zu entkommen, ging er an seine körperlichen Grenzen.

Die Augen der Amazone glühten unheilvoll. Mit atemberaubender Geschwindigkeit nahm sie die Verfolgung des Bravers auf, der aus dem Lokal hinaus auf die Straße stürzte.

*Fump, fump, fump, fump, fump!* Das Echo ihrer letzten Schritte hallte durch den Laden, ehe sich eine seltsame Stille darin ausbreitete. Lili, Bell und den Pallums, die noch bei Bewusstsein waren, hatte es die Sprache verschlagen.

»Ähm, Lili …« Als allen anderen noch die Worte fehlten, brach der junge Abenteurer schließlich zögernd das Schweigen.

Die restlichen Pallums verloren das Interesse, kehrten wieder zu ihren Plätzen zurück und rieben sich die Schläfen. Lili zuckte übertrieben zusammen und wandte sich hastig dem Jungen zu, der keine Zeit verlor und sich tief vor ihr verbeugte.

»Es tut mir leid! Entschuldige, dass ich keine Entscheidung treffen konnte! Und auch, dass ich so um den heißen Brei geredet habe ...«

»N... Nein! Das war nur ein Missverständnis! Finn hat sich nur einen Spaß erlaubt ...! Er wollte dich auf den Arm nehmen!«

»Er wollte ... was?«

»Ja! Ich habe seinen Antrag nicht angenommen!« Verzweifelt versuchte das Mädchen zu erklären, was geschehen war.

Bell atmete sichtlich erleichtert auf. Als er sich eine Hand auf die Brust legte, fiel der Druck von ihm ab. Zwar spiegelte sich noch immer Schuldbewusstsein in seinen Augen, doch er hielt Blickkontakt zu Lili und sagte so deutlich er konnte. »Es tut mir leid ... und zwar alles! Aber ich ... ich möchte einfach, dass du bei mir bleibst«, brachte er zaghaft und mit leicht geröteten Wangen hervor.

Seine Kameradin verhielt sich ähnlich: Sie hatte die Augen weit geöffnet und auch ihre Wangen färbten sich rötlich. Zugleich umspielte ein warmes Lächeln ihre Lippen. »Auch ich muss mich entschuldigen. Ich bin plötzlich wütend geworden und von zu Hause weggelaufen ...«

»N... Nein, das war ja auch meine Schuld ...«

»Nein, Meister Bell, es war meine. In meiner Wut habe ich dich mit vielen unbedachten Worten verletzt und in eine schwierige Situation gebracht!«

Sie standen sich gegenüber und tauschten eine Entschuldigung nach der anderen aus, während sie den Blick des jeweils anderen mieden. Als sie sich kurz darauf wieder ansahen, liefen beide noch röter an und wurden ein wenig verlegen.

»Sollen wir nach Hause gehen …?« Bell zuckte mit den Schultern und lächelte.

Lili erwiderte sein Lächeln fröhlich und antwortete: »Ja, gern!«

Der junge Abenteurer entschuldigte sich beim Pallum-Personal für den Ärger, den er verursacht hatte, indem er einfach ins Lokal geplatzt war, und wiederholte dasselbe anschließend bei den Gästen.

Luan, der gerade neben einem der bewusstlosen Tavernenbesucher auf dem Boden kniete, blickte auf und brüllte ihn wutentbrannt an: »Lass dich hier nie wieder blicken!«

Dann verließen die beiden Mitglieder der Hestia-Familia das »Versteck der Pallums«. Während sie unter dem strahlend blauen Himmel durch die Seitengassen gingen, begegneten ihnen zahlreiche Halbmenschen.

»Ähm, also, wie sage ich das jetzt am besten …?« Als die beiden fast zu Hause angekommen waren und sich die Ereignisse des Vorabends bereits wie eine Lüge anfühlten, wandte sich Bell gut gelaunt an Lili.

Diese sah zu ihm auf und bemerkte, wie er sich verschämt an der Wange kratzte und nach den passenden Worten suchte.

»Lili, du bist wie eine kleine Schwester für mich.«

»Hmm …«

»I… Ich hatte immer nur meinen Großvater und keinerlei Geschwister … Und deshalb wollte ich dich auf keinen Fall verlieren.«

Auf die verlegene Offenbarung des Jungen hin verzog Lili unzufrieden das Gesicht. Sie hatte bereits gewusst, dass er in ihr nichts weiter als eine kleine Schwester sah, doch es aus seinem Mund zu hören, schmerzte sie noch immer. Obwohl sie sich geschworen hatte, nie wieder von seiner Seite zu weichen, ergriff die Wut erneut Besitz von ihr und ihre Wangen zitterten. Doch plötzlich kam ihr eine Idee und ein Grinsen zierte ihre Lippen. »Meister Bell, leih mir doch bitte kurz dein Ohr!«

»Hm?«

Der Ausdruck auf ihrem Gesicht passte perfekt zu einer unschuldigen kleinen Schwester. Sie hielt inne, Bell tat es ihr gleich, auch wenn ihm die Verwunderung anzusehen war. Der ahnungslose weiße Hase tat wie ihm befohlen und beugte sich zu der Pallum, damit sie ihm etwas ins Ohr flüstern konnte.

Lilis Lippen näherten sich ihm und sie sagte sie so reif und verführerisch, wie es ihr möglich war: »Ich bin übrigens älter als du, Bell ...«

Ein Schauer lief dem jungen Abenteurer über den Rücken und er fuhr sichtbar erschrocken auf. Mit fassungsloser Miene hielt er sich das Ohr, in das seine Gefährtin gerade geflüstert hatte. Nur wenig später begannen seine Wangen, sich erneut rot zu färben.

Lili blickte zu ihm auf, die Augen beim Lächeln zusammengekniffen. Auf ihren Lippen lag nun plötzlich wieder das unschuldige, kindliche Grinsen einer kleinen Schwester. »Dann lass uns mal nach Hause gehen, Meister Bell.«

»M... Moment mal, Lili! M... Meinst du das ernst?!«

»Tja, wer weiß?«, erwiderte sie und lief in rasantem Tempo voraus.

Verzweifelt hastete Bell ihr hinterher. Als sie unter ihrem Umhang hervorlugte, sah sie, wie er noch immer knallrot nervös vor sich hin stolperte – sie konnte sich ein Lachen nicht verkneifen.

*Verstehe, so ist das also ...* Wenn er sie als große Schwester betrachtete, schien er plötzlich völlig anders zu reagieren. Das war eine interessante Entdeckung. Lilis Wangen färbten sich rosa, während sie den vor sich hin stammelnden Jungen hinter sich demonstrativ ignorierte. Sie verschränkte die Hände hinter dem Rücken und hüpfte leichtfüßig vorwärts.

Bells klägliche Rufe hallten durch die belebte Straße. Warme Sonnenstrahlen schienen auf das Pallum-Mädchen herab – kleine Grübchen bildeten sich auf seinen Wangen, als es lächelnd den Moment genoss.

# Kapitel 3:

# Ein Liebeslied an eine Göttin der Schmiedekunst

»Endlich sind die Vorbereitungen abgeschlossen.«

In einem kleinen Raum standen sich zwei verhüllte Gestalten im schummrigen Licht einer Magiesteinlampe gegenüber und flüsterten miteinander.

»Unsere Soldaten haben es geschafft, sich unbemerkt Zugang zu verschaffen. Sobald wir fertig sind, können sie jederzeit ausschwärmen.«

»Verstehe ...«, erwiderte eine streng klingende, ältere Person.

Während der eine Mann vor Enthusiasmus nur so strotzte, lag in der Stimme des anderen eine unheimliche Ruhe. Sie führten ihr geheimes Gespräch fort.

»Wir haben seinen Aufenthaltsort bereits ermittelt. Ich werde in den nächsten Tagen höchstpersönlich Kontakt zu ihm aufnehmen.«

»...«

Der Jüngere ging auf seinen schweigenden Komplizen zu. »Du ziehst doch nicht den Schwanz ein, oder?

»...«

»Es ist zu spät zum Zögern. Wir wurden mit einer wichtigen Mission betraut, die uns den Weg zur direkten Beförderung durch unseren Herrscher ebnet. Das könnte unsere letzte Chance sein!«

»Ich weiß ...« Der Ältere nickte, als sich sein Kollege zu ihm vorbeugte – eine Reaktion, die diesen zufrieden stimmte.

»Wir müssen mit ihm gemeinsam zurückkehren. Diese Macht gehört uns und sie sollte nicht an einem Ort wie diesem sein.«

»...«

»Unser verlorener Ruhm ist in greifbarer Nähe.«

Während sein jüngerer Komplize eine leidenschaftliche Rede hielt, blieb der ältere Herr stumm. Das Licht der Magiesteinlampe warf zwei lange, flackernde Schatten an die Mauer.

Lodernde Flammen erleuchteten den Raum. Hephaistos' Blick war auf das tanzende Feuer gerichtet, das vom selben Dunkelrot war wie ihr Haar. Sie befand sich in einer Ecke einer großen Schmiede, in der ein Amboss und weitere schwere Werkzeuge darauf warteten, von ihr in Gebrauch genommen zu werden. Die Göttin trug ihre Arbeitskleidung und hielt einen Hammer in der Hand. Schließlich hielt sie inne. Eine silberne Schwertklinge hatte auf dem Amboss vor ihr bereits Form angenommen – das Metall glühte noch immer. Die Flammen der Schmiede erhellten ihr Profil mit der prägnanten schwarzen Augenklappe. Das Pochen des Hammers auf dem Metall war verstummt und nur das Knistern des Feuers hallte noch durch den Raum.

»Was ist nur mit deinem Mumm passiert?«, ertönte eine Stimme, kurz nachdem die Tür zur Schmiede mit einem lauten Knarren geöffnet worden war. Ein Hauch kalter Luft drang herein, ließ die Flammen flackern und zerstörte die zuvor perfekten Bedingungen im Raum.

Hephaistos wandte sich zu ihrer Besucherin um. »Tsubaki.«

»Ich habe schon mitbekommen, dass du dich in deiner Werkstatt verschanzt hast. Da schaue ich extra mal vorbei und du schwingst noch nicht einmal diesen Hammer? Also, was hast du vor?« Eine Frau mit gebräunter Haut und langem, zu einem Zopf gebundenem schwarzem Haar war hereingetreten. Genau wie Hephaistos eine Augenklappe über dem rechten Auge trug, hatte sie eine über dem linken. In ihrem roten Hakama, einer Art plissiertem Hosenrock, verströmte sie eine fernöstliche Aura, während sie die Göttin tadelte, weil diese ihre Arbeit am Amboss unterbrochen hatte.

Sie befanden sich im Ladengebäude der Hephaistos-Familia in der nordwestlichen Hauptstraße, die auch als Abenteurerstraße bekannt war. Das Geschäft war nicht weit vom Hauptquartier der Gilde entfernt und im ersten Stockwerk mit einer Werkstatt ausgestattet.

»Nicht viel«, antwortete Hephaistos ihrem Mitglied.

»Du bist wesentlich nachdenklicher geworden, seit Welf nicht mehr da ist, nicht wahr? Du fühlst dich wohl ein wenig einsam?« Tsubaki, die vom Zustand ihrer Göttin offensichtlich genervt war, zeigte weder Angst noch Zurückhaltung, als sie ihre Unzufriedenheit äußerte.

Hephaistos wusste genau, dass es keinen Sinn hatte zu versuchen, etwas zu verbergen, weshalb sie ihren Verdacht mit einer ehrlichen Antwort bestätigte: »Ich bin immer traurig, wenn ein Kind das Nest verlässt. Ganz gleich, wer es ist … Es liegt nicht speziell an Welf.«

Tsubaki beobachtete die Göttin, wie sie der Waffe den Feinschliff verlieh und schließlich begann, die Werkstatt aufzuräumen.

»Nun, gibt es irgendwelche Neuigkeiten?« Hephaistos löste ihr dunkelrotes Haar und schälte sich aus ihren engen Arbeitssachen.

Ihr Schützling nickte, wobei sein langes schwarzes Haar leicht mitschwang. »Ich habe eine Nachricht von der Gilde und der Loki-Familia. So wie es scheint, hat Rakia dieses Mal vorausschauender geplant.«

Hephaistos kniff nachdenklich das linke Auge zusammen, als ihr Familia-Mitglied ihr die Einzelheiten erläuterte. »Also werden Hestias Kinder die Köder sein …«, murmelte sie und nickte entschlossen. »Gut, dann haltet euch an die Anweisungen der Gilde. Du übernimmst das Kommando, Tsubaki!«

»Eigentlich wollte ich mich für eine Weile im Laden verkriechen, aber das klingt nach Spaß. Alles klar, ich werde mich der Sache annehmen!« Mit einem Grinsen im Gesicht verließ die Frau die Werkstatt.

Nachdem Hephaistos ihr eine Weile nachgesehen hatte, schweifte ihr Blick zurück in die Ecke des Raumes. Noch immer loderten die Flammen im großen Ofen leuchtend rot.

Das Feuer der Schmiede beleuchtete Welfs Profil. Die Hitze, die vom lodernden Ofen ausging, war unerträglich und ihm tropfte unaufhörlich der Schweiß von der Stirn, obwohl er bereits ein Handtuch darum gewickelt hatte. In seiner Werkstatt, in der ihn nur das dumpfe Brummen des Ofens umgab, schlug er unermüdlich mit seinem Hammer auf das glühend heiße Metall, das vor ihm auf dem Amboss lag. Ein schrilles Klirren hallte durch die Luft, Funken sprühten durch den Raum. Es war ein erbitterter Kampf zwischen ihm und seinem Schmiedewerk. Seine Augen sahen nichts als das glühende Metall. Er war voll darauf konzentriert, es in Form zu bringen, und ließ sich von nichts und niemandem davon abbringen. Ein sanfter roter Schimmer umgab den Hammer in seiner Hand, jeder Schwung hinterließ eine dunkelrote Spur in der Luft, verursacht von seinem fortgeschrittenen Skill. Mit ihm hauchte der junge Schmied dem Stahl Kraft ein, wodurch die geschmiedeten Waffen noch stärker und noch schärfer wurden.

*Klong! Klong!* Er liebte den vertrauten Klang, wenn Metall auf Metall traf. Jeder Schlag war anders als der vorherige und Welf vermochte die feinen Unterschiede genauestens wahrzunehmen.

Es war, als würde das Metall zu ihm sprechen und ihn anleiten, wie er den nächsten Hammerschlag auszuführen hatte. Unwillkürlich breitete sich ein Lächeln auf seinem Gesicht aus.

»Lausche der Stimme des Metalls, dem Klang der Schläge und lege all deine Leidenschaft in deinen Hammer.«

Die verstaubten Erinnerungen an einen älteren Mann, der diese Worte einst an ihn gerichtet hatte, erwachten irgendwo in den Tiefen seines Geistes. Er hatte sie in einer Werkstatt gehört, die genauso schummrig gewesen war wie seine. Der vertraute Geruch heißen Metalls ließ in ihm Erinnerungen an seine Zeit als junger unerfahrener Assistent aufsteigen. Nachdem er für einen kurzen Moment in die Vergangenheit eingetaucht war, hämmerte Welf weiter und erweckte die Melodie der Schmiede wieder zum Leben. Leidenschaftlich formte er das glühende Metall nach seinem Willen, wodurch es allmählich die Gestalt einer scharfen Klinge annahm.

Die purpurnen Strahlen der untergehenden Sonne fielen durch das Werkstattfenster, dessen Läden geöffnet waren, und die steinerne Schmiede im Hinterhof des Anwesens wurde bereits sanft vom Abendlicht umhüllt, als Welf die letzten Schliffe beendet hatte. Ohne seine schweißgetränkte Kleidung zu wechseln, machte er sich auf den Weg ins Hauptgebäude, um seine mittlerweile aus dem Dungeon zurückgekehrten Gefährten zu begrüßen und drei von ihnen in seine Werkstatt zu bitten. Der junge Schmied hatte die anderen heute nicht begleitet, da es noch ein paar Aufträge zu erledigen gegolten hatte.

»Tut mir leid, dass du warten musstest. Hier ist das Katana, das du bestellt hast.«

»Oh!«, riefen Lili, Haruhime und Mikoto in der Schmiede angekommen beinahe gleichzeitig, ihre Münder standen weit offen.

»Ich habe die Maße an dein vorheriges Schwert angepasst. Das Material ist eine Legierung aus dem Zahn eines Liger Fang und Noh-Stahl von Ebene 27. Das sollte nun wirklich einiges aushalten.«

»Vielen Dank, Meister Welf! Es ist wundervoll ...!«

Die leicht gebogene Klinge hatte eine Länge von 90 Celti und war schwarz und silbern. In einer Mischung aus Freude und Dankbarkeit zitterten Mikotos Hände, als sie die Waffe entgegennahm, die aus einem seltenen Beute-Item und einem Mineral geschmiedet war, das man nur in den unteren Ebenen des Dungeons fand. Es war nicht die Schönheit der Waffe, die dafür sorgte, dass sich ihr Abenteurerherz auf den ersten Blick darin verliebte. Sie erkannte nur ihre Leistungsfähigkeit, die dem dritten Rang entsprach und auf das Talent eines Hochschmieds zurückging. Bislang hatte Mikoto davon abgesehen, ihren Kameraden danach zu fragen, da andere Ausrüstungsgegenstände eine höhere Priorität besessen hatten – ein Speer und eine leichte Rüstung, dic sie benötigte, um ihre Rolle in der Mitte der Formation gut erfüllen zu können. Als sie nun endlich ihr Schwert in den Händen hielt, färbten sich ihre Wangen rot vor Freude.

»Es ist wirklich praktisch, einen Schmied in der Familia zu haben.« Lili warf Welf von der Seite einen Blick zu, als wollte sie sagen, dass jeder Haushalt jemanden brauchte, der abgenutzte Waffen reparieren und bei Bedarf neue herstellen konnte.

Der Schmied ließ sich jedoch nicht beirren und tadelte sie für ihre Bemerkung: »Behandle mich nicht wie ein Magiesteinprodukt, Mini-Lili!« Mit halb geschlossenen Augen wandte er sich schließlich wieder Mikoto zu. Sie hielt ihr neues Katana noch immer in den Händen und schien auf Wolke sieben zu schweben. Welf war ein wenig eingeschüchtert von Chizan, dem Dolch an ihrer Hüfte. Dabei handelte es sich um Takemikazuchis Abschiedsgeschenk, das zu einem Paar extrem wertvoller und seltener Dolche gehörte, die die Goibniu-Familia hergestellt hatte. Es war schwer, damit mitzuhalten. Trotzdem war der junge Mann stolz darauf, wie gut ihm das Katana gelungen war. Zufrieden mit der Klinge und der schwarz-silber gestreiften Scheide trat er erwartungsvoll auf Mikoto zu und schlug vor: »Okay, dann lass uns deinem Schwert mal einen Namen geben ... Wie wäre es mit Kotetsu – Eisentiger? Nein, Shimajiro – Streifchen!«

»Meister Welf, bitte aufhöreeeeeen!« Welf hatte die rechte Hand ans Kinn gelegt und grinste, woraufhin Mikoto lautstark ihre Ablehnung zum Ausdruck brachte. Schweiß trat ihr auf die Stirn und sie verzog das Gesicht zu einer Grimasse – sie tat alles, um ihn daran zu hindern, dem Schwert einen Namen zu geben.

»A... Aber ist das nicht ein toller Name? Ich finde Shimajiro eigentlich ganz niedlich ...«

»Oh, du also auch?!«, sagte Haruhime zurückhaltend.

Welf freute sich sichtlich darüber, jemanden gefunden zu haben, der seinen Geschmack teilte.

Mikoto hingegen flehte ihre Freundin aus Kindertagen verzweifelt an: »Um Gottes willen, halt bitte den Mund, Meisterin Haruhime!«

Nachdem ihre leidenschaftliche Unterhaltung unter Lilis amüsiertem Blick viele Wendungen genommen hatte, fand sie schließlich ein dramatisches Ende. Mit Tränen in den Augen kniete Mikoto auf den Boden nieder und flehte ihren Kameraden mit gefalteten Händen an, woraufhin das neue Katana schlussendlich den Namen »Kotetsu« erhielt. Welf kratzte sich mit enttäuschtem Blick am Kopf, während seine Gefährtin ihre Waffe erleichtert an sich presste.

»Und die hier sind für euch beide … Zur Verteidigung.«

»Ist das ein … Umhang?«

»Meister Welf, ist das etwa …?«

Welf reichte sowohl Haruhime als auch Lili einen pechschwarzen Umhang und nickte der überraschten Pallum zu. »Ganz genau. Ich habe sie aus dem Beute-Item gemacht, das wir von diesem Goliath erhalten haben. Bell und Göttin Hestia haben es mir gegeben.« Er bezog sich auf den Kampf gegen das außergewöhnlich starke Monster, einem Irregular, auf Ebene 18. Im Anschluss daran hatte Bell das Beute-Item Goliathhaut erhalten, das Welf zur Hälfte verwendet hatte, um Verteidigungsrüstungen für Lili und Haruhime herzustellen.

Übrigens hatte das Item mühsam aus den Trümmern von Bells und Hestias altem Unterschlupf unter der Kirche geborgen werden müssen. Die Haut des Monsters war so robust, dass sie die Angriffe hunderter hochrangiger Abenteurer überstanden hatte. Deshalb hatte der Schmied ihre beeindruckenden Verteidigungswerte zum Wohl der beiden Supporterinnen genutzt, die den Angriffen der Monster somit nicht mehr schutzlos ausgesetzt wären. Bei den Umhängen handelte es sich zweifellos um hochrangige Verteidigungsgegenstände, in deren Design Welf seine persönlichen Vorlieben hatte einfließen lassen.

»Der ist ziemlich schwer …«, murmelte Lili, als sie sich den Umhang um die Schulter gelegt hatte und an sich hinabsah.

»Ja, aber bitte versucht, damit klarzukommen. Erinnert ihr euch noch daran, wie robust die Haut des Goliaths war? Keine Klinge und kein Zauberspruch werden diesen Umhängen etwas anhaben können.«

Während das Pallum-Mädchen seinen Skill Artel Assist hatte, der ihm dabei half, mit schwerer Ladung zurechtzukommen, schien die schwächliche Haruhime etwas Mühe zu haben.

»U… Uff …« Es fiel ihr sichtlich schwer, sich unter dem Gewicht des Umhangs auf den Beinen zu halten.

Der Goliath verließ sich auf seine rohen Kräfte. Daher musste seine Haut zäh genug sein, sowohl physischen als auch magischen Angriffen standzuhalten. Ein Umhang, der aus einem Beute-Item erschaffen worden war, das er zurückgelassen hatte, war zweifellos stark genug, Angriffen von Monstern aus den mittleren und den tieferen Ebenen des Dungeons Paroli bieten zu können. Lili stieß einen bewundernden Seufzer aus.

»Aber vergesst nicht, dass die Wucht eines Angriffs dadurch nicht abgemildert wird. Ein starker Aufprall und es könnte böse für euch enden.« Welf erklärte den beiden, dass es sich bei den Umhängen wie bei einer Rüstung verhielt. Eine Plattenrüstung konnte zwar einen Schnitt verhindern, doch der Körper darunter würde dennoch die komplette Wucht des Klingenhiebs zu spüren bekommen.

Da sowohl Lili als auch Haruhime auf Level 1 waren, brauchte es nicht viel, um die beiden wegzuschleudern. Sollte ein Monster sie mit voller Kraft angreifen, so wäre es durchaus möglich, dass sie sterben würden, auch wenn ihre Umhänge noch in tadellosem Zustand wären. Dementsprechend eingeschüchtert blickten die Mädchen nach Welfs Warnung drein.

»Aber wenn dieser Umhang so gut ist, wäre es denn dann nicht besser, wir würden Meister Bell einen geben? Er ist immerhin an der Front.« Es war unbestreitbar, dass er weitaus heftigeren Angriffen ausgesetzt war als die zwei Supporterinnen. Mit einer solch hervorragenden Rüstung wäre das Risiko, dass er Schaden nahm, deutlich reduziert.

Angesichts Lilis berechtigtem Einwand, dass es vielleicht besser gewesen wäre, die Rüstung, die der Anführer der Gruppe schon seit Beginn trug, durch eine neue aus der Goliathhaut zu ersetzen, wandte Welf den Blick ab und presste die Lippen zu einem schmalen Strich zusammen. »Ich werde seine Ausrüstung mit meinen eigenen Händen herstellen. Ihm eine Rüstung zu geben, die aus einem bloßen Beute-Item besteht, reicht nicht aus.« Egal, wie beeindruckend die Werte des Items auch sein mochten, es einfach nur so wiederzuverwenden, hätte seinen Stolz verletzt. Es war seine Berufung als Bells persönlicher Schmied, dessen Ausrüstung von Hand zu fertigen, und davon ließ er sich auch nicht abbringen. Der junge Mann verschränkte die Arme und wandte den Mädchen den Rücken zu.

Lili seufzte nur angesichts seiner Sturheit, doch Haruhime und Mikoto kicherten amüsiert. Die letzten Strahlen der Abendsonne, die noch durchs Fenster fielen, verliehen Welfs Wangen einen roten Hauch.

»Jetzt reicht es aber ... Macht, dass ihr hier rauskommt. Ich muss hier noch aufräumen.«

»Meister Welf ... Morgen werden wir zusammen mit der Takemikazuchi-Familia in den Dungeon gehen, also vergiss nicht, auch für deine eigene Ausrüstung zu sorgen ...«

»Ich weiß. Jetzt macht euch vom Acker!« Um seine Verlegenheit zu verbergen, scheuchte der Schmied die Mädchen aus seiner Werkstatt. Er rief den dreien laut hinterher, während sie kichernd über den Rasen rannten.

Die Entscheidung, dass die Hestia- und die Takemikazuchi-Familia gemeinsam in die 17. Ebene des Dungeons hinabsteigen würden, war vor zwei Tagen gefallen. Sie hatten bereits mehrere gemeinsame Expeditionen unternommen, weshalb sie sicher sein konnten, dass die Zusammenarbeit reibungslos funktionierte. Ihr Blick war nun auf langfristige Ziele gerichtet, beispielsweise darauf, in tiefere Ebenen vorzudringen. Vor diesem Hintergrund hatte man beschlossen, als eine Art Probelauf auf eine »Mini-Expedition« zu gehen. Wenn sie zukünftig die 20. oder noch tiefere Ebenen anpeilten, würde ein Tagesausflug bei Weitem nicht ausreichen, da die Zeit, die sie mit der tatsächlichen Erkundung verbringen könnten, zu kurz ausfallen würde. Es müsste also ein Lager aufgeschlagen werden. Um sich daran zu gewöhnen, hatten die beiden Gruppen entschieden, vierundzwanzig Stunden im Dungeon zu verbringen und abwechselnd Wache zu halten, wenn es an der Zeit war, sich auszuruhen. Auch wenn sie es großspurig als »Mini-Expedition« bezeichneten, war es im Grunde nur ein Probelauf für einen längeren Aufenthalt im Labyrinth. Sie würden exakt einen Tag bleiben.

Nachdem sie genügend Essen und Decken eingepackt hatten, verabschiedeten sie sich von der zögerlichen Hestia und dem lächelnden Takemikazuchi, der ihnen noch ans Herz legte, vorsichtig zu sein. Die Miach-Familia, die sie gebeten hatten, während ihrer Abwesenheit auf das Anwesen aufzupassen, blickte ihnen zum Abschied nach, als die große Gruppe durchs Tor des Grundstücks trat. Die insgesamt zehn Truppmitglieder würden einen halben Tag benötigen, um bis zur 17. Ebene vorzudringen, wo sie die andere Hälfte des Tages mit Herumstreifen verbringen wollten. Das war zumindest der Plan …

»Ihr verdammten Faulpelze am Schildwaaaall! Steckt gefälligst mehr Kraft in eure Hintern und haltet die Stellung!«

Der wütende Schrei eines Generals durchbrach das Chaos der Schlacht. Die dicht aneinandergereihten Großschilde hielten der herabsausenden Faust eines Riesen stand, auch wenn durch die Wucht des Aufpralls die Arme der Zwerge und der Tiermenschen taub wurden, die sich dagegenstemmten. Vor Schmerz zogen sie Grimassen, während ihre Fersen immer tiefer in den Boden des Dungeons gepresst wurden. Hilferufe und Angriffsbefehle hallten unkoordiniert umher. Die Stimmen von Magiern, die gerade Zaubersprüche wirkten, mischten sich mit dem Kampfesgebrüll einer großen Gruppe von Abenteurern, die sich einem riesigen Monster stellte.

»Wie konnte es nur so weit kommen …?!«

»T… Tut mir leid, Lili!«

Die Schreie der Abenteurer und der Bestien erfüllten das gesamte Schlachtfeld. Lili stand inmitten all dessen und schoss mit ihrem Handbogen einen Pfeil nach dem anderen ab, während Bell die Höllenhunde Liger Fangs niederstreckte. Ihre Gruppe war in einen großen Kampf in einer weiträumigen Höhle am Ende von Ebene 17 verwickelt worden. Eine riesige Ansammlung von Abenteurern stand vor dem Pfad aufgereiht, der zum Sicherheitspunkt – der 18. Ebene – führte. In dem riesigen Raum, der in Breite und Tiefe mehr als 100 Medol maß, vermengten sich die Kriegsschreie der Monster und die Rufe der Abenteurer zu einem chaotischen Durcheinander. Vor der majestätisch emporragenden großen Klagemauer stach ein Monster auf dem Schlachtfeld ganz besonders hervor: ein 7 Medol großer, aschfarbener Riese.

»Oooooooooooooooooooooooooooh!!«

Das Monster Rex der siebzehnten Ebene, Goliath, schwang beide Arme und schüchterte die Abenteurer vor sich mit seinem bedrohlichen Gebrüll ein. Der ohrenbetäubende Lärm, der erklang, als seine riesige Faust auf den Boden krachte und diesen erbeben ließ, machte es selbst Welf, Mikoto, Haruhime und den Mitgliedern der Takemikazuchi-Familia schwer, das Gleichgewicht zu halten.

Alles hatte damit begonnen, dass sie auf Ebene 17 angekommen waren und aus der Ferne Kampfgebrüll vernommen hatten, auf das kurz darauf ein gewaltiges, zweifellos von einem Goliath stammendes Brüllen gefolgt war. Nach einem kurzen Blickwechsel hatten sie ihre ursprünglichen Pläne über Bord geworfen und die Ebene auf dem schnellsten Wege durchquert ... Am Ende des Korridors waren sie dann auf eine große Gruppe von Abenteurern getroffen, die sich einem Goliath entgegenstellte. Die beiden Familias hatten umfassend recherchiert und akribisch Vorbereitungen getroffen, um während ihrer »Mini-Expedition« die sicherste Route zu nehmen ... Dass die Abenteurer der Untergrundstadt Rivira ausgerechnet an diesem Tag geplant hatten, den Ebenenherrscher zu Fall zu bringen, hatten sie jedoch natürlich nicht ahnen können.

Da der Goliath alle zwei Wochen erschien, stellte er ein Hindernis für die Durchreise hochrangiger Abenteurer dar, die zur 18. Ebene wollten. Wenn dadurch der Verkehr zum Sicherheitspunkt ins Stocken geriet, wirkte sich das negativ auf die Einnahmen der Stadtbewohner Riviras aus, die den Abenteurern Geld abknöpfen wollten. Daher wurde das gigantische Monster, das den Weg zwischen der 17. und der 18. Ebene blockierte, regelmäßig ausgelöscht. Und in genau dieses Szenario waren Bell und seine Gefährten nun hineingeraten – die vereinten Kräfte der Abenteurer Riviras gegen den aschgrauen Riesen.

Welf und die anderen hatten die Schreie ihrer Abenteurerkollegen nicht ignorieren können, die zusammen mit den

Erschütterungen, die die Schritte des Goliaths verursachten, durch den Dungeon gehallt hatten. Vor allem aber hatte es ihr weißhaariger Anführer nicht übers Herz gebracht, sie sich selbst zu überlassen, nachdem ein erschütterndes »Gyaaaaah!« seine Ohren erreicht hatte. Die zwielichtige Abenteurergruppe war ihm bereits in der Vergangenheit zu Hilfe geeilt, weshalb Bell seine eigene Gruppe nun in den Kampf gegen den Ebenenherrscher führte.

»Uwoooooooooo! Little Rookie, hilf miiiiiir!«

»Waaah?!«

Auch der drittklassige Abenteurer Mord Latro und seine Gefolgsleute waren auf dem Schlachtfeld, auf dem der Schildwall an der Front soeben einen weiteren Angriff des Riesen abwehrte. Während die Magier ihre Zaubersprüche vollendeten, starteten die Krieger mutig einen weiteren Versuch, die Beine des Ungetüms zu attackieren.

Seit ihrem ersten Treffen war Mord Bell gegenüber feindlich gesinnt gewesen, auch wenn dies nicht auf Gegenseitigkeit beruht hatte. Er hatte sich sogar mit einer Bande Gesetzloser eingelassen und ihn einer Feuertaufe unterzogen, doch seit den Ereignissen auf der 18. Ebene kannte er Bells wahren Charakter. Seine Meinung von dem weißhaarigen Jungen hatte sich derart verbessert, dass ihm sein Anblick mittlerweile ein Lächeln aufs vernarbte Gesicht zauberte. Genau wie die anderen Abenteurer Riviras hatte auch Mord ihn als Gefährten anerkannt, nachdem er Zeuge seiner Leistungen im Kampf gegen den Goliath geworden war.

Der Mann hatte jahrelang auf Level 2 verharrt und sich mit dem Leben als drittklassiger Abenteurer zufriedengegeben. Doch nun hatte er eine Art Sinneswandel erfahren und brach wieder zu Abenteuern auf – was man auch an seiner Beteiligung an der Bezwingung des Goliaths erkennen konnte. Diese abenteuerliche Entschlossenheit schwand jedoch in dem Moment, in dem er Bell erblickte. Er warf seinen Stolz über Bord und rief so laut er konnte um Hilfe.

Während der Mann von einer heranstürmenden Horde Minotauren aus dem Hauptkorridor attackiert wurde, eilte der rotäugige Jüngling zu seiner Rettung. Mit flinken Bewegungen setzte er geschickt das Hestia Knife und den kürzlich von Welf gefertigten Dolch ein, um Mord zu retten.

»Seit wann habt ihr denn bei der Bezwingung des Ebenenherrschers solche Probleme …?«, wandte sich Mikoto ihr Schwert nach einem herannahenden Monster schwingend an einen Abenteurer Riviras in ihrer Nähe.

»Heute wimmelt es nur so von Kleinvieh! Wir haben nicht genug Leute, um uns auf den Goliath zu konzentrieren!«, rief dieser zurück.

»Die können sich wohl nicht richtig koordinieren …«, murmelte Chigusa und stieß ihren Speer in einen Höllenhund.

Mehrere Schildwälle waren an verschiedenen Stellen vor dem Durchgang zu Ebene 18 errichtet worden, um die Angreifer vor dem grauen Riesen zu beschützen, während diese wieder und wieder selbst ihr Glück versuchten. Verglichen mit dem pechschwarzen Riesen aus Bells Erinnerungen, bei dem es sich um ein wesentlich stärkeres Exemplar gehandelt hatte, war dieser hier ziemlich schwach. Allerdings stufte die Gilde einen durchschnittlichen Goliath immer noch auf Level 4 ein. Das Biest schüttelte seine glänzende, struppige schwarze Mähne, die ihm bis zu den Schultern reichte und aussah wie aus Stein gemeißelt, ehe es erneut seine riesige Faust auf einen der Wälle herabsausen ließ.

Die kräftigen Männer hinter den Schilden konnten sich zwar gegen den Angriff behaupten, doch es gab keine Angreifer, die diesen Moment zu ihrem Vorteil hätten ausnutzen können. Diejenigen, die das Ungeheuer eigentlich aus dem Gleichgewicht und zu Fall bringen sollten, waren in Kämpfe mit zahlreichen kleineren Monstern verwickelt – ebenso wie die Magier, von denen einige gezwungen waren, ihren Zauber zu unterbrechen, während andere die Gelegenheit verpasst hatten, ihre Angriffe auf den Koloss zu richten, da sie von heranstürmenden Bestien überrascht worden waren und ihre gesammelte magische Energie notgedrungen hatten freisetzen müssen. Gigantische Feuerbälle oder Schwärme von Lichtpfeilen flogen kreuz und quer über das Schlachtfeld. Da die Bewohner Riviras nicht derselben Familia angehörten, gehörte das Wort Teamarbeit nicht zu ihren Wortschätzen – vielleicht war das aber von einer Gruppe rauer Gesellen ohnehin nicht anders zu erwarten.

Chigusa, die erst kürzlich Level 2 erreicht hatte, kämpfte an der Seite von Mikoto. Ihre Bewegungen waren perfekt aufeinander abgestimmt und es wirkte beinahe so, als wären sie Spiegelbilder voneinander. Die Lehren Takemikazuchis, des Gottes der Kampfkünste, erwiesen sich hier als äußerst hilfreich. Es war daher wenig überraschend, dass sich die besiegten Monster zu ihren Füßen stapelten. Die anderen hochklassigen Abenteurer hingegen kämpften noch immer gänzlich unkoordiniert und jeder für sich, in völligem Chaos.

»Das ist wohl typisch für Abenteurer …!«

Eine aus der Not geborene Allianz, eine hastig zusammengestellte Truppe von Grobianen, die nicht miteinander harmonierten. Oka hatte sich als einer der Neuankömmlinge bereitwillig dem Kampf angeschlossen, doch der Anblick dieser zerrütteten

Truppe ließ ihn tief seufzen, während er gerade mit seiner Streitaxt einen Liger Fang in zwei Hälften teilte und eine Amazone damit vor dem sicheren Tod bewahrte.

»Dieser Ebenenherrscher hat mehr drauf als die üblichen!«, rief ein Abenteurer, nachdem er versucht hatte, sich dem Riesen direkt gegenüberzustellen.

So wie sich die zahlreichen Monsterarten, die durch die Gänge des Dungeons streiften, in ihrer Stärke voneinander unterschieden, taten es auch die Monster Rex. Der Goliath, der dieses Mal erschienen war, zählte offensichtlich zu den stärkeren Exemplaren, zumindest behauptete das ein blutüberströmter Tiermensch aus der Gruppe der Angreifer. Diese beängstigenden Neuigkeiten waren für die Beteiligten entmutigend. Nichtdestotrotz stürmten die Veteranen Riviras, die schon einige Schlachten erlebt hatten, wieder und wieder mutig voran.

»Tss, wir haben nicht genug Leute ... Hey, du da! Lauf in die Stadt und hol Verstärkung! Du hast zehn Minuten!!«, bellte der provisorische General der Vernichtungstruppe Riviras.

»Red keinen Unsinn, Bors!«, entgegnete derjenige, an den der Befehl gerichtet war, entsetzt. Trotzdem drehte er sich um und rannte in Richtung des Tunnels, der die beiden Ebenen miteinander verband.

Die Reaktion seines Befehlshabers ließ jedoch nicht lange auf sich warten. »Halt die Klappe und beeil dich!«

Mit der Verstärkung durch Bells zehnköpfige Gruppe war die Zahl der kämpfenden Abenteurer auf vierzig gestiegen. Entweder waren Riviras Bewohner zu zögerlich gewesen, mehr Leute für die Vernichtung des Ebenenherrschers zu entsenden, oder sie hatten diesen einfach nicht ernst genug genommen – jedenfalls war es jetzt zu spät, ihren Fehler zu korrigieren.

Zudem hatte die Invasion des Königreichs Rakia ebenfalls ihren Teil zur derzeitigen Situation beigetragen. Eine große Anzahl normalerweise in Rivira lebender hochklassiger Abenteurer war an die Oberfläche beordert worden, um sich der Allianz anzuschließen, und befand sich nun außerhalb der Stadtmauern. Dass keines der Mitglieder des Vernichtungstrupps über Level 4 lag, war ein eindeutiger Beweis dafür. Auch die auf Level 3 konnte man an einer Hand abzählen. Überall auf dem Schlachtfeld verlangte es nach der Unterstützung der höherklassigen Abenteurer.

Auch Bell, der wie ein flinkes Kaninchen hin und her huschte, hatte keine Zeit, seinen Skill aufzuladen, der den entscheidenden Wendepunkt hätte herbeiführen können, und selbst Mikotos mächtige Schwerkraftmagie ließ sich hier nicht einsetzen, da die Decken sehr niedrig waren und sie vermutlich nicht nur die Monster, sondern auch einige ihrer Mitstreiter getroffen hätte.

Ihre einzige Hoffnung lag also in der Verstärkung, die aus der 18. Ebene zu ihnen stoßen sollte. Angesichts der Zeit, die sie brauchte, um sich mit Rüstungen und Waffen einzudecken, und der Entfernung, die sie anschließend zurücklegen müsste, würde es noch eine ganze Weile dauern, bis ihre vermeintliche Rettung einträfe. Das Gefühl einer bevorstehenden Niederlage sorgte dafür, dass die Moral der erschöpften Abenteurer langsam sank. Noch bevor die Magier einen gezielten Angriff abfeuern konnten, wurden die Kämpfer, die den riesigen Feind an vorderster Front mit ihren Schilden zurückhielten, durch einen gewaltigen Tritt des Giganten durch die Luft geschleudert.

»Gyaaaaaaah?!« Begleitet von Schmerzensschreien flogen die Schilde und deren Träger durch die Luft.

»Verdammt ...!«, fluchte Welf leise vor sich hin, während er ein Monster mit seinem Großschwert in Schach hielt, bevor er mit der freien Hand nach etwas auf seinem Rücken griff. Dort hatte er ein Langschwert befestigt, verborgen unter der Scheide seines Großschwerts. Er hatte es eigens für unvorhergesehene Ereignisse während ihrer Mini-Expedition geschmiedet – ein Crozzo-Magieschwert.

Ehrlich gesagt war es ihm gleichgültig, ob und wie viele dieser namenlosen Schurken überlebten oder nicht. Doch wütete der Riese ungehindert weiter, gerieten auch seine Freunde in große Gefahr und das Leben seiner Gefährten war ihm mehr wert als sein Stolz.

»Verdammt noch mal«, zischte er und knirschte mit den Zähnen, als er die scharlachrote Klinge hervorzog. Mit dem Magieschwert fest in der Hand nahm er den Goliath ins Visier und bereitete sich darauf vor, ihn niederzustrecken, als plötzlich ...

»Gelange zu Größe ...!«

»!!«

... ein wunderschöner Gesang seine Ohren erreichte. Als er sich umdrehte, erblickte er in einer Ecke der Höhle, außerhalb des Blickfelds der Monster und der Abenteurer, die Supporterin Haruhime. Um ihre Identität zu verbergen, hatte sie sich den Umhang tief ins Gesicht gezogen – Lili und Mikoto kämpften tapfer, um sie zu beschützen, während sie ihren Zauber sprach.

»Verschließe die göttlichen Gaben in diesem Körper. Das Licht, das uns von den Göttern verliehen wurde. Es erreicht den Hammer und kehrt zurück in die Erde. Möge es dich segnen! Gelange zu Größe ...!«

Welf riss überrascht die Augen auf, als er bemerkte, dass sie die Zauberformel bereits beinahe vollständig aufgesagt hatte.

Nur einen Moment später entglitt der Name des Spruches ihren Lippen: »Uchide no Kozuchi!«

Mikoto, die sich hatte zurückfallen lassen, um ihre Kameradinnen zu beschützen, war plötzlich von einer Lichtsäule umgeben, die über ihr die Form eines Hammers annahm – sie war zum Ziel von Haruhimes Levelaufstiegszauber geworden. Der Lichthammer verschwand wieder und hinterließ eine funkelnde Schicht auf dem Körper der jungen Abenteurerin. Lili reagierte schnell, indem sie ihren schwarzen Umhang, die Goliath-Robe, abstreifte und ihn dem von unzähligen Lichtpartikeln umhüllten Mädchen über die Schultern warf. Mikoto zog sich die Kapuze genauso tief ins Gesicht wie Haruhime und achtete darauf, dass der Stoff ihren funkelnden Leib ausreichend verbarg, ehe sie lossprintete.

Wie ein schwarzer Pfeil schoss sie in gerader Linie übers Schlachtfeld. Alle Monster, die das Pech hatten, ihren Weg zu kreuzen, fielen ihrem Chizan zum Opfer – ein einziger Hieb genügte, um ihre Gliedmaßen und ihre Körper in die Luft zu befördern. Die junge Frau stürmte geradewegs an den Bewohnern der unterirdischen Stadt sowie Mord und seinen Männern vorbei, direkt auf den Riesen zu, der sich noch immer an den Schildwällen austobte. Ähnlich wie beim Shogi, einem traditionellen Brettspiel aus dem Fernen Osten, hatte sich Mikoto zu einer stärkeren Spielfigur weiterentwickelt. Auf Augenhöhe mit den Abenteurern auf Level 3 verschwendete sie keine Zeit, diesen zu Hilfe zu eilen.

Nachdem erneut ein Wall den Angriffen des Giganten zum Opfer gefallen war, übernahmen die Angreifer den Schutz der Schildträger. Kaum hatten sie die Aufmerksamkeit des Riesen auf sich gezogen, nutzte Mikoto die Gelegenheit, um in Angriffsreichweite zu gelangen. Mit ihren funkelnden Händen schob sie ihr Chizan zurück in die Scheide und zog stattdessen in einer einzigen, fließenden Bewegung ihr Kotetsu hervor.

»Haaaaaaaaaaaaaaaaaaaaaaaaa!!«

Mit atemberaubender Geschwindigkeit schnitt ein greller Lichtblitz ins Bein des Goliaths. Diesem war es nicht gelungen, Mikotos rasantem Schlag auszuweichen, und eine Blutfontäne schoss ihm aus dem kurzen, dicken linken Bein. Sie hatte es geschafft, die Haut des aschgrauen Ungetüms zu durchdringen. Nur ein einziger Hieb hatte genügt, um die Wende herbeizuführen. Dem Goliath, dessen Bein jede Kraft verloren hatte, entglitt plötzlich das Gleichgewicht und er stürzte mit einem ohrenbetäubenden Krachen zu Boden.

Die restlichen zweitklassigen Abenteurer, darunter auch Bell und die anderen unter Okas Kommando, beobachteten erstaunt, wie die Gestalt mit dem Katana und dem schwarzen Umhang geschickt dem nach vorn stürzenden Riesen auswich und sich daraufhin wie ein Wirbelwind durch einen anderen Bereich des Schlachtfeldes kämpfte.

»Das kann doch nicht mit rechten Dingen zugehen …!« Als Welf Mikotos unglaublichen Hieb sah … oder viel eher die beeindruckende Kraft von Haruhimes Zauber, verschlug es ihm die Sprache. Er war so verblüfft, dass er ganz vergaß, stolz darauf zu sein, dass eine von ihm selbst geschmiedete Waffe den Riesen zu Fall gebracht hatte.

»Unfassbar!«

»Zu welcher Gruppe gehört diese Person?!«

Jubel und Lob für die mysteriöse Abenteurerin im Umhang brandeten aus den Reihen der Abenteurer Riviras auf. Obwohl alle Blicke auf sie gerichtet waren, gelang es Mikoto, ihre Identität geheim zu halten. Sie drehte sich um und stürzte sich erneut auf den Ebenenherrscher. Dabei verwendete sie dieselbe Technik, die sie beim Kampf gegen den schwarzen Goliath bei einer anderen Abenteurerin gesehen hatte. Ihre Bewegungen glichen denen von Sturmwind, die sie noch lebhaft in Erinnerung hatte. Unter den neugierigen Blicken aller entfernten sich Welf, Lili und Haruhime blitzschnell von Mikotos Ausgangspunkt, um jegliche ungewollte Aufmerksamkeit zu vermeiden.

»Nicht faulenzen, Angreifer! Los, vorwärts! Schlagt zu! Jeeeeeetzt!«

Endlich hatte sich die Chance aufgetan, auf die sie alle gewartet hatten. Die Stimmung der Krieger schoss augenblicklich in die Höhe. Auch der General ließ diese Gelegenheit nicht ungenutzt und befahl den anderen Abenteurern lauthals den Angriff. Es gab eine bestimmte Strategie, um es mit großen Monster oder Ebenenherrschern aufzunehmen: Man zielte auf die Beine, um sie zu Fall zu bringen. Als der Riese vor Schmerzen zu Boden sank und sich in Qualen wand, leckten sich seine Gegner die Lippen. Großschwerter, gewaltige Hämmer und mächtige Kriegsäxte donnerten nacheinander auf die Haut des Goliaths nieder. Doch dann ...

»Hmpf, lasst mich auch mitmachen!«

... schoss plötzlich wie aus dem Nichts ein Schatten hervor, der blitzschnell das Schlachtfeld überquerte und den rechten Arm des Riesen mit einem einzigen Streich abtrennte.

»Ooooooooooooooooooooooooooooo?!«

»Was zur Hölle ...?«

Welf hielt inne, als er einen genaueren Blick auf die Gestalt warf, die neben dem Ebenenherrscher gelandet war. Sie trug ein Katana, war in einen roten Hakama gekleidet und ihr langes schwarzes Haar schwang hinter ihr her. »Tsubaki ...«, murmelte der junge Schmied unwillkürlich.

Als hätte sie ihn gehört, wandte sich die neu hinzugekommene Abenteurerin zu ihm um und grinste. Der Arm des Goliaths flog durch die Luft und krachte auf eine weiter entfernte Horde Monster, die zu ihrem Unglück zur falschen Zeit am falschen Ort stand. Bell, Mikoto, Oka und allen anderen verschlug es einen Moment lang die Sprache. Braungebrannte Haut, schwarzes, zu einem Zopf gebundenes Haar ... dazu ein Minimum an Rüstung: ein Paar Handschützer und einige leichte Platten, die lediglich einzelne Körperstellen bedeckten. Mit dem großen Katana in ihrer Hand und ihrer Kleidung wirkte die Frau wie eine fernöstliche Schwertkämpferin. Was an ihr jedoch am meisten herausstach, war die große Augenklappe über ihrem linken Auge.

»D... Das ist Cyclops ...«

»Level 5 ...«

Einige Abenteurer hielten den Atem an, als sie erkannten, um wen es sich bei der Gestalt, die so viele Ähnlichkeiten zur Göttin der Schmiedekunst Hephaistos aufwies, tatsächlich handelte.

»I... Ihr Mistkerle, wir haben gewonneeeeeeeeeeeeeeeeen!!«

Als Tsubaki, die Anführerin der Schmiede und zugleich eine erstklassige Abenteurerin, auftauchte, brachen die anderen Abenteurer in Jubel aus. Nun wendete sich das Blatt vollends. Die bloße Anwesenheit dieser Kriegerin hob die Moral auf dem Schlachtfeld bis aufs Maximum und die Schlacht entwickelte sich zu ihren Gunsten. Die lauten Freudenschreie erregten schließlich auch die Aufmerksamkeit der letzten Abenteurer, die noch mit den restlichen, kleineren Monstern beschäftigt waren, woraufhin sie ebenfalls auf den gefallenen Riesen zustürmten. Selbst die provisorisch zusammengestellte Truppe um Bell schloss sich ihnen an, sobald sie die Fassung wiedererlangt hatte. Mithilfe der Level-5-Schmiedin war die Mission der Vernichtungstruppe im Nullkommanichts erledigt. Schon bald kehrte in der großen Höhle Stille ein.

Nach dem Kampf gegen den Ebenenherrscher brach rasch ein wildes Buhlen um die Beute aus. Jeder versuchte, nicht nur einen Teil des Magiesteins des Monster Rex, der größer als gewöhnlich war, für sich zu beanspruchen, sondern auch den Fangzahn, der in der Asche der Bestie zurückgeblieben war. Auch das Häufchen an Magiesteinen, die die kleineren Monstern fallen lassen hatten, wurde aufgeteilt. Diejenigen, die sich außerhalb des Getümmels befunden hatten oder erst später zur Schlacht hinzugestoßen waren, konnten keinen Anspruch auf die wertvollere Beute erheben. Entweder wurden sie von Rivиras Bewohnern bedrängt, die ihnen einige der kleinsten Magiesteine andrehen wollten, oder sie standen nur mit offenen Mündern da und bestaunten das Spektakel.

»Wir sind Abenteurer, was soll man dazu noch sagen?«, meinte Mord mit einem gequälten Lächeln, während er und seine Bande Gesetzloser mit ihrem Anteil fest in den Armen an ihnen vorbeiliefen.

Da es keinen Sinn ergab, das Chaos um die verbleibende Beute weiter zu beobachten, entschloss sich die vereinte Kampfgruppe der Hestia- und der Takemikazuchi-*Familia*, in die 18. Ebene hinabzusteigen, da sie ohnehin bereits in unmittelbarer Nähe lag. Ein sicherer Ort, erfüllt von üppigem Grün und wunderschönen Kristallen, an dem keine Monster geboren wurden. Die blau-weißen Kristalle, die wie Chrysanthemen aus der Decke der Ebene sprossen, strahlten ein sanftes Licht ab und spannten sich, obwohl man sich tief unter der Erde befand, wie ein »Himmel« über dieses verborgene Paradies, in dem Bell und die anderen ihre erschöpften Körper zur Ruhe kommen ließen.

»Obwohl wir es nicht vorhatten, sind wir wieder einmal auf Ebene 18 …«, murmelte Lili mit leicht zusammengekniffenen Augen – das von den weißen Kristallen ausgehende Licht schien wie die Mittagssonne auf sie herab und blendete sie.

Während einige der Gruppenmitglieder in Erinnerungen an die Ereignisse von vor eineinhalb Monaten schwelgten, betrachteten die verbleibenden Angehörigen der Takemikazuchi-Familia die Szenerie mit einer Mischung aus Staunen und Faszination. Haruhime, die erst kürzlich zur Hestia-Familia konvertiert war, ließ verspielt ihren buschigen Fuchsschwanz hin und her schwingen, während sie mit Mikoto und Chigusa lachte. Die drei Mädchen erinnerten sich an denselben Moment – daran, wie sie als Kinder zusammen gespielt hatten.

»Es ist, als wären wir in der Zeit zurückgereist«, sagte Oka mit einem gezwungenen Lächeln, als er die Freundinnen aus der Ferne beobachtete.

Aus seiner Stimme konnten Bell und Welf allerdings eine gewisse Begeisterung heraushören, die man seinem Gesicht nicht ansah.

Durch einen Wald im südlichen Bereich der 18. Ebene schlängelten sich einige Flüsse. Ein paar der müden Abenteurer knieten an ihren Ufern und tranken etwas von ihrem klaren Wasser, während andere sich auf der grünen Wiese entspannten. Die Gruppe um Bell erholte sich ebenfalls gerade von dem erschöpfenden Kampf gegen den Ebenenherrscher, als die übrigen Abenteurer aus Rivira, die wie sie den Durchgang zu Ebene 18 passiert hatten, auf sie zukamen.

»Warum begleitet ihr uns nicht in die Stadt?«, rief einer von ihnen und winkte ihnen zu.

Angeblich hatten sie vor, ihren hart errungenen Sieg miteinander zu feiern, und wollten Bell und die anderen daran teilhaben lassen. Sie schienen ein schlechtes Gewissen zu haben, da sie ihnen keinen Teil der Beute angeboten hatten, und luden sie als Entschuldigung zu einem Gratisfestmahl ein.

Den Mitgliedern der Hestia- und der Takemikazuchi-Familia fiel es schwer, dieses großzügige Angebot abzulehnen, da sie ziemlich erschöpft waren. Und so traten Bell und seine Gruppe gemeinsam mit den Stadtbewohnern durch die Tore von Rivira, das sich auf einer felsigen Insel inmitten eines Sees im westlichen Teil der 18. Ebene befand.

»Waaah ... Das ist also die unterirdische Stadt Rivira?«

»Ähm, bist du das erste Mal hier, Haruhime?«

»Ja. Ich habe zwar Fräulein Aisha mehrmals auf Expeditionen begleitet und wir passierten auch oft diese Ebene ... aber mir wurde nie erlaubt, die Stadt zu betreten.«

Der Levelaufstiegszauber, ja die ganze Existenz der Renard musste stets im Verborgenen bleiben, weshalb sie so wenig Aufmerksamkeit wie möglich auf sich ziehen durfte – das hatte während ihrer Zeit in der Ishtar-Familia umso mehr gegolten. Sie errötete leicht vor Freude, als sie nun durch die von zahllosen Kristallen geschmückten Straßen schlenderte. Der Anblick des Fuchsmädchens, das aufgeregt mit dem Schwanz und den Ohren wackelte, entlockte auch Bell ein Lächeln, ehe sich die Blicke der beiden trafen und er ebenfalls rot wurde.

Die Stadt Rivira, von der aus man einen herrlichen Blick auf den malerischen See und die atemberaubende Landschaft der gesamten Ebene hatte, war auch heute wieder voller improvisierter Hütten und Zelte, in denen Waren zu überhöhten Preisen feilgeboten wurden. Aus einer Taverne, die direkt ins umliegende Gestein eingearbeitet war und die natürliche Struktur des Dungeons geschickt nutzte, schallten die fröhlichen Stimmen betrunkener Gäste. Die Straßen waren weniger belebt als bei ihrem letzten Besuch, was wohl dem Angriff Rakias geschuldet war. Dennoch erfüllten fröhliche Melodien von Streich- und Blasinstrumenten die Luft – friedlicher hätte es unter dem kristallenen Himmel kaum sein können.

»Gute Arbeit da oben, Little Rookie! Du hast uns echt den Hintern gerettet!«, lobte der Anführer der städtischen Abenteurer namens Bors den weißhaarigen Jungen. Er war stämmig, muskulös und sogar noch größer als Oka.

Die meisten von Bells Gefährten hatten ihn bereits während des erbitterten Kampfes gegen den pechschwarzen Goliath gesehen und erkannten ihn daher sofort wieder. Sein markantes, grimmiges Gesicht war auch schwer zu vergessen.

»Wird die Hestia-Familia sich nun auch in die unteren Ebenen wagen?«

»Ähm, ja ... kann man so sagen.«

»Super! Wenn es euch dorthin verschlägt, dann schaut unbedingt bei uns in der Stadt vorbei, meine Freunde! Ich werde dafür sorgen, dass man euch einen guten Preis macht!« Ebenso wie Mord hatte Bors mit angesehen, was Bell gegen den schwarzen Goliath geleistet hatte, und war nun vergleichsweise freundlich zu ihm. »Kommt ruhig so oft vorbei, wie ihr möchtet!«, fügte der Mann grinsend hinzu und legte den kräftigen Arm um die Schultern des jungen Abenteurers.

Lili beäugte ihn misstrauisch, während sie hinter den beiden herlief.

»Ach ja, Little Rookie, ich wollte dich noch etwas fragen ...«

»U... Und was?«, antwortete Bell leicht verunsichert, während der Hüne noch immer den Arm um ihn gelegt hielt und ihn verschwörerisch angrinste.

»Dieser Magieschwertschmied gehört doch zu eurer Familia, oder? Kannst du mich ihm vorstellen?«

»Hey, ich bitte dich!! Schmiede mir ein Magieschwert!«

Welfs Stirn war in Falten gelegt. Es geschah gegen Ende des Festmahls, das wie versprochen kostenlos für sie war, als Bell sich von der Gruppe trennte, um mit dem Anführer zu sprechen, und der Rest auf eigene Faust loszog, um es sich am Fuße eines blau-weißen Zwillingskristalls gemütlich zu machen. Das Großschwert und das Magieschwert auf dem Rücken des jungen Schmieds hatten die Aufmerksamkeit einer kleinen Meute von Abenteurern auf sich gezogen, die lautstark auf ihn zugestürmt war.

»So ein mächtiges wie die, die während des War Games eingesetzt wurden!«

»Du bist ein Crozzo, oder?!«

»Man sagt, eure Familie sei verflucht und könne keine Magieschwerter mehr schmieden, aber das ist offensichtlich eine Lüge, nicht wahr? Die Dinger sind unglaublich!«

»Geld spielt keine Rolle, also bitte, schmiede mir eins!«

Die Abenteurer hatten ihn umzingelt und äußerten allesamt denselben Wunsch: Sie wollten, dass er ihnen ein Crozzo-Magieschwert anfertigte. Das War Game war durch die Götterspiegel in ganz Orario übertragen worden. Die Kunde, dass die legendären Magieschwerter von Welf stammten, hatte sich wie ein Lauffeuer ausgebreitet. Jeder wollte eines dieser Schwerter besitzen, die stark genug waren, in kürzester Zeit die dicken Mauern einer Burg in Schutt und Asche zu legen. Es war kein Geheimnis mehr, dass derjenige, der sie erschaffen hatte, zur Hestia-Familia gehörte.

»Verdammte Mistkerle …«

Seit dem War Game erhielt er immer wieder solche Anfragen … doch nie so hartnäckig und aufdringlich wie heute. Die Hestia-Familia war nach Rivira gekommen – der Schöpfer dieser Schwerter hielt sich daher ebenfalls hier auf. Die einzigen Bewohner der Stadt waren Abenteurer und jeder von ihnen wusste, wie man an Informationen gelangte. Die Neuigkeit hatte sich im Nu verbreitet und nun schien sich die halbe Stadt um ihn versammelt zu haben. Gierig belagerten die Grobiane Welf und drängten darauf, ein Magieschwert bei ihm in Auftrag zu geben.

Der junge Schmied hatte die Nase voll. »Haltet die Klappe! Ich werde weder irgendwelche Magieschwerter verkaufen noch euch einfach so welche aushändigen! Das könnt ihr ruhig so verbreiten und jetzt lasst mich endlich in Ruhe!« Rasend vor Wut vertrieb er die Abenteurer. Trotz ihres Flehens und ihrer patzigen Kommentare ließ Welf sich nicht umstimmen, er wies alle zurück.

Schimpfend und spuckend trotteten sie davon, als sie bemerkten, dass sein eiserner Wille nicht zu brechen war, und zu befürchten begannen, dass er Gebrauch von den Waffen auf seinem Rücken machen würde, wenn sie nicht von ihm abließen. Auch Haruhime und Chigusa zuckten ängstlich zusammen.

»Mistkerle …!«, murmelte Welf erneut – seine Laune hatte ihren Tiefpunkt erreicht. »Was ist denn los, Großer? Was guckst du denn so?«, wandte er sich dann an Oka, der ihn schweigend musterte.

»Ach, es ist nichts … Willst du vielleicht ein Wolkenbonbon?«

»Warum sollte ich das wollen?«

Der Anführer der Takemikazuchi-Familia hatte Mitleid mit ihm und bot ihm netterweise etwas Süßes an, um ihn aufzuheitern, doch der rothaarige Mann lehnte genervt ab. Da er nun auch die Mädchen eingeschüchtert hatte, fühlte er sich zunehmend unwohl. Also zog er sich aus der Gruppe zurück, um einen Ort zu finden, an dem er zur Ruhe kommen konnte. Seine sonst so freundliche Aura eines »großen Bruders« war vollständig verschwunden, in diesem Moment war er nur der einsame Wolf, der allein loslief.

»Welf!«

»Bell …«

Kaum hatte Welf eine Anhöhe erreicht, die ihm einen guten Überblick über die Stadt bot, kam Bell auf ihn zu. Der Schmied hatte endlich einen Ort gefunden, an dem er allein sein konnte, fernab der Gruppe. Das war auch der Grund, aus dem der Junge ein wenig beschämt auf ihn zugelaufen kam und sich entschuldigend an den Kopf fasste.

»Tut mir leid, Welf. Es scheint so, als wären die Leute aus der Stadt dir auf die Pelle gerückt … Ihr Anführer hatte mich darum gebeten, mit dir zu sprechen, und ich habe versucht abzulehnen, aber …«

»Nein, das ist nicht deine Schuld. Ich wusste lange bevor wir diese Stadt betreten haben, dass es dazu kommen würde.« Darüber war er sich seit dem Moment im Klaren gewesen, in dem er sich entschlossen hatte, sein Magieschwert für das Wohl seiner Kameraden zu ziehen. Dass er dennoch wütend geworden war, lag an seiner eigenen Unreife und seinem sturen Stolz als Schmied. »Es muss dir nicht leidtun …«, wandte er sich mit einem aufgesetzten Grinsen an seinen Kameraden, dem noch immer die Worte fehlten. Er schloss die Augen und atmete tief durch. »Aber mal im Ernst, kennen die eigentlich auch noch etwas anderes als Magieschwerter …? Haben die denn keinen

Funken Selbstachtung? Das Einzige, das ein Abenteurer benötigt, ist eine zuverlässige Waffe und Kraft in den Armen. Mehr nicht!«

»Ah ha ha ha ...«

Welf, dessen schlechte Laune allmählich verflog, konnte sich auf Bells Reaktion hin nun selbst ein sanftes Lächeln nicht mehr verkneifen. »Ach ja, da wir gerade von Schwertern reden ... Wie macht sich dieser Dolch?«

»Großartig. Er ist sehr handlich und hat mir im letzten Kampf gute Dienste geleistet.« Der junge Abenteurer zog die Klinge aus der Scheide. Die Waffe in seiner linken Hand war länger als die Klingen, die er sonst bei sich trug, und daher ideal, um Monster auf Distanz zu halten. Das Licht der Kristalle über ihren Köpfen ließ den Dolch funkeln.

»Freut mich zu hören«, erwiderte der Schmied mit einem zufriedenen Nicken.

Kaum hatte sich endlich ein aufrichtiges Lächeln auf sein Gesicht geschlichen, hallten Schritte aus den Schatten heran. Die beiden Kameraden wirbelten herum – Welfs Augen weiteten sich vor Überraschung.

»Ha ha ha, du bist ja richtig beliebt, Welfi.« Eine Frau in fernöstlicher Kampfmontur mit rotem Hakama trat auf sie zu, ein langes Katana an der Hüfte. Ihr schwarzes, zu einem Zopf gebundenes Haar schwang bei jedem ihrer Schritte sanft mit. Es war die Anführerin der Hephaistos-Familia, die zuvor dem Vernichtungstrupp zur Rettung geeilt war – Tsubaki.

»Du ... Was willst du von mir ...?! Und was hast du überhaupt hier zu suchen?!«

»Was hast du denn, Welfi? Begrüßt man so etwa seine ehemalige Anführerin und Schmiedegefährtin? Das ist wirklich enttäuschend. Hab ich mich nicht immer gut um dich gekümmert, bis du schließlich gegangen bist?«

»Antworte mir, verdammt nochmal!«

»Hmpf. Na schön ... Erstens wollte ich einfach mal wieder ein bisschen Spaß im Dungeon haben. Und zweitens wollte ich dich ein wenig aufziehen.« Mit funkelnden Augen grinste sie Welf an.

»Fahr zur Hölle!«, fauchte dieser mit zusammengebissenen Zähnen, während Erinnerungen an vergangene Zeiten in ihm aufwallten.

Vor ihm stand niemand Geringeres als die Anführerin der Hephaistos-Familia Tsubaki Collbrande. Mit ihren 170 Celti wurde sie oft irrtümlich für einen Menschen gehalten. Doch während ihre Mutter tatsächlich eine Menschenfrau aus dem Fernen Osten war, stammte ihr Vater, ein Zwerg, vom Festland. Folglich war sie eine Halbzwergin. Ihre gebräunte Haut machte einen gesunden Eindruck und ihre Oberweite war trotz der Tatsache, dass sie einen Sarashi* darum gebunden hatte, beeindruckend. Zwar besaß sie alle körperlichen Vorzüge, die eine attraktive Frau ausmachten, doch ihre ausgelassene, fröhliche Art und ihr unbändiges Verlangen, sich auszutoben, ließen ihr kaum Zeit, sich wie eine Dame zu benehmen. Seit Welfs Eintritt in ihre Familia schien sie sich immer in seiner Nähe aufgehalten zu haben, jedoch nur, weil es ihr so viel Freude bereitete, ihn zu necken. Es gefiel ihr noch immer, den jungen Crozzo-Schmied zu foppen, doch früher hatte sie ihn eher wie ein Kind behandelt. Hin und wieder hatte sie ihm geholfen und Ratschläge gegeben, doch überwiegend Späße auf seine Kosten gemacht, und zwar so häufig, dass der junge Mann sich kaum noch an jeden einzelnen Vorfall erinnern konnte.

Eines wusste er allerdings genau: Die anderen Schmiede der

*Ein Sarashi ist ein langes, weißes Stoffband, das im alten Japan traditionell um die Brust oder den Bauch gewickelt wurde, um den Körper zu stützen oder zu schützen, oft von Kriegern oder in bestimmten kulturellen Ritualen getragen.

Familia hatten ihn hinter seinem Rücken als »Tsubakis Spielzeug« bezeichnet. Auch als er gemeinsam mit Bell und Lili die lebensgefährliche Entscheidung getroffen hatte, sich zur 18. Ebene aufzumachen, und die Loki-Familia ihnen zu Hilfe gekommen war, war Tsubaki Teil des Expeditionstrupps gewesen. Natürlich hatte sie sich die Gelegenheit nicht entgehen lassen, ihm auf die Pelle zu rücken und ihn zu necken. Es stand außer Frage, dass Welf ihr gegenüber nicht besonders freundlich gesinnt war.

Dennoch handelte es sich bei Tsubaki um eine der angesehensten Schmiedinnen der Stadt und eine erstklassige Abenteurerin. Die Tatsache, dass sie bereits den Rang einer Meisterschmiedin erreicht hatte, brachte ihren einstigen Kameraden auf die Palme. Angesichts dessen, wie sie ihn täglich behandelt hatte, versuchte er noch immer, sie so gut es ging zu meiden. Während Tsubaki ein paar kurze Worte mit Bell wechselte, runzelte Welf die Stirn und bemühte sich, sein Gesicht zu verbergen.

Schließlich wandte die Frau sich wieder ihm zu. »Welfi, seit du die Familia verlassen hast, ist unsere Göttin ziemlich bedrückt. Sie scheint dich echt zu vermissen.«

»Lügnerin …« Tatsächlich war der junge Mann überrascht, das zu hören, doch er bemühte sich, keine Gefühlsregung zu zeigen.

»Oh, aber das ist die Wahrheit«, antwortete Tsubaki mit einem beherzten Nicken. Das Funkeln war in ihre Augen zurückgekehrt und ein Grinsen breitete sich auf ihren Lippen aus.

Sichtlich verwundert meldete sich Bell zu Wort, der der Unterhaltung der beiden gelauscht hatte: »Hä? Was hat das zu bedeuten?«

»Ist das denn so schwer zu begreifen? Die beiden haben eine ganz besondere Verbindung zueinander … Zumindest steht unser Welfi hier auf unsere Göttin. Hab ich nicht recht?«

»Hey, hör auf damit! Wie kommst du denn darauf …?«, erhob Welf die Stimme, die Wangen leicht errötet. Er warf Tsubaki einen flehenden Blick zu, um zu verhindern, dass sie Bell noch mehr Unsinn erzählte.

Dieser war unterdessen sichtlich überrascht. Es war das erste Mal, dass er seinen Kameraden derart aufgebracht sah. Niemals hätte er vermutet, dass der junge Schmied mehr als nur die übliche Verehrung für seine ehemalige Göttin empfand.

Welf konnte dem verdutzten Blick des weißhaarigen Jungen nicht standhalten und vermied bewusst den Augenkontakt. »Verdammt noch mal …«, murmelte er und fasste sich verlegen an die erhitzte Wange. Schließlich stieß er seiner früheren Anführerin gegenüber ein »Hör schon auf!« und einige andere, wesentlich gesalzenere Sätze aus.

Tsubaki kicherte und zuckte mit den Schultern, doch plötzlich änderte sich ihre Aura vollständig. »Na ja, jeder Schmied würde sich wohl in sie verlieben«, sagte sie und kniff dabei das unbedeckte rote Auge zu. »Sowohl wegen ihrer Rolle als Gottheit als auch als Frau und nicht zuletzt wegen ihrer herausragenden Schmiedekunst.«

Bell und Welf verschlug es die Sprache.

»Warum hast du das Magieschwert denn nicht von Anfang an verwendet, Welfi? Und warum weigerst du dich, sie in größerem Stil herzustellen?«

»D… Du warst die ganze Zeit über da …?!«

»Dabei dachte ich, du hättest diesen Unsinn von wegen ›Ich fertige keine Magieschwerter mehr an‹ endlich hinter dir gelassen«, sagte die Abenteurerin kühl und ließ Welfs empörte Reaktion einfach an sich abprallen. Ihre Neckereien waren einer ernsthaften Befragung gewichen. »Ob nun Talent, Abstammung oder was auch immer ... Wir Sterblichen werden niemals eine ultimative Waffe schmieden, wenn wir nicht alles, was wir haben, in unser Handwerk legen. Dieser Dummkopf, auf den du so scharf bist, befindet sich auf einem ganz anderen Niveau. Auf diese Art und Weise wirst du sie nicht einmal in deinen Träumen erreichen.«

Die scharfen Worte der Schmiedin ließen Bell unwillkürlich den Atem anhalten.

Sein Kamerad hingegen kochte vor Wut. Alle Schmiede strebten danach, die ultimative Waffe zu erschaffen – sie wollten die Gefilde erreichen, die ihnen ihre Göttin, Hephaistos, offenbart hatte. Tsubakis Aufforderung, selbst das Blut, das durch seine Adern floss, zu seinem Vorteil zu verwenden, ließ ihn erbittert Widerstand leisten. »Sag mir nicht, was ich zu tun und zu lassen habe! Ich habe kein Interesse daran, das Niveau einer Gottheit zu erreichen, indem ich Magieschwerter schmiede! Ich hasse diese verfluchten Dinger!«

»...«

»Ich werde es auf meine eigene Art und Weise schaffen!«

Angesichts seiner Verkündung, er werde seinem Weg treu bleiben, ohne sich auf Magieschwerter zu verlassen, kniff Tsubaki das rechte Auge so fest zusammen, wie sie nur konnte. Ihr Blick schweifte daraufhin zu Bell ... ehe er sich's versah, stand sie direkt vor ihm. Sie hatte sich so rasant bewegt, dass Welf nicht in der Lage gewesen war, ihr mit bloßem Auge zu folgen, und nur regungslos dastand.

Dem rotäugigen Jüngling stockte derweil weiterhin der Atem. Tsubaki griff so schnell nach dem Heft ihres Schwertes, dass Bell ihr nicht folgen konnte – in ihren Augen funkelte offensichtliche Mordlust. Reflexartig reagierte der Körper des Jungen. Ohne zu zögern, hob er den Dolch, den er noch immer in der linken Hand hielt, vor sein Gesicht, um sich zu schützen. Es war in Sekundenschnelle vorbei: Tsubaki hatte ihr Katana gezogen und schlug auf den Dolch ein, der daraufhin zerbrach.

*Klirr!* Als der schrille Klang des entzweibrechenden Metalls seine Ohren erreichte, stand für Welf die Zeit still. Die Abenteurerin hatte den Dolch nicht durchtrennt, sondern er war zerbrochen. Ein einfacher Hieb hatte genügt. Sie hatte weder eine besondere Technik noch irgendeine andere spezielle Art von Angriff genutzt, es war einfach nur der Aufprall ihrer Waffe gewesen, der zu diesem Ausgang geführt hatte.

In dem Moment, in dem sich ihre Klingen gekreuzt hatten, hatte Welf als Schmied verloren. Die zerbrochene Silberklinge wirbelte vor den Augen der beiden jungen Männer durch die Luft – Bell war sprachlos, Welf schockiert.

Kaum war das Stück Metall auf dem Boden aufgekommen, meldete sich Tsubaki zu Wort: »Was soll das sein? Ein Zahnstocher?«

Der blaue Himmel strahlte über ihnen, die Stadt Rivira und die idyllische Landschaft des Sicherheitspunktes umgaben sie. Doch es wirkte so, als wären sie von dieser Welt völlig abgeschnitten.

»Dein eigener Weg? Du Narr, auf diese Weise wirst du sterben, bevor du auch nur ansatzweise in die Nähe der Götter aufsteigst.« Die Schmiedemeisterin behielt ihren scharfen Ton bei, ihre Stimme hallte über die Weiten der Ebene hinweg.

»…?!«

»Bist du abgehoben, weil du zum Hochschmied geworden bist?«

Ihre Worte spiegelten die Realität wider und trafen Welf direkt ins Herz. Er hatte nie vorgehabt, sich hochnäsig zu verhalten. Allerdings konnte er auch nicht leugnen, dass er irgendwo in seinem Inneren das Gefühl verspürt hatte, etwas erreicht zu haben. Der Stolz, nun den Titel eines Hochschmieds zu tragen, hatte ihn in eine Art Rausch versetzt.

Das rechte Auge der Frau war anklagend auf ihn gerichtet. »Schmiede, die solche Klingen schaffen, gibt es wie Sand am Meer.« Wut legte sich in Tsubakis Stimme. »Überschätze dich bloß nicht, Welf Crozzo.« Es war fast so, als würde sie ihm einen Rat geben. Kurz darauf wandte sie den beiden Kameraden den Rücken zu, ihr schwarzer Zopf schwang zur Seite. »Ich werde dir gleich morgen das Geld für die zerbrochene Waffe zukommen lassen.« Ohne noch einmal zurückzusehen, ging sie davon.

Welf rührte sich noch immer nicht. Einige Sekunden später sank er neben dem zerbrochenen Dolch zu Boden. Er konnte den Blick nicht mehr davon abwenden.

»W... Welf ...«

Die Worte des Jungen erreichten ihn nicht mehr. All die Herausforderungen, all die Hindernisse, die er bislang überwunden hatte, wirkten im Vergleich zu dem Schock, den er nun erlitten hatte, wie Lappalien. Welf versank in den tiefsten und dunkelsten Abgründen der Verzweiflung.

Das Licht, das von den Kristallen an der Decke strahlte, schwand und die Dunkelheit brach über die 18. Ebene herein. Bell und die anderen hatten beschlossen, die Nacht in Rivira zu verbringen. Da sich ihre Waffen in einem schlechten Zustand befanden und sie zudem einen Großteil ihrer Tränke aufgebraucht hatten, entschieden sie sich trotz ihres Ärgers darüber, ihre Lagerausrüstung umsonst mitgeschleppt zu haben, gegen eine Übernachtung im Wald, in dem es nur so von Monstern wimmelte, die aus anderen Ebenen hierherkamen. Sie verschoben ihre Mini-Expedition auf einen anderen Tag und suchten in der Stadt nach einer geeigneten Unterkunft.

Schließlich wählten sie ein Gasthaus aus, das in einer der vielen natürlichen Steinhöhlen eingerichtet worden war. Alles in Rivira war teuer, da die Inhaber der Läden und der Pensionen genau wussten, wonach die Abenteurer verlangten und dass sie bereit waren, dafür tiefer in die Tasche zu greifen. Trotzdem waren die Preise in der Unterkunft, für die sich Bells Truppe entschieden hatte, unglaublich günstig, obwohl es im Inneren des Gasthauses keine Probleme zu geben schien. Ganz im Gegenteil: Jedes der Einzelzimmer war mit Teppichen aus Liger-Fang-Fellen, Magiestein-Kronleuchtern und komfortablen Betten ausgestattet. Zweifellos konnte man dieses Gasthaus als eines der besseren in der Stadt bezeichnen. Doch warum war der Übernachtungspreis dann so unheimlich niedrig …?

»Man erzählt sich, dass in diesem Gasthaus vor geraumer Zeit die kopflose Leiche eines Abenteurers entdeckt wurde …«

»S… Sollten wir dann wirklich hierbleiben?!«

»W… Warum suchen wir uns nicht eine andere Unterkunft, Meisterin Lili …?!«

»Nein, das geht nicht. Die anderen Gasthäuser sind zu teuer. Es interessiert mich nicht, was hier zuvor geschehen ist. Nichts geht über günstige Preise. Es ist ja auch nicht so, als würde der Geist des ermordeten Abenteurers hier sein Unwesen treiben …!«

Dieser schreckliche Vorfall sorgte dafür, dass dem Gasthaus die Gäste fernblieben. Die geldgierige Pallum allerdings wies Haruhimes, Mikotos und Chigusas Einwände allesamt zurück. Als sie trotz der Bedenken ihrer Gefährten den Verbleib der Gruppe festlegte, war der Gastwirt, ein Tiermensch, vor Freude zu Tränen gerührt. Er war so glücklich, nach langer Zeit endlich wieder Gäste begrüßen zu dürfen, dass er diesen sogar Wein und einige leichte Snacks servierte. Lili hatte zwei Zimmer gemietet: eines für die Männer und eines für die Frauen. Letztere kuschelten sich eng aneinander und bemühten sich, ihre Furcht zu überwinden und ein wenig Schlaf zu finden. Langsam erloschen auch die Lichter in den Läden und den Ständen der Stadt. Einzig die Magiesteinlampen in den Tavernen beleuchteten die Straßen noch und die lauten Stimmen betrunkener Abenteurer hallten durch die Nacht.

Welf hatte sich allein aus dem Gasthaus geschlichen und war erneut auf den Hügel gestiegen, auf dem zuvor die Ereignisse ihren Lauf genommen hatten. Er lehnte sich gegen die Brüstung und blickte auf die städtische Kulisse, deren Dunkelheit von zahlreichen leuchtenden Kristallen durchbrochen wurde, sowie die in der Ferne liegende fantastische Szenerie der 18. Ebene. Das Licht der Kristalle spiegelte sich auf der Oberfläche des Sees rings um die Insel, der dadurch wie ein Sternenmeer funkelte. Doch Welf war nicht hierhergekommen, um den atemberaubenden Ausblick zu genießen, den er an der Oberfläche nirgendwo zu Gesicht bekam.

Als er bemerkte, dass er nicht allein war, drehte er sich langsam um. Kaum war ihm aufgefallen, dass der junge Schmied das Gasthaus verlassen hatte, war Bell ihm gefolgt. Stets bemüht, außerhalb seines Sichtfeldes zu bleiben, war er den ganzen Weg bis zur Anhöhe hinter ihm hergelaufen.

»Was gibt es denn, Bell?« Ein sanftes Lächeln lag auf Welfs Lippen.

»Welf … Ähm …«

»…«

»Seit damals habe ich … Auch jetzt sind deine Waffen für mich …« Wieder und wieder öffnete und schloss Bell den Mund, während er verzweifelt versuchte, etwas zu sagen. Doch nachdem er seinem Kameraden direkt in die Augen gesehen hatte, senkte er den Blick und verstummte. Als könnte er sich in die Gefühle des jungen Mannes hineinversetzen, verzichtete er letztlich auf jegliche tröstenden Worte und lief einfach zu ihm hinüber.

Wortlos standen die beiden nebeneinander und lauschten dem fernen Gelächter, das aus den Tavernen nach draußen drang, während sie die städtische Szenerie betrachteten. Sie befanden sich am selben Ort, an dem Welfs Klinge so leicht zerbrochen war.

»Hey, Bell … Würdest du mir kurz dein Hestia Knife geben?«, meinte Welf plötzlich.

»Was?«

»Ich bitte dich!«

Der Junge neben ihm zögerte einen Moment, nickte dann jedoch und griff nach dem pechschwarzen Messer, das an seiner Hüfte befestigt war.

Welf nahm es entgegen, zog es aus der Scheide und betrachtete die Klinge, in die einige Hieroglyphen eingraviert waren. »Ach Mist … Das Ding ist wirklich atemberaubend …« In seinem Gesicht spiegelte sich eine Mischung aus Bewunderung, Frustration und Hilflosigkeit. Die göttliche Klinge hatte ihn bereits beinahe sprachlos gemacht, als er sie zum ersten Mal zu Gesicht bekommen hatte.

Das Glühen der Hieroglyphen auf der Waffe war erloschen, sobald sie Bells Hand verlassen hatte. Welf hatte nie verstanden, woran das lag, bis er herausgefunden hatte, dass Hephaistos persönlich sie geschmiedet hatte. Darin lag der wahre Wert dieser Waffe. Die Fähigkeiten einer Gottheit waren in sie geflossen – Fähigkeiten, die ihresgleichen suchten. Eine Welle der Ehrfurcht durchfuhr den jungen Mann, als er auf das Messer in seiner Hand hinabblickte. »Alle Schmiede müssen sich einem bestimmten Ritual unterziehen, bevor sie sich der Hephaistos-Familia anschließen können.«

»So etwas wie eine Zeremonie?«

»Ja. Jeder Einzelne, ohne Ausnahme.« Er gab das Messer seinem Besitzer zurück und erinnerte sich an seine Anfänge sowie an den Tag zurück, an dem er Hephaistos zum ersten Mal begegnet war.

Er war aus seiner Heimat, dem Königreich Rakia, geflüchtet und hatte nach einem neuen Ort gesucht, den er sein Zuhause nennen konnte. Zunächst war er in einer kleinen Stadt hängen geblieben, die sich auf die Metallbearbeitung spezialisiert hatte, und hatte sich dort als Lehrling aufnehmen lassen. Eines Tages hatte Hephaistos höchstpersönlich den Laden besucht, in dem er angestellt gewesen war, wobei er ihre Aufmerksamkeit erregt hatte. Er hatte ihre Einladung akzeptiert und war von ihr in einem Zimmer im Zuhause ihrer Familia untergebracht worden, woraufhin seine Aufnahmeprüfung begonnen hatte.

»Ich zeige dir nun ein Schwert. Dann wirst du entscheiden, ob du beitreten möchtest oder nicht«, hatte die Göttin zu ihm gesagt, als die beiden allein gewesen waren. »Wenn du nichts spürst, dann geh zu einer anderen Familia.« Sie hatte die Tür zu einem Hinterzimmer geöffnet und ihn hineingeführt.

Und dort hatte er es gesehen … Auf einem Podest in der Mitte des Raumes war ein einziges Schwert platziert gewesen, dessen Anblick Welf einen Schauer über den Rücken gejagt hatte.

»Ich habe gezittert ... und bezweifelt, dass es jemals einem menschlichen Schmied gelingen würde, solch eine Waffe zu fertigen.«

Selbst jetzt hatte er eine Gänsehaut, wenn er an den Anblick dieser Klinge zurückdachte. Da ihre göttlichen Kräfte versiegelt waren und sie auch sonst keinerlei besonderen Skill besaß, hatte die Göttin diese reine und ultimative Klinge mit ihren bloßen Schmiedefähigkeiten hergestellt – sie hatte sie mit ihren eigenen Händen angefertigt, die sich von denen eines Menschen in keiner Weise unterschieden. Für die Bewohner dieser Welt war es ein Meilenstein gewesen, die Spitze aller Schöpfungen, die ein jeder Schmied erreichen wollte. Bei dieser Klinge handelte es sich wahrhaft um ein göttliches Werk.

»Es ist das Nonplusultra. Das Beste, was ein Mensch ohne jegliche besondere Skills zu erreichen vermag.« Welf sah Bell nicht an. Während seine Worte die brennende Leidenschaft in seinem Herzen widerspiegelten, blieb sein Blick auf das Stadtbild gerichtet. Er konnte sich eines Lächelns nicht erwehren, als er an die alten Tage zurückdachte. »Ich möchte eine Waffe erschaffen, die ihre übertrifft.« Er ballte die rechte Hand zur Faust und hob sie bis auf Brusthöhe.

Ein jeder, dem dieses Schwert gezeigt wurde, verliebte sich in die Schmiedegöttin und versuchte, unter ihrer Anleitung sein Handwerk zu verfeinern. Jeder strebte danach, die große Göttin zu erreichen. Jeder träumte davon, sie irgendwann zu übertreffen.

Es war ein unvorstellbar steiniger Weg. Wahrscheinlich war er sogar noch steiniger als der von Bell, der alles daransetzte, Aiz Wallenstein einzuholen. Während der Junge die Prinzessin der Klingen übertrumpfen wollte, die an der Spitze der Abenteurer stand, strebte Welf sogar an, in göttliche Gefilde vorzudringen. Es würde weitaus mehr Einsatz und Hingabe verlangen, derartige Höhen zu erreichen. Als Bell begriff, welche Ziele sich sein Kamerad gesteckt hatte, starrte er ihn überrascht an.

Der junge Schmied hingegen blickte auf seine geballte Faust hinab. »Ich möchte es herstellen ... dachte ich zumindest.« Ein Schatten legte sich über sein Gesicht.

»Wir Sterblichen werden niemals eine überlegene Waffe schmieden, wenn wir nicht alles, was wir haben, in unser Handwerk legen. Dieser Dummkopf, auf den du so scharf bist, befindet sich auf einem ganz anderen Niveau. Auf diese Art und Weise wirst du sie nicht einmal in deinen Träumen erreichen«, hatte Tsubaki gesagt.

Die meisterhafte Schmiedin hatte seine Grenzen erkannt. Die Frau, die an der Spitze der Schmiedewelt stand, war ein Monster, das zu Recht als Anführerin der Hephaistos-Familia anerkannt wurde. Sie wusste genau, dass er noch weitaus Höheres anstrebte als das. Sie hatte es ihm an diesem Tag schmerzlich vor Augen geführt, zusammen mit seiner eigenen Unzulänglichkeit.

War es nur Augenwischerei, dass ein einfacher Schmied wie er es mit einer Göttin aufnehmen wollte? War das absurd? Musste er, wie Tsubaki meinte, das verhasste Blut in seinen Adern nutzen, um auch nur ansatzweise in Hephaistos' Nähe zu gelangen? Könnte er ihr wirklich niemals das Wasser reichen, ohne ein Magieschwertschmied zu werden? »Ich ...«

Bell schaute zu Welf, dessen Blick in den dunkelblauen Nachthimmel des Dungeons gerichtet war.

Am nächsten Tag verließen die Hestia-Familia und die Takemikazuchi-Familia die 18. Ebene. Um die Ausgaben für den Kampf mit dem Ebenenherrscher und die Kosten für ihre Unterkunft in der Stadt zu decken, verbrachten sie noch einige Zeit in den mittleren Ebenen des Dungeons, ehe sie gemeinsam an die Oberfläche zurückkehrten, wo die Labyrinthstadt Orario bereits ins Licht der untergehenden Sonne gehüllt war. Während einige zunächst ihre Beute zu Geld machten, kehrten die anderen bereits zu ihren Gottheiten zurück, um Bericht darüber zu erstatten, was im Dungeon vorgefallen war.

Nachdem sich ihre Wege im Zentralpark getrennt hatten, zog Welf allein los. Unter dem dunkelroten Abendhimmel wanderte er durch die Straßen der Stadt. Hier herrschte überall reges Treiben. Abenteurer, die aus dem Dungeon zurück waren, teilten Geschichten über die Heldentaten, die sie am Tage vollbracht hatten, während ihnen die Bardamen und die anderen Gäste gespannt zuhörten. Barden spielten auf den unterschiedlichsten Musikinstrumenten fröhliche Melodien, während die Kellnerinnen der Tavernen mit einem strahlenden Lächeln dazu tanzten, um Kundschaft anzulocken. Ohne von irgendjemandem angesprochen zu werden, lief der junge Mann schweigend durch die belebten Gassen, als würde ihn gar niemand wahrnehmen.

Seit ihrer hitzigen Debatte hatte er Tsubaki nicht mehr wiedergesehen. Ihre Worte hallten jedoch noch immer in seinen Ohren wider und zogen ihn in einen Strudel voller Qualen, sobald er ihnen Gehör schenkte. »Verdammt nochmal!«, murmelte er und schüttelte den Kopf. Die Selbstzweifel, die ihn am Abend zuvor überkommen hatten, wollten ihn nicht mehr loslassen. Wieder und wieder stellte er sich dieselbe Frage, doch letzten Endes gelangte er stets zu ein und derselben Antwort.

Niedergeschlagen starrte er zu Boden, während die Frustration die Oberhand über ihn gewann. Als seine Füße ihn immer weiter vorantrugen, tat er nichts weiter, als mit dem Blick dem Muster der Pflastersteine zu folgen. Er ging in Richtung Westen – die letzten Sonnenstrahlen erleuchteten seine Jacke, als plötzlich …

»Welf …«

Er traute seinen Ohren nicht. Abrupt blieb er stehen, riss die Augen weit auf und schüttelte noch einmal energisch den Kopf. Für einen Moment dachte er, er würde halluzinieren, doch als er in die Gasse sah, aus der die Stimme gekommen war, erblickte er an deren anderem Ende eine in Dunkelheit gehüllte Gestalt. Der Schatten drehte sich mit schwingendem Umhang um und zog sich tiefer in die Gasse zurück. Welf, der wie erstarrt stehen geblieben war, sah dies als Einladung und folgte ihm, ohne zu zögern.

*Das kann nicht sein … Wie ist das möglich?* Er rannte durch die engen, düsteren Gassen. Unzählige Fragezeichen tauchten in seinem Kopf auf, die sogleich wieder zerplatzten und ihn verwirrt zurückließen. *Was hat der denn hier zu suchen?*

Sein Puls raste und sein Herz klopfte so laut, dass es unmöglich zu überhören war. Die Angst packte ihn, während er der verhüllten Gestalt immer weiter in die verwinkelten Gassen der Stadt folgte. Schließlich blieb der Schatten stehen … Sie befanden sich tief in einer Seitengasse, überall war es düster und staubig und der Lärm der Menschenmassen war nur noch schwach aus der Ferne wahrnehmbar.

Die Gestalt wandte sich zu dem jungen Schmied um und nahm langsam die Kapuze ab. »Lange nicht gesehen … Welf.«

Das Gesicht eines Mannes mittleren Alters wurde sichtbar, der gut und gern auch älter hätte sein können. Es war von so vielen Falten gezeichnet, dass es Außenstehenden unmöglich wäre, sein tatsächliches Alter zu schätzen. Er hatte für einen Mann ungewöhnlich langes, braunes Haar, das er zu einem Zopf gebunden trug. In seinen Augen lag ein lebloser, kraftloser Ausdruck, der deutlich machte, dass der Mann viele mühsame Jahre hinter sich haben musste.

Welf war fassungslos. Es war, als würde er in einen Spiegel sehen, der ihm sein zukünftiges Ich zeigte. »Vater ...?!«

Ja, vor ihm stand niemand anderes als sein eigener Vater: Vil Crozzo. Vor sieben Jahren hatte Welf jeglichen Kontakt zu ihm abgebrochen. Dieser Mann hatte nichts weiter mehr sein sollen als ein Teil seiner Vergangenheit. Er war Bürger Rakias und derzeitiges Oberhaupt einer gefallenen Adelsfamilie von Schmieden, der Crozzos.

»Was ist hier los ...? Was machst du hier?!« Welf versuchte das Zittern in seiner Stimme zu unterdrücken.

»Brauchst du dafür wirklich eine Erklärung, du törichter Junge?« Vil richtete die kraftlosen Augen auf seinen Sohn, der die Zähne fest zusammenbiss.

Es war, wie er sagte: Es bedurfte keiner größeren Erläuterung, denn die Antwort auf die Frage des jungen Schmieds lag unmittelbar außerhalb der Stadtmauern. Jeder in Orario wusste von dem dreißigtausend Mann starken Heer, das sich derzeit im Kampf mit einer Allianz verschiedener Familias der Labyrinthstadt befand. Welfs Vater gehörte der Armee eines von einem Gott auserwählten Königs an, die aus dem Westen gekommen war. Wut kochte in Welf hoch, als ihm bewusst wurde, dass sein Vater sich im Zuge der Invasion des rakianischen Königreiches in die Stadt geschlichen hatte.

*Kann es sein, dass...?!* Der Grund, aus dem Vil hergekommen war ... Der Grund, aus dem er seinen Sohn aufgesucht hatte ...

Der Grund, aus dem Rakia überhaupt diesen Angriff gestartet hatte …

Nachdem der Mann gesehen hatte, dass Welf zu einer Schlussfolgerung gelangt war, sprach er den Grund für sein Hiersein selbst aus: »Welf. Schmiede Magieschwerter für uns.«

»…!!«

»Das Königreich Rakia, Gott Ares höchstpersönlich, hat die Macht deiner Magieschwerter anerkannt. Die Macht der Schwerter, die du für diesen sinnlosen Kleinkrieg zweier Gottheiten mithilfe der Gabe unserer Familie geschmiedet hast!«

Der Kleinkrieg zweier Gottheiten … das War Game. Genau wie die Abenteurer innerhalb Orarios von der unglaublichen Stärke von Welfs Magieschwertern erfahren hatten, hatte die Kunde auch das Königreich Rakia erreicht. Und nun hatte Ares einen Angriff initiiert, um an die mächtigen Crozzo-Magieschwerter zu gelangen.

»Der eigentliche Grund für diesen Krieg, der noch immer anhält, bist du.«

Welf verschlug es die Sprache, ein Schauer durchfuhr seinen Körper. Diese Magieschwerter hatten die rakianische Armee einst unbesiegbar gemacht – nun griff sie an, um diesen Legendenstatus wiederaufleben zu lassen und ihren vergangenen Ruhm zurückzuerlangen. Der junge Mann war bestürzt zu erfahren, wie besessen Rakia von den Crozzo-Magieschwertern war.

»Natürlich liefen die Vorbereitungen für den Angriff auf Orario schon länger. Doch als uns die Neuigkeiten vom War Game erreichten, haben Gott Ares und unser König entschieden, ihre Pläne zu ändern und ihn früher in die Wege zu leiten.«

»…!«

»Mir wurde aufgetragen, dich mitzunehmen ... Komm mit mir, Welf. Mit dir und den Crozzo-Magieschwertern an unserer Seite werden wir Rakia seinen alten Glanz zurückgeben.«

Der Gottheit dieses Königreichs dürstete es nach Kriegen. Welf ging daher davon aus, dass Rakia noch andere Absichten verfolgte. Die Tatsache, dass das Reich nur für ein paar Magieschwerter eine Armee von dreißigtausend Mann entsandt hatte, um einen Krieg zu beginnen, ließ in ihm erneut Wut aufkochen. *Die sind doch bescheuert ...!*, fluchte er in sich hinein.

Da er nun Mitglied einer aufstrebenden Familia war und die Gilde es nicht gern sah, wenn die Stadt einen fähigen Krieger verlor, war es beinahe unmöglich, einen Abenteurer aus der Stadt zu schaffen – zumal es kein leichtes Unterfangen darstellte, die Stadtmauern zu überwinden. Auch wenn es Vil gelungen war, Kontakt zu seinem Sohn herzustellen, würde sich ihm bei seiner Flucht die geballte Kampfkraft der mächtigsten Abenteurer Orarios in den Weg stellen. Um sich dieses Problems anzunehmen, hatte man dreißigtausend Soldaten entsandt, die so viele Abenteurer wie möglich von der Stadt weglocken sollten. Der Grund, aus dem die Kämpfe noch immer andauerten, lag höchstwahrscheinlich darin, dass das Heer des Königreichs Vil auf diese Weise genug Zeit verschaffen konnte, um Welf aus Orario zu holen. Rakia versuchte also wirklich mit allen Mitteln, die verlorene Kraft der Crozzo-Magieschwerter wiederzuerlangen.

»Willst du mich verarschen?! Als ob ich mich euch anschließen würde?! Träum weiter! Ich habe unserer Familie und Rakia bereits vor langer Zeit Lebewohl gesagt! Es gibt also keinen Grund mehr, mich auf euren bescheuerten Plan einzulassen!«

»Dummer Junge! Dabei wollte ich dir aus väterlicher Gnade die Chance geben, das hier friedlich zu lösen ...«

Vater und Sohn tauschten intensive Blicke aus. Die Luft knisterte, doch der junge Schmied ließ sich nicht von Vils Worten einschüchtern. Er verzog die Lippen zu einem Grinsen und griff nach den Schwertern auf seinem Rücken.

»Du willst mich also entführen, ja? Du willst mich mit Gewalt von hier fortschleppen?« Welf war sich im Klaren darüber, dass sich noch andere Gestalten in den Schatten versteckten. Er warf einen Blick in die abzweigenden Seitengassen und lächelte herausfordernd. »Wir sind zwar ein wenig abseits, aber auch nicht so weit von den Leuten entfernt, dass man einen Kampf zwischen uns nicht hören könnte. Das hier ist Orario … Sobald man weiß, dass ihr hier seid, gibt es kein Entkommen mehr.«

Welf war auf Level 2 und somit stärker als die meisten Leute, die außerhalb der Stadt lebten – dazu zählten auch durchschnittliche Krieger der rakianischen Armee. Seine Gegner müssten daher auf andere Mittel als ihre bloße Kampfkraft zurückgreifen. Obwohl der junge Schmied wirklich überrascht war, dass sie überhaupt so weit gekommen waren, ohne von der Gilde entdeckt worden zu sein, hieß das im Umkehrschluss auch, dass nicht allzu viele von ihnen hier sein konnten. Sie würden mehr als nur ein paar Soldaten brauchen, um ihn zu überwältigen. Welf griff entschlossen zu seinem Großschwert, um sich seinen Feinden entgegenzustellen.

Vils Miene blieb jedoch ungerührt. »Wenn du dich weigerst mitzukommen, werden meine Kameraden alles innerhalb der Stadt mithilfe von Magieschwertern in Brand stecken. Natürlich handelt es sich dabei um die der Crozzos.«

Welfs Hand, mit der er die Klinge bereits um einige Celti herausgezogen hatte, erstarrte. Seine Augen zitterten vor Schock.

»Red keinen Unsinn! In Rakia kann es gar keine Crozzo-Magieschwerter mehr geben!«

»Oh, tatsächlich gibt es sie. Fünfzig von ihnen wurden verschont, als wir von den Elfen verflucht wurden.« Der Mann fügte noch hinzu, dass Welf vor seinem Davonlaufen noch nicht alt genug gewesen sei, um das Familiengeheimnis zu erfahren. Zum ersten Mal erschien ein Lächeln auf Vils Gesicht.

In längst vergangenen Tagen hatten die Crozzo-Magieschwerter beim Vormarsch des Königreichs Rakia pure Zerstörung mit sich gebracht – Quellen, Berge und sogar die Wälder der Elfen waren rund um die Schlachtfelder zu einem Haufen Asche verwandelt worden. Damit hatte das Reich den Ärger der Elfen und anderer Feenvölker auf sich gezogen, die mit ihrer vereinten Macht seine Schwerter in nutzlosen Stahl verwandelt und die Familie von Schmieden, die die Schwerter erschaffen hatte, mit einem Fluch belegt hatten. Nun war Welf das einzige Mitglied der Crozzos, das noch in der Lage war, magische Schwerter zu schmieden.

Ein Hauch von Unsicherheit lag in Vils Stimme, als er behauptete, dass einige der legendären Waffen dem Fluch der Elfen entgangen waren. »Da das Königreich fürchtete, die verbliebenen Magieschwerter seiner Vorfahren zu verlieren, wurden sie nie benutzt, aber …« Noch immer zierte ein Lächeln sein faltiges Gesicht, als er in seinen Umhang griff und eine Klinge hervorzog. »Das hier sollte Beweis genug sein.«

Welf war sprachlos, er erkannte es sofort – im Inneren der Klinge zirkulierte rote Energie. Bei der Waffe, die sein Vater in der Hand hielt, handelte es sich zweifellos um ein Magieschwert. Das Crozzo-Blut in seinen Adern teilte ihm unmissverständlich mit, dass es so sein musste.

»Die verbleibenden Magieschwerter befinden sich in den Händen meiner Kameraden. Wenn ich ihnen das Signal gebe oder nicht rechtzeitig mit dir zurückkehre, werden sie ihre Kraft überall in Orario entfesseln.«

Ein Einsatz der Crozzo-Magieschwerer innerhalb der Mauern Orarios brächte eine unheimliche Zerstörung mit sich. Genau wie die Wälder der Elfen und die Heimat der Feen würde diese friedliche Stadt in einem Flammenmeer versinken und in einen einzigen Trümmerhaufen verwandelt werden. Dies würde den Verlust unzähliger unschuldiger Leben bedeuten.

Als Vil sah, dass sein Sohn sich seiner Lage bewusst wurde, kniff er die Augen zusammen. »Wenn du mit uns kommst, wird nichts passieren. Überhaupt gar nichts.« Ein unheimliches Lächeln erschien auf dem Gesicht des Mannes, der bislang so ruhig und gelassen gewirkt hatte. Als wollte er all seinem Frust Luft machen, der sich über die Jahre angestaut hatte, sprach er freudig weiter: »Welf, wenn du uns begleitest, wird das Königreich Rakia wieder aufblühen! Und wir, die Crozzos, können zum Ruhm alter Tage zurückfinden! Geld, Rang, Ehre ... All das wird uns gehören!«

»...?!«

»Gott Ares hat mir versprochen, dass er unserer Familie ihren angestammten Platz zurückgeben wird, wenn du dich dazu bereit erklärst, Magieschwerter für uns zu schmieden! Wir werden zu alter Stärke zurückfinden wie in unserer glorreichen Vergangenheit! Der lang gehegte Wunsch der Crozzos wird endlich wahr werden ... Nein, ich werde dafür sorgen, dass er wahr wird!« Vil ließ seinen Emotionen freien Lauf, ein Leuchten war in seine zuvor so toten Augen getreten. Man hätte die neu aufgeflammte Lebendigkeit darin beinahe mit Wahnsinn verwechseln können, denn sie war von einem wilden, ungezügeltem Glanz umgeben.

Welf fühlte sich von der Besessenheit dieses Mannes vom Ruhm seiner Familie regelrecht eingeschüchtert.

Die unzähligen Falten im Gesicht beim Lächeln verzogen, blickte Vil seinen Sohn an. »Bereite dich darauf vor, Orario heute Nacht zu verlassen. Schnappe dir alle Magieschwerter, die du bis jetzt hergestellt hast und bringe sie um Mitternacht zu den Lagerhäusern im Südwesten der Stadt ... Du weißt ja, was passieren wird, solltest du jemandem davon erzählen, oder?« Nachdem er seinem Sohn seine Anweisungen übermittelt hatte, verschwand er wieder in den Schatten.

Auch die anderen Gestalten hatten sich zurückgezogen – nur ein paar waren noch nahe genug bei Welf, dass er ihre Anwesenheit spüren konnte. Man beobachtete ihn. Der junge Mann war wie erstarrt und seine geballten Fäuste zitterten, während sein Blick auf seinen Vater gerichtet blieb, bis dieser nicht mehr zu sehen war.

Nach seiner Rückkehr nach Hause suchte Welf nach einem Vorwand, um den Abend in seiner Werkstatt zu verbringen, in der Hoffnung, niemandem begegnen zu müssen – er war sich nicht sicher, ob er vor den anderen verbergen konnte, was in ihm vorging. Das Letzte, was er nun gebrauchen konnte, war, dass Hestia herausfand, dass etwas nicht stimmte.

Allein in seiner steinernen Hütte im Hinterhof blickte Welf nachdenklich in den angeheizten Ofen, das rötliche Licht des Feuers erhellte sein Gesicht. Wie erstarrt saß er auf seinem Hocker, seine Gedanken drehten sich. Mit jedem Aufflackern der Flammen stieg eine längst verdrängte Erinnerung in ihm hoch, angestoßen durch die Begegnung mit seinem Vater.

*Lausche der Stimme des Metalls, lausche dem Klang der Schläge und lege all deine Leidenschaft in deinen Hammer.* Ehe er sich's versah, hielt der junge Schmied einen Hammer in der Hand und schlug auf ein heißes Stück Metall ein, das auf seinem Amboss lag.

*Klonk! Klonk!* Funken regneten bei jedem Hieb auf den Boden hinab und das klirrende Echo des Metalls hallte durch die Schmiede. Welfs aufgewühltes Herz lauschte der Stimme des Metalls und verschmolz mit ihm, wodurch er sich etwas beruhigte.

*Knister. Knack!* Das Geräusch der knisternden Flammen durchbrach die Stille der Nacht. Als es Zeit wurde aufzubrechen, hatte er das Schwert fertiggestellt. Obwohl es kein Magieschwert war, umgab ein eigentümlicher transparenter Glanz die silberne Klinge. Es handelte sich um eine Art von Waffe, die er noch nie zuvor hergestellt hatte.

Welf verbrachte einige Augenblicke damit, sein Spiegelbild in der glänzenden Klinge des Schwertes zu betrachten, bevor er es wieder auf den Amboss legte. Er wickelte ein paar andere Waffen in ein dickes weißes Tuch ein und verließ seine Werkstatt. Die Zeit war schneller vergangen, als er erwartet hatte. Der Nachthimmel war sternenklar und aus den Fenstern des Anwesens drang kein Licht mehr nach draußen.

Einen langen Moment verharrte der junge Mann, den Blick auf sein Zuhause gerichtet, bevor er es leise durch das Hintertor verließ. Der vereinbarte Zeitpunkt rückte immer näher. Schweigend ging Welf die Straßen entlang in Richtung Stadtrand. Und plötzlich …

»Was … Bell?!« Er hatte bemerkt, dass ihm jemand folgte, und sich abrupt umgedreht, bereit, sich seinem Verfolger zu stellen – nur um nun dem weißhaarigen Jungen gegenüberzustehen.

Bell trat in den Lichtkreis einer Magiesteinlaterne und zögerte einen Moment – es fiel ihm schwer, die richtigen Worte zu finden. Schließlich sagte er leise: »Ich habe mir Sorgen um dich gemacht … Du hast ziemlich aufgewühlt ausgesehen.« Der junge Abenteurer hatte bei ihrem kurzen Aufeinandertreffen im Anwesen als Einziger bemerkt, dass irgendetwas nicht stimmte.

Welf war zunächst verblüfft, dass sein Kamerad sich extra aus dem Haus geschlichen hatte, um ihm zu folgen … doch sein überraschter Ausdruck wich einem Lächeln. Wie schon auf Ebene 18, als Bell ihm gleich einem einsamen Häschen hinterhergehoppelt war, war er ihm auch diesmal gefolgt. Ein warmes Gefühl breitete sich in der Brust des Schmieds aus. Er streckte den rechten Arm aus und wuschelte dem Jungen durchs weiße Haar.

Als Bell ihn daraufhin nur mit großen Augen anstarrte, lächelte er ihm breit entgegen. Der sanfte Ausdruck des Schmieds übertrug sich daraufhin auch auf Bells Gesicht. Obwohl Welf ursprünglich entschlossen gewesen war, seine Probleme allein zu bewältigen, vertraute er seinem jungen Freund schließlich an, was sich am frühen Abend ereignet hatte.

»D… Das Königreich Rakia?! Und dann auch noch dein Vater …?!«

»Ja. Dieses Land ist wirklich verrückt nach den Crozzo-Magieschwertern.«

Die beiden gingen gemeinsam die Straße entlang, während Welf Bell alles berichtete – der Junge war fassungslos. Zwar konnte der junge Mann noch immer die Anwesenheit der Schatten spüren, die ihn aus der Ferne beobachteten, doch er bezweifelte, dass sie etwas unternehmen würden. Da es sich nur um einen einzelnen Jungen handelte, würden sie sicher ein Auge zudrücken und keine unüberlegten Handlungen vornehmen.

»Welf, was wirst du jetzt tun …?« Sichtlich beunruhigt blickte Bell zu ihm auf. Er befürchtete, dass sein Kamerad die Forderungen akzeptieren und die Stadt verlassen würde.

Dieser aber kicherte. »Ich werde weder dich … noch sonst irgendjemanden zurücklassen. Mach dir da mal keine Sorgen. Überlass das ruhig mir.« Die Anwesenheit des rotäugigen Abenteurers hatte ihm geholfen, seine Anspannung abzulegen.

Die beiden steuerten durch die Dunkelheit der Nacht auf ihr Ziel zu. Der vereinbarte Treffpunkt, die Lagerhäuser im Südwesten der Stadt, befanden sich im Handelsdistrikt. Waren aus den verschiedensten Ländern und Regionen, die entweder auf dem See- oder dem Landweg nach Orario gelangten, wurden dort zwischengelagert, ehe die Handelsgesellschaften und die Kaufleute, die diese Güter erworben hatten, sie in der ganzen Stadt verteilten. Allerdings diente dieser Ort auch als Marktplatz, der von vielen Leuten besucht wurde, die ungewöhnliche Gegenstände aus fremden Ländern kaufen wollten.

Welf und Bell betraten schließlich den Komplex, zu dem viele große und auch einige kleinere Lagerhäuser gehörten. Es gab nur wenige Magiesteinlaternen, die das weitläufige Gelände nicht vollständig erhellen konnten und deren Licht sich spinnennetzartig ausbreitete, sodass viele Gassen und Winkel im Dunkel blieben und als Versteck fungieren konnten. Jenseits der Lagerhallen ragte zudem die gewaltige Stadtmauer mit ihrer einschüchternden Präsenz empor.

Unmittelbar nach der Ankunft der beiden Kameraden trat eine der Gestalten, die sie aus der Ferne beobachtet hatten, vor sie und schwang einladend ihren Umhang – offenbar ein Zeichen, ihr zu folgen. Während sie hinter dem Mann hergingen, schluckte Bell hörbar laut. Nach einer Weile auf einem menschenleeren

Weg kamen sie an einem alten, heruntergekommen Lagerhaus an.

»Hatte ich dir nicht gesagt, du sollst allein kommen, Welf?« In der Mitte des alten Lagerhauses stand Vil Crozzo – das Mondlicht, das durch die hohen Fenster hereinfiel, erleuchtete sein unzufrieden verzogenes Gesicht.

»Das wollte ich, aber er ist mir einfach gefolgt. Was sollte ich denn tun?« Welf streckte die Hand aus und wuschelte Bell erneut durchs Haar.

Vil beobachtete, wie der weißhaarige Junge dabei rot anlief, bevor er mit einem gequälten Lächeln sagte: »Wie dem auch sei … Es war schön, ihn kennengelernt zu haben, aber wir müssen uns wohl von ihm verabschieden.« Er griff unter seinen Umhang und zog sein Magieschwert hervor.

Wie auf Kommando tauchten noch weitere vermummte Gestalten aus den Schatten des Lagerhauses auf. Es waren ungefähr fünfzig – viel mehr, als Welf erwartet hatte. Seine Miene versteinerte sich, angesichts der überwältigenden Anzahl an Feinden. »Wie zur Hölle seid ihr alle nach Orario gekommen? Was haben die Torwächter bitte gemacht?«

»Die Gilde mag mächtig sein, doch Orario ist bei Weitem keine Festung. Händler, Familias … Es gibt viele Methoden, hier ein- und auszugehen.«

Diese Erklärung ließ Spielraum für Spekulationen. Gab es etwa einen Spitzel in der Stadt? Oder war das Überwachungsnetzwerk der Gilde doch nicht so perfekt, wie alle annahmen? Seine Worte säten Zweifel und verstärkten Welfs Verzweiflung. Vils Gefährten traten in den Schein des blauen Mondlichts … Jeder der Soldaten der Ares-Familia war in einen Umhang oder einen Mantel gehüllt, um seine wahre Identität zu verschleiern und sich als Reisender auszugeben. Die Männer zogen Messer und Dolche aus ihren Taschen und begannen, den Kreis um Bell und Welf enger zu ziehen.

»Nun denn, mein törichter Sohn. Du wirst uns jetzt begleiten!« Als er sah, dass die beiden sich kampfbereit hielten, lachte Vil laut auf.

Doch dann ... wurde das düstere Lagerhaus vom Licht unzähliger flackernder Magiesteinlampen erhellt.

Allen Anwesenden stand die Überraschung ins Gesicht geschrieben. Eine große Gruppe von Halbmenschen, die in ihrer Zahl sogar die Soldaten übertraf, hatte sie umzingelt. Die Halle befand sich vollständig unter ihrer Kontrolle. Geblendet vom plötzlich einfallenden Licht der Magiesteinlampen kniff Welf die Augen zusammen. Das Erste, was er erblickte, als sie sich an die Helligkeit gewöhnt hatten, war ein Emblem: zwei gekreuzte Hämmer vor einem Vulkan.

»D... Die Hephaistos-Familia?!«

Während Bells Stimme durch das Lagerhaus hallte, trat eine Frau aus dem Halbmenschenkreis hervor. »Aha, offenbar hatte dieser Pallum recht.«

»Tsubaki?!« Welf klappte die Kinnlade herunter, als plötzlich die Schmiedin mit der Augenklappe vor ihm stand. Die Anführerin seiner weltweit bekannten ehemaligen Familia war an der Seite ihrer vielen Hochschmiede erschienen, die zusammen mit anderen Abenteurern und Kunsthandwerkern eine der mächtigsten Gruppen Orarios bildeten.

»W... Wie habt ihr uns gefunden?!«, schrie Vil entsetzt.

»Oh, wir hatten euren Plan längst durchschaut. Deshalb haben wir diesen jungen Mann hier die ganze Zeit überwacht.«

Eine Mischung aus Ungläubigkeit und Verzweiflung legte sich auf sein Gesicht, das zu einer Grimasse verzogen war. Tsubaki hingegen lächelte ihm nur hämisch entgegen. Die Loki-Familia hatte bemerkt, dass Rakias Armee die Schlacht hinauszögerte, und war hinter ihren wahren Plan gekommen. Sie hatte daher mit der Gilde zusammengearbeitet, die befohlen hatte, die Hestia-Familia, vor allen Dingen aber Welf, unter strenge Beobachtung zu stellen.

»Also war ich ... so etwas wie ein Lockvogel ...?«, brüllte dieser wütend, nachdem seine frühere Anführerin ihre Erklärung beendet hatte. Das war also der Grund gewesen, aus dem sie immer wieder dort aufgetaucht war, wo er sich aufgehalten hatte – selbst im Dungeon.

Angesichts Welfs zornigem Blick zuckte die Schmiedin nur mit den Schultern.

Kurz darauf trat eine Gottheit an ihre Seite. »Meine Kinder haben auch eure Gefährten gefangen genommen, die außerhalb des Lagerhauses auf der Lauer lagen. Gebt auf!«

»G... Göttin Hephaistos ...?!« Vil war zutiefst erschüttert über das Erscheinen der Göttin. Ihr markantes Aussehen – die Augenklappe, die sie im Gegensatz zu Tsubaki über dem rechten Auge trug, sowie ihr rotes Haar machten sie weltweit unverkennbar. Während die Soldaten angesichts ihres Auftretens völlig aufgelöst waren, schien ihr Anführer noch nicht aufgegeben zu haben und rief mit einem wahnsinnig anmutenden Unterton: »Es ist noch nicht vorbei! Wir haben noch immer die Magieschwerter ... Die Macht der Crozzos ist auf unserer Seite!«

Er hob die leuchtend rote Klinge in seiner Hand, das Crozzo-Magieschwert, weit über seinen Kopf. Ein mulmiges Gefühl machte sich in Bell und den Mitgliedern der Hephaistos-Familia breit. Es handelte sich schließlich um eines der legendären Schwerter, von denen man behauptete, sie könnten sogar das Meer in Brand setzen. Im Angesicht dieser Waffe, die geeignet war, ganze Armeen zu vernichten, verzog selbst Tsubaki das Gesicht.

Hephaistos hingegen blieb ruhig und gelassen – ihr Blick war auf den schweigenden Welf gerichtet. Angestachelt von Vils Ausruf zogen nun auch die anderen rakianischen Soldaten nacheinander ihre Magieschwerter.

»Wenn du nicht willst, dass wir diese Stadt in ein Flammenmeer verwandeln, dann begleitest du uns, Welf!«, richtete der gefallene Adlige das Wort an seinen Sohn, eine dämonische Besessenheit in den Augen.

»Nun, das war so nicht geplant. Also, was sollen wir jetzt ... Ähm, Welf?«

»Ihr haltet euch da raus.«

»Welf!«

»Du auch! Vertraut mir!«, antwortete der junge Schmied, als Bell ein paar Schritte auf ihn zulief. Er warf ihm über die Schulter ein Lächeln zu.

Erleichterung breitete sich auf Vils Gesicht aus, als er sah, wie sein Sohn sich langsam auf ihn zubewegte. »So ist es gut, Welf! Komm zu mir und gib mir alle Magieschwerter, die du mitgebracht hast!«

Welf ging weiter auf seinen Vater zu, blieb jedoch ungefähr zehn Schritte vor ihm stehen. Alle Anwesenden hielten den Atem an, als er nach dem weißen Bündel griff, das er auf dem Rücken trug. Von den vielen Schwertern, die er in das weiße Tuch eingewickelt hatte, zog er ein dunkelrotes Langschwert heraus und hob es nach oben. »Mehr habe ich nicht.«

»Was …?«

»Ja, das ist das einzige Magieschwert, das ich geschmiedet habe.« Er erklärte, dass es weder im Haus der Hestia-Familia noch in seiner Werkstatt weitere Crozzo-Magieschwerter gebe.

Als Vil bemerkte, dass es sich bei den anderen in das weiße Tuch gewickelten Waffen nur um Attrappen zu seiner Täuschung handelte, lief er vor Wut augenblicklich tomatenrot an. Welf erläuterte schulterzuckend, dass es unmöglich sei, ein Magieschwert in weniger als einem halben Tag anzufertigen.

»Hast du etwa schon vergessen, was ich gesagt habe, du närrischer Junge …? Orario wird zu einem Flammenmeer …!«

Schnell unterbrach der junge Mann die Drohgebärden seines Vaters. »Das Magieschwert in deinen Händen, ist das einzige, das ihr habt, nicht wahr?«

»…«

Sowohl Bell als auch Tsubaki und die anderen Mitglieder der Hephaistos-Familia rissen überrascht die Augen auf. Nur die Schmiedegöttin verfolgte das Geschehen regungslos.

»Etwas Zeit allein in meiner Werkstatt zu verbringen, hat mich ein wenig abgekühlt. Selbst wenn es stimmen würde, dass noch Magieschwerter existieren, die der Zerstörung entgangen sind, würde das Königrcich sic nicmals alle zur selben Zeit aus der Hand geben.« Welf war vollkommen bewusst, wie sehr sich das Königreich Rakia nach den glorreichen Zeiten zurücksehnte, in denen es dank der Crozzo-Magieschwerter der uneingeschränkte Herrscher über die Welt gewesen war. Niemals hätten Gott Ares und der König daher das Risiko in Kauf genommen, die wenigen Magieschwerter, die sich noch in ihrem Besitz befanden, für einen Plan einzusetzen, dessen Erfolg ungewiss war. Es war höchst unwahrscheinlich, dass dieses Heer vor den Toren

Orarios überhaupt jemals Zugang zu den verbliebenen Crozzo-Schwertern erhalten würde.

Der junge Schmied war zu dem Schluss gekommen, dass der ursprüngliche Plan der Gruppe um seinen Vater darin bestanden haben musste, sich außerhalb der Stadtmauern mit ihren Verbündeten zu treffen, bewaffnet mit all den neuen Crozzo-Magieschwertern, die er an sie übergeben hätte, um dann die Streitkräfte der Allianz in die Zange zu nehmen. Welf hatte erkannt, dass Vil nur dieses eine Schwert als Verhandlungsgrundlage besaß, um ihn damit zu erpressen und nach Rakia zurückzubringen.

Sein Verdacht bestätigte sich, denn sein Vater stand nur sprachlos da. Auch die Soldaten, die zuvor ihre angeblichen Magieschwerter präsentiert hatten, die allerdings überhaupt nichts mit den Schmiedewerken der Crozzos gemein hatten, begannen, nervös zu werden.

Vil schien vom scharfen, durchdringenden Blick seines Sohnes überwältigt zu sein und trat einen Schritt zurück. »Grr ... Gaa aaaaaaaaaaaaaaaaaaaaaah?!« Im nächsten Moment stieß er mit weit aufgerissenen Augen einen wütenden Schrei aus. »Keinen Schritt näher! Nur ein Hieb mit diesem Schwert und ihr seid alle Geschichte!«

Die Situation spitzte sich zu, als er in einem Anfall von Verzweiflung damit drohte, das blutrote Schwert zu schwingen. Die Spannung in der Luft war greifbar. Bell ballte die rechte Hand zur Faust, jederzeit bereit, einen Zauber zu wirken. Auch Tsubaki leckte sich die Lippen, während ihre Hand nervös den Griff ihres Schwertes umschloss, bereit, es jeden Augenblick zu ziehen.

Inmitten all dieser Anspannung ergriff Welf erneut das Wort: »Dann mach es!« Sein rotes Haar schwang leicht mit, als er seinem Gegenüber einen kalten Blick zuwarf – seine Worte ließen seinen Vater erstarren. »Na los, versuch dein Glück!«

Vil biss mit aller Kraft die Zähne zusammen. Er hatte längst die Kontrolle über sich verloren und ignorierte die Warnungen seiner Gefährten. Vor Zorn über die Provokation seines Sohnes hob er das Crozzo-Magieschwert hoch über den Kopf. »N... Na warteeeeeeeeeeeeeeeeeeeeeeee!«

Doch noch bevor er sein Schwert hinabschnellen lassen konnte ... Noch bevor Bell, die Hochschmiede oder Tsubaki reagieren konnten ... riss Welf die Augen auf und schwang das dunkelrote Langschwert in seiner Hand. »Resshin!!«

Eine massive Stichflamme wurde freigesetzt, die direkt auf den Feuerstrom traf, den Vils Magieschwert im selben Moment entfesselte. Vor den Augen seines aktuellen und seiner ehemaligen Gefährten sowie vor Hephaistos, die das Spektakel ungerührt verfolgte, verschlangen die purpurroten Flammen des jungen Mannes die seines Vaters und neutralisierten sie. Eine gigantische Rauchwolke breitete sich mit stiebenden Funken im Lagerhaus aus, gefolgt von einer Druckwelle.

Während sich die einen mit aller Kraft dagegenstemmten und versuchten, auf den Beinen zu bleiben, wurden die anderen gnadenlos weggefegt. Tsubakis roter Hakama flatterte wild um ihre Beine, als sie sich schützend vor ihre Göttin stellte. Als die Sicht wieder klarer wurde, blickten Bell und die anderen vorsichtig auf. In der Mitte des Lagerhauses stand Welf aufrecht vor Vil, der auf dem Boden saß.

*Kracks!* Das Schwert in den Händen des älteren Mannes zerfiel in tausend Einzelteile, während das in denen des jüngeren nicht nur unversehrt war, sondern auch noch rot funkelte. Sowohl der Kraftunterschied als auch die Nutzungsgrenze der

Klingen waren für alle deutlich erkennbar – Vils Waffe konnte einem Vergleich nicht standhalten. Das Magieschwert, für das Welf Blut und Tränen vergossen und unermüdlich gearbeitet hatte, um seinen Status zu verbessern, war dem seiner Vorfahren, die sich nur auf ihr angeborenes Talent verlassen hatten, bei Weitem überlegen. Mehr gab es nicht dazu zu sagen.

»Warum …?«, wandte sich Vil völlig verdutzt an seinen Sohn, während er auf die Bruchstücke seiner Waffe starrte. Sein Körper zitterte immer heftiger, bis er seinem Zorn schließlich Luft machte. »Warum benutzt du diese Macht nicht für deine Familie?! Oder für dein Land?!«

Welf erwiderte nichts auf die Schreie seines Vaters. Unter Bells, Hephaistos' und Tsubakis Blicken umklammerte er schweigend den Griff seiner magischen Klinge.

»Warum bist du derjenige, der Magieschwerter schmieden kann?! Wenn ich es wäre … Wenn ich mit dieser Gabe geboren worden wäre, dann … Du verdammter Nichtsnutz von einem Sohn!«, entlud Vil seine Wut und stand auf. Mit vor Zorn blutunterlaufenen Augen, die denen eines wilden Tieres glichen, schüttelte er seinen Mantel aus. »Du wagst es noch immer, darauf zu beharren, dass du es nicht ertragen kannst, wenn eine Waffe zerbricht? Waffen sind Gebrauchsgegenstände! Man kann sich jederzeit eine neue schmieden!!«

Damit erlangte er Welfs Aufmerksamkeit. Wutentbrannt blickte der junge Schmied seinem Vater entgegen.

Doch dieser bemerkte es nicht und fuhr fort: »›Schmiede viele Klingen und erlange unermesslichen Ruhm‹. Hast du etwa die Lehren des Schmiedeadels vergessen, der mit den Magieschwertern seine Blütezeit erlebt hat?«

Das brachte das Fass zum Überlaufen. »Was für ein Schmiedeadel?! Und welcher Ruhm?!« Die scharfen Worte des jungen Mannes durchschnitten die Luft des Lagerhauses. Als er mit großen Schritten auf Vil zumarschierte, verstummte dieser. Dann ballte er die Faust und rammte sie seinem Vater ins Gesicht.

»Gah?!«

Entsetzt darüber, dass ihr Anführer niedergeschlagen wurde, griffen die Soldaten zu ihren Waffen, doch Welf hielt sie davon ab. »Keine Bewegung!« Sein Schrei war so durchdringend, dass er die Krieger in Schach hielt und auch Bell und Tsubaki erstaunte. »Steh auf!! Hoch mit dir!!« Daraufhin warf der junge Schmied sein Magieschwert und das Waffenbündel zur Seite und packte seinen Vater mit beiden Händen am Kragen.

Kaum war der Mann, dessen Lippen aufgeplatzt waren und bluteten, wieder auf den Beinen, versetzte sein Sohn ihm einen weiteren Schlag. »Gwaaah?!«

»Die Lehren des Adels? Hast du etwa die wahre Berufung der Schmiede vergessen?!«

Getroffen von den Hieben und den Worten seines Sohnes taumelte Vil zurück. Er hob den Kopf, die Wangen gerötet vor Zorn. Dann bündelte er all seine Wut in seiner Faust und verpasste Welf ebenfalls einen Schlag ins Gesicht. »Verglichen mit Ruhm und Ehre sind derlei Bestrebungen nichts weiter als wertloser Dreck!«

Welf taumelte zurück, zögerte aber nicht lange, den Angriff zu erwidern. Ein dumpfes Geräusch hallte durch das Lagerhaus, als seine Faust auf die linke Wange seines Gegners traf. Dieser stolperte durch die enorme Wucht des Treffers rückwärts, sichtlich überrascht von der Stärke der Schläge seines Sohnes.

Auch verbal holte Welf zum Konter aus. »Was nennst du da wertlosen Dreck? Ich kann dich gar nicht richtig hören. War das etwa schon alles, alter Mann?!«

»D… Du verdammter Taugenichts! Du Rabensooooohn!« Der Zorn übermannte Vil: Er stürzte sich mit erhobener Faust auf den jungen Schmied.

Jedes Mal, wenn Welf einen Treffer einstecken musste, schlug er mit gleicher Kraft wieder zurück. Bell und die anderen standen einfach nur schweigend daneben und schauten fassungslos zu. Als hätten sie die derzeitige Lage und ihren Schmerz längst vergessen, gaben sich Vater und Sohn einer lautstarken Prügelei hin.

»Eine Waffe braucht nur Stärke! Hör auf, solchen Schwachsinn zu verzapfen!!«

Während sie aufeinander einprügelten, flogen ihre Haare – beim einen braun, beim anderen rot – wild umher. Mehrere Blutergüsse zeichneten ihre Gesichter, während aus ihren Wunden Blut tropfte. Zahllose Hiebe prasselten auf Welf ein, doch er blieb standhaft und schlug mit voller Kraft zurück.

»Gah …?!« Vil verlor das Gleichgewicht und taumelte zurück.

Sein Sohn wischte sich mit dem Ärmel grob das Blut aus dem Gesicht. »Momentan bin ich kein bisschen anders als diese Typen, die mit ihren Magieschwertern um sich schlagen!«

»…?!«

»Ist das echte Stärke?! Ist es wirklich unser Schicksal, diese Dinger zu erschaffen?«

Auf der einen Seite stand ein Hochschmied auf Level 2, auf der anderen der Nachfahre einer gefallenen Adelsfamilie von Schmieden auf Level 1.

Während er seine unbändige Kraft gegen Vil einsetzte, ließ Welf seinen Gefühlen freien Lauf. »Natürlich ist es das nicht! Das kann es einfach nicht sein!« Die Augen seines Vaters waren weit aufgerissen, als er ihm erneut die Faust in den Kiefer rammte. »Eine Waffe ist ein Teil desjenigen, der sie führt! Sie ist ein wertvoller Partner, mit dem er Gutes und Schlechtes teilen und der ihm den Weg ebnen kann! Sie ist ein Teil der Seele!«

»Was für ein Unsinn …!«

»Ein Schmied muss die Waffen, die er hergestellt hat, stolz ihren neuen Besitzern überreichen können!« Nachdem er dem weißhaarigen Jungen einen Seitenblick zugeworfen hatte, verpasste der junge Mann seinem Vater noch drei weitere Schläge. Er legte seinen ganzen unerschütterlichen Willen in seine blutige Faust.

»Wenn wir aus dem Königreich vertrieben werden, bleibt uns nichts! Der Name Crozzo kann ohne den Ruhm des Adels nicht überleben …! Wieso verstehst du das denn nicht?«

Die Crozzos hatten ihren Adelsstatus verloren – der gleichzeitig ihr ganzer Stolz war. In dem Moment, in dem die Familie verbannt würde, verlöre sie ihren einzigen Überlebenssinn und würde auf kurz oder lang aussterben. Der einzige Weg, ihre Blutlinie zu erhalten, waren die Magieschwerter. Vil bestand darauf, dass die in ihnen schlummernde Kraft, mit der sie Magieschwerter erschaffen konnten, das einzige Mittel zur Rettung war. Obwohl seine kraftlosen Schläge kaum noch ihr Ziel erreichten, hatte er das Feuer in seiner Stimme nicht verloren.

»Aber du bist noch am Leben, oder nicht? Du kannst noch immer einen Hammer schwingen und Eisen greifen!« Welf packte seinen Vater am Kragen und zog ihn nahe an sich heran. Er blickte ihm direkt in die Augen, seine Kehle erzitterte, als er ihm ins Gesicht schrie: »Ein Hammer, Eisen und brennende Leidenschaft! Damit kann man überall eine Waffe schmieden! Wer braucht schon den Adel oder das Königreich?! Komm endlich zu dir!« Unter Hephaistos' wachsamem Auge sprach Welf die Worte aus, die fest in seinen Erinnerungen verankert waren: »›Lausche der Stimme des Metalls, lausche dem Klang der Schläge und lege all deine Leidenschaft in deinen Hammer‹! Das habt Großvater und du mir doch beigebracht, oder?«

Eine schmutzige, rußbedeckte Werkstatt. Seine Jugendtage, in denen er beharrlich an der Seite seines Großvaters und seines Vaters den Hammer auf das Eisen geschlagen hatte, kamen ihm wieder in den Sinn. Bevor das in ihm ruhende Talent zum Leben erwacht war, war die in Ungnade gefallene Familie fest entschlossen gewesen, sich auch ohne die Magieschwerter einen neuen Namen zu machen. Drei Generationen von Schmieden hatten zusammengearbeitet, um diesen Wunsch Realität werden zu lassen.

Solche Tage hatte es in ihrer Vergangenheit tatsächlich einmal gegeben. Vils Augen bebten, als sein Sohn die Erinnerung daran in ihm wachrief.

Den Tränen nahe festigte Welf den Griff um den Kragen seines Vaters. »Wo ist dein Stolz als Schmied geblieben?!«

Seine Stimme hallte durch das gesamte Lagerhaus und erreichte die Ohren der rakianischen Soldaten, der Hochschmiede und seines Kameraden, die alle regungslos dastanden. Ohne seinen Griff zu lockern, senkte der junge Mann völlig außer Atem den Kopf.

Vils Gesicht war blutüberströmt, seine Augen standen weit offen. Schließlich ließ sein Sohn ihn los und die Arme schlaff hinabhängen. Alle Blicke waren auf die beiden Schmiede gerichtet. Eine erdrückende Stille hatte sich über das Lagerhaus gelegt …

»Das reicht jetzt.«

… die kurz darauf von der Stimme eines alten Mannes durchbrochen wurde. Eine Gestalt trat aus den Reihen der Soldaten des Königreichs hervor und zog die Kapuze zurück.

Welf zuckte überrascht zusammen, als er in das grimmige Gesicht eines weißhaarigen, bärtigen Greises blickte. »Großvater …?!«

»Vater …!« Auch Vil drehte sich zu ihm um.

Garon Crozzo. Mit über 170 Celti war er größer als Welf und obwohl er bereits ziemlich betagt war, besaß er noch immer einen kräftigen, muskulösen Körper und einen aufrechten Rücken. Er war das ehemalige Oberhaupt der Crozzo-Familie und hatte Vil und Welf die Grundlagen der Schmiedekunst beigebracht. Es wäre keine Übertreibung gewesen zu sagen, dass Welf all seine Fähigkeiten als Schmied erlernt hatte, indem er dem schweigsamen alten Mann dabei zugesehen hatte, wie er das Eisen nach seinem Willen formte.

Er konnte seine Überraschung darüber, dass sein Großvater ebenfalls nach Orario gekommen war, nicht verbergen. »Großvater, bist du aus demselben Grund hier wie Vater?«

»Ja, auch ich sollte dich von deiner Rückkehr überzeugen.«

Welf trat einige Schritte von Vil zurück, um seine Fäuste in Position zu bringen. Der älteste Crozzo richtete den Blick jedoch auf seinen am Boden knienden Sohn.

»Aber das reicht jetzt.«

»…!«

»Dein Wille ist zu stark. So hart wie Eisen!« Garons Mundwinkel zogen sich leicht nach oben, was seinen Enkelsohn zutiefst überraschte – immerhin hatte er seinen Großvater zuvor noch nie lächeln sehen. »Damals hatte ich Bedenken, einen kleinen Jungen dazu zu zwingen, Magieschwerter herzustellen … Und jetzt, wo ich dich so sehe, bedauere ich es umso mehr«, sagte der Greis mit tiefer, reumütiger Stimme.

Als man vor sieben Jahren Welfs Talent entdeckt hatte, war Vil fest entschlossen gewesen, ihn dazu zu bringen, ein Crozzo-Magieschwert nach dem anderen zu schmieden. Hilfesuchend hatte Welf damals zu seinem Großvater geblickt, doch auch dieser hatte ihn nur unnachgiebig angestarrt und ihn mit den Worten »Tu, was er sagt« angewiesen, den Befehlen seines Vaters Folge zu leisten.

Für den jungen Welf war Garon der Inbegriff eines Schmieds gewesen, weshalb ihm sein direkter Befehl einen unglaublichen Schock versetzt und ihn an den Rand der Verzweiflung getrieben hatte. Dies war auch der direkte Auslöser dafür gewesen, dass er seine Familie und das Königreich Rakia hinter sich gelassen hatte, um ein neues Leben zu beginnen.

Umso überraschter war der junge Mann nun, dass sein Großvater seine wahren Gefühle preisgab, doch dann verfinsterte sich dessen Gesicht.

»Dennoch wird das Blut in deinen Adern niemals verschwinden. Der Fluch der Crozzos wird dich bis ans Ende deiner Tage verfolgen und unablässig versuchen, dich auf den Pfad der Magieschwerter zurückzuführen«, fuhr Garon fort und blickte seinem Enkel mit ungebrochen scharfem Blick in die Augen. »Wird sich dein Wille trotz dieses Schicksals nicht beugen?«

Ironischerweise erinnerten seine Worte Welf inhaltlich an Tsubakis. Es ging um seine Qualitäten als Schmied und ob er Gebrauch von den Kräften machen würde, die in seinem Blut verborgen lagen. Er war nicht in der Lage gewesen, seiner früheren Anführerin etwas zu entgegnen. Ein Gefühl der Machtlosigkeit hatte seinen Willen ins Wanken gebracht.

Doch jetzt war es anders. Nachdem er seinen Vater und seinen Großvater getroffen hatte, erinnerte er sich an seine Überzeugungen, die er niemals verraten konnte.

»Nein, mein Wille wird sich niemals beugen!«, schrie er dem alten Mann ohne jedwedes Zögern entgegen. Diese Bekräftigung seines Entschlusses und seines Mutes war auch an Tsubaki gerichtet, die ganz in seiner Nähe stand. »Ich werde eine Waffe schmieden, die jedes Magieschwert in den Schatten stellt. Ich werde dem Schicksal trotzen, das unserer Blutlinie bestimmt ist! Ich bin nicht nur ein Crozzo ... Ich bin ich selbst!« So fasste er seine Ambitionen in Worte, die ihn antrieben, etwas zu erschaffen, das dem Werk einer Gottheit glich.

»Du bist ein frecher, kleiner Bengel!« Als er Welfs Antwort vernommen hatte, verengten sich Garons Augen beim Lächeln. Es schien fast so, als würde er sich darüber freuen, was aus seinem Enkel geworden war. »Wir werden dir nicht weiter nachstellen.«

»Aber, Vater! Wenn wir das nicht tun, dann ... ist unser Platz im Königreich so gut wie verloren ...!«, äußerte Vil, noch immer auf allen vieren am Boden, mit zitternder Stimme seine Zweifel an der Entscheidung seines Vaters.

Der Greis blickte ihm ins blutüberströmte Gesicht und antwortete ruhig: »Wir werden von vorn beginnen. Nicht als adlige Schmiede, sondern als ganz normale!«

Darauf vermochte Vil nichts mehr zu erwidern. Sein Blick sank langsam zu Boden, während er die bebenden Hände zu Fäusten ballte.

Unterdessen suchte Garon erneut Blickkontakt zu seinem Enkel. »Mit einem Hammer, Eisen und brennender Leidenschaft kann man überall eine Waffe schmieden ... Wie recht du doch hast.« Dann wandte er sich von Welf ab und hin zu der Göttin, die ihm dieses Wissen vermittelt hatte, um sich respektvoll vor ihr zu verneigen. »Wir ergeben uns, große Göttin. Die Verantwortung liegt allein bei mir. Bitte habt Gnade mit meinen Gefährten.«

»Also gut, ich nehme an.« Hephaistos nickte langsam und akzeptierte seine Kapitulation.

Keiner der rakianischen Soldaten erhob Einspruch. Ihre Niederlage war in dem Moment besiegelt gewesen, in dem Vils Magieschwert zerbrochen war. Komplett umstellt von Hochschmieden waren sie sich im Klaren darüber, dass jeglicher Widerstand völlig zwecklos wäre. Sie ließen sich wie ihr Anführer auf die Knie fallen und legten ihre Waffen ab, ehe sie die Hände ausstreckten, damit die Mitglieder der Hephaistos-Familia sie fesseln konnten.

»Dummkopf.« Nur dieses eine Wort richtete Tsubaki an Welf, als sie mit den festgenommenen Soldaten an ihm vorbeiging, ohne ihn eines Blickes zu würdigen.

Die Enttäuschung in ihrer Stimme war nicht zu überhören, doch ihr früherer Kamerad blieb stumm. Mit geschundenem Gesicht stand er inmitten des Lagerhauses und beobachtete, wie die fremdländischen Krieger hinausgeführt wurden, um zum Hauptquartier der Gilde gebracht zu werden – darunter auch Vil und Garon.

Kurz bevor sein Großvater aus seinem Blickfeld verschwand, drehte sich dieser noch einmal um, und warf seinem Enkel ein sanftes Lächeln zu. Welf brannte sich dieses Bild ins Gedächtnis ein. Auch nachdem die beiden nicht mehr zu sehen waren, stand er noch eine Weile regungslos da und starrte auf die offene Tür.

»Welf …«

Bell und Hephaistos waren zurückgeblieben, die Blicke auf den jungen Schmied gerichtet, der einsam im hereinscheinenden Mondlicht verharrte.

Das Licht der Magiesteinlampen erlosch, als die Nacht zu Ende ging. Während der Himmel sich langsam aufhellte, wurde der Mond immer blasser. Starr und stumm wie eine Statue saß Welf im Schneidersitz auf dem Dach des Lagerhauses. Ein Stück hinter ihm stand Bell und brachte ebenfalls kein Wort hervor. Nach dem Aufeinandertreffen mit seiner Familie hatte Welf einfach nur allein sein wollen. Also war er aufs Dach gestiegen und hatte sich an dessen Kante gesetzt – seither bewegte er sich kein Stück.

Bell war klar, dass der junge Schmied ein wenig Ruhe brauchte, und hielt daher Abstand. Sie waren schon mehrere Stunden lang der kalten Nachtluft ausgesetzt, weshalb er ziemlich fror. Trotzdem brachte er es nicht übers Herz, seinen Kameraden allein zu lassen. Außerstande, die passenden Worte zu finden, starrte er einfach nur die ganze Zeit auf seinen Rücken.

»Hier oben seid ihr also.«

»Göttin Hephaistos …«

Die Stiefel der Göttin verursachten bei jedem Schritt einen metallischen Klang auf dem Dach des Lagerhauses. Sie näherte sich Bell, der sich zu ihr umgedreht hatte. Als sie den jungen Mann erblickte, der in den allmählich heller werdenden Himmel schaute, kniff sie das freiliegende linke Auge zusammen. »Würdest du mich mit ihm alleine lassen, Bell Cranel?«

Der weißhaarige Abenteurer blinzelte einen Moment verdutzt, nickte ihr dann aber zu. Er verbeugte sich kurz und überließ der Göttin alles Weitere, ehe er vom Dach der Lagerhalle hinabstieg.

Hephaistos bewegte sich auf Welf zu, Bells Schritte verklangen in der Ferne. »Die rakianischen Soldaten befinden sich nun in der Obhut der Gilde.«

»…«

»Sie haben uns auch verraten, wie sie in die Stadt gekommen sind. Ein Informant hat sie hereingelassen, nachdem sie ihm versprochen hatten, einen Krieg zu beginnen. Ob sie sich dadurch mehr Profite durch gesteigerte Wirtschaftsausgaben versprachen oder ein anderes Ziel damit verfolgten, wissen wir noch nicht …«, berichtete die Göttin ihrem ehemaligen Anhänger, ohne ihn anzusehen. Sie richtete den Blick wie er in den Himmel über der Stadt und fuhr fort: »Die Gilde wird ein Lösegeld fordern. Doch selbst, wenn das Königreich ablehnen sollte, werden sie die Männer nach einer Weile freilassen, sobald sich die Lage etwas beruhigt hat.«

»Verstehe …«, murmelte Welf, nachdem ihm das Schicksal der Soldaten und somit auch seines Vaters und seines Großvaters offenbart worden war.

Schweigend beobachteten die beiden den Sonnenaufgang.

»Liege ich vielleicht falsch …?«, fragte der junge Schmied plötzlich, als die ersten Sonnenstrahlen im Osten sie langsam erreichten, und senkte den Kopf. Seine Entscheidung, das Blut in seinen Adern zu ignorieren und einen anderen Weg zu finden, um seinem ultimativen Ziel entgegenzustreben, beherrschte seine Gedanken.

»Nun ja, wer weiß?«

»…«

»Tsubaki hat nicht unrecht. Kinder wie du haben nur eine begrenzte Lebensdauer. Um das Niveau von uns Göttern zu erreichen, muss man alles in die Waagschale werfen, was einem zur

Verfügung steht.« Damit sprach Hephaistos die schlichte Wahrheit aus. Als Welf schwieg, fuhr sie fort: »Aber … du hast doch deine eigenen Überzeugungen, nicht wahr, Welf?«

»Die habe ich …«

»Dann darfst du niemals an dir zweifeln. Nichts ist so zerbrechlich wie Eisen, das im Inneren leer ist.« Die Göttin der Schmiede wandte sich ihrem früheren Schützling zu und lächelte. »Wenn es etwas gibt, worauf wir bei euch Kindern achten, dann ist es ein Wille, der so stark ist, dass er das Unmögliche möglich macht. Wir wollen Zeugen von dem Moment werden, in dem ihr als Helden den widrigsten Gegebenheiten trotzt und auch dann kämpft, wenn bereits alle Hoffnung verloren scheint.«

Jede Gottheit wartete nur darauf, dass ihre Kinder ihr eine Zukunft aufzeigten, die sie selbst noch nicht kannte. Mit sanfter Stimme machte Hephaistos Welf deutlich, dass sie das Potenzial, das in ihm und den anderen schlummerte, längst erkannt hatte.

»Ich werde dich eines Tages einholen … auf meine eigene Art und Weise.« Der junge Schmied stand auf und blickte der Göttin in die Augen. In seiner Stimme lag kein Funken von Unsicherheit mehr.

»Du willst mich einholen? Reicht dir das etwa schon?«

»Ich werde dich übertreffen.«

Amüsiert kniff Hephaistos das linke Auge zusammen. Auch Welf lächelte nun. Der Gesichtsausdruck der Gottheit glich dem einer Mutter, die stolz darauf war, was aus ihrem Kind geworden war. Dann streckte sie die rechte Hand aus und streichelte ihm sanft übers rote Haar.

»W… Was machst du da?!« Welf erstarrte einen Moment und wurde knallrot, ehe er ihre Hand wegschlug.

»Oh, gefällt dir das denn nicht?«

»I… Ich bin doch kein Kind mehr! So etwas kannst du bei jemandem wie Bell machen!«

»He he. Echt süß, wie du versuchst, dich als großer Bruder aufzuspielen. Das mag ich wirklich an dir, Welf.« Hephaistos kicherte, während Welfs Gesicht tomatenrot wurde.

Tatsächlich verhielt er sich gegenüber den Mitgliedern seiner neuen Familia wie ein älterer Bruder, doch vor seiner ehemaligen Schutzgöttin schmolz diese Fassade dahin. *Verdammt noch mal …*, fluchte er in sich hinein und verdeckte einen Teil seines Gesichts mit seinem Ärmel. Er rügte sich selbst dafür, dass er sich kurz im makellosen Lächeln der rotäugigen Göttin verloren hatte.

Noch schlimmer aber war die Tatsache, dass er nichts auf ihre Worte erwidern konnte und dadurch erneut seine Gefühle für sie erkannte. Wie Tsubaki bereits angedeutet hatte, bewunderte Welf Hephaistos … nicht nur als Göttin, sondern auch als Frau.

Zu Beginn war es wirklich nur das Ziel gewesen, sie zu erreichen oder gar zu übertreffen. Er hatte eine Waffe schmieden wollen, die noch größer und mächtiger war als die von ihr erschaffene. Doch je mehr Zeit er mit ihr verbracht hatte, desto deutlicher hatten sich seine Gefühle für sie verändert. Im Grunde genommen war es nicht anders gewesen als bei Bell. Sein Respekt und seine Bewunderung hatten sich schon bald in Zuneigung verwandelt. Zuerst hatte ihr Schmiedewerk seine Aufmerksamkeit erregt, doch schon bald war er der Göttin selbst verfallen. Es war keine bloße Verliebtheit, doch auch nicht so ernst, dass er es als Liebe bezeichnen konnte. Seine Gefühle hatten etwas Kindlicheres, etwas Sehnsüchtiges, das so heiß war wie eine Flamme. *Das ist eher so etwas wie eine Berufskrankheit …*

Der junge Schmied hielt sich noch immer den Arm vors Gesicht, während er einen Blick auf das Profil der Göttin riskierte, die weiterhin lächelnd neben ihm stand. »Und was ist mit dir …?«

»Hm?«

Am östlichen Horizont war die Sonne fast vollständig zu sehen. Welf, der schon daran gewöhnt war, ständig aufgezogen zu werden, verschränkte die Arme vor der Brust und blickte in die Ferne. »Ich habe von ihr … von Tsubaki gehört, dass du einsam bist, seit ich nicht mehr da bin.«

Ein verdutzter Ausdruck trat auf Hephaistos' Gesicht. »Haaach …« Sie stieß einen langen Seufzer aus. »Also wirklich, die kann echt nichts für sich behalten.« Sie war weder peinlich berührt noch wütend, sondern beschwerte sich einzig und allein darüber, dass eines der Mitglieder ihrer Familia offenbar nicht fähig gewesen war, den Mund zu halten.

Dass sie so direkt zugab, dass Tsubakis Aussage der Wahrheit entsprach, ließ Welf etwas frustriert zurück. Er hatte gehofft, die Göttin mit dieser kleinen Retourkutsche etwas aus der Fassung zu bringen. Stattdessen machte sie ihm mit ihrer Reaktion allerdings auch klar, dass sie offensichtlich keine romantischen Gefühle für ihn empfand. Erst jetzt fiel dem jungen Mann auf, dass die Worte seiner früheren Anführerin in ihm ein wenig Hoffnung geweckt hatten, weshalb er sich am liebsten ein Loch gebuddelt und darin vergraben hätte.

»Ja, es ist wahr. Seit du nicht mehr da bist, ist es viel zu ruhig geworden. Mich umgibt dieses leere Gefühl à la ›Haaach, schon wieder hat ein Kind das Nest verlassen‹.«

»Verstehe …« Trotz ihrer sanften Stimme war Welf vor lauter Verlegenheit außerstande, Hephaistos in die Augen zu sehen.

Stattdessen dehnte er seine Schulter und massierte sie mit seiner freien Hand.

»So etwas würde ich niemals zu einem Mitglied meiner Familia sagen, aber ... da du nun keines mehr bist, kann ich es ruhig tun. Ich habe immer ein Auge auf dich gehabt und konnte es kaum erwarten zu sehen, was aus dir werden würde.«

Ihre unerwartet ehrlichen Worte brachten den jungen Schmied erneut aus dem Gleichgewicht. Es war vermutlich das größte Lob, das die Göttin der Schmiedekunst einem Schmied gegenüber aussprechen konnte. Er zitterte am ganzen Leib, sein Gesicht war aufs Neue rot geworden.

Mit einem schelmischen Lächeln auf den Lippen meinte Hephaistos: »Wenn du mir eine Waffe gebracht hättest, die mich überzeugt hätte, hätte ich dir womöglich sogar eine Belohnung gegeben ... Wirklich schade, oder?« Sie warf Welf einen koketten Blick zu, der ihn ziemlich aufwühlte.

Überwältigt von seinen Emotionen schrie er plötzlich: »Gilt das Angebot immer noch?!«

»Was?!«

»Bekomme ich trotzdem noch eine Belohnung, wenn ich dir eine Waffe bringe, die dich beeindruckt?«

Zum ersten Mal hatte er es geschafft, Hephaistos mit seinen Worten zu überraschen. »K... Klar, wenn du es schaffst ...«, stotterte sie zur Antwort.

Die Wangen des jungen Mannes waren mittlerweile so rot wie sein Haar. Nachdem es ihm gelungen war, der Göttin einer anderen Familia ein Versprechen abzuringen, ging er noch einen Schritt weiter – die von Neuem in ihm entfachte Leidenschaft half ihm dabei. »Wenn ich es schaffe ... dir eine Waffe vorzulegen, die dich beeindruckt, dann möchte ich, dass du mit mir ausgehst!«

Er hatte es wirklich gesagt. Sein Herz trommelte so heftig gegen seine Brust, dass es ihn fast verrückt machte. Sein Blick blieb stets fest auf Hephaistos gerichtet, während er versuchte, gegen seine Scham anzukämpfen. Die Göttin war zunächst sprachlos, doch ... dann hielt sie sich die Hand vor den Mund und brach in Gelächter aus.

»I... Ich bringe all meine Entschlossenheit auf, und du ...?!«

»He ... he he he ...! T... Tut mir leid, aber ... es ist einfach zu lustig ...!« Sie hielt sich den Bauch und schüttelte sich vor Lachen. Ihre Lungen schmerzten schon so sehr, dass sie kaum noch atmen konnte. Als sie sich endlich so weit beruhigt hatte, dass sie sich die Tränen aus dem linken Auge wischen konnte, lächelte sie ihrem ehemaligen Anhänger entgegen. »So etwas hat schon Ewigkeiten niemand mehr zu mir gesagt.«

»Was?« Welf erstarrte.

»Vor langer Zeit haben einige meiner Gefolgsmänner ... ebenfalls Schmiede, mir ihre Liebe auf dieselbe Art und Weise gestanden, wie du es gerade gemacht hast.«

Der junge Mann saß völlig regungslos da. Hephaistos lächelte weiterhin und zwinkerte ihm zu. »Du bist also nicht der Erste. Deine Vorgänger sind dir zuvorgekommen.«

Am liebsten wäre er wirklich im Boden versunken. Plötzlich verspürte er den Drang, vom Dach des Lagerhauses zu springen.

*Warum sind nur alle Schmiede so ...?!* Ihm schien es, als könnten Schmiede ihre Gefühle nur jemandem gestehen, der ihnen weit überlegen war. Welf hielt sich den Kopf und verfluchte jeden Schmied, der jemals auf dieser Welt gewandelt war, einschließlich sich selbst.

Die sichtliche Verzweiflung des jungen Mannes sorgte dafür, dass Hephaistos aus dem Kichern gar nicht mehr herauskam.

Doch schon kurze Zeit später legte sich ein ernster Ausdruck auf ihr Gesicht. »Allerdings ist es bislang keinem einzigen gelungen.«

Welf hob den Kopf. Ein Grinsen lag auf den Lippen der Göttin. Es schien, als wollte sie ihn herausfordern: »Wirst du vielleicht der Erste sein, der es schafft?«

Hephaistos fixierte ihn mit ihrem freiliegenden Auge. Ihre Worte ließen ihm den Atem stocken. Doch nur einen winzigen Augenblick später erschien ein selbstbewusstes Lächeln auf seinem Gesicht – er erwiderte ihren Blick. »Natürlich werde ich das.«

Nun hatte er ein weiteres Ziel vor Augen. Er würde eine Waffe erschaffen, die jedes Magieschwert übertraf. Mit ihr würde er die Spitze der Schmiedewelt erklimmen und die Erwartungen der Göttin übertreffen.

Während die Morgensonne die beiden in ihr warmes Licht tauchte, tauschten sie Blicke aus und lächelten sich an.

»Aber ... lassen wir das mit dem Ausgehen mal beiseite ... Es wird langsam Zeit, dass du dir eine Partnerin suchst«, merkte Hephaistos an, während sie sich zufrieden streckte. Offenbar freute sie sich darüber, dass Welf wieder zu sich selbst gefunden hatte.

»Was?«, fragte dieser verdutzt.

»Du bist zwar ein kleiner Sturkopf, aber ich bin mir sicher, dass du ein tolles Mädchen finden wirst.«

»M... Moment mal! Ich meinte das eben vollkommen ernst ...!«

»Welf, wenn du dich an eine Unsterbliche wie mich klammerst, kannst du nur verlieren. Wir könnten niemals eine Familie gründen«, antwortete die Göttin mit einem gequälten Lächeln und versuchte Welfs hektischen Einwand abzuschmettern. »Außerdem ... bin ich als Frau eine Niete.«

Es lag weder Selbstmitleid noch Spott in ihrer Stimme, sie sprach vollkommen ruhig, während sie mit der Hand die schwarze Klappe über ihrem rechten Auge berührte. »Darunter verbirgt sich ein Gesicht, das so abstoßend ist, dass es dir einen Schauer über den Rücken jagen würde.«

»...!«

»Merkwürdig, oder? Dabei bin ich doch eine Göttin. Ich habe so oft darüber nachgedacht, aber bin nie dahintergekommen. Auch im Himmelreich haben die anderen Gottheiten mich gemieden und ausgelacht.« Sie bemühte sich zu lächeln, als sie mit ihren Fingern sanft über die Augenklappe strich.

Die Schmiedegöttin Hephaistos. Diejenige, die über das Feuer und die Schmiedekunst herrschte, hatte ein entstelltes, einer Gottheit unwürdiges Gesicht. Die Deusdea sollten eigentlich lebende Verkörperungen der Vollkommenheit sein. Doch selbst mit ihrer göttlichen Kraft, dem Arcanum, sei sie nicht in der Lage gewesen, etwas an ihrem Gesicht zu verändern. Sie habe es von jeher vermieden, zu viel Kontakt zu ihresgleichen zu haben, da sie seit Anbeginn ihrer Existenz für ihr »hässliches Gesicht« verspottet worden sei, erklärte sie.

»Bis zum heutigen Tag gab es nur eine einzige Göttin, die mein Gesicht gesehen hat, ohne sich vor Ekel abzuwenden oder mich auszulachen. Und zwar Hestia ...« Sie lächelte sanft, als sie dem jungen Schmied erzählte, warum zwischen ihr und der jungen Göttin eine derart starke Verbindung bestand. Sie sei ihre einzige wahre Freundin. »Selbst diejenigen, die sich mir in der Welt der Sterblichen anschließen wollten, haben sich vor mir gefürchtet. Deshalb solltest du wirklich lieber Abstand von mir halten.« Sie lächelte Welf noch einmal zu, ehe sie sich von ihm abwandte und davonging.

Der rothaarige Schmied blieb zunächst sitzen, doch sofort trat ein entschlossener Ausdruck in seine Augen und er sprang auf und versuchte mit großen Schritten, Hephaistos einzuholen. Obwohl er wusste, dass es an Blasphemie grenzte, streckte er die Hand nach ihr aus und packte sie an der Schulter. Beherzt drehte er sie zu sich herum. Von Angesicht zu Angesicht mit der überraschten Göttin griff er nach ihrer schwarzen Augenklappe.

»H… Hey!«

Er ignorierte ihren aufgebrachten Protestversuch und zog ihr die Augenklappe vom Gesicht, wobei er ihr weiches rotes Haar berührte.

Hephaistos stand regungslos da. Zum ersten Mal war es dem jungen Mann vergönnt, ihre beiden Augen zu betrachten. Das wahre Gesicht der Schmiedegöttin lag nun frei vor ihm. Hephaistos, die ein wenig kleiner war als Welf, blickte zu ihm auf – ihre roten Pupillen zitterten. Sein Ausdruck hingegen veränderte sich nicht im Geringsten.

»Hmpf.« Er rümpfte die Nase. Seine Mundwinkel verzogen sich zu einem Grinsen. »Wie enttäuschend, Göttin Hephaistos. Dachtest du wirklich, so etwas würde mich von dir fernhalten?« Sanft legte er die Augenklappe in die Hände der Göttin und lächelte ihr entschlossen zu. »Durch so etwas wird das Feuer, das du in meinem Herzen entzündet hast, niemals erlöschen.«

Hephaistos' Wangen erröteten leicht. Nachdem sie ihr Gegenüber eine Weile schweigend angesehen hatte, lächelte sie ebenfalls und legte ihre Augenklappe wieder an. Als die rechte Hälfte ihres Gesichtes wieder bedeckt war, schüttelte sie den Kopf, wodurch ihre Haare im Licht der Morgensonne leicht hin und her schwangen. »Was du nicht sagst.«

»Jetzt sind wir quitt.«

»Also wirklich! Schmiede sind doch allesamt stur und ehrgeizig«, scherzte sie.

Nun fühlte sich Welf endlich, als hätte er sich für ihre Neckereien revanchiert. Ein Blick auf den klaren, ruhigen Gesichtsausdruck der Göttin ließ in ihm ein Gefühl des Stolzes aufkommen.

Das Licht der Morgendämmerung fiel auf die beiden und hüllte sie ein. Während die frische Morgenbrise sie umwehte, tauschten sie aufs Neue ein Lächeln aus.

Später, am selben Tag. Nur diejenigen, die direkt in den Vorfall mit den in die Stadt eingedrungenen Soldaten des Königreichs Rakia verwickelt gewesen waren, wussten darüber Bescheid. Selbst vor den meisten Gildenangestellten wurde die Sache geheim gehalten. Diese Maßnahme hatte die Führungsriege der Gilde getroffen, um unnötige Unruhen zu verhindern. Die verhafteten Soldaten würden für eine Weile tief im Pantheon eingesperrt und da keiner der Bürger überhaupt wusste, dass sich etwas ereignet hatte, ging das alltägliche Leben in Orario wie gewohnt weiter.

Inmitten dessen ...

»Und dann hat Welf ... Weißt du, was er dann getan hat?« Die ungewöhnlich fröhliche Stimme einer Göttin hallte durch das Büro eines gewissen Waffenladens.

»Das hast du mir jetzt schon siebenmal erzählt, Göttin ...«

Hephaistos saß an ihrem Schreibtisch und stützte sich mit den Ellbogen auf die Tischplatte, während Tsubaki, die einen Stapel Dokumente auf den Armen trug, ihr einen genervten Blick zuwarf. Seit ihrer Unterhaltung mit Welf hatte die Göttin ihr ständig nur von diesem einen Moment erzählt ... Sie klang wie ein Teenagermädchen, das für einen Jungen schwärmte. Wenn er oder ein Mitglied ihrer Familia vor ihr stand, bewahrte sie natürlich stets eine würdevolle Haltung. Doch das war anders, sobald sie sich in ihren privaten Räumlichkeiten aufhielt. Mit einem Grinsen im Gesicht begann Hephaistos, erneut von den Ereignissen zu erzählen, die sich am Morgen zugetragen hatten, wobei sich ihre Wangen rosa färbten.

Angesichts dessen, dass sie es nun bereits zum achten Mal über sich ergehen lassen musste, stieß Tsubaki einen tiefen Seufzer aus. »Hat ja ganz schön lange gedauert, bis du das verliebte Mädchen in dir entdeckt hast ...«, murmelte sie mit zusammengebissenen Zähnen. Sie war deutlich frustriert darüber, dass ihre unbeschwerte Schutzgöttin den ganzen Tag über noch keinen Finger gerührt hatte. »Jetzt hast du es zu weit getrieben ...«, flüsterte sie aus dem Fenster. Ihre Worte galten dem jungen Schmied, der es ihr nun unbewusst endlich heimgezahlt hatte.

Einige Zeit später. Genau wie schon zuvor hatte Hephaistos' Geheimnis – ausgelöst von ihr selbst – die Runde gemacht, denn Neuigkeiten verbreiteten sich in der Labyrinthstadt grundsätzlich rasant. Die anderen Gottheiten wussten bereits vor Anbruch der Dunkelheit jedes Detail über ihren Austausch mit dem jungen Schmied. Der markante Spruch, mit dem er ihr das Herz gestohlen hatte, war schon bald in aller Mund.

»Wie peinlich!«

Jeder reagierte auf dieselbe Art und Weise und die unterhaltungsdurstigen Deusdea hatten etwas, das sie für lange Zeit mit Lachern versorgen würde. Am nächsten Tag sollte die

Namensgebungszeremonie des Denatus stattfinden. Mit dieser Geschichte frisch in ihren Köpfen war das Pseudonym des jungen Mannes schnell gefunden. Von nun an würde Welf Crozzo den Beinamen »Ignis« – der Immerbrennende – tragen.

Und so kam es, dass der junge Schmied Lilis und Hestias spöttischem Kichern, Mikotos und Haruhimes bewundernden und begeisterten Blicken sowie Bells gequältem Lächeln ausgesetzt war und sich gezwungen sah, seine geröteten Wangen zu verbergen, wann immer die Herkunft seines Namens erläutert wurde.

# Kapi tel 4:
# Geliebter Leibwächter

»Willkommen zurück, hochgeschätzter Abenteurer. Was kann ich heute für dich tun?«

Wenn ein Abenteurer um Rat bat, wie er den Dungeon künftig effizienter erkunden könne, antworteten die jungen Frauen stets freundlich und bereitwillig: »Verstanden. Ich werde deinen zuständigen Berater umgehend informieren. Bitte warte in der Kabine.«

Wann immer ein Abenteurer zu ihnen kam, um ihnen von seinem Levelaufstieg zu berichten, begannen ihre Augen zu funkeln und sie drückten ihre Begeisterung aus: »Herzlichen Glückwunsch! Level 2 … Damit bist du nun offiziell ein Abenteurer der dritten Klasse. Wir erwarten auch weiterhin großartige Leistungen von dir!«

Lud man jedoch eine der Damen mit Hintergedanken zum Abendessen ein, so setzten diese sofort ein breites Grinsen auf und lehnte höflich ab: »Wenn du sonst nichts weiter brauchst, dann darfst du dich jetzt gern zurückziehen.«

Auch wenn ein neuer Abenteurer kurz davorstand, zum ersten Mal durch den Eingang des Dungeons zu treten, empfingen sie ihn mit einem warmen Lächeln und sagten: »Willkommen in der Labyrinthstadt Orario. Die Gilde begrüßt dich herzlich.«

Die Rezeptionistinnen des Gildenhauptquartiers: Sie kümmerten sich anmutig um die Belange der Abenteurer und waren das Aushängeschild und die »Blumen« der Gilde.

Auch heute herrschte im Hauptquartier der Gilde ununterbrochener Trubel. In der Lobby, die vollständig aus weißem Marmor bestand, drängten sich so viele Abenteurer, dass es fast schon erdrückend war. Die Schwerter und die Schilde, die sie auf den Rücken und an den Hüften trugen, verströmten einen metallischen Geruch und klirrten bei jedem ihrer Schritte. Die Elfen trugen Stäbe und Bögen, die Zwerge Äxte oder Hämmer mit sich – jedes Volk hatte seine ganz eigenen typischen Waffen und Rüstungen. Der Großteil der Abenteurer strömte entweder zum großen Schwarzen Brett, das in der Lobby aufgestellt war, oder zu den Rezeptionistinnen, die an den Empfangsschaltern geduldig auf sie warteten.

»Guten Morgen, werter Abenteurer.«

»Ja, bezüglich meines Anliegens …«

»Das Gesetz besagt eindeutig, dass derjenige, der im Dungeon einen wertvollen Gegenstand findet, diesen auch behalten darf. Du solltest dir also keine allzu großen Hoffnungen machen, deinen wiederzubekommen …«

Vor den Schaltern hatten sich Warteschlangen gebildet. Jede der Beamtinnen lauschte geduldig den Anliegen der Abenteurer, die sich vor ihrem Schalter eingefunden hatten, und suchte mit ihnen gemeinsam nach einer Lösung. Die jungen Frauen, die den unterschiedlichsten Völkern entstammten, agierten dabei mit höchster Professionalität.

Wenn es etwas gab, dass sie alle gemeinsam hatten, dann war es ihre außergewöhnliche Schönheit. Die Gilde wählte ihre Rezeptionistinnen vorwiegend nach ihrer Attraktivität aus. Die Empfangsschalter waren der erste Anlaufpunkt für Abenteurer, die ins Hauptquartier kamen, weshalb die dort arbeitenden Menschen-, Halbmenschen- und Elfenfrauen das Bild prägten, das sie von der Gilde als Ganzes gewannen. Die Meinung eines Abenteurers über die Gilde spiegelte sich mehr oder weniger in seiner Effizienz bei der Erkundung des Dungeons wider – und letztendlich auch in der Menge der gesammelten Magiesteine, die hier eingetauscht werden konnten. Genau das war der Grund, aus dem bei der Auswahl der Rezeptionistinnen neben ihren Fähigkeiten und ihrer Persönlichkeit vor allem auf ihr Aussehen Wert gelegt wurde – es diente quasi als Ansporn. Es war daher wenig überraschend, dass die abgehärteten Abenteurer, die teils an wilde Tiere erinnerten, stets von strahlend lächelnden, wunderschönen Damen begrüßt wurden, sobald sie die Gilde betraten.

»Ich bestätige den Abschluss der Quest. Gute Arbeit. Die Gilde wird den Kunden über die Erfüllung des Auftrags informieren.«

Auch Eina, eine Halbelfe, gehörte zu den Rezeptionistinnen der Gilde. Sie trug schulterlanges braunes Haar und eine Brille, die ihre smaragdgrünen Augen funkeln ließ. Ihre spitzen Ohren, kürzer als die einer Elfe, aber länger als die eines Menschen, verrieten eindeutig, welches Blut durch ihre Adern floss.

Eine Tiermenschendame hatte gerade eine Quest abgeschlossen, woraufhin die junge Beamtin ihr lächelnd eine Truhe überreichte, die der Auftraggeber dafür hinterlassen hatte. »Hier ist deine Belohnung. Bitte schön.« Kaum hatte sie sich zum Abschied vor der Abenteurerin verneigt, wandte sie sich dem nächsten Wartenden in der Schlange zu.

Sie arbeitete nun schon seit etwa fünf Jahren für die Gilde. Nachdem sie die Schule abgeschlossen hatte, hatte sie sich aus familiären Gründen dazu entschieden, einen Posten bei der Gilde zu übernehmen. Rückblickend fand sie, dass diese Stelle unheimlich gut zu ihr passte. Natürlich gab es auch schwierige Tage, doch sie fand Erfüllung in ihrer Arbeit. Eina war schon immer sehr fleißig gewesen und konnte ihren Tatendrang nun für die Abenteurer einsetzen, die sich tagtäglich dem Dungeon stellten. Auch am heutigen geschäftigen Vormittag bemühte sie sich nach Kräften, den vielen Anforderungen der Abenteurer gerecht zu werden.

»Eina, hey! Zeit, eine Kleinigkeit zu essen!«

»Ja, klingt gut!«

Die Zeit war wie im Flug vergangen und so brach bereits die Mittagspause an. Die morgendliche Abenteurerflut war mittlerweile abgeebbt und in der sonnendurchfluteten Lobby war etwas Ruhe eingekehrt. Die Empfangsdamen, die ihre Arbeit wie immer pflichtbewusst erledigt hatten, erhoben sich von ihren Stühlen und streckten sich ausgiebig.

Gerade als auch Eina sich ein wenig entspannte, wandte sich ihre menschliche Kollegin vom Nachbarschalter an sie. Ihr rosafarbenes Haar schwang von Seite zu Seite, als sie ihr zuwinkte, und ihr hübsches, ausdrucksstarkes Gesicht verlieh ihr einen besonderen Charme. Misha Flott, Einas Freundin aus Schultagen, konnte es kaum erwarten, sich ihre Pause zu gönnen, und führte die Halbelfe schnell von ihrem Schalter weg. »Ich bin sooo hungrig! Ich habe das Gefühl, dass mein Magen schon an meiner Wirbelsäule klebt!«

»Hey, Misha, zerr nicht so an mir!« Während die rosahaarige Menschenfrau bereits an ihrem Arm zog, informierte Eina ihre anderen Kolleginnen darüber, dass sie nun zum Mittagessen gehen würde.

»Genieß deine Pause!«, rief eine von ihnen und winkte ihr zu.

Die beiden jungen Frauen überließen den Rest den fähigen Händen ihrer Mitstreiterinnen und liefen davon.

»Vor Kurzem habe ich ein richtig tolles Restaurant entdeckt! Es liegt im Westbezirk.«

»Misha, bist du sicher, dass wir es schaffen, rechtzeitig vor Pausenende wieder zurück zu sein, wenn wir so weit weggehen?«

»Hmm, wird schon irgendwie hinhauen.«

»Na, hör mal ...«

Als ihre Freundin wieder einmal alles auf die leichte Schulter nahm, verzogen sich Einas Lippen zu einem teils amüsierten, teils ein wenig genervten Lächeln. Seit ihrer Schulzeit waren die freigeistige Misha und die verantwortungsbewusste Eina ein unzertrennliches Duo. In ein angeregtes Gespräch vertieft verließen sie die Gilde durch den Hinterausgang.

»E... Einaaa!«

»Ah ... Dormul?«

Plötzlich erreichte eine laute Stimme die spitzen Ohren der Halbelfe. Als sie sich in Richtung des Rufes umdrehte, sah sie einen jungen Zwerg aufgeregt mit den muskulösen Armen wedelnd auf sich zukommen. Misha fühlte sich ein wenig fehl am Platz.

»W... Was für ein Zufall, dass wir uns treffen! Ich bin gerade hier vorbeigekommen ...«

Eina wusste sofort, dass ihr Bekannter log, und lächelte gequält. Wie die meisten Zwerge war Dormul kräftig gebaut, wobei er mit 170 Celti größer war als der Großteil seines Volkes. Seine massigen Arme und Beine ragten wie dicke Baumstämme aus seinem Körper. Er trug keinen Bart und seine Augen waren zu freundlichen Halbmonden verengt. In Kombination mit seinem Dialekt wirkte alles an ihm, als hätte er gerade erst sein Heimatdorf verlassen.

Nervös lächelnd kratzte er sich an der Nase, während er fortfuhr: »Eina, gehst du zufällig gerade Mittag essen? Ich hatte soeben dasselbe vor ... W... Willst du mich vielleicht begleiten? I... Ich würde natürlich auch bezahlen!«

»Nein, das brauchst du nicht ... Ähm, Dormul, ich bin heute mit meiner Kollegin unterwegs, deshalb ...«

Unzählige Male war der Zwerg schon »zufällig« auf Eina getroffen und hatte sie zum Mittagessen eingeladen. Langsam fühlte die Halbelfe sich von der Situation überfordert. Dormuls von seiner Rüstung bedeckter kräftiger Körper wies ihn klar als Abenteurer aus. Er befand sich auf Level 3, zählte zu den hochklassigen Abenteurern und hatte sich aufgrund seiner Stärke einen Namen gemacht.

Seine ehemalige Beraterin Eina war sich bewusst, dass er Gefallen an ihr gefunden hatte. Sie wollte ihm nicht den Eindruck vermitteln, eingebildet zu sein, und auch seine Gefühle nicht verletzten. *Er ist kein schlechter Kerl, aber …* Es war alltäglich, dass die Abenteurer den Rezeptionistinnen der Gilde Avancen machten. Im Fall von Dormul war es jedoch etwas anders. Im Gegensatz zu den anderen, die ihre Absichten zumeist offen zur Schau stellten, schien er aufrichtiges Interesse an der jungen Frau zu haben. Gerade deshalb fiel es dieser auch so schwer, ihn so direkt und schroff abzuweisen, wie sie es sonst vielleicht getan hätte. Allerdings hatte er ihre subtilen Abweisungen bisher nicht zur Kenntnis genommen.

»Eina, wenn ich störe, kann ich auch allein zu Mittag essen.«

»M… Moment mal, Misha …!«

»Da ha! Da ha ha ha! Nur weil wir beide wie geschaffen füreinander sind, heißt das noch lange nicht, dass du uns störst, junges Fräulein!«

Eina war verärgert und verzweifelt zugleich, als ihre Freundin die Situation mit einem hämischen Grinsen auf den Lippen auf die Spitze trieb und der Zwerg direkt darauf ansprang. Da Dormul älter war als sie selbst, fiel es der Halbelfe sogar noch schwerer, ihn zurückzuweisen.

»Genug davon, du verabscheuungswürdiger Zwerg! Siehst du nicht, dass du Eina in Verlegenheit bringst?«, hallte auf einmal eine scharfe Stimme durch die Luft.

»Hmm?« Als Dormul sich umdrehte, stand dort ein hübscher elfischer Abenteurer, der den Inbegriff von Eleganz verkörperte.

Seine Ohren, die unter seinem langen goldenen Haar hervorlugten, waren länger und spitzer als Einas. Er trug eine Lederrüstung sowie einen Langbogen und hatte sich einen Köcher voller Pfeile auf den Rücken geschnallt. Obwohl die beiden Männer ungefähr gleich groß waren, hätten sie sich in ihrer Körperform nicht deutlicher unterschieden können – im Gegensatz zu dem Zwerg war der Elf schlank und geschmeidig.

Die angespannte Atmosphäre ging langsam in eine feindselige über.

»Tritt zur Seite!«, forderte der Elf, während er an seinem Gegenüber vorbeiging, dessen Schulter streifte und vor Eina trat.

»L... Luvis ...«

»Geht es dir gut, Eina? Er hat dich doch nicht etwa mit seinen schmutzigen Händen berührt?«

»Was sagst du da?!«

Den wütenden Ausruf des Zwerges bedachte der Elf namens Luvis nur mit einem abschätzigen Schnauben. Auch er war ein Abenteurer auf Level 3 und hatte Eina einmal als Beraterin gehabt. Offenbar hatte er an ihr ebenso Gefallen gefunden wie Dormul. In typischer Elfenmanier wandte er diesem den Rücken zu und räusperte sich theatralisch, ehe er seine Aufmerksamkeit wieder der jungen Beamtin schenkte. »Ich bin eben an einem Laden vorbeigekommen, der mir diese wunderschönen Blumen verkauft hat. Ich dachte, dass sie dir vielleicht ganz gut stehen würden, Eina ... Würdest du dieses Geschenk von mir annehmen?«

»D... Du weißt, dass mich das in eine schwierige Lage bringt, Luvis ...«

Der Elf streckte die Arme aus und hielt ihr mit beiden Händen einen Blumenstrauß entgegen. Gerade als Eina nach den richtigen Worten suchte, um den leuchtend bunten Strauß abzulehnen, riss ihn plötzlich eine kräftige Hand an sich.

»W... Was soll das?!«

»Hmpf! Bist nicht eher du derjenige, der Eina in Verlegenheit bringt? Wie kommt es, dass du ihr diese Blumen aufzwingen willst? Denk doch mal darüber nach, wie sie sich dabei fühlt!«

»Ein primitiver Zwerg wie du versteht nichts von der Schönheit der Blumen ...! Halt dich gefälligst von unserem edlen Volk fern!«

»Eina ist eine Halbelfe! Wirf sie nicht mit euch Gesindel in einen Topf!«

Zwischen Elfen und Zwergen kam es oft zu Streitereien, weshalb dieses Aufeinandertreffen nicht weiter verwunderlich war. Eina war schon unzählige Male Zeugin dieses Schauspiels geworden und hatte jedwede Schlichtungsversuche daher längst aufgegeben. »W... Wenn ihr mich entschuldigen würdet ...«, sagte sie und verbeugte sich.

Die beiden Streithähne bekamen davon jedoch nichts mit – sie waren zu sehr in ihr hitziges Wortgefecht vertieft. Eina schob Misha vor sich her und versuchte, sich unauffällig zurückzuziehen.

»Ist das wirklich in Ordnung?«, hakte ihre Kollegin nach.

»Nicht wirklich ... aber meine Anwesenheit macht es nur komplizierter ...« Die Halbelfe warf einen Blick über die Schulter und sah, wie Dormul und Luvis einander fast mit den Stirnen berührten, während sie sich weiterhin wütend anbrüllten.

Diese beiden kamen einfach nicht miteinander aus. Seit sie sich als Liebesrivalen (?) anerkannt hatten, hatte ihre gegenseitige Abneigung nur noch weiter zugenommen. In den letzten

Tagen hatten ihre Avancen tatsächlich noch zugenommen. Zuvor hatten die beiden Eina gegenüber immer nur ihr ernsthaftes Interesse an ihr ausgedrückt, doch in letzter Zeit hatten sie immer wieder Mittel und Wege gefunden, ihr nach Feierabend und während ihrer Pausen aufzulauern. Der neueste Vorfall war gewesen, dass Dormul am Nachmittag bereits an der Hintertür auf sie gewartet hatte, nur um sich ihr anzunähern. Die Strategien der beiden wurden immer ausgeklügelter und es schien fast so, als würden sie darum wetteifern, wer von ihnen die besten neuen Wege fand, Eina näherzukommen.

*Ich weiß, dass sie kein schlechtes Herz haben, aber …*

Als ihr Streit schließlich vorerst zu einem Ende gekommen war, drehten Dormul und Luvis die Köpfe zu ihrer davoneilenden Angebeteten, die daraufhin hastig wieder nach vorn sah. Mit den Blicken der beiden im Rücken schob Eina ihre Brille zurecht.

Im Archiv des Gildenhauptquartiers, einem für die Öffentlichkeit unzugänglichen, riesigen zweistöckigen Raum hinter der Empfangshalle, lagerten Informationen über die Stadt, die umliegenden Gebiete, die dort und unter der Erde auftauchenden Monster und alles, was mit dem Dungeon zu tun hatte. Der Raum war voller hoher Holzregale, die ihn in eine Art Irrgarten verwandelten. Ebenso wie der Boden und die Säulen waren sie in einem gedämpften Dunkelbraun gehalten, das eine schwere, ruhige Atmosphäre schuf. In schwarze Anzüge gehüllte Gildenmitarbeiter schlängelten sich mit Büchern auf den Armen leise durch die Gänge.

»I… Ich bin fertig …«

»Okay, gute Arbeit. Lass mal sehen …«

Einas Kolleginnen hatte es aus vielerlei Gründen hierherverschlagen. Die Halbelfe selbst hatte einige Tische für sich beansprucht, die sie im Lesebereich zu einer Insel zusammengeschoben hatte. Auf der einen Seite saß sie, auf der anderen, umgeben von einigen Karten und Büchern, ein weißhaariger Junge.

Bell überreichte ihr einen Stapel Papiere. Es handelte sich um eine ihrer regelmäßigen privaten Sitzungen über den Dungeon. Eina wollte absolut sicher sein, dass der junge Abenteurer gegen jegliche Gefahren gewappnet war, die ihn dort unten erwarteten. Das war nun einmal ihre Aufgabe in ihrer Position als seine Beraterin.

Die Gilde wies jedem Abenteurer einen Berater zu, der ihn dabei unterstützen sollte, sich auf seine bevorstehenden Dungeon-Erkundungen vorzubereiten. Dabei hatten die Abenteurer auch die Möglichkeit, spezifische Anforderungen an Geschlecht und Volk ihres Beraters zu stellen. Durch ihren häufigen Kontakt mit den Rezeptionistinnen entschieden sie sich oft für eine ebendieser Frauen. Die Wahrscheinlichkeit, dass die Gilde den Wünschen der Abenteurer nicht entsprechen konnte, lag bei nur zehn Prozent.

Eina war schon für viele Abenteurer als Beraterin tätig gewesen. Dadurch waren auch ihre Vorgesetzten auf ihre qualitativ hochwertige und effiziente Arbeit aufmerksam geworden, weshalb sie inzwischen ständig mit Dokumenten überhäuft und mit sonstigen für die Gilde wichtigen Aufgaben betraut wurde. Aus diesem Grund hatte sie ihre Kolleginnen mit der Zeit gebeten, die meisten ihrer Abenteurer zu übernehmen. Im Moment war Bell der einzige, den die Halbelfe noch selbst betreute.

»Du hast dir die Informationen über die Monster auf den mittleren Ebenen nahezu perfekt eingeprägt.«

»M… Meinst du wirklich?«

»Ja, und deshalb … folgt nun ein Überraschungstest. Schreibe für jedes Monster eine geeignete Kampfstrategie auf und zeichne eine Karte von jeder Ebene. Wenn du Fehler machst, bearbeitest du sie solange weiter, bis du dir die jeweiligen Stellen alle merken kannst.«

»Okay …« Bells Miene verfinsterte sich, als Eina ihm ein weiteres, diesmal leeres Stück Papier vorlegte. Doch er fasste sich schnell und nickte entschlossen.

Mit ihren smaragdgrünen Augen beobachtete die Gildenmitarbeiterin den Jungen dabei, wie er mit einem Ellbogen auf dem Tisch den Stift hektisch über das Papier wandern ließ. Ihre Herangehensweise als Beraterin war einzigartig. Neben den üblichen Gesprächen und Planungen zur Dungeon-Erkundung berief sie ihre Schützlinge auch zu Lernsitzungen ein, damit diese sich ein fundiertes Wissen über die Tiefen des Labyrinths aneigneten. Trotz ihrer wunderschönen, anmutigen Erscheinung waren ihre Lehrmethoden gnadenlos und die von ihr betreuten Abenteurer fürchteten ihre Unterrichtseinheiten geradezu. Niemand hatte bisher durchgehalten, nicht einmal Dormul und Luvis.

Bell hielt sich bisher gerade so über Wasser. Auch wenn ihm hin und wieder Tränen in die rubellitroten Augen stiegen, blieb er tapfer auf seinem Platz sitzen – angetrieben von seiner Bewunderung für seine Muse. Seine Entschlossenheit, sein Ziel zu erreichen, war stärker als seine Furcht vor Einas hartem Unterricht. Es gab Momente, in denen seine naive Ehrlichkeit und sein aufrichtiger Charakter ihm zum Verhängnis wurden, doch egal, wie oft er im Kampf oder beim Unterricht auch zu Boden ging, er rappelte sich immer wieder auf und stellte sich der Situation. Das war es, was seine Beraterin so an ihm mochte. Zumindest handelte es sich um einen der Faktoren, die sie dazu brachten, den Jungen anfeuern und unterstützen zu wollen.

*Die Zeit ist fast vorüber ...* Einas Blick, der bislang auf Bells Gesicht geruht hatte, wanderte nach oben – an einer der Säulen in ihrer Nähe war eine Uhr angebracht. Der Stundenzeiger stand auf der Zehn. Vor Beginn ihrer Lernsitzung hatte der junge Abenteurer seiner Beraterin erzählt, dass die Hestia-Familia einige geschäftige Tage hinter sich habe. Deshalb hielt sie es für übertrieben, ihn noch länger hier festzuhalten.

Da es bereits spät am Abend war, befanden sich nur noch wenige Mitarbeiter im Archiv. Lediglich in der Mitte des Raumes, wo Bell und Eina saßen, war noch das Kratzen einer Feder auf Papier zu hören. Nach ein paar weiteren ruhigen Minuten reichte der völlig erschöpfte Junge der Halbelfe schließlich sein Dokument.

Sofort fielen der erfahrenen Beamtin einige Fehler auf, doch sie brachte es nicht über sich, ihre Drohung wahrzumachen. Also zwang sie sich zu einem Lächeln und sah darüber hinweg. Sie würde die problematischen Stellen einfach beim nächsten Test wieder aufgreifen. »Gute Arbeit, Bell. Damit sind wir fertig für heute.«

»D… Danke!« Der junge Abenteurer hob den Blick vom Schreibtisch und lächelte schwach und unbeholfen.

Obwohl Eina ihm anbot, sitzen zu bleiben und auf sie zu warten, half er ihr beim Aufräumen und brachte die Bücher gemeinsam mit ihr zurück zu den Regalen, in die sie gehörten. Nachdem er seine Ausrüstung wieder angelegt hatte, verließen die beiden das Archiv, durchquerten den Mitarbeiterbereich und kehrten in die Lobby zurück. Sie verabschiedeten sich voneinander, woraufhin Eina Bell dabei beobachtete, wie er unsicheren Schrittes davonging, bis er schließlich außer Sichtweite war.

»Gute Arbeit, Eina!«

»Misha … Leute …« Die Halbelfe war überrascht, als sie nach ihrer Rückkehr ins Büro von ihren Kolleginnen begrüßt wurde. Es kam ziemlich selten vor, zu solch später Stunde noch alle Rezeptionistinnen in der Gilde vorzufinden.

»Ich weiß nicht, wie du es schaffst, dich so aufopfernd um einen Abenteurer zu kümmern. Schließlich wirst du dafür ja noch nicht einmal extra bezahlt.«

»Ah ha ha …« Eina lachte gequält über die Bemerkung ihrer Kollegin, die ihr eine mit Tee gefüllte Porzellantasse reichte.

Da sich ausschließlich Frauen im Raum befanden, war die Atmosphäre entspannt. Jede hatte sich einen Stuhl geschnappt, um nett mit den anderen zu plaudern.

»Ach ja, ich hab schon davon gehört, Tulle. Dir haben also heute wieder zwei Abenteurer den Hof gemacht?«

»Misha …« Eina warf ihrer Freundin, die nicht in der Lage war, auch nur ein Geheimnis für sich zu behalten, einen durchdringenden Blick zu.

Misha hingegen lächelte nur unbekümmert zurück und meinte: »Was sollte ich denn tun? Du kannst nicht von mir verlangen, solch eine Geschichte für mich zu behalten, oder?«

Die Halbelfe unterdrückte einen tiefen Seufzer und ließ den Blick zur ältesten Rezeptionistin in der Runde schweifen. Diese saß mit verschränkten Armen da und wirkte keineswegs amüsiert.

»Also wirklich, obwohl ich hier bin, bekommst du die ganze Aufmerksamkeit … Haben die Abenteurer denn alle Tomaten auf den Augen?«

»Aber, Rose, du hast doch sowieso kein Interesse an ihnen, oder?«

»An keinem einzigen! Abenteurer halten sich nie an ihre Versprechen.« Rose, eine Werwolfdame, spielte mit den Spitzen ihres langen roten Haares herum, während sie mit ihrer Schimpftirade fortfuhr: »Es bringt nichts Gutes, sich mit jemandem einzulassen, der nur auf der Suche nach dem Tod ist.«

Plötzlich kippte die Stimmung im Büro. Als könnten sie genau nachvollziehen, was Rose meinte, blickten die anderen Rezeptionistinnen auf den Boden oder zur Seite oder versteckten ihre Gesichter hinter ihren Teetassen.

»Sie bezirzen einen mit Worten wie ›Ich liebe dich‹ oder ›Du bist die Einzige für mich‹, doch am Ende kommen sie sowieso nie mehr zurück. Ich schätze, Abenteurer interessieren sich mehr für Monster als für Frauen.« Die zynischen Bemerkungen der Werwolffrau klangen fast wie ein Versuch, ihre wahren Gefühle zu verbergen.

Viele der Empfangsdamen – oder besser alle Gildenangestellten – wahrten eine gewisse Distanz zu Abenteurern. Kaum jemand wagte es, diese unsichtbare Linie zu überschreiten, und die Zahl derer, die es doch taten, schrumpfte immer weiter. Es war, wie Rose gesagt hatte: Viele Abenteurer starben – sie fielen den unergründlichen Tiefen des Dungeons unter der Stadt zum Opfer. Vermutlich war auch unter den anwesenden Frauen mindestens eine, die sich ganz und gar in einen von ihnen verliebt hatte, nur um schließlich ihr Kopfkissen mit Tränen zu benetzen. Eina hatte selbst einmal miterlebt, wie ein Abenteurer, den sie betreut hatte, tot aus dem Dungeon zurückgebracht worden war, und dieser Vorfall hatte sogar sie in die Knie gezwungen. Als sie zu Misha hinübersah, bemerkte sie, dass auch ihre sonst so fröhliche Freundin still geworden war.

Abenteurer waren vergängliche Wesen, die vielleicht schon am nächsten Tag plötzlich nicht mehr auftauchten. Das war der

Grund, aus dem die Rezeptionistinnen sich nicht auf sie einließen. Auch wenn sie nach außen hin lächelten und ihnen freundliche Worte entgegenbrachten, blieben sie bei ihren täglichen Interaktionen mit den Abenteurern stets distanziert und professionell.

»Tulle, ich habe nicht vor, dir vorzuschreiben, wie du deinen Job zu machen hast, aber … je mehr du dich mit ihnen anfreundest, desto mehr wirst du es irgendwann bereuen und desto komplizierter wird alles werden.«

»Ja …«

Unter allen Empfangsdamen versuchte allein Eina, die Distanz zu den Abenteurern zu verringern. Sie kam deren Wünschen bereitwillig nach, versorgte sie mit wichtigen Informationen und bot freiwillig an, sie zu unterrichten. All das tat sie nur, weil sie dachte, dass sie ihnen damit helfen könnte, sicher aus dem Dungeon zurückzukehren. Sie wollte sich nicht damit zufriedengeben, dass sie vielleicht eines Tages einfach verschwanden, sondern gab aus tiefster Überzeugung alles dafür, sie nicht sterben zu lassen. Auch wenn ihre Seele in der Vergangenheit mehrfach Schaden genommen hatte, wollte sie weiterhin eine Stütze für die Abenteurer sein.

»Das gilt auch für den Rest von euch. Lasst euch niemals zu sehr auf einen Abenteurer ein. Ihr werdet euch nur mit seiner Familia herumschlagen müssen und er wird euch nichts zurücklassen, nicht einmal Geld. Das ist ein wirklich schlechter Deal … Und falls ihr euch doch auf einen einlasst, dann sorgt wenigstens dafür, dass er euch vor seinem Tod so viel wie möglich zukommen lässt!«

Bei dieser letzten, etwas derben Aussage schwappte ein Lacher durch den Raum. Obwohl sie eher nach einem Scherz klang, stellte die Ansprache der erfahrenen Empfangsdame sowohl eine Warnung als auch einen gut gemeinten Rat dar, und zwar nicht nur an Eina, sondern auch all ihre anderen jüngeren Kolleginnen.

Sie waren auch als die »Blumen« der Gilde bekannt. Doch wenn es den jungen Frauen nicht gelang, eine strikte Trennlinie zwischen ihrer Arbeit und ihrem Privatleben zu ziehen, würden sie sich selbst das Leben unnötig schwer machen.

Nachdem das Gespräch mit ihren Kolleginnen beendet war, machte sich Eina allein auf den Heimweg. Sie überquerte die nordwestliche Hauptstraße, auf der das Gildengebäude lag, und begab sich in Richtung des nördlichen Bezirks von Orario. Dort befand sich eine gehobene Wohngegend, in der viele Gildenmitarbeiter lebten – auch ein speziell für die Rezeptionistinnen erbauter Wohnkomplex war dort zu finden. Tatsächlich standen einige der Gebäude in diesem Bezirk eben deshalb im Eigentum der Gilde, weil diese ihren Angehörigen Wohnraum zur Verfügung stellen wollte.

*Sich mit ihnen anfreunden ... Nun, dagegen kann ich nichts einwenden.* Es war bereits tief in der Nacht, doch auf der Straße, die Eina soeben entlangging, herrschte noch immer reges Treiben. Zwar waren hier nicht mehr ganz so viele Menschen unterwegs wie auf den Hauptstraßen, doch aus den Tavernen am Straßenrand strömten warmes Licht und schallendes Gelächter. Die mit Magiesteinlaternen gesäumte Straße war hell erleuchtet und ermöglichte klare Sicht in jede der Seitengassen. Eina erinnerte sich an die Worte der älteren Empfangsdame, und fühlte sich ein wenig niedergeschlagen. »Denken die Leute wirklich, dass ich mich den Abenteurern anbiedere?«

Auch wenn das nicht ihre Absicht war, konnte es durchaus sein, dass es auf Außenstehende so wirkte. Ihr Wunsch, den Abenteurern zu helfen, kam jedoch von Herzen und blieb trotz allem unverändert. Daher hatte sie auch nicht vor, ihr Verhalten und ihren Umgang mit ihnen zu verändern. Dennoch war ihr bewusst, dass genau das die Situation auch verkomplizieren könnte.

Tatsächlich gab es nicht wenige Abenteurer, die sich der immerzu freundlichen Eina verbunden fühlten. Dazu zählten beispielsweise auch Dormul und Luvis. Vermutlich rückte sie umso mehr ins Rampenlicht, weil die anderen Empfangsdamen eine klare Distanz wahrten. Die Halbelfe seufzte leise und rückte die Tasche auf ihrer Schulter zurecht.

Plötzlich spürte Eina, dass sie beobachtet wurde, und warf sofort einen Blick hinter sich. Doch auf der gepflasterten Straße war niemand, der in ihre Richtung sah – auch bekannte Gesichter konnte sie keine entdecken. Sie legte fragend den Kopf schief und schaute wieder nach vorn. Doch kaum hatte sie ihren Weg fortgesetzt und war ein paar Schritte gegangen, spürte sie erneut einen Blick in ihrem Nacken.

Kein Zweifel, jemand musste sie beobachten. Die junge Frau hielt kurz den Atem an und versuchte, sich zu beruhigen. Nach einigen weiteren Schritten drehte sie sich plötzlich mit Schwung nach hinten. Vor ihr erstreckte sich die gerade Straße. Sie kannte diese Gegend wie ihre Westentasche, weshalb der Schatten, der gerade noch aus ihrer Sichtlinie sprang, sofort ihre Aufmerksamkeit erregte. Die Gestalt trug einen schwarzen Umhang. Es vergingen einige Augenblicke, ehe die mysteriöse Person vorsichtig um die Ecke des Gebäudes lugte, hinter dem sie verschwunden war, und Eina erneut anblickte.

Ein eiskalter Schauer lief dieser über den Rücken. »...!« Sie setzte sich wieder in Bewegung, diesmal noch schneller als zuvor. Während sie versuchte, nicht in Panik zu geraten, eilte sie in Richtung ihrer Wohnung. Auf der von Magiesteinlaternen gesäumten Straße waren nur noch wenige Menschen unterwegs. Auch wenn die Geräusche aus den umliegenden Tavernen die Umgebung mit Leben füllten, fühlte sich die Halbelfe völlig hilflos und allein.

*Folgt diese Gestalt mir immer noch ...?!* Sie konnte den Blick weiterhin auf sich spüren. Wer auch immer diese Person war, sie ließ nicht von ihr ab

Schließlich erreichte Eina die elegant aussehende Straße, die zu ihrem Viertel führte. Die in gleichmäßigem Abstand aufgestellten Laternen erhellten zwar den Weg, doch hier war absolut keine Menschenseele mehr zu sehen. Genau darauf schien die unbekannte Person es abgesehen zu haben, denn die bedrohliche Atmosphäre verstärkte sich. Ehe die Halbelfe sich's versah, war sie bereits losgerannt. Sie umklammerte ihre Tasche und eilte so schnell sie konnte über das Kopfsteinpflaster.

Nach einer gefühlten Ewigkeit erreichte sie endlich das Vordertor ihres Wohnblocks. Sie stürmte hinein und lehnte sich schwer atmend gegen einen Pfeiler. Als sie sich umdrehte, sah sie nur die düstere Nacht – ein verdächtiger Schatten war weit und breit nicht zu entdecken.

Ohne sich vom Fleck zu bewegen, stand Eina da und hielt sich die Brust – ihr Herz drohte zu explodieren.

»Waaas?! Man hat dich nachts auf dem Heimweg verfolgt?!«

»N... Nicht so laut, Misha!«

Am nächsten Morgen in der Empfangshalle. Die ersten Abenteurer trafen schon ein, als Misha, die soeben vom Erlebnis ihrer Freundin erfahren hatte, laut aufschrie.

»Entschuldigung!« Auf Einas panische Aufforderung hin, leiser zu sein, hielt sie sich mit ihren kleinen Händen sofort den Mund zu. »Hat man dir etwas angetan? Hast du das Gesicht der Person gesehen?«

»Nein, er oder sie hat mich nicht angerührt. Leider konnte ich das Gesicht der Person nicht erkennen … Sie trug immerhin eine Kapuze.« Die Halbelfe schilderte jedes Detail der vergangenen Nacht.

Während die beiden Kolleginnen auf ihren üblichen Plätzen an ihren benachbarten Schaltern geduldig auf Abenteurer warteten, beugte sich Misha neugierig zu ihr. »Das ist gar nicht gut, Eina! Du solltest das unseren Vorgesetzten melden, damit sie dir einen Leibwächter besorgen! In der Ganesha-Familia soll es die besten in der Stadt geben. Einer von ihnen könnte dich doch heute Abend nach Hause bringen.«

»F… Findest du das nicht ein wenig übertrieben …? Vielleicht habe ich mir das ja auch nur eingebildet.« Die aufgeregte Stimme ihrer Freundin ließ Eina erschrocken zurückweichen. In ihren Augen war es ein wenig zu viel des Guten, ihre enge Verbindung zu den Familias auszunutzen und diese damit in ihre Angelegenheiten zu verwickeln. Außerdem bestand die Möglichkeit, dass ihr Kopf ihr einen Streich gespielt hatte. Vor allem aber fühlte sie sich bei dem Gedanken unwohl, eine Sonderbehandlung zu erfahren.

»Das ist überhaupt nicht übertrieben! Vor einiger Zeit habe ich schon einmal von solchen Vorfällen gehört! Junge Frauen wurde verfolgt, entführt und aus der Stadt gebracht!«

»Das bezweifle ich ... immerhin sind wir hier in Orario. Die Wachen kontrollieren jeden, der die Stadt verlassen möchte, sorgfältig und streng. Und wer würde es wagen, sich mit der Gilde anzulegen?«

»Aber ... Aber ... ! Es gibt so viele Gerüchte über Mädchen, die an Bordelle verkauft wurden, und sogar welche darüber, dass es einer Gruppe von rakianischen Soldaten kürzlich gelungen ist, einen Weg in die Stadt zu finden ...!«

Eina warf Misha skeptische Blicke zu, als sie begann, ihr absurde Verschwörungstheorien aufzutischen. Ihre Freundin war bekannt dafür, Gerüchte aufzuschnappen und eifrig weiterzuerzählen, und nun waren ihr diese irgendwo zu Ohren gekommen. Noch bevor sie von weiteren solchen Geschichten berichten konnte, begannen die Abenteurer, sich an ihren Schaltern zu sammeln, weshalb Misha sich widerwillig ihrer Arbeit zuwandte – Eina folgte ihrem Beispiel.

*Aber ... ich bin mir sicher, dass ich verfolgt wurde.* Allein der Gedanke daran jagte ihr einen Schauer über den Rücken. Das Problem zu verdrängen, ließ jedoch nur noch mehr Unruhe in ihr aufkommen. Ihre Angst wollte einfach nicht verschwinden. Sie wusste, dass sie nicht alles, was Misha ihr erzählte, für bare Münze nehmen sollte, doch eine Gänsehaut überzog ihre Arme und ihre Gedanken trugen sie an einen Ort, an dem sie nicht sein wollte. Ihr Körper zitterte unwillkürlich.

»Eina?«

Ihr Kopf schnellte hoch, als sie eine vertraute Stimme hörte. Vor ihr stand Bell, der sie mit leicht verwirrtem Gesichtsausdruck ansah. Offenbar hatte er sich an ihrem Schalter angestellt und war jetzt an der Reihe.

*Mist, dabei bin ich doch mitten bei der Arbeit!* Ein Lächeln zierte die Lippen der Beamtin, nachdem sie sich in Gedanken für ihre Unachtsamkeit gescholten hatte. »Entschuldige, Bell. Ich war kurz in Gedanken. Womit kann ich dir heute helfen?«

»I... Ich habe eine Frage bezüglich des Dungeons ...«

Eina nickte verständnisvoll und erhob sich von ihrem Platz. Sie teilte Misha und den anderen Empfangsdamen mit, dass sie ihren Schalter verlassen werde, sammelte ein paar Dokumente zusammen und begab sich mit Bell in den schalldichten Beratungsraum.

»Was? Ihr habt Ebene 17 bereits gemeistert?«

»Ja, mithilfe der anderen aus der Takemikazuchi-Familia ... Deshalb möchte ich mich nun entschlossen Ebene 19 stellen.«

Die beiden hatten gegenüber voneinander an einem Schreibtisch Platz genommen und Bell hatte Eina ohne Umschweife über die Situation in Kenntnis gesetzt. Der Junge hatte vor weniger als einer Woche seinen Aufstieg auf Level 3 verkündet, weshalb seine Beraterin wirklich erstaunt darüber war, in welcher Geschwindigkeit er den Dungeon eroberte. Anmerken ließ sie sich ihre Überraschung aber natürlich nicht. Nicht umsonst hielt Bell den Rekord für den schnellsten Levelaufstieg. Immer wieder verblüffte der weißhaarige Abenteurer die junge Frau auf unterschiedlichste Arten.

»Ähm ... Eina?«

»Was ist denn, Bell?«

»Stimmt irgendetwas nicht?«

Eina riss überrascht die Augen auf.

»Du scheinst heute irgendwie nicht so ganz bei dir zu sein ...«

Obwohl sie glaubte, sich wie immer zu verhalten, schien der Vorfall des gestrigen Abends ihr mehr zu schaffen zu machen, als sie es selbst wahrhaben wollte. Zumindest so sehr, dass der Junge es bemerkt hatte.

»Ich weiß nicht, ob ich dir helfen kann … aber wenn du jemanden brauchst, der dir zuhört, dann … Ähm …«, stammelte Bell, während seine Wangen sich röteten und er sich verlegen am Nacken kratzte. »Schließlich hörst du mir auch immer zu, Eina.«

Vielleicht lag es daran, dass sie noch immer ein wenig ängstlich wegen der Sache war, doch der Anblick ihres Schützlings, der ihr so ungeschickt seine Hilfe anbot, ließ in der Halbelfe ein sanftes, warmes Gefühl aufsteigen. Ehe sie sich's versah, vergaß sie für einen Moment ihre Position und akzeptierte sein Angebot.

»Also, gestern Abend …«, begann sie und berichtete ihm alles, was sich zugetragen hatte.

Der Gesichtsausdruck des Jungen veränderte sich im Laufe ihrer Erzählung mehrfach. Als sie am Ende angelangt war, fehlten ihm schließlich die Worte. Mit einem Schmunzeln auf den Lippen fixierte Eina Bell.

Was wäre, wenn …? Was wäre, wenn er sie nach Hause begleiten würde …? Was, wenn er, wie Misha vorgeschlagen hatte, ihr Leibwächter würde …? Nur kurz ließ die junge Frau diesen Gedanken zu, ehe sie den Kopf schüttelte und sich selbst für diese törichte Überlegung tadelte.

»Vergiss bitte, was ich gerade gesagt habe, Bell.«

»Was …? A… Aber …«, protestierte er, doch Eina unterbrach ihn sofort.

»Das ist mein persönliches Problem und außerdem nichts Ernstes. Ich werde mich selbst darum kümmern.« Schnell hatte sie ihren Gedanken verworfen, da sie befürchtete, Bell damit zur Last zu fallen. Sie legte wieder ihre übliche Professionalität in ihrer Rolle als Gildenmitarbeiterin an den Tag, lächelte ihrem Gegenüber zu und signalisierte ihm, dass alles in Ordnung sei.

Doch noch bevor sie ihr eigentliches Gespräch über den Dungeon fortsetzen konnte, fiel Bell ihr ins Wort: »D... Das ist sehr wohl etwas Ernstes! Ganz bestimmt! Rakia greift uns an und ein paar Soldaten waren sogar innerhalb der Mauern ...!«

»B... Bell?«

Er hatte sich zu ihr gebeugt und schien mehr über dieses Gerücht zu wissen. Ein Blick zu Eina genügte ihm allerdings offensichtlich, um zu realisieren, dass er einen Fehler begangen hatte. Er ließ kurz die Schultern kreisen und presste die Lippen aufeinander. Als er sich auf diese Weise ausreichend gezügelt hatte und es ihm somit gelang, weitere Informationen über die rakianische Invasion für sich zu behalten, fuhr er fort: »Wenn ich dir irgendwie helfen kann, dann sag es! Ich weiß zwar nicht, ob ich dir von Nutzen sein kann, aber ich könnte dein Leibwächter oder so etwas in der Art werden!«

Als das Wort »Leibwächter« fiel, weiteten sich Einas Augen erneut.

»Du hast mir sehr geholfen, Eina, und deshalb ...«

»Danke, Bell. Aber das ist mein Job. Du musst mir dafür nichts zurückgeben, weißt du?« Endlich hatte es die Halbelfe geschafft, sich wieder etwas zu beruhigen. Der Grund, aus dem sie Bell bei seinen Angelegenheiten unterstützte, war ihre Anstellung bei der Gilde. Sie gab ihm zu verstehen, dass sie sich zwar über sein Angebot freute, lehnte jedoch höflich ab.

»D... Die Armschiene!«, platzte es plötzlich aus Bell heraus.

»Was?«

»Die Armschiene, die du für mich gekauft hast! Lass mich bitte damit meine Schuld bei dir begleichen!«

Das lag schon eine ganze Weile zurück. Eina hatte damals vorgeschlagen, dass sie gemeinsam eine neue Rüstung für ihn besorgen sollten. An diesem Tag hatte sie ihm eine Armschiene geschenkt, die wie ein Schild verwendet werden konnte. Er hatte recht, das war tatsächlich nicht Teil ihres Jobs gewesen. Sie hatte das aus ihrer selbstlosen Fürsorge heraus getan, es war eine reine Geste der Freundlichkeit gewesen, ohne jegliche Hintergedanken.

»Also echt …«

Der Blick des weißhaarigen Jünglings blieb unnachgiebig auf sie gerichtet. Er schien keinerlei Absicht zu hegen nachzugeben, weshalb Eina es schließlich tat. Trotz eines tiefen Seufzers lag ein Lächeln auf ihrem Gesicht.

»Wenn du so sehr darauf bestehst, dann werde ich dein Angebot annehmen. Ich zähle auf dich, Bell.«

»N… Natürlich!«

Die Sonne war hinter den Stadtmauern verschwunden und es begann langsam zu dämmern. Wie gewohnt saß Eina neben ihren Kolleginnen am Empfangsschalter, als sie Bell erblickte, der aus dem Dungeon zurückgekehrt war und sich auf den Weg zur Wechselstube machte. Nachdem sie einander zugenickt hatten, erhob sich die Halbelfe von ihrem Platz. Niemand hatte den kurzen Austausch der beiden bemerkt.

»Entschuldigt mich, ich mache für heute Schluss.«

»Oh, du gehst heute früher nach Hause? Dann bis morgen!«, erwiderte eine ihrer Kolleginnen, während Eina ihre Sachen zusammenpackte.

Misha, die mit einem Berg an Unterlagen beschäftigt war, warf ihr einen besorgten Blick zu, woraufhin sie ihr sanft zulächelte, um ihr zu signalisieren, dass sie sich keine Gedanken zu machen brauchte.

»Danke, dass du gewartet hast, Bell.«

»Ach, nicht doch. Dann wollen wir mal ...«

»Ja, lass uns gehen. Ähm ... bis ich zu Hause ankomme, zähle ich auf dich!«

»G... Gut!«

Die beiden hatten sich in der Nähe des Hintereingangs der Gilde getroffen, wo der junge Abenteurer bereits gewartet hatte. Zusammen machten sie sich auf den Weg. Nach ihrem Gespräch hatten sie beschlossen, dass Bell von heute an Einas persönlicher Begleitschutz bis nach Hause wäre. Gleich nach seiner Rückkehr aus dem Dungeon hatte er sich von seinen Gefährten verabschiedet, um rechtzeitig bei ihr zu sein.

»Tut mir leid, dass ich dich einspanne, obwohl du gerade erst aus dem Dungeon gekommen bist, Bell.«

»Aber nein, wir waren heute schon früher zurück, deshalb bin ich noch recht fit. Keine Sorge!«

»Danke ...«

Anders als sonst hörte die junge Frau heute nicht nur ihre eigenen Schritte, sondern auch Bells unmittelbar bei sich. Lärm und geschäftiges Treiben erfüllten die in warmes Abendrot getauchte Stadt, da auch viele andere Abenteurer soeben aus dem Dungeon zurückgekehrt waren. Die Straßen waren voller Halbmenschen auf der Suche nach einer Taverne, was es äußerst schwierig machte, sich durch die Menge hindurchzumanövrieren, ohne mit irgendjemandem zusammenzustoßen.

*Irgendwie macht mich das alles nervös ...* Die Halbelfe war zwar nicht übertrieben angespannt, doch sich Bells Nähe ständig bewusst. Zwar hatten die beiden sich noch nicht darauf verständigt, wie es von nun an weitergehen sollte, doch der Gedanke daran, jeden Tag mit dem Jungen zusammen nach Hause zu laufen, brachte Einas Herz ein wenig in Wallung. Auch wenn sie ihren mysteriösen Verfolger keine Sekunde lang vergaß, lugte sie immer wieder verstohlen zu Bell, der neben ihr herging.

Nervös ließ sie den Blick über die Passanten schweifen und fragte sich, wie sie wohl auf andere wirkten. Der junge Abenteurer war seiner Aussage nach noch nie zuvor in diesem Teil der Stadt gewesen und sog die Atmosphäre förmlich ein. Eina beugte sich ein Stück nach vorn, um einen Blick auf sein Gesicht zu erhaschen, als ...

»...!«

... sich Bells Aura schlagartig änderte, weshalb sie unwillkürlich zurückwich. »B... Bell?«

»Ich glaube, wir werden beobachtet ...«

»Wirklich ...?«

Im Gegensatz zu gestern hatte sie rein gar nichts bemerkt. Eina war überrascht, wie scharf Bells Sinne waren, und sein ernster Blick verstärkte dieses Gefühl nur noch mehr. Seine rubellitroten Augen durchsuchten wachsam die Umgebung und ließen keinen Fleck aus.

Das Herz der Beamtin setzte für einen Moment aus. Für sie war es irgendwie ungewohnt, dass Bell sich wie ein erfahrener Abenteurer verhielt, und sie ertappte sich dabei, wie seine Ernsthaftigkeit sie beeindruckte. *So kann er also auch schauen ...*

Obwohl sie ihn während des War Games schon in einer ähnlichen Haltung gesehen hatte, war sie ein wenig aufgeregt, selbst Zeugin davon zu werden, und konnte den Blick gar nicht mehr von ihm abwenden.

Plötzlich wich die Anspannung aus seinen Schultern. »Ich glaube, die Person ist weg. Sie könnte sich aber noch irgendwo versteckt halten …«

»D… Das kannst du fühlen, Bell?«

»Ja, ich werde so gut wie immer von irgendjemandem beobachtet, deshalb bin ich sehr sensibel dafür geworden …«

»Was?«

»Ach nichts!«

Bells Wahrnehmung war unter der ständigen Beobachtung einer gewissen Göttin geschärft worden. Eina aber schien nicht zu verstehen, was er meinte, und neigte den Kopf fragend zur Seite.

Jedenfalls konnte sie sich nun sicher sein, dass ihr wirklich jemand gefolgt war. Die Geschehnisse vom Vorabend waren keine Einbildung gewesen – jemand war tatsächlich hinter ihr her. Ein kalter Schauer lief ihr über den Rücken, als sich auf einmal der Fluss der Menge um sie herum veränderte. Ehe sie sich's versah, wurde sie von den Menschenmassen mitgerissen und drohte ihren Begleiter aus den Augen zu verlieren.

In diesem Moment erschien wie aus dem Nichts eine Hand und griff nach ihrem Handgelenk. »A… Alles in Ordnung?«

»J… Ja …«, flüsterte die Halbelfe zur Antwort.

Bell war es irgendwie gelungen, eine Lücke in der Menge zu finden. Mit seiner starken Hand hatte er Eina festgehalten und tat es noch immer – unwillkürlich lief die junge Frau rot an.

»Ah … T… Tut mir leid!« Als dem Jüngling auffiel, dass sie röter war als sonst, ließ er sofort los.

Noch immer spürte Eina die Wärme seiner Berührung. Der verschämte Ausdruck auf Bells Gesicht sorgte dafür, dass sie nervös auflachte.

»Gehen wir weiter?«, fragte er.

»Oh, klar!«

Schließlich setzten die beiden ihren Weg fort. Es kostete Eina ihre ganze Kraft, ihre Verlegenheit zu verbergen. Ein sanftes Lächeln huschte über ihre Lippen, als sie erneut zu dem Jungen hinübersah – er war ihr Leibwächter. Als sie die Gilde gemeinsam hinter sich gelassen hatten, hatte die Nähe zu ihm sie nervös gemacht, mittlerweile aber fühlte sie sich deutlich wohler.

»Hey, Eina. Du scheinst in letzter Zeit echt gute Laune zu haben. Woran liegt das?«

»Was …?«

Am Morgen zwei Tage später. Sie waren gerade mitten bei der Arbeit, als Mishas Worte Eina innehalten ließen.

»Du grinst die ganze Zeit vor dich hin! Und dieses Kichern erst …«

»W… Wirklich?«

»Ja, wirklich …«

Unter jedem der Empfangsschalter befand sich ein kleiner Handspiegel, mit dem die Rezeptionistinnen ihr Aussehen überprüfen konnten. Eilig zog Eina ihren hervor. Tatsächlich trugen ihre Wangen direkt unter den Rändern ihrer Brille einen Hauch Rosa. Peinlich berührt verharrte ihr Blick auf ihrem Spiegelbild, während sie sich den Pony richtete.

»Du meintest doch neulich, dass du von jemandem verfolgt wirst. Hat sich das schon geklärt?«

»Ähm, geklärt würde ich nicht gerade sagen, aber …«

»Und was dann? Ist dir etwas Gutes passiert?«

Der Halbelfe fehlten die Worte – sie hatte keine Antwort auf Mishas Frage parat. Die einzige plausible Erklärung für ihre gute Laune war, dass sie sich darauf freute, Zeit mit Bell zu verbringen.

Als sie weiterhin nach den passenden Worten suchte, unterbrach Misha ihren Gedankengang mit einem plötzlichen Ausruf. »Ah! Da ist dieser Zwerg von neulich. Dodomel, oder?«

»Was?«

Eina ignorierte den offensichtlichen Fehler ihrer Freundin und folgte ihrem Blick. Tatsächlich stand Dormul auf der anderen Seite der Empfangshalle und starrte mit zusammengepressten Lippen in ihre Richtung. Als er bemerkte, dass sie ihn ansah, drehte er sich sofort weg. Normalerweise suchte er immer nach einer Ausrede, um mit ihr ins Gespräch zu kommen … Dieses Mal begab er sich jedoch direkt in Richtung Ausgang. Eina blickte ihm fragend nach.

»Er ist gegangen«, stellte Misha fest. »Da fällt mir ein, dass dieser Elf vorhin auch hier war und genau das Gleiche getan hat.«

»Meinst du … Luvis?«

»Ja. Er hat dich angestarrt.«

Genau wie Dormul verwickelte auch Luvis Eina sofort in ein Gespräch, wann immer er die Gilde aufsuchte. Vermutlich sollte sie nicht gleich misstrauisch werden, nur weil die beiden sie ein-, zweimal nicht begrüßt hatten, trotzdem war die junge Frau verwundert. Während ihre Freundin erneut das vorangegangene Gespräch aufgriff, blickte die Halbelfe noch immer zum Ausgang, durch den der Zwerg das Gebäude verlassen hatte.

»Unsere Gruppe war von einem Haufen Minotauren umzingelt, weshalb wir panisch das Weite suchen mussten …«

»Hi hi … Das hört sich ziemlich gefährlich an.«

Am Abend desselben Tages. Wie schon in den vergangenen Tagen begleitete Bell Eina nach Hause. Es war schon sehr spät, da der junge Abenteurer später als erwartet aus dem Dungeon zurückgekehrt war. Lächelnd lauschte Eina seinen Erzählungen darüber, was sich bei seiner Erkundung alles ereignet hatte, und gab hier und da einen Kommentar dazu ab.

Seit Bell sie heimbrachte, hatte sie die mysteriöse Gestalt nicht mehr gesehen. Der weißhaarige Junge behauptete allerdings immer noch, dass er Blicke spüre, was eventuell darauf hindeutete, dass der Verfolger die beiden beobachtete und auf seine Chance wartete. *Es kann nicht ewig so weitergehen ... Ich muss eine Lösung finden.* Die Halbelfe konnte es nicht ertragen, dass Bell ihretwegen in diese Angelegenheit verwickelt wurde. Während sie sich einredete, dass ihre Abmachung nur vorübergehender Natur war, führte sie ihr Gespräch mit ihm fort.

*Was ist Bell für mich?* Plötzlich bemerkte sie, dass der Gedanke daran, dass ihre gemeinsame Zeit zu einem Ende kommen würde, sie ein wenig traurig machte. Sie erinnerte sich an ihre morgendliche Unterhaltung mit Misha und entschied sich dazu, auf ihr Herz zu hören. Für Eina war Bell ... so etwas wie ein kleiner Bruder. Das war wohl die beste Art, ihre Beziehung zu beschreiben. Nicht mehr und nicht weniger. Mit dieser Denkweise wäre kein Platz für Gefühle romantischer Natur.

Allerdings fühlte sie sich zu Männern wie ihm auch hingezogen. Kaum stellte sie dies fest, errötete die junge Frau und blickte beschämt zu Boden. Angesichts ihres Gedankenkarussells fluchte sie in sich hinein.

Ihrem Leibwächter blieb dies natürlich nicht verborgen. Er reagierte sichtlich überrascht, als er den verlegenen Ausdruck auf ihrem Gesicht wahrnahm. »E... Eina, wir sind da!«

»...! D... Danke Bell.«

Sie hatten aufs Neue den Wohnkomplex der Gilde erreicht. Einas Gesicht glühte noch immer, als sie aufblickte, um sich bei dem Jungen zu bedanken. Erst jetzt fiel ihr die Müdigkeit in seinem Gesicht auf. Diese war allerdings nicht weiter verwunderlich. Er hatte gerade einen äußerst schwierigen Tag im Dungeon hinter sich und war danach sofort zu ihr geeilt, um sie nach Hause zu begleiten.

»Also dann, Eina, ich geh mal nach Hause!«, meinte Bell und kehrte der Halbelfe den Rücken zu.

Diese hatte ein schlechtes Gewissen. Beinahe unbewusst schlug sie vor: »Möchtest du mit raufkommen?«

»Was?«

Erst nachdem ihr die Worte entglitten waren, wurde sie sich über deren Inhalt klar. Da sie jedoch nicht ignorieren konnte, wie ausgelaugt der Junge aussah, fuhr sie fort: »Nun ja, du begleitest mich immer so nett ... Ich werde dir eine Tasse Tee zubereiten.« Ihre Nervosität war zurückgekehrt, aber sie bemühte sich, sie sich nicht anmerken zu lassen. Sie spürte, wie ihre schlanken, spitzen Ohren rot anliefen.

Zunächst hatte ihr gutmütiges Angebot ihr Gegenüber verstummen lassen, doch nun wich die Anspannung aus seinem Gesicht. »Vielen Dank, Eina. Aber meine Familia wartet auf mich ... Gute Nacht!«, sagte Bell und wandte ihr erneut den Rücken zu.

»Hach ...« Ein enttäuschter Seufzer entwich der jungen Frau. Als sie ihren Beschützer davonlaufen sah, zierte allerdings wieder ein Lächeln ihre Lippen. Sie verharrte, bis er nicht mehr in Sichtweite war, und ging schließlich hinein.

Am folgenden Tag, dem vierten, seit Bell die Rolle von Einas Leibwächter übernommen hatte, sollte sich alles verändern.

»B... Bell, was hast du denn? Du schwitzt ja total ...«

Wie üblich hatten sich die beiden am späten Abend hinter dem Gildenhauptquartier getroffen. Als sie bereits den halben Weg zurückgelegt hatten, drehte Bell immer wieder den Kopf hin und her, um die Umgebung zu überprüfen.

»H... Heute sind die Blicke voller Mordlust ...«, stammelte er.

»B... Bist du dir sicher?«

»Ja ... Sie sind aber nicht auf uns beide, sondern nur auf mich gerichtet.« Die Anspannung war ihm deutlich anzumerken und er versuchte nicht, irgendetwas vor Eina zu verbergen.

Nachdem diese die Schwere der Situation erkannt hatte, sah sie sich vorsichtig um und flüsterte ihrem Begleiter zu: »Lass uns in diese Seitengasse dort gehen.«

»Was?«

»Wir werden diese mysteriöse Person in eine Ecke locken, in der niemand sonst ist. Sie wird uns mit Sicherheit folgen.«

Die bedrohliche Präsenz, die von ihrem Verfolger ausging, deutete darauf hin, dass er so langsam die Geduld verlor. In seinem momentanen Zustand würde er sicherlich alles daransetzen, den beiden auf den Fersen zu bleiben, besonders in einer menschenleeren Gegend. Eina war sich völlig darüber im Klaren, dass die Wahrscheinlichkeit sehr hoch war, dass es bei einem direkten Zusammentreffen mit dem rätselhaften Unbekannten zu einer Konfrontation kommen würde.

Ohne dass sie noch ein weiteres Wort darüber verlieren musste, wusste Bell, worauf sie hinauswollte. Er war sich der Gefahr bewusst, doch er nickte der Halbelfe sogleich entschlossen zu – die

Zeit, seiner Rolle als Leibwächter vollends gerecht zu werden, war endlich gekommen.

Die beiden verließen die überfüllte Hauptstraße und bogen in eine schmale Seitengasse ein. Nach einem kurzen Marsch entdeckten sie eine geeignete Stelle, um sich im Schatten zu verbergen und ihrem Verfolger aufzulauern. Schon bald waren schwere, hastige Schritte zu hören. Eina klammerte sich fest an Bell, weshalb sie seinen schnellen Herzschlag deutlich spüren konnte. Sie gab ihr Bestes, kein Geräusch von sich zu geben und nur zu atmen, wenn es unbedingt nötig war. Als die dunkle Gestalt an ihrem Versteck vorbei- und in eine Sackgasse raste, sprang der junge Abenteurer abrupt hervor.

»Was?! Dormul?!«, rief Eina überrascht, als sie hinter Bell aus dem Schatten hinaustrat und die Person vor ihnen erblickte.

Der in seinen Umhang gehüllte Zwerg schien die Halbelfe gar nicht wahrzunehmen. Stattdessen war sein Blick ganz auf den Jungen fokussiert, während sein Gesicht vor Zorn rot glühte. »W... Was fällt dir ein, Eina in eine so abgelegene Gasse zu führen?!«, brüllte Dormul und zog seinen Kriegshammer hervor, den er auf dem Rücken getragen hatte. Er griff ihn mit beiden Händen und holte weit damit aus, ehe Bell überhaupt ein Wort erwidern konnte.

»B... Bell! Dormul! Aufhö...?!«

Der ohrenbetäubende Lärm, der durch den Einschlag von Dormuls Hammer entstand, übertönte Einas verzweifelten Ausruf. Steinsplitter flogen durch die Luft und eine heftige Welle der Erschütterung breitete sich unter ihnen aus. Bell erkannte schnell, dass sein Gegner keinerlei Rücksicht zeigen würde, und zog deshalb, bereit zum Gegenangriff, seine beiden Messer.

»Weißes Haar, rote Augen, ein Mensch … Du bist also der Little Rookie!«

»!«

»Aber gegen mich hast du keine Chance!«

Der junge Abenteurer hatte dem wilden Angriff des Zwerges nur knapp ausweichen können. Seinen Konter hatte Dormul mit seinem Kriegshammer kinderleicht pariert. Ein siegessicheres Grinsen breitete sich auf seinen Lippen aus. Er ließ Bell keine andere Wahl, als sich zurückzuziehen. Der Zwerg nutzte den Schwung seines Hammers nach dem Hieb und ließ einen kleinen Sturm mächtiger Schläge auf sein Gegenüber los.

*Das ist gar nicht gut …*

Sowohl Bell als auch Dormul waren Abenteurer der zweiten Klasse. Jedoch hatte Ersterer erst vor Kurzem Level 3 erreicht, während Letzterer seinen Levelaufstieg schon beinahe drei Jahre hinter sich hatte. In Sachen Stärke und Skill war der Zwerg daher so etwas wie ein Veteran und hatte dadurch auch einen deutlichen Vorteil. Eina befürchtete das Schlimmste. Sie bereute es, Bell in solch eine Gefahr gebracht zu haben, doch ihre Ängste stellten sich schnell als unbegründet heraus.

»…!!«

»Hngaaah?!«

Ihr Leibwächter war in die Enge getrieben worden, ihm blieb keinerlei Fluchtmöglichkeit mehr. Aber als Dormul seinen Hammer für den entscheidenden Schlag niederschnellen ließ, war Bell nicht besiegt, sondern blockte den Angriff mit seinem schwarzen Messer ab. Dieses hinterließ einen violetten Bogen in der Luft, ehe es den Kriegshammer zur Seite schlug und dieser zu Boden krachte. Der Zwerg riss erstaunt die Augen auf und beobachtete, wie Bell seine Geschwindigkeit sogar noch erhöhte.

*E... Er ist so schnell ...?!* Auch Eina war verblüfft – der Junge bewegte sich so rasant, dass sie ihm mit den Augen nicht mehr folgen konnte.

Wie ein Hase sprang er in dem engen Raum zwischen den Wänden umher. Immer wieder griff er Dormul aus dessen totem Winkel, von der Seite oder von hinten an. Kaum war es dem Zwerg gelungen, einen seiner Angriffe gerade so abzuwehren, war Bell schon wieder außer Reichweite und setzte seine blitzschnellen Manöver fort.

Einas Überraschung rührte daher, dass er in diesem Moment tatsächlich wie ein zweitklassiger Abenteurer wirkte. Selbst im Vergleich zum erfahreneren Dormul hatten seine Bewegungen eine Präzision, die der seines Gegners in nichts nachstand. Er verließ sich dabei nicht nur auf die Kraft, die er durch seinen Status erlangt hatte – seine Haltung ließ erkennen, dass er von einem hochstufigen Abenteurer trainiert worden war. Selbst wenn er völlig in die Ecke gedrängt worden war, agierte er extrem geschickt und auf Augenhöhe mit seinem Gegner.

Die junge Frau konnte nicht anders, als an seine Errungenschaften beim War Game zu denken. Der weiße Hase war sogar aus seinem Kampf gegen den feindlichen Anführer, den höherstufigen Hyakinthos, als Sieger hervorgegangen. Völlig überraschend hatte er einen Gegner besiegt, dessen Skills und Techniken so scharf wie ein Schwert waren. Als sie Zeugin dessen hatte werden dürfen, hatte Eina sofort erkannt, dass derjenige, der ihm die Grundlagen des Kampfes beigebracht hatte, ein außergewöhnlicher Abenteurer gewesen sein musste.

»H... Hör gefälligst auf, so herumzuhüpfen! Verdammt noch mal!« Dormul gelang es immer seltener, mit Bells Bewegungen mitzuhalten. Kaum schwang er den Hammer zu einer bestimmten Stelle, war sein Gegner schon nicht mehr dort.

Stattdessen nutzte der Junge die Blößen aus, die der Zwerg während seiner Attacken bot, indem er jeweils zum Gegenangriff überging. Es war die Schlag-und-Flucht-Taktik des weißen Hasen. Dormuls frustrierte Rufe hallten durch die Gasse. Bells Geschwindigkeit war auf einem anderen Level als seine. Zwerge waren bekannt für ihre Stärke, nicht für ihre Agilität, weshalb der rotäugige Jüngling einen schlechten Gegner für sie darstellte.

»Na warte! Versuch doch mal, dem hier auszuweichen!« Dormul schien die Geduld zu verlieren. Er griff hinter sich und zog einen weiteren, großen Hammer hervor, den er auf dem Rücken getragen hatte.

*Ein Magieschwert ...?!* Eina erkannte sofort, worum es sich bei der von einer gelb leuchtenden Energie umgebenen Waffe wirklich handelte. Magieschwerter gab es in den unterschiedlichsten Formen, doch jedes von ihnen hatte die Fähigkeit, auf der Stelle mächtige Zauber zu entfesseln. Täte der Zwerg dies auf solch begrenztem Raum, konnte er sein Ziel gar nicht verfehlen, und das war ihm nur allzu bewusst.

Der Halbelfe verschlug es den Atem. Sie musste dem Ganzen Einhalt gebieten, doch ehe sie dazu kam ... stürmte Bell mit weit aufgerissenen Augen direkt auf den Zwerg zu. *Bell?!* Es dauerte nur einen kurzen Moment, bis sie begriff, dass er sich selbst als Ziel anbot, um zu verhindern, dass sie in den Wirkungsbereich des Angriffs geriet.

Ein Grinsen erschien auf Dormuls Gesicht, als er den Jungen auf sich zustürmen sah. Mit all seiner Kraft ließ er sein Magieschwert direkt vor seinem herannahenden Gegner zu Boden sausen. »Friss das!!«

»Haaah!« Der junge Abenteurer schwang entschlossen seinen roten Dolch gegen den heranschnellenden Hammer. Ein leuchtend roter Bogen durchzog die Luft, ehe die Klinge den Griff unter der knisternden Schlagfläche des Hammers sauber durchtrennte.

Das abgetrennte Kopfstück wirbelte hoch in die Luft und auch der Rest der Waffe, der sich noch in Dormuls Hand befand, traf sein Ziel nicht. Bell war inzwischen an dem Zwerg vorbeigerannt und wie ein Blitz vor die Halbelfe gesprungen, die vor Schreck außerstande war, sich zu rühren. Wie es sich für einen Leibwächter gehörte, stellte er sich schützend vor sie.

Nachdem sein Magieschwertangriff fehlgeschlagen war, erstarrte Dormul für einen Moment. Er erholte sich jedoch schnell von seinem Schock und griff erneut nach seinem noch intakten Kriegshammer, um sich Bell entgegenzustellen. »Noch ist es nicht vorbei!«

Allerdings ... *Fwusch!* ... fiel der obere Teil des zerstörten Hammers in gerader Linie auf ihn herab. Eina und Bell schauten geschockt dabei zu, wie der schwere Gegenstand Dormuls Kopf traf.

»Gwaaaaaaaaaaaaaaaah!«

In dem Moment, in dem sein Schrei durch die Gasse hallte, schlug ein gewaltiger Blitz vor ihnen ein. Das Magieschwert entfaltete seine Macht und schloss Dormul in einem ganzen Wirbel aus Blitzen ein. Auch Bell und Eina wurden weggeschleudert. Sie stießen in der Luft gegeneinander und landeten gemeinsam auf dem Boden.

»B... Bell?! Geht es dir gut?!«

»M... Mir geht es gut ... Ich mach mir eher Sorgen um ihn, um ehrlich zu sein.«

Die junge Frau war auf dem Rücken gelandet und der weißhaarige Jüngling beugte sich schützend über sie. Als Eina sich aufrichtete, sah sie, dass Bells Rücken versengt war. Er selbst aber deutete nur zitternd auf den Ursprung der Explosion. Ein Gefühl der Erleichterung breitete sich in der Halbelfe aus, als die beiden mehr oder weniger unversehrt aufstanden. Gemeinsam gingen sie zu Dormul hinüber, um nach ihm zu sehen.

Das Gemäuer, das die Sackgasse umgab, hatte erheblichen Schaden genommen. Völlig verkohlt lag der Zwerg inmitten eines Haufens aus Schutt und Asche. Neben seinem qualmenden Körper fanden Eina und Bell den großen Kopf des magischen Kriegshammers vor, der soeben in tausend Stücke zerfiel, da all seine Energie verbraucht war.

»L… Lebt er noch …?«

»Ja … Er atmet.«

Kaum waren sie an die Seite des Abenteurers getreten, untersuchten sie ihn auf Lebenszeichen. Bell fiel ein Stein vom Herzen, als Eina ihm bestätigte, dass der Zwerg den Vorfall überstanden hatte.

Auf dem Gesicht der Halbelfe hingegen lag ein betrübter Ausdruck. Sie konnte einfach nicht glauben, dass Dormul hinter all dem steckte. In all ihren Jahren als Empfangsdame hatte sie zahlreiche Abenteurer begrüßt. Daher war sie ziemlich zuversichtlich, was ihre Fähigkeiten anbelangte, den wahren Charakter einer Person zu erkennen. Sie hätte sich beim besten Willen nicht vorstellen können, dass der gutmütige und sanfte Dormul zu so etwas fähig wäre … Traurig senkte sie den Blick zu Boden.

Neben ihr stand Bell, der sich aufmerksam in der Sackgasse umsah. Als würde ihn ein Gefühl der Unstimmigkeit plagen, wanderte sein Blick zwischen Dormul und dem Nachthimmel hin und her.

Der bewusstlose Dormul war noch vor Ende der Nacht ins Hauptquartier der Gilde gebracht worden. Sobald er aufwachte, sollte er verhört werden, doch der Treffer seines Magieschwerts war so heftig gewesen, dass er noch immer nicht bei Bewusstsein war. Eina konnte sich weiterhin nicht von ihrem Schock erholen und daher nur schwer auf die Arbeit konzentrieren.

»Eina, geht es dir gut?«

»Ja, alles gut. Tut mir leid.«

Den ganzen Tag über hatte sie einen Kloß im Hals. Die Zeit verging und schließlich brach erneut die Nacht herein. Eina warf Misha und ihren besorgten Kolleginnen zum Abschied ein gequältes Lächeln zu und verließ das Gildenhauptquartier. Natürlich wartete Bell heute nicht auf sie. Der Vorfall mit dem Verfolger hatte sich geklärt, weshalb es keinen Grund mehr für ihn gab, sie zu begleiten. Und so trat sie in tiefer Dunkelheit allein den ihr so vertrauten Nachhauseweg an.

»Hm?« Es kam völlig unvermittelt. Eina blickte über die Schulter, da sie plötzlich deutlich die Anwesenheit einer weiteren Person spürte, und sah eine dunkle Gestalt. Diese trug einen schwarzen Umhang – genau so einen hatte auch ihr Verfolger in der ersten Nacht getragen! Das Blut wich ihr aus dem Gesicht.

*Das kann einfach nicht sein!*, schrie sie in sich hinein und rannte los. Ein weiterer Blick nach hinten genügte, um festzustellen, dass die verhüllte Gestalt ihr noch immer folgte. *Also war es doch nicht Dormul …?!*

Als ihr klar wurde, dass der Zwerg gar nichts mit dem Vorfall zu tun hatte und der wahre Täter somit jemand anderes sein musste, saß der Schock tief. Dormul war offenbar nur zufällig vor Ort gewesen und hatte wahrscheinlich wirklich geglaubt, dass Bell Eina in diese dunkle Gasse gelockt hatte.

Inzwischen hatte die Halbelfe die elegante Straße erreicht, die zu ihrem Wohnkomplex führte. Weit und breit war niemand in Sicht. Das schwache Licht der Magiesteinlaternen erhellte Einas Gesicht, als sie daran vorbeieilte. Doch ihr Verfolger war schneller, sie konnte ihm nicht entkommen. Als die bedrohliche Präsenz immer näher kam, nahm die junge Frau einen tiefen Atemzug, um einen Schrei auszustoßen, ohne zu wissen, ob er überhaupt jemanden erreichen würde.

»Firebolt!«

Doch noch bevor sie das tun konnte, zischte ein Flammenblitz an ihr vorbei. Die Attacke war von einer Stelle hinter Eina und ihrem schwarzen Verfolger aus abgefeuert worden. Wie eine Warnung schlug der Zauber mit einer ohrenbetäubenden Explosion ins Kopfsteinpflaster ein und ließ die Beamtin und die vermummte Gestalt erstarren. Dann waren Schritte über ihnen zu hören und ein weißer Schatten sprang von einem der Häuser herab, die die Straße säumten. Er stürzte sich auf die mysteriöse Gestalt und rammte den Fuß in deren Rücken.

»Uff!«

»B… Bell?!«

»T… Tut mir leid, irgendwas war faul … I… Ich hätte schon eher hier auftauchen sollen«, antwortete der junge Abenteurer völlig außer Atem.

Die Erleichterung, die Eina verspürte, als die Angst von ihr abfiel, ließ in ihr den Wunsch aufkommen, den Jungen am liebsten sofort zu umarmen. Schnell wischte sie sich mit den Fingern über die feuchten smaragdgrünen Augen und fragte ihn: »W… Was meinst du damit, dass irgendwas faul war?«

»Ich wollte dir keine Angst einjagen, deshalb habe ich nichts gesagt, aber ... es war nicht nur *eine* Person, die uns täglich beobachtet hat, als ich dich nach Hause begleitet habe ...« Bell fügte hinzu, dass er auch während seines Kampfes mit Dormul aus der Ferne eine Präsenz wahrgenommen habe, die auf sie fixiert gewesen sei. Da er das Ganze nicht einfach als Missverständnis habe abtun können, habe er geplant, sie auch heute wieder nach Hause zu begleiten, und sei sofort losgestürmt, als er im Hauptquartier der Gilde erfahren habe, dass sie sich bereits allein auf den Heimweg gemacht habe.

»Doryaaaaaaaaaaaaaaaah!!«

Nur Sekunden später änderte sich die Lage erneut. Ein muskulöser Zwerg stürmte wie ein robuster Panzer aus einer Seitenstraße heraus. Während sowohl Eina und Bell als auch die vermummte Gestalt wie erstarrt waren, schwang der Angreifer seine Waffe nach Letzterer. Im letzten Moment gelang es dem mysteriösen Verfolger auszuweichen.

»Alles in Ordnung, Eina?«

»Bist du das, Dormul ...?! Was machst du hier? Und wie bist du der Gilde entkommen?«

»Ich habe mir meine eigene Tür in diese mickrige Wand geschlagen!«

Die Halbelfe hielt sich den Kopf. Dormul bemerkte jedoch weder ihre Reaktion noch Bells schweißüberströmtes Gesicht. All seine Sinne waren vollständig auf die verhüllte Gestalt fokussiert, in seinem Blick lag brennender Zorn.

»Du bist also derjenige? Der Perverse, der Eina verfolgt hat?«

Als sie erfuhr, dass Dormul irgendwie von ihrer Lage erfahren hatte, riss Eina überrascht die Augen auf.

Die vermummte Person begann vor Zorn zu beben – sie hob die Hand und zog sich die Kapuze vom Kopf. »Nenn mich nicht so, du niederträchtiger Zwerg!« Der blonde Elf erwiderte den durchdringenden Blick des Zwerges und zog wütend die Augenbrauen zusammen.

»L… Luvis?!« Erneut klappte der jungen Frau die Kinnlade herunter – die Überraschungen schienen an diesem Tag nicht ausgehen zu wollen.

»Wie soll ich dich denn sonst nennen, du hinterhältiger Elf? Wie erklärst du uns diese Situation?«

»Kh … I… Ich wollte Eina nur meine wahren Gefühle gestehen …« Zunächst warf Luvis Eina einen unsicheren Blick zu, die Wangen leicht gerötet. Doch einen Moment später schüttelte er energisch den Kopf. »J… Jedenfalls passen diese subtilen Vorgehensweisen, die man für üblich einzuhalten hat, einfach nicht zu mir. Ich bin eher der direkte Typ! Das hier ist nur ein gewaltiges Missverständnis!«

»Ach ja? Und was sollte man daran bitte missverstehen?!«

Die beiden Männer ließen Bell völlig außen vor. Während sie miteinander diskutierten, blickte er immer wieder zwischen ihnen hin und her.

Auch Eina sah den Streithähnen zu und hatte das Gefühl, dass hier irgendetwas nicht stimmte. Mit all ihrer Professionalität, die sie sich über die Jahre in ihrem Job angeeignet hatte, trat sie entschlossen zwischen die beiden. »Hört sofort auf, ihr zwei! Man sollte immer beide Seiten der Geschichte hören, deshalb beruhigt ihr euch jetzt erst einmal!«

Ihr resoluter Ausruf ließ Dormul und Luvis verstummen, wenngleich sie sich noch immer hasserfüllt anstarrten.

Als sich die Situation vorerst ein wenig entspannt hatte, wandte sich die Halbelfe zuerst an Luvis. »Würdest du uns das bitte erklären, Luvis? Den gesamten Verlauf bis zu diesem Punkt.«

»J… Ja, natürlich …« Eingeschüchtert von Einas durchdringendem Blick schluckte der Elf schwer. »Es war vor ein paar Tagen in der Empfangshalle der Gilde … Da habe ich gehört, dass du von einem mysteriösen Unbekannten verfolgt wirst, weshalb ich mich dazu entschied, etwas dagegen zu unternehmen, damit du nicht zu Schaden kommen würdest.«

Einas Augen weiteten sich – der Moment, in dem ihre Freundin Misha vor Schock so laut mit ihr gesprochen hatte, kam ihr wieder in den Sinn. Vermutlich hatte auch Dormul in diesem Augenblick von ihrer Lage erfahren.

»Was? Du lügst!«, rief dieser sofort. »Wir wissen genau, dass von Anfang an *du* dieser verdächtige Verfolger warst …!«

»Dormul, bitte sei still. Auch du wirst noch deine Gelegenheit bekommen zu sprechen. Und dann, Luvis?«

»Oh, ja … Ich habe mich an den Gott meiner Familia gewandt.«

»Was?« Eina hielt inne.

»Er sagte mir, dass echte Männer eine Frau aus den Schatten heraus beschützen würden.«

»B… Bei mir war es genauso. Ein richtiger Mann beschützt eine Frau aus dem Hintergrund, hieß es.«

»W… Was?« Ein ungutes Gefühl überkam die Beamtin. »Das heißt also, dass ihr euch beide um mich gesorgt habt … und mir deshalb heimlich gefolgt seid?«

»Ja, so ist es.«

»J… Ja, genau.«

Sie unterdrückte den Drang, laut auszusprechen, dass die beiden sich damit im Grunde genommen selbst wie Stalker verhalten hatten. Doch das war noch nicht alles. Ihre aggressiven Annäherungsversuche, die in letzter Zeit mehr und mehr zugenommen hatten, rührten offenbar vom Rat ihrer Gottheiten. Da die beiden unbedingt Einas Aufmerksamkeit erregen wollten, hatten sie Hilfe bei ihnen gesucht. Gegenüber Bell, den ihre Angebetete als Leibwächter angeheuert hatte, empfanden die beiden Abenteurer ein gewisses Maß an Feindseligkeit. Als sie dann beobachtet hatten, wie der Junge Eina an der Hand hielt und wie vertraut er mit ihr umging, hatte sich ihre Eifersucht am Ende sogar in Mordlust umgewandelt.

*Das heißt also ...* Die junge Frau hatte das Gefühl, dass sie kurz davorstand, den wahren Täter zu entlarven.

»Dormul trug genauso einen Umhang wie du, Luvis ... Könntest du mir erklären, warum du den immer anhattest ...?«

»Ach, der? Mein Gott meinte, das wäre der neueste Trend oder so. Obwohl ich nicht richtig verstanden habe, was er damit meinte ...«

»Ähm ... Findest du nicht, dass du ihr damit eher Angst einjagst ...?«

»Was?!«

Mit diesem Einwand hatte Bell, der vorsichtig die Hand gehoben und sich zu Wort gemeldet hatte, verdammt recht. Wenn man bei Nacht in solch einem verdächtigen Gewand herumschlich, würde man jeder Frau einen Schrecken einjagen und die Wahrscheinlichkeit erhöhen, dass sie die wahren Absichten dahinter missverstand. Dormul und Luvis schwiegen beschämt, als sie ihr Fehlverhalten erkannten. Eine drückende Stille legte sich über die Gruppe.

»Ke ke ke!« Von irgendwoher drang ein kehliges Gelächter an sie heran.

*H... Hab ich es mir doch gedacht ...*

Die vier blickten nach oben zu den Dächern. Dort standen zwei Gottheiten, die sich vor Lachen die Bäuche hielten und mit den Fingern auf sie zeigten. Sie waren allesamt von Anfang an zum Narren gehalten worden. All dies war nur ein Zeitvertreib der Götter gewesen, die sich in ihrer Langeweile über die Sterblichen lustig gemacht hatten. Höchstwahrscheinlich war es sogar eine der Gottheiten persönlich gewesen, die Eina als Erster in vermummter Gestalt verfolgt hatte.

Ihr Plan hatte vermutlich darin bestanden, die liebestollen Abenteurer Dormul und Luvis gegeneinander aufzubringen, sobald sie ihre Schutzgötter um Rat bitten würden. Alles nur, um sich an ihrem kläglichen Scheitern zu ergötzen – zu ihrem eigenen Vergnügen. Die Deusdea hatten im Allgemeinen kein Problem damit, ihre vielen Kinder in der Welt der Sterblichen wie Figuren auf einem Spielbrett zu behandeln. Unfreiwillig waren Eina, Bell, Dormul und Luvis in einen göttlichen Streich hineingeraten.

»Oh Mann, dabei dachte ich wirklich, sie würden sich bei Eina völlig blamieren und einen saftigen Korb von ihr kassieren.«

»Ich habe die Wette fair und ehrlich gewonnen.«

Vom Mondlicht erhellt blickten die beiden Götter noch immer laut lachend auf Luvis und Dormul herab.

»Grrr …«, knurrte der Zwerg und knirschte wütend mit den Zähnen.

Unterdessen war die Haut des stolzen Elfen vor Scham knallrot angelaufen. Mit geballten Fäusten versuchten die beiden, den Schmerz der Demütigung zu ertragen.

»Luvis, dein Papa hat gerade einen großen Gewinn eingefahren! Sobald wir zu Hause sind, lade ich dich zu einem leckeren Mahl ein!«

»Dormuuul, ich hab kaum noch Geld ... Kannst du mir ein paar Valis leihen? Bitteee!«

»Steeeeerbt, ihr widerlichen Götteeeeer!!«, riefen die gekränkten Männer am Boden.

Pfeile, die der Elf mit seinem Bogen abgeschossen, und herumliegende Steine, die der Zwerg wahllos aufgesammelt hatte, regneten auf die beiden Gottheiten herab. Doch bevor die Geschosse ihre Ziele erreichten, waren diese schon auf und davon – ihr Gelächter hallte durch die Nacht.

»...«

»Ähm ...«

Eina war in Schweigen verfallen, während Bell sein Möglichstes versuchte, die passenden Worte zu finden. Wutentbrannt pressten Dormul und Luvis jede denkbare Beleidigung durch die zusammengebissenen Zähne.

Schließlich hob der Elf den Kopf. »Nein, so darf es nicht enden! Eina, ich liebe dich! Bitte geh den Bund der Ehe mit mir ein!!«

»I... Ich liebe dich noch mehr, Eina! Werde meine Frau!«

»W... Waaaaas?!«, schrie die Halbelfe auf. Als Luvis und Dormul sie mit knallroten Gesichtern ansahen, errötete auch sie. Schon viele Männer hatte ihr die Liebe gestanden, doch in ihren neunzehn Lebensjahren war es das erste Mal, dass ihr jemand einen Heiratsantrag gemacht hatte. An ihren Blicken konnte sie ablesen, dass die beiden es todernst meinten.

Bell, der völlig außen vor blieb, riss die Augen weit auf und beobachtete erstaunt das Geschehen.

»Ich werde Eina ganz bestimmt nicht einem wie dir überlassen! Geh zurück in deinen Wald, wo du herkommst!«

»Unsinn! Außerdem könnte ein Zwerg wie du sowieso niemals Kinder mit einer solch wunderschönen Frau wie ihr haben!«

»Hngaaah?! Was hast du mit ihr vor, du Mistkerl?!«

»D… Dummkopf! Das habe ich keineswegs vulgär gemeint! Ich wollte dir nur den Unterschied zwischen euren Völkern bewusst machen …!«

Gerade als erneut ein Wortgefecht zwischen den beiden auszubrechen drohte, wandten sie sich Eina zu. Diese war sprachlos und zuckte erschrocken zusammen.

»Bitte teile mir deine Antwort mit, Eina!«

»Ich bin bereit, wie auch immer deine Antwort lautet!«

Angesichts des Drucks, den die beiden auf sie ausübten, war die junge Frau völlig überfordert. Egal, für wen sie sich entscheiden würde, sie wäre auf der Stelle mit demjenigen verlobt. Dafür war sie selbstverständlich noch nicht bereit. Doch selbst wenn sie ablehnte, würden die beiden ihr weiter nachstellen, solange sie keinen eindeutigen Grund dafür hervorbrachte. Am liebsten wäre sie in diesem Moment in Tränen ausgebrochen.

Sie wandte sich hilfesuchend zur Seite. Neben ihr stand Bell, der die Situation nervös verfolgte. *Oh Mann, jetzt sag doch etwas …!* Aus irgendeinem Grund verärgerte sie das Schweigen des Jungen. Mit tränenunterlaufenen Augen blickte sie ihn wütend an, woraufhin er nur ein simples »Hä?« von sich gab, was den Zorn in ihr noch mehr aufkeimen ließ. Einas Wangen wurden plötzlich feuerrot – ob es an Bell lag, wusste sie selbst nicht. Ihre übliche Gelassenheit war längst verschwunden und sie schloss die Augen, um die Wut dahinter zu verbergen.

»Ich kann euch beiden keine Antwort geben.« Sie hakte sich bei Bell ein und zog ihn an sich heran. »Ich bin mit ihm zusammen!!«

Einen Moment herrschte Schweigen. Dann …

»Waaaaaaaaaaaaaaaass?!« Die lauten Rufe der drei überlagerten sich und hallten durch die Nacht.

»W… Warum tust du denn so überrascht?!«, brüllten Dormul und Luvis den Jungen an.

»T… Tut mir leid …!«, entschuldigte der sich sofort ängstlich.

Obwohl Eina sich noch immer bei Bell eingehakt hatte, traten die beiden Abenteurer näher an sie heran.

»I… Ist das wirklich wahr, Eina?!«

»Du spielst uns doch nicht nur etwas vor, oder?!«

»Nein, wir sind zusammen! Er … hat mir seine Liebe gestanden!«, rief sie entschlossen und presste die Augen fest zusammen.

Bell hingegen hatte seine weit aufgerissen – ein leerer Ausdruck lag darin.

Einas Wangen waren rot wie Äpfel. Sie ließ den Ellbogen des jungen Abenteurers los, packte ihn an den Schultern und brachte ihr Gesicht näher an seines. »Bell, damals, als du heil aus der 5. Ebene zurückgekehrt bist, hast du mir doch deine Liebe gestanden, nicht wahr?!«

»?!«

Sie sprach von damals, als er knapp dem Minotaurus entkommen war, da Aiz ihm das Leben gerettet hatte. *Damals hast du diese Worte gesagt …* Einas Augen sprachen Bände, als sie den Jungen noch näher an sich heranzog. *Sag es hier und jetzt noch einmal …* Sie konzentrierte all ihre Energie in ihren smaragdgrünen Pupillen. Sie waren sich so nah, dass sich ihre Nasenspitzen beinahe berührten. Ihr Blick war entschlossen, sie wollte ihm nur diese eine Botschaft übermitteln. Der Mund ihres Gegenübers öffnete und schloss sich, ohne dass ihm ein Wort über die Lippen kam.

»Sag es ihnen, Bell. Sag ihnen, was du damals gesagt hast!«

Angesichts Einas knallrotem Gesicht und ihrer verzweifelten Bitte begann sich alles vor Bells Augen zu drehen. Als er endlich begriffen hatte, was sie von ihm hören wollte, brachte er schließlich stammelnd hervor: »I… Ich … l… liebe dich …« Er wurde knallrot und senkte den Kopf.

»Da! Da habt ihr es! Habt ihr gehört … wie sehr er mich beschützen möchte?! Er ist … Bell ist der Richtige für mich!!«

Damit war es entschieden.

*Bamm!!* Wie vom Blitz getroffen taumelten Dormul und Luvis rückwärts. Sie konnten in Einas Verhalten und Worten keine Lüge erkennen. Eine Weile standen sie gleich Statuen da, dann ließen sie die Köpfe hängen und schwankten enttäuscht davon.

Als der Zwerg und der Elf schließlich außer Sichtweite waren, wehte eine frische Brise über Bell und Eina hinweg. Beide waren peinlich berührt, ihre Gesichter trugen denselben rötlichen Farbton. Nach einer Weile sah der weißhaarige Jüngling mit Tränen in den Augen erneut zu Eina, als wollte er ihr etwas mitteilen.

Auch die Halbelfe sah wieder zu ihm auf – sie legte die Hände aneinander, schloss fest die Augen und verbeugte sich tief vor ihm. »Es tut mir so leid …!«, glitt ihr eine beschämte Entschuldigung über die rosafarbenen Lippen.

Der Morgenhimmel war klar und blau. Warmes Sonnenlicht schien durch die Fenster herein. Das Hauptquartier der Gilde war so geschäftig wie immer. Zahlreiche Abenteurer gingen ein und aus und bildeten wie gewohnt Schlangen an den Empfangsschaltern. Eina stand auch heute auf der anderen Seite eines Schalters und gab wie immer das perfekte Bild einer Rezeptionistin ab.

*Es wird wirklich schwer, Bell noch in die Augen zu sehen …* Allein beim Gedanken an das, was in der letzten Nacht passiert war, glühte ihr Gesicht und sie war sich sicher, jeden Moment Feuer zu fangen. Auch wenn sie sich in diesem Augenblick vergessen hatte und von der Situation hatte hinreißen lassen … Auch wenn sie nicht mehr richtig gewusst hatte, wie ihr geschah … Sie bereute es zutiefst, den Jungen in ihre Angelegenheiten hineingezogen zu haben. Dabei war sie doch älter als er … Zum gefühlt hundertsten Mal seufzte sie an diesem Tag in sich hinein.

»Ah …«

Auf einmal stand Bell ganz vorn in der Schlange.

Sie tauschten wortlos Blicke aus. Als die anderen Abenteurer in der Schlange sie wütend anfunkelten, da sie unnötig Zeit verplemperten, erröteten die beiden und wandten die Augen voneinander ab.

*Das ist so peinlich … Was soll ich bloß tun?* Verzweifelt suchte Eina nach den richtigen Worten, um die unangenehme Stille zu durchbrechen.

Doch es war Bell, der sich als Erster schüchtern zu Wort meldete: »Ähm, ich brauche deinen Rat. Würdest du mir helfen?«

Die Halbelfe sah überrascht auf, als er ihr in seinem gewohnten Tonfall eine Frage stellte. Langsam verzogen sich ihre Mundwinkel zu einem sanften Lächeln. »Klar … sehr gern!«

Die zwei suchten erneut Blickkontakt und fanden schnell zu ihrem gewohnten Umgang zurück. Beraterin und Abenteurer. Oder vielleicht auch ältere Schwester und jüngerer Bruder. Sie begaben sich zum Beratungsraum, um Bells Angelegenheit zu besprechen, und nahmen gegenüber voneinander am Tisch Platz.

*So ist es gut, so soll es bleiben* … Eina war zufrieden. Ihre Beziehung war perfekt, so wie sie war. »Danke und … es tut mir leid, Bell.«

»…«

»Ich war froh, es noch einmal von dir zu hören … Es hat mich glücklich gemacht.« Ihre Stimme war leise, fast schon ein Flüstern.

Bell gab vor, sie nicht gehört zu haben, wenngleich er rot wurde und zu Boden blickte. Eina kicherte, ein zufriedenes Grinsen lag auf ihrem Gesicht.

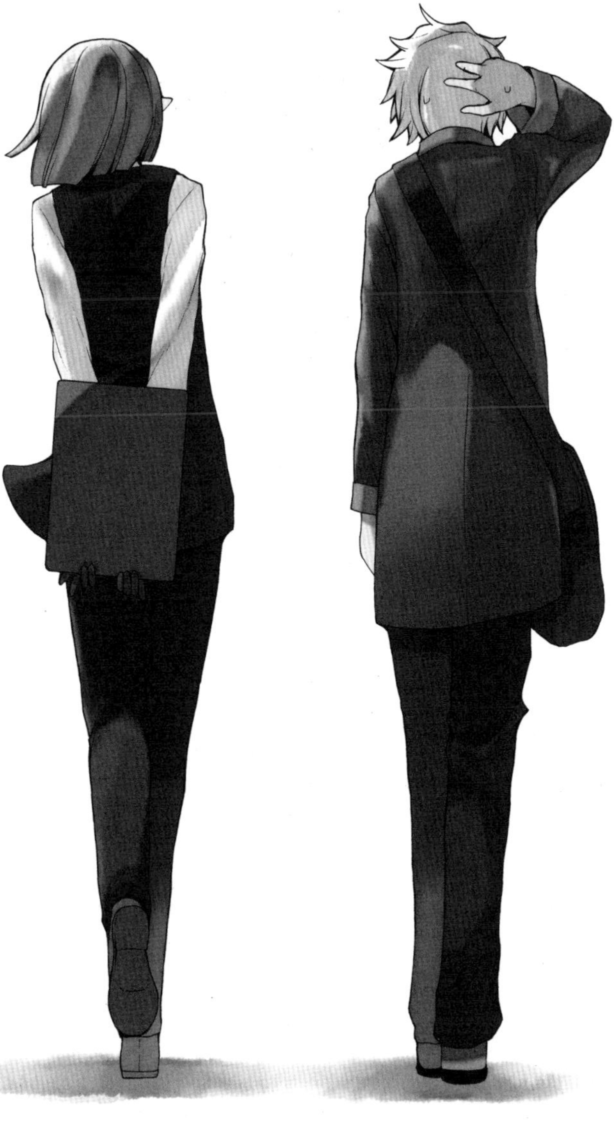

Suzuhito Yasuda

uzuhito Yasuda

»Fertig!«

Schwarzer Rauch stieg aus der engen Küche auf. Die verkohlten und die angesengten Zutaten sowie die verstreuten Kochutensilien zeugten von dem chaotischen Küchenkampf, der hier stattgefunden hatte. Die grauhaarige junge Frau Syr hatte sich eine Schürze umgebunden und stand mit einem breiten Grinsen im Gesicht allein in der Küche. Weder ihre Kolleginnen noch die Wirtin waren in der Nähe. Ohne vorher zu kosten, packte sie ihre Kreationen – eine Fleischpastete in fragwürdigen Farben und einige Sandwiches mit zweifelhaftem Geschmack – in Behälter, die sie schließlich in einem großen Weidenkorb verstaute.

Fröhlich vor sich hin summend wechselte Syr ihre Kleidung und verließ mit dem Korb im Arm den Laden. »Ich frage mich, ob sie sich darüber freuen werden.« Mit einem sanften Lächeln auf den Lippen machte sie sich auf den Weg in die Stadt.

Am Abend im Gildenhauptquartier. In der großen Empfangshalle aus weißem Marmor, durch deren hohe Fenster auf der Westseite die Sonnenstrahlen einfielen, herrschte wie gewohnt reges Treiben – viele Abenteurer waren aus dem Dungeon zurückgekehrt und hergekommen, um verschiedenste Dinge zu regeln.

»Ich werde mit Eina sprechen.«

»Alles klar. Dann kümmern wir uns um die Wechselgeschäfte.«

»Ich warte hier.«

Ich stellte mich an, um meiner Beraterin Bericht zu erstatten. Lili und Haruhime, deren Rucksäcke aus allen Nähten platzten, gingen in Begleitung Mikotos zur Wechselstube, um die Magiesteine und die Beute-Items, die wir uns heute im Dungeon erarbeitet hatten, zu Geld zu machen. Da Welf nichts zu tun hatte, vertrieb er sich einfach so lange die Zeit. Und so verstreuten wir uns in der Lobby.

Genau wie all die anderen Abenteurer um uns herum hatten auch wir Mitglieder der Hestia-Familia hier einiges zu tun. Normalerweise hätten wir unsere Tagesausbeute direkt im Turm Babel eingewechselt. Doch da wir uns heute zusätzlich um die Familia-Steuer kümmern mussten, die von der Gilde erhoben wurde, hatten wir uns dazu entschlossen, das Hauptquartier aufzusuchen, um alles an einem Fleck zu erledigen.

An den Schaltern angekommen bemerkte ich die langen Schlangen, die sich davor gebildet hatten. Die Gildenmitarbeiterinnen hinter dem Tresen hatten alle Hände voll zu tun, weshalb ich mich darauf beschränkte, Eina nur kurz Bericht zu erstatten. Ohne viel Small Talk gehalten zu haben, verabschiedete ich mich schnell wieder von ihr.

Da die Mädchen anscheinend noch nicht von der Wechselstube zurück waren, hatte ich ein wenig Zeit totzuschlagen. Ich ging zum großen Schwarzen Brett, um zu sehen, was es Neues gab. Die Gilde bot Abenteurern jede Menge Informationen über den Dungeon und auch sonst recht viel Nützliches an, beispielsweise eine persönliche Beratung. Es konnte also nicht schaden, diese Angebote auch zu nutzen. Ich bahnte mir meinen Weg durch die Abenteurertraube, die sich bereits vor dem Anschlagbrett versammelt hatte, und warf einen Blick auf die vielen Quests und die neuesten Produktankündigungen der verschiedenen Handels-Familias.

*Kaum zu glauben, dass wie derzeit von Rakia angegriffen werden … Hier ist wirklich alles wie immer.* Ich hatte gehört, dass der Kampf gegen das Königreich Rakia außerhalb der Stadtmauern noch immer andauerte. Doch das Bild, das sich mir hier im Hauptquartier der Gilde bot, wo sich alle möglichen Völker dicht an dicht drängten und lautstark unterhielten, machte mich glauben, dass die Gefechte kaum Einfluss auf das alltägliche Leben von uns Abenteurern hatten.

Ich war zwar sicher, dass man die oberen Familias aufs Schlachtfeld beordert hatte, doch auf mich wirkte es nicht so, als hätte man irgendjemanden aus einer mittleren oder einer niedrigeren Familia mit einbezogen. Vermutlich wollte die Stadt beziehungsweise die Gilde, die sie verwaltete, eine konstante Versorgung mit Magiesteinen aufrechterhalten, um weiterhin Produkte daraus herstellen zu können. Wären zu viele von uns an die Front geschickt worden, so hätte dies die Fertigung und den Export dieser Produkte behindert, was auch zu einem Rückgang der Einnahmen geführt hätte. Aus diesem Grund wollte die Gilde, dass so viele wie möglich in den Dungeon hinabstiegen. Zumindest schlussfolgerte ich das, während ich all die voll ausgerüsteten Abenteurer mit den unterschiedlichsten Waffen und Panzern beobachtete.

»Was, schon wieder?«

»Irgendetwas stimmt hier nicht.«

»Hm?« Während ich mit meinen Gedanken bei der rakianischen Invasion war, wurde ich Zeuge einer Unterhaltung, die direkt vor dem Schwarzen Brett geführt wurde. Auch andere Abenteurer bekamen Wind davon – sie stellten sich auf die Zehenspitzen und reckten die Hälse, um zu sehen, was dort vor sich ging. Ich tat es ihnen gleich und machte mich so groß, wie ich nur konnte, um einen Blick auf den Zettel am Brett zu erhaschen, den die anderen anstarrten.

»Anscheinend gibt es dort unten ein Monster, das es auf Ausrüstung und Waffen abgesehen hat.«

»Ah, Welf.«

Mein Kamerad war neben mir aufgetaucht. Da er größer war als ich, konnte er besser über die Menge hinweg sehen. So wie es klang, gelang es ihm so auch, die Notiz zu lesen.

»Du meinst, es klaut?«

»Ja, es gibt Monster, die Rüstungen von Leichen stehlen. Doch das hier stiehlt sie von besiegten Abenteurern.«

Welfs Worte überraschten mich. Ein Monster, das Abenteurer bestahl …? Als ich genauer darüber nachdachte, fand ich es aber gar nicht so seltsam, da es durchaus auch vorkam, dass diese Bestien das Terrain und andere natürliche Ressourcen des Dungeons gezielt als Waffen verwendeten … Ein Monster in Ausrüstung war für mich dennoch eine schockierende Vorstellung. Wenn das wirklich stimmte, dann trieb das mit Sicherheit dem ein oder anderen Abenteurer die Tränen in die Augen. Würde man mir die Ausrüstung stehlen, die ich mir unter Schweiß und größter Anstrengung erarbeitet hatte, wäre ich vermutlich völlig ratlos – erst recht, wenn es eine der Waffen wäre, an die ich mich schon gewöhnt hatte.

Monster, die Abenteurer ausraubten. Schon der Gedanke daran war furchterregend. Plötzlich schoss mir das Bild eines gewissen Minotaurus in den Kopf, der mit einem Großschwert bewaffnet auf mich zukam. A… Angsteinflößend. Bei der Erinnerung an jenen Tag lief mir ein kalter Schauer über den Rücken. Nachdem ich mich selbst unnötig in Panik versetzt hatte, wandte ich mich wieder Welf zu. »W… Wo wurde es gesichtet?«

»Hauptsächlich in den unteren Ebenen. Zumindest gab es keine Informationen darüber, dass es jemand oberhalb von Ebene 20 gesehen hat.« Der junge Schmied fügte noch hinzu, dass die Informationen von Abenteurern der zweiten Klasse stammten.

Dabei wirkte er ziemlich amüsiert – und damit war er nicht allein.

Auch einige Leute um uns herum schienen den Gerüchten nicht zu glauben und lachten darüber hinweg. Einige fassten sie sogar als Scherz auf.

»Es gibt jedoch noch weitere interessante Informationen darüber.« Mit einem Grinsen im Gesicht sah Welf mich an. »Das ist zwar schon ein älteres Gerücht, doch offenbar ist ein schwarzer Minotaurus aufgetaucht, der eine Rüstung trägt.«

»Ein schwarzer Minotaurus ...?«

»Ja, das Gerücht ist eine Zeit lang kursiert, dann aber schnell wieder verschwunden.«

Die Haut eines Minotaurus war für gewöhnlich rot-bronzefarben. Von einem schwarzen Exemplar hatte ich noch nie etwas gehört. »Handelt es sich vielleicht um eine Unterart?«

»Gute Frage. Da die Quelle des Gerüchts unbekannt ist, könnte das natürlich genauso gut eine Fehlinformation sein«, erwiderte Welf lachend und legte mir nahe, die Sache nicht allzu ernst zu nehmen.

Doch wann immer ich das Wort »Minotaurus« hörte, konnte ich einfach nicht ruhig bleiben, weshalb ich weiter nachbohrte: »Wann genau hast du davon gehört?«

»Wenn ich mich recht erinnere, war das vor etwa zwei Monaten.«

Vor zwei Monaten ... also zur selben Zeit, in der ich Level 2 erreicht und Welf sich unserer Gruppe angeschlossen hatte. Aus letzterem Grund könne er sich auch noch vage daran erinnern, meinte er.

Umgeben vom Lärm der anderen Abenteurer richtete ich den Blick erneut auf das Schwarze Brett. Daran war die grobe Zeichnung eines Monsters in einer Rüstung und mit einem Schwert in der Hand angebracht. Bis Lili und die anderen nach uns riefen, starrte ich wie gebannt dorthin.

»Was, Syr ist auch heute nicht da?«

Es war, am Tag nachdem unsere Familia die Steuer für den Monat entrichtet hatte. Umhüllt vom sanften Licht der Morgensonne war ich vor dem Hostess of Fertility zum Halt gekommen.

»Genau, miau! Sie schwänzt auch heute wieder, miau!«

Vor mir stand die Katzenfrau Anya und wedelte verärgert mit dem dünnen Schwanz. Auch nach dem Umzug unserer Familia hatte Syr mir jeden Morgen mein Mittagessen für die Erkundung des Dungeons mitgegeben. Doch jetzt, da unsere Familia mehr Mitglieder hatte, zu denen auch Mikoto zählte, die außergewöhnliche Kochkünste vorzuweisen hatte, hatte ich ihr keine Last mehr sein wollen ... Daraufhin waren jedoch Ryu und die anderen direkt zu unserem neuen Zuhause gekommen und hatten uns geradezu angefleht, es weiterhin anzunehmen.

»Warum musstest du auch diesen nutzlosen Gefahrensinn entwickeln ...?«

»Denk doch bitte auch an uns, die das Ganze dann stattdessen essen müssen, miau ...!«

Lunoire und Chloe hatte sich hilfesuchend an mich gewandt, während Ryu nur mit totem Blick und unheimlich blassem Gesicht dagestanden hatte. Aus irgendeinem Grund hatten sie sich alle den Bauch gehalten.

Jedenfalls kam ich auch auf ihre Bitte hin weiterhin täglich hierher ... doch erhielt seit einiger Zeit kein Mittagessen mehr von Syr. Da ich mich darüber wunderte, hatte ich mich bei den anderen Kellerinnen erkundigt, die mir daraufhin erzählt hatten, dass ihre Kollegin auch heute wieder nicht erschienen war.

»Manchmal verschwindet sie einfach ganz plötzlich mit einem ›Puff‹, so wie jetzt!«

»He he, junge Mädchen haben ihre Geheimnisse, miau ... Aber dadurch vermehrt sich die Arbeit für uns andere. Deshalb wäre es toll, wenn sie wieder täglich auftauchen würde, miau! Schließlich habe ich keine Ahnung von Buchhaltung, miau!«

Die Menschenfrau Lunoire und die Katzenfrau Chloe hatten nun Pause, gesellten sich zu Anya und mir an die Vordertür und nahmen kopfschüttelnd am Gespräch teil. Ich hatte schon davon gehört, als ich neulich mit Mikoto hierhergekommen war, damit diese lernen konnte, wie man einen Kuchen backte ... Seither hatte die junge Frau dauerhaft gefehlt, also mussten es nun schon mindestens zehn Tage sein.

»Du musst verstehen, dass Syr anders als wir nicht hier wohnt. Sie hat auch ihr eigenes Leben, weshalb so etwas schon hin und wieder einmal vorkommen kann«, erklärte Ryu. Ihre Miene war entspannt und in ihren himmelblauen Augen lag ein ruhiger Ausdruck, während die anderen lautstark miteinander diskutierten und schmollend die Gesichter verzogen.

»Ähm ... Wart ihr schon mal bei ihr Zuhause und habt sie gefragt, was los ist ...?«

»...«

Auf meinen Vorschlag hin verstummten die anderen. Verwirrt beobachtete ich, wie sie untereinander Blicke austauschten.

»Jetzt, wo du es sagst, miau. Wir ...«

»Wir wissen nicht, wo Syr wohnt ...«

»Um ehrlich zu sein, wissen wir rein gar nichts über ihr Privatleben, miau.«

Angesichts der Aussagen von Anya, Lunoire und Chloe konnte ich meine Verwunderung nicht verbergen. Obwohl sie alle zusammen in der Taverne arbeiteten, wusste keiner über Syrs Aktivitäten außerhalb der Arbeit Bescheid. Auch Ryu hielt einen Moment inne, als ich zu ihr sah, womit sie mir indirekt die Worte ihrer Kolleginnen bestätigte.

»Natürlich haben wir sie nach ihrem Privatleben gefragt ... aber sie antwortet immer nur, dass sei ein Geheimnis, und lenkt dann vom Thema ab«, erklärte die Elfe und vermied verlegen den Blickkontakt.

»Wenn das so ist, miau ... dann erteile ich dir hiermit einen Auftrag, Junge! Finde Syr, beschatte sie und bringe ihre Geheimnisse ans Licht, miau!«

»Was?!«

»Oh, großartige Idee! Vielleicht finden wir so auch ihre Schwachstellen heraus! Das wären dann zwei Fliegen mit einer Klappe!«

»Ihre Sch... Schwachstellen ...?«

Chloe und Lunoire waren sofort Feuer und Flamme. Ihr Vorschlag ließ mir den Schweiß auf die Stirn treten.

Ryu hingegen zog die Augenbrauen zusammen. »Hört sofort auf damit! Ihr bringt Bell Cranel damit in Bedrängnis!«

Doch so leicht ließ sich die Aufregung ihrer Kolleginnen nicht eindämmen.

»Solange wir ihm eine ordentliche Belohnung zahlen, sollte das doch kein Problem darstellen, oder, miau? Ah, genau, miau ... Ich könnte ein Lied für dich singen, miau!«

»Was? Bist du denn eine gute Sängerin, Anya?«

»Nya ha ha, wenn du willst, kann ich dir eine kleine Kostprobe geben, miau. Heute ist meine Stimme in Topform ...«

»Lass das, dein musikalisches Gehör ist eine Katastrophe!«

»Wie oft müssen wir dir noch sagen, dass uns die Kunden fernbleiben, wenn du singst, miau?«

Gerade als Anya losträllern wollte, hielten Lunoire und Chloe sie energisch davon ab. Sie drückten die Katzenfrau zu Boden und hielten ihr den Mund zu.

»Hnggl!«

Eine weitere Schweißperle rann meine Wange hinab. War sie etwa wirklich eine solch schlechte Sängerin …?

»Bitte nimm sie nicht Ernst, Herr Cranel.«

»Ha ha … okay.« Auf Ryus klare Worte hin lächelte ich nur gezwungen.

Nach einer Weile verabschiedete ich mich von den dreien und ließ die Schenke hinter mir. »Also, was soll ich heute machen …?« Unter dem wolkenlosen Himmel ging ich die belebte westliche Hauptstraße entlang, auf der sich Halbmenschen dicht an dicht drängten.

Heute legte ich eine kleine Dungeon-Pause ein, zu der mich meine Göttin und Welf quasi gedrängt hatten.

»Du bist in letzter Zeit ständig im Dungeon, also nimm dir mal einen Tag frei!«, hatten sie gefordert und mir somit praktisch untersagt, auch nur in die Nähe des Dungeons zu gehen.

Tatsächlich war ich im Gegensatz zu Welf, der mit seinen Schmiedearbeiten beschäftigt war, oder Mikoto und den anderen, die generell auf ausreichend viele Pausen achteten und viel Zeit außerhalb unserer Erkundungstruppe verbrachten, in den letzten Tagen fast ununterbrochen unter der Erde gewesen – was mir schließlich ihren Tadel eingebracht hatte. Sie war mir nun einmal so weit voraus, dass ich alles geben musste, um an sie heranzukommen …

»Na ja, ein freier Tag ist auch mal nicht verkehrt.« Die warme Frühsommersonne strahlte mir ins Gesicht – ich kniff die Augen zusammen und lächelte.

Es war so, wie die anderen sagten: Wenn ich meinem Körper nicht genug Ruhe gönnte, würden auch meine Dungeon-Erkundungen irgendwann nicht mehr erfolgreich verlaufen. Selbst Eina hatte mir ans Herz gelegt, dass freie Tage genauso wichtig seien wie die im Dungeon. Zwar wollte ich trotzdem nicht auf den Putz hauen, doch einfach durch die Stadt zu schlendern, um den Kopf freizubekommen, hatte definitiv etwas für sich.

*Obwohl ich hier lebe, kenne ich so viele Orte gar nicht …* Eine dubiose Wahrsagerin in einer Seitengasse, ein kleiner Blumenladen, der von einem unabhängigen Halbmenschenmädchen geführt wurde, und ein Stand mit frittierten Kartoffeln, wo man ihn gar nicht erwarten würde. Als ich, um die Stadt ein wenig zu erkunden, durch Straßen schlenderte, in denen kaum Abenteurer zu finden waren, wurde mir bewusst, wie wenig ich über Orario wusste.

Die Labyrinthstadt war groß. Vom Industrieviertel über die belebte Innenstadt bis hin zum Unterhaltungsviertel, von dem ich erst kürzlich erfahren hatte, gab es viele verschiedene Bereiche innerhalb der großen Stadtmauern. Obwohl ich nun schon seit drei Monaten mein Leben hier verbrachte, gab es noch so viel, das ich bislang nicht gesehen hatte. Hinter jeder Ecke entdeckte ich etwas Neues, was wahrscheinlich auch daran lag, dass ich die meiste Zeit im Dungeon verbrachte.

Bester Stimmung wanderte ich durch die Straßen und die Gassen der Stadt, über mir der strahlend blaue Himmel. Unbekannte Leute, unbekannte Orte, und unbekannte Düfte überall. Ich begann wirklich, meinen Spaß zu haben.

Als ich mir den Luxus gönnte und am Straßenrand einen gegrillten Fleischspieß kaufte, fragte der Tiermenschenverkäufer fröhlich: »Bist du nicht der Little Rookie?«, und schenkte mir noch einen Spieß dazu.

Ein wenig verlegen, doch sehr glücklich setzte ich meinen Weg mit den Spießen in den Händen fort.

»Puh ...« Mein Hunger war gestillt – mit etwas Fleischsaft um den Mund setzte ich mich auf eine Holzbank am Rande des Zentralparks. Vorbei an all den Bäumen und den Wasserspielen, die das belebte Stadtzentrum schmückten, fiel mein Blick auf das vor mir emporragende Gebäude. Noch immer beeindruckte mich die Pracht des weißen Riesenturms, der den klaren blauen Himmel durchstieß – des Turms Babel. Obwohl mir sein Anblick eigentlich vertraut sein sollte, kam er mir an diesem Tag irgendwie anders vor.

Eine Weile genoss ich die Wärme der Sonne auf meinem Gesicht. Als ich in die Ferne starrte und mit dem Blick den vielen Halbmenschen folgte, die vor mir über den gepflasterten Platz liefen, zog eine junge Frau meine Aufmerksamkeit auf sich. »Hm ...?« Ich richtete mich sofort auf, als ich das graue Haar erkannte, das bei jedem ihrer Schritte mitschwang. »Syr?«

Erst vor ein paar Stunden hatten wir uns in der Schenke über sie unterhalten. Neugierig rutschte ich vor bis zum Rand meiner Bank. Syr trug ein luftiges weißes Kleid und einen Strohhut – ein frühsommerliches Outfit, das sich sehr von ihrer üblichen Kellnerinnengarnitur unterschied. Sie wirkte so frisch, hübsch und niedlich, dass es mir den Atem raubte.

Syr war aus südwestlicher Richtung in den Zentralpark gekommen, durchquerte ihn und bog auf die östliche Hauptstraße ab. Kaum war sie dabei, in der Menge zu verschwinden, erhob ich mich von meiner Bank am nördlichen Rand des Parks. Das Gespräch mit Anya, Chloe, Lunoire und Ryu ging mir durch den Kopf. Ich zögerte, doch letztendlich siegte die Neugier und ich begann, Syr zu folgen. Meine Müdigkeit war wie verflogen, als ich die östliche Hauptstraße betrat.

»Wohin sie wohl geht …?« Während ich von Pferden gezogenen Kutschen auswich, die die Mitte der Straße für sich beanspruchten, blieb ich den flatternden grauen Haaren und dem weißen Kleid dicht auf den Fersen.

Viele der Gebäude und der Einrichtungen im östlichen Teil der Stadt standen unter der Kontrolle der Gilde. Das riesige Kolosseum ragte zwischen all den luxuriösen Hotels aus roten Ziegeln in die Höhe. Möglicherweise dienten diese nicht nur als Unterkünfte für Touristen und Reisende, die die Stadt besuchten, sondern auch als Veranstaltungsorte.

Syr trug einen großen Weidenkorb auf den Armen, der mit einem ebenso großen Deckel verschlossen war. Sie brachte ihn offensichtlich irgendwohin … Gerade als ich darüber nachdachte und Vermutungen anstellte, bog sie plötzlich in eine Seitenstraße ab. Ich folgte ihr in südöstliche Richtung und achtete darauf, nah genug bei ihr zu bleiben, um sie im Blick zu behalten, aber gleichzeitig weit genug entfernt, damit sie mich nicht bemerkte. Dadurch war ich gezwungen, jedes Mal loszusprinten, sobald sie nicht mehr in Sichtweite war.

*Moment, das ist doch …* Diese enge Gasse kam mir sehr bekannt vor. Nichtsdestotrotz folgte ich Syr weiter hinein. Nachdem wir mehrmals abgebogen waren, bewahrheitete sich meine Vorahnung. »Die Daedalus-Straße …?«

Kaum war ich in die letzte Seitengasse getreten, breitete sich ebendieser Ort vor meinen weit aufgerissenen Augen aus. Die

Daedalus-Straße war ein weitläufiges Wohngebiet, das unter der Leitung eines Architekten errichtet worden war, der angeblich den Verstand verloren hatte. Mehrfach hatte er das Viertel umgestaltet, wodurch es jegliche Ordnung verloren hatte. Die imposante, mehrschichtige Anordnung steinerner Gebäude, Treppen und Gassen, die kreuz und quer platziert worden waren, konnte man getrost als Labyrinth an der Oberfläche bezeichnen.

Während ich noch alles bestaunte, trat Syr bereits durch den Zugang zur Daedalus-Straße. Ich war schon so weit gekommen … jetzt gab es kein Zurück mehr. Erinnerungen an schlechte Erfahrungen, die ich hier gesammelt hatte, ließen mich für einen Moment zögern, doch ich hatte mich bereits entschieden.

Als ich ebenfalls durchs Tor zur Daedalus-Straße trat, tastete ich nach dem göttlichen Messer an meinem Gürtel. Dieser Ort war sozusagen der Slum von Orario, in dem die ärmsten Bürger der Stadt lebten. Ich hatte hier schon einiges erlebt, weshalb es mir Sicherheit gab, meine Klinge bei mir zu wissen. Aufmerksam bahnte ich mir meinen Weg durch das Labyrinth aus geschwärzten Ziegeln und Kopfsteinpflaster. *Was hat Syr an diesem Ort verloren …?*

Plötzlich führten mich ein paar Stufen nach oben, wo mein Weg jedoch von einem steinernen Gebäudeanhang blockiert wurde. Ich blickte mich um und entdeckte hinter mir eine dunkle, schmale Gasse, in die kein Sonnenlicht drang. Die einzige Lichtquelle darin bestand aus einer alten Magiesteinlampe.

Mein weiterer Weg führte mich an Menschen vorbei, deren letztes Bad schon ziemlich lange zurückliegen musste – am Straßenrand kümmerten sie sich um die Wäsche oder vergnügten sich mit einer Partie Schach. Schon bald fand ich mich in weiteren verwinkelten Gassen wieder. Syr war noch immer in meiner

Sichtweite, doch zu beobachten, wie sie, ohne zu zögern, ihres Weges ging, brachte mich einmal mehr ins Grübeln. Immerhin war dieser gefährliche Teil der Stadt dafür bekannt, dass sich hier unglückliche, abtrünnige Abenteurer tummelten. Nirgendwo in ganz Orario lag die Kriminalitätsrate höher als in diesem Viertel. Es war ziemlich unvernünftig, sich hier als junge Frau herumzutreiben, die keinen Segen einer Gottheit erhalten hatte ... Doch diese Bedenken schienen Syr nicht zu plagen: Offensichtlich völlig sorgenfrei ging sie mit dem Korb auf den Armen weiter voran.

Sowohl während der Monsterphilia als auch während meiner Flucht aus dem Unterhaltungsviertel hatte ich mich hier völlig verlaufen. Um ehrlich zu sein, bezweifelte ich auch heute, dass ich allein zurückfinden würde. Ich bemühte mich, mir die roten Pfeile an den Straßenecken einzuprägen, die den Weg markieren sollten. Leider verlor ich dadurch meine Zielperson aus den Augen, weshalb ich verzweifelt in die Richtung rannte, in der ich sie zuletzt gesehen hatte. Glücklicherweise gelang es mir, wieder zu ihr aufzuschließen. Mal ging es nach oben, mal nach unten, mal nach links und mal nach rechts. Schließlich blieb Syr vor einem Gebäude stehen.

*Eine Kirche ...?* Tatsächlich erinnerte mich das Gebäude, das tief in der Labyrinthstadt versteckt war, an den Ort, an dem ich mit Hestia gelebt hatte. Es handelte sich um ein sehr großes hölzernes Gebäude. Davor lag ein offener Platz, auf dem ein kaputter Springbrunnen stand, der kein Wasser mehr führte. Zu ihren Seiten war die Kirche von einigen anderen Gebäuden umgeben. Vorsichtig streckte ich den Kopf um die Ecke der Seitenstraße, die mich hergeführt hatte, und sah, wie Syr die Tür des Gotteshauses unter einem knarrenden Geräusch öffnete.

*Es gibt also sogar hier eine Kirche ...?* Erstaunt stand ich vor dem Gebäude und blickte daran empor. Weit oben waren einige Fenster eingelassen, die jedoch allesamt zerbrochen waren. Ich zögerte einen Moment und überlegte, ob ich nun hineingehen sollte oder nicht. Doch ich musste das jetzt durchziehen! Also trat ich an die Vordertür und legte die Hand auf den Türgriff.

»Entschuldigung ...«, sagte ich leise, nachdem ich die alte Holztür geöffnet hatte, und ging hinein. »Wow, ist das riesig!«, rief ich überrascht.

Tatsächlich wirkte die Kirche drinnen noch viel breiter und tiefer, als sie von außen den Anschein gemacht hatte. Das Mittelschiff schien gute 10 Medol breit zu sein und zu beiden Seiten befanden sich einige weiße Türen, die in weitere Räume führten. Im hinteren Bereich thronte ein Altar, durch die Risse in den Bodenfliesen wucherte Unkraut. Auch die Decke war sehr hoch und um mich herum waren lange, hölzerne Bänke wie Bauklötze übereinandergestapelt. Ich dachte unwillkürlich, dass dieser Ort wirklich charakteristisch für die Daedalus-Straße war.

»Das ist ja wie ...« Ja, das Ganze wirkte wie ein Geheimversteck, das kleine Kinder gebaut hatten.

Als ich an der Struktur vorbeilief, die fast an ein kleines Schloss erinnerte, fragte ich mich, wohin Syr gegangen war ... ehe ich plötzlich eine Präsenz spürte. Die Sinne von Abenteurern, die eine längere Zeit im Dungeon verbracht hatten, waren so geschärft, dass sie sehr sensibel für solche Dinge waren. Mein Körper reagierte auf dieses Gefühl, beobachtet zu werden, noch bevor irgendwelche Geräusche an meine Ohren drangen.

Ich sah in die Richtung, aus der die Blicke kamen. Kurz bevor ich den Altar erreichte, lugte ein Gesichtchen hinter einer der Türen hervor.

»Wer bist du …?«, fragte mich ein kleines Elfenkind mit verwirrter Miene.

»Oh … Ä… Ähm, ich bin niemand Verdächtiges! I… Ich bin nur auf der Suche nach jemandem …«

»Nach jemandem …?«

Man konnte mich als eine Art Eindringling betrachten. Nervös versuchte ich mich dem Kind zu erklären. Dieses starrte mich eine Weile an und trat schließlich hinter der Tür hervor. Es hatte dunkelblondes Haar und leicht abgestumpfte spitze Ohren. War es vielleicht ein Halbelf? Nachdem es damit fertig war, mich zu mustern, kam es ohne jegliche Vorsicht auf mich zu. *Ist das ein Junge … oder ein Mädchen?* Es war unmöglich, dies zu erkennen.

Das Kind hielt den Blick starr auf mich gerichtet und tapste noch immer auf mich zu. Ich hatte keine Ahnung, wie ich damit umgehen sollte, weshalb ich beschloss, es nach Syr zu fragen. Gerade als ich mich dazu entschieden hatte und den Mund öffnete …

»Hey, Roux! Schwester Syr wird dich erwischen, wenn du rausgehst … Wer bist du denn?«

»Was ist denn los, Rye?«

Die Stimmen zweier weiterer Kinder hallten durch die Luft. Ich blickte zu ihnen und sah, wie sie durch die Tür stürmten und sich schützend vor das Halbelfenkind stellten. Bei einem von ihnen handelte es sich um einen braunhaarigen Menschenjungen, bei dem anderen um ein Hundemädchen, das den Schwanz eingezogen hatte. Beide funkelten mich an, als wäre ich irgendein Monster, das aus dem Dungeon entkommen war – doch ich konnte auch Nervosität in ihren Augen erkennen.

Das war nicht gut. Ich musste sie davon überzeugen, dass ich keine Bedrohung darstellte, indem ich ihnen schnell meine Situation erläuterte. »Tut mir leid! Ich wollte euch nicht erschrecken. Ich tue euch nichts! Ich bin nur auf der Suche nach ... Moment mal, hast du gerade ›Syr‹ gesagt?«

»Ja! Und?«

»Nach ihr suche ich! Wisst ihr zufällig, wo sie steckt?«

Nachdem ich Syr erwähnt hatte, blickten sich der Junge und das Mädchen sichtlich irritiert an. Sie bewegten sich kein Stück, doch das Halbelfenkind, das sie beschützten, stieß sie zur Seite und schob ihre Hände von sich.

»Rye, Fina ... Der ist ... nicht böse.« Wir waren uns noch nie zuvor begegnet, doch der (?) Kleine, den der Junge Roux genannt hatte, klang ziemlich zuversichtlich.

Auch wenn die beiden anderen daraufhin einiges von ihrer Anspannung ablegten, verhielten sie sich noch immer unheimlich vorsichtig.

»Du kennst also unsere große Schwester Syr?«

»Ähm, ja. Tut mir leid, wenn ich euch einen Schrecken eingejagt habe. Darf ich euch fragen, wer ihr seid? Und was das hier für eine Kirche ist ...?« Ich beugte mich zu ihnen hinunter, sie waren in etwa so groß wie meine Göttin oder Lili.

Hinter der Tür, durch die die Kinder gekommen waren, lugten noch weitere hervor und beobachteten mich heimlich.

Anstelle des Hundemädchens, das mir am nächsten stand, antwortete mir das Halbelfenkind: »Das sind Rye und Fina. Und ich bin Roux ... Wir leben hier, in Mutter Marias Haus.« Der Kleine zeigte bei seiner Vorstellung erst auf den Jungen, dann auf das Mädchen und schließlich auf sich selbst, ehe er den Namen der Kirche erwähnte.

Mutter Maria … Ich fragte mich, was er denn mit »Haus« meinte. So wirklich schlau wurde ich aus seinen Worten nicht. »Ähm … Was habt ihr denn gerade gemacht?«

»Wir sind vor Schwester Syrs Bento geflohen …«, antwortete mir das kleine Mädchen mit dem Namen Fina, deren Anspannung sich noch immer nicht gelöst hatte.

»Was?«, entfuhr es mir überrascht. Ich benötigte einen Moment, um ihre Antwort zu verarbeiten, als ich bemerkte, wie der Junge, der mich die ganze Zeit über misstrauisch beäugt hatte, plötzlich zusammenzuckte.

Sein Arm schoss nach oben, sein Finger zeigte direkt auf mich. »Weißes Haar und rote Augen … Bist du Bell Cranel, der zweitklassige Abenteurer?«

»Little Rookie?!«

»Der vom War Game?!«

Kaum hatte der Junge dies herausgebrüllt, stürmten auch die anderen, die uns zuvor durch den Türspalt beobachtet hatten, zu uns heraus. Ich riss die Augen auf, als ich plötzlich von einer Welle heranstürmender Kinder verschlungen wurde.

»Wahnsinn! Der echte?!«

»Er sieht aus wie ein Hase, obwohl er gar kein Hasenmensch ist!!«

»Hey, kannst du uns deine Waffen zeigen?!«

Es nahm kein Ende – ein Kind nach dem anderen stürzte sich auf mich: Eines rammte mir sogar den Kopf in den Bauch, woraufhin ich mich mit einem »Guh?!« zusammenkrümmte. Ihre schrillen, lauten Stimmen bohrten sich in mein Trommelfell, während ich verzweifelt mein Bestes gab, auf den Beinen zu bleiben. Der Ausruf des Jungen namens Rye hatte eine regelrechte Belagerung ausgelöst. Selbst das Hundemädchen hatte sich aufgeregt den anderen angeschlossen, die einen Kreis um mich bildeten. Das Halbelfenkind hingegen beobachtete uns verträumt von der Seite.

Hastig versuchte ich, meine Messer vor den Händen zu schützen, die aus allen Richtungen auf mich zukamen. Sie gewaltsam abzuschütteln, kam nicht in Frage, aber wenn das so weiterging, dann … »Hey! Waaaaaaaaaaaaaaaaaaaaaaah?!« Mit voller Wucht krachte ich mit dem Rücken auf den Boden.

»W… Was ist denn hier los?!«

»Kinder?!«

Zwei Frauen eilten aus dem Zimmer hinter dem Altar herbei – angelockt von meinem erbärmlichen Schrei und dem Gelächter der Kinder. Eine davon war eine ältere Dame, die andere war … Syr. Überrascht blickte sie mich an, während ich auf dem Rücken liegend und von den Kindern umringt mein Hestia-Knife mit beiden Händen umklammerte. Alles, was ich tun konnte, war, die beiden gequält anzulächeln – ich war zu beschäftigt damit, mit den kleinen Händen fertigzuwerden, die mir an den Haaren und den Wangen zogen.

»Also wirklich, dann hast du mir also nachgestellt?«

»T… Tut mir leid …«, murmelte ich mit gesenktem Kopf auf Syrs Tadel hin.

Wir saßen an einem großen runden Tisch im Speisesaal im hinteren Teil der Kirche. Zwar konnte man den Wänden und den Säulen ihr Alter deutlich ansehen – überall Risse und abgeblätterte Farbe –, doch die Magiesteinlampen und die Leuchter mit halb abgebrannten Kerzen zeugten unmissverständlich davon, dass hier Leute lebten. Um uns scharten sich etwa zwanzig Kinder, die uns mit großem Interesse beobachteten.

»Ähm, dann ist diese Kirche also …«

»Ganz genau, Herr Cranel. Das hier ist ein Waisenhaus.« Die ältere Frau, die uns gegenübersaß und sich gerade als Mutter Maria vorgestellt hatte, lächelte mir freundlich zu.

An ihrer Seite standen der Halbelfenjunge Roux sowie ein weiteres Kind – beide klammerten sich fest an sie. Die Dame erzählte mir, dass sie nun schon eine ganze Weile mit all den Kindern in dieser verlassenen, alten Kirche wohne. Sie seien allerdings kein Teil einer Einrichtung, sondern lebten hier einfach nur glücklich und zufrieden.

Mutter Maria trug das lange schwarze Haar hochgesteckt und ihr hageres, freundliches Gesicht strahlte Ruhe aus. Nachdem sie auch mich mit ihrem sanften Blick bedacht hatte, wusste ich sofort, warum die Kinder sie alle nur »Mutter« nannten. Sie musste ihre Schützlinge wirklich lieben.

»Aber, ähm … wenn das hier ein Waisenhaus ist, dann …«

»Bell, Orte wie dieser sind auf der Daedalus-Straße kein Einzelfall«, erklärte Syr, als ich beim Wort »Waisenhaus« ins Stocken geriet. Ihrer Aussage nach war es unmöglich zu bestimmen, wie viele Kinder in Orario zur Welt gebracht wurden. Es sei keineswegs garantiert, dass die Eltern sich dazu verpflichtet hatten, ihr Leben miteinander zu verbringen und eine gemeinsame Zukunft aufzubauen. Tatsächlich seien viele Babys das Produkt einer einzigen leidenschaftlichen Nacht oder der Arbeit im Unterhaltungsviertel … Es gebe viele Gründe, aus denen Frauen hier schwanger würden. Oftmals blieben sie auch mit ihren Kindern zurück, weil ihre Partner Abenteurer waren und im Dungeon ihr Leben verloren. Diejenigen, die weder die Unterstützung von der

Familia des Verstorbenen erhielten noch mit der elterlichen Verantwortung zurechtkamen, ließen ihren Nachwuchs einfach im Armenviertel der Deadalus-Straße zurück, berichtete die Kellnerin.

»Anfangs war es nur Mitgefühl. Ich brachte es einfach nicht übers Herz, ein Kind, das von seinen Eltern im Stich gelassen worden war, sich selbst zu überlassen ... Später habe ich dann diese Kirche für mich beansprucht und beschlossen, diesen Kindern auf meine Weise zu helfen«, erzählte Maria, während sie den Kleinen sanft über die Köpfe strich. Auch sie sei ursprünglich eine normale Bürgerin ohne Familia gewesen und von einem Abenteurer verlassen worden. Sie selbst habe mit ihrem Partner kein Kind bekommen können. Als sie dann in einer regnerischen Nacht im Armenviertel ein Baby in völlig durchnässten Kleidern vorgefunden habe, sei sie einfach außerstande gewesen, es dort liegen zu lassen, und habe sich fortan darum gekümmert. Nach und nach habe sie immer mehr Kinder bei sich aufgenommen, bis sie schließlich zu der großen Gemeinschaft herangewachsen seien, die ich nun hier vor mir sähe.

Nachdem ich Mutter Marias Geschichte gehört hatte, blickte ich in die Gesichter der Kinder, die um mich herumstanden. Jedes einzelne war von seinen Eltern verlassen worden ... Ich hatte eine weitere Seite Orarios kennengelernt – ein Schatten legte sich über meine Gesicht.

»Was schaust du denn so, Little Rookie? Wir sind glücklich hier mit Mutter, wir brauchen dein Mitleid nicht.«

»T... Tut mir leid.«

Der Menschenjunge Rye warf mir einen durchdringenden Blick zu, während er das mit Schrammen übersäte Gesicht wütend verzog.

»Achte auf deine Wortwahl!«, wies Mutter Maria ihn zurecht.

Doch meine Entschuldigung bei ihm war angebracht, denn er hatte recht – Mitleid war hier wirklich fehl am Platz. Die Kinder, die Maria als ihre Mutter schätzten und durchweg ein fröhliches Lächeln auf den Lippen trugen, dachten sicherlich keine Sekunde, dass sie unglücklich waren.

»Ähm, aber wie sieht es denn mit dem Geld aus …?«, erkundigte ich mich angesichts der Menge an Kindern, die hier versorgt wurden.

»Wir kommen knapp über die Runden. Wir haben Glück, dass einige gütige Gottheiten uns unterstützen«, antwortete Maria mit einem sanften Lächeln.

Wie ich erfuhr, gab es in der Daedalus-Straße neben ihrem Waisenhaus noch viele weitere. Auch sie überlebten dank der Hilfe einiger Deusdea. Ich dachte darüber nach, ob ich vielleicht auch unsere Göttin um ihre Unterstützung bitten sollte, doch unsere Familia hatte in dieser Hinsicht nicht wirklich viel Spielraum … Nachdem ich meinen Einfall daher notgedrungen wieder verworfen hatte, bemerkte ich, wie Syr vor sich hin kicherte, als hätte sie mich gelesen wie ein offenes Buch.

»Seit unserem Kennenlernen war Syr so großzügig, immer wieder herzukommen, um mit den Kindern zu spielen. Sie ist mir eine so große Hilfe, ich wüsste gar nicht, was ich ohne sie tun würde.«

»Ah, das war es also …«

»Eh he he. Hast du den Fall jetzt gelöst, Detektiv Bell?«

»J… Ja …«, murmelte ich ein wenig verlegen und wurde rot, als Syr anfing, mich zu necken. Anscheinend verbrachte sie ihre gesamte Freizeit in diesem Waisenhaus und spielte mit diesen Kindern, wenn sie gerade nicht im Hostess of Fertility war.

»Unsere Schwester Syr bringt immer leckeres Essen aus dem Restaurant mit«, erklärte mir das Hundemädchen Fina mit einem strahlenden Lächeln auf dem Gesicht.

»In letzter Zeit kommt sie jeden Tag her ...«, fügte Roux mit gedankenverlorener Stimme hinzu.

Die glücklichen Reaktionen der Kinder ließen erkennen, wie sehr sie Syr schätzten. Nun war auch das Rätsel gelöst, warum diese seit einigen Tagen nicht mehr in der Taverne auftauchte.

Die Kellnerin legte den Finger an die Lippen und wandte sich mir zu. »Aber sag das nicht Ryu und den anderen, okay?«

Es klang so, als befürchtete sie, Ärger zu bekommen, wenn man herausfand, dass sie mit den Kleinen spielte. Dabei glaubte ich nicht, dass es ein Problem gegeben hätte, wenn sie die Situation erklärt hätte ...

*Aber ...* Warum kam sie überhaupt regelmäßig zu diesem Waisenhaus? Und wie hatte sie Maria und die Kinder kennengelernt? Ich war neugierig und würde ohne Antworten sicher niemals zur Ruhe kommen. Gerade als ich mich dazu durchgerungen hatte, Syr danach zu fragen ...

»Hey, das reicht jetzt! Erzähl uns lieber was über den Dungeon!« Der kleine Rye blickte mich neugierig an und lehnte sich auf seinem Stuhl etwas nach vorn.

Die anderen Kinder ließen sich schnell davon anstecken – immer mehr sprangen von ihren Stühlen auf und baten mich, Geschichten von meinen Abenteuern zu erzählen. Fragend suchte ich Syrs Blick.

»Bitte, nur zu!« Sie lächelte mich an und gab mir grünes Licht.

Ein wenig überrumpelt von der unerwarteten Situation begann ich stotternd und auch etwas verlegen, Geschichten über meine bisherigen Dungeon-Erkundungen zum Besten zu geben.

Natürlich erzählte ich den Kleinen nichts vom Kampf gegen den merkwürdigen schwarzen Goliath, da die von der Gilde verhängte Nachrichtensperre noch immer galt. Doch die Geschichten über die wunderschönen Quarzkristalle in der Dungeon-Pantry und meine Flucht vor dem Goliath auf Ebene 7 kamen bei den Kindern ganz besonders gut an. Das Funkeln in ihren Augen machte mich so glücklich, dass ich anfing, noch mehr Einzelheiten zu erzählen, doch dann bemerkte ich Marias Gesichtsausdruck. In ihrem Blick lagen Unbehagen und Traurigkeit.

»Oh, es tut mir leid!«, entschuldigte sie sich sogleich, als sie bemerkte, dass ich sie ansah. »Viele der Kinder, die ich aufgezogen habe, sind Abenteurer geworden …« Ihre Augenbrauen senkten sich ein wenig, ein trauriges Lächeln erschien auf ihren Lippen. »Viele von ihnen sind einer Familia beigetreten, haben sich in den Dungeon gewagt und uns ihre Einkünfte gespendet, um diese Kirche zu unterstützen … Zumindest so lange, bis sie nicht mehr zurückkamen.«

»Ah …«

»Ich möchte nicht, dass diese Kinder Abenteurer werden … Das ist alles.«

Der Beruf des Abenteurers versprach eine hohe Entlohnung, war jedoch auch mit einem hohen Risiko verbunden – tagtäglich stand das eigene Leben auf dem Spiel. Wollte man schnell an Geld kommen, gab es keine bessere Arbeit, doch gleichzeitig lauerte der Tod an jeder Ecke. Offenbar ignorierten viele der Kinder, die Maria liebevoll großgezogen hatte, deren Bitte und entschieden sich dazu, dem Waisenhaus zu helfen, indem sie in den Dungeon zogen. Dadurch verhielten sie sich letztlich nicht anders als Abenteurer, die ihre Familien zurückließen …

Ich war zu unvorsichtig gewesen. Nur weil sie darum gebettelt hatten, hatte ich den Kleinen begeistert von meiner Arbeit als Abenteurer erzählt und sie ihnen damit schmackhaft gemacht. Beim Anblick Marias, die um die Zukunft ihrer Kinder bangte, fühlte ich mich plötzlich schuldig.

Auf einmal sprang Rye energisch auf. »Mach dir keine Sorgen, Mutter! Ich werde in den Bildungsbezirk gehen!«, verkündete das älteste der Kinder freudestrahlend. »Ich werde so fleißig lernen und so stark werden, dass ich auch da ganz viel Geld verdienen kann!«

»Nun ... Wenn es der Bildungsbezirk ist, werde ich dich natürlich nicht aufhalten ...«

»Die Ausbildungsgebühren sind auch kein Problem! Es gibt da doch dieses ›Stipendium‹, oder? Der Bildungsbezirk soll noch dieses Jahr nach Orario zurückkehren, also sollte alles perfekt hinhauen!« Der Junge grinste bis über beide Ohren, als er aufgeregt seinen Plan vortrug – sein braunes Haar schwang dabei wild umher.

Ein bitteres Lächeln huschte über Marias Gesicht. »Es könnte sein, dass du schon zu alt bist, um dort überhaupt aufgenommen zu werden, Rye ...«

Aber Fina und die anderen Kinder pflichteten Rye bei.

»Ich werde mit ihm gehen!«

»Ich auch!«

Eine lebhafte Stimmung breitete sich im Speisesaal aus, was Syr mit einem warmen Lächeln zur Kenntnis nahm.

Ich schien der Einzige zu sein, der nicht so ganz verstand, worum es hier ging, weshalb ich fragend den Kopf zur Seite neigte. »Bildungsbezirk ...?«

»Weißt du denn nichts davon?«

»Wie jetzt, Little Rookie? Bist du wirklich ein Abenteurer?«

Ausgehend von Fina und Rye brach wegen meiner Unwissenheit eine Flut kindlicher Neckereien über mich herein. Etwas beschämt versuchte ich, darüber hinwegzulachen.

»Hey, ihr solltet etwas respektvoller gegenüber Älteren sein! Und er heißt nicht ›Little Rookie‹, sondern Bell, okay?« Syr war aufgestanden und verteidigte mich.

Sofort verstummten die Kinder, doch einige von ihnen, darunter auch Rye, grinsten hämisch. »Okaaay!«, riefen sie im Chor.

Irgendwie war ich überrascht, Syr in der Rolle einer großen Schwester zu sehen. Noch nie hatte ich erlebt, dass sie derart die Stimme erhoben hätte. Erstaunt betrachtete ich ihr Profil, als plötzlich ... *Dong! Dong!* ... eine große Glocke im Osten der Stadt die Mittagszeit verkündete.

»Oh, es ist Mittag. Dann lasst uns mal essen!« Die junge Frau stellte einen großen Korb auf den Tisch – es war der, den sie auf dem Weg hierher auf den Armen getragen hatte. Sie hob den Deckel ab und nahm einen Behälter nach dem anderen heraus: Fleisch, Sandwiches, buntes Gemüse ... alles, was das Herz begehrte.

Der Korb war also voller Essen für diese ausgehungerten Kinder gewesen. Während ich Syr dabei beobachtete, wie sie dieses freundlich lächelnd anrichtete, huschte auch mir ein Lächeln über die Lippen. Zwar hatte ich es versäumt, mich noch einmal nach diesem »Bildungsbezirk« zu erkundigen, doch danach konnte ich bei der nächsten Gelegenheit auch Eina fragen.

Zufrieden mit meinem Entschluss ließ ich den Blick umherschweifen ... die Kinder waren komplett verstummt. »Ähm, nanu? Was habt ihr denn?«

»Schwester Syrs Essen ...« Fina, die ganz in meiner Nähe saß, starrte mit angewidertem Gesichtsausdruck auf die vor ihr stehenden Speisen.

Die anderen Kinder verhielten sich identisch. Selbst Roux, der sonst immer so verträumt wirkte, hatte die Lippen fest zusammengepresst. Moment mal! Jetzt, da ich so darüber nachdachte, hatten sie doch vorhin schon gemeint, sie seien vor Syrs Bento geflohen ... Nanu? Maria lächelte gequält, als ich einen Schritt zurücktrat.

»Dann lasst uns mal anfangen!«, eröffnete Syr das Mahl mit einem breiten Grinsen, das dem einer Göttin gleichkam.

Nachdem die Kinder ihren inneren Kampf beendet hatten, begannen sie zögerlich, nach dem kostbaren Essen zu greifen, das sie einen weiteren Tag vor dem Verhungern bewahren würde.

»U... Uh ...«

»Heute ... ist es wieder ... unfassbar ...«

»Wir müssen es essen. Alles andere wäre Verschwendung ...!«

Gequälte Laute entschlüpften den Kleinen, die sich dazu zwangen, das Essen hinunterzuwürgen. Angefangen bei Fina, Roux und Rye legte sich reihum ein finsterer Ausdruck auf die Gesichter der Kinder, nachdem sie einen Bissen vom Gemüse oder Fleisch genommen hatten. Nur aus Liebe zu ihrer Mutter und dem Waisenhaus gaben sie trotz allen Ekels ihr Bestes, nichts von den Speisen übrig zu lassen.

Der Kontrast zwischen Syrs glücklichem Lächeln und den gequälten Gesichtern der Kinder war überwältigend. Natürlich hatte das Essen der jungen Frau immer einen einzigartigen Geschmack, aber ... so schlimm konnte es doch gar nicht sein, oder? Ich streckte die Hand aus und griff nach einem Sandwich, um mich zu vergewissern, doch ... *Schwupps!* ... Syr nahm es mir direkt wieder weg.

»Das ist nicht für dich, Bell.«

»Ähm, aber ...«

»Nein!«

»O... Okay.« Noch nie hatte ein strahlendes Lächeln einen solchen Druck auf mich ausgeübt wie ihres. Ich hielt es für das Beste, die Hand brav zurückzuziehen.

»Das habe ich für die Kinder zubereitet, es wäre also nicht fair, wenn du es isst, Bell«, erklärte sie mir verlegen und errötete. Sie entschuldigte sich kurz, um Tee machen zu gehen, und nahm den leeren Korb mit in die Küche.

»Habt ihr das gesehen? Sie hat sich richtig weiblich verhalten ...«

»Sicher möchte sie, dass jemand ihr Essen lobt ...«

Kaum war die junge Frau aus dem Raum verschwunden, breitete sich Geflüster unter den Kindern aus. Kalter Schweiß lief mir über die Stirn, als mich viele kleine Augen durchdringend ansahen.

»Es ist deine Schuld, dass Schwester Syr damit angefangen hat, für uns zu kochen ...!«

»Sonst hat sie uns immer leckeres Essen aus der Taverne mitgebracht ...!«

»Wir sind ihre Versuchskaninchen ...«

Sowohl Rye als auch Fina starrten mich mit tränenfeuchten Augen an. Roux blickte nur ins Leere und murmelte vor sich hin. Nun hatte selbst ich es verstanden. Diese Kinder waren zu Opfern geworden, damit mein Magen verschont blieb. Die Tragödie, die sich vor meinen Augen abspielte, war durch mich ausgelöst worden. Ich hatte zu große Angst, etwas dazu zu sagen, und warf Maria einen Blick zu ... doch sie wich ihm aus.

»Nein, es ist essbar und wir sind wirklich sehr dankbar, aber …«
Meine Gesichtsmuskeln verkrampften sich.

»Wääähl«, hallte erneut ein angeekelter Laut durch den Speisesaal und verklang wieder.

»Wenn es Ihnen nichts ausmacht, würden Sie dann ein wenig mit den Kindern spielen?«, fragte Maria mich, als ihre Schützlinge sich mit den Nachwehen des Essens kämpfend die Bäuche rieben. »Sie scheinen Sie ziemlich zu mögen, Herr Cranel …«

Es gab für mich keinen Grund, ihre lächelnd vorgetragene Bitte abzuschlagen, also erwiderte ich ihr Lächeln und stimmte zu. Sofort schnappten sich die Kinder, die noch im Speisesaal waren, meine Arme und zogen mich zurück ins Hauptschiff der Kirche, wo sich auch Syr und die anderen aufhielten.

»Schwester Syr, lass uns ›Goldene Brücke‹ spielen!«

»Bruder Bell, lass uns Abenteurer-Fangen spielen!«

Während die Mädchen gemeinsam mit Syr Kinderlieder sangen und eine Brücke bildeten, luden mich die Jungen zu einem Abenteuerspiel ein, in dem ich die Rolle des Killerkaninchens übernahm. Durch die zerbrochenen Fenster des großen Mittelschiffs strahlte das Licht der Nachmittagssonne herein. Laut lachend tobten die Kinder auf dem von Unkraut überwucherten Fliesenboden herum. Sie zerrten Syr und mich an den Händen überall mit hin.

»Ähm, kleiner Rye, du …«

»Es reicht, wenn du Rye sagst. Du bist doch ein Abenteurer, oder? Dann brauchst du keine Rücksicht darauf nehmen, wie du uns ansprichst. Das fühlt sich merkwürdig an. Nenn uns doch einfach alle ganz normal beim Namen!«

Inmitten all des Chaos und des Gelächters nutzte ich die Gelegenheit, mit ein paar Kindern zu sprechen. Der kleine Rye ... Nein, nur Rye ... schien schon am längsten im Waisenhaus zu leben. Dieses Jahr würde er elf Jahre alt werden. Sein gesamtes Gesicht war mit Schrammen und Kratzern überzogen, als würde er den Großteil seiner Zeit draußen verbringen. Er hatte etwas Wildes an sich, das mich in gewisser Weise an Welf erinnerte. Trotz Marias Worten fragte er mich ständig über den Dungeon aus. Träumte er vielleicht doch davon, Abenteurer zu werden?

»Sag mal, Bruder Bell, bist du eigentlich Schwester Syrs Freund?«

»Nein, bin ich nicht!«

»Waaas? Aber Schwester Syr ist doch wirklich hübsch! Ihre Kochkünste sind, na ja, ähm ... Aber sie ist schlank und hat ziemlich große Brüste ...«

»Hey ...?!«

Das Hundemädchen Fina war unheimlich lebhaft. Sie war nach Rye das zweitälteste Kind. Ihr langes Haar war von einer milchigen Farbe – es hätte meinem geähnelt, wäre dieses länger und glatter gewesen. Mit ihren klaren, hellen Augen und ihrer Stupsnase würde sie sicher einmal zu einer Schönheit heranreifen. Zwar war sie anfangs etwas vorsichtig mir gegenüber gewesen, doch inzwischen war sie viel zutraulicher geworden und spielte sehr gern mit mir. Sie war sogar so zutraulich, dass sie ständig Bemerkungen machte, die mich rot anlaufen ließen.

»Ähm, Roux? Bist du ein Junge oder ein ...«

»Ich bin müde ...«

»Ah, okay ...«

Das Halbelfenkind Roux, dessen Geschlechts ich mir immer noch nicht vollends sicher war, war ein Jahr jünger als Rye und verhielt sich wirklich rätselhaft. Vielleicht lag es an seinem Elfenblut, doch der Junge – so sah ich das zumindest – hatte das hübscheste Gesicht aller Kinder in diesem Waisenhaus. Roux sprach nicht sehr viel und war mit den Gedanken ständig woanders – daher war es mir nicht möglich, genügend Anhaltspunkte zu finden, um genau sagen zu können, ob es sich nun wirklich um einen Jungen handelte. Neben den dreien, die mir zuerst begegnet waren, gab es auch noch einige Halbmenschen-, Menschen-, Tiermenschen- sowie Zwergenkinder und ein schüchternes Amazonenmädchen. Alle von ihnen waren gleichermaßen neugierig und voller Energie.

»Schwester Syr, lass uns spielen!«

»Ich will auch!«

»Okaaay! Jeder kommt mal dran, also streitet euch bitte nicht, okay?«

Syr drehte weiter ihre Runden im Hauptschiff der Kirche, um mit allen Kindern zu spielen. Ich hörte, wie sie mit ihnen plauderte, und wurde auch Zeuge davon, wie sie immer wieder von ihnen weggezerrt wurde. Nicht nur die Mädchen, sondern auch die Jungen wollten mit ihr spielen.

Wie schon zuvor ... war das für mich ein höchst merkwürdiger Anblick. Ich kannte sie nur als Kellnerin, weshalb es sich neu für mich anfühlte zu sehen, wie sie derart herzlich lachte, mit den Kindern spielte und sie umarmte. Die strahlenden Augen der Kleinen verrieten mir, dass sie sie liebten.

Ich beobachtete die junge Frau eine Weile verträumt, als sie plötzlich über die Schulter zu mir sah und kicherte. Sie musste meinen Blick bemerkt haben. Syr war niedlich und schön zugleich ... Unwillkürlich erröteten meine Wangen.

»Hmm …?«

Sie war umringt von fröhlich lächelnden Kindern – hinter ihr schlich sich allerdings Rye an, der ein hämisches Grinsen auf den Lippen hatte. Syr bemerkte ihn nicht.

Als hätte er eine einmalige Gelegenheit entdeckt, seine schutzlose Beute von hinten anzugreifen, riss er die Augen weit auf, griff mit einem »Und hepp!« ihren Rock und riss ihn in Sekundenschnelle nach oben.

»Hiiiek!«

Der sich kräuselnde Saum ihres weißen Kleids befand sich plötzlich oberhalb von Syrs Bauchnabel. Die Szene vor meinen Augen spielte sich wie in Zeitlupe ab, meine Augen wurden gefühlt immer größer. D… Das war es also, wovon Großvater immer gesprochen hatte! Die legendäre Technik des … Wo war ich denn mit meinen Gedanken?! Mein Gesicht wurde knallrot, als ich ihre Unterwäsche sah, die von derselben Farbe war wie ihr Kleid.

Syr stieß einen niedlichen Schrei aus, drehte sich hastig um und zog ihren Rock wieder nach unten. Unsere Blicke trafen sich. Mit hochrotem Kopf stürmte sie auf mich zu. »Hast du es gesehen?!«

»Nein, also, äh, nicht wirklich …!«

»Du hast es gesehen, oder?«

»J… Ja, aber …!«

»Du bist gemein, Bell!!«

»War das etwa meine Schuld?!«

Ihre Augen loderten vor Zorn, ihre Nasenspitze war glühend rot. Auch mein Gesicht wurde noch röter als zuvor, während ich verzweifelt versuchte, mich zu rechtfertigen.

»Ein Junge … Ein Junge hat mein Höschen gesehen … Als Strafe musst du machen, was ich von dir verlange, Bell!«

»Waaaas?!«

»Wenn nicht, dann … werde ich Ryu und den anderen verraten, dass du mir unter den Rock geschaut hast!«

»Das ist nicht fair!!« Wenn sie das in die Tat umsetzte, würde ich den nächsten Morgen wohl nicht mehr erleben! Sie erpresste mich mit dieser falschen Anschuldigung! Tränen der Verzweiflung stiegen mir in die Augen.

»Zum ersten Mal ist es mir gelungen, Schwester Syrs Rock hochzuheben …«

»Normalerweise hinderst du ihn immer daran … Hast du das etwa mit Absicht geschehen lassen, Schwester?«

»Geschick und Technik …«

Rye, Fina und Roux hatten sich zwischenzeitlich um uns herum versammelt und murmelten vor sich hin – ihre Augen waren jedoch größer denn je. Einerseits war es vermutlich die Furcht, die der Anblick der jungen Frau in ihnen weckte, andererseits schien es ihnen zu gefallen, mich so verlegen zu sehen …

Letzten Endes knickte ich ein. Meine Bestrafung dafür, dass ich Syr angeblich unter den Rock gesehen hatte, bestand darin, ihr einen Wunsch zu erfüllen …

»Okay, Bell … Leg deinen Kopf auf meinen Schoß und mach ein Nickerchen.«

»Hä?!«

»Bei dieser Prinzessin der Klingen, Aiz Wallenstein, hast du das doch auch schon einmal gemacht, oder?«

Warum sollte ich ein Nickerchen auf ihrem Schoß machen?! Moment mal … Woher wusste sie von der Sache mit Aiz …?

»Wie du bereits weißt, ist die Loki-Familia Stammkunde in unserer Schenke, Bell. Ihre Göttin Loki scheint uns zu mögen … Wenn sie getrunken hat, ist sie ganz schön gesprächig. Ich habe ein wenig die Ohren gespitzt und gehört, wie die Prinzessin der Klingen und die anderen …«

»Ist ja gut, ich mache es! Aber hör bitte auf damit, ja?« Ich spürte, wie sich meine Haut erneut rosa färbte, als Syr mich in freundlichem Ton an etwas erinnerte, das nun schon eine ganze Weile zurücklag. Sie war wirklich eine Hexe!

»Also dann …« Sichtlich zufrieden kniete sie sich auf den Boden.

Jedes einzelne der Kinder beobachtete sie dabei, doch es schien ihr egal zu sein. Als sie es sich bequem gemacht hatte, bot sie mir ihren Schoß an. Mit noch immer hochrotem Kopf zögerte ich einen Moment. Syr blickte mich an und genoss sichtbar den Augenblick, in freudiger Erwartung der nächsten Geschehnisse.

Plötzlich schien ihr jedoch etwas einzufallen – das verriet das Grinsen auf ihren Lippen. Ihr war deutlich anzusehen, dass sie über etwas grübelte. »Hat die Prinzessin der Klingen denn eigentlich jemals auf deinem Schoß geschlafen, Bell …?«

»N… Nein, hat sie nicht.« Als ob so etwas jemals geschehen würde! Ich erstickte beinahe an meinen eigenen Worten, als ich ihr verlegen antwortete.

Daraufhin fixierte sie mich noch intensiver – ich war mir sicher, dass ich in ihren Augen etwas aufleuchten sah.

Ein paar Minuten später.

»Eh he he …«

»…«

Irgendwie hatte es sich ergeben, dass es nun Syr war, die auf meinem Schoß lag. Ihre Wangen färbten sich rosa und sie vergrub das Gesicht in meinen Beinen.

»Ähm, reicht das jetzt …?«

»Nein!«

Ich konnte das Starren der Kinder kaum ertragen. Es war, als würden sie nur darauf warten, dass etwas passierte. Mit vor Scham brennendem Gesicht versuchte ich, mit Syr zu verhandeln, doch sie lehnte meine Bitte eiskalt ab. Eine größere Bestrafung hätte mich nicht ereilen können. Die bestens gelaunte Syr nutzte meinen Schoß so lange als Kissen, bis schließlich meine Beine taub wurden.

Das ausgelassene Herumtollen der Kinder in der Kirche ging schließlich zu Ende. Lag es daran, dass sie keine Kraft mehr hatten, oder war es vielleicht der Anblick von Syrs Kopf auf meinen Beinen? Jedenfalls begannen die Kleinen, sich schläfrig die Augen zu reiben. Als wir sahen, wie auch der Älteste unter ihnen, Rye, gähnte, brachten wir die Kinder für ein verspätetes Mittagsschläfchen in den Schlafsaal, der sich im oberen Stockwerk des Waisenhauses befand.

»Sie sind tief und fest eingeschlafen ...«

»Das sind sie ...«

Der Raum war genauso groß wie der Speisesaal darunter. Auf dem Boden waren zahlreiche Decken ausgebreitet worden und überall lagen abgenutzte, dünne Bilderbücher und Bauklötze verstreut, wodurch der Schlafsaal in jeder Hinsicht den Eindruck eines Kinderzimmers erweckte. Ich war zunächst davon ausgegangen, dass es nötig wäre, den Kleinen eine Einschlafgeschichte zu erzählen, doch im Nullkommanichts waren sie alle bereits im Traumland.

»Zzzzz ...«

Sanft streichelte Syr Roux' Kopf. Obwohl sie kaum älter war als ich, erinnerte ihre neben den Kindern kniende, liebevoll lächelnde Gestalt mich an die einer Mutter. Noch mehr als das: Mir kamen sogar Worte wie »Heilige« oder »Göttin« in den Sinn. Ihr glattes, hellgraues Haar glitt ihr sanft über den Nacken.

»Soll ich dich auch schlafen legen, Bell?«

»Ähm, nein danke!« Ich war noch immer ein wenig verlegen wegen der »Schoßsache« von zuvor, weshalb ich beschämt den Blickkontakt vermied.

Syr musste über mein Verhalten schmunzeln.

»Herr Cranel, Syr. Sicher seid ihr müde, oder? Überlasst die Kinder ruhig mir und ruht euch ein wenig aus.« Maria hatte leise die Tür geöffnet und war hereingetreten.

Wir nahmen ihr Angebot dankend an. Auch sie bedankte sich noch einmal dafür, dass wir mit den Kindern gespielt hatten, und verbeugte sich kurz vor uns. Leise verließen wir den Raum.

»Wie wäre es mit einem kleinen Spaziergang, Bell?«

Es gab keinen Grund für mich, Syrs Vorschlag abzulehnen, daher nickte ich bereitwillig. Ich folgte ihr durch das große Mittelschiff der Kirche und hinaus in den dahinter liegenden Garten, der mich überraschte. »Hier gibt es einen Garten ...?«

»Ja! Mutter Maria und die Kinder bauen hier zusammen Gemüse an.«

Hinter dem Gebäude befanden sich ein Brunnen und ein kleines eingezäuntes Beet. Zwar gab es hier nicht viel Sonnenlicht, sodass die Pflanzen nicht sehr hochgewachsen waren, doch ihnen war deutlich anzusehen, dass man sich gut um sie sorgte. Mein Blick schweifte nach oben – ich stellte fest, dass der Hinterhof von einigen offenbar wahllos aufeinandergestapelten Häusern eingerahmt wurde, die die Sicht auf den blauen Himmel über der Labyrinthstadt einschränkten.

»Syr, wie hast du Maria und die anderen kennengelernt ...?«

»Das war reiner Zufall. Eines Tages bin ich spontan durch die Daedalus-Straße geschlendert und ...«

Vom Hinterhof der Kirche ging ein kleiner Weg ab, der sich zwischen all den umliegenden Gebäuden hindurchschlängelte und zu einer breiteren Straße führte. An sich fühlten sich die Gässchen und die Seitenstraßen hier an wie überall sonst in der Stadt, aber es gab zusätzlich Treppen in sämtliche Richtungen, mal nach oben und mal nach unten. Gleichzeitig lag allerorts Schutt verteilt und hier und da erspähte man die letzten Reste zusammengestürzter Häuser.

Möglicherweise war es dem blauen Himmel geschuldet, doch dieses Bild der Verwahrlosung ließ in mir keinen Hauch von Bedrücktheit aufkommen. Außer Syr und mir schien keine Menschenseele in der Nähe zu sein. Die Zeit schien hier langsamer zu vergehen und alles wirkte unheimlich friedlich. Wir kämpften uns durch das verstreute Gerümpel und passierten einen hohen, turmähnlichen Wohnkomplex.

»Um ehrlich zu sein ... bin ich auch im Armenviertel aufgewachsen.«

Ich horchte auf und wandte den Blick zu Syr.

»Ich habe weder Vater noch Mutter ... Vermutlich kann ich diese Kinder deshalb nicht ihrem Schicksal überlassen.« Sie blickte in die Ferne und kniff beim Lächeln die Augen zusammen.

Auch Syr war also als Waisenkind im Slum aufgewachsen ... Offenbar kehrte sie aus demselben Grund immer wieder in die Daedalus-Straße zurück, aus dem Maria das Waisenhaus eröffnet hatte. Das Geheimnis, das ich soeben erfahren hatte, machte mich fassungslos. Ohne Blickkontakt zu mir zu suchen, erzählte Syr weiter, dass ihre Besuche in der Kirche und ihr Spiel mit den

Kindern zu einer Art Routine für sie geworden seien, seit sie von der Existenz des Waisenhauses erfahren habe.

*Eltern …* Auch ich hatte keinerlei Erinnerungen an meinen Vater und meine Mutter. Das Einzige, was ich über sie wusste, war, dass sie kurz nach meiner Geburt gestorben waren. Doch einsam hatte ich mich nie gefühlt. Das hatte ich meinem Großvater zu verdanken … Seine Fröhlichkeit und seine Energie hatten verhindert, dass Traurigkeit in mir aufkam.

Doch … das Verlangen, seine Eltern zu treffen und sich an sie anzulehnen, konnte ich gut nachempfinden. Es verweilte wohl auch in mir noch irgendwo. Ich unterschied mich letztlich kaum von diesen Waisenkindern, die von Maria und Syr betreut wurden.

»Aber eigentlich … wollte ich nicht, dass du davon erfährst, Bell.«

»Was?«

*Tock, tock!* Als ich den Kopf wieder hob, sah ich, wie Syr ein paar Stufen hinauflief, die auf einen Schutthaufen führten. Sie sprang von dort aus geschickt auf eines der verfallenen Häuser, das sich zur Seite hin erstreckte.

»Das ist gefährlich!«, rief ich ihr zu, doch sie hörte nicht auf mich, sondern sprang weiter, wobei sich ihr Kleid hinter ihr aufbauschte. Schließlich gab ich es auf und folgte ihr. »Was meintest du damit? Wovon sollte ich nichts erfahren?« Vorsichtig suchte ich Halt auf den Trümmerteilen und kletterte hinter ihr her.

»Davon, was ich an Tagen wie heute mache. Ich bemühe mich, den Kindern Essen zuzubereiten, und tolle mit ihnen herum … Das ist peinlich.« Syr blickte nicht zurück, als sie meine Frage beantwortete, sodass alles, was ich sehen konnte, ihr wehendes silbernes Haar war. Kurzzeitig verlor sie die Balance, als einer der Steine unter ihren Füßen plötzlich nachgab, doch es gelang ihr, sich wieder zu fangen und ihren Weg fortzusetzen.

»Finde ich nicht ...«

»Nun, für mich war es das aber ... Dabei war es mir das bislang noch nie«, flüsterte sie vor sich hin.

Doch gerade, als ich sie darum bitten wollte, den letzten Teil noch einmal zu wiederholen ... »Kyah?!« ... löste sich erneut einer der Steine unter ihr und sie verlor den Halt – sie stolperte nach vorn.

»Genau deshalb hatte ich dich gewarnt!«, rief ich und stieß mich hastig vom Boden ab. Ich eilte so schnell ich konnte zu ihr, griff ihr Handgelenk und zog sie an mich heran.

Wir waren so geschockt, dass wir nicht einmal fähig waren durchzuatmen. Syr hob den Blick, ihr Körper war noch immer an meinen gepresst. Unsere Gesichter waren sich so nahe, dass ich ihren Atem spüren konnte. Meines spiegelte sich in ihren klaren hellgrauen Augen – es hatte denselben tiefroten Farbton angenommen wie meine Iris. Auch Syr war die Verlegenheit deutlich anzusehen. Eine solche Miene hatte sie in der Kirche jedenfalls nicht getragen. Sie schien ein wenig aufgewühlt und es war, als würde sie in diesem Moment ihr wahres Gesicht zeigen.

»D... Das war nicht beabsichtigt, okay?«

Was redete sie denn da? Wer würde sich bitte absichtlich fallen lassen?

»D... Das ist so peinlich ...« Sie löste sich von mir und trat einen Schritt zurück, wobei sie ihr Gesicht mit den Händen bedeckte.

Durch diese Reaktion wurde mir etwas Wichtiges bewusst, wenngleich etwas spät. Der Grund, aus dem wir hier durch die Ruinen liefen, und vermutlich auch der für das Schoßkissen bestand darin, dass sie sich schämte und ihre Verlegenheit verbergen wollte. Um damit fertigzuwerden, hatte sie die ganze Zeit absichtlich herumgealbert.

Zum ersten Mal sah ich, dass Syr, die älter war als ich, sich derart mädchenhaft verhielt, und es fühlte sich ein wenig seltsam an. Ich hatte immer den Eindruck gehabt, dass sie mit jeder Situation bestens zurechtkam, denn sie war stets scharfsinnig, höflich und freundlich gewesen. Doch nach allem, was ich heute erlebt hatte, hatte sich mein Bild von ihr geändert. Mein Herz begann, schneller zu schlagen. Ihre offenkundige Verlegenheit ließ mich aufs Neue erröten.

Noch immer standen wir uns auf einem der Schuttberge gegenüber und schwiegen uns an, als ...

»Vielleicht war das ja ganz gut so.«

»Hm?«

... Syr, die den Kopf zuvor beschämt gesenkt hatte, plötzlich die Stille durchbrach und zu mir aufblickte. Ein unbeschwertes Lächeln lag auf ihren Lippen, auch ihre Wangen trugen einen Hauch Rosa. »Ja, vielleicht war es doch ganz gut ... dass du es herausgefunden hast. Nun habe ich nämlich eine süße Erinnerung an diesen Tag.« Ohne jedes Zögern kam ihr dieser letzte Satz über die Lippen, durch den meine Wangen nur noch mehr glühten, woraufhin sie die Hand vor den Mund nahm und kicherte. In ihren Augen lag ein glücklicher Ausdruck.

Den Blick in den Himmel gerichtet öffnete und schloss ich mehrfach den Mund, ohne dass mir ein Wort über die Lippen kam. Doch plötzlich ... spürte ich, dass wir beobachtet wurden. Ich war in letzter Zeit sehr sensibel dafür geworden.

Sofort drehte ich mich in die Richtung, aus der die Blicke uns trafen. Auf einem Balkon im oberen Bereich des turmähnlichen

Wohnkomplexes stand ein Katzenmann mit schwarz-grauem Fell. *Dieser Mann … Ich kenne ihn irgendwoher …* Aus irgendeinem Grund rief seine Gestalt in mir eine vage Erinnerung wach. Ich wusste nicht, wann oder wo, doch war mir sicher, ihm schon einmal begegnet zu sein.

»Bell?«, sprach Syr mich an, nachdem ich mich so abrupt von ihr abgewandt hatte. »Was hast du denn?« Fragend neigte sie den Kopf zur Seite.

Als ich erneut zu dem Gebäude sah, war der Katzenmensch verschwunden.

»War da jemand?«

»Ja … da bin ich mir ziemlich sicher.« Mit zittriger Stimme ließ ich den Blick zwischen Syr und dem Balkon hin und her wandern. Es war fast so, als hätte ich einen Tagtraum gehabt, denn von dem Katzenmann war keine Spur mehr zu sehen. Zurückgeblieben war allein das Licht der strahlenden Sonne.

Der Tag neigte sich langsam dem Ende zu. Als Syr und ich zum Waisenhaus zurückkehrten, überschütteten uns die neugierigen Kinder mit Fragen.

»Wo wart ihr beiden denn?«

Während wir versuchten, Fina und den anderen auszuweichen, lud uns Maria ein, uns ihnen anzuschließen: »Wollt ihr vielleicht zum Abendessen bleiben?«

Auch wenn ich meine Göttin und die anderen nicht beunruhigen wollte … ich konnte den inständigen Bitten der Kinder und Syrs nicht standhalten. Also beschloss ich, einen Happen zu mir zu nehmen und dann schnellstmöglich nach Hause zu eilen.

Niemals hätte ich geglaubt, dass ich irgendwann einmal einen Tag mit ein paar netten Kindern in einem Waisenhaus verbringen würde. Während ich angesichts ihrer freudigen Reaktionen darauf vor mich hin schmunzelte, überlegte ich, wie ich die Zeit bis zum Abendessen überbrücken könnte.

»Hey ...«

»Huch?«

Maria und ein paar der Kinder waren in die Küche gegangen, um das Essen vorzubereiten, als mir plötzlich jemand von hinten leicht am Oberteil zupfte. Ich drehte mich um und blickte in die leeren Augen des Halbelfenkindes Roux, das noch immer meinen Saum festhielt. »Was ist denn los?«

»Hier ...«

Als ich mich hinunterbeugte, streckte mir Roux ein kleines Metallstück entgegen ... Es war eine Goldmünze.

»H... Hey, Roux!«

»Willst du ihn wirklich darum bitten?«

»Ihr beiden habt doch selbst gesagt, dass ihr euch auch Sorgen darüber macht ...«

Als Rye und Fina bemerkten, dass der Kleine mich angesprochen hatte, eilten sie zu uns. Auf Roux' monoton vorgetragene Antwort hin verstummten sie jedoch, blickten mich an und hielten mir ebenfalls jeweils ein Goldstück hin.

»Ähm, was ist denn damit ...?«

»Das sind unsere geheimen Ersparnisse ...«

*G... Geheime Ersparnisse ...?* Ich begann zu schwitzen.

»Das ist eine Belohnung ... Tut uns leid, dass es nur so wenig ist.«

Ihre Worte verwirrten mich.

Schließlich sagte Roux: »Bitte akzeptiere unseren Auftrag ...«

Der Himmel über uns war schon in die Farben des Sonnenuntergangs getaucht. Während ich hinaufblickte, folgte ich den drei Kindern nach draußen.

»Hier draußen?«

»Ja … es ist nicht weit.«

Der Auftrag, um dessen Erfüllung sie mich gebeten hatten – nun ja, es war wohl eher so etwas wie ein Gefallen – führte uns zu der Straße voller Schutt, durch die ich am Nachmittag bereits mit Syr gelaufen war. Es ging darum, dass ich einer »mysteriösen Stimme« nachgehen sollte, die von irgendwoher zu vernehmen war.

»Wir hören hier in der Nähe ständig so ein komisches ›Uhhh … Uhhh …‹.«

»Zuerst dachten wir, es wäre vielleicht ein Hund oder so … aber da ist keiner.«

Rye und Fina erzählten mir, dass sie kürzlich als Mutprobe in der Nacht hier entlanggelaufen seien und die seltsamen Geräusche dabei zum ersten Mal gehört hätten. Seitdem schienen sie die Stimme jedes Mal zu hören, wenn sie hier vorbeikamen, was ihnen ziemlich zu schaffen machte.

Ich folgte ihren auf das Trümmermeer gerichteten Blicken. Inmitten der ganzen Stein- und Holzhaufen war wirklich nicht die geringste Spur eines Tieres zu entdecken, doch …

»Uhhh … Uhhh …«

… ich konnte es tatsächlich hören. Das mussten die mysteriösen Laute sein, von denen die Kinder gesprochen hatten.

Während ich die Ohren spitzte, um mich darauf zu konzentrieren, versteckten sich die drei schnell hinter mir. Mein Status hatte meine Sinne verstärkt. Dank meines scharfen Gehörs dauerte es nicht lange, bis ich den Ursprung der Stimme lokalisiert hatte – sie drang unter dem Schutt hervor. Das Geräusch war schwer zu beschreiben; es hörte sich fast schon wie ein Weinen an. Als ich die Stelle erreicht hatte, packte mich die Anspannung. Wir befanden uns auf den Überresten eines alten Gebäudes, aber ... es bestand kein Zweifel, dass die Stimme von einer Stelle direkt unter meinen Füßen kam.

»Hng! Gnnnnnnnng ...!«

Ich begann, mit beiden Händen die Trümmer zur Seite zu räumen. Ich nutzte meine Level-3-Stärke, um große Steinsäulen und Holzbalken fortzuwerfen und zum Boden durchzudringen. Nach einigen Minuten erkannte ich eine einzelne Steinplatte, die sich beinahe nahtlos in die Straße einfügte, aber doch ein wenig vom Rest des Pflasters abhob. Obendrein kam sie mir irgendwie bekannt vor.

*Moment mal, ist das nicht ...* Als ich vor einigen Tagen aus dem von Göttin Ishtar beherrschten Vergnügungsviertel geflüchtet war, hatte Haruhime mich durch eine Reihe geheimer unterirdischer Passagen geführt. Die hölzernen Luken, durch die man hinuntergelangte, waren allesamt unter Steinplatten versteckt gewesen, die genau wie diese hier ausgesehen hatten.

Tatsächlich war zwischen der Platte und dem Rest des Straßcnpflasters ein kleiner Spalt zu sehen, der groß genug war, um mit den Fingern hineinzugreifen. Die mysteriöse Stimme drang zweifellos durch diese kaum erkennbare Lücke. Mit einem einzigen Ruck hob ich die Steinplatte hoch und legte sie beiseite.

»Wow, das ist unglaublich ...!«

»I... Ist das ein Geheimgang?«

»Du bist echt toll, Bruder Bell ...«

Ich wedelte die Staubwolke weg, die die Kinder aufwirbelten, als sie über die herumliegenden Trümmer hinweg auf mich zurannten, um sich selbst ein Bild zu machen. Ihre Stimmen waren voller Bewunderung, Neugier und Aufregung, während mein Gedankenkarussell sich zu drehen begann.

Höchstwahrscheinlich führte dieser Tunnel direkt zum Vergnügungsviertel und an seinem Ende befand sich in diesem Moment ein mysteriöses Etwas. Ich spürte, wie sich meine Muskeln vor Anspannung verkrampften. Dasselbe Gefühl hatte ich immer, kurz bevor ich in den Dungeon ging. Ich kontrollierte meine Atmung, um mich zu konzentrieren. Es war das erste Mal an diesem Tag, dass ich mich wie ein Abenteurer fühlte.

»Hey, ihr drei, und du auch, Bell! Was habt ihr hier draußen verloren?« Syrs Stimme und ihre Schritte hallten durch die Straße, die zurück zum Waisenhaus führte. Inzwischen war es dunkel, sodass sie mit einer tragbaren Magiesteinlampe auf uns zulief. Sicher war sie wütend, weil wir, ohne jemandem Bescheid zu geben, durch den Hinterausgang verschwunden waren. Ihre grauen Augen weiteten sich, als sie den geöffneten Durchgang zu unseren Füßen bemerkte. »Was ist das …?«

»Ich glaube, das ist ein Eingang zu einer unterirdischen Passage.« Ich erklärte ihr, was sich bislang zugetragen hatte. »Syr, bitte pass auf die drei auf, während ich mir das mal ansehe.« Natürlich konnte keiner von uns wissen, was dort unten auf uns wartete, weshalb ich mir zunächst allein ein Bild davon machen wollte … so zumindest der Plan.

»Ich komme auch mit!«

»Ich auch …«

»I… Ich hab ein bisschen Angst, aber ich möchte auch …«

Die Kinder wollten mich begleiten. Hilfesuchend blickte ich zu Syr.

»Du kannst dir vorstellen, dass es mir schwerfallen würde, hier tatenlos zu warten, nachdem ich das gesehen habe, oder? Ich bin auch dabei«, sagte sie mit einem Lächeln.

Nun, es wäre gelogen gewesen zu behaupten, ich könne diesen Gedanken nicht nachvollziehen ... Ich lächelte gequält und blickte die vier mit halb geschlossenen Augen an, während ich dagegen ankämpfte, einen tiefen Seufzer auszustoßen. Mir blieb wohl keine andere Wahl. Ich nahm ihnen das Versprechen ab, auf keinen Fall eigenmächtig zu handeln und sich ja nicht von mir zu entfernen.

»Versprochen!«, riefen sie alle im Chor. Sie klangen, als würden wir eine Art Ausflug unternehmen.

Aber ich musste mich konzentrieren. Ich bat Syr um die tragbare Magiesteinlampe und stieg die Treppen hinab. »Wow ... Hier sieht es ja aus wie im Dungeon ...«

»E... Es ist so dunkel ...«

»Und staubig ...«

Das Licht der Lampe durchschnitt die Dunkelheit am Fuße der Stufen. Steintreppen, Steinwände, Steindecken ... Der Gang ähnelte in seiner Struktur tatsächlich den Geheimpassagen, durch die Haruhime mich geführt hatte. Man konnte mit Gewissheit sagen, dass der exzentrische Architekt auch hier seine Finger im Spiel gehabt hatte.

Rye war aufgeregt, Fina ein wenig verängstigt und Roux eigentlich so wie immer. Das Echo ihrer Stimmen hallte von den Wänden wider, während wir unseren Weg fortsetzten. Als wir uns vorsichtig vorantasteten, erblickte ich ein in die Wand eingelassenes Etwas – es war eine Lampe. Auch Syr hatte sie bemerkt: Sie streckte die Hand aus und ... *Fwsch!* ... die Lampe entzündete sich mit einem Zischen.

Die pechschwarze Dunkelheit im Tunnel wich ihrem schummrigen Licht und offenbarte uns klare Sicht. In regelmäßigen Abständen waren weitere Lampen in die Wand eingelassen. Mit jedem Schritt, den wir gingen, reifte in mir mehr und mehr die Gewissheit, dass es sich hierbei um einen der Durchgänge handelte, die ich auf meiner Flucht aus dem Vergnügungsviertel benutzt hatte.

Als die Neugier der Kinder nahezu ihren Höhepunkt erreicht hatte … drang die mysteriöse Stimme lauter als zuvor aus den Tiefen des Tunnels an unsere Ohren. Uns allen verschlug es den Atem.

»Verhaltet euch ruhig!«, flüsterte ich den anderen zu, damit wir keine ungewollte Aufmerksamkeit auf uns zogen, als wir uns allmählich der Quelle des Geräusches näherten.

Die Kinder schienen auf meinen eindringlichen Ton nicht gefasst gewesen zu sein, denn sie waren erstarrt und pressten die Lippen aufeinander. Syr, die wie immer unheimlich gefasst wirkte, nickte mir entschlossen zu, woraufhin ich es ihr überließ, auf die Kleinen zu achten.

So gut wie immer, wenn ich in den Dungeon ging, hatte ich meine Gefährten bei mir. Sie in meiner Nähe zu wissen, verlieh mir Kraft, doch … in diesem Augenblick war ich der Einzige, der kämpfen konnte. Egal, was auch passieren würde, ich musste Syr und die Kinder ganz allein beschützen. Ich prüfte, ob das Hestia Knife noch immer an meiner Hüfte hing. Natürlich trug ich an diesem Tag keine Rüstung und in meiner Item-Tasche befand sich heute nichts weiter als … die drei Goldmünzen, die ich von den Kindern für den Auftrag erhalten hatte. Sollte es zu einem Kampf kommen, müsste ich ihn also vollkommen unvorbereitet bestreiten.

Während wir eine weitere Treppe nach unten stiegen, wurde mir immer bewusster, dass am anderen Ende das Unbekannte lauerte. Im Dungeon überkam mich dieses Gefühl nicht, da bereits zahllose Abenteurer vor mir dort gewesen waren.

»Uhhh ... Uh ... Uhh ...«

Wir erreichten einen dunklen Raum. Alles, was ich erkennen konnte, war, dass er recht groß war und das Geräusch aus einer stockfinsteren Ecke auf der gegenüberliegenden Seite stammte. Weder Mensch noch Tier konnte solche Laute von sich geben ... Diese glichen weder Schreien noch einem Weinen. Meine Gesichtsmuskeln spannten sich an und ich forderte Syr und die Kinder auf, am Fuße der Treppe auf mich zu warten, ehe ich mit der tragbaren Lampe die dunkle Ecke erleuchtete – und damit auch das Wesen, dessen Stimme uns hierhergeführt hatte.

»Ohhh ...«

Aus den Tiefen der Dunkelheit kamen zwei gebogene Hörner, schwarze Haut, flammenrotes Haar und ein massiver Körper zum Vorschein. Die goldenen Augen des Geschöpfs reflektierten das Lampenlicht, wodurch sie wie Juwelen in der Düsternis wirkten.

Ich hielt den Atem an. Mit seinem aufrechten Gang und den dicken Armen und Beinen erinnerte dieses Wesen ... nein, dieses Monster an einen Minotaurus und gehörte zweifelsfrei in die Kategorie der größeren Exemplare. Kraftvoll sprang es vom Boden ab, auf dem es eben noch gekniet hatte.

»Haltet euch die Ohren zu!«

Noch während ich den anderen meine Warnung zurief, ließ das Monster einen gellenden Schrei los: »Ooooooooooohhhhhhhhhhhhhhhhhhhhh?!«

Sein intensives Brüllen ließ meine Haut erzittern. Ich hatte keinen Spielraum, mir über die Sicherheit der anderen Gedanken zu machen, sondern musste mich selbst schützen. Was hatte ein solches Wesen unterhalb des Armenviertels verloren?

Seine Augen funkelten gefährlich und es ging in Kampfhaltung. Sein Schrei hallte noch immer durch die Kammer, als es plötzlich losstürmte.

Ich streckte der herannahenden Bestie den rechten Arm entgegen. »Firebolt!!«

Flammende Blitze schossen aus meiner Hand und trafen auf den Körper des Monsters. Dieses stieß angesichts meines unerwarteten Schnellzaubers einen schmerzerfüllten Schrei aus. Umschlossen von scharlachroten Flammen taumelte es rückwärts. Das war meine Chance! Ich zog mein göttliches Messer, stellte die Magiesteinlampe am Eingang der Halle ab und stürzte mich auf das Monster, das dank meiner Magie noch immer mitten im Raum stand und wie eine Fackel brannte.

»Ohh! Ohhhhhhhhhhhhhhhhhhhhhh?!« Seine pupillenlosen Augen blitzten auf, als es seinen mächtigen Arm voller Mordlust in meine Richtung schwang.

Überrascht von seiner Geschwindigkeit und seiner unglaublichen Stärke duckte ich mich und brachte mein Messer in Position – ein dunkelvioletter Bogen durchzog die Luft. Erstaunlicherweise gelang es meinem Gegner, diesem Angriff um Haaresbreite zu entkommen. Auf dem Gesicht des Scheusals lag allerdings auch Ungläubigkeit – es war verblüfft, dass ich seiner Attacke entgangen war. Sein Erstaunen wandelte sich jedoch schnell in Wut um, und es ließ einen weiteren wuchtigen Hieb folgen, dem ich erneut nur knapp ausweichen konnte.

*Dieses Monster ... Das ist ein Barbarian! Die findet man eigentlich nur in den tieferen Ebenen!* Dank der Flammen meines Firebolts war ich dazu in der Lage, seinen kompletten Körper zu sehen. Ebendies versetzte mir allerdings einen Schock. Vor mir stand ein 2 Medol großes Ungetüm, das eindeutig der Kategorie der größeren Monster zuzuordnen war. Man traf es für gewöhnlich erst ab Ebene 37 an und die Gilde schätzte es auf Level 3 oder 4! Was hatte es nur hier zu suchen?

*Hat es etwa ... die Monsterphilia überlebt?* Unweigerlich kehrten die Erinnerungen an den Silberrücken zurück, der mich gnadenlos durch die Stadt gejagt hatte. War es diesem Monster etwa gelungen, sowohl den Abenteurern als auch dem Vernichtungsteam der Gilde zu entgehen, indem es in diesen unterirdischen Raum geflüchtet war?

Die Bestie entfesselte weitere mächtige Schläge auf mich. Jedes Mal, wenn eine seiner massiven Gliedmaßen auf mich herabsauste, schwang ich beim Ausweichen mein pechschwarzes Messer nach ihm. Doch seine unvorhersehbaren Bewegungen gepaart mit der Stärke eines mindestens zweitklassigen Abenteurers hinderten mich daran, in Schlagreichweite zu gelangen. Keiner meiner Angriffe traf ins Schwarze. Dieses Monster war wirklich unheimlich stark. Wann immer ich das Gefühl hatte, es würde sich eine Angriffsmöglichkeit für mich ergeben, schlug es meinen Arm zur Seite oder wich zurück. Es war, als würde ich gegen einen Sturm ankämpfen.

Doch während ich mich abmühte, bemerkte ich etwas. *Ist das Blut?* Diese Verletzung stammte gewiss nicht von mir. Die noch immer von seinem Körper emporlodernden Flammen offenbarten einige Schnittwunden, umgeben von bereits getrocknetem Blut.

Auch die leuchtend gelben Augen des Barbarian waren plötzlich blutunterlaufen. Er blickte mich an, als würde ich die größtmögliche Bedrohung für ihn darstellen. Voller Furcht versuchte er mit aller Kraft, mich zu töten. Mit klar feindseliger Aura wich das Monster weiterhin meinen Angriffen aus, während es seine eigenen Konter vorbereitete. Es wusste, wie man kämpfte, und verwendete verschiedenste Taktiken und Techniken!

*Dieses Gefühl …* Es fühlte sich so an, als würde ich gegen einen Abenteurer kämpfen … nein, nicht ganz. Es erinnerte mich mehr an … diesen einhörnigen Minotaurus. Anstatt sich im Kampf auf seinen Instinkt und seine brutale Kraft zu verlassen, kämpfte dieses Ungeheuer mit einem gewissen Selbstbewusstsein …

Meine Augen erzitterten, als ich mich an meinen schicksalhaften Kampf zurückerinnerte. Ich schüttelte die Gedanken daran jedoch schnell wieder ab und stürmte auf meinen Feind zu. Er schwang erneut die massige Faust nach mir, doch ich konnte im letzten Moment ausweichen. Sein Angriff bot eine Blöße, die ich sofort ausnutzte: Mit einem schnellen Hieb fuhr ich mit meinem Messer über seinen Unterkörper. Unter Schreien spritzte Blut aus der Wunde.

»Gut gemacht!«

Die Wirkung des Gebrülls schien nachgelassen zu haben, denn Rye und die anderen streckten die Köpfe in die Kammer herein.

Während hinter mir die aufgeregten Stimmen der Kinder ertönten, stand vor mir das verletzte Monster, das sich die frische Wunde hielt. Sein Gebrüll hallte noch immer in meinen Ohren wider. Zum Großteil war es das gewöhnliche Heulen einer Bestie, doch in seinem lagen auch Ärger, Schmerz und ein Hauch Traurigkeit. Noch nie hatte ich das Wehklagen eines Monsters gehört. Mir fehlten die Worte. *Was ist das bloß für ein Geschöpf …?*

Während ich zögerte und meine Angriffe auf den Barbarian überdachte, blitzten dessen Augen erneut auf. Er klappte den gewaltigen Kiefer herunter und ließ die lange Zunge herausschießen.

»Guh?!« Ich war fassungslos, als der Zungenschlag mich direkt am Oberkörper erwischte. Mir war nicht genug Zeit geblieben, rechtzeitig beiseitezuspringen.

Da ich keine Rüstung trug, fegte der Hieb mich von den Beinen und ich rollte über den kalten Steinboden. Ein brennender Schmerz durchzog meine Brust. *Reiß dich zusammen!,* schrie ich in mich hinein und tadelte mich selbst für meine Unachtsamkeit. Auf der gegenüberliegenden Seite der Kammer kam ich zum Halt. Ich ignorierte den Schmerz und stand auf.

»Hör auf damit!«, hörte ich plötzlich jemanden rufen.

Rye war in die Kammer gekommen und warf einen Stein auf das Monster, um seine Aufmerksamkeit von mir zu abzulenken.

»Ohhh?!« Am Rücken getroffen drehte der Barbarian sich zu ihm um. Nun waren seine Augen auf das Menschenkind gerichtet …

Im Angesicht des Monsters war Rye auf einmal wie erstarrt. Die Bestie betrachtete das Kind als weiteren Feind und stürmte auf es zu.

»Nein …!!«

»Ooohhhhhhhhhhhhhhhhhhhhhhhhhhhhhhhhhh!!«

Voller Entsetzen jagte ich dem Monster hinterher, doch es gelang mir nicht, es einzuholen. Unterdessen eilte Syr in die Kammer und legte die Arme schützend um den verängstigten Jungen.

Ich streckte aufs Neue den rechten Arm nach vorn und holte tief Luft, um so laut es ging zu schreien. »Gaaaaaaah!«

Doch mein Firebolt blitzte nicht auf. Stattdessen schoss ein einzelner silberner Speer aus einer anderen Richtung wie ein Komet durch die Luft und riss ein riesiges Loch in die Brust des Barbarian.

»Ah …«

Nicht einmal ein letzter Aufschrei war ihm vergönnt. Sowohl der Magiestein des Monsters als auch der Großteil seines Brustkorbs waren zerstört worden – zurück blieb nur ein klaffendes Loch. Schließlich ging die Bestie zu Boden und verwandelte sich mit einem *Fwusch!* in einen Haufen Asche.

Eine drückende Stille legte sich über den Raum. Alles was zuvor geschehen war, wirkte dadurch beinahe wie eine Illusion. Der einzige Beweis dafür, dass unser Kampf hier tatsächlich stattgefunden hatte, war das Beute-Item »Barbarian-Haut«, das selbst inmitten des Aschehaufens noch glomm. Während Syr und Rye noch immer am Boden kauerten und ängstlich die Köpfe hoben, galt mein fassungsloser Blick der Person, die am Eingang hinter ihnen aufgetaucht war. Es handelte sich um einen kleinen, schlanken Mann mit schwarz-grauem Fell – jenen Katzenmann, den ich vor Sonnenuntergang gesehen hatte.

»Ä… Ähm!«

Mit einem leichtfüßigen Sprung hüpfte der Katzenmann über Syr, Rye und die anderen Kinder hinweg und eilte in die Mitte des Raumes, um seinen langen Speer aufzusammeln, der auf dem Aschehaufen lag. Eigentlich hatte ich vor, mich bei ihm zu bedanken, doch sein scharfer Blick gepaart mit seinem leisen Tadel »Du kannst noch nicht einmal Frauen und Kinder beschützen, du verdammter Hase!« ließen mich verstummen. Er hatte recht.

»E… Es tut mir leid.« Außer einer Entschuldigung konnte ich ihm nichts entgegenbringen, während ich beschämt den Blick zu Boden richtete.

Wäre er nicht hier gewesen, wäre Syr und den Kindern Unaussprechliches widerfahren. In dem Moment, in dem ein Abenteurer gewöhnliche Bürger in Gefahr brachte, disqualifizierte er sich als solcher. Der Katzenmann ignorierte mich und wandte mir den Rücken zu, ehe ich in eine Spirale aus Hilflosigkeit und Schuldgefühlen geriet. Ohne ein weiteres Wort zu sagen, lief er zurück zum Eingang der Kammer.

»Vana Freya ... Ein Abenteurer der ersten Klasse?!«, rief Rye plötzlich begeisterter denn je, als der Mann in seine Richtung ging.

Vana Freya ... Ein Mitglied der Freya-Familia? Der kürzliche Aufruhr rund um die Ishtar-Familia, in den auch ich verwickelt gewesen war ... Dieser Mann gehörte anscheinend zu den Abenteurern, die diese einst so mächtige Familia ausgelöscht hatten – er war zu gleichen Teilen beeindruckend wie einschüchternd.

In diesem Moment erinnerte ich mich an etwas. Seine Stimme ... An einem Abend, an dem ich wieder einmal mit der hochrangigen Abenteurerin Aiz Wallenstein aus der Loki-Familia auf der Stadtmauer trainiert hatte, war sie auf der Straße urplötzlich von einem Katzenmenschen attackiert worden. Ihr damaliger Angreifer und unser heutiger Retter hatten ein und dieselbe Stimme.

Mein schockierter Blick war noch immer auf ihn gerichtet, als der Mann plötzlich vor Syr stehen blieb. Er verlor kein Wort, sondern verbeugte sich nur leicht vor ihr, ehe er die Kammer verließ. Die junge Frau, die mittlerweile wieder auf den Beinen war, lächelte nur sanft.

»S... Syr, alles okay?«

»Bell.«

Ich hatte mich zwar noch immer nicht von meinem Schock erholt, doch ich eilte zu ihrer Seite, um sicherzugehen, dass es ihr und den Kindern gut ging. Ich entschuldigte mich mehrmals dafür, ihr Leben in Gefahr gebracht zu haben, aber sie lächelte darüber hinweg und versicherte mir, dass alles in Ordnung sei.

»Was ist denn los, Bruder Bell? Du musstest von Vana Freya gerettet werden?«, tadelte mich Rye ohne das geringste Anzeichen von Reue.

Seine Worte trafen mich wie ein Blitz und Syr hielt ihm augenblicklich eine Standpauke, die sich gewaschen hatte. Ihre Worte waren wie Peitschenhiebe, die sogar Fina und Roux zum Weinen brachten. Kalter Schweiß tropfte mir daraufhin von der Stirn.

Ich starrte eine Weile stumm auf den Aschehaufen, ehe ich mein Schweigen brach: »Ähm, Vana Freya ... Kennt ihr ihn?«

»Ja, er schaut hin und wieder mal in der Schenke vorbei«, erzählte Syr mir bereitwillig.

Wie es schien, kannten sich die beiden also bereits.

»Macht er ... dir keine Angst ...? Er hat so eine unnahbare Ausstrahlung. Du bist wirklich unglaublich, Syr ...«

»Oh, das finde ich nicht. Tatsächlich hat er eine ziemlich empfindliche Zunge. Immer wenn man ihm ein heißes Getränk vorsetzt, fächelt er so lange, bis es aufgehört hat zu dampfen. Er hat also auch niedliche Seiten an sich, weißt du?« Sie kicherte vor sich hin, als hätte sie die Szene genau vor Augen.

Das Wort »niedlich« zu verwenden, um einen hochklassigen Abenteurer zu beschreiben ... Entweder war Syr eine wirklich große Persönlichkeit oder einfach nur naiv. Ein gequältes Lächeln huschte mir über die Lippen.

»Ist euer Auftrag damit erledigt ...?«

»Ähm, ja, ich denke schon. Ansonsten gibt es keine seltsamen Vorkommnisse ...« Finas Anspannung löste sich und sie stieß einen tiefen Seufzer der Erleichterung aus.

»Ich hatte ja solche Angst!« Roux zog an meinem Arm und ließ den Blick ängstlich durch die Halle schweifen.

Um auf Nummer sicher zu gehen, schnappte ich mir die Magiesteinlampe und untersuchte die Kammer bis in die letzten Winkel. Auf der anderen Seite entdeckte ich einen Durchgang, der jedoch eingestürzt war. Den einzigen anderen Ausgang bildete der Weg über den Tunnel und die Treppen, den ich freigelegt hatte. Vermutlich hatte das Monster diese Schreie also von sich gegeben, weil es eingesperrt gewesen war, oder nicht? Ich unterbrach meine unnötigen Gedanken und beschloss, die Angelegenheit der Gilde zu melden.

Nachdem ich die Kinder schwören lassen hatte, diesen unterirdischen Gang niemals wieder zu betreten, und Syr ihnen mit einem stummen Grinsen zusätzlich Angst eingeflößt hatte, damit sie sich auch ja an unsere Abmachung hielten, stiegen wir die Treppen hinauf und platzierten die Steinplatte wieder auf der Holzluke. Die Nacht war bereits vollständig hereingebrochen und ein sternenklarer Himmel begrüßte uns. Sicher machte sich Maria schon große Sorgen ... Dessen ungeachtet unterhielten sich die Kinder auf dem Weg zurück zum Waisenhaus stolz über ihr erstes Abenteuer.

*Nanu, aber ...* Plötzlich kam mir etwas in den Sinn. Vana Freya ... Kämpfte denn die Freya-Familia derzeit nicht außerhalb der Stadtmauern? Mein Blick wanderte hinauf zum Mond – ich fragte mich, ob etwas geschehen war.

»Wie läuft die Schlacht?«, fragte die silberhaarige Göttin der Schönheit einen außergewöhnlich großen Boaz, während sie ein von Magiesteinlampen erhelltes Zelt durchquerte.

Etwa 30 Kirlos östlich von Orario war das Lager der Freya-Familia errichtet worden – darüber spannte sich ein wunderschöner Sternenhimmel. Die schweigsamen Schützlinge der Göttin hatten sich draußen um einen heißen Topf versammelt, aus dem sie ihre Suppe löffelten.

Unterdessen befand sich Freya selbst im größten Zelt des Lagers, in dem sie soeben ihre Robe auszog und sie einem Menschenmädchen reichte. »Vielen Dank, Helen«, sagte sie, woraufhin sich das Mädchen tief vor ihr verbeugte und das Zelt verließ. Freya setzte sich auf ihren Thron und blickte zu Ottar, der vor ihr stand.

Als Antwort auf ihre Frage berichtete er: »Die feindlichen Formationen sind vollständig auseinandergebrochen. Hedin, Grer und unsere anderen stärksten Kämpfer verfolgen die verstreuten Einheiten einzeln. Es wurden Rauchsignale gesichtet, weshalb wir annehmen, dass sie ihre Ziele schon gefangen nehmen konnten.«

»Das hätten wir schon von Beginn an tun sollen.« Anstatt zu versuchen, die rakianischen Soldaten von der Stadt fernzuhalten, hätte man sie sofort verhaften sollen – so lautete zumindest die Meinung der Göttin, die sich auf ihrem Thron zurücklehnte. Nachdem ihr von der Gilde eine enorme Strafe auferlegt worden war, hatte sie sich deren Befehl, während der gesamten Invasion auf dem Schlachtfeld zu bleiben, nicht widersetzen können. Dies empfand Freya als enorm lästig.

»Es ist zwar nur eine unbedeutende Kleinigkeit, aber bei den Truppen des Königreichs macht sich Verunsicherung bemerkbar. Möglicherweise ist etwas passiert?«

»Das ist das Werk der Loki-Familia, die die Drecksarbeit auf uns abgewälzt hat und in die Stadt zurückgekehrt ist. Es scheint so, als würde es endlich enden«, kommentierte sie Ottars Ergänzung ohne Umschweife. Sie griff nach ihrem Weinglas, das auf dem runden Tisch neben ihr stand, und führte es an ihre Lippen, als plötzlich ein junger Katzenmann am Eingang des Zeltes erschien.

»Entschuldigt die Störung.«

»Willkommen zurück, Allen. Ich hoffe, du konntest dich während deiner Zeit außerhalb des Schlachtfeldes gut erholen.«

Allen Fromel, dessen Pseudonym Vana Freya lautete, verbeugte sich respektvoll vor seiner fürsorglichen Göttin. Der Katzenmann stellte sich neben Ottar, direkt vor sie und antwortete ihr in höflichem, aber scharfem Ton: »Ich danke Euch. Eure Tochter hat die Schenke allerdings verlassen ... Dadurch musste ich sie rund um die Uhr im Auge behalten.« In Allens Stimme lag ein Hauch Sarkasmus. »Wenn Ihr einen direkten Befehl an sie aussprechen könntet, dass sie nicht auf eigene Faust losziehen soll, wäre ich Euch sehr verbunden ...«

Mit einem Grinsen auf den Lippen stellte Freya ihr Weinglas zurück auf den Tisch. »He he, sicher ist Syr dir für deine Rettung äußerst dankbar, oder?«

»...«

»Hat sie dich etwa nicht angelächelt?«

Allen verstummte. Sein mürrisches Gesicht war leicht gerötet. Auch sein langer Schwanz tauchte hinter seiner Taille auf und zuckte für einen Moment nervös hin und her. Wie ein Kind, das sein Interesse am anderen Geschlecht entdeckt hatte, verbarg der junge Mann seine Scham. Der Boaz-Krieger schwieg, während er dabei zusah, wie seine Göttin seinen Kameraden ein wenig neckte.

»Was schaust du denn so, Ottar?«

»…«

»Das hier ist keine Aufführung! Verschwinde!!«, brüllte der rot angelaufene Allen den über 2 Medol großen Anführer der Freya-Familia an.

Ottar zuckte jedoch nicht einmal mit der Wimper, sondern kam der Aufforderung seines Untergebenen völlig gelassen nach und verließ das Zelt. Zähnefletschend sah Allen dem Boaz hinterher.

»He He …« Amüsiert über das Schauspiel, dass die beiden ihr boten, hielt sich Freya die Fingerspitzen vor den Mund und kicherte.

Allen, der dabei noch röter wurde, wusste nicht, wie er damit umgehen sollte, und wandte den Blick ab.

Als das Lachen der Göttin schließlich verklungen war, nahm sie erneut ihr Weinglas in die Hand und trank einen Schluck. »Ich möchte so schnell es geht nach Orario zurück. Andererseits verlasse ich die Stadt so selten. Das könnte eine tolle Gelegenheit sein, mal woanders hinzugehen.«

»Ich werde jederzeit Euer Streitwagen sein, der Euch überallhin begleitet. Sagt mir nur, was Euer Ziel ist, und ich bringe Euch dorthin.«

»Oh, du bist so zuverlässig.« Die bedingungslose Loyalität ihres Gefolgsmannes zauberte der Göttin ein Lächeln auf die Lippen.

»Allen, hast du Anya getroffen?«

»Ich habe bereits jeglichen Kontakt zu diesem Dummkopf abgebrochen.«

»Nicht doch, immerhin ist sie doch deine Schwester. Ich habe dich nicht von ihr getrennt, weil ich gemein sein wollte.«

»Verstanden …« Nach kurzem Zögern nickte Allen der Göttin widerwillig zu.

»Du bist wirklich unverbesserlich …«, sagte diese mit einem Lächeln, ehe sie ihren letzten Schluck Wein trank. Ihr silbernes Haar leuchtete wie der Mond am Nachthimmel.

»Ah, endlich bist du wieder zurück, miau!«

Das Erste, was Syr hörte, als sie durch die Tür trat, war die Stimme der Katzenfrau Anya. Das Sonnenlicht war gerade dabei, sich über die Straßen der Stadt zu legen und diese zu erwärmen. Die junge Frau trug wieder ihre Kellnerinnenuniform und lächelte, als sich die anderen Angestellten des Hostess of Fertility um sie versammelten. »Da bin ich wieder, Leute.«

»Miau! Weil du so lange gefehlt hast, hat sich ein Berg an Arbeit aufgestaut, miau! Du wirst heute ackern wie ein Pferd, miau!«

»Chloe, da du selber gefehlt hast, solltest du genauso bestraft werden!«

»Ich habe mir schon Sorgen gemacht, weil du so lange weg warst. Wo hast du denn gesteckt?«

»Tut mir leid, Lunoire, aber das ist ein Geheimnis.« Während Chloe und Ryu neben ihnen miteinander diskutierten, wandte Syr sich Lunoire zu und hielt sich einen Finger an die Lippen.

Das glückliche Lächeln auf dem Gesicht des Stadtmädchens ließ dessen Kollegin aufstöhnen. »Also echt …«

»Miau? War irgendetwas mit dem Jungen?«

»Was?«

»Mia ha ha, du siehst so gut gelaunt aus. Wie eine verliebte junge Dame, miau!«

Während sie ihren dünnen Schwanz umherschlängelte, kam Chloe Syr immer näher. Ihre Augen und ihren Instinkt konnte man nicht täuschen. Syr bedeckte ihre leicht erhitzten Wangen mit den Händen, unwillkürlich huschte ein Grinsen über ihr Gesicht. Sie bemühte sich, den anzüglichen Bemerkungen ihrer Kolleginnen auszuweichen, als plötzlich Mia, die zwergische Eigentümerin der Schenke, aus einem Raum hinter der Theke trat.

»Hast du jetzt alles erledigt?«

»Ja ... Jetzt ist alles in Ordnung.«

Nachdem sie in Syrs silbergraue Augen geblickt hatte, wandte sie sich schnaubend ab. »Gut, dann mach dich an die Arbeit!« Auch die anderen Kellnerinnen blieben nicht verschont: »Dasselbe gilt auch für euch!«

Schnell nahmen die Frauen ihre Arbeit wieder auf, um das Gasthaus für die Eröffnung vorzubereiten.

Das Lächeln auf Syrs Lippen war immer noch nicht verschwunden, als sie das »Open«-Schild an der Vordertür anbrachte und ihr Tag richtig begann.

»Herzlich willkommen im ›Hostess of Fertility!‹« Mit einem Lachen begrüßte das Stadtmädchen den ersten Kunden des Tages, der kurz darauf durch die Ladentür trat.

Suzuhito Yasuda

## Kapitel 6: Das Liebeslied einer gewissen Göttin

»Was zur Hölle ist hier los?!«

*Bamm!* Mit einem Knall schlug eine Faust auf den Tisch inmitten des Zeltes. Sie gehörte dem Gott Ares, dessen goldenes Haar mitschwang, als er seine eingeschüchterten Untergebenen anbrüllte.

»Wie ich bereits sagte, unsere Soldaten wurden von einigen Abenteurern aus Orario gefangen genommen. Mindestens zehntausend unserer Männer befinden sich in ihrer Obhut.«

»Das weiß ich bereits! Ich will wissen, wie es dazu gekommen ist, Marius!«

»Die Abenteurer der Stadt sind stärker als die gefährlichsten Monster«, gab der Mensch, der an der Seite des zornigen Gottes stand, mit einem Seufzer gelassen und trocken zur Antwort.

Es war der Hauptstützpunkt der Ares-Familia. Fernab der Kämpfe gegen die Allianz Orarios, in der Nähe des Seolo-Waldes hielt das Heer des Königs einen Kriegsrat ab. Allerdings handelte es sich dabei um eine äußerst fruchtlose Besprechung – seit Ares vom katastrophalen Zustand seiner Streitkräfte erfahren hatte, schrie er seine Anhänger nur noch wütend an.

»Zu den gefangenen Soldaten kommen noch verwundete hinzu. Wir können die Frontlinie nicht länger halten. Und als wäre das nicht genug, haben uns die gierigen Händler der Stadt auch noch das letzte bisschen unserer Kriegskasse abgenommen ...«

»Verdammt sollt ihr seeein! Orarioooooooooooooooo!« Ares ließ seiner Wut freien Lauf.

Im Gegensatz zu den anderen, völlig verängstigen Soldaten im Zelt blieb Marius auch diesmal wieder völlig gelassen und stieß nur einen tiefen Seufzer aus. Er war als Einziger in der Lage, seinem Gott schlechte Nachrichten zu überbringen.

Im Gegensatz zu Ares mit seiner strahlend glänzenden Löwenmähne hatte der junge Mann glattes, honigfarbenes Haar. Er war gut trainiert, weder zu dünn noch zu dick, und 180 Celti groß – er sah aus wie ein waschechter Adliger. Mit seinen gerade einmal zwanzig Jahren und seinen schönen Gesichtszügen sowie seiner beeindruckenden Ganzkörperrüstung hätte der General auf dem Schlachtfeld einen wirklich würdigen Eindruck hinterlassen, wäre da nicht die Erschöpfung gewesen, die sich deutlich in seinem Gesicht abzeichnete.

Sein Ansehen als Offizier war nach mehreren Niederlagen gegen die Allianz vollständig zerstört, wodurch sein langjähriger Groll auf seinen eigenen Gott langsam ans Tageslicht zu treten schien. Jedenfalls wurde seine Stimmung von Sekunde zu Sekunde schlechter. Um die Ruhe zu bewahren, stieß er erneut einen Seufzer aus. »Ich bin mir sicher, Ihr seid Euch im Klaren, dass wir den Krieg so nicht fortsetzen können. Gehen wir nach Hause, Gott Ares. Wenn Ihr Eure Lektion gelernt habt, solltet Ihr zukünftig nicht mehr versuchen, nutzlose Angriffe auf Orario zu starten.«

»Grrr ... Du bist ziemlich vorlaut, Marius! Dein Vater Martinus hat ohne Widerrede jeden meiner Befehle befolgt!«

»Genau wegen seiner Versuche, jede Eurer Anweisungen in die Tat umzusetzen, nannte man ihn nur den Narrenkönig!«

»W... Wie kannst du es wagen, so mit mir zu sprechen?! Ich bin kurz davor, dir deinen Rang zu entziehen und dich aus dem Königreich zu verbannen!«

»Das ist nicht nötig. Ich gebe meinen Posten hier und jetzt auf! Dann kann ich mir ja jetzt endlich meinen Traum erfüllen, als Abenteurer in Orario zu leben, oder?«

»Das kommt nicht infrage. Ich verbiete es dir!«

»Was denn nun?!«

»Prinz?«

»Prinz!!«

Die anderen Generäle bemerkten, dass ihr junger Anführer mit hochrotem Kopf kurz davor war, die Fassung zu verlieren. Sofort eilten sie ihm zur Seite, um ihn zu beruhigen. Der Kronprinz des Königreichs Rakia war als Adjutant des Gottes mitgereist, um Erfahrung auf dem Schlachtfeld zu sammeln. Bei seinem hitzigen Wortgefecht mit dem Gott der Familia, wie es mittlerweile zur Tagesordnung gehörte, verzog er das hübsche, von vielen so verehrte Gesicht zu einer wütenden Grimasse.

Der Prinz, dessen Wille im Gegensatz zu dem seines Vaters so stark war, dass man der Königin sogar Untreue nachsagte, entlud all seinen Frust und seinen Zorn an seinem kriegslüsternen Gott. »Also wirklich ...! Garon und die anderen haben es nicht geschafft, Welf Crozzo zu überzeugen. Tatsächlich verlangt die Gilde nun sogar Lösegeld für ihre Freilassung! Unser letzter Rettungsanker ist verloren, es bringt nichts, den Krieg noch weiter in die Länge zu ziehen!«

»Grrr ...!« Ares knurrte und blickte in Marius' kalte grüne Augen.

Letzterer schien sich wieder beruhigt zu haben. Es war genau, wie er gesagt hatte: Ihr Plan, die Crozzo-Magieschwerter für sich zu gewinnen, war gescheitert, und es ergab keinen Sinn mehr, den Krieg fortzusetzen. Ares' Vision, Welfs Kraft zu nutzen, um das Magieschwertbataillon wiederzubeleben und die Einheiten der Allianz in einem Zangengriff zu zerschlagen, war ein unerfüllter Traum geblieben. Marius hatte von Anfang an nicht an den Erfolg dieses Plans geglaubt. Er sah den Kriegsgott unverwandt an und forderte den Rückzug ...

Der einzige Gedanke, der Ares in diesem Moment antrieb, war jedoch der, dass er nicht verlieren wollte. Seine funkelnden roten Augen wurden immer größer. »Gut, wenn das so ist, werde ich selbst nach Orario aufbrechen!«

»Waaas?!«

»Wenn ihr Versager es nicht schafft, die Crozzo-Magieschwerter in die Finger zu bekommen, dann werde ich mich eben selbst darum kümmern! Mit diesen Schwertern wird der Ruhm vergangener Tage zu uns zurückkehren …!«

»Habt Ihr etwa vor, Welf Crozzo zu entführen?! Er ist auf Level 2! Wenn wir ihn herausfordern, sind wir augenblicklich erledigt! Das wäre Selbstmord!«

»Genug davon! Entführt wird nicht dieser Crozzo-Junge, sondern seine Göttin Hestia!«

Marius und die anderen Generäle rissen die Augen und die Münder weit auf, als der Gott ihnen sein Vorhaben verkündete.

»Da sie eine Göttin ist, könnt ihr sie ohnehin nicht entführen, oder? Deshalb werde ich sie mir persönlich schnappen und Orario mit ihr als Geisel dazu zwingen, uns Welf Crozzo auszuliefern! Ha ha ha ha ha, bin ich nicht brillant?!«

»Das ist ein wirklich abscheulicher Plan! Wie wollt Ihr überhaupt in die Stadt kommen?«

»Genau deshalb hätte ich es ja von Anfang an selbst in die Hand nehmen sollen! Ein König, nein, ein Gott muss persönlich an die Front, damit seine Soldaten ihm folgen! Marius, mach die Pferde startklar! Wir brechen noch heute Nacht auf, ehe diese verdammte Freya es bemerkt!!«

»Oh Mann, dieser Dummkopf von einem Gott …!« Hatte der starrköpfige Kriegsgott einmal einen Entschluss gefasst, so würde er seine Meinung nicht mehr ändern. Marius verzog abermals das Gesicht und folgte Ares aus dem Zelt.

Und so begann die Armee des Königreichs auf Ares' alleiniges Geheiß ihre letzte Operation in diesem Krieg. Während die Truppen Orarios dessen Ausgang bereits als entschieden betrachteten und jegliche Achtsamkeit über Bord geworfen hatten, startete ihr Feind einen unvorhersehbaren, waghalsigen und zugleich absurden Überraschungsangriff.

Innerhalb der Stadtmauern herrschte auch heute der gewohnte Frieden. Während sich der Krieg gegen die rakianische Armee außerhalb der Stadt offenbar länger hinzog, als ich erwartet hätte, tauchten die morgendlichen Sonnenstrahlen die Umgebung in ihr warmes Licht.

Ich lief zügig durch die Korridore unseres Anwesens und lauschte dem von draußen hereindringenden Vogelgezwitscher, als ich vor mir plötzlich jemanden bemerkte. »Haruhime!«

Unter dem Dienstmädchenkleid meiner neuesten Kameradin lugte deren dicker goldener Schwanz hervor und schwang fröhlich hin und her. Die Renard, die mit beiden Händen einen großen Korb durch den Gang trug, drehte sich zu mir um. »Guten Morgen, Meister Bell.« Ein hübsches Lächeln trat in ihr Gesicht und ihre Fuchsohren bewegten sich auf und ab, als wollten sie mich begrüßen.

Wir hatten noch nicht gefrühstückt. Während der köstliche Duft aus der Küche meinen Appetit anregte, verrichtete Haruhime bereits die Hausarbeit, weil wir uns später gemeinsam in den Dungeon aufmachen würden. Ihr Korb war voller frisch gewaschener Kleidung und die Renard war soeben auf dem Weg nach draußen, um sie zum Trocknen aufzuhängen.

»Guten Morgen«, erwiderte ich ihren Gruß und ging neben ihr her. »Alles in Ordnung? Brauchst du vielleicht Hilfe?«

»N… Nein, das ist meine Aufgabe. Ich möchte deine Zeit nicht wegen so etwas beanspruchen, Meister Bell …«

»Ach, schon gut. Lass mich dir helfen.« Noch bevor Haruhime etwas erwidern konnte, griff ich nach der Hälfte der im Korb gestapelten Kleider.

Da sie beide Hände voll hatte, konnte sie natürlich keinen Widerstand leisten. Auch wenn sie selbst einen Status hatte, musste sich die nasse Kleidung für sie ziemlich schwer anfühlen. Als sie mich verlegen ansah, schenkte ich ihr ein beruhigendes Lächeln, um ihr zu zeigen, dass sie sich keine Sorgen machen musste.

Gemeinsam machten wir uns auf den Weg in den Innenhof des Anwesens, der an den Korridor angrenzte. Dort spannten wir an den Stellen, die am Nachmittag in der Sonne liegen würden, Wäscheleinen zwischen den Wänden und hängten unsere Sachen auf. Haruhime kümmerte sich um die Kleidung aller weiblichen Mitglieder unserer Familia und ich um die der männlichen. Mir war bewusst, dass es sich kaum vermeiden ließ, auch die Wäsche der Mädchen zu sehen, da wir alle unter einem Dach lebten, doch ich bemühte mich trotzdem, den Blick davon abzuwenden. Vor Scham hatten sich Haruhimes Wangen gerötet, weshalb ich bezweifelte, dass sie ihre Unterwäsche hier draußen aufhängen würde.

Auch meine Wangen hatten sich leicht erhitzt und ich versuchte, die Stimmung mit ein wenig Small Talk zu lockern. »Ähm, Haruhime? Hast du dich schon an das Leben hier gewöhnt?«

»Ja. Göttin Hestia, Meisterin Lili, Meister Welf und Meisterin Mikoto kümmern sich alle gut um mich«, antwortete die Renard mit einem unbeschwerten Lächeln. »Du natürlich auch, Meister Bell.« Dieses war längst nicht mehr so zerbrechlich und flüchtig wie noch vor Kurzem im Vergnügungsviertel, sondern inzwischen so heiter und fröhlich, dass ich mich bei seinem Anblick fühlte, als würde ich im Sonnenlicht baden. »Leider ... bin ich sehr ungeschickt und mache damit allen nur Umstände ... so wie dir jetzt, Meister Bell.« Plötzlich verfinsterte sich Haruhimes Miene.

»So denke ich überhaupt nicht, Haruhime ... Niemand tut ...«

»Nein, ich kann nur auf diese Weise nützlich für euch sein. Ich muss mehr arbeiten und mich anstrengen ...«, unterbrach sie mich und blickte betroffen auf den Rasen des Innenhofs. Sie strich sich sanft übers Dienstmädchenkleid und ließ den Schwanz niedergeschlagen hängen.

Auch wenn sie sich aus irgendeinem Grund schuldig fühlte, wusste ich, dass sie sich unglaublich viel Mühe gab – mehr, als man es überhaupt von ihr erwarten konnte. Waschen, kochen, putzen und dann noch unsere Dungeon-Erkundungen. Zu Hause kümmerte sie sich um unser Anwesen sowie unsere Versorgung und im Labyrinth unterstützte sie uns als Supporterin und Magierin. Dabei stellten gerade unsere Erkundungsgänge für sie eine große Belastung dar, da sie mit dem Dungeon erst wenig vertraut war.

Nachdem wir mit dem Aufhängen der Wäsche fertig waren, wandte ich mich erneut zu ihr um. Nachdenklich kratzte ich mich am Kopf, ehe ich endlich die richtigen Worte gefunden hatte und die Stille durchbrach. »Ähm, Haruhime ... Ich finde, du solltest es nicht übertreiben.«

»Was?«

»Ich erinnere mich noch gut an die Zeit, kurz nachdem ich der Familia beigetreten bin und mich auch in die Hausarbeit gestürzt habe, um Göttin Hestia nicht zur Last zu fallen ...« Damals war die Hestia-Familia gerade erst gegründet worden und hatte nur aus uns beiden bestanden. Ich war täglich in den Dungeon hinabgestiegen, um Geld zu verdienen, und hatte mich zu Hause um die Hausarbeit gekümmert, wie Haruhime es gerade tat. Letztendlich hatte ich mich allerdings überanstrengt, wodurch ich krank geworden war und meiner Göttin nur noch mehr Sorgen bereitet hatte. Auch wenn sich die Lage unserer Familia inzwischen ein wenig geändert hatte, schützte das meine Kameradin noch lange nicht davor, ihrem Körper zu viel zuzumuten – ihr Status vermochte daran auch nichts zu ändern.

Während ich ihr all das erzählte, blickte sie mich nur erstaunt an.

»Ähm, nun ja, wie soll ich sagen ...?« Ein Anführer wie Oka oder Finn hätte es wohl besser auf den Punkt bringen können. Wie beschämend ... Dennoch bemühte ich mich nach Kräften, meine Gedanken in Worte zu fassen. »Ich würde mich freuen, wenn du dich, anstatt dich zu übernehmen ... einfach auf uns verlassen würdest.« Mein Gesicht glühte, als ich ihr zulächelte, und ich kratzte mir verlegen die Wange.

Haruhime, die sichtlich überrascht war, legte eine Hand auf ihre Brust, die sich unter ihrem schwarzen Dienstmädchenkleid wölbte. Ihre Augen schimmerten, als hätten meine Worte ihr Herz berührt – langsam färbten sich ihre Wangen zartrosa. »D... Dürfte ich dich dann jetzt ... auch um deine Hilfe bitten, Meister Bell?«, fragte sie mich zögerlich und blickte leicht schüchtern zu mir.

»Natürlich!«, rief ich erfreut, woraufhin sie sofort die rechte Hand ausstreckte.

»Würdest du bitte ... meine Hand halten?«

»Was?« Vor Verwunderung riss ich die Augen auf. Ich erstarrte, mein Gesicht begann zu glühen. Ich spürte, wie mir der Schweiß auf die Stirn trat, und suchte nach den richtigen Worten, um ihre Bitte höflich abzuschlagen, doch ... sie hielt mir noch immer die Hand entgegen und wartete mit inzwischen tiefrotem Gesicht. Als ich sah, wie ihr Fuchsschwanz und ihre Ohren zitterten, bekam ich Mitleid mit ihr. Zögerlich und ohne eine Ahnung, was hier gerade vor sich ging, streckte ich also ebenfalls die Hand aus und berührte ihre schlanken Finger. »Ah ...«

Sie waren kalt. Das war sogar noch untertrieben: Ihre rechte Hand fühlte sich an wie ein Eisklotz. Dabei war es bereits Frühsommer ... Vermutlich war Haruhime durch das Wäschewaschen seit dem frühen Morgen völlig durchgefroren. Als ich ihre kalten Fingerspitzen instinktiv umfasste, zuckte sie leicht zusammen und begann am ganzen Körper zu zittern.

»W... Würdest du meine Finger vielleicht mit beiden Händen umschließen ...?«

»Ähm, klar ...« Sofort ging ich auf ihre Bitte ein, woraufhin sie die linke Hand auf meine rechte legte, sodass es fast so aussah, als würden wir uns auf komplizierte Weise die Hände schütteln. *Was passiert hier?*

Haruhime schloss die Augen und drückte meine Hand, als wollte sie jeden Funken Wärme darin spüren. Unsere Wangen waren inzwischen knallrot. Mein Herzschlag beschleunigte sich und mein Verstand setzte allmählich aus.

»Was soll das werden, Haruhime?«

»Hyaaah?!«

Nachdem wir etwa eine Minute lang so dagestanden hatten, ertönte ganz in unserer Nähe plötzlich eine erschreckend tiefe Stimme. Haruhime sprang auf, und auch ich fuhr erschrocken zusammen. Als ich mich umsah, entdeckte ich unsere Göttin. Mit in die Hüften gestemmten Händen und schulterbreit auseinander gestellten Beinen warf sie uns einen durchdringenden Blick zu. Ihre schwarzen Zöpfe flatterten hinter ihr her, als sie mit einem »Hiyaaah!« einen Satz auf uns zu machte und uns einen Handkantenschlag auf unsere Hände verpasste.

»Autsch!«

Sofort lösten wir sie voneinander.

»Bell hat sich das vielleicht selbst eingebrockt, aber du bist ein ganz schöner Störenfried, Haruhime. Ich kann dich wirklich keine Sekunde lang aus den Augen lassen!«

»G… Göttin Hestia! Das ist ein Missverständnis! Es gibt eine plausible Erklärung dafür …!«

»Ach ja? Eine plausible Erklärung? Eure knallroten Köpfe sagen da aber etwas anderes!«

Haruhime war eine Tochter aus gutem Hause und etwas weltfremd, doch genau diese naive Unschuld schien unserer Göttin sauer aufzustoßen. Mit ihren blauen Augen fixierte sie wutentbrannt die Renard, als hätte sie mich dabei völlig vergessen. Schwer eingeschüchtert und schweißgebadet stand ich daneben und war außerstande, mich zu rühren – möglicherweise weil ich befürchtete, dass Hestia meinen kläglichen Versuch gesehen hatte, mich wie ein Anführer zu verhalten. Das war unheimlich beschämend!

Mein Schweigen versetzte Haruhime in Panik. Sie gestikulierte hektisch und versuchte, die Situation zu erklären. Schließlich gelangte sie zu dem Punkt, an dem ich ihr ans Herz gelegt hatte, auch auf unsere Unterstützung zu bauen. Sofort fiel der Blick unserer Göttin auf mich.

Doch zu meiner Überraschung legte sich ein sanfter Ausdruck auf ihr Gesicht und sie verschränkte nachdenklich die Arme. »Hm, verstehe … Wenn das so ist, habe ich wohl keine andere Wahl …«

»D… Dann ist also alles …«?«

»Hast du wirklich geglaubt, das wollte ich damit sageeeeeeeeeeeen?!« Kaum hatte Hestia ausladend und verständnisvoll genickt, hob sie plötzlich beide Arme und explodierte vor Wut.

»E… E… E… Es tut mir leid!« Erschrocken zuckte Haruhime zusammen und hielt sich schützend die Hände über den Kopf.

Als die Göttin bei ihrem Ausbruch wild die Fäuste durch die Luft schwang, wippten auch ihre großen Brüste mit, was die Szene vor meinen Augen etwas skurril wirken ließ – meine Lippen verzogen sich zu einem gequälten Lächeln.

»Haruhime … ich hatte ganz vergessen zu erwähnen, dass in unserer Familia nicht nur unkeusche Beziehungen verboten sind. Auch das bloße Händchenhalten zwischen Jungen und Mädchen ist strengstens untersagt.«

»Waaas?!« Die Renard erstarrte, sie war sichtlich geschockt.

Ähm, Moment mal … Davon hörte auch ich gerade zum ersten Mal … Einander nicht an den Händen halten zu dürfen, könnte im Dungeon durchaus zu Problemen führen …

»Im Himmelreich war ich eine der drei obersten jungfräulichen Göttinnen! Die Moral ist äußerst wichtig und sollte geschützt werden!«, verkündete Hestia stolz.

Haruhime ließ den Blick zwischen ihr und mir hin und her wandern, ehe sie schließlich betrübt den Kopf hängen ließ. »Es tut mir leid, Göttin Hestia … Ich werde in Zukunft vorsichtiger sein.«

»Gut, solange du das verstehst, ist alles in bester Ordnung.« Unsere Göttin nickte dem sichtlich niedergeschlagenen Fuchsmädchen ernst zu.

Dieses machte sich so klein wie möglich und versprach, die Familia-Regeln zu befolgen, bevor es mir den Rücken zuwandte. Doch dann ... schwang ihr bauschiger Schwanz hin und her und wickelte sich plötzlich um mein linkes Handgelenk.

»...«

Während meine Göttin und ich nur stillschweigend zusahen, spürte ich das wunderbar weiche Fell auf meiner Haut. Vor Aufregung bewegten sich Haruhimes noch immer traurig nach unten hängende Ohren leicht.

»Hiyaaah!«

»Hiiiek!«

Ein weiterer Handkantenschlag der Göttin traf ihren Schwanz, woraufhin die Renard einen erschrockenen Schrei ausstieß. Wutentbrannt ging Hestia auf Haruhime los, die bereits auf allen vieren auf dem Boden kauerte und sich immer wieder entschuldigte.

Schweigend verfolgte ich unter der frühsommerlichen Morgensonne ihr Treiben, bei dessen Anblick mir der Schweiß die Stirn hinabfloss.

»Hört gut zu! Ich sage nicht, dass ihr keine Liebesbeziehungen haben dürft. Aber erlaubt sind die nur, solange ihr die Moral achtet!«, sprach die Göttin nach dem Frühstück vor versammelter Mannschaft.

Wir hatten uns vor unserem Aufbruch zum Dungeon im geräumigen Wohnzimmer unseres Anwesens im Erdgeschoss versammelt. Einen Tag wie heute gab es nur selten – unsere Göttin hatte seit Langem wieder einmal frei von ihrem Nebenjob.

Sie blickte nacheinander jedem von uns direkt ins Gesicht und verkündete mit zusammengekniffenen Augen: »Das bedeutet, dass jeglicher Körperkontakt zwischen Jungen und Mädchen in meiner Familia strengstens untersagt ist. Dazu zählt auch Händchenhalten!«

»Das ist unfair!!«, protestierte Lili wütend.

Haruhime, die sozusagen den Grund für diese Einberufung darstellte, schaute beschämt zu Boden. Nachdem sie uns in ihrem Dienstmädchenoutfit Tee serviert hatte, setzte sie sich leise auf ihren Stuhl und versuchte, sich so unauffällig wie möglich zu verhalten.

Nun, in jeder Familia gab es Regeln, die die jeweilige Schutzgottheit festlegte, und diese hier schien eine von unseren zu sein ... Ein vollständiges Berührungsverbot zwischen Jungen und Mädchen ging meiner Meinung nach allerdings etwas zu weit ...

»Dann gilt das aber auch für dich, Meisterin Hestia, oder? Du darfst Meister Bell und Meister Welf auch in keiner Weise berühren!«

»I... Ich bin eine Göttin!«

»Das spielt keine Rolle! Wie kann eine Göttin von ihrer Familia etwas verlangen, woran sie sich selbst nicht zu halten vermag?«

Eine hitzige Diskussion entbrannte zwischen Hestia und Lili. Auf die Frage »Was ist denn dann mit dem Status-Update?« konterte die Pallum mit »Dann denk dir eben solche seltsamen Regeln gar nicht erst aus!«.

Sowohl Mikoto als auch mir stand der Schweiß auf der Stirn, während Welf nur leise seufzte.

»W... Wie auch immer ... Jeglicher unnötiger Kontakt ist verboten. Auch zu Mitgliedern anderer Familias!«

»Was?!« Der letzte Teil ihrer Aussage ließ auch mich wieder aufhorchen.

»Warum so überrascht, Bell? Ist das nicht klar? Gibt es etwa jemanden aus einer anderen Familia, dem du näherkommen willst? Selbst wenn, du wirst doch sicher keine Beziehung mit ihr eingehen wollen, oder?«

»Nein, nun, das, ähm ... So war das nicht gemeint ...« Hestias Worte waren so scharf wie Rasierklingen – es gelang mir nicht etwas darauf zu erwidern.

Auch wenn es keine verbotene Liebe sei, sondern lediglich ein freundschaftlicher Umgang mit einem Mitglied einer anderen Familia, könne dies die eigene Familia in Gefahr bringen, erklärte unsere Göttin. Dieser Einwand traf durchaus zu, sie hatte recht. Doch trotzdem ...

Ich blickte mich am Tisch um und bemerkte, dass Lili außergewöhnlich still geworden war – und das, obwohl sie zuvor so trotzig reagiert hatte. Haruhime blickte besorgt zwischen Hestia und mir hin und her, während Welf sich nur den Nacken rieb.

»Wie immer ...«, flüsterte er.

Nun, damit hatte er nicht ganz unrecht ... Mein Blick fiel auf den Tisch, ich hatte jeglichen Widerstand aufgegeben.

»Ähm, gilt das auch für Gottheiten? Ich meine, ist es verboten, Gefühle für eine zu haben?« Mikoto hatte zaghaft die Hand gehoben, ihre Wangen waren gerötet.

Keiner von uns, auch nicht unsere Göttin, hatte mit dieser Frage gerechnet.

»Ah, stimmt ja, du bist ja in Take verliebt ...«

»E... Es geht hier nicht speziell um Gott Takemikazuchi! I... Ich wollte nur ...!«

»Ich werde dir da keine Steine in den Weg legen! Oh ... das ist es!« Es war, als wäre Hestia gerade ein Licht aufgegangen – ihre Zöpfe flogen durch die Luft. »Das ist es, was wir anstreben sollten! Dass Gottheiten und Kinder zu Pärchen werden, klingt großartig! Natürlich gibt es auch solche, die man meiden sollte, aber bei netten Persönlichkeiten wie Take sehe ich überhaupt kein Problem!«

»P... Pärchen?«

Ihr plötzlicher Ausbruch versetzte uns in Staunen. Während wir alle sie verwirrt ansahen, wandte sie sich mit funkelnden Augen an mich. »Das ist genau wie in den Geschichten, die schon vor unserer Ankunft in der Welt der Sterblichen so beliebt waren! Darin geht es oft um Romanzen zwischen Naturgeistern und Kindern! Nicht wahr, Bell? Findest du nicht auch, dass das ziemlich romantisch klingt?«

»Ähm, j... ja ...« Als plötzlich aller Aufmerksamkeit auf mich gerichtet war, brachte ich nur ein zögerliches Nicken zustande.

Aus der Antike waren zahlreiche Geschichten über Romanzen zwischen Naturgeistern und Menschen oder Halbmenschen überliefert, die damals offenbar keine Seltenheit dargestellt hatten. Allerdings endeten die meisten dieser Märchen und Heldensagen unglücklicherweise tragisch.

Ich hielt einen Moment inne und sammelte meine Gedanken, als Lili plötzlich von ihrem Stuhl aufsprang und etwas Wichtiges zu sagen hatte. »Lass dir keinen Bären aufbinden, Meister Bell! Eine Beziehung mit einer Gottheit kann nur in einer Katastrophe enden! Sie kennen das Konzept des Alterns nicht und sind äußerst anhänglich! Nur der Tod kann dich aus einer solch einengenden Beziehung retten, die bis zum Ende deiner Tage andauern würde!«

»Hey?! Was glaubst du eigentlich, was wir sind?« Nachdem das Pallum-Mädchen Liebesbeziehungen zu Göttern als völlig undenkbar abgeschrieben hatte, richtete Hestia den Blick auf Welf. »Was denkst du darüber, Welf?«

»Ich glaube ... dass du recht hast, Göttin Hestia.«

»Ist das dein Ernst, Meister Welf?«

»Es gibt keinen Grund anzunehmen, dass es sich dabei um eine verbotene Liebe handelt. Gottheiten kümmern sich um uns und zeigen ihre Zuneigung auf ihre eigene Art und Weise. Wenn sie also eine gleichberechtigte Beziehung führen möchten, dann fände ich das keineswegs merkwürdig. Zumindest würde ich mir so etwas wünschen.«

Lili stieß angesichts der Worte des jungen Schmieds einen stummen Schrei aus. »Was? Ich wusste nicht, dass du auf Göttinnen stehst ...!«

»Meine absolute Treue gilt Göttin Hephaistos.«

»Ohhhh?! Mhm, es ist heutzutage wirklich schwer, einen aufrichtigen Jungen wie dich zu finden, Welf. Ich drücke dir auf jeden Fall die Daumen!« Unsere Göttin strahlte ihn an und klopfte ihm begeistert auf die Schulter.

Welf saß regungslos neben ihr und schien nicht so ganz zu begreifen, wie ihm geschah. »D... Danke ...«

Ich erinnerte mich daran, dass Tsubaki bei ihrem Gespräch mit Welf auf Ebene 18 so etwas angedeutet hatte ... Dennoch war das ein ziemlicher Schock für mich.

»Hast du das gehört, Bell? Für die Liebe gibt es keine Grenzen. Sie überwindet die Unterschiede zwischen den Völkern genauso wie die zwischen euch Kindern und uns Gottheiten!« Hestia war derart außer sich vor Freude, dass ich mich vor Schreck so weit es ging in meinen Stuhl sinken ließ.

Unbemerkt hatte sich unsere Unterhaltung plötzlich zu einer Diskussion über die Liebe zwischen Sterblichen und Göttern weiterentwickelt. Welf, der die Ruhe bewahrte, und Mikoto, deren Gesicht knallrot angelaufen war, standen offenbar auf der Seite der Befürworter. Lili, die lautstark protestierte, war natürlich dagegen. Haruhime wirkte unsicher, sie schien neutral eingestellt zu sein, wenn nicht sogar ein wenig ablehnend.

Während die Meinungen der anderen zweigeteilt waren, warf meine Göttin mir einen erwartungsvollen Blick zu. »Und, was denkst du darüber, Bell?«

»W... Was ich darüber denke ...?«

»J... Ja ... Sagen wir mal, ich wäre die Göttin einer anderen Familia und ... Nein, nein, nein, nein ...« Ihr Gesicht glich einer Tomate und sie wedelte verzweifelt mit den Händen. »Ähem ...« Sie räusperte sich und warf mir erneut einen durchdringenden Blick zu. »Was würdest du tun, wenn ... eine andere Göttin dich umwerfen würde?«

Auf diese Frage hin legte sich eine schwere Stille über den Raum. Alle waren auf meine Antwort gespannt. Lili schluckte schwer und lehnte sich nach vorn. Auch Welf und Mikoto sahen interessiert aus, während Haruhime einfach nur aufgeregt mit dem Schwanz hin und her wedelte. Genau wie Lili hielt auch unsere Göttin den Atem an, die geheimnisvollen blauen Augen ganz auf mich fokussiert. Ich musste etwas sagen, ehe die Stimmung noch drückender wurde.

»Ich, ähm ... würde sie abweisen ...« Ich hatte nicht wirklich darüber nachdenken müssen, es war mir nur schwergefallen, die Worte über die Lippen zu bringen.

Unsere Göttin erstarrte. Lili und Haruhime rissen die Augen auf. Auch Welf und Mikoto wirkten aufrichtig überrascht.

Da ich mich angesichts ihrer Reaktionen immer unbehaglicher fühlte, holte ich zu einer Erklärung aus. »So betrachte ich Göttinnen nicht ... Ich wäre zwar glücklich darüber, doch es wäre absolut undenkbar. Dafür wäre ich viel zu ehrfürchtig.«

Ein transzendentes Wesen wie eine Gottheit als Partnerin? Schockierenderweise schienen Welf und Mikoto das anders zu sehen, aber ... für mich war die Sache eindeutig. Gottheiten waren Wesen, die respektiert und verehrt wurden und denen man mit Ehrfurcht begegnete. Ich war überglücklich, als Teil einer Familia und somit eines ihrer Kinder in der Welt der Sterblichen überhaupt mit ihnen in Kontakt treten zu dürfen, doch ... meiner Ansicht nach gab es eine Grenze, die nicht überschritten werden sollte.

»B... Bell ...« Hestia war derart entrüstet, dass man beinahe hätte meinen können, ein Blitz hätte eingeschlagen. Sie zitterte am ganzen Leib, ihr Blick war zu Boden gerichtet ... doch dann sprang sie plötzlich auf. »Bell, du Idiooooot!«

»G... Göttin ...!?«

Noch während ihre Stimme durch den Raum hallte, rannte sie mit Vollgas auf die Wohnzimmertür zu. Sie bedeckte ihr Gesicht mit dem Unterarm und stürmte hinaus in den Flur, ohne die Tür hinter sich zu schließen. Ihr Weg führte sie geradewegs zum Haupteingang und nach draußen. Ich hatte mich halb von meinem Stuhl erhoben und stand perplex da, ihr Schrei klingelte mir noch immer in den Ohren.

»Bell ... du bist schwerer von Begriff, als ich dachte«, meinte Welf.

»Was? A... Aber Göttinnen sind doch Göttinnen ...!«, entgegnete ich verwirrt. Ich warf einen Blick aus dem Wohnzimmerfenster und sah, wie Hestia die Straße entlangraste.

Als ich darüber nachdachte, ob ich ihr nun nachjagen sollte oder nicht, gesellten sich meine Kameraden an meine Seite.

»Du hast vollkommen recht, Meister Bell. Es gibt Menschen, die Gottheiten so verehren wie du, aber ...«

»Die findet man wohl sonst eher unter frommen Gläubigen ...«

Mikoto schien sich schwer zu tun, die richtigen Worte zu finden, Haruhime wirkte ähnlich ratlos.

Auch Welf warf mir einen unsicheren Blick zu – er schien sich zu fragen, warum ich so weit gegangen war. Offenbar waren alle der Meinung, meine Haltung gegenüber Gottheiten sei nicht normal. Zwar kritisierten sie mich nicht offen, dennoch fühlte ich mich wie ein Außenseiter.

»Mal angenommen ... Wirklich nur mal angenommen ...«, durchbrach Lili die schwere Stille, die sich erneut über uns gelegt hatte, und blickte zu mir auf. »Nehmen wir mal an, es gäbe hier in der Welt der Sterblichen einen Menschen, für den Göttin Hestia Gefühle hegt ... Meinst du nicht, dass deine Worte sie verletzt haben könnten?« Umschweifig kam sie zum Punkt, während sich ihre Augenbrauen immer weiter zusammenzogen.

Mit jedem ihrer Worte wurden meine Augen größer.

»Hey, Bell ...«, ergriff Welf das Wort, der mich die ganze Zeit schweigend beobachtet hatte. »Wovor hast du eigentlich solche Angst?«

Ich hielt den Atem an. Seine Frage und sein durchdringender Blick trafen mich direkt ins Herz. Unwillkürlich ballte ich die Hände zu Fäusten. Auch nachdem einige Augenblicke vergangen waren, hatte ich keine Antwort auf seine Frage parat und wandte mich von ihm und den anderen ab.

»Ich werde nach ihr suchen ...« Wie um vor der unangenehmen Situation zu flüchten, verließ ich den Raum. Obwohl ich ihre

Blicke in meinem Rücken spürte, hielten meine Kameraden mich nicht auf.

»War es wirklich eine gute Idee, so etwas zu sagen, Mini-Lili ...?«, wandte sich Welf an das Pallum-Mädchen, nachdem die vier verbliebenen Mitglieder der Hestia-Familia eine Weile wortlos auf die offene Tür gestarrt hatten. Er fragte sich, ob es aus Lilis Sicht wirklich richtig war, ihrer Rivalin zu helfen.

»Das ist schon in Ordnung ... Sie ist schließlich unsere Göttin und es wäre problematisch, wenn sie dauerhaft schmollen würde. Außerdem mischt sie sich auch ständig in meine Angelegenheiten ein, obwohl sie gar nichts damit zu tun hat. So wie neulich.« Lili zögerte nicht, ihm zu antworten, wobei sie den letzten Teil ihrer Aussage vor sich hin flüsterte.

Mikoto und Haruhime grinsten angesichts der widerspenstigen Haltung ihrer Kameradin. Ihnen war klar, dass sie nicht die ganze Wahrheit sagte.

Auch Welf konnte ein Lächeln nicht zurückhalten. »Nun, ich schätze mal, dass unser heutiger Ausflug in den Dungeon damit ausfallen wird.«

»Das denke ich auch«, stimmte Mikoto ihm zu.

Niemand widersprach. Schon bald würden sich der Junge und die Göttin wieder versöhnen und der Rest ihrer Familia wollte zu Hause sein, um die beiden dann in Empfang zu nehmen.

Ich hastete in die Stadt, um nach unserer Göttin zu suchen. Auf den Straßen sah man bereits viele Abenteurer auf dem Weg zum Dungeon, weshalb geschäftiges Treiben herrschte. Doch auch normale Bürger bereiteten ihre Läden vor oder begaben sich zur Arbeit, während unzählige Kutschen auf den Hauptstraßen Orarios hin und her fuhren. Zwar war der Himmel über der Labyrinthstadt auch heute wieder sehr klar, doch im Norden erkannte man eine dicke, graue Wolkenwand. *In den Bergen wird es heute wohl regnen*, dachte ich, als ich die Straße entlanglief.

Ich hatte keine Ahnung, wohin unsere Göttin verschwunden war. Angesichts der Größe der Stadt wäre es aber ziemlich unsinnig gewesen, diese ziellos zu durchkämmen. Erneut kamen mir Lilis Worte und der Gesichtsausdruck unserer Göttin in den Sinn, was einen stechenden Schmerz in meiner Brust auslöste. Ich ging weiter und erkundigte mich bei Passanten danach, ob sie möglicherweise eine jung aussehende Göttin gesehen hatten.

»Hmm …? Oh, wenn das mal nicht Bell ist!«

»Tatsächlich, das ist er!«

»Oh … Gott Miach und Gott Hermes?«

Auf einer Straße im westlichen Teil Orarios traf ich zufällig auf die beiden Götter. Ersterer mit dem langen marineblauen Haar schob einen vierrädrigen Handkarren vor sich her, der mit Heiltränken und anderen Gegenständen beladen war, während Letzterer mit dem kurzen bernsteinfarbenen wie üblich seinen breitkrempigen Federhut trug und sich schon wieder davongeschlichen zu haben schien, denn ich konnte Asfi nirgendwo entdecken, obwohl sie ihn normalerweise wie eine Art Leibwächterin begleitete.

Als ich die beiden Götter mit einem »Guten Morgen« begrüßte, stellte ich fest, dass sie eine wirklich ungewöhnliche Kombination abgaben. »Ähm, was macht ihr denn hier am Straßenrand?«

»Hmm, ich stecke gerade ein wenig in der Klemme. Dieser Kerl hier versucht, mir die verschiedensten Waren seiner Familia anzudrehen, um schnell an Geld zu kommen, und ich überlege gerade, wie ich ihn am besten abwimmeln kann.«

»Hey, Miach! Das stimmt doch überhaupt nicht!«

Ein Grinsen lag auf Gott Miachs Gesicht. Er musste sich zügeln, nicht loszulachen. Auch Gott Hermes lächelte, weshalb es sich wohl nur um einen Scherz handelte. Ich hatte gehört, dass die Hermes-Familia bei potenziell lukrativen Geschäften vor nichts zurückschreckte, ob es nun um Dungeon-Erkundungen, Kurierdienste oder einen vorteilhaften Handel ging. Vermutlich waren die zwei Gottheiten also gerade dabei gewesen, sich über Geschäftliches auszutauschen. Unwillkürlich breitete sich auch auf meinem Gesicht ein Lächeln aus, ehe ich mich wieder daran erinnerte, weshalb ich eigentlich hier war, und mich bei den beiden nach meiner Göttin erkundigte.

»Hestia? Hmm, nein, tut mir leid, Bell, ich habe sie nicht gesehen.«

»Ich auch nicht. Tut mir leid, dass ich dir nicht helfen kann.«

»N… Nicht doch! Entschuldigt die Störung, ich muss dann mal weiter …« Ich verbeugte mich vor ihnen und wollte gerade wieder losgehen, doch dann …

»Bell!« … rief Gott Miach nach mir. Sein Blick war ruhig, aber durchdringend. »Wenn du es nicht allzu eilig hast, dann hören wir dir gern zu.«

»Was …?«

»Wir könnten dir Ratschläge geben. Da ist doch irgendetwas, das dich bedrückt, nicht wahr?«

Meine überraschte Miene brachte Gott Miach zum Lachen. Auch in Gott Hermes' Augen lag ein Lächeln. Sie hatten in mir gelesen wie in einem offenen Buch und erkannt, dass mir etwas auf dem Herzen lastete. Vielleicht war ich auch einfach leicht zu durchschauen.

Die beiden Götter sahen mich an wie Väter, die über ihren Sohn wachten. Ich behielt die Einzelheiten des Vorfalls im Anwesen für mich und gab die Fragen, die ich mir stellte – also ob Gottheiten dazu in der Lage waren zu lieben oder besser gesagt wie es um ihre Gefühle uns Kindern gegenüber stand – ohne zusätzliche Erklärung an sie weiter. »Gott Miach, Gott Hermes … Verlieben sich Götter in ihre Kinder? Also dass sie mehr als nur Freunde sein wollen, eher so etwas wie Partner fürs Leben …?« Mein Blick war auf das Kopfsteinpflaster vor mir gerichtet. Aus den Augenwinkeln sah ich, wie die zwei sich anschauten.

Als hätte dies schon ausgereicht, um die komplette Situation zu überblicken, antworteten sie mir.

»Das passiert tatsächlich. Um ehrlich zu sein, fühlen wir uns zu euch Kindern besonders hingezogen.«

»Da stimme ich ihm zu. Apollo ist das beste Beispiel dafür. Seine Liebe kannte keine Grenzen.«

Gott Apollo … die Gottheit, die wir im War Game bekämpft hatten. Man nannte ihn auch »Phallus«. Er hatte einmal um Hestias Hand angehalten und war für seine zahlreichen Liebschaften bekannt.

»Wenn ein Kind sein Interesse geweckt hatte, dann liebte er es von ganzem Herzen, bis zum bitteren Ende.«

»Es ist genauso, wie Miach sagt. Er liebte alle seine Kinder unheimlich, mit all ihren Facetten … Und immer wenn eines von ihnen starb, weinte er so sehr, dass es selbst aus unserer Sicht übertrieben erschien.«

Ihre Worte überraschten mich. »Ü… Übertrieben …?«

»Genau. Er weinte tagein, tagaus – und das monatelang. Hatte dieses Kind etwas zurückgelassen, so trug er es jederzeit bei sich. Wuchs dort, wo das Kind begraben worden war, ein Baum, so kümmerte er sich um diesen, als wäre er etwas Heiliges.«

»D... Das kann ich irgendwie nicht glauben ...«

»Und doch war es so.«

Ich äußerte meine Zweifel, doch Gott Hermes lachte nur darüber hinweg und versicherte mir, dass Gott Miach und er die Wahrheit sprachen.

»Takemikazuchi hingegen nimmt eher eine väterliche Rolle ein. Auch wenn ein sterbliches Mädchen ihn von ganzem Herzen lieben und versuchen würde, ihm näherzukommen, würde er stets eine klare Grenze ziehen. Er wäre nicht in der Lage, eine Frau wahrhaft glücklich zu machen«, erklärte Gott Miach.

Daraufhin führte Gott Hermes grinsend ein weiteres Beispiel an: »Mit Hephaistos ist es ein wenig komplizierter. Für sie ist es das größte Glück, das Wachstum ihrer Kinder als Schmiede zu beobachten. Sie ist wie einc Meisterin, die den Werdegang ihrer Lehrlinge verfolgt. Ich weiß nicht, ob sie in der Lage wäre, einen Schritt weiterzugehen. Ihr Umgang mit ihren Kindern ist wohl so etwas wie eine Mischung aus göttlicher Warmherzigkeit und weiblichen Gefühlen.«

Die zwei berichteten mir von den verschiedensten Formen der göttlichen Liebe, die jeweils von der Persönlichkeit und den Werten einer Gottheit abhingen. Ob sie nun die Unfähigkeit bemängelten, mit einem Sterblichen Nachwuchs zu zeugen, ein stures Pflichtbewusstsein verspürten, die Elternrolle einzunehmen, oder es als Meister ihres Handwerks als ihre Aufgabe betrachteten, über ihre »Lehrlinge« zu wachen ... Es gab so viele Arten der Liebe, wie es Gottheiten gab.

»Zuneigung, eine bloße Laune oder elterliche Gefühle ... Jeder von uns liebt seine Kinder auf seine eigene Weise. Manche bewahren die Erinnerungen an die Zeit mit ihren Kindern auf ewig in ihren Herzen, andere vergessen sie sofort ... Das Extrembeispiel ist eine Göttin der Schönheit, die dafür bekannt ist, die Seelen ihrer verstorbenen Kinder bis in den Himmel zu verfolgen, damit sie sie behalten kann.« Gott Hermes kniff die Augen zusammen und richtete den Blick auf mich.

»Unsere Art zu lieben, mag vielleicht ein wenig verzerrt wirken. Zumindest sieht es für dich und die anderen Kinder vermutlich so aus, Bell«, ergänzte Gott Miach.

»A... Aber das ...«, stammelte ich leicht panisch, als er mich ansah. Doch ich konnte nicht direkt leugnen, dass er mit seiner Annahme richtiglag. Kurzzeitig unterbrach der Trubel auf der Straße unser Gespräch. Ich hielt inne und wartete einen Moment, bis der Geräuschpegel sich wieder gelegt hatte. Dann fragte ich: »Was ist mit euch beiden, Gott Miach und Gott Hermes?«

»Lass mich überlegen ... Takemikazuchi und ich haben viel gemeinsam. Ich würde lieber sehen, wie mein Kind einen Partner findet und eine Familie mit ihm gründet. Dabei würde ich auf es aufpassen ... als väterlicher Gott. Und zwar so lange, bis es in den Himmel aufsteigt. Gerade weil ich all meine Kinder so sehr liebe.« Gott Miachs Blick war in den blauen Himmel gerichtet, während er sprach.

»Hey, zerbrich dir doch nicht so den Kopf darüber! Du bist wie Takemikazuchi? Ich habe gern viele Damen um mich herum! Ist ein Harem denn nicht der Traum eines jeden Mannes? Was sagst du, Bell?!«

Was Gott Hermes anging, so konnte ich nicht sicher sein, wie ernst er es meinte – er lächelte mit zusammengekniffenen Augen und in seiner Stimme lag ein scherzhafter Ton.

»Du redest also noch immer solchen Unsinn …?« Gott Miach starrte seinen Götterkollegen mit hochgezogenen Augenbrauen an.

Ich selbst lächelte nur gekünstelt, da Gott Hermes erwartet hatte, ich würde ihm zustimmen.

»Bell, für uns Götter ist die Liebe nichts weiter als ein kurzer Moment.« Und dann … sprach Gott Miach mit einem sanften Lächeln auf den Lippen zu mir. »Wenn man so lange lebt wie wir, dann ist es nur ein kleiner Schritt vom Verliebtsein zur Liebe. Viele von uns verlieben sich sogar auf den ersten Blick in euch Kinder.«

»Gleichzeitig ist diese Zeit aber auch im Nullkommanichts vorbei, auch wenn sie für euch Sterbliche ein ganzes Leben lang andauern mag.«

Meine Augen weiteten sich, als die beiden Gottheiten ihr Fazit zogen. Sie waren unsterblich und ihre Zeit mit uns war nur sehr begrenzt … Im Grunde genommen war sie nicht mehr als ein flüchtiger Augenblick. Obwohl dies zu den traurigsten Dingen gehörte, die ich je in meinem Leben gehört hatte, sahen die zwei unheimlich zufrieden aus.

»Ich dränge dich nicht dazu, aber … möchte dich zumindest bitten, es zu akzeptieren, wenn eine Gottheit etwas für dich empfindet.« Gott Miach schloss die Augen. »Es gibt jemanden, in den du verliebt bist, oder, Bell?«

»I… Ich, ähm …«, stotterte ich verwirrt.

»Es gibt keinen Grund für dich, um Vergebung zu bitten oder den Launen der Gottheiten nachzugeben. Hör einfach auf dein

Herz.« Gott Miach streckte plötzlich die Hand nach mir aus und streichelte mir sanft über den Kopf. »Sei einfach ... ehrlich. Das allein reicht schon aus.« Während er mit mir sprach, wuschelte er mir durchs Haar. »Ich bin mir sicher, die meisten Götter werden sich damit zufriedengeben.«

»...«

»Aber bitte lauf nicht vor der Liebe einer Gottheit davon«, fügte er noch hinzu. »Du kannst ablehnen, du kannst annehmen, doch bitte fürchte dich nicht!«, empfahl er mir und sah mich durchdringend an.

Mit bebenden Augen schaute ich zu dem Gott auf, der ein wenig größer war als ich. Als es mir jedoch nicht gelang, etwas auf seine Worte zu erwidern, senkte ich den Blick. Gott Miach sagte nichts weiter, er streichelte mir einfach nur über den Kopf, während ich erneut das Muster des Kopfsteinpflasters betrachtete. Mein Herz durchlebte eine wahre Achterbahnfahrt der Emotionen.

Gott Hermes beobachtete uns mit einem Lächeln. Keiner von ihnen drängte auf eine Antwort meinerseits und ich war ihnen dankbar für ihre Freundlichkeit. Eine ganze Weile standen wir einfach nur schweigend da.

»Verdammt, dieser Bell ...!« Mit tränenerfüllten Augen durchquerte Hestia schnellen Schrittes den Zentralpark und lief die nördliche Hauptstraße entlang. Während sie ziellos umherwanderte, wich sie den voll ausgerüsteten Abenteurern aus, die auf dem Weg in den Dungeon waren. »Nur weil er uns Gottheiten gegenüber zu ehrfürchtig ist! Natürlich finde ich es schön, so verehrt zu werden, aber …!« Ihre Beschwerden waren so laut, dass sie jeder in ihrer Umgebung hören konnte – doch Hestia scherte sich nicht darum. »So toll sind wir nun auch wieder nicht! Wir faulenzen, sobald sich die Gelegenheit dazu ergibt, und schließen uns in unseren Zimmern ein, um frittierte Kartoffeln zu futtern. Vor unseren Kindern dieses göttliche Image aufrechtzuerhalten, ist wirklich anstrengend!«

*Nein, das gilt nur für dich!* Die Passanten schienen alle ein und denselben Gedanken zu haben und trugen ein und denselben Gesichtsausdruck.

»Die anderen Gottheiten lachen über die dümmsten Dinge! Es gibt keinen Grund, sie anzubeten! Siehst du das nicht auch so?!«

»W… Was …?«

Die kindliche Göttin hatte sich mit ihrer Frage an einen völlig fremden Tiermenschen gewandt, der das Pech hatte, genau in diesem Moment an ihr vorbeizugehen.

»Sei doch einfach mal lockerer und verhalte dich nicht so steif?! Du bist so ein Weichei, Bell …« Sie schimpfte zunächst weiter lautstark vor sich hin, ehe ihre Stimme allmählich leiser wurde und sie schließlich nur noch murmelte. Ihre letzten Worte verloren sich gänzlich im Lärm der vorbeiziehenden Menschenmengen. »Sturkopf, Dickkopf, Hasenkopf!« Wahllos irgendwelche »Beleidigungen« ausstoßend setzte Hestia ihren Weg fort.

»Ah, Hestia?! Perfektes Timing!«

»Hmm …? Tantchen?«

Seufzend schlenderte sie die Hauptstraße entlang, als plötzlich jemand ihren Namen rief. Sie blieb stehen und hob den Blick. Am Eingang einer Seitengasse stand eine etwas fülligere Tiermenschenfrau, die ihr freundlich zuwinkte. Es war eine ihrer Kolleginnen vom Verkaufsstand für frittierte Kartoffeln, an dem sie arbeitete.

»Was gibt es denn?«

»Na ja, weißt du, die Besitzerin hat mir den Auftrag erteilt, außerhalb der Stadt eine Lieferung mit Kräutern entgegenzunehmen, die wir für unsere frittierten Kartoffeln brauchen ...«

»Kräuter? Könnten wir die denn nicht einfach beim Handelsposten kaufen?«

»Sie meinte, wir müssten die Kosten etwas senken. Uns fehlt ohnehin schon Personal ...« Die Tiermenschenfrau verbeugte sich entschuldigend vor Hestia, die sich nachdenklich an der Wange kratzte.

*Eigentlich war heute ja mein freier Tag ...*, ging es der kleinen Göttin durch den Kopf. Doch es fiel ihr auch schwer, direkt wieder nach Hause zurückzukehren, nachdem sie so urplötzlich davongerannt war. Außerdem hatte sie im Moment ohnehin nichts Dringlicheres zu tun, weshalb sie sich entschied, ihrer Kollegin zu helfen.

Ein Lächeln breitete sich auf dem Gesicht der Frau aus, die sich erneut mehrfach vor ihr verbeugte.

»Aber weißt du, Tantchen, ich bin auch die Göttin einer Familia, daher kann ich die Stadttore nicht passieren.«

»Oh, stimmt ja ...«

Als die beiden einen Karren voller Kisten und anderer Utensilien in Richtung der gigantischen Stadtmauer im Norden schoben, äußerte Hestia ihre Bedenken. Für die hier ansässigen Abenteurer und auch jeden anderen, der einer Familia angehörte, inklusive der Gottheiten, war es sehr schwierig, Orario zu verlassen.

Das lag daran, dass man in der Labyrinthstadt äußerst empfindlich auf den Verlust von Streitkräften reagierte und gar befürchtete, hochrangige, durch die Herausforderungen des Dungeons gestählte Abenteurer wie etwa jene der Loki-Familia könnten sich nach dem Verlassen der Stadt gegen diese wenden – eine wahre Katastrophe! Der Hauptgrund, aus dem Orario als »Zentrum der Welt« galt, war der Schutz, den die weltweit stärksten Kämpfer gewährleisteten. Daher war die Gilde äußerst darauf bedacht, diesen auf keinen Fall einzubüßen, indem man fähige Kräfte an umliegende Länder verlor, und unterzog jedes Mitglied einer Familia, das die Stadt verlassen wollte – insbesondere hochrangige Abenteurer – einer gewissenhaften Überprüfung und einem komplizierten Ausreiseverfahren.

Besonders streng ging man dabei mit Gottheiten um. Selbst wenn einige Mitglieder einer bestimmten Familia Orario verließen, so sorgte die Anwesenheit ihrer Schutzgottheit dafür, dass die Stadt eine gewisse Kontrolle über sie behielt. Im Zweifelsfall konnte man die Gottheit beispielsweise als Druckmittel oder Geisel missbrauchen. Abgesehen von Ausnahmen wie bei der Hermes-Familia konnte niemand einfach kommen und gehen, wie es ihm beliebte. Es war ein Leichtes, Orario zu betreten, doch äußerst schwierig, es wieder zu verlassen. Sich dauerhaft hier aufzuhalten, gehörte zu den unausgesprochenen Regeln der Stadt, an die sich jeder hielt, der innerhalb ihrer Mauern lebte.

»Ich werde dir wohl nur bis zur inneren Stadtmauer helfen können …«

Die Hestia-Familia verzeichnete einen kontinuierlichen Aufstieg und zählte mittlerweile zu den mittelgroßen Familias der Stadt. Als die beiden Kolleginnen den Platz vor dem Nordtor erreichten, vor dem sich bereits zahlreiche Händler und Kutschen in einer Schlange aufgestellt hatten, war sich Hestia ziemlich sicher, dass sie nicht hinausdurfte. Einige Gildenangestellte, Abenteurer aus Familias, die eng mit ihnen zusammenarbeiteten, sowie zwei Torwächter inspizierten nach und nach alle, die

die Stadt verlassen wollten. Der Versuch, das Tor ohne gültigen Passierschein zu durchqueren, würde die sofortige Verhaftung nach sich ziehen.

Die Göttin und die Tiermenschenfrau gesellten sich zu fünf weiteren ihrer Kolleginnen, die bereits in der Schlange warteten und ihre Passierscheine bereithielten. Für einen Auftrag dieser Größenordnung waren sie noch immer zu wenig Leute. Angesichts der Tatsache, dass Hestia ihnen nicht weiter aushelfen konnte, legte sich die Tiermenschenfrau verzweifelt die Hand an die Wange.

Wie aus dem Nichts brandeten Jubel und Applaus auf dem Torplatz auf.

»Was?«, murmelte die kindliche Göttin überrascht und blickte sich um.

»Ich bin es, Ganesha!!«

»Oh, es ist nur Ganesha«, stellte sie fest, ohne der Sache weiter auf den Grund gehen zu müssen. Seine Stimme und sein Auftreten waren unverkennbar. Es handelte sich um einen hochgewachsenen, muskulösen Mann mit dunklem Teint und schwarzem Haar. Sein auffälligstes Merkmal jedoch war die Elefantenmaske, die sein Gesicht bedeckte.

Der Gott der Ganesha-Familia, die von allen Familias in Orario über die größte Mitgliederzahl verfügte und auch viele hochrangige Abenteurer stellte, wurde von den Bürgern und den Händlern, die Zeuge seines Auftritts wurden, mit Lächeln und Applaus empfangen. Selbst Hestias Kolleginnen bildeten dabei keine Ausnahme.

»Hmm, ist das nicht … Hestia?!«

»Du musst nicht so schreien, weißt du? Aber was machst du eigentlich hier, Ganesha? Ich dachte, deine Familia befände sich in der Schlacht?«

Ganesha nahm eine bizarre Pose ein, als Hestia auf ihn zuging. Er saß auf einem Pferd und hatte zwei seiner Anhänger im Schlepptau.

»Hepp!« Beherzt sprang er von seinem Ross und landete auf dem Kopfsteinpflaster. »Das ist eine lange Geschichte. Aber der Krieg ist so gut wie zu Ende, weshalb ich bereits zurückgekehrt bin.«

»Das ging schnell.«

»Ich habe auch gefangene Soldaten aus Rakia bei mir. Es sind so viele, dass ich sie nicht alle in den Lagern an der Front unterbringen konnte.«

»Hmm? Aber ist es denn wirklich in Ordnung, dass ihr das Schlachtfeld verlassen habt? Deine Familia hat sehr viele Mitglieder und ist somit zentraler Teil der Streitkräfte der Allianz, oder?«

»Sorge dich nicht um die Schlacht! Meine mächtigsten Krieger befinden sich noch im Kampf! Um ehrlich zu sein, haben sie mich weggeschickt. Sie meinten, ich sei zu laut und solle vorzeitig in die Stadt zurück!«

»So behandeln dich deine Kinder?«

»Nun, ich bin eben Ganesha.« Seine donnernde Stimme hallte über den Platz, während er erneut eine übertriebene Pose einnahm.

Mit seinem übertrieben enthusiastischen Benehmen strapazierte er Hestias Geduld. Sie hatte zahlreiche Freunde und Bekannte aus dem Himmelreich und zu Letzteren gehörte auch der maskierte Gott. Besser gesagt war es einfach unmöglich, seine überwältigende Präsenz zu ignorieren, doch sie gab ihr Bestes, mit seiner anstrengenden Art zurechtzukommen. Offenbar litt nicht nur sie darunter, sondern auch seine beiden Leibwächter, denn sie massierten sich genervt die Schläfen.

»Und, was führt dich hierher, Hestia?«, fragte Ganesha sie.

»Nun, es ist dies und das und sonst noch was passiert.« Die junge Göttin erklärte ihm kurz die Situation.

Ganesha lächelte, wobei seine strahlend weißen Zähne aufblitzten. »Wenn das so ist, erlaube ich es dir! Los, Hestia, du darfst passieren!«

»Moment mal, Gott Ganesha?!«

Während Hestia ihn erstaunt anblickte, reagierten seine Leibwächter völlig entsetzt.

»Was redest du denn da? Du kannst ihr doch nicht hinter dem Rücken der Gilde die Erlaubnis für so etwas erteilen ...!«, rief der erste.

»Ich bin der Gott der Massen! Die frittierten Kartoffeln sind ein Quell der Freude für die Bewohner der Stadt! Wenn sie keine mehr bekommen, werden viele von ihnen in Tränen ausbrechen! Ich darf nicht zulassen, dass so etwas geschieht!«

»Bist du verrückt geworden?«, brüllte der zweite Leibwächter und versuchte verzweifelt, ihn zur Vernunft zu bringen, doch der Gott knickte nicht ein.

Er war definitiv eine der seltsamsten Gottheiten in ganz Orario, doch dem Applaus und dem Jubel der Menge zufolge schien er auch das Vertrauen der Bürger zu genießen. Wie sein Titel »Gott der Massen« schon zeigte, waren sie ihm ziemlich zugetan, was vermutlich daran lag, dass seine Familia eng mit der Gilde zusammenarbeitete, Veranstaltungen organisierte und bei der Aufrechterhaltung der öffentlichen Ordnung half. Ganeshas gewaltige Stimme ließ selbst die beiden Torwächter erschrocken aufhorchen – es war kein Zufall, dass einer von ihnen selbst zur Familia des auffälligen Gottes gehörte.

»Wenn die Gilde das herausfindet, wird es nicht nur bei einer Verwarnung bleiben!«, probierte der erste Leibwächter erneut, das Oberhaupt seiner Familia aufzuhalten.

»Sie muss es ja nicht erfahren, Mitglied A!«

»Sie weiß es wahrscheinlich schon! Ist dir eigentlich klar, wie viele Gildenangestellte sich in diesem Moment hier befinden? Und ich heiße Modaka!«

Zwischen dem Gott und seinen Begleitern entbrannte eine lautstarke Diskussion, doch es gelang den beiden nicht, ihn zu überzeugen. Resignierend gaben sie auf und ließen den Kopf hängen. Ganesha wandte sich wieder Hestia zu und hob den rechten Daumen.

»Bist du sicher, dass das in Ordnung ist, Ganesha?«

»Natürlich. Du bist keine Göttin, die die Ordnung stört, sondern eine, die den Kindern der unteren Welt Freude bringt! Und jetzt geh!« Ein strahlendes Lächeln erschien auf seinem Gesicht, das nur zur Hälfte unter seiner Maske hervorlugte.

Hestias Wangen röteten sich vor Verlegenheit ein wenig, doch dann hob auch sie den rechten Daumen. Ganeshas Anhänger lächelten nur gequält, als die Torwächter der Göttin mit besorgten Mienen erlaubten, das Tor gemeinsam mit ihren Kolleginnen zu durchschreiten. Also gesellte sich Hestia zu den bereits in der Schlange aus Händlern und Reisenden stehenden Tiermenschenfrauen.

»Gott Ganesha ist zwar ziemlich merkwürdig, aber dennoch eine großartige Gottheit!«

»Ja, das finde ich auch. Unheimlich laut, aber ein guter Kerl!«

Selbst als sie kurz darauf durchs Tor gingen, schwärmten Letztere noch immer von dem exzentrischen Gott mit der Elefantenmaske, der die Herzen der Bürger erobert hatte.

Vor ihnen erstreckte sich eine gepflegte Straße, umgeben von weiten grünen Wiesen. In der Ferne ragten majestätische Berge empor, an deren Fuß ein dichter Wald zu sehen war.

*Es könnte bald regnen*, dachte Hestia, als sie in den mit dunklen Wolken behangenen Himmel im Norden blickte. Plötzlich zog etwas ihre Aufmerksamkeit auf sich.

»Was machen wir, wenn wir erwischt werden? Das wäre eine Katastrophe!«

»Ich unterdrücke meine göttliche Aura, so gut es geht. Keiner wird erkennen, dass ich ein Gott bin!«

»Nicht so laut! Du willst also am helllichten Tag trotz der strengen Bewachung versuchen, dort hineinzugelangen? Bist du bescheuert …?«

Eine hitzige Diskussion drang an ihre Ohren. Als sie sich umblickte, bemerkte sie die Schlange derer, die auf der anderen Seite des Tores darauf wartete, Einlass in die Stadt zu erhalten. Zwei große Männer, in Umhänge gehüllt und mit Kapuzen, die ihre Gesichter verdeckten, unterhielten sich lautstark. Hinter ihnen reihten sich weitere Personen in ähnlicher Kleidung ein. Sie alle schienen Reisende zu sein, doch aus irgendeinem Grund wirkten diese beiden seltsam nervös. Die umstehenden Händler warfen ihnen verwunderte Blicke zu, als sie Zeugen ihrer Konversation wurden.

»Ich schätze, solche Leute gibt es wohl überall auf der Welt …«, merkte die Tiermenschenfrau neben Hestia an.

Letztere konnte nicht anders, als die zwei für verdächtig zu halten. Als ihre Gruppe schließlich an den dubiosen Fremden vorbeigehen wollte …

»Hmm?«

… traf ihr Blick den von einem der beiden Streithähne. Strähnen seiner goldenen Mähne, die an die eines Löwen erinnerte, blitzten unter seiner Kapuze hervor und seine roten Augen kamen der Göttin unheimlich bekannt vor.

Sein durchdringender Blick ließ Hestia erstarren. Auch der Mann war verstummt, der Mund stand ihm offen. Als schließlich ungefähr drei Sekunden vergangen waren ...

»Ares ...?!«

»Hestia ...?!«

... riefen die beiden Gottheiten beinahe gleichzeitig den Namen der jeweils anderen und zeigten mit dem Finger aufeinander.

Hestia war mehr als überrascht über die Begegnung mit dem Anführer der feindlichen Truppen, die versucht hatten, die Stadt zu erobern. Ares hingegen konnte sein Glück nicht fassen, dass seine Beute ihm direkt in die Arme lief. Während die kindliche Göttin noch immer mit ihrer Verblüffung rang, blitzten die roten Augen des Kriegsgottes auf.

Er stieß sich vom Boden ab und stürmte vorwärts. »Hab ich dich ...!!«

»Gwaaah?!«

Ares stürzte sich direkt auf Hestia, die erschrocken die Augen aufriss – ehe sie sich's versah, hatte der Gott sie schon aus den Reihen ihrer Kolleginnen gerissen. Die beiden fielen zu Boden und rollten ein Stück über die Wiese, bevor Ares wieder auf die Beine kam und Hestia auf die Schulter nahm.

»Fu ha ha ha ha ha ha ha! Hast du das gesehen, Marius?! Mission erfolgreich!«

»D... Das kann nicht sein ...!« Der andere der beiden Streithähne zog sich verdutzt die Kapuze vom Kopf.

»Uhhh ...« Die junge Göttin auf Ares' Schulter war gerade noch so bei Bewusstsein – vor ihren Augen drehte sich alles und sie schüttelte den Kopf, um wieder klar denken zu können.

»Alle Mann, Rückzug!«

Auf sein Kommando hin verließen auch die anderen »Reisenden« ihren Platz in der Schlange und rannten so schnell sie konnten davon. Das Chaos hatte die Aufmerksamkeit der Wachen auf sich gezogen, die sofort herbeieilten, doch der Mann namens Marius und seine Kumpane hatten bereits die Schwerter gezückt und sprangen auf sie zu. Da sich die Torwächter in der Unterzahl befanden, waren sie schnell überwältigt. Schreie ertönten aus der Menge.

»Mission erledigt! Zieht euch zurück! Rückzug!« Ares warf noch einen letzten Blick auf den Kampf, der entbrannt war, ehe er sich, Hestia fest im Griff, endgültig davonmachte.

Seine Soldaten ließen daraufhin von den letzten noch stehenden Wachen ab und folgten ihm.

»H... Hestiaaaaaaa!«, kreischten die Kolleginnen der kleinen Göttin, als sie hilflos zusehen mussten, wie Ares auf ein bereitstehendes Pferd sprang und im Nullkommanichts in der Ferne verschwunden war.

»Wo habt Ihr gesteckt, Gott Hermes?!«, brüllte eine schöne Frau mit hellblauem Haar die Gottheit an.

Diese ging direkt neben mir her, weshalb auch ich erschrocken zusammenzuckte, als ich die Abenteurerin auf uns zustürmen sah. Nach unserer Unterhaltung hatte ich es für das Beste gehalten, weiter nach meiner Göttin zu suchen. Gott Miach und Gott Hermes hatten mir bereitwillig ihre Hilfe angeboten und ich fühlte mich zwar ein wenig schlecht, dass ich sie darin verwickelt hatte, doch ich hatte keinen Grund gehabt, ihren großzügigen Vorschlag abzulehnen.

Als wir ein Stück gegangen waren, tauchte plötzlich Asfi, ein Mitglied der Hermes-Familia, vor uns auf – sie war völlig außer Atem und kochte vor Wut. Gott Hermes schien sich sichtlich unwohl zu fühlen, als die junge Frau sich mit einer Hand die Brille festhielt, damit sie ihr während ihrer Schimpftirade nicht von der Nase fiel.

»Ihr meintet erst, ich solle Euch folgen, doch dann wart Ihr auf einmal verschwunden …!«

»Nun ja, ähm, weißt du … Ich habe da etwas Interessantes vernommen und wollte nur …«

»Waaas??«

»Ach, das war nur ein Scherz, tut mir leid!« Schweißgebadet entschuldigte sich Gott Hermes bei der wutentbrannten Anführerin seiner Familia.

Erst nach ihrem moralischen Sieg über ihren Gott bemerkte diese unsere Anwesenheit. »Entschuldigt diesen beschämenden Anblick …« Sie verbeugte sich vor uns, woraufhin Gott Miach und ich nur ein gequältes Lächeln zustande brachten. Asfi richtete sich auf und rückte ihre Brille zurecht, hinter der ihre blauen Augen hervorblitzten. »Und, was habt ihr mit meinem unglaublich lästigen Gott gemacht?«

»Ähm, nun ja …« Auch ich geriet mächtig ins Schwitzen, als ich anfing, ihr die Situation zu schildern. Doch dann hielt ich abrupt inne, denn plötzlich erreichte das Echo von Schritten meine Ohren. »Was …?«

Als ich mich umdrehte, fehlten mir die Worte. Eine Gruppe von Abenteurern, ausgestattet mit Rüstungen und Waffen, lief direkt auf uns zu – bei jedem ihrer Schritte hallte ein metallischer Klang durch die Straße. Unter ihnen befand sich auch eine blonde Schwertkämpferin mit goldenen Augen.

»A… Aiz?!«

»Ah, du bist es …«, reagierte Aiz auf meinen überraschten Ausruf.

Als sie für einen Moment stehen blieb, konnte ich einen genaueren Blick auf sie erhaschen: Sie trug eine silberne Brustplatte, Armschienen und sogar Schulterpanzer. Sie war zweifellos für den Kampf gerüstet, genau wie die anderen Mitglieder der Loki-Familia, mit denen sie unterwegs war. Noch nie hatte ich eine Gruppe Abenteurer mit so angespannten Mienen durch die Stadt rennen sehen. Nicht nur ich, auch Gott Miach, Gott Hermes und Asfi schienen eine ungute Vorahnung zu haben …

Aiz sah mich daraufhin unverwandt an und sagte schließlich: »Du solltest uns begleiten.«

»Der Pimpf wurde entführt?!« Lokis Stimme hallte über den Platz vor dem Nordtor der Stadtmauer.

Sie war nicht allein. Auch der Anführer ihrer Familia, der Pallum Finn, sowie einige andere ihrer Anhänger und sogar ein paar Götter hatten sich versammelt.

»Richtig! Irgend so ein merkwürdiger Gott hat Hestia gewaltsam weggeschleppt …!«

»Eine Gruppe rakianischer Soldaten hatte sich unter die Reisenden gemischt! Kaum hatten sie Hestia in ihren Fängen, haben sie sich in alle Richtungen verstreut!«

Die füllige Tiermenschendame, der die Göttin in der Stadt begegnet war, und eine Mitarbeiterin der Gilde erklärten panisch, was sie beobachtet hatten.

Der Vorfall war etwa zehn Minuten her. Sofort hatten die vor dem Tor stationierten Sicherheitskräfte der Gilde einige Angestellte entsandt, um die Neuigkeiten in ganz Orario zu verbreiten.

Nicht nur das Hauptquartier der Gilde war informiert worden, man hatte auch einige mächtige Familias zu Hause aufgesucht, sodass sich die Kunde schnell unter den anderen Göttern und schließlich auch unter den niederrangigen Abenteurern verbreitet hatte. Da allerdings seither noch nicht viel Zeit vergangen war, hatten es bislang nur Loki und ihre kleine, von Finn angeführte Gruppe hierhergeschafft. Beim Eintreffen der Göttin breitete sich wildes Getuschel unter den Händlern und den Reisenden aus, die immer noch darauf warteten, die Stadt verlassen zu dürfen.

»Gaaah …« Loki kniff sich an die Nasenwurzel, um einen Anflug drohender Kopfschmerzen zu vermeiden, während ihr Blick in den Himmel gerichtet war. »Finn …« Sie warf dem Pallum einen vielsagenden Blick zu.

Dieser wischte sich übers Gesicht. »Tut mir leid. Das Verhalten von euch Göttern kann ich nun wirklich nicht erahnen …« Hestias und Ares' Handlungen waren für einen bloßen Sterblichen weder vorherseh- noch nachvollziehbar. Nachdem man ihn gezwungen hatte, sofort zum Tor zu eilen, zeichnete sich starke Müdigkeit auf dem Gesicht des Bravers ab.

»Wer hat diesen Dreikäsehoch überhaupt erst durchs Tor gelassen? Warst du das etwa, Ganesha?«

»I… Ich bin Ganesha?«

»Hey, wo ist denn dein üblicher Enthusiasmus geblieben?« Loki warf dem Gott einen finsteren Blick zu, woraufhin dieser eine seltsam gebückte Haltung einnahm.

Der sonst so laute Gott begann, kaum hörbar von den Ereignissen zu berichten, die zu Hestias Gefangennahme geführt hatten.

»Dann hast du also irgendwelchen Schwachsinn von dir gegeben und ihr die Erlaubnis erteilt?«

»Ähm, ja.«

»Du maskierter Vollpfosten! Es reicht schon, wenn du blöd aussiehst, also musst du dich nicht auch noch so verhalten, du Riesentrottel!«

»A... Aber ich bin Ganesha!!«

»Das ist mir egal! Die Gilde wird dich hoffentlich ordentlich zur Rechenschaft ziehen!«

Auf Lokis Standpauke hin hielt sich Ganesha mit beiden Händen den Kopf und schrie theatralisch: »Nooooo!«

Sowohl seine Leib- als auch die Torwächter warfen ihm bedeutungsschwere Blicke zu. In Worten ausgedrückt hätte es sich wohl um ein »Wir haben es dir ja gesagt« gehandelt.

»Diese dickbusige Kartoffelliebhaberin hat uns noch mehr Ärger eingebrockt ...« Loki sah kurz zu den verletzten Wachen auf dem Boden und dann hinauf in den Himmel. »Rakia hat also den Winzling entführt ... Haben sie es etwa schon wieder auf die Crozzo-Magieschwerter abgesehen?«

»Vermutlich. Höchstwahrscheinlich werden sie Magieschwerter oder Welf Crozzo selbst im Austausch für Göttin Hestia verlangen ... Egal, was wir auch tun, es wird zu internen Streitigkeiten führen.«

Orario war keine geeinte Festung. Selbst wenn die Gilde und die anderen Fraktionen nicht auf die Erpressung durch das Königreich eingehen würden, könnten der jungen Göttin nahestehende Gottheiten und ihre Familias, besonders die mächtige und einflussreiche Hephaistos-Familia, Einwände dagegen erheben, wodurch sich eine Kluft innerhalb der Stadt bilden würde. Im schlimmsten Fall würde man so Blößen bieten, die andere Nationen, Städte oder Fraktionen ausnutzen könnten.

»Unsere vorteilhafte Position auf solch dämliche Weise einzubüßen, könnte Orarios Ruf in den Schmutz ziehen«, murmelte Finn. »Wir müssen Göttin Hestia zurückholen, bevor die feindlichen Streitkräfte ihr eigenes Territorium erreichen.«

»Hach verdammt! Warum in aller Welt muss ich mir wegen diesem Zwerg den Kopf zerbrechen?!«

Während der Pallum mit besorgter Miene aussprach, welche Konsequenzen die Situation nach sich ziehen könnte, raufte sich Loki die Haare.

Zwischenzeitlich hatten sich weitere Abenteurer und Gottheiten vor Ort versammelt – manche schürzten besorgt die Lippen, wohingegen andere sich vorzüglich unterhalten fühlten. Nichtsdestotrotz begann man überall zügig die Lage zu besprechen.

»Loki, Finn.«

»Ah, Aiz, da bist du ja. Was ist mit Riveria und den Zwillingen?«

»Ich bin ohne sie hier. Aber ...«

Die anderen hochklassigen Abenteurer der Loki-Familia waren nicht zu Hause gewesen, als der Bote mit der schlechten Nachricht eingetroffen war. Aiz war daher nur mit einigen niederrangigen Familia-Mitgliedern losgezogen – und hatte außerdem Hermes, Asfi, Miach und Bell dabei.

Wie vom Blick der Prinzessin der Klingen geleitet trat Letzterer mit entschlossenem Gesichtsausdruck vor Loki und die anderen. »Ä... Ähm, ist es wahr, dass meine Göttin entführt wurde ...?!«

»Ich werde dir kurz alles erzählen. Hör gut zu, Bell Cranel.« Aiz hatte dem Jungen zwar unterwegs bereits ein paar Informationen geliefert, jedoch wichtige Details ausgelassen, sodass es nun an Finn lag, diese Lücken zu schließen.

Kaum hatte er dies getan, wurde Bells Gesicht kreidebleich. »Wo ist sie jetzt?« Er lehnte sich nach vorn, in seinen Augen lag das starke Verlangen nach weiteren Informationen.

»Das wissen wir nicht. Was es noch schlimmer macht: Rakias Streitkräfte haben sich in drei Gruppen aufgeteilt, die jeweils nach Norden, Westen und Osten geflüchtet sind. Bislang wurden noch keine Verfolgungstruppen entsandt.« Gelassen klärte Finn ihn darüber auf, was man über den Verbleib der feindlichen Soldaten wusste. »Ich gebe es nur ungern zu, aber wir haben da ein kleines Problem«, fügte er hinzu. Da es den Familias in Orario größtenteils verboten war, die Stadt zu verlassen, die diesmalige Invasion des Königreichs Rakia aber bereits die sechste war, kannten sich dessen Angehörige natürlich um einiges besser in der Umgebung der Stadt aus. »Vermutlich wissen sie über die besten Routen, Gebirgspässe und geheimen Schleichwege Bescheid, die es ihnen ermöglichen, schnellstmöglich in ihr Reich zurückzukehren. Es wird sich als äußerst schwierig erweisen, zu ihnen aufzuschließen.«

Mit jedem Wort, das der Pallum sprach, wurde Bell noch blasser.

Auch Hermes lauschte dem Ganzen und beugte sich daraufhin zu Miach. »Wir sollten auch Lili und Hestias restlichen Kindern Bescheid geben«, flüsterte er ihm ins Ohr.

Der andere Gott nickte ihm zu und machte sich unverzüglich auf den Weg zum Feuerstellen-Anwesen.

»Loki, Finn, ich werde die Verfolgung aufnehmen …« Als Aiz sah, dass der weißhaarige Junge vollkommen überfordert von der Situation war, trat sie nach vorn.

Das Angebot der sonst so wortkargen Schwertkriegerin überraschte nicht nur ihre Göttin und ihren Anführer, sondern auch die anderen Abenteurer, die sich rings um sie versammelt hatten.

»Moment Mal, Aiz. Wir müssen uns nicht extra für diesen kleinen Pimpf ins Zeug legen. Die Suche wird eine wirklich lästige Angelegenheit ...«

»Aber jemand muss es tun ...«

»Uff ...«

»Außerdem bin ich die Schnellste hier.«

Jedes Argument, das Aiz hervorbrachte, ließ Loki zusammenzucken. Der Blick der jungen Frau war entschlossen und ihre Worte ließen keine weitere Widerrede zu.

Was Bell betraf ... so ließ die Beharrlichkeit der blonden Abenteurerin, die kaum jemals etwas mit Hestia zu tun gehabt hatte, etwas in ihm aufkeimen – sein Herz begann, wie wild zu schlagen. Er schüttelte das lähmende Gefühl ab, das ihn zuvor übermannt hatte, und trat ebenfalls entschlossen auf die rothaarige Göttin zu. »I... Ich komme auch mit! Ich werde meine Göttin zurückholen!«

Diese hatte ihm gegenüber bislang noch kein Wort verloren und ihn seit seiner Ankunft nur heimlich beobachtet. Doch nun wandte sie sich direkt an ihn. »Hast du nicht zugehört, Junge? Aiz meinte doch bereits, dass sie gehen wird. Willst du ihr etwa ein Klotz am Bein sein?«

»...!«

»Denk doch mal nach! Welches Level hast du? Du kennst doch den Unterschied in eurer Stärke, oder? Also verhalte dich ruhig!«

Bell befand sich auf Level 3, wohingegen Aiz bereits Level 6 erreicht hatte. Die beiden trennte hinsichtlich ihrer Fähigkeiten in der Tat eine unübersehbare Kluft – die Schwertkämpferin übertraf ihn um ein Vielfaches. Diese Tatsache führte Loki dem jungen Abenteurer unmissverständlich vor Augen. Eindringlich musterte sie den aufstrebenden Abenteurerneuling, der eine gewisse Verbindung zu ihrer eigenen Familia hatte.

Ihre Worte hatten Bell kurzzeitig in Schweigen versetzt, doch er ballte die Hände zu Fäusten, richtete sich auf und widersprach der Göttin lautstark: »Ich werde gehen! Schließlich bin ich ein Mitglied der Hestia-Familia!!« In seinen rubellitroten Augen lag keinerlei Zweifel mehr, sondern nur noch pure Willenskraft. Er hatte allein seine Aufgabe im Blick, alles andere war nebensächlich. Noch einmal bündelte er all seine Entschlossenheit in seiner Stimme. »Ich werde Aiz kein Klotz am Bein sein! Ich verspreche, dass ich mit jedem ihrer Schritte mithalten werde! Also bitte ... lasst mich mit ihr gehen!«

Alles um ihn herum verstummte, als er aus tiefster Kehle verzweifelt seinen Wunsch äußerte. Die wenigen Gottheiten, aber auch die anderen Abenteurer, die zugegen waren, drehten neugierig die Köpfe zu ihm.

Trotz der Zurschaustellung seiner Willenskraft und seiner Überzeugung erteilte ihm Loki nicht ihre Erlaubnis. Doch sie hielt ihn auch nicht zurück. »Mach, was du willst. Du wirst ihr ohnehin nicht zur Last fallen können. Aiz, du kannst ihn jederzeit zurücklassen, sollte er nicht mit dir mithalten können.«

»Verstanden ...«, antwortete die junge Frau nach kurzem Zögern.

Bell, der gar nicht glauben konnte, dass die Göttin ihm tatsächlich nicht ausdrücklich verboten hatte, Aiz bei der Verfolgung zu begleiten, verbeugte sich tief. »Vielen Dank!« Nachdem er sich wieder aufgerichtet hatte, suchte er Blickkontakt zu der jungen Abenteurerin und die beiden nickten sich ermutigend zu.

Damit nahm die Strategiebesprechung an Fahrt auf. Die anderen Abenteurer baten die Gildenangestellten, ausnahmsweise ein Auge zuzudrücken und sie das Tor auch ohne Passierscheine in großen Gruppen durchqueren zu lassen. Da die Mitarbeiter der Gilde den Ernst der Lage erkannten, nickten sie schweigend, ohne auf Anweisungen aus dem Hauptquartier zu warten … Man ließ ihnen kaum eine andere Wahl, als Verständnis zu zeigen und zuzustimmen.

»Ich bin Ganesha!!« Mit seiner lauten Stimme lotste der Gott die verwirrten Händler und Bürger an einen anderen Ort, während die Abenteurer schnell Informationen darüber zusammentrugen, welche möglichen Routen Rakias Streitkräfte für ihre Flucht gewählt haben könnten.

»Wir haben nicht genug fähige Leute, um noch mehr Suchtrupps loszuschicken, aber leider auch keine Zeit, auf Bete oder die Zwillinge zu warten, denn dann könnten wir die Soldaten des Königreichs nicht mehr einholen.«

»Bei den ganzen verstreuten Truppen dürfte es mühsam werden, den Winzling zu finden. Uns bleibt keine andere Wahl, als systematisch vorzugehen, oder?«

Einer der Götter hatte Finns und Lokis kurzem Austausch über die effektivste Suchmethode gelauscht und trat nach vorn. »Würdet ihr das mir überlassen?« Er nahm seinen Federhut ab und schwang ihn in Lokis Richtung, sodass sein bernsteinfarbenes Haar zum Vorschein kam. Dabei warf er der Göttin ein charmantes Lächeln zu.

»Gott Hermes …« Finn wirkte überrascht.

Die Augen auf ihn gerichtet verkündete Hermes: »Asfi kann Hestias Aufenthaltsort mit Leichtigkeit aufspüren.« Er legte den Arm um seine Anhängerin und zog sie mit einem Grinsen zu sich heran.

»Waaas ...?!« Asfi war fassungslos, doch der Gott selbst klang völlig überzeugt.

»Ach ja? Auf welcher Grundlage kannst du das behaupten, Schönling ...?«

»Ach, komm schon, Loki. Asfi ist **Perseus.** Sicher hat sie einige Asse im Ärmel, um unsere entführte Göttin aufzuspüren. Wir müssen sie nur darum bitten.«

Loki runzelte skeptisch die Stirn, als Hermes den Titel seines Schützlings besonders betonte.

Die Anführerin der Hermes-Familia, die zudem in Besitz der fortgeschrittenen Fähigkeit »Mystery« war, warf einen Blick auf Finn und die Gruppe, die sich um ihn versammelt hatte, ehe sie einen tiefen Seufzer ausstieß. Sie richtete sich kerzengerade auf und rückte ihre Brille zurecht, wobei ihr kurzes blaues Haar und ihr weißer Umhang mitschwangen. »Wenn ihr mir dreißig Minuten gebt, kriege ich es höchstwahrscheinlich hin.«

Der Pallum dachte einen kurzen Moment über ihre Worte nach und leckte sich am Daumen. »Einverstanden.« Er entschied, sein Vertrauen in sie zu legen.

Seine Göttin Loki verschränkte die Arme hinter dem Kopf und lächelte – sie war gespannt darauf, was Asfi vollbringen konnte. Aus allen Ecken wurden Ersatzharnische und sonstige Kampfausrüstung zu ihrem Versammlungsort gebracht. Auch Bell wappnete sich damit, während er der weiteren Strategiebesprechung lauschte.

Hermes war der überraschte Blick des Jungen nicht entgangen, weshalb er zu ihm trat. »Auch wenn es nicht viel ist, werde ich tun, was ich kann, um euch zu unterstützen. Bell, Prinzessin der Klingen, bringt uns Hestia heil wieder!« Er fügte noch hinzu, dass er sich nicht so von ihr verabschieden wolle.

Bell war gerührt angesichts der Geste des Gottes, einer Freundin in Not zu helfen – sowohl er als auch Aiz nickten ihm zu.

»Das werden wir!«

»Verstanden.«

Als hätte es nur darauf gewartet, dass die Abenteurer loszogen, öffnete sich das riesige Stadttor vor ihnen.

»Göttin Hestia wurde entführt?!«

Die Mitglieder der Hestia-Familia waren schockiert, als Miach mit dieser Nachricht in ihrem Anwesen erschien. Sie standen auf dem Rasen im Vorgarten, die Tür zum Haus stand weit offen. Mikoto klang völlig entsetzt, doch Welf brauchte nicht lange, um den Grund für die Entführung der Göttin zu erkennen.

Nach einem Moment des Schweigens ballte er die Fäuste, er zitterte am ganzen Leib. »Ihr wollt mich doch verarschen …!!«, fluchte er mit zusammengebissenen Zähnen.

Auch Haruhime war sichtlich erschüttert und warf dem Schmied einen mitleidigen Blick zu, da sie genau wusste, dass er sich selbst dafür verantwortlich machte.

Inzwischen eilte Lili mit panischem Gesichtsausdruck auf Miach zu – sie suchte Augenkontakt zu dem hochgewachsenen Gott und fragte: »Wo ist Meister Bell jetzt?!«

»Er wartet am Nordtor der Stadt auf Hestias Rückkehr … Nein …« Miach hielt mitten im Satz inne und richtete den Blick gen Norden – vor ihm erschien das Bild des entschlossenen Gesichts des Jungen. Er kniff die Augen zusammen und korrigierte seine Aussage. »Er hat die Stadt wohl durch das Nordtor verlassen, um sie zu retten.«

Der Wind pfiff an ihnen vorbei, während sie unaufhörlich weiterrannten. Mit jeweils flatterndem blondem und weißem Haar stürmten die beiden Abenteurer in einer Geschwindigkeit, die für normale Menschen unerreichbar wäre, den steilen Berghang hinauf.

Unmittelbar nördlich von Orario befand sich das »Beol-Gebirge«, das für seine gewaltigen Steigungen und seine unwegsamen Pfade bekannt war. Selbst nachdem man die Spitze eines Berges erklommen hatte, tauchten noch weitere Gipfel vor einem auf. Aus diesem Grund hatte man dem Gebirgskomplex auch den Namen »Bergfestung« gegeben. Da er ganz in der Nähe der Labyrinthstadt lag, waren in der Antike Monster an die Oberfläche gekommen, die nun zwischen den zahllosen Gipfeln und Tälern ein Zuhause gefunden hatten. Sogar erfahrene Abenteurer machten daher einen großen Bogen um dieses Gebiet.

Die Berge selbst bestanden aus aschgrauen Felsen, umgeben von erdigen Hängen. Doch das Gelände zwischen den steilen Klippen in den tiefen Tälern war von üppigem Grün bedeckt. Starke Höhenunterschieden prägten die sich optisch überlagernden Bergspitzen und die zahlreichen Vertiefungen und Felswände verhinderten, dass man sich einen Überblick über das gesamte Gelände verschaffen konnte.

Bell und Aiz bahnten sich weiter ihren Weg durchs »Beol-Gebirge«, über ihnen thronte der graue Himmel. Sowohl Tiere als auch gefährliche Monster räumten hastig die Pfade, als sie die beiden heranstürmen sahen. Ein großer Bugbear stürzte sich rücksichtslos auf sie, wurde jedoch im Nullkommanichts von einem einzigen Schwerthieb der jungen Frau in zwei Hälften geteilt. Als das Blut des Monsters durch die Luft spritzte, das um einiges schwächer war als seine Artgenossen im Dungeon, hörte Bell sein eigenes Herz ohrenbetäubend laut pochen.

Er rang nach Atem, der Schweiß tropfte ihm von der Stirn und seine Beine fühlten sich an wie Blei. Der Abstand zur Schwertkämpferin vor ihm wurde allmählich größer, und das obwohl er seine Grenzen bereits überschritten hatte. *Sie ist so schnell …!*

Erst vor einer Stunde hatten sie Orario verlassen. Seither versuchte er, mit Aiz' stürmischem Lauf mitzuhalten, doch der Unterschied in ihren Fähigkeiten war enorm und zeigte sich sogar noch deutlicher, seit sie das Gebirge erreicht hatten, sodass Bell drohte zurückgelassen zu werden. Seine Gefährtin hielt trotz der steilen Pfade jederzeit das Gleichgewicht, hatte genug Beinkraft, um mit einem einzigen Satz nahezu einen ganzen Hang zu überspringen, und besaß scheinbar grenzenlose Ausdauer und Energie. Am erschreckendsten war jedoch, dass sie trotz dieser unglaublichen Geschwindigkeit keinen Tropfen Schweiß vergoss. Während Bell immer weiter zurückfiel, rannte die erstklassige Abenteurerin unermüdlich weiter. Seine größte Stärke, seine Agilität, wurde mitsamt seinem Selbstvertrauen förmlich pulverisiert. Egal, wie sehr er sich ins Zeug legte, ihre Gestalt verschwand langsam in der Ferne.

»Hfff … Hfff … Hfff … Gaaah …?!« Ganz egal, wie viel frische Gebirgsluft er in seine Lungen zu pumpen versuchte, es reichte nicht. Seine stampfenden Füße, seine verzweifelt schwingenden Arme und seine Augen, die dem schneidenden Wind ausgesetzt waren, schrien vor Schmerz. Selbst als er seine letzten Kräfte mobilisierte, entfernte sich der Rücken der jungen Frau immer weiter von ihm.

Die Prinzessin der Klingen, Aiz Wallenstein. Bells Ziel. Eine für ihn unerreichbare Blume. Zwischen ihnen lag eine unüberwindbare Kluft. Ihr Kräfteunterschied war ihm während ihrer gemeinsam Trainingseinheiten auf der Stadtmauer nie derart bewusst geworden. Doch nun erhielt er eine Demonstration, wie weit Aiz ihm momentan voraus war. Dass er geglaubt hatte, er könnte die Lücke zwischen ihnen schließen, schien ihm mittlerweile wie ein schlechter Witz. Er war ihr kein Stück näher gekommen und sah nun mit eigenen Augen, in welch unerreichbarer Höhe sie sich befand.

Der Pfad zum Gipfel vor ihm war viel zu hoch und unvorstellbar steil. Nur der Gedanke daran, seine Göttin aufzuspüren, ließ ihn überhaupt noch verzweifelt versuchen, mit Aiz' Geschwindigkeit mitzuhalten, doch er drohte seinen Schmerzen zu erliegen. Seine Kehle und seine Lungen brannten so heftig wie nie zuvor – es fühlte sich geradezu an, als würde er von innen heraus verbrennen. Bell stand kurz davor, jegliche Beinkraft zu verlieren, als sich ... Aiz plötzlich zu ihm umdrehte.

Schweigend blickte sie über die Schulter zu ihrem Begleiter, ihr Tempo verlangsamte sie allerdings nicht. Sie sah einfach nur kurz zu, wie der Junge sich schwer keuchend abmühte, ehe sie sogar noch schneller wurde – offenbar war sie noch nicht einmal mit voller Kraft gelaufen.

Als Bell ihren Blick bemerkte, wurde ein neues Feuer in ihm entfacht. Sein Körper schien noch immer in Flammen zu stehen, jedoch nicht mehr vor bloßem Schmerz, sondern vor Scham, Ehrgeiz und männlichem Stolz. Das unstillbare Verlangen, der erstklassigen Abenteurerin in der Ferne nicht dieses jämmerliche Bild von sich zu zeigen, brach sich als donnernder Schrei aus voller Kehle Bahn. Seine Beine, die beinahe den Dienst quittiert hatten, gewannen wieder an Kraft.

Bell stieß sich mit einer solchen Wucht vom Boden ab, dass dieser zu bröckeln begann, um die junge Frau doch noch einzuholen. Die Rüstungsteile, die die anderen Abenteurer ihm für einen potenziellen Kampf überlassen hatten – eine Brustplatte, Panzerhandschuhe, Schulterplatten und einen Gürtel – riss er von sich und ließ sie den Berghang hinabrollen. Jetzt, da er sich ein wenig leichter fühlte als zuvor, trieb er sich erneut an seine Grenzen, wodurch es ihm tatsächlich gelang, den Abstand zu seiner Gefährtin wieder etwas zu verringern.

Schweigend blickte Aiz erneut ins Gesicht des Jungen, der sich in einem wütenden Sprint an ihre Fersen heftete. Die Schwertkämpferin behielt ihr ausdrucksloses, puppengleiches Antlitz bei und sah wieder nach vorn. Sie legte all ihr Vertrauen in Bell und erhöhte erneut ihre Geschwindigkeit. Nach einem kurzen Moment des Erstaunens tat er es ihr gleich – wie ein weißes Kaninchen sprintete er los, um mit ihr mitzuhalten.

Während die beiden über den Berghang rasten, schweifte Aiz' Blick nach oben in den Himmel. Ein feiner Wassertropfen benetzte ihr Gesicht. Die dicken grauen Wolken wurden noch dunkler und dichter und es begann zu regnen. Aiz schenkte dem jedoch keine Beachtung, sondern kniff die goldenen Augen zusammen: In der Ferne kreiste mit ausgebreiteten Flügeln ein Schatten am Himmel.

»Fu ha ha ha ha! Dieses Mal haben wir Orario wirklich eine Lektion erteilt!«

Tief im Beol-Gebirge. Auf einem steilen Bergpfad, von dessen einer Seite man in eine scheinbar bodenlose Schlucht blicken konnte, hallte Ares' schallendes Lachen wider.

Seine Truppe bestand aus etwa dreißig Soldaten, die allesamt wie Reisende gekleidet waren. Das Hauptkontingent des Königreichs geleitete seinen Gott über die verschlungenen Berghänge und hatte sich bereits weit von Orario entfernt. Hin und wieder sprangen Monster hinter einem Felsen oder aus einer Höhle hervor, doch die Kommandanten, die mindestens Level 2 erreicht hatten, und die Generäle auf Level 3 beseitigten sie mühelos. Währenddessen saß Ares bestens gelaunt auf seinem Pferd und würdigte seine Soldaten kaum eines Blickes.

»Hey, Ares! Was soll das?! Lass mich sofort runter! Nur weil wir uns bereits aus dem Himmelreich kennen, heißt das noch lange nicht, dass du dir alles erlauben kannst!«

»Halt die Klappe, du machtloser Zwerg von einer Göttin! Du bist nichts weiter als Verhandlungsmasse im Austausch gegen den Crozzo-Jungen. Du solltest dich sogar geehrt fühlen, in meinem Plan solch eine Rolle einnehmen zu dürfen!«

»Wen nennst du hier einen Zwerg, huuuuuuh?!« Hestia war mit einem Seil am Rückenstück von Ares' Rüstung festgebunden worden, wo sie verzweifelt mit den dünnen Armen und Beinen strampelte. Der Kriegsgott hatte ihr die Fesseln eigenhändig angelegt, als er sie gewaltsam mitgeschleppt hatte. Obwohl sie mit aller Macht versuchte, das straffe Seil zu lösen, fehlte der jungen Göttin dafür schlichtweg die Kraft. Der einzige Ausweg, den sie sah, war, wild um sich zu schlagen und zu treten.

»Hör endlich auf zu zappeln!«, brüllte Ares und stieß ihr den Ellbogen in die Rippen.

»Uff!«, stöhnte Hestia vor Schmerz. »A... Also bin ich sozusagen eine göttliche Geisel ...?!« Nachdem sie bei ihrer Gefangennahme beinahe das Bewusstsein verloren hatte, war sie nun wieder in der Lage, die Situation klar und deutlich zu erfassen. Dass so etwas ausgerechnet deshalb passiert war, weil sie bei ihrem Teilzeitjob ausgeholfen hatte, erfüllte die Göttin mit Frust und sie bedauerte ihr Handeln. Sicherlich war in Orario mittlerweile das Chaos ausgebrochen. »Damit wirst du nicht durchkommen ... du wirst schon sehen! Bell und all die anderen Abenteurer der Stadt werden euch schon bald eingeholt haben!«

»Hmpf, glaubst du wirklich? Wir haben uns in alle Himmelsrichtungen verstreut und mehrfach unsere Spuren verwischt. Bist du wirklich sicher, dass sie den richtigen Trupp rechtzeitig entdecken?«

»Uff ...«

»Außerdem befinden wir uns hier im Beol-Gebirge. Allein die Tatsache, dass wir uns schon so weit hineingeflüchtet haben, lässt unseren Sieg fast schon Gewissheit werden.« Ares prahlte mit seiner Verwirrungstaktik. Zudem sei es schlicht unmöglich, die natürliche Festung des Gebirges in so kurzer Zeit zu erstürmen und sie dabei auch noch genauestens zu lokalisieren.

»Hnnnnnng ...! W... Wenn ihr mich schon mitschleppt, könntet ihr mich dann wenigstens ein bisschen sorgsamer behandeln? Deine Rüstung drückt mir in den Rücken! Das tut echt weh!!«

»Es ist nicht meine Schuld, dass ich dich meinen feigen, nutzlosen Soldaten nicht anvertrauen kann! Ich bin jedenfalls selbst nicht erfreut, so einen Schwächling wie dich auf dem Rücken zu tragen! Du könntest mich noch mit irgendeinem Keim infizieren!!«

Da sie keine passende Erwiderung auf seine Beleidigung fand, meckerte und zappelte Hestia nur unaufhörlich weiter. Doch der Kriegsgott ließ sich nicht erweichen und mahnte sie dazu, die Unannehmlichkeiten mit ihm zu teilen. Sie war mit ihrem Rücken an seinen gebunden und überdies am ganzen Körper gefesselt worden. Das Seil schnitt in jede ihrer Gliedmaßen, was unheimliche Schmerzen verursachte.

»Was denkst du eigentlich, wer ich bin?«, brüllte sie mit tränenerfüllten Augen.

Schon im Himmelreich war Ares stets ein Unruhestifter gewesen, während Hestia dafür bekannt gewesen war, eher träge zu sein und sich unterhalten zu lassen. Aufgrund dieser Gegensätze hatten sich die beiden noch nie wirklich auf einer Wellenlänge befunden.

»Haaaaach …« Marius ging neben den beiden streitenden Gottheiten her und stieß nur einen langen, lauten Seufzer aus. *Tropf!* Ein Regentropfen, der seine Nasenspitze traf, veranlasste ihn dazu, den Blick in den Himmel zu richten. »Hmm, es sieht nach Regen aus …«

Er hatte recht – ein leichter Nieselregen begann, sich aus den grauen Wolken über ihren Köpfen zu ergießen. In kürzester Zeit verwandelte er sich jedoch in einen heftigen Regenschauer und im Nullkommanichts waren die Reisekleidung und die gesamte Ausrüstung der Krieger vollkommen durchnässt. Selbiges galt natürlich für Hestia und Ares.

»Hatschi!« Der ganze Körper der Göttin zuckte zusammen, als sie laut niesen musste.

»Prinz Marius, vielleicht sollten wir eine Pause einlegen und Schutz vor dem Regen suchen … Ich sorge mich um Gott Ares' Gesundheit.«

»Nein … ich möchte bis zur nördlichen Grenze vorankommen. Unser Feind ist schließlich Orario, da weiß man nie, was passiert. Außerdem wird dieser Dummkopf von einem Gott sich schon keinen Schnupfen holen.« Marius wies den Rat eines Soldaten in seiner Nähe ab und fügte hinzu, dass er seine Truppen auch nicht dem Risiko aussetzen wolle, von Monstern umzingelt zu werden. Da alle Krieger unter seinem Kommando Ares' Falna erhalten hatten, war er sich sicher, dass keiner durch ein bisschen Regen erkranken würde. Doch dann … flog ein merkwürdiger Schatten über seinen Kopf hinweg und erregte seine Aufmerksamkeit. »Ein Vogel ...?«

Auch seine Soldaten blickten auf. Ein weißer Schatten kreiste über ihnen – aus seinem Körper erstreckte sich etwas, dass an flatternde Flügel erinnerte. Ein unbeschreibliches Unbehagen überkam Marius. Es war eigenartig, dass das Geschöpf trotz des inzwischen aufkommenden Windes und des Regens nicht in sein Nest zurückkehrte, sondern an Ort und Stelle verharrte. Doch bevor er seinen Gedanken weiterverfolgen konnte, geschah es ...

»D... Das ist die Prinzessin der Klingeeeeeen!!!«, schrie einer der Soldaten, als wäre das Ende der Welt angebrochen.

Seine Stimme war so laut, dass Marius zusammenzuckte. »Was ...?!« Unfähig, dem zu glauben, was er soeben vernommen hatte, wirbelte er herum.

Sie befanden sich auf halber Höhe eines Berges, ihr Weg führte an einer Klippe entlang. Tatsächlich raste eine menschliche Gestalt pfeilschnell den steilen Pfad hinauf. Ihr nasses blondes Haar stach wie ein Leuchtfeuer zwischen den Felsen und dem Regen hervor. Die goldenen Augen der Kriegerin waren auf den General fixiert, während die Regentropfen an ihr abperlten.

Nun stieß auch Marius einen Schrei aus: »Argh, die Prinzessin der Klingen?!«

»W... Wir werden angegriffeeeeeen!!!«

Die blonde Schwertkämpferin stellte selbst die Amazone Tiona in den Schatten. Ihr schmaler Säbel zischte durch die Luft, als sie im Alleingang auf die Soldaten am Ende der feindlichen Formation zustürmte. Ihre verzweifelten Hilferufe hallten durch das Gebirge, sodass auch Ares und die anderen Generäle weiter vorn anhielten und ihre Pferde wendeten, um zu prüfen, was vor sich ging.

Marius hingegen blickte erneut in den Himmel. Auch wenn er es nicht begreifen konnte, sah er dort goldene Flügel, einen weißen Umhang und menschliche Gliedmaßen. Es war kein Vogel, sondern eine Abenteurerin. »Seit wann kontrolliert Orario denn auch die Lüfte …?«

Ein »Himmelsauge« hatte das bergige Gelände mühelos überblickt und sie aus der Entfernung entdeckt. Die in den weißen Umhang gewandete junge Frau mit dem blauen Haar kreiste noch immer über ihren Köpfen und verriet somit ihren Standort. Marius runzelte die Stirn, als die berühmte Perseus die unglaubliche Kraft ihres magischen Items – der geflügelten Sandalen Talaria – eindrucksvoll zur Schau stellte.

Nachdem der rakianische Prinz vollends erfasst hatte, was vor sich ging, hallte erneut ein Schrei durchs Gebirge. »Gyaaaaaaaa aaaaaaaaaaaaaaaaaaaah?!«

Ein Wirbelsturm aus Schwerthieben schlug einen verängstigten Soldaten nach dem anderen nieder. Mit nur einem einzigen Streich schleuderte Aiz' Säbel mehrere Kämpfer gleichzeitig zu Boden oder durch die Luft. Begleitet von Schreien der Hilflosigkeit und der Furcht bahnte sich die Kriegerprinzessin ihren Weg in die Mitte der feindlichen Formation, wo ein berittener Gott innegehalten hatte, auf dessen Rücken eine Göttin gefesselt war.

»Wa… Wallendingsbums …?!« Hestia riss die Augen auf.

Ares hingegen verzog die Lippen zu einem wilden Grinsen. Um den Kampfgeist seiner Streitkräfte zu stärken, reckte er den rechten, schwer gepanzerten Arm nach oben. »Lasst euch nicht einschüchtern, meine Soldaten!! Auch wenn es eine unerwartete Wendung ist, handelt es sich nur um einen einzigen Feind! Wir hingegen haben die stärksten Generäle des Königreichs Rakia auf unserer Seite! Los, Garyu! Zermalme dieses zerbrechliche Ding!«

»Gott Ares, Garyu und seine Leute sind bereits besiegt worden!!«

»Wie bitte?!«

Der Kampf hatte augenblicklich sein Ende gefunden. Die kräftigen, bärtigen Männer wanden sich vor der Abenteurerin mit dem goldenen Haar und den goldenen Augen am Boden.

Als der Kriegsgott seine Soldaten und seine Generäle so sah, knirschte er hörbar mit den Zähnen. »V... Verflucht! D... Dann eben so ...!«

»Uff?!«

Ares durchschnitt das Seil, das Hestia an ihn band, und sprang vom Pferd. Die junge Göttin fiel zu Boden, wohingegen der Gott von seiner unerwünschten Last befreit ein Langschwert aus der Scheide zog, die am Sattel seines Streitrosses befestigt war. »Komm schon, Prinzessin der Klingen!! Ich selbst werde dein Gegner sein!!«

»...«

»Uwoooooooooooooooooooooh!!« Brüllend stürmte Ares auf sie zu.

Aiz schwieg, während sie weiterhin ihren Säbel durch die Reihen der rakianischen Soldaten gleiten ließ.

*Tsching!* Ein dumpfer metallischer Klang war zu hören. Kurz darauf brach das Langschwert des Kriegsgottes in zwei Hälften.

»G... Gar nicht übel ...!« Vor Schock, dass seine Waffe bereits beim ersten Angriff der jungen Frau zerstört worden war, erstarrte Ares einen Moment zur Salzsäule.

»Was zur Hölle treibst du da eigentlich?«

Nachdem er so töricht gewesen war, sich persönlich mit einer erstklassigen Abenteurerin messen zu wollen, stellten sich Marius und die verbliebenen Soldaten schützend um ihn. Sogleich brach das Chaos über die Truppe herein – Schwerter klirrten, Schmerzensschreie ertönten.

»Göttin ...!!«

»Ah ... Bell!«

Der junge Abenteurer hastete zwischen den geschlagenen Kriegern hindurch übers Schlachtfeld, das mitten auf dem Bergweg entstanden war. Er war dem Pfad gefolgt, den Aiz hinterlassen hatte, und etwas später als sie am Ort des Geschehens eingetroffen. Da die Soldaten damit beschäftigt waren, der blonden Kriegerin die Stirn zu bieten, nutzte er seine Chance, um zu Hestia zu eilen.

Der Anblick einer ihrer Anhänger zauberte dieser ein Lächeln auf die Lippen. Sie richtete sich auf, um ihm entgegenzueilen, doch ... einer der Soldaten, der verzweifelt versuchte, seinen Gott zu beschützen, stieß sie dabei kräftig zur Seite.

Sie verlor das Gleichgewicht und taumelte auf die Klippe am Wegesrand zu. Ihre schwarzen Zöpfe schienen für einen kurzen Moment in der Luft zu schweben, ehe die Schwerkraft sie in den Abgrund hinabzog. Mit den Augen noch bei Bell stürzte die Göttin in die tiefe Schlucht, durch die ein reißender Fluss strömte.

»Göttin ...!!« Bell stieß sich vom Boden ab. Den Blick ganz auf Hestia fixiert flitzte er durch den Regen und sprang ihr, ohne zu zögern, hinterher.

Die steinerne Oberfläche des Berges zischte an den beiden vorbei, als der weißhaarige Jüngling die Hand nach seiner Göttin ausstreckte. Deren Augen bebten, als sie sah, wie Bell gleich einem Pfeil auf sie zugeflogen kam. Sie zögerte einen Moment, ehe auch sie die Hand nach ihm ausstreckte. Kaum hatte Bell diese ergriffen, zog er Hestia zu sich heran und drückte sie fest an sich – gemeinsam landeten sie im Fluss.

Aiz zog gerade einen Soldaten nach dem anderen aus dem Verkehr, als sie plötzlich ein Platschen aus dem Tal hörte. Sofort unterbrach sie den Kampf und folgte dem Jungen und der Göttin in die Schlucht. Der Abgrund war steil, der Grund weit entfernt, doch der jungen Frau gelang es, mit atemberaubender Geschwindigkeit die Felswand hinabzurennen.

»Bell Cranel, Prinzessin der Klingen …?!«

Asfi beobachtete das gesamte Geschehen aus der Luft. Die Rettungsmission hatte eine unvorhergesehene Wendung genommen, weshalb sie ihre Überraschung nicht verbergen konnte. Man hatte sie hierherentsandt, um mithilfe ihrer Talaria den Standort der rakianischen Armee zu bestimmen, sodass sie einen Moment zauderte, ob sie den dreien folgen sollte. Dieses Zögern nutzten ihre Feinde sofort aus.

»Vergesst die Göttin! Schießt die Spionin vom Himmel!«

Gerade als Asfi an Höhe verlor, um sich vorsichtig dem Tal zu nähern, wickelte sich eine Kette um ihren Arm. Vor Schmerz verzog sie das Gesicht – als sie nach unten blickte, entdeckte sie Marius, der das andere Ende der Kette festhielt.

»Eine Mithrilkette …!«

»Ohne sie werden Orarios Truppen uns nicht aufspüren können! Wir dürfen sie nicht entkommen lassen!«, rief der Prinz den wenigen Soldaten zu, die sich nach dem Aufeinandertreffen mit Aiz noch rühren konnten. Er wickelte die robuste, silbern glänzende Kette um seinen eigenen Arm, um Asfi unter keinen Umständen entkommen zu lassen.

»Was hat das zu bedeuten?!«, brüllte Ares, als einige Soldaten ihn gewaltsam zurückhielten.

Doch der stellvertretende Anführer der Truppe hatte die sich ändernden Umstände genau im Blick und befahl die Eliminierung der blauhaarigen Abenteurerin.

»Marius Victrix Rakia … Ich hatte gehört, du seist der Sohn des törichten Königs von Rakia, aber du scheinst ja ein ziemlich kluger Kopf zu sein …!« Asfi lächelte dem Prinzen von Rakia sanft zu, nachdem er außergewöhnliche Urteilsfähigkeiten in der Schlacht unter Beweis gestellt hatte – sie sprach ihm dafür sogar ein aufrichtiges Lob aus.

»Auch über dich habe ich einige interessante Geschichten gehört, Perseus! Beispielsweise, dass ein Gott dich, eine wunderschöne junge Prinzessin, aus einem Inselreich entführt und zu einer Abenteurerin gemacht hat! Diese Nation wird das niemals anerkennen!«, brüllte Marius ihr seine Antwort entgegen. Sein Gesichtsausdruck war sichtlich angespannt, während er seine fliegende Feindin beobachtete. Jeden Funken Kraft, der in ihm steckte, bündelte er in seinen Armen und seinem Griff.

Der Zug an der Kette war im Gleichgewicht. Es war ein Kräftemessen zwischen einem General und einer hochklassigen Abenteurerin.

»Anscheinend haben wir viel gemeinsam … Du scheinst ebenso viel Pech zu haben wie ich.« Mitleidig blickte Asfi auf Marius hinab, da beide den Launen ihrer Götter ausgeliefert waren.

Der junge Mann schien damit nicht zurechtzukommen. »Diese Augen …! Schluss mit dem Mitleid! Sieh mich nicht so an, als könntest du meinen Schmerz nachempfinden!«

»Prinz?! Prinz!«, riefen seine Soldaten ihm zu, während sie sich in Position brachten. Sein verzweifelter Blick hatte sie in Sorge versetzt.

Kurz darauf wurden zahlreiche Pfeile und Zauber auf Asfi abgefeuert, deren Bewegungen noch immer durch die robuste Kette eingeschränkt waren. Ihr weißer Umhang hing in Fetzen, ihre Haut war mit Brandwunden übersät – sie zog eine schmerzerfüllte Grimasse und versuchte, sich auf das Gefühl ihres regennasses Haars an ihren Wangen zu konzentrieren.

Da Bell und Aiz bereits außer Sichtweite waren, ordnete sie ihrem Rückzug vom Schlachtfeld oberste Priorität zu. Einer weiteren Salve von Pfeilen ausweichend zog sie eine Ladung Sprengstoff aus ihrem Beutel. Eine Explosion hallte daraufhin durchs Gebirge und erstickte die Kampfgeräusche, bis schließlich nur noch das Rauschen des strömenden Regens und des reißenden Flusses aus dem Tal zu hören war.

Der Regen ließ nicht nach. Ganze Bäche an Wasser liefen immer schneller die Hänge hinab und auch der Sturm machte keinerlei Anzeichen nachzulassen. Gefangen im ohrenbetäubenden Lärm des reißenden Flusses, der sich seinen Weg durch das Tal bahnte, schleppte ich mich ans Ufer und schaffte es, auch meine Göttin aus dem Wasser zu ziehen. Neben mir stand Aiz, die uns entlang des dahinrauschenden Stroms gefolgt war. Ich erhob mich, nahm Göttin Hestia auf den Rücken und rannte los.

»Wie geht es deiner Göttin?«

»Ihr Körper wird immer kälter! Und sie sagt nichts mehr …!«, brüllte ich den Tränen nahe.

»Hff … Hff …«

Ihr Kinn lag auf meiner Schulter, sodass ich ihren schwachen Atem hören konnte.

Wir waren völlig durchgefroren. Dasselbe galt auch für Aiz – ihre Rüstung und ihr Körper waren komplett durchnässt. Meine Göttin und mich hatte es allerdings schlimmer getroffen, da wir in den Fluss gefallen waren. Für Aiz und mich stellte das kein größeres Problem dar, da unsere Körper durch unseren aufgelevelten Status robust genug geworden waren, um mit solchen Situationen umgehen zu können. Doch bei meiner Göttin war das anders. Zwar hatte sie den Sturz in den Fluss überlebt, jedoch war die Wärme vollständig aus ihrem Körper gewichen und sie war total erschöpft.

Für ihr Spiel in der irdischen Welt hatten die Götter mehrere Regeln aufgestellt. Die bedeutendste war das Verbot, ihre göttlichen Kräfte, das Arcanum, zu nutzen. Ohne ihre überwältigenden Fähigkeiten glichen die Deusdea jenen Menschen, die keinen Segen erhalten hatten – vielleicht waren sie sogar noch schwächer als diese. Altern oder sterben konnten sie nicht, aber es war möglich, dass sie sich erkälteten oder ernstlich krank wurden. Dabei handelte es sich um eine »Anpassung« an die irdische Welt, um deren Freuden voll und ganz auskosten zu können.

»Wenn wir nicht bald einen Unterschlupf finden, dann …« So würde meine Göttin nicht mehr lange durchhalten. Ich hatte zwar noch nie davon gehört, dass eine Krankheit das Arcanum aktiviert und eine Gottheit somit ins Himmelreich zurückgeschickt hätte, war bei ihrem schmerzvollen Aufstöhnen allerdings besorgt, dass es doch passieren könnte.

Die Strömung hatte uns ziemlich weit flussabwärts getrieben, weshalb ich keinen Schimmer hatte, wo wir uns gerade befanden.

In diesem unerbittlichen Regen wäre es auch keine kluge Idee, auf Asfis Hilfe zu warten.

»Ich könnte ein Loch in die Felswand schlagen und damit eine Höhle erschaffen …«, sagte Aiz.

Was wir als Erstes benötigten, war jedoch Wärme und kein Schutz vor dem Regen. Die Kälte ließ meine Göttin von Minute zu Minute schwächer werden. Selbst wenn ich mit meinem Firebolt ein Feuer entzünden würde, so benötigten wir auch trockenen Brennstoff, um es am Leben zu halten. Erst dann bräuchten wir einen sicheren, trockenen Ort, der uns vor dem Wetter schützte und an dem wir neue Kräfte sammeln konnten. Gingen wir weiter flussabwärts, würden wir sicher ein warmes, trockenes Plätzchen finden …!

Meine Gesichtsmuskeln verkrampften sich und mein Blick wanderte die steilen Felswände der tiefen Schlucht hinauf. Nichts blockierte die Sicht auf den dunkelgrauen Himmel, der sich gnadenlos über uns ergoss.

»Kraaaaaaaaaaaaaaaaaaaaaaaaah!!«

»Hm?!«

Als wir weiter durchs Tal eilten, erreichte das schrille Gebrüll eines Monsters meine Ohren. Von vorn und von oben näherten sich unzählige Schatten, untermalt vom Geräusch schlagender Flügel.

»Harpyien?!« Mit weit aufgerissenen Augen starrte ich auf die angreifenden Bestien, deren Vorfahren vor langer Zeit aus dem Dungeon an die Oberfläche gekommen waren und sich im Beol-Gebirge niedergelassen hatten.

Harpyien – halb Mensch, halb Vogel. Bizarre Monster, die Frauen ähnelten. Von der Taille aufwärts formten sie einen weiblichen Körper, sogar Brüste hatten sie. Ihre Unterarme waren jedoch wesentlich länger als die eines Menschen, denn sie mündeten in Flügeln in der Größe von Schilden. Ihr Unterkörper war zudem mit schmutzigen Federn bedeckt und glich dem eines Falken oder Adlers mit scharfen Klauen an den Füßen.

Was ihr Gesicht betraf, so hätte es zwar als das einer Frau beschrieben werden, doch in Wahrheit dem eines Menschen nicht ferner sein können. Im Mund befanden sich scharfe Fangzähne und ihre Haut war von tiefen Falten gezeichnet. Diese Monster waren schlichtweg furchteinflößend. Würde jemand eine Beschreibung verlangen, so erinnerten sie an alte Frauen, die einem Wahn verfallen waren. Aber nein, eine reife ältere Dame war um einiges hübscher als diese Wesen.

Gerade weil ihre Körperstruktur der unseren ähnelte, setzten sie in mir ein deutlich stärkeres Gefühl der Abneigung frei, als es Monster im Dungeon für gewöhnlich taten. Am schlimmsten jedoch war der unerträgliche Gestank nach Fäkalien und Urin, den sie absonderten und der dafür sorgte, dass ich mir am liebsten die Nase aus dem Gesicht gerissen hätte.

Warum ausgerechnet jetzt ...? Ihre gelben Augen funkelten uns an, während sie uns umkreisten wie Vögel ihre Beute. Ich blickte ihnen in die hässlichen Fratzen und streckte den rechten Arm nach vorn – mein Ziel war das Zentrum der Monsterhorde. Doch gerade als ich meinen Zauber entfesseln wollte ...

»Lauf weiter!«

... fegte ein Windstoß an mir vorüber. Ich nahm das unverkennbare Geräusch eines Schwertes wahr, das aus seiner Scheide gezogen wurde, während goldblondes Haar an meinem Gesicht vorbeiflatterte.

Einen Augenblick später fielen einige der Harpyien, die sich uns in den Weg gestellt hatten, in Stücken zu Boden – schrilles

Gebrüll und Blutfontänen erfüllten die Luft. Aiz hatte unter den Monstern für Verwirrung gesorgt. Sie kniff die Augen zusammen und ließ ihren Säbel ein weiteres Mal aufblitzen.

»Kraaah?!«

Inmitten des strömenden Regens fielen unzählige schwarze Federn zu Boden. Die blonde Schwertkämpferin rannte die steile Felswand hinauf, stieß sich kraftvoll davon ab und schoss mit atemberaubender Geschwindigkeit durch die Luft, wobei sie ein Monster nach dem anderen zerteilte – meinen Augen fiel es schwer, ihr zu folgen. Die Vogelbestien, die uns mittlerweile von allen Seiten umzingelten, kreischten aus vollem Halse, ehe die Klinge ihnen das Leben aushauchte.

Ich tat wie mir geheißen und rannte mit meiner Göttin auf dem Rücken voran. Zwischenzeitlich blitzte rings um uns immer wieder goldenes und silbernes Licht auf – es war, als hätte sich eine Art Kuppel um uns gebildet, die ausnahmslos jedes Monster zerschnitt, das sich uns näherte. Aiz' Säbel schien uns wie eine Art Barriere zu begleiten. Trotz der Tatsache, dass ich zu meinem Leidwesen auf ihren Schutz angewiesen war, empfand ich es zugleich als beeindruckend und inspirierend, meiner Gefährtin dabei zuzusehen, wie sie mit Leichtigkeit etwas Derartiges vollbrachte. Ich rannte so schnell ich konnte, doch kam gleichzeitig nicht umhin, sie in Aktion zu bewundern.

*Sie ist unglaublich stark. Viel zu stark ...* Ich erschauderte vor Ehrfurcht, als mehrere inzwischen flügellose Harpyien von den reißenden Fluten des Flusses verschlungen wurden.

*Platsch! Platsch!* Auch am Ufer lagen unzählige Monsterleichen herum. Der Regen wusch die blutgetränkten Felsen der Schlucht sofort wieder rein.

Kurz nachdem Aiz auch die letzte Harpyie aus der Luft geholt hatte …

»Was ist das …?«

… landete sie auf einem Felsvorsprung und blickte nach vorn, als hätte sie etwas bemerkt. Als ich ebenfalls dorthin sah, erkannte ich in der Ferne das flackernde Licht einer Magiesteinlampe – es kam direkt auf uns zu.

»Heeeey! Ist da jemand?!«

Die Stimme eines Menschen hallte aus der Richtung wider, in die der Fluss uns führte. Aiz und ich tauschten einen kurzen Blick aus und nickten uns zu, ehe wir zu ihm eilten.

*Knister, knister!* Das Knacken des Feuers hallte durch den Raum. Die Flammen im Kamin tauchten das Zimmer in ein zartes Orange und erfüllten es mit einer sanften Wärme, die uns vollständig umhüllte. Jedes Mal, wenn dieses angenehme Gefühl meine Augenlider schwer werden ließ, schüttelte ich heftig den Kopf, um meiner Schläfrigkeit zu widerstehen. Auf dem Bett vor mir lag Göttin Hestia und schlief friedlich – vorsichtig umschloss ich ihre rechte Hand.

Plötzlich klopfte es an der Tür und ein älterer Mann trat ein. »Wie geht es deiner Göttin?«

»Ah, Herr Caam … Ihr geht es gut, sie schläft noch.« Sofort stand ich auf, um ihn zu begrüßen.

An seiner Seite befand sich ein Menschenmädchen, das kaum älter war als ich.

»Das freut mich«, sagte er mit einem erleichterten Lächeln.

Wir waren im Tal glücklicherweise auf Menschen getroffen, die uns ins Dorf Edas gebracht hatten. Die kleine Siedlung lag tief im Beol-Gebirge in einem der zahlreichen von steilen Klippen umgebenen Täler. Aiz und ich waren ziemlich überrascht gewesen, dass ein solcher Ort hier überhaupt existierte. Wer hätte gedacht, dass mitten in den Bergen wirklich Menschen leben würden ...?

Nachdem wir den jungen Männern, die am Fluss nach dem Rechten hatten sehen wollen, unsere Situation geschildert hatten, waren wir hierhergebracht worden, wo uns die Dorfbewohner sofort ihre Hilfe angeboten hatten. Der Dorfälteste, Herr Caam, hatte uns in seinem Haus einquartiert, damit wir uns ausruhen konnten. Doch nicht nur das – er hatte uns auch mit Wechselkleidung versorgt.

Unheimlich dankbar für seine Großzügigkeit verbeugte ich mich wieder und wieder vor dem älteren Herrn. »Ich kann Ihnen nicht genug danken! Vielen Dank, dass Sie meine Göttin gerettet haben ...«

»Bitte heb den Kopf, junger Bell. Das ist doch das Mindeste, was ich ... Öchö, öchö!« Ein plötzlicher Hustenanfall unterbrach ihn mitten im Satz.

Das Mädchen, das ihn begleitete, stützte ihn mit beiden Händen, während er sich vornüberbeugte, und bat ihn mit besorgtem Blick, in sein Zimmer zurückzukehren. Vermutlich handelte es sich um seine Tochter. Herr Caam hob schließlich langsam die Hand und versicherte ihr, dass alles in Ordnung sei, ehe er sich allmählich wieder aufrichtete.

»Ä... Ähm, Sie sollten sich nicht überanstrengen ...!« Unsicher trat ich einen Schritt auf den alten Mann zu.

»Nein, es ist alles bestens ... Fühl dich einfach wie zu Hause, Bell. Wenn du etwas brauchst, wende dich ruhig an meine Tochter. Möge sich deine Göttin schnell wieder erholen!« Obwohl es ihm offensichtlich nicht gut ging, betonte er auch mir gegenüber, dass ich mir keine Gedanken machen müsse. Sein Blick war starr auf meine Göttin gerichtet. Sein faltiges Gesicht mit dem Kinnbärtchen spiegelte die unterschiedlichsten Emotionen. Schließlich verbeugte er sich vor ihr und sagte: »Möget ihr beiden bei bester Gesundheit bleiben …«, ehe er mithilfe seiner Tochter das Zimmer verließ.

»Ich frage mich, ob er krank ist …«

Obwohl wir völlig Fremde für ihn waren, hatte er sofort alle Hebel in Bewegung gesetzt, um uns zu helfen, als er die bewusstlose Göttin auf meinem Rücken gesehen hatte. Seine Fürsorglichkeit war beinahe übertrieben, doch ich war ihm unheimlich dankbar für all seine Mühen. Gerade deshalb wuchs auch meine Sorge angesichts seines blassen Teints.

Ich kehrte wieder an die Seite meiner Göttin zurück, als ich auf einmal eine Gestalt vor unserem Fenster erblickte. Eine verhüllte Person kam im strömenden Regen auf das Haus zugelaufen. Als ich erkannte, um wen es sich handelte, zögerte ich kurz, ließ Göttin Hestia dann aber in der Obhut von Herrn Caams Tochter und eilte zum Eingang.

»Willkommen zurück, Aiz. Und, ähm, danke für alles!«

»Ja, da bin ich wieder … Wie geht es ihr?«

Als die junge Frau ihren triefend nassen Mantel auszog, kam darunter ihre nicht minder durchnässte Kampfkleidung zum Vorschein. Während sie sich nach dem Zustand meiner Göttin erkundigte, reichte ich ihr ein Handtuch und sagte, dass es ihr bereits besser gehe.

»Und, wie war es?«, erkundigte ich mich anschließend.

»Weder die Soldaten des Königreichs noch Asfi waren mehr dort … Nur zerstörte Waffen und Spuren unserer Schlacht.«

Kaum hatten wir die Göttin im Dorf Edas in Sicherheit gebracht, war Aiz zurückgegangen, um nachzusehen, was mit den rakianischen Streitkräften geschehen war. Sie war dem reißenden Fluss im Tal bis zu der Stelle gefolgt, an der wir hineingestürzt waren. Der Sturm hatte sich verschlimmert, weshalb sie annahm, dass die Soldaten und Asfi irgendwie Schutz vor dem Wetter gesucht hatten. Ob die feindliche Armee noch immer hinter meiner Göttin her war und irgendwo in den Bergen auf sie lauerte oder ob sie sich vollständig zurückgezogen hatte, war unklar.

Ich hatte Aiz nicht nur in diesen Schlamassel hineingezogen, sie hatte mich obendrein auch die ganze Zeit über beschützen müssen. Als ich mich bei ihr für all den Ärger entschuldigte, schüttelte sie jedoch nur den Kopf und versicherte mir, dass ich mir keine Sorgen zu machen brauche.

»Wir haben keine Möglichkeit, Orario zu kontaktieren … Ich denke nicht, dass wir auf Rettung hoffen können.« Der Weg in die Stadt würde sie mindestens die restliche Nacht kosten, noch dazu spiele das Wetter nicht mit, erklärte Aiz. Es bestehe die Gefahr, sich im schroffen Gebirge zu verlaufen. Außerdem seien Gott Ares' Truppen noch immer irgendwo dort draußen, deren Stärke aufgrund ihrer großen Zahl nicht zu unterschätzen sei, sodass sie unter diesen Bedingungen nicht den Kampf mit ihnen suchen wolle. Aus diesem Grund habe sie sich entschieden, vorerst ins Dorf zurückzukehren.

Da Asfi eine hochklassige Abenteurerin war, war ich mir sicher, dass sie mittlerweile wieder in der Stadt war und den anderen von den Ereignissen berichtet hatte … Allerdings bezweifelte ich, dass sie von unserem Verbleib in diesem Bergdorf wusste.

»Dann bleiben wir also, bis sich meine Göttin erholt hat …?«

»Ja, ich denke, das ist das Beste.« Aiz nickte mir zu, während sie ihr nasses Haar und ihren Nacken mit dem Handtuch abtrocknete.

Ihre triefende Kleidung klebte an ihrer Haut, weshalb ich nicht recht wusste, wohin ich sehen sollte.

Wir beschlossen, gemeinsam nach Orario zurückzukehren, sobald sich Göttin Hestia erholt hätte – bis dahin müssten wir in diesem Dorf bleiben. Zwar würden Lili und die anderen sich in der Zwischenzeit vermutlich große Sorgen machen ... doch das ließ sich nun nicht ändern. Trotz leichter Schuldgefühle schmiedete ich mit Aiz einen Plan, wie es nun weitergehen sollte.

Am nächsten Tag öffnete meine Göttin die Augen. Ich war so glücklich darüber, dass ich hätte weinen können, doch ich wusste, dass sie sich noch ausruhen musste, und wollte sie nicht weiter aufwühlen. Sie blieb den restlichen Tag und auch noch den danach im Bett.

Und dann, am Morgen unseres dritten Tages in Edas ...

»Es tut mir leid ... Bell.«

»Du hast dich doch schon genug entschuldigt, Göttin. Wie ich schon sagte: Es ist alles in Ordnung.«

Als meine Göttin, die noch immer im Bett lag, mich zum x-ten Mal um Verzeihung bat, lächelte ich ihr freundlich zu.

Ihr Gesicht hatte wieder an Farbe gewonnen – sie sah mich an, vermied aber den Blickkontakt, als würde sie sich für etwas schämen.

»Das ist ... ein schönes Dorf, oder?«, versuchte ich, das Thema zu wechseln.

»Ja. Alle sind so freundlich und warmherzig.«

Wenn man seinen Ursprung zurückverfolgte, erfuhr man, dass Edas einmal eine Elfensiedlung gewesen war. Da Elfen ihre Zeit ursprünglich nicht gern mit anderen Völkern verbracht hatten, war die isolierte Lage des Dorfes perfekt für sie gewesen. Aber anscheinend hatte ihre Sicht der Dinge vor eintausend Jahren begonnen, sich zu ändern. Die Ankunft der Gottheiten im Erdenreich hatte die jungen Elfen dazu ermutigt, ihre Heimat zu verlassen und die Welt zu erkunden, wohingegen die älteren damit angefangen hatten, auch andere Völker in ihrem Dorf willkommen zu heißen.

Menschen, die an ihrer Realität verzweifelt waren, solche, die Gefahren zu entkommen gesucht hatten, und junge Pärchen, die vor ihren Familien geflüchtet waren, weil diese ihre Liebe nicht hatten akzeptieren wollen, hatten sich nach und nach hier versammelt. Irgendwann hatte das Dorf auch begonnen, Abenteurer bei sich aufzunehmen, die aus Orario vertrieben worden waren und sich daraufhin im schroffen Beol-Gebirge verirrt hatten. Heute waren mehr als die Hälfte aller Dorfbewohner Nachkommen dieser Leute mit ihren besonderen Vergangenheiten. Aufgrund dessen war man hier Neuankömmlingen gegenüber ganz besonders freundlich.

Ein verborgenes Dorf, das auf keiner Karte zu finden war und verirrten Menschen Zuflucht bot. Auch dies war … eine Welt, die ich bisher nicht gekannt hatte.

Eine Gottheit schien in Edas ein seltener Anblick zu sein, denn durchs Fenster des Gästezimmers lugten zwei Halbmenschenkinder herein, ein Junge und ein Mädchen. Göttin Hestia bemerkte die beiden und winkte ihnen lächelnd zu. Die Kinder erröteten und lächelten verlegen zurück.

»Wie fühlst du dich heute? Bitte sag mir Bescheid, wenn du irgendetwas brauchst.«

»Oh, Rina. Vielen Dank für alles.«

Herrn Caams Tochter betrat den Raum und erkundigte sich nach dem Wohlbefinden meiner Göttin. Diese entgegnete, dass es ihr gut gehe, und ich verbeugte mich vor dem Mädchen, das schätzungsweise zwei bis drei Jahre älter als ich und unheimlich freundlich war. Rina und einige ihrer erwachsenen Brüder hatten sich in den letzten Tagen großartig um uns gekümmert. Ich empfand eine grenzenlose Dankbarkeit dafür, dass sie meiner Göttin geholfen hatten.

Doch es gab eine Sache, die mich beschäftigte. Herr Caam war schon sehr betagt – zwischen ihm und seinen Kindern lag ein großer Altersunterschied. Man hätte sogar meinen können, es handelte sich bei Rina und den anderen um seine Enkelkinder, weshalb mich jedes Mal die Verwirrung überkam, wenn ich ihn hier im Zimmer sah oder ihm im Haus begegnete. Zusätzlich war ich bislang niemandem begegnet, der ihre Mutter hätte sein können.

Aber so seltsam ich das auch fand, ich hakte natürlich nicht nach. Stattdessen stellte ich Rina eine andere Frage, die mich umtrieb. »Ähm, ist heute irgendetwas los? Irgendwie sind draußen mehr Leute unterwegs als sonst ...«

»Ja, heute findet unser jährliches Dorffest statt, bei dem wir für eine reiche Ernte beten. Da es die ganze Zeit über geregnet hatte, waren wir schon besorgt, dass es dieses Mal ausfallen muss, aber zum Glück hat es ja jetzt aufgehört ... Alle sind schon total aufgeregt«, erklärte sie mir energisch, wobei ihr zusammengebundenes schwarzes Haar mitschwang.

Durchs Fenster war der strahlend blaue Himmel zu sehen, lebhafter Trubel drang an meine Ohren.

»Verstehe«, sagte ich und nickte ihr zu. Auch in dem kleinen Dorf, in dem ich aufgewachsen war, fanden regelmäßig solche Feste statt.

»Bell ... geh und hilf ihnen bei den Vorbereitungen.«

»Was?« Sowohl Rina als auch ich drehten uns überrascht zu meiner Göttin um. »A... Aber, Göttin ...«

»Nach allem, was sie für uns getan haben, wäre es eine Schande für mich, wenn wir uns nicht erkenntlich zeigen würden ... Bitte, Bell.«

Obwohl es ihr schon wesentlich besser ging, wich ich nur ungern von ihrer Seite. Doch sie lachte über meine Sorge hinweg und drängte mich zu gehen. Tatsächlich wollte auch ich mich bei unseren Rettern revanchieren. Wieder nach Hause zurückzukehren, ohne unsere Schuld beglichen zu haben, wäre wirklich herzlos gewesen und ich hätte es sicher bereut. Mit diesem Gedanken erwiderte ich das Lächeln meiner Göttin und entschied mich, ihrer Bitte nachzukommen. Ich ließ sie in Rinas Obhut und ging hinaus.

»Ah, Aiz.«

»Morgen ...«

Auf dem Flur begegnete ich meiner Gefährtin. Sie erwiderte meinen Gruß, doch was meine Aufmerksamkeit viel eher auf sich zog, war ihr Outfit. Ich musterte es eingehend und errötete. »Ähm, d... diese Kleidung steht dir echt gut. Das sieht wirklich niedlich aus ...«

Anders als üblich war sie nicht in ihre Kampfmontur inklusive Rüstung gehüllt – sie sah heute ganz und gar nicht aus wie eine Abenteurerin. Zu einem leuchtend roten, langen Rock, der mit auffälligen Stickereien verziert war, trug sie eine lockere weiße Bluse und darüber eine bunt gemusterte Weste mit Knöpfen.

Diese Kombination ließ ihr blondes Haar noch mehr herausstechen als sonst und sie erweckte den Eindruck eines waschechten Dorfmädchens. Sie war wunderschön wie immer, doch ... diese niedliche Seite hatte ich bislang noch nie an ihr gesehen.

»Das hat man mir für das Fest heute empfohlen ... Sieht das wirklich nicht komisch aus?«

»N... Nein, nein! Es ist sehr hübsch!«

Als Aiz etwas unsicher an sich hinabblickte, schüttelte ich energisch den Kopf. Genau wie mir hatte man auch ihr Kleidung geliehen. Aufgrund der gottgleichen Schönheit der jungen Abenteurerin hatte Rina es kaum erwarten können, ein Outfit für sie auszusuchen. Die junge Frau blickte auf meine ehrliche Meinung hin leicht zur Seite, ihre Wangen färbten sich zartrosa und sie ... sah verlegen aus.

*Wumm!* Jede ihrer Gesten bescherte mir eine Gänsehaut. Obwohl ich derjenige war, der ihr ein Kompliment ausgesprochen hatte, schnürte sich mir die Brust von Sekunde zu Sekunde mehr zusammen.

Aiz blickte mich verwundert an, als ich knallrot anlief und anfing, wie Espenlaub zu zittern. »Gehst du irgendwo hin?« Fragend neigte sie den Kopf zur Seite, als sie feststellte, dass ich allein nach draußen gehen wollte.

»Oh, ja. Ich wollte den Dorfbewohnern bei den Vorbereitungen für dieses Fest helfen.«

Die letzten drei Tage hatte ich das Gästezimmer kaum verlassen. Aiz hingegen hatte davor Wache gestanden oder ums Haus patrouilliert, um unsere Sicherheit zu gewährleisten ... oder auch, weil sie nichts anderes zu tun gehabt hatte. Da der Regen bis zum Vorabend angehalten hatte, war es auch kaum sinnvoll gewesen, nach draußen zu gehen.

Dass Aiz trotz ihrer Dorfmädchenaufmachung ihren Säbel trug, erschreckte sowohl mich als auch die Söhne des Hauses, die soeben vorbeigingen ... Sie war eben eine Kriegerin durch und durch, egal, was sie trug.

Auf meine Erklärung hin nickte sie mir zu und sagte: »Ich komme mit.«

»Was? Bist du dir sicher?«

»Ja. Sie haben mir Kleider geliehen und mich mit Nahrung versorgt ... Ich möchte mich bei ihnen bedanken.«

Ihr Gesichtsausdruck war genauso nichtssagend wie immer, aber ich freute mich, dass sie ebenfalls den Drang verspürte zu helfen. Gemeinsam verließen wir Herrn Caams Haus.

»Es war dunkel und hat wie aus Eimern geschüttet, als wir hier ankamen, deshalb hatte ich es nicht bemerkt, aber ... dieses Dorf ist ziemlich groß.«

»Ja, stimmt ...«

Die Pfützen auf dem Boden reflektierten den blauen Himmel über uns. Als die Dorfbewohner zu uns eilten, um uns zu begrüßen, boten wir ihnen unsere Hilfe an. Edas war größer, als es auf den ersten Blick erschien, und als ehemalige Elfensiedlung von allen Seiten von Bäumen umgeben. Zusammen mit den hohen Klippen des Beol-Gebirges sorgten sie dafür, dass die Bezeichnung »verstecktes Dorf« für diesen Ort mehr als angemessen war. Ohne zu wissen, dass es ihn gab, wäre es fast unmöglich, ihn aufzuspüren.

Es musste sich schon herumgesprochen haben, dass wir hier waren, denn kaum hatten wir das Haus des Dorfvorstehers verlassen, zogen wir sofort die Aufmerksamkeit aller auf uns. Besser gesagt Aiz. Um uns herum hatten sich zahlreiche Männer versammelt, die sie mit offenem Mund angafften. Die

Verheirateten unter ihnen wurden von ihren Frauen in die Wangen gekniffen. Auch das Geräusch von Ohrfeigen ertönte hier und da aus der Menge. Ein Lächeln legte sich auf mein Gesicht, als ich sah, wie die Männer sich vor ihren Gattinnen duckten und die Kinder rings um sie aufgeregt herumtollten.

In der Mitte des Dorfes befand sich ein von Häusern umgebener Platz, auf dem man bereits zahlreiche Tische aufgestellt hatte, und einige Leute waren schon damit beschäftigt, ein Lagerfeuer zu errichten. Die Vorbereitungen waren in vollem Gange. Eine Gruppe muskulöser Männer mittleren Alters, vermutlich die Verantwortlichen für das Fest, gab Anweisungen. Auch Aiz und ich holten uns welche ab, ehe sich unsere Wege trennten und jeder seiner Arbeit nachging.

Unsere Zusammenarbeit mit den Dorfbewohnern verschiedener Völker ging ihren Gang und wir erzielten große Fortschritte. Die Zeit verging wie im Flug und ehe ich mich's versah, war der Nachmittag bereits vorbei und der Abend angebrochen.

»Ähm ... Entschuldigung, darf ich fragen, was das ist?«

Während ich mich um das Feuerholz kümmerte und verschiedene Dekorationen von einem Ort zum anderen transportierte, stachen mir immer wieder merkwürdige Objekte ins Auge, die über das ganze Dorf verteilt waren. Sie erinnerten mich an große, glänzende Obsidiane, doch eine unheimliche Aura ging von ihnen aus. Jedes dieser Objekte war ungefähr so groß wie mein Oberkörper und sie formten einen Kreis um das Dorf herum, der eine klare Grenze zum Wald bildete. Fragend wandte ich mich an eine ältere Tiermenschendame, die in meiner Nähe stand, um mich nach den schwarzen Teilen zu erkundigen, die anscheinend zum Schutz des Dorfes dienen sollten.

Sie lächelte mir zu und antwortete ohne Umschweife: »Ah, das? Das sind Schuppen des schwarzen Drachen.«

»Wie bitte …?« Ich traute meinen Ohren nicht. Unter dem Himmel, der ins Blutrot des Sonnenunterganges getaucht war, beugte ich mich zu der Frau vor – ich war mir fast sicher, mich verhört zu haben. »Der schwarze Drache … Der aus den Märchen? *Dieser* schwarze Drache …?«

»Ja, genau der. Vor langer Zeit, nachdem die Helden ihn aus Orario vertrieben hatten, floh er in den Norden. Diese Schuppen soll er verloren haben, als er dieses Tal überquert hat.« Die Dame erzählte mir die Legende des Dorfes, die von Generation zu Generation von den langlebigen Elfen weitererzählt wurde.

Dieses sagenumwobene Monster sollte also vor langer Zeit über Edas geflogen sein und dabei ein paar seiner Schuppen fallen lassen haben …?

»Wundert es dich denn gar nicht, dass ein Dorf inmitten eines von unzähligen Monstern bewohnten Waldes nie angegriffen wird?«

»N… Nun, schon, aber …«

Aiz und ich waren auf dem Weg hierher von Harpyien attackiert worden. Doch seit wir das Dorf betreten hatten, hatte ich in der Tat kein einziges Monster mehr zu Gesicht bekommen. Natürlich fand ich das merkwürdig, doch …

»Das haben wir allein diesen Schuppen zu verdanken. Die Monster fürchten sich so sehr vor ihnen, dass sie uns fernbleiben. Dank des schwarzen Drachen können wir in Frieden leben.«

Die unheimliche Aura, die von diesen Schuppen ausging, sollte also die Präsenz des Königs der Drachen sein – womöglich strahlten sie etwas von seiner Macht aus. Der Aussage der Tiermenschenfrau nach spürten die Monster die Präsenz dieser legendären Bestie und mieden diesen Ort, weshalb Edas keine Angriffe ihrerseits zu befürchten habe. Ihre Geschichte verblüffte mich, ich war sprachlos.

Unterdessen schloss die ältere Dame die Augen und ging mit aneinandergelegten Händen vor einer der schwarzen Schuppen auf die Knie. »Sicher findest du es höchst seltsam, dass wir ein Monster vergöttern. Doch der Grund, aus dem wir heute noch am Leben sind, ist nicht der Schutz durch Abenteurer oder Gottheiten ... es sind diese Schuppen.« Zum einen verspüre sie Dankbarkeit, zum anderen aber auch Furcht. Sie und die anderen Dorfbewohner lebten mit der Angst vor dem Tag, an dem die legendäre Bestie zurückkehren und die Welt zerstören würde. Schließlich seien sie diejenigen, die sich der Macht des Drachen stärker bewusst seien als irgendjemand sonst. Sie fürchteten sich so sehr, dass sie gar nicht anders könnten, als ihn zu verehren und darum zu beten, dass er seine unbändige Macht niemals hier entfesseln würde, erklärte die Frau.

Ich war fassungslos angesichts dieses Aspekts des Dorfes Edas, einem Ort, der von der Welt, wie ich sie kannte, völlig abgeschnitten war. Gott Hermes' Geschichte über die drei Unheil bringenden Scheusale fühlte sich nun realer an denn je zuvor. Der schwarze Drache ... Ich fragte mich, ob es auch in anderen Teilen der Welt Dinge wie diese Schuppen gab, die das einäugige Ungetüm zurückgelassen hatte.

»Nun ja, sollte der schwarze Drache allerdings eines Tages von dieser Welt verschwinden, werden wir wohl auch aufhören, ihn anzubeten ...«, sagte die Dame schmunzelnd. Sie hatte die Augen noch immer geschlossen, die Hände noch immer aneinandergepresst.

Plötzlich wurde mir vieles klar. Die Bedeutung der drei großen Quests, mit denen die Labyrinthstadt beauftragt worden war. Der sehnliche Wunsch der Welt nach Erlösung bestand noch heute.

»Unsere kleine Plauderei ist ein wenig ernst geworden. Wir sind fast fertig, also lass uns die Vorbereitungen schnell abschließen!«

»Ähm ... J... Ja, natürlich.«

Die Frau blickte auf und lächelte mich sanft an, woraufhin ich ihr zunickte. Ich sammelte das Holz wieder auf, das ich zuvor getragen und während unseres Gesprächs abgelegt hatte, verabschiedete mich von der älteren Dame und begab mich zu meinem ursprünglichen Ziel. Nachdem ich meine Arbeit beendet hatte, hielt ich einen Moment inne und schaute mich im vollständig von den schwarzen Schuppen umringten Dorf um. So kurz vor dem Fest sah hier alles ein wenig anders aus als zuvor.

»Ah ...« Während ich zwischen den Häusern entlangging, erspähte ich Aiz, die anscheinend schon all ihre Aufgaben erledigt hatte. Sie stand mit dem Rücken zu mir vor einer kleinen Steinhütte und trug noch immer ihr Dorfmädchenoutfit. »Aiz?«

»...«

Ich sprach sie an und ging auf sie zu, doch sie wandte den Blick keine einzige Sekunde von dem steinernen Gebäude ab. Darin entdeckte ich eine der schwarzen Schuppen. Man hatte sie auf einem Podest platziert und mehrere Teller mit Essen und anderen Opfergaben davorgestellt ... Es musste sich um eine Art Altar handeln. Vermutlich war dies der Ort, an dem die Dorfbewohner das Wesen anbeteten, das für ihren Schutz sorgte.

Schweigend betrachtete Aiz das schwarze Objekt. Vermutlich hatte auch sie bereits von der Geschichte dieses Dorfes und den Drachenschuppen gehört.

»Er ist fast wie ein Gott für sie, oder?«, murmelte ich meinen Eindruck vor mich hin. Ihre Furcht hatte die Dorfbewohner dazu gebracht, dem Ungetüm Opfergaben darzubieten, sodass die Ähnlichkeit zu einem richtigen Gott nicht von der Hand zu weisen war. Doch …

»Dieses Ding ist kein Gott.«

… Aiz' scharfe Erwiderung schnitt wie ein Schwert durch mich hindurch. Auch nach ihren eiskalten Worten der Verneinung blickte sie nicht zu mir.

War das hier wirklich Aiz? Noch nie hatte ich so viel Emotion in ihrer Stimme liegen hören. Mir verschlug es die Sprache. Mein Herz pochte wild in meiner Brust – ihr Tonfall hatte mich in Angst versetzt. Welcher Ausdruck wohl gerade auf ihrem Gesicht lag? Ich konnte es nicht erkennen. Die Zeit schien für mich stehen geblieben zu sein.

»Lass uns zurückgehen.«

»O… Okay.«

Nach einem kurzen Moment, der sich wie eine Ewigkeit angefühlt hatte, drehte sich die junge Frau zu mir um, nun wieder mit dem emotionslosen Ausdruck, den ich schon viele Male zuvor bei ihr gesehen hatte. Sie war wieder die Aiz, die ich kannte. Auch ihre Stimme klang wie immer.

Langsam entfernte sie sich von der Steinhütte, ich hingegen war wie erstarrt. Als sie ein paar Schritte gegangen war, hielt sie inne und sah zu mir zurück. Endlich konnte ich meine Beine wieder bewegen und eilte ihr nach.

Ich ging neben ihr her und warf heimlich einen Blick auf ihr Profil. Ihr ins rote Licht der Abenddämmerung getauchtes Gesicht hatte sich nicht verändert. Alles war wie immer. Hatte ich mir das gerade etwa nur eingebildet? Noch immer spukten ihre

Worte durch meinen Kopf, doch war es womöglich nur ein Hirngespinst? Es gelang mir nicht, den Mut aufzubringen, sie danach zu fragen.

Obwohl mir die Sache mit Aiz weiterhin Kopfzerbrechen bereitete, erledigte ich weiterhin alles, was mir aufgetragen wurde, und machte mich anschließend auf den Weg zurück zum Haus des Dorfvorstehers, das ebenfalls zu denen gehörte, die direkt am Rande des zentralen Platzes standen. Ich trat ein und begab mich ins Gästezimmer, um nach meiner Göttin zu schauen. Als ich die Tür öffnete ... »Ähm ... Herr Caam?« ... sah ich den alten Mann am Bett stehen.

Göttin Hestia schlief tief und fest. Während Herr Caam sie schweigend betrachtete, erfüllten ihre leisen Atemzüge den Raum.

Auf meine verblüffte Äußerung hin hob der Greis, der sich auf einem Gehstock abstützen musste, langsam den Kopf. »Sei unbesorgt. Ich habe deiner Göttin nichts getan.«

»Ähm, also, das habe ich auch nicht gedacht ... St... Stimmt denn etwas nicht?«, fragte ich ihn verlegen, woraufhin er sich fast wie in Zeitlupe zu mir umdrehte.

»Ich habe auf dich gewartet.«

Die Überraschung musste mir ins Gesicht geschrieben stehen.

Herr Caam fuhr fort: »Würdest du einem alten Mann vielleicht kurz etwas von deiner Zeit erübrigen, Bell?«

Der alte Herr führte mich in sein Zimmer im hinteren Teil des Hauses. Dieses war äußerst spärlich eingerichtet: Es befanden sich nur ein Bett, ein Schreibtisch und ein Stuhl darin. Auf dem Tisch lagen ein kleiner Stapel Dokumente und ein Federkiel, was für einen Dorfvorsteher auch nicht weiter verwunderlich war. Jedoch schien es so, als hätte er sein Schreibzeug schon eine ganz Weile nicht mehr in die Hand genommen. Auch auf dem Papierstapel hatte sich eine dünne Staubschicht gebildet.

»Öchö, öchö!«

»G… Geht es Ihnen gut?«

Plötzlich begann Herr Caam wieder zu husten. Als ich jedoch loseilen wollte, um seine Tochter zu rufen, hielt er mich zurück. »Bitte mach dir keine Sorgen um mich. Ich kenne meinen Zustand besser als jeder andere.«

Ich war mir nicht ganz sicher, was er mir damit sagen wollte, und das schien sich auch in meinem Gesichtsausdruck widerzuspiegeln, denn er versicherte mir erneut, dass ich mir keine Gedanken machen müsse. Trotz seiner leicht gebeugten Körperhaltung war der dünne Mann noch immer ein wenig größer als ich. Sein grau-weißes Haar schwang leicht mit, als er sich lächelnd zu mir wandte.

Wenngleich ich immer noch besorgt war, blieb ich wie gewünscht stehen und wartete aufmerksam auf seine nächsten Worte. Das zinnoberrote Licht des Sonnenuntergangs fiel durchs Fenster, während Herr Caam zu seinem Schreibtisch ging und die oberste Schublade öffnete. Er nahm etwas heraus und legte es auf den Tisch.

Was auch immer es war, es schien sehr alt zu sein. Ich trat näher, um einen genaueren Blick darauf zu werfen, doch der Gegenstand war so abgenutzt, dass ich kaum etwas erkennen konnte. War das ein Feuer? Ein Emblem? »Ist das etwa … das Emblem einer Familia?«

»Ja, ganz genau. Vor langer Zeit habe ich einer bestimmten Göttin die Treue geschworen.«

Ich riss die Augen auf, als Herr Caam über seine Vergangenheit zu sprechen begann.

»Ich verehrte sie und auch sie hatte Gefühle für mich. Wir schworen uns gegenseitig die Liebe.«

»Was ...?«

Er hatte einer Göttin die Liebe geschworen. Diese Aussage verblüffte mich. Der alte Herr wandte einen Moment lang den Blick von mir ab. War er etwa verlegen?

»Leider konnte ich sie nicht beschützen. Ich war ihr einziger Gefolgsmann und hatte geschworen, sie mit meinem Leben zu verteidigen. Doch die Klauen eines Monsters zerrissen ihren Körper ...«

»...!«

»Durch ihr Opfer rettete sie mein Leben ... Infolgedessen wurde sie ins Himmelreich zurückgesandt.« Herr Caam sah aus dem Fenster, als würde er sich genau an die Ereignisse erinnern. Diese hätten sich vor über fünfzig Jahren zugetragen, berichtete er. Auf Reisen seien sie von einer Horde Monstern angegriffen worden. Seine Göttin habe ihn von einer Klippe gestoßen und somit gerettet, dafür jedoch ihren Verbleib in der irdischen Welt geopfert – ein Erlebnis, das ihn in tiefe Verzweiflung gestürzt habe. Er sei daraufhin ohne jeden Lebenswillen ziellos im Beol-Gebirge umhergewandt und dann ... »... bin ich schließlich in diesem Dorf gelandet. Ich konnte das Leben, das sie mir geschenkt hatte, nicht einfach wegwerfen.«

Hier sei er auf einige andere gestoßen, die ein ähnliches Schicksal teilten und ihn mit offenen Armen empfangen hätten. Unter Freudentränen habe er beschlossen, eines Tages in Edas begraben werden zu wollen. Nun, da seine Göttin nicht länger im Erdenreich verweilte, sei der Status auf seinem Rücken versiegelt und er selbst nur noch ein Überbleibsel des Bandes zwischen ihnen beiden. Er habe sich dem Dorf verschrieben, das ihn so freundlich aufgenommen habe, und schließlich den Posten des Dorfältesten übernommen.

»Wenn das so ist, dann sind Rina und die anderen …?«

»… adoptiert, ja. Ein paar von ihnen haben ihre Eltern durch Epidemien verloren, andere wurden ausgesetzt … Jedes Kind, das keinen Ort mehr hatte, an den es gehen konnte, habe ich bei mir aufgenommen.« Er gestand, dass er mit keinem seiner »Kinder« blutsverwandt war. Herr Caam hatte seiner Göttin die ewige Liebe geschworen, doch sie nicht beschützen können. Deshalb habe er es sich selbst verwehrt, ein normales Leben zu führen, zu heiraten und eigene Kinder in die Welt zu setzen. »Bell … bitte beschütze deine Göttin.« Auch wenn klar war, dass er diese Bitte nicht äußern müsste, tat er es. »Öchö!« Er hielt sich die Hand vor den Mund und hustete, woraufhin ich erneut besorgt einen Schritt auf ihn zutrat, doch er lächelte mich nur an. »Begehe nicht den gleichen Fehler wie ich.«

Nun verstand ich endlich, warum er uns, ohne zu zögern, in seinem Haus untergebracht und sich so hingebungsvoll um meine Göttin gekümmert hatte. Er sah in mir ein Abbild seines jüngeren Selbst und half uns, damit ich nicht denselben Verlust erleiden musste wie er. Sein Lächeln und seine Worte brannten sich tief in mein Herz ein und sollten dort für lange Zeit verbleiben.

»Uwaaah …« Hestia lag noch immer im Bett und blickte zur Decke. Vor Langeweile stieß sie einen langen Seufzer aus. »Ich kann nicht mehr schlafen …« Der Tag war im Grunde schon wieder vorbei. Die letzten roten Sonnenstrahlen verblassten bereits und die Dunkelheit begann, das Land zu umhüllen. Hestia stützte sich auf die Ellbogen, um sich langsam aufzurichten. »Ich fühle mich immer noch schlapp, aber … mir geht es vermutlich schon viel besser.«

Als sie an ihrem Körper hinabschaute, kam sie zu der Überzeugung, dass ihre Trägheit die Folge ihres tagelangen Herumliegens sein musste. Sie war unterkühlt, aber nicht wirklich krank gewesen, und ihr Appetit daher ungebrochen. Die kleine Göttin spürte, dass sie das Schlimmste bereits hinter sich hatte und deshalb keine Vorsicht mehr walten lassen musste.

»Uff …« Sie zog sich das schweißdurchtränkte Leinenhemd vom Körper – ein abgelegtes Stück der Tochter des Dorfvorstehers, das ihren Brustbereich ziemlich eingeengt hatte. Bei jeder ihrer Bewegungen schwangen ihre völlig zerzausten schwarzen Zöpfe mit.

Plötzlich klopfte es an der Tür. »Entschuldigung …«

»W… Wallendingsbums …?«

Aiz trat mit einem Tablett in den Händen herein. Unter Hestias überraschtem Blick stellte sie es neben ihr auf den Tisch – aus der Suppenschüssel darauf stieg heißer Dampf auf. »Habt Ihr Euch schon erholt …?«

»J… Ja, aber … w… wo ist denn Bell …?«, erkundigte sich die Göttin verwundert.

»Er scheint mit dem Dorfvorsteher zu sprechen …«, antwortete die blonde Abenteurerin ruhig.

Offenbar hatte Rina, Herrn Caams Tochter, die Suppe zubereitet, doch Aiz darum gebeten, sie der Göttin zu bringen, da sie selbst wegen einer anderen Angelegenheit im Dorf beschäftigt war.

Erst jetzt bemerkte Hestia die Kleidung der Schwertkämpferin und erschrak. »W... Wallendingsbums, w... was trägst du denn da für Sachen?«

»Rina hat sie mir geliehen ...«

»Versuchst du etwa, Bell zu verführen ...?«, fragte sie wütend, doch ihr Gegenüber neigte nur fragend den Kopf zur Seite.

Hestia wusste Bescheid. Sie wusste, dass ihr Anhänger anfällig für den Charme schlichter Kleidung war. Ein Blick auf die Kriegerin genügte ihr, um sich vollkommen sicher zu sein, das Bell an diesem Tag öfter errötet war als an jedem anderen.

»Grrr ...«, knurrte sie vor sich hin und stand kurz davor, ihre Gedanken zu diesem Thema laut zu äußern, aber ihr war klar, dass jetzt weder die richtige Zeit noch der richtige Ort dafür war. Jedoch erkannte sie bereits im nächsten Augenblick, dass dies eine einzigartige Gelegenheit darstellte, weshalb sie ihre Meinung änderte. Es gab etwas, das sie ein für alle Mal herausfinden musste. »Setz dich zu mir, Wallendingsbums.«

Als sie Aiz zu sich winkte und auf einen Stuhl neben ihrem Bett deutete, kam diese ihrer Aufforderung verwundert nach.

»Zuallererst einmal ... Danke, dass du mich gerettet hast. Es tut mir leid, dass wir dich in diese Sache hineingezogen haben.«

»Das ist doch nicht d...«

»Aber kommen wir doch gleich zur Sache: Was hältst du von meinem Bell?«

»Was ich ... von ihm halte ...?«

»Na, du weißt schon, also, ähm ...! Was siehst du in ihm? Welchen Eindruck hast du von ihm?« Hestia schaffte es nicht, direkt danach zu fragen, ob die junge Frau Gefühle für den Jungen hegte. Zwar versuchte sie es, doch sie wurde dabei knallrot und verhaspelte sich. Ganz egal, wie ausdruckslos und puppenartig Aiz' Miene auch war, es war unmöglich, einer Göttin ins Gesicht zu lügen. Also warf Hestia ihren göttlichen Blick auf das Menschenmädchen, fest entschlossen herauszufinden, welche Gefühle sich in dessen Herzen verbargen.

Aiz hob das schmale Kinn leicht zur Decke, nahm sich einen Moment Zeit zum Nachdenken und sagte schließlich: »Ich sehe in ihm einen Hasen ...?«

Angesichts dieser Antwort schloss Hestia die Augen und nickte entschlossen. »Ich habe dir immer vertraut.«

»Hm?«

*Patt, patt!* Die Göttin klopfte Aiz mehrmals anerkennend auf die Schulter. Obwohl deren Antwort ein wenig ungewöhnlich war, hatte Hestia nun den Beweis, dass die Abenteurerin Bell nicht als Mann betrachtete ... Ihre Laune besserte sich schlagartig. »Aber lass dir eins gesagt sein: Sei nicht allzu nett zu ihm. Zwar sind Hasen ziemlich niedlich, aber wenn du ihn zu sehr verhätschelst, wird er übermütig, und das bringt nichts als Ärger.«

»Okay ...?« Erneut neigte Aiz fragend den Kopf zur Seite, da sie nicht begriff, was die Gottheit, die ihr noch immer auf die Schulter klopfte, ihr damit sagen wollte.

»Oh, Göttin! Geht es Euch wieder besser?«, fragte Herrn Caams Tochter, die soeben eintrat.

»Ja, und wie! Und das alles dank dir!« Hestia schenkte dem Mädchen ein ehrliches Lächeln.

»Ihr scheint zu schwitzen. Soll ich Euch Wechselkleidung bringen?« Rina reichte ihr ein Handtuch und ein Glas Wasser.

»Hmm, das wäre ganz gut, ja ...« Plötzlich hielt die kindliche Göttin inne. Sie warf einen kurzen Blick auf Aiz' Outfit, woraufhin ihre Augen aufblitzten, als hätte sie eine Idee. »Entschuldige, aber könnte ich dich vielleicht noch um einen weiteren Gefallen bitten?«

»Das Fest hat schon begonnen ...«

Das Gespräch mit Herrn Caam hatte länger gedauert, als ich angenommen hatte. Nachdem ich sein Zimmer verlassen hatte, fiel mein Blick zum nächstgelegenen Fenster, und was ich sah, erfüllte mich mit Verblüffung. Draußen war es inzwischen stockfinster und alle Dorfbewohner hatten sich um das aus dicken Baumstämmen bestehende Lagerfeuer auf dem Platz im Zentrum versammelt, unterhielten sich und hatten sichtlich ihren Spaß. Ein Lächeln legte sich auf meine Lippen, als Erinnerungen an die Feste in meinem Heimatdorf in mir aufstiegen. Erfüllt von nostalgischen Gefühlen begab ich mich zu dem Zimmer, in dem sich meine Göttin befand.

»Bell!«

»Göttin ... Was ...?«

Sie kam mir bereits im Flur entgegen und trug etwas, das mir den Atem raubte. Es war beinahe das gleiche Dorfmädchenoutfit, das auch Aiz trug – der einzige Unterschied bestand darin, dass es hauptsächlich in Blau gehalten war. Allerdings wirkte es so, als hätte Göttin Hestia sich in die Bluse gezwängt, denn man konnte die Knöpfe im Brustbereich geradezu schreien hören ... Als sie so neben Aiz stand, wirkten die beiden fast schon wie Schwestern.

»He he, und was sagst du? Wie sehe ich aus?«

»Du siehst toll aus, aber ... Solltest du wirklich schon wieder auf den Beinen sein?« Ja, sie sah wirklich niedlich aus und ich hätte mich beinahe in ihrem Anblick verloren, doch trotzdem überwogen Überraschung und Sorge in mir.

»Ja, mir geht es schon wieder viel besser!«, antwortete sie mit einem Lächeln. Anscheinend hatte sie Herrn Caams Tochter um dieses Outfit gebeten, die es ihr bereitwillig zur Verfügung gestellt hatte.

Das Mädchen stand auf der anderen Seite meiner Göttin und lächelte mindestens genauso breit wie diese. »Da es Euch schon viel besser zu gehen scheint, könntet Ihr doch an den Festlichkeiten teilnehmen, oder, verehrte Göttin?«

Göttin Hestia zögerte nicht eine Sekunde und nahm die Einladung an. Vielleicht lag es ja daran, dass sie so lange im Bett hatte liegen müssen, doch sie schien völlig begeistert von der Idee zu sein. »Es wäre mir eine Freude, daran teilzunehmen!«

Obwohl ich weiterhin besorgt um sie war und fand, dass sie sich noch ausruhen sollte, entschied ich mich schließlich, die drei hinauszubegleiten. »Ähm, bist du sicher, dass das eine gute Idee ist, Göttin? Du solltest dich wirklich nicht überanstrengen ...«

»Mir geht es gut! Nachdem ich so viel Zeit an deiner Seite verbringen durfte, wäre es auch verwunderlich, wenn es nicht so wäre!« Sie fügte noch hinzu, dass es ihr eher schlechter ginge, wenn sie noch mehr Zeit in diesem Zimmer verbringen müsste.

Sie so aufgedreht zu sehen, verstärkte jedoch meine Sorge, statt mich zu beruhigen. Zwar sah sie tatsächlich wieder gesund aus, aber ... Vielleicht war ich auch einfach etwas überfürsorglich, nachdem ich Herrn Caams Geschichte gehört hatte. Selbst als wir schließlich den Dorfplatz erreichten, ging sie mir nicht aus dem Kopf.

»...!«

»Wow, das ist ja schön!«

»Wunderschön ...«

Als wir das lodernde Lagerfeuer nun aus der Nähe sahen, reagierten Aiz, meine Göttin und ich auf dieselbe Weise. Rund um das Feuer standen Tische mit zahlreichen Speisen, die Dorfbewohner hielten Getränke in den Händen und plauderten vergnügt. Bei dem fröhlichen und warmen Anblick, der sich uns bot, strahlten wir alle bis über beide Ohren und verengten die Augen.

»Ah, verehrte Göttin!«

»Geht es Euch schon wieder besser?!«

Einige der Dorfbewohner hatten uns bemerkt und kamen auf uns zu. Da meine Göttin drei Tage lang das Bett hatte hüten müssen, waren alle äußerst besorgt um sie gewesen. Zunächst wirkte sie ein wenig überfordert von all den Leuten, die sich um sie herum versammelten und nach ihrem Befinden erkundigten, doch es dauerte nicht lange, bis sie sich mit einem strahlenden Lächeln bei ihnen bedankte.

Die frohe Kunde ihrer Genesung machte schnell die Runde und so waren schon bald alle darüber informiert und bester Stimmung. Kurz darauf wurde das Fest offiziell eröffnet und auch wir wurden in das muntere Treiben einbezogen.

»Ach ja, verehrte Göttin, warum seid Ihr eigentlich so tief ins Beol-Gebirge gekommen?«

»Man sagt, Ihr hättet Euch verlaufen. Stimmt das?«

Neugierig erfragten die Dorfbewohner die genauen Umstände unseres Hierseins. Von ihnen umringt bemühten wir uns alle drei zu erklären, was geschehen war.

Daraufhin kam mir ein besorgniserregender Gedanke: Was, wenn all der Lärm und das Lagerfeuer der rakianischen Armee unseren Aufenthaltsort preisgeben würde? Auch wenn das Dorf tief in einem Tal versteckt lag, war es durch das flackernde Licht und den Rauch leicht ausfindig zu machen ... Ich blickte zu Aiz. Auch ihr schien dieser Gedanke bereits gekommen zu sein, denn sie schüttelte leicht verunsichert den Kopf.

Kalter Schweiß lief mir den Nacken hinab. Doch die Streitkräfte von Orarios Allianz hatten die feindlichen Soldaten sicher schon längst gefunden. Und selbst wenn nicht, so bezweifelte ich, dass das Heer des Königreichs wirklich drei Tage lang in den Bergen stationiert bleiben würde. Aber dennoch ...

»Um ehrlich zu sein, hat ein idiotischer Gott uns hierhergeschleppt. Wobei all das nur deshalb passiert ist, weil ich von zu Hause weggelaufen bin...« An dieser Stelle hielt meine Göttin inne.

Auch mir fiel es jetzt wieder ein. Richtig, Göttin Hestia und ich hatten uns gestritten ... Nun, nicht wirklich gestritten, aber zumindest war es eine kleine Meinungsverschiedenheit gewesen.

Langsam drehte sich meine Göttin zu mir um und verzog schmollend das Gesicht. Ein Schauer lief mir über den Rücken und ich wandte mich abrupt von ihr ab. Sowohl die Dorfbewohner als auch Aiz blickten uns verwundert an.

*D... Das ist gar nicht gut! Ich muss mich schnell entschuldigen ...!* Eine Entschuldigung würde das Problem zwar nicht aus der Welt schaffen, aber schaden konnte sie auch nicht.

Göttin Hestia linste immer wieder verstohlen zu mir und wartete darauf, dass ich etwas unternahm. Gerade als ich versuchte, die passenden Worte zu finden, um sie für den Vorfall von vor drei Tagen um Verzeihung zu bitten, bemerkten wir etwas ...

»Oh ...?«

Einige Leute sangen, während andere im Rhythmus dazu klatschten – es war eine ausgesprochen fröhliche Melodie. Ich richtete den Blick in Richtung Lagerfeuer und sah, wie einige

Pärchen begannen, im Schein der züngelnden Flammen miteinander zu tanzen.

»Ist das der traditionelle Tanz des Dorfes? Die meisten Tänzer sehen aber noch so jung aus ...«

»Ah, das ist ...«

Meine Göttin blickte wie ich zu den jungen Männern und Frauen, die den unterschiedlichsten Völkern entstammten: Menschen, Elfen, Zwerge und Tiermenschen. Was sie außer ihrem jugendlichen Äußeren gemeinsam hatten, war ein freudiger und zugleich verlegener Gesichtsausdruck.

Ein älterer Mann beantwortete grinsend Göttin Hestias Frage: »Das ist zwar keine richtige Dorfsitte, aber ... eine Einladung zum Tanz von einem unverheirateten Mann ist im Grunde genommen so etwas wie ein Liebesgeständnis. Nimmt die Frau an, so sind die beiden auf Lebenszeit mit einer glücklichen Beziehung gesegnet. So erzählt man es sich zumindest ...«

»A... Ach ja?«

Als ich beeindruckt seiner Erklärung lauschte, wurde meine Göttin aus unerfindlichen Gründen plötzlich ziemlich unruhig.

»Bitte tanzt mit uns, Göttin! Bei unserem Fest beten wir um eine reiche Ernte!«

»Bitte gewährt uns den Segen reichhaltiger Erträge!«

Kaum hatte der Tanz begonnen, näherten sich einige Dorfbewohner meiner Göttin und trugen ihr ihre Wünsche vor. Zwar glaubte ich nicht, dass Göttin Hestia die Ernte tatsächlich beeinflussen konnte, aber ... es war das erste Mal, dass diese Leute Kontakt zu einer Gottheit hatten. Vermutlich unterschieden sie ohnehin nicht zwischen den einzelnen Deusdea, weshalb sie meine Göttin um ihren Segen baten, die heute für sie greifbar war.

Umgeben von den Dorfbewohnern schloss sie die Augen, räusperte sich und … *Tapp, tapp, tapp!* … eilte an meine Seite. »Oh, Bell! Es scheint, als bestünde der dringende Bedarf, meine Pflicht als Göttin zu erfüllen … Also, ähm, ja.« Ihr Gesicht lief knallrot an – es färbte sich sogar noch dunkler als das warme Licht des Lagerfeuers, das ihr Profil erhellte. Irgendwie wirkte sie auch etwas nervös. »Wenn du mit mir tanzt … dann werde ich diesen Vorfall zu Hause einfach vergessen.«

Ich blinzelte einige Male. Die Dorfbewohner tuschelten bereits fröhlich miteinander, als hätte ich längst zugestimmt. Kurz zuckte ich zusammen, als mir klar wurde, dass es angesichts der allgemeinen Aufregung schwierig wäre abzulehnen. Nun, wenn sie mir dann vergeben würde … Außerdem würde es mir sicher auch Spaß machen, mit meiner Göttin zu tanzen, und sie könnte den Leuten im Dorf damit eine Freude bereiten.

Ich unterdrückte meine Verlegenheit und stählte meine Nerven, ehe ich ihr zunickte. »Also gut … Ich tanze mit dir, Göttin.«

Doch aus irgendeinem unerfindlichen Grund verzog sie unzufrieden das Gesicht. War es denn nicht das, was sie wollte? Warum sah sie dann so verärgert aus?

»Wenn du schon mit mir tanzen willst, dann lade mich gefälligst ordentlich dazu ein, Bell. Genau so, wie du es mit Wallendingsbums auf Apollos Bankett gemacht hast.«

Ich erstarrte und riss die Augen auf. Es gelang mir nicht mehr, das warme Gefühl in meinen Wangen zu unterdrücken, und ich spürte, wie ich errötete. Aiz, die neben mir stand, neigte hingegen nur fragend den Kopf zur Seite. I… Ich hatte auf dem Bankett tatsächlich mit ihr getanzt, aber …!

»In solchen Momenten gibt es einen ganz bestimmten Satz, den man sagen muss, oder, Bell?«, sagte meine Göttin und blickte mich aus halb zusammengekniffenen Augen an.

»N... Na ja, aber, Göttin ...?!«

»Es ist deine Aufgabe, von Anfang an die richtige Stimmung aufzubauen, weißt du? Oder, Leute?« Indem sie die Zustimmung der umstehenden Dorfbewohner suchte, nahm sie mir jede Möglichkeit zum Rückzug.

Ich konnte mich schließlich nicht gegen die wenden, die sich hilfesuchend an sie gewandt hatten. Sie alle nickten bestätigend und drängten mich somit, den ersten Schritt zu machen. Während mir der Schweiß die Wangen hinunterlief, lugte ich heimlich zu Aiz. Auch ihr Blick war auf mich gerichtet und sie sah neugierig aus, als wartete sie darauf, wie ich antworten würde. Von allen Seiten umzingelt steckte ich in der Zwickmühle, doch ... letzten Endes beugte ich mich dem Willen meiner Göttin.

»W... Würdest du mit mir tanzen, Göttin?« Mit inzwischen feuerheißem Gesicht streckte ich ihr die Hand hin.

Göttin Hestia hingegen strahlte regelrecht vor Freude. »Ja!«

Ihre schlanke, weiche Hand ergriff mein Handgelenk. Fast wie ein Kind führte sie mich zum Lagerfeuer – begleitet von den Jubelrufen der Dorfbewohner. Nur Aiz konnte ich nirgendwo entdecken. Wir fügten uns in den Kreis der tanzenden Paare ein, fassten uns an den Händen und begannen, die Bewegungen des Volkstanzes nachzuahmen, der bereits in vollem Gange war.

»D... Das ist ganz schön schwierig.«

»Ah ... Ah ha ha ha ...«

»Bell, kannst du mich bitte führen, damit ich mich darauf konzentrieren kann, meine göttliche Energie anzusammeln?«

Ohne allzu sehr auf die Tänzer um uns herum zu starren, übernahm ich die Führung, doch es war nicht so einfach, wie es schien. Unbeholfen bewegten wir uns mit den anderen ums Lagerfeuer. Ich selbst fühlte mich ziemlich fehl am Platz, doch meine Göttin sah glücklich aus. Das Licht der Flammen fiel auf ihr wunderschönes Gesicht und ließ ihre Haut rot schimmern.

Während wir im Takt der Musik ums Feuer kreisten, spürte ich die davon ausgehende Wärme auf meinen Wangen. Auch der Rest meines Körpers glühte regelrecht, doch ich glaubte nicht, dass die Flammen der Grund dafür waren. Meine Göttin schenkte mir ein unschuldiges Lächeln, welches ich ohne Umschweife erwiderte. Die Funken des Lagerfeuers stieben hoch in die Luft, unsere Schatten erstreckten sich über die Bäume und die nahegelegenen Felsen. Ich spürte die Wärme, die von Göttin Hestias Händen ausging, und mir wurde noch heißer. Unter den wachsamen Augen der Dorfbewohner und begleitet von ihrem Gesang und ihrem Klatschen tanzten wir weiter.

»Puh ...«

Nachdem wir mehrere Runden ums Feuer gedreht hatten, endete unser Tanz. Nun, da sie zufriedengestellt war, ließ mich meine Göttin endlich gehen und gesellte sich zu ein paar Kindern, die versuchten, die Schritte des Volkstanzes zu erlernen. Gerade als ich sie darum bitten wollte, sich nicht zu überanstrengen, bemerkte ich die Begeisterung auf den Gesichtern der Kleinen, weshalb ich mich entschied, den Mund zu halten. Während ich dabei zusah, wie Göttin Hestia einem kleinen Mädchen, vermutlich einem Halbmenschenkind, das Tanzen beibrachte, breitete sich ein Lächeln auf meinen Lippen aus.

»Moment mal, wo ist eigentlich Aiz ...?«, fragte ich mich plötzlich.

Das Fest war seit der Teilnahme meiner Göttin erst so richtig in Schwung gekommen – alle Anwesenden schienen einen tollen Abend zu verbringen. Nachdem ich die Menschenmenge schon eine ganze Weile nach Aiz durchkämmt hatte, entdeckte ich sie endlich. Sie stand allein im Schatten eines Hauses und beobachtete schweigend das Geschehen.

Ich ging schnellen Schrittes zu ihr. »Ähm, Aiz.«

Es dauerte einen Moment, ehe sie mir antwortete: »Ja ...?« Sie beobachtete den Tanz aus der Ferne, fast so, als wollte sie nicht gesehen werden.

»Alle scheinen den Spaß ihres Lebens zu haben ...«

Ein kleines Menschenmädchen tanzte mit seinem Vater, eine Tiermenschenmutter schimpfte mit ihrem Sohn, der aufgeregt um sie herumrannte.

Aiz kniff die goldenen Augen zusammen, als würde das strahlende Lachen der Dorfbewohner sie blenden. »Ihr habt ziemlich gut getanzt.«

»Äh ... D... Danke!«

»Du bist ... ein großartiger Tänzer.«

»Äh, okay ...«

»...«

»...«

Das unerwartete Kompliment führte zum abrupten Ende unserer Unterhaltung. Aiz starrte aufs Neue stumm ins Lagerfeuer. Es schien fast so, als würde sie den Blickkontakt mit mir vermeiden. Das war zwar ganz typisch für sie, doch ...

»Ähm, also ... Wirst du auch tanzen?«

»Sie haben alle so viel Spaß ... Ich möchte das nicht ruinieren.«

»Das wirst du nicht!«

»Außerdem … habe ich niemanden, mit dem ich tanzen kann.« Ihre Aussage war nicht mehr als ein Flüstern.

Nach einem kurzen Moment des Zögerns öffnete ich den Mund – mein Kopf war so rot wie eine Tomate. »W… Wenn ich dir genügen würde, dann…«

Endlich blickte Aiz in meine Richtung, ihre Augen waren weit aufgerissen. »Du willst … mit mir tanzen?«

»Ähm, ja, aber nur, wenn es für dich in Ordnung ist …«

Ohne zu blinzeln, starrte sie mich eindringlich an. Nach einer Weile streckte ich langsam die Hand zu ihr aus …

*Wumm!!*

»Ah.«

»Uff!«

Mit voller Wucht krachte plötzlich meine Göttin direkt in meine Rippen. »Wie war das, Wallendingsbums? Du hast niemandem, mit dem du tanzen kannst? Ich stelle mich gern dafür zur Verfügung!«

»Danke …?«

Sie würdigte mich keines Blickes, als ich zur Seite taumelte, und ergriff Aiz' Hand, ohne noch Diskussionen zuzulassen. Die Abenteurerin blinzelte einige Male verwirrt, als die Göttin sie zum Lagerfeuer führte, wo sie anfingen zu tanzen.

Auf der einen Seite eine niedliche junge Göttin, auf der anderen eine schöne junge Frau mit mysteriöser Ausstrahlung. Die glatten pechschwarzen Haare der Göttin und das lange blonde Haar der Schwertkämpferin wiegten sanft im flackernden Licht des Lagerfeuers. Ihre nahezu identischen Outfits ließen die beiden wie Schwestern aussehen. Der Tanz der strahlenden Gottheit und des eleganten Mädchens wurde zum Höhepunkt des Abends. Ob Mann oder Frau, ob alt oder jung – jeder im Dorf applaudierte und lächelte den beiden hübschen Frauen zu. Auch das Lächeln auf meinem Gesicht wurde immer breiter und breiter, bis ich schließlich fröhlich zu lachen begann. Als die beiden von so vielen glücklichen Gesichtern umgeben waren, erschien selbst auf Aiz' Lippen ein leichtes Grinsen.

Das fröhliche Miteinander dauerte bis spät in die Nacht an. Bis das Lagerfeuer schließlich erlosch, bewahrte das Fest seine feierliche Atmosphäre, untermalt vom strahlenden Lächeln der Göttin und all der anderen, die daran teilnahmen.

Schließlich war das Fest zu einem Ende gekommen. Meine Göttin, Aiz und ich saßen in einer Ecke des Dorfes und ruhten uns aus.

»Uhhh, genug Vergnügen für heute ... Mein Körper ist echt erschöpft.«

»D... Davor hatte ich dich ja gewarnt ...!«

Nachdem sie die ganze Nacht mit den Kindern getanzt hatte, setzte sich meine Göttin schlapp auf den Boden. Obwohl sie noch nicht ganz zu Kräften gekommen war, hatte sie sich überanstrengt. Ich konnte nicht anders, als sie dafür ein wenig zurechtzuweisen. Aiz stand schweigend neben uns und lauschte mit einem schwachen Grinsen auf den Lippen unserer Unterhaltung.

»Also, was machen wir jetzt ...?«, wechselte ich das Thema.

Auf dem Dorfplatz befanden sich noch einige Männer, die eigentlich mit den Aufräumarbeiten beschäftigt sein sollten, doch die meisten von ihnen waren betrunken und lachten noch immer vor sich hin.

Meine Göttin, die sich nachdenklich die Schulter massierte und die riesigen schwarzen Schuppen begutachtete, die die Grenze zwischen Dorf und Wald bildeten, ließ den Blick zu mir schweifen. »Oh, meinetwegen können wir jederzeit los. Es hat zwar ein wenig länger gedauert, als ich dachte, doch jetzt kann ich mich wieder richtig bewegen.«

Aiz schwieg einen Augenblick, dann sah sie uns an und nickte. »Wir verlassen das Dorf ... morgen früh.«

Noch in der Nacht wollten wir uns vorbereiten, sodass wir gleich in der Morgendämmerung nach Orario aufbrechen konnten. Weder die Göttin noch ich hatten etwas gegen Aiz' Plan einzuwenden. Noch ein letztes Mal betrachteten wir das Dorf und die umliegenden Berge.

»Verehrte Göttin ...!«

In diesem Moment geschah es. Eine schrille Stimme erreichte uns aus dem Inneren des Dorfes und eine junge Frau kam keuchend auf uns zugerannt. Es war Herrn Caams Tochter Rina. Ich wusste sofort, dass etwas nicht stimmte. In der Ferne war das Brüllen eines Monsters zu hören. Das Grollen der Bestie und die Tränen in Rinas Augen ließen Unruhe in mir aufkommen

Als das Mädchen uns schließlich erreicht hatte, legte sie sich die Hand auf die Brust und schluchzte ungehemmt. Es dauerte einen Moment, bis es ihr endlich gelang, sich mit zittriger Stimme zu Wort zu melden. »Können Sie ... meinen Vater in den Himmel verabschieden?«

Als Aiz, meine Göttin und ich ins Zimmer des Dorfvorstehers stürmten, lag dieser umringt von seinen Adoptivsöhnen in seinem Bett. Seine Haut war kreidebleich, er hatte die Augen geschlossen. Erschrocken hielt ich inne, als ich bemerkte, wie leblos er wirkte.

»Mein Vater wollte Euch noch ein letztes Mal sehen.«

Einer seiner Söhne bat uns näherzutreten. Mir hatte es die Sprache verschlagen. Wie hatte das passieren können? Sicher, er hatte kränklich gewirkt, aber vor Beginn des Festes hatten wir uns noch ganz normal miteinander unterhalten ...

Seine Worte von vorhin kamen mir wieder in den Sinn.

»Ich kenne meinen Zustand besser als jeder andere.«

War es etwa das ... was er mit seiner Aussage gemeint hatte? Noch immer stand ich wie erstarrt da. Auch Aiz blieb stumm und meine Göttin hielt den Atem an.

Plötzlich öffnete Herr Caam langsam die Augen. »Ah, Göttin. Vielen Dank, dass Ihr ... gekommen seid ...«

»Wir sind doch keine Fremden mehr, Caam. Du hast so viel für uns getan ... Wenn es dir nach meiner Hilfe verlangt, eile ich jederzeit an deine Seite.«

Der schwache Blick des Greises ruhte auf Göttin Hestia und ein Lächeln breitete sich auf seinen Lippen aus. Auch sie lächelte sanft, ehe sie an sein Bett herantrat.

»Als ich dich auf dem Rücken deines Schützlings sah, habe ich mich wieder an meine geliebte Göttin Brigid erinnert ...«

Meine Göttin riss die Augen auf, als ihr Gegenüber den Namen seiner großen Liebe erwähnte. »Hast du gerade Brigid gesagt? War sie blond und hatte leuchtend rote Augen?«

»Du kennst ... sie ...?«

»Natürlich tue ich das! Sie ist immerhin eine gute Freundin von mir! Im Himmelreich habe ich mich oft mit ihr amüsiert und auch gestritten!«

Ein überraschender Ausdruck trat in Herrn Caams Gesicht. Auch ich konnte kaum glauben, dass unsere Göttinnen eine Verbindung zueinander hatten.

»So ist das also … Sie war immer unheimlich freundlich … und behandelte alle gleich. Außerdem liebte sie einen solch niederen Menschen wie mich.«

»Was sagst du da? Ich glaube, du wurdest getäuscht! Immer wenn sie versucht hat, eine Diskussion gegen mich zu gewinnen, musste sie mir gleich Worte wie ›Winzling‹ oder dergleichen an den Kopf werfen! Dabei ist sie nur ein klein wenig größer als ich! Sicher wollte sie dir gegenüber nur gut dastehen und hat sich deshalb verstellt!«

»Ha ha … Tatsächlich? Das ist … mir nie aufgefallen.«

Mir war bewusst, dass Göttin Hestia versuchte, ihn in gute Stimmung zu versetzen. Doch obgleich Herr Caam versuchte zu lachen, gelang es ihm nicht so recht. Sowohl das Lachen als auch das Aussprechen einzelner Wörter schienen ihm große Schmerzen zu bereiten. Schon bald verschwand jeglicher Ausdruck aus seinem Gesicht. »Göttin, bitte sag mir … werde ich sie wiedersehen, sobald ich in den Himmel komme …?«

»Brigid wird dich finden, da bin ich mir sicher. Sie ist ziemlich zielstrebig, wenn es etwas gibt, das sie möchte.«

Der alte Mann lauschte den Worten meiner Göttin und begann, etwas vor sich hin zu flüstern – es wirkte, als würde er ein Selbstgespräch führen. »Ich habe Angst … Angst, dass ich sie nicht treffen kann … Unheimliche Angst.« Seine fahlen Augen blickten ins Leere.

Herrn Caams letzte Momente rückten unweigerlich näher und seine einzige Tochter biss sich auf die Lippe, um ihr verzweifeltes Schluchzen zu unterdrücken.

»Brigid, bitte verzeih mir … dass ich dich nicht beschützen konnte.« Zitternd hob er langsam die rechte Hand, wie um mit letzter Kraft zu versuchen, nach dem Himmel zu greifen.

Auch seine Söhne schienen nicht in der Lage zu sein, ihn in solch einem schwachen Zustand und von Schuldgefühlen geplagt zu sehen, und wandten die Blicke ab. Aiz und ich senkten ebenfalls die Köpfe.

Dann trat Göttin Hestia einen Schritt nach vorn und umschloss sanft die Hand des Sterbenden. »Vielen Dank, Caam. Ich danke dir für deine Liebe.« Ihre Stimme hatte sich plötzlich vollkommen verändert.

Herrn Caams Augen weiteten sich. Jeder im Raum sah erstaunt zu meiner Göttin. Nicht nur ihre Stimme, auch ihre Worte und ihre Ausstrahlung waren nun anders, so als hätte jemand von ihr Besitz ergriffen, der nun mit liebevollem Blick seinen Schützling betrachtete und mit warmer Stimme zu ihm sprach. Sicher verhielt Göttin Hestia sich so, wie es ihre Bekanntschaft, Herrn Caams Göttin, getan hätte.

»Auch jetzt ... und für alle Ewigkeit, werde ich dich lieben.« Ihre Stimme klang so rhythmisch und sanft wie die einer liebenden Mutter, die ihr Kind in den Schlaf wog. Es war das Liebeslied einer Göttin.

Tränen flossen Herrn Caam über die Wangen. »Ahhh ...!« Seine zuvor so fahlen, trockenen Augen funkelten nun unter dem Licht der Magiesteinlampen. Als wäre sein leerer Blick an etwas unheimlich Kostbarem hängen geblieben, zitterten seine Lippen. »Ich dich auch Brigid ... Ich dich auch ... Ich liebe dich.«

Ich liebe dich. Das waren seine letzten Worte. Aus seiner Hand, die Hestia noch immer fest umschlossen hielt, wich jegliche Kraft und sie erschlaffte.

Seine Adoptivkinder weinten. Rina bedeckte ihr Gesicht mit beiden Händen und sank zu Boden. Auch mir quollen die Tränen aus den Augen und wollten nicht mehr versiegen. Meine Sicht war dadurch derart verschwommen, dass ich den alten Herrn, dessen Seele uns soeben verlassen hatte, kaum noch erkennen konnte. Verzweifelt wischte ich mir wieder und wieder die Wangen trocken. Selbst Aiz hatte den Blick gesenkt. Göttin Hestia drückte die Hand des Toten ein letztes Mal, ehe sie sie sanft auf seiner Brust ablegte.

Der Ausdruck des Mannes, der seine Liebe einer Göttin geschworen hatte, wirkte friedlicher als jeder andere, den ich in meinem Leben bislang gesehen hatte.

Das Mondlicht schien durchs Fenster herein, das Gebrüll der Bestien war verstummt und eine tiefe Stille erfüllte den Wald. Ich hatte ein kleines Fleckchen zwischen den Bäumen gefunden und mich dort niedergelassen – seitdem hatte ich mich keinen Zentimeter mehr bewegt.

»Da steckst du ja, Bell.« Während ich im Schneidersitz auf dem Boden saß und den Kopf hängen ließ, erschien meine Göttin vor mir, begleitet vom Rascheln der Blätter.

Nachdem Herr Caam verstorben war, hatte ich mich allein an diesen Ort ein Stück nördlich des Dorfes begeben. Die Nachricht seines Todes hatte sich schnell in ganz Edas verbreitet und die Dorfbewohner, die um diese Zeit für gewöhnlich schliefen, waren sofort zum Haus ihres Dorfvorstehers geeilt. Jeder, der ihn leblos in seinem Bett liegen sehen hatte, war erschüttert gewesen und in Tränen ausgebrochen. Überwältigt von all der aufkommenden Trauer war ich daher fluchtartig hinausgerannt.

Ich schwieg und meine Göttin ließ sich neben mir nieder. Stumm saßen wir unter dem tiefblauen Nachthimmel.

Den Blick noch immer zu Boden gerichtet öffnete ich langsam den Mund. »Göttin ...«

»Ja, was ist denn?«

»Wird Herr Caam auf der anderen Seite wieder mit Göttin Brigid zusammenfinden?«

Die Seelen, die die irdische Welt verlassen hatten und in den Himmel aufgestiegen waren ... Ich fragte mich, ob der alte Herr jemals wirklich die Chance erhielte, die Göttin wiederzusehen, die vor all den Jahren ins Himmelreich zurückgeschickt worden war.

»Das könnte ... schwierig werden. Einige von uns, zum Beispiel Freya, sind besonders und bilden eine Ausnahme. Doch grundsätzlich liegt das Schicksal der Seelen unserer Kinder bei den Gottheiten, die den Tod kontrollieren. Nicht jede Seele wird von ihnen auf die Probe gestellt.«

Ins Himmelreich entsandte Seelen würden geläutert, in einen Zustand der Reinheit zurückversetzt, ehe sie in der irdischen Welt wiedergeboren würden. Während meine Göttin mir den Prozess erklärte, verstärkte sich meine Anspannung. Kurzzeitig kehrte erneut Stille im Wald ein.

»Wenn das so ist, sollten Kinder sich nicht in ihre Gottheiten verlieben. Das ist es doch, was dir durch den Kopf geht, oder?«, meinte Göttin Hestia schließlich.

Meine Schultern zitterten. Als ich den Kopf hob, erblickte ich das milde Lächeln meiner Göttin.

»Nach dem, was im Anwesen passiert ist, dachte ich, dass du einfach nur ein Sturkopf bist ... aber das stimmt nicht.« Ihre durchdringenden blauen Augen waren auf mich gerichtet, als könnten sie direkt in meinem Inneren lesen – ein sanfter Ausdruck lag darin. »Ich hatte etwas Wichtiges vergessen. Du kannst den Schmerz, den du selbst empfunden hast, auch in anderen erkennen … Außerdem hast du Angst, anderen denselben Schmerz zuzufügen. Habe ich recht?«

Erneut senkte ich den Blick. Sie hatte mich … durchschaut.

»Ist es der Schmerz über den Tod deines Großvaters, der dich so bedrückt?«

Göttin Hestia hatte genau ins Schwarze getroffen. Nachdem ich meinen Großvater verloren hatte, hatte ich eine ganze Weile keinerlei Wärme mehr gespürt. Ich konnte mich noch genau an das Leid in jener Zeit erinnern. Die Leere und der Kummer, die mich heimgesucht hatten, waren mir lebhaft im Gedächtnis geblieben. Ich kannte den Schmerz, zurückgelassen zu werden. Ich wusste, wie Herr Caam sich gefühlt hatte. Bis meine Göttin ihn erlöst hatte, hatte er unaufhörlich gelitten.

*Für uns Sterbliche hat das Leid jedoch irgendwann immer ein Ende.* Durch unseren Tod und die darauffolgende Wiedergeburt konnten wir den Schmerz unseres vergangenen Lebens hinter uns lassen. *Aber was ist mit den Gottheiten?* Sie lebten ewig und vergaßen auch nicht. Nach unserem Dahinscheiden blieben unheilbare Narben in ihren Herzen zurück. Von Freunden zu Familie, von Familie zu Liebenden und von Liebenden zu Partnern … Je tiefer die Bindungen wurden, desto bedeutungsvoller wurden sie und desto tiefer wurden auch die zurückbleibenden Narben.

Gab es für die Gottheiten denn keine Möglichkeit, diesen Qualen zu entrinnen? Sie konnten nicht gemeinsam mit uns Kindern altern und wurden deshalb unweigerlich irgendwann zurückgelassen. Wenn man sich in sie verliebte, würde man ihnen somit nur Leid auferlegen – eines, das möglicherweise sogar größer war als meines nach dem Verlust meines Großvaters. Dieser Gedanke war beängstigend, schmerzhaft und traurig. Die Liebe zu einer

Gottheit hinterließ zwangsläufig eine Leere, die nur die unsterblichen Deusdea erfahren konnten – anders als die zwischen zwei Personen, die der irdischen Welt entstammten.

»Bell, für uns Götter ist die Liebe nichts weiter als ein kurzer Moment.«

Das war es, was Gott Miach zu mir gesagt hatte, und Gott Hermes hatte ihm zugestimmt. Für eine Gottheit war die Liebe nur ein kleiner Augenblick in ihrem unendlichen Leben. Nach einem flüchtigen Moment der Liebe wartete eine Ewigkeit der Leere auf sie. Den Preis für dieses kurze Glück bildeten immerwährende Traurigkeit und Schmerz.

Dieser Gedanke erfüllte mich mit unvorstellbarer Angst. Der Schmerz, den ich nach dem Tod meines Großvaters empfunden hatte – vermutlich sogar ein noch schlimmerer – würde für die Götter noch Hunderte, Tausende oder Zehntausende von Jahren andauern – wirklich furchterregend.

»Bell, bitte denke nicht allzu sehr darüber nach. Wir ...«

Das war nicht möglich. Ich schloss die Augen und schüttelte den Kopf. Ich versuchte, Göttin Hestias Worten kein Gehör zu schenken, indem ich ihre Stimme stumm an mir vorbeiziehen ließ.

Es war unmöglich für mich, den Maßstab der »Ewigkeit« zu begreifen. Das überstieg im wahrsten Sinne des Wortes meine Vorstellungskraft. Aber wäre ich an ihrer Stelle ... so könnte ich es sicher nicht ertragen. Ein Verlustgefühl aushalten, das noch intensiver war als mein damaliges, obendrein bis in alle Ewigkeit? Statt einer Gottheit so etwas antun zu müssen, war es wohl besser, ihr erst gar nicht die Liebe zu schwören.

Es war wie in den Geschichten über Romanzen zwischen Naturgeistern und Helden. Liebe zwischen Göttern und Sterblichen würde niemals glücklich enden. Gottheiten und ihre Kinder konnten einfach kein Leben miteinander teilen.

»Weißt du, Bell ... auch wenn sich das Leben von uns Göttern von eurem unterscheiden mag ...« Als hätte meine Göttin meine Gedanken gelesen, sprach sie genau das an, was mich beschäftigte.

Ich hielt noch immer den Blick gesenkt, als ich spürte, wie sie ihre linke Hand auf meine rechte legte.

»... werde ich immer an deiner Seite bleiben.«

»Was?« Ihre sanften Worte sorgten dafür, dass ich nun doch den Kopf hob.

»Egal, wie alt du auch werden wirst, und auch wenn du ein glatzköpfiger, faltiger Opa bist ... ich werde immer an deiner Seite sein. Oder denkst du etwa, ich könnte dich jemals verlassen?« Ihre Augen waren erfüllt von Zuneigung. »Selbst wenn der Tod uns auseinanderreißt ... ich werde dich finden!« Ein Lächeln breitete sich auf ihrem Gesicht aus. »Egal, wie viele hundert, tausend oder zehntausend Jahre es dauern wird, ich werde dich nach deiner Wiedergeburt finden ... Selbst wenn du dann nicht länger Bell sein wirst.«

»...«

Ich war sprachlos, doch meine Göttin fuhr unbeirrt fort: »Und wenn ich dich gefunden habe, frage ich dich, ob du dich meiner Familia anschließen möchtest.«

An dem Tag, an dem wir uns zum ersten Mal begegnet waren, hatte sie mich das Gleiche gefragt.

»Ah ...« Ich war den Tränen nahe und biss die Zähne fest zusammen. Am ganzen Leib zitternd blickte ich zu ihr, während ich verzweifelt versuchte, die Fassung zu bewahren.

Dann schlang sie die Arme um meine Schultern und drückte mich leicht an sich. »Ob nun irdische Welt oder Himmelreich ...

das spielt keine Rolle. Wir sind genau wie Brigid und Caam. Ich werde dich erneut finden.« Sie legte die Hände sanft um meinen Kopf.

Wie ein Kind schniefte ich, um ein Schluchzen zu unterdrücken.

»Dabei bin ich nicht die Einzige. Auch andere Götter können die Bindung zu ihren Kindern für immer bewahren.« Dann flüsterte sie mir ins Ohr: »Schließlich sind wir Gottheiten und leben ewig, weißt du?« Zart streichelte sie mir über den Kopf. »Also, Bell, fürchte dich bitte nicht davor, eine Gottheit zu lieben.«

»Aber bitte lauf nicht vor der Liebe einer Gottheit davon. Du kannst ablehnen, du kannst annehmen, doch bitte fürchte dich nicht!«, hatte Gott Miach zu mir gesagt.

Meine Grenze war erreicht, die Tränen brachen sich Bahn. Unaufhörlich rannen sie mir die Wangen hinab. Die Furcht, die so schwer auf meinem Herzen gelastet hatte, schmolz dahin. Familie, Liebende, Partner – ich konnte diese Bindungen nicht begreifen. Noch weniger verstand ich, wie es war, eine Gottheit zu lieben. Trotzdem versuchte ich, meine Gefühle zum Ausdruck zu bringen. »Göttin ... Ich möchte für immer und ewig an deiner Seite sein ...!«

»Ja ...« Sie umarmte mich fest und ließ mich nicht mehr los, während ich ununterbrochen weinte. »Ich werde für immer bei dir sein, Bell.«

Das Mondlicht schien durch die Bäume. Unter dem dunkelblauen Nachthimmel lag ich in den Armen meiner Göttin im Wald und ließ meinen Tränen freien Lauf.

Sie konnte seine bebende Stimme und sein Schluchzen deutlich hören. Aiz, die in der Nähe der beiden geblieben war, nachdem sie Göttin Hestia zu Bell geführt hatte, lehnte mit dem Rücken an der anderen Seite des Baumes, vor dem auch die beiden saßen, und dachte nach.

»Für immer zusammen …«

Die Worte der Göttin und die Gefühle des Jungen hallten in ihren Ohren wider. Sie blickte nach oben in den vom goldenen Mond erleuchteten Himmel. »Mutter …«

Dieses eine Wort, das ihre Lippen verließ, verlor sich in der Dunkelheit der Nacht.

Dichter Nebel zog auf. Als die Nacht dem Morgen wich und der Himmel im Osten langsam aufhellte, brachen meine Göttin, Aiz und ich aus dem Dorf Edas auf. Wir waren einen weiteren Tag geblieben, um an Herrn Caams Beerdigung teilnehmen zu können. Dabei hatten wir so gut es ging mitgeholfen und darum gebetet, dass seine Seele Ruhe finden möge.

Am fünften Morgen, nachdem wir in diesem Dorf Unterschlupf gefunden hatten, verabschiedeten wir uns von seinen Bewohnern und machten uns auf den Weg zurück nach Orario. Der älteste Mann in Edas zeigte uns einen geheimen Durchgang, den er immer nutzte, wenn er sich zum Einkaufen in die Stadt begab – was er natürlich stets mit einer schwarzen Schuppe auf dem Arm tat.

Im Handumdrehen hatten wir den Wald hinter uns gelassen und stiegen die steilen Hänge hinab, bis wir schließlich auf einen ebenen Pfad gelangten, der am Fluss entlang verlief. Als hätte sie auf uns gewartet, zeigte sich genau in diesem Moment die Sonne hinter den Bergen und flutete die Landschaft mit ihrem Licht.

»Das war wirklich ein schöner Ort …«

»Ich würde gern noch einmal hierherzurückkehren …«

»Wenn du gehst, dann werde ich dich begleiten …«

»Was? W… Wenn das okay für dich ist.«

»Ja.«

»Hey, Moment mal, Wallendingsbums! Hör auf, hier irgendwelche Versprechungen zu machen! Geh gefälligst mit deiner eigenen Familia!«

Wir gingen nebeneinander her und unterhielten uns. Auch wenn wir etwas Trauriges erlebt hatten, waren wir bester Laune. Meine Göttin veranstaltete einen Aufruhr, ich versuchte, sie zu beruhigen, und Aiz beobachtete uns mit ihrer gewohnt ausdruckslosen Mimik. Wir füllten unsere Lungen mit der klaren Bergluft und wanderten den nächsten Bergpfad hinauf. Der weiße Morgennebel, der den Weg vor uns umhüllte, fing an, sich zu lichten.

»Hier seid ihr also!«

»Waaah! Asfi?!«

*Fump!* Die junge Frau war wie aus dem Nichts erschienen und landete direkt vor uns. Als ihr weißer Umhang an mir vorbeiflog, entfuhr mir ein überraschter Laut.

Ein erleichterter Ausdruck breitete sich auf Asfis Gesicht aus und sie zog die goldenen Flügel ihrer Sandalen zurück. »Ich habe nach euch gesucht. Da die Prinzessin der Klingen bei euch war, habe ich mir zwar keine Sorgen um euer Leben gemacht, aber …«

»Warst du etwa seitdem unterwegs …?«, fragte Göttin Hestia erstaunt.

»Nein, um genau zu sein, seit letzter Nacht. Ich musste mich noch um die rakianische Armee kümmern.« Die Abenteurerin rückte ihre Brille zurecht und erzählte uns von den Ereignissen, die sich nach unserer Trennung zugetragen hatten.

Anscheinend war es ihr gelungen, der Schlacht mit den Soldaten zu entrinnen und in die Stadt zurückzukehren. Basierend auf ihrem Bericht hätten Finn und Orarios Gottheiten daraufhin die Gefangennahme des gegnerischen Gottes und seines Haupttrupps priorisiert. Da Rakias Heer erheblichen Schaden erlitten hatte und eine Vielzahl verletzter Soldaten mit sich hatte herumschleppen müssen, sei es nur langsam vorangekommen. Asfi erzählte uns, dass einige hochklassige Abenteurer der Stadt die Streitkräfte in Windeseile eingeholt hätten. Zwar sei es den Truppen im Gebirge gelungen zu entkommen, doch am Tag zuvor habe die Allianz ihren Gott Ares dingfest machen können und mit seiner Verhaftung sei auch der Ausgang des Krieges entschieden.

Nachdem diese Angelegenheit erledigt gewesen sei, habe man sich schließlich darauf fokussiert, nach uns zu suchen. Einige Gottheiten hätten jedoch offenbar das Interesse verloren und daher ihre Kinder von der Such- und Rettungsmission abgezogen. Asfi habe auf Befehl ihres Gottes Hermes die Suche allein fortgesetzt und lächelte uns nun zu, als wäre ihr eine Last von den Schulter gefallen. »Ich kann euch mit meinen Talaria alle tragen, wenn ihr möchtet. Was sagt ihr?«

»Hmm … da wir jetzt schon mal die Gelegenheit dazu haben, würde ich mir gern noch etwas die Beine vertreten. Es kommt schließlich nicht alle Tage vor, dass ich mal außerhalb der Stadt bin. Deshalb würde ich lieber zu Fuß zurückkehren«, schlug meine Göttin das Angebot höflich aus und wir stimmten ihr zu.

»Wie ihr möchtet. Dann gehe ich schon mal voraus und überbringe die Neuigkeiten. So viele in Orario sind besorgt um euch, da möchte ich sie nicht länger warten lassen«, sagte sie mit einem Grinsen und zog einen schwarzen Helm aus der Tasche an ihrem Gürtel. Sie setzte ihn auf und verschwand wieder. Alles, was noch auf ihre Anwesenheit hindeutete, war das Geräusch ihrer schlagenden Flügel.

Meine Göttin und ich blickten total überrascht drein, nur Aiz blieb gelassen, als wäre das für sie längst kein Mysterium mehr. Einen Augenblick später war auch das letzte Geraschel verstummt. So war Perseus nun einmal ... Da sie ständig auf eine Vielzahl magischer Items zurückgriff, wussten nur wenige in Orario von ihrer Flugfähigkeit.

Aber Moment mal ... Ein Item, das unsichtbar machte? War ich einem solchen nicht schon einmal hilflos ausgeliefert gewesen ...? Erinnerungen an einen gewissen Gesetzlosen schienen an die Oberfläche drängen zu wollen, weshalb mir ein kalter Schauer über den Rücken lief.

Doch meine Göttin meldete sich fröhlich zu Wort und unterbrach damit meinen Gedankengang. »Gut, es wird langsam Zeit, nach Orario zurückzukehren! Ich befürchte, dass wir einigen Kindern schon ein wenig zu lange Sorgen bereiten!«

»Ja!«

»Wallendingsbums, ähm, danke! Ich bin dir wirklich, ähm, dankbar.«

»Schon gut ...«

Aiz und ich lächelten meiner Göttin zu. Doch das schien sie wohl ein wenig in Verlegenheit zu bringen, denn sie lief auf einmal einige Schritte voraus. Wir folgten ihr und fingen sie kurz darauf in letzter Sekunde auf, als sie beinahe spektakulär gestürzt wäre.

Und so setzten wir unseren Weg durch die in die Morgenröte getauchten Berge fort und stiegen den letzten Steilhang hinunter, bevor wir schließlich auf die riesige Labyrinthstadt zusteuerten, die sich vor uns ausbreitete.

# Epilog: Geburtstag

Nach Bells, Hestias und Aiz' Rückkehr nach Orario nahm der Krieg mit Rakia ein rasches Ende. Die Truppen des Königreichs hatten auf der Flucht aus der Stadt in einem Kampf gegen die Prinzessin der Klingen schwere Verluste erlitten. Ohne seinen Geleitschutz war Ares aufgeschmissen gewesen und dank Asfis Informationen schnell von der eintreffenden Verstärkung aus Orario festgenommen worden. Während des chaotischen Gefechts hatte man ihn auch von seinem stellvertretenden Kommandanten Marius getrennt und auf direktem Wegen in den Vorgarten der Gilde gebracht.

»Normalerweise würdest du für so etwas ins Himmelreich verbannt werden. Aber wie immer verschonen wir dich. Ohne dich wären viele Kinder in Rakia in einer ausweglosen Lage. Stattdessen wirst du den Status aller Soldaten aufheben, die wir gefangen genommen haben.«

»W... Was redest du denn da, Loki?«

»Ist doch klar. Meinst du, wir lassen zu, dass deine Kinder all die Excelia behalten, die sie nach den Kämpfen mit unseren Kindern erhalten haben?«

Dank der Gnade der städtischen Abenteurer hatte die rakianische Armee abgesehen von einem Trupp, der es mit einer kampflustigen Familia zu tun bekommen hatte, kaum Tote zu beklagen. Orarios einzige Forderung bestand darin, dass die Soldaten nicht auch noch mit den Excelia belohnt werden sollten, die sie bei diesem »Kriegsspiel« gewonnen hatten. Daher sollte der Status jedes der fast zehntausend Soldaten aufgelöst und nach der Konversion zu anderen Gottheiten Orarios zusätzlich versiegelt werden, was Ares natürlich entschieden ablehnte.

»Willst du etwa wieder zurück ins Himmelreich?«

Lokis Drohung sorgte allerdings dafür, dass er den Bedingungen unter Tränen zustimmte. Den nächsten Tag verbrachte der Kriegsgott damit, außerhalb der Stadtmauern einen Status nach dem anderen aufzulösen – bis er damit fertig war, erlaubte man ihm weder zu schlafen noch eine Pause einzulegen. Nach Luft schnappend führte er mit zitternden Händen die Rituale aus, die erforderlich waren, um seine Gefolgsleute zu entlassen.

Für den Beginn dieses Krieges bezahlte Rakia mit dem Status von zehntausend Soldaten, was einen erheblichen Verlust darstellte. Da Ares, der für die Bewohner des Königreichs einen höheren Stellenwert besaß als jeder General, von Orario festgehalten und erpresst wurde, blieb ihm keine andere Wahl, als jeder Forderung der Stadt nachzukommen. Rakia war bereits einige Male gegen Orario in den Krieg gezogen, doch die Gefangennahme ihres Gottes hatte den größten Verlust in der Geschichte des Landes zur Folge.

Ein wutentbrannter Marius empfing den Gott zusammen mit den verbliebenen Soldaten vor den Toren der Stadt, um ihn auf seiner beschämenden Heimreise zu begleiten. Die sechste rakianische Invasion endete somit in einer vollständigen Niederlage des Königreichs. Innerhalb der Stadt war es die ganze Zeit über friedlich geblieben.

»Endlich sind wir wieder zu Hause …« Hestia seufzte, doch ein Lächeln umspielte ihre Lippen, als Bell und sie sich von Aiz verabschiedet hatten und das Nordtor durchschritten.

Auch ihr Anhänger lächelte mit zusammengekniffenen Augen, als er die Szenerie der Stadt betrachtete.

»Bell …«

»Ja?«

»Für immer und ewig zusammen, ja?«

»Ja …!«, bestätigte Bell zuversichtlich und suchte Blickkontakt zu seiner Göttin, die lächelnd zu ihm aufsah. Er ergriff ihre ausgestreckte Hand und sie gingen gemeinsam durchs Tor.

Sofort wurden sie unter Freudentränen von ihren anderen Familia-Mitgliedern, ihren göttlichen Freunden und weiteren Mitstreitern begrüßt, mit denen sie bereits so einige Abenteuer erlebt hatten. Winkend liefen die beiden auf die Gruppe zu, die an ihre Seite eilte, um sie in Empfang zu nehmen. Auch heute erstreckte sich wieder ein strahlend blauer Himmel über die Labyrinthstadt.

Tief im Untergrund. Inmitten des Dungeons, der sich mit seinen vielen Verzweigungen und Abbiegungen in alle Richtungen ausbreitete, befand sich ein hölzernes labyrinthartiges Gebilde, das an das Innere eines riesigen Baumes erinnerte. Blaugrünes Moos bedeckte die Wände und die Decke. Die Szenerie ähnelte einer versteckten, noch unentdeckten Welt. Das ferne Gebrüll der Monster ließ die verschlungenen Pfade des Labyrinths erzittern.

Plötzlich … *Krack!* … bildete sich in einer Ecke ein Riss in der Wand – die Geburt eines neuen Monsters stand bevor. *Krack, krack!*

Binnen Kurzem überzog ein ganzes Netz aus Rissen die moosbewachsene Wand und das Erste, was zum Vorschein kam, war ein blassblauer Arm. Schon bald folgte eine Schulter in derselben Farbe, dann ein Hals und schließlich ein Kopf. Schließlich tauchte auch der Rest des Körpers auf und fiel zu Boden.

Er glich dem eines Menschenmädchens: vier Gliedmaßen und glatte Haut. Schultern, Hüften und andere Teile des Leibes waren mit unzähligen Schuppen bedeckt. Der Kopf war mit langem, blau-silbernem Haar bedeckt, das von einer Seite zur anderen schwang, als die Kreatur sich langsam aufrichtete. Das Monster, in dessen Stirn sich ein wunderschöner roter Edelstein befand, musterte mit leeren Augen seine Umgebung – sein Blick wanderte zur Decke, die hinter den Blättern der zahlreichen Bäume versteckt war.

Seine schlanke Kehle erzitterte. »Wo bin … ich hier?«

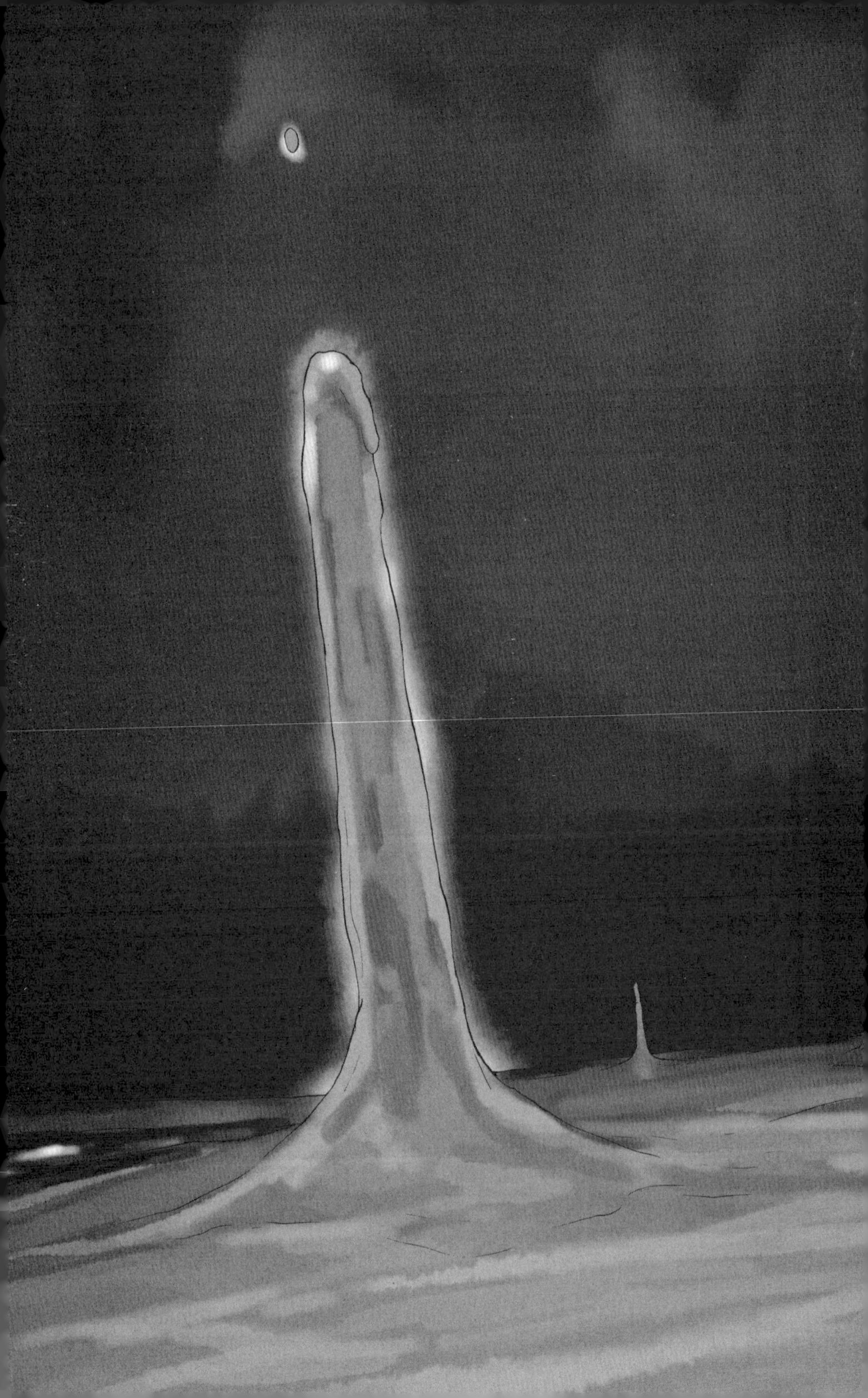

## Status

Level 3
Stärke: E 433
Ausdauer: E 423
Geschicklichkeit: E 437
Beweglichkeit: C 647
Zauberkraft: F 391
Glück: H
Immunität: I

**Magie:**

Firebolt:

- Schnellangriffsmagie

**Skills:**

Realis Phrase – Zielstrebige Sehnsucht:

- Beschleunigt das Wachstum.
- Wirkung hält an, solange die Gefühle der Zuneigung bestehen.
- Intensität der Gefühle verstärkt den Effekt.

Argonaut – Heldenwunsch:

- Aufladung im Zusammenhang mit einer Aktion.

## Rüstung Pyonkichi MK-V

- Fünfte Rüstung aus der Serie von Welf Crozzo.
- Da der Schmied es nicht mehr ertragen konnte, dass seine Produkte ständig zerstört werden, hat er viele Mühen auf sich genommen, um seine Technik und somit die Qualität seiner zukünftigen Werke zu verbessern.
- Eine Spezialanfertigung, erschaffen durch die Kombination von »Teal Adamantium« und dem Pelz eines Metal Rabbits, für die weder Kosten noch Mühen gescheut wurden.
- Das unglaublich widerstandsfähige Material wurde künstlich verändert, um sein Gewicht zu reduzieren und seine Abwehrkraft zu verbessern.

**Bell Cranel**

Zugehörigkeit: Hestia-Familia

Volk: Mensch

Beruf: Abenteurer

Tiefste Ebene: Ebene 18

Waffe: Hestia Knife

Geld: 301.000 Valis

# Nachwort

Auch wenn der achte Band der Reihe als eine Sammlung von »Alltagsgeschichten« beworben wurde, sind es über fünfhundert* Seiten geworden. Dafür möchte ich mich bei all meinen Lesern aufrichtig entschuldigen!

Ursprünglich hatte ich geplant, einzelne romantische Geschichten zu schreiben, die sich mit den Beziehungen zwischen Sterblichen und Göttern beschäftigen. Doch kaum hatte ich den Stift zur Hand genommen, strömten die Ideen nur so aus meinem Kopf. Um ehrlich zu sein, habe ich bei keinem meiner bisherigen Werke so sehr den Faden verloren und mich wieder und wieder verrannt. Mir kamen nach und nach Gedanken, wie ich bereits veröffentlichte Bände ergänzen könnte.

Im Nachwort des letzten Bandes schrieb ich, dass ich mir mehr Zeit nehmen würde. Daher entschied ich mich, entspannte Alltagsgeschichten zu verfassen, um es etwas ruhiger angehen zu lassen. Romantische Komödien sind ziemlich tiefgründig, das glaube ich von ganzem Herzen. Es ist sehr schwer, die Emotionen und die inneren Kämpfe der Charaktere in Worte zu fassen. Es gab Momente, in denen ich nicht hundertprozentig nachvollziehen konnte, was in den Köpfen meiner eigenen Figuren eigentlich vor sich ging, was zu extrem detaillierten Ausführungen und langen Erklärungen führte, für die ich zusätzliche Seiten benötigte. Ich geriet dadurch in eine Negativspirale, aus der ich mich nicht mehr befreien konnte. Vielleicht waren die romantischen Vorstellungen der Götter das, was mir den entscheidenden Schlag versetzt hat.

* in der japanischen Originalausgabe

Doch es gab auch einige Dinge, bei denen ich froh war, dass ich über sie schreiben konnte. Durch die Macht meines Stifts ließ ich einen gewissen gut aussehenden Gott sagen, dass »die Liebe der Götter nichts weiter als ein kurzer Moment« sei. Dadurch gewann ich, der sehr mit den unterschiedlichen romantischen Wertvorstellungen von Göttern und Menschen zu kämpfen hatte, ein besseres Verständnis dafür. Das half mir dabei, die Achse der Geschichte festzulegen. Außerdem hatte ich in diesem Band die Möglichkeit, alltägliche Szenen, die sich in der Stadt abspielen, zu beschreiben, die ich bislang in der Geschichte nicht darstellen konnte. Das hat großen Spaß gemacht.

Nun möchte ich aber zu den Danksagungen übergehen. Vielen Dank an meinen Redakteur Herrn Kotaki, an meinen Illustrator Herrn Suzuhito Yasuda und alle anderen, die an der Produktion dieses Bandes beteiligt waren. Ich entschuldige mich aufrichtig dafür, dass ich den Zeitplan erheblich verzögert habe. Nur dank Ihrer harten Arbeit und Ihrer tollen Unterstützung konnte dieses Werk veröffentlicht werden. Auch allen, die diesen dicken Band in die Hand genommen und ihn bis zum Ende gelesen habe, möchte ich von ganzem Herzen danken. Der zweite Handlungsbogen der Geschichte ist hiermit abgeschlossen. Ich werde mich besonders bemühen, dass der Start des dritten im nächsten Band mindestens genauso spannend und unterhaltsam wird wie die bisherigen. Ich würde mich freuen, wenn ihr auch weiterhin dabei wärt. Vielen herzlichen Dank und bis zum nächsten Mal!

Fujino Omori

**Fujino Omori**

Immer, wenn ich an einem Buch schreibe, nehme ich mir vor, die Vierhundert-Seiten-Marke nicht zu überschreiten. Ist die Seitenzahl zu hoch, werden die Taschenbücher unhandlich und der Preis könnte auch steigen. Doch es gibt Momente, in denen ich so vertieft ins Schreiben bin, dass ich mich nicht bremsen kann und die Seitenzahl doch aus dem Ruder läuft. In solchen Fällen kann ich nichts anderes tun, als mich damit abzufinden. Was ich eigentlich sagen möchte: Ich habe in diesem Buch (bezieht sich auf die japanische Ausgabe) mehr als fünfhundert Seiten geschrieben ... Es tut mir leid!

**Suzuhito Yasuda**

Geboren in der Präfektur Mie. Zu seinen bekanntesten Werken zählen *Yozakura Quartet* oder *Durarara!!*
Offizielle Internetpräsenz:
http://www.suzuhito.com/

TOKYOPOP®

**TOKYOPOP GmbH**
**Hamburg**

TOKYOPOP
1. Auflage, 2025
Deutsche Ausgabe/German Edition

Aus dem Japanischen von Benjamin Leimser

Dungeon ni Deai wo Motomeru no wa Machigatteirudarouka vol. 8

Original Japanese edition published in 2015 by SB Creative Corp.
The German edition is published by arrangement with
SB Creative Corp., Tokyo

Redaktion: Markus Rohde
Lektorat: Franziska Riedel
Lettering und Herstellung: Annika Meyer-Wülfing
Umschlaggestaltung: Annika Meyer-Wülfing
Druck und buchbinderische Verarbeitung:
CPI–Clausen & Bosse GmbH, Leck
Printed in Germany

MIX Papier FSC FSC® C083411

Wir achten auf die Umwelt.
Dieses Produkt besteht aus FSC®-zertifizierten und anderen kontrollierten Materialien.



ISBN 978-3-7593-0186-4

**www.tokyopop.de**